張松輝　注譯
陳全得　校閱

新譯

杜牧詩文集

（上冊）

三民書局　印行

國家圖書館出版品預行編目資料

新譯杜牧詩文集／張松輝注譯；陳全得校閱.－－初版一刷.－－臺北市；三民，2002
冊；　公分－－(古籍今注新譯叢書)

ISBN 957-14-3494-9　(全套：精裝)
ISBN 957-14-3496-5　(全套：平裝)

844.18　　　　90011823

網路書店位址　http://www.sanmin.com.tw

注譯者　張松輝
校閱者　陳全得
發行人　劉振強
著作財產權人　三民書局股份有限公司
臺北市復興北路三八六號
發行所　三民書局股份有限公司
地址／臺北市復興北路三八六號
電話／二五〇〇六六〇〇
郵撥／〇〇〇九九九八──五號
印刷所　三民書局股份有限公司
門市部　復北店／臺北市復興北路三八六號
重南店／臺北市重慶南路一段六十一號
初版一刷　西元二〇〇二年十月
編　號　S 03204
上下冊不分售
行政院新聞局登記證局版臺業字第〇二〇〇號

ISBN　957-14-3496-5　(全套：平裝)

刊印古籍今注新譯叢書緣起

劉振強

人類歷史發展，每至偏執一端，往而不返的關頭，總有一股新興的反本運動繼起，要求回顧過往的源頭，從中汲取新生的創造力量。孔子所謂的述而不作，溫故知新，以及西方文藝復興所強調的再生精神，都體現了創造源頭這股日新不竭的力量。古典之所以重要，古籍之所以不可不讀，正在這層尋本與啟示的意義上。處於現代世界而倡言讀古書，並不是迷信傳統，更不是故步自封；而是當我們愈懂得聆聽來自根源的聲音，我們就愈懂得如何向歷史追問，也就愈能夠清醒正對當世的苦厄。要擴大心量，冥契古今心靈，會通宇宙精神，不能不由學會讀古書這一層根本的工夫做起。

基於這樣的想法，本局自草創以來，即懷著注譯傳統重要典籍的理想，由第一部的四書做起，希望藉由文字障礙的掃除，幫助有心的讀者，打開禁錮於古老話語中的豐沛寶藏。我們工作的原則是「兼取諸家，直注明解」。一方面熔鑄眾說，擇善而從；一方面也力求明白可喻，達到學術普及化的要求。叢書自陸續出刊以來，頗受各界的喜愛，使我們得到很大的鼓勵，也有信心繼續推廣這項工作。隨著海峽兩岸的交流，我們注譯的成員，也由臺灣各大學的教授，擴及大陸各有專長的學者。陣容的充實，使我們有更多的資源，整理更多樣化的古籍。兼採經、史、子、集四部的要典，重拾對通才器識的重視，將是我們進一步工作的目標。

古籍的注譯，固然是一件繁難的工作，但其實也只是整個工作的開端而已，最後的完成與意義的賦予，全賴讀者的閱讀與自得自證。我們期望這項工作能有助於為世界文化的未來匯流，注入一股源頭活水；也希望各界博雅君子不吝指正，讓我們的步伐能夠更堅穩地走下去。

新譯杜牧詩文集　目次

卷二

卷三

律詩八十八首

卷四

卷五

卷六

卷七

下冊

卷八

卷九

卷十

卷十一

卷十二

卷十三

卷十四

卷十五

卷十六

卷十七

杜牧佚詩選譯

導讀

杜牧是一位詩文兼長的著名文學家，同時也是一位關注社會政治、積極投身現實的士大夫。因此，全面而深刻地了解杜牧的生平思想和文學成就，無論是對於提高我們的思想藝術修養，還是對於豐富我們的歷史文化知識，都是大有裨益的。

一　生平

杜牧，字牧之，唐京兆府萬年縣（今陝西省西安市）人。他生於唐德宗貞元十九年（西元八〇三年），卒於唐宣宗大中六年（西元八五二年），享年五十歲。

杜牧的家族是魏晉以來的高門世族。當時曾流傳著這樣一句民謠：「城南韋、杜，離天尺五。」民謠中說的「杜」，就是指杜牧家族。遠在西晉，杜牧的遠祖杜預就曾出任鎮南大將軍，因平吳有功，封當陽縣侯。而且他博學多才，自稱有「《左傳》癖」，所著《春秋左氏傳集解》流傳至今。杜牧的曾祖叫杜希望，開元年間因戰功擢為鴻臚卿，後來還擔任過涼州節度使等職，封襄陽公。杜希望有八子，其中第六子杜佑最知名。杜佑歷任唐德宗、順宗、憲宗三朝宰相，封岐國公。杜佑頗有祖風，他不僅諳練現實政治，而且重視學術研究，著有《通典》二百卷，詳考歷代典章制度，至今仍有重要的學術參考價值。杜牧十歲時，杜佑去世。在唐武宗會昌年間，杜牧的堂兄杜悰也曾出任過宰相一職。

杜牧的父親叫杜從郁，是杜佑的少子。杜從郁從小身體多病，曾擔任過太子司議郎、祕書丞、駕部員外郎一類的低級官職。在杜牧十多歲的時候，杜從郁病逝。父親去世之後，由於孤兒寡母不善經營，結果奴婢四散，家道中落，生計十分艱難。杜牧在堂兄弟中排行第十三，故時人又稱他為「杜十三」，但在親兄妹中，杜牧則是老大。作為家庭的長子，杜牧深切地感受到了生活的壓力，他在晚年寫的〈上宰相求湖州第二啟〉中還回憶了這段不堪回首的生活，說當時全家人「奔走困苦，無所容庇，歸死延福私廟，支拄欹壞而處之。長兄（當指堂兄杜慥）以驢遊丐于親舊，某與弟顗食野蒿藿，寒無夜燭」。這段生活經歷對杜牧可以說是刻骨銘心的。

高貴的家庭出身，窮困的生活處境，這兩種截然不同的生活境遇對杜牧的一生都產生了深刻的影響。一方面，高貴的家世使杜牧充滿了自豪感，並以此自勵，希望自己也能像先祖那樣建功立業，名垂青史。另一方面，困窘的生活又使他不能專注於一，長年奔波於公事和私事之間，特別是弟弟杜顗的失明和嫁給李氏的妹妹的寡居，更耗去了杜牧的許多精力，這無論是對杜牧的仕途進退，還是對他的身體健康，都是極為不利的。

唐文宗大和二年（西元八二八年）春正月，二十六歲的杜牧在東都洛陽應進士舉，以第五名及第。同年閏三月，杜牧又在長安應制舉賢良方正能直言極諫科，以第四等及第，授官為弘文館校書郎、試左武衛兵曹參軍。從此杜牧便步入仕途。

從杜牧中進士到唐文宗開成三年（西元八三八年），除了一度入京任監察御史外，杜牧大部分時間是在方鎮任幕僚，度過了「十年為幕府吏」（〈上刑部崔尚書狀〉）的漂泊生涯。他先於及第後不久的大和二年十月應江西觀察使沈傳師之辟，赴洪州（今江西省南昌市）任江西團練巡官、試大理評事。大和四年九月，杜牧又隨沈傳師至宣歙觀察使幕中（治所在今安徽省宣州市）。大和七年四月，沈傳師調回京城任吏部侍郎，杜牧便應淮南節度使牛僧孺之聘赴揚州（今江蘇省揚州市）任推官，掌書記。到了大和九年，三十三歲的杜牧回長安任監察御史，不久，赴洛陽任分司御史。開成二年（西元八三七年），三十五歲的杜牧請假去揚州看望患眼疾的弟弟杜顗，假滿百日後，自動辭職。同年八月，應宣歙觀察使崔鄲之邀，赴宣州任團練判官。開成三年冬，杜牧遷左補闕、史館修撰。第二年春，杜牧赴長安就職。不久，又調任膳部、比部員外郎，皆兼史職。自開成五年（西元八四〇年）冬至會昌元年（西元八四一年）七月，杜牧再次南下去看望生病的弟弟杜顗。

唐武宗會昌二年春，杜牧出任黃州（今湖北省黃岡市）刺史。這一年，杜牧四十歲。會昌四年九月，杜牧遷池州（今安徽省貴池市）刺史。會昌六年九月，再遷睦州（今浙江省建德市）刺史，一直到大中二年（西元八四八年），杜牧纔離開睦州。杜牧出任黃、池、睦三州刺史，首尾共七年。也就是他在〈上吏部高尚書狀〉所說的「三守僻左，七換星霜」。

唐宣宗大中二年，杜牧赴長安任司勳員外郎、史館修撰。唐代的京官俸祿微薄，不如刺史的俸祿豐厚，而杜牧還要供養堂兄杜慥、弟弟杜顗和李氏孀妹，所以他於大中三年閏十一月上書宰相，求杭州刺史一職。大中四年，杜牧遷吏部員外郎。這年夏天，他三次上書宰相，要求出任湖州（今浙江省湖州市）刺史。這年秋天，杜牧如願以償，赴湖州任刺史。

杜牧任湖州刺史僅一年時間，就於大中五年（西元八五一年）秋被調回長安，任考功郎中、知制誥。回長安後，杜牧修治了樊川別墅，常與親友遊賞其中。這一年，杜牧四十九歲。

大中六年，杜牧任中書舍人，這是一個相當清要的官職。然而就在這年冬天，杜牧患病，他自感將要告別人世，便寫了一篇〈自撰墓誌銘〉，不久即病逝，終年五十歲。

二　思想和為人

杜牧的思想和為人是複雜的，有時甚至是矛盾的。他關注國事民生，富有識見才略，很想在政治上有所建樹；但是由於家道中落，仕途險惡，又使他時常產生退隱思想；另外，由於他出身名門，父親早喪，使他染上了貴公子愛美重色的癖好，成為風月場中有名的「風流才子」。這一切都體現在杜牧一人身上。

（一）憂國憂民的有志之士

杜牧所處的晚唐，宦官專權，藩鎮割據，外族不斷侵擾，黨爭日趨激烈。面對著日益嚴重的內憂外患，杜牧沒有袖手旁觀，而是積極參與現實政治，希望再創太平盛世。他在〈郡齋獨酌〉中，曾對自己的政治抱負作了一個大致的描述：

平生五色線，願補舜衣裳。絃歌教燕趙，蘭芷浴河湟。腥膻一掃灑，兇狠皆披攘。生人但眠食，壽域富農桑。

詩人要輔佐皇上，平息叛亂，收復失地，讓百姓們安居樂業。這一政治理想可以說貫穿了杜牧的一生。

杜牧年輕時就廣泛閱讀《尚書》、《左傳》、《國語》及其他歷代史書，留意治亂興亡之跡和財賦兵甲之事。二十三歲時，身為布衣的杜牧創作了〈阿房宮賦〉，借秦事批判了嬉遊無度、大修宮室的唐敬宗。這篇賦為杜牧贏得了極大的聲譽。

杜牧認為，當前的主要任務是平定藩鎮叛亂，反擊異族入侵，維護國家的統一，在此基礎上，進一步發展經濟、文化，以恢復「開元盛世」那樣的繁榮局面。而要想做到這一點，首先要重視軍事，為此，他研究兵法，寫了《孫子兵法注》，並把此書獻給宰相。杜牧還把自己的軍事知識同當時的軍事形勢結合起來，提出了具體的削平叛亂的用兵方略。〈罪言〉、〈原十六衛〉等，都是這方面的重要作品。會昌年間，他兩次上書宰相李德裕，提出反擊回鶻、平定劉積叛亂的具體建議，受到了李德裕的讚賞，並取得了顯著的成效。

杜牧不僅憂國，而且憂民。他在〈題村舍〉中寫道：

> 三樹稚桑春未到，扶牀乳女午啼饑。潛銷暗鑠歸何處？萬指侯家自不知！

詩中對貧苦百姓寄予了深切的同情，對不關心百姓疾苦的權貴表示了極大的不滿。

會昌二年（西元八四二年），回鶻軍隊南侵，邊疆百姓四散逃亡。遠在黃州任刺史的杜牧聽到這一消息後，作〈早鴈〉詩。他想像邊地情景，用比興手法表達了他對南逃難民的同情和勸慰。

杜牧對婦女的不幸命運也給予了極大的關注。他的〈杜秋娘〉和〈張好好〉是以淪落女子為題材的長篇敘事詩，詩歌通過杜秋娘和張好好的榮辱浮沉，揭示了女性的悲慘命運。他的〈秋夕〉一詩則巧妙地選取了宮女秋夜納涼的情景，含蓄地反映了宮女生活的空虛和無聊，而〈宮人塚〉則明確揭示了詩人對宮女制度的強烈不滿：

> 盡是離宮院中女，苑牆城外塚纍纍。少年入內教歌舞，不識君王到老時。

宮女們自幼入宮學習歌舞，至死未見君王一面，高牆深閉，虛度一生。讀起這些詩歌，使人感慨良多。

(二) 愛山愛水的思隱之人

在中國古代的絕大多數時期裡,隱士一直受到人們的推崇,是高潔脫俗的象徵,再加上仕途不利、命運多舛以及山青水秀、景色誘人等原因,杜牧時常產生歸隱田園的想法。有關這方面的作品,杜牧也寫了不少,我們只舉其中的三首小詩,以期窺其一斑。

杜牧在〈春盡途中〉寫道:

田園不事來遊宦,故園誰教爾別離?獨倚關亭還把酒,一年春盡送春時。

春末時分,詩人離別家鄉,遠宦他方,當他行至關亭時,田園之思突然湧上心頭,使他自怨自艾,悔恨自己不該輕入仕途。如果說這首詩中表現的隱退情緒是由思鄉引起的話,那麼我們再看另一首〈除官赴闕商山道中絕句〉:

水疊鳴珂樹如帳,長楊春殿九門珂。我來惆悵不自決,欲去欲住終如何?

開成三年(西元八三八年)冬,杜牧被授以左補闕等職,第二年春天,他由宣州乘船溯長江、漢水,經襄陽、南陽、商山赴長安就職,一路上他寫了許多詩歌,心情十分舒暢。然而就在他到了距長安(既是京師又是故鄉)不遠的商山,杜牧猶豫了:是繼續前行赴任,還是就地隱居躬耕?這種思隱思想一直持續到詩人的晚年。大中五年(西元八五一年),四十九歲的杜牧被朝廷從湖州調回長安任考功郎中、知制誥,在仕途上掙扎了二十多年的杜牧總算看到了「飛黃騰達」的希望,然而此時的詩人又是一種什麼樣的心情呢?他在赴京途中，寫了一首〈途中一絕〉：

> 鏡中絲髮悲來慣，衣上塵痕拂漸難。惆悵江湖釣竿手，卻遮西日向長安！

本該退居江湖垂釣怡情，現在卻不得不奔波於仕宦之途。這些詩歌應該說是真實地反映杜牧思想的另一面。

從總體來講，積極入世、建功立業是杜牧思想的主流。自二十六歲進士及第以後，杜牧就再也沒有離開過官場，他還寫了大量關心時局的詩文，這些都證明了這一點。但同時我們還應看到，杜牧的仕途生涯並不順利，理想與現實之間的差距太大，這不能不使杜牧時常產生告別官場、退隱山水的想法，遠離塵囂、清靜悠閒的隱士生活對古代士大夫文人是頗具誘惑力的。仕進和隱退這兩種思想同時存在於杜牧身上，從表面上看似矛盾，但實際上卻具有內在的統一性。

（三）多情多義的風流才子

關於杜牧的私人生活，當時的人就說他「不拘細行」（王定保《唐摭言》）。唐末人高彥休也說：「牧少雋，性疏野放蕩，雖為檢刻，而不能自禁。」（《太平廣記》）有關杜牧的風流韻事流傳甚廣，這使他成為中國文學史上有名的風流才子。對於這一點，杜牧本人似乎也不否認。

大和七年，三十一歲的杜牧到揚州任牛僧孺的幕僚，他經常到娼樓妓館冶遊，牛僧孺怕出意外，便暗中派士兵保護。大和九年，杜牧離開揚州赴京任職，臨別時，牛僧孺勸他「以縱逸為戒」，並取出士卒們的平安報（有關杜牧冶遊平安的報貼）給他看。後來杜牧回憶起這段生活，曾寫了一首略帶悔意的〈遣懷〉：

> 落拓江南載酒行，楚腰纖細掌中輕。十年一覺揚州夢，贏得青樓薄倖名。

這是杜牧對揚州生活的自我總結，可見說他是風流才子並非冤枉。

大和九年前後，三十三歲的杜牧在洛陽任監察御史時，還曾在宴會上公開索要別人的愛妓，引起大家一場哄笑。這些故事都充分說明了杜牧那種落拓不羈的風流性格。但我們同時也要注意到，杜牧同女子交往，並不同於那些以玩弄女性為能事或仗勢欺人的達官貴人，他往往能平等對待這些女子，交往時也不乏真情。我們看他離開揚州時寫給情人的兩首〈贈別〉詩：

娉娉裊裊十三餘，豆蔻梢頭二月初。春風十里揚州路，卷上珠簾總不如。

多情卻似總無情，唯覺罇前笑不成。蠟燭有心還惜別，替人垂淚到天明。

這些詩雖然寫得有點輕佻而不夠深沉，但其中的真情實感還是顯而易見的。特別是發生在宣州的一件事，更能說明杜牧的多情多義。

開成二年，三十五歲的杜牧遊湖州時，遇到一位十餘歲的少女，貌極美，杜牧便付重禮給少女的母親，約定等待十年，一定前來聘娶，如十年不來可以自便。由於官運不佳，身不由己，一直到十四年以後，四十九歲的杜牧纔赴湖州任刺史。當他尋訪故人時，那位美貌少女已經嫁人，並生有二子。杜牧責備她母親失約，老婦人回答說：我們約定的是十年，我的女兒剛剛出嫁三年。杜牧覺得其言有理，便又送了一些禮物，悵然若失地寫下了一首〈歎花〉：

自恨尋芳到已遲，往年曾見未開時。如今風擺花狼藉，綠葉成陰子滿枝。

從這首小詩及有關記載中，我們不難看出杜牧的平等態度和真摯情感。杜牧固然風流放蕩，但也多情多義。

三　文學成就

杜牧與同時代的詩人李商隱被人們並稱為「小李杜」，這說明人們把他們同李白和杜甫相比，足以看出其文學成就之高。

（一）辭賦

杜牧的辭賦只留下〈阿房宮賦〉、〈望故園賦〉和〈晚晴賦〉三篇，其中〈阿房宮賦〉最為著名，也是杜牧的成名之作。這篇賦不僅具有積極的思想內容和現實意義，而且在藝術上也非常成功，它駢散結合，文彩飛揚，語言流暢，情理並茂，而且還充分展開了藝術想像，具有很強的感染力和說服力，代表了當時辭賦的最高成就。

（二）詩歌

最能體現杜牧文學成就的是他的詩歌。前人評價他的詩「情致豪邁」（《新唐書》本傳）、「雄姿英發」（《藝概》）。杜牧的古體詩、律詩寫得都很好，而最受人們激賞的還是他的七言絕句，其中有不少膾炙人口的傳世名篇。

首先要提到的是他的詠史絕句，這些詩構思新穎、意味深長，能夠把精警的議論融化在生動的形象之中，如〈赤壁〉：

折戟沉沙鐵未銷，自將磨洗認前朝。東風不與周郎便，銅雀春深鎖二喬。

杜牧詩中所提出的觀點別人未必同意，他自己也未必真以為如此，詩人這樣講，不過是假借對周瑜的譏評，來抒發對自己才略的自負和未得其使的歎惋。詩歌措辭委婉，含蓄深窈，讀起來令人感到剛健豪放、虎虎生氣。杜牧的另一首詠史詩〈過華清池〉其一也很有名：

長安迴望繡成堆，山頂千門次第開。一騎紅塵妃子笑，無人知是荔枝來。

前兩句極寫皇宮的富麗堂皇，表現了大唐的鼎盛氣象，後兩句輕輕一轉，含蓄卻又清楚地揭示了富麗氣象下面所隱藏的嚴重危機，批判了唐玄宗的重色好奢，給晚唐的統治者敲響了警鐘。

除了詠史懷古諸作外，杜牧的寫景、抒情小詩也寫得俊麗清新，情韻俱佳。如〈山行〉：

遠上寒山石徑斜，白雲生處有人家。停車坐愛楓林晚，霜葉紅於二月花。

這首詩筆墨洗鍊，色彩鮮明，一反常人的悲秋格調，充滿了樂觀豪放的氣韻，成為千古傳誦的名作。另如〈江南春〉：

千里鶯啼綠映紅，水村山郭酒旗風。南朝四百八十寺，多少樓臺煙雨中。

詩歌的意境十分開闊，在鶯歌燕舞、花紅柳綠的錦繡圖畫之中，還巧妙地融入了對歷史興亡的深沉感喟，真正做到了情景交融。

杜牧的詩歌感時撫事，寄興遙深，在清雄俊逸的文字中，飽含著具有強烈感染力的一片深情。李商隱曾高度讚揚杜牧的詩歌成就：「高樓風雨感斯文，短翼差池不及群。刻意傷春復傷別，人間惟有杜司勳！」（〈杜司勳〉）杜牧贏得「小杜」盛譽，此名絕非浪得。

（三）散文

杜牧對散文的重視程度決不亞於詩歌，因此他的散文也取得了很高的成就。

在內容上，杜牧的文章能夠緊扣現實，顯得非常充實。如〈罪言〉、〈原十六衛〉、〈戰論〉、〈守論〉、〈上李司徒相公論用兵書〉、〈注孫子序〉、〈送薛處士序〉等，都是針對現實，有感而發。會昌年間，回鶻南侵，杜牧寫了〈上李太尉論北邊事啟〉，受到宰相李德裕的讚賞。其後，澤潞軍劉稹反叛，杜牧又寫了〈上李司徒相公論用兵書〉，提出用兵方略，再次得到李德裕的首肯，而且「俄而澤潞平，略如牧策」（《新唐書》本傳）。由此可見，杜牧的文章不僅能夠關注現實，而且確實具有真知灼見。

杜牧的文章內容十分豐富，除上述外，還有關心民間疾苦的，如〈同州澄城縣戶工倉尉廳壁記〉；有表彰優秀官吏的，如〈唐故江西觀察使武陽公韋公遺愛碑〉；有討論哲學問題的，如〈三子言性辯〉。如此等等。杜牧還寫了不少的墓誌銘、行狀，這些文章都有重要的史料價值，其中不少被後人收入史書。杜牧也寫了大量的公文性質的表、制，這些表、制在今天已無太大價值，但在當時卻是不可或缺的。

杜牧的文章藝術成就也是相當高的，雖然有人說他的文章有「強造之句」，但總的來說，杜文還是比較通俗自然的，而且能做到筆力矯健，意象縱橫，有一些文章寫得還相當感人。如〈上宰相求湖州第二啟〉，文章一開始就用簡潔的筆墨回顧了早年兄弟們在貧困中相濡以沫的感人情景；接著寫弟弟再遭不幸，雙目失明；最後寫自己早衰多病，勢難長久，希望能在有生之年，再見盲弟一面，再為盲弟謀取些許衣食的迫切願望。其中一段寫道：

言念病弟喪明，坐廢十五年矣，但能識某聲音，不復知某髮已半白，顏面衰改。是某今生可以見顗，而顗不能復見某矣，此天也，無可奈何；某能見顗而不得去，此豈天乎！而懸在相公。若小人微懇終不能上動相公，相公恩憫終不下及小人，是日月下親兄弟終無相見期。

這段文字迴環纏綿，入情入理，讀後不能不為之動容。

（四）創作主張

杜牧不僅創作了大量的詩文辭賦，而且還明確地提出了自己的創作主張，這方面的言論不多，但頗具啟發意義，主要有以下幾點：

1.文以意為主。杜牧在〈答莊充書〉中說：「凡為文以意為主，氣為輔，以辭采章句為之兵衛。」明確把文章立意放在首位，擺正了內容與形式的關係，這與古文運動所倡導的「文以載道」、「文以明道」的觀點是一致的。

2.不依傍模擬別人。杜牧在〈獻詩啟〉中說：「某苦心為詩，本求高絕，不務奇麗，不涉習俗，不今不古，處於中間。」杜牧寫詩的目標是要達到「高絕」，其達到這一目標的方法就是一空依傍，獨闢蹊徑，既不仿效前人的陳腔舊調，也不受時風的沾染影響，這種創作態度是可取的。

3.寄志於言，求知於後。杜牧繼承了前人「意有所鬱結，不得通其道，故述往事，思來者」（司馬遷〈報任少卿書〉）的思想，在〈答莊充書〉中提出「不遇於世，寄志於言，求言遇於後世」的創作態度，認為不必、也不可汲汲求名於當今。這一觀點對於克服作家的浮躁心理是有益處的。

杜牧還積極參與文學批評，他極力推崇李、杜、韓、柳，他在〈讀韓杜集〉中寫道：「杜詩韓集愁來讀，似倩麻姑癢處搔。」在〈冬至日寄小姪阿宜〉中寫道：「李、杜泛浩浩，韓、柳摩蒼蒼。」可見他對數人的敬仰。而他對元稹、白居易的詩卻不屑一顧，認為他們「詩體舛雜」（范攄《雲溪友議》），甚至借他人之口說元、白詩「纖豔不逞」，是「淫言媟語」（〈唐故平盧軍節度巡官、隴西李府君墓誌銘〉）。這些觀點有的正確，有的則相當偏頗，說明杜牧在進行具體文學批評時，還帶有強烈的個人成見。

四　有關譯注的幾點說明

杜牧的作品有《樊川文集》和《孫子兵法注》。《孫子兵法注》獨立成書，後收入《孫子十一家注》，這裡不再涉及。而有關《樊川文集》注譯，我們有幾點需要說明。

（一）《樊川文集》是杜牧外甥裴延翰編集的。據裴延翰的序說，杜牧於大中六年臨終前，曾對自己的詩文進行了一次嚴格的篩選，僅留十分之二三，而裴延翰自己保存了杜牧的許多手稿，他把二者合編為二十卷，詩文共四百五十篇，題曰《樊川文集》。這個集子中的作品是可靠的。因此，除了「制」之外，其他作品（包括表章）全部收入，予以注譯。

（二）杜牧擔任過知制誥等職，寫了不少的「制」，在《樊川文集》中，「制」即占了四卷。「制」是皇上的命令，杜牧為皇上寫的「制」大多是任免官員的誥令，屬公文。這些「制」的格式基本上都是先介紹被任免者的現任職務，再空泛地表述他的功德或罪過，最後點明具體任免內容。這些「制」內容單調，格式呆板，既不能體現杜牧的思想意趣，又無文學價值，史料價值也不大。因此，我們僅選譯了六篇，其他一概刪除。

（三）從北宋開始，人們不斷搜集《樊川文集》之外的遺詩，先後出現了《樊川外集》、《別集》和《續別集》（已失），因鑑別不精，其中雜入不少他人的作品。著名學者繆鉞在《中國歷代著名文學家評傳》第二卷中說：「北宋人所輯的《樊川外集》、《別集》，因為別擇不嚴，混入了他人作品。前人已經指出，其中有張籍、王建、張祜、趙嘏之作。康熙時編《全唐詩》，在杜牧卷中又多收入許渾之作。研究杜牧詩歌，應以裴延翰的《樊川文集》為依據，至於對《外集》、《別集》、《全唐詩》等，均應持審慎態度。」鑑於這種情況，《樊川文集》中的詩全部注譯，而對收入其他各集的遺詩，我們只選譯了有代表性的三十餘首。

最後還要重點說明的是，在此之前，沒有一部較為完整的《樊川文集》注譯。清人馮集梧曾撰《樊川詩集注》，用力甚勤，但只注詩歌，而且偏重於典章名物、字句出處，不少應予疏通的字義卻沒有疏通。後來出過幾本杜牧詩選注，但所選詩歌的數量都很少。至於杜牧的散文注譯，就更少了，據我掌握的資料，目前注譯過的杜文不足十篇。而杜牧的文章、詩歌中涉及到了大量的典故、制度、人名、地名以及難解的字詞，靠一人之力，要想把這一切全部梳理清楚，實為難事。在注譯過程中，我夜以繼日，不惜心血，甚至徧叩師友，四處求教，但仍覺綆短汲深，力有不及。因此，這本注譯只能被視為初奠之基、引玉之磚。本書中的不當、錯誤一定不少，我懷著一顆真誠恭敬之心，期待大家的指教。

張松輝

卷一

阿房宮賦

【題　解】阿房宮是秦始皇時修建的一座宮殿，又叫阿城。故址在今陝西省西安市西南阿房村。《史記・秦始皇本紀》記載：秦始皇先建前殿阿房，東西五百步，南北五十丈，上可以坐萬人，下可以建五丈旗。周圍宮殿群占地三百餘里，規模十分宏大。阿，指宮殿四周的曲簷，這裡以形取名。本賦作於唐敬宗寶曆元年（西元八二五年）。當時唐敬宗荒淫失德，廣徵聲色，大興土木。作者創作此賦的目的，就是提醒統治者要以秦朝的滅亡為鑑，停止這種窮奢極慾的愚妄行為。

六王畢❶，四海一❷。蜀山兀❸，阿房出。覆壓三百餘里，隔離天日❹。驪山❺北構❻而西折，直走❼咸陽❽。二川❾溶溶❿，流入宮牆。五步一樓，十步一閣。廊腰⓫縵迴⓬，簷牙⓭高啄⓮。各抱⓯地勢，鉤心鬬角⓰。盤盤⓱焉，囷囷⓲焉，蜂房⓳水渦⓴，矗不知乎幾千萬落㉑。長橋臥波，未雲何龍㉒？複道㉓行空，不霽㉔何虹？高低冥迷㉕，不知東西。歌臺暖響[26]，春光融融；舞殿冷袖[27]，風雨淒淒。一日之內，一宮之間，而氣候不齊。

妃嬪媵嬙[28]，王子皇孫，辭樓下殿，輦[29]來于秦，朝歌夜絃[30]，為秦宮人。明星熒熒[31]，開粧鏡也；綠雲擾擾[32]，梳曉鬟[33]也；渭流漲膩[34]，棄脂水[35]也；煙斜霧橫[36]，焚椒蘭[37]也；雷霆乍驚[38]，宮車[39]過也，轆轆[40]遠聽，杳[41]不知其所之[42]也。一肌一容，盡態極妍[43]，縵立[44]遠視，而望幸[45]焉。有不見者，三十六年[46]。

燕、趙之收藏，韓、魏之經營[47]，齊、楚之精英[48]，幾世幾年，摽掠其人[49]，倚疊如山。一旦不能有，輸來其間。鼎鐺玉石[50]，金塊珠礫[51]，棄擲邐迤[52]，秦人視之，亦不甚惜。嗟乎！一人之心，千萬人之心也[53]。秦愛紛奢[54]，人亦念其家。奈何取之盡錙銖[55]，用之如泥沙？使負棟[56]之柱，多於南畝[57]之農夫；架梁之椽，多於機上之工女；釘頭磷磷[58]，多於在庾[59]之粟粒；瓦縫參差，多於周身[60]之帛縷[61]；直欄橫檻[62]，多於九土[63]之城郭[64]；管絃嘔啞[65]，多於市人之言語。使天下之人，不敢言而敢怒，獨夫[66]之心，日益驕固[67]。戍卒叫[68]，函谷舉[69]，楚人一炬[70]，可憐[71]焦土。

滅六國者，六國也，非秦也。族[72]秦者，秦也，非天下也。嗟乎！使六國各愛其人，則足以拒秦。使秦復愛六國之人，則遞[73]三世[74]可至萬世而為君，誰得而族滅也？秦人不暇[75]自哀，而後人哀之；後人哀之而不鑑之[76]，亦使後人而復哀後人也。

【注　釋】❶六王畢　指戰國時代的齊、楚、燕、趙、韓、魏六國被秦所滅。畢，滅亡。❷四海一　天下統一。四海，天下。古人以為中國四周皆有海，因此把中國叫作海內，外國叫海外。四海猶言「四海之內」。❸蜀山兀　蜀地山上的樹木被砍伐光了。蜀，泛指今天四川一帶。兀，光禿禿的樣子。❹隔離天日　指高大的建築物遮蔽了天空和太陽。❺驪山　山名。在今陝西省臨潼縣東南。❻北構　阿房宮的建築物從驪山的北面開始構築。❼直走　直達。❽咸陽　地名。秦朝建都咸陽。故城在今咸陽市東。❾二川　渭水和樊川。❿溶溶　河水流動的樣子。⓫廊腰　走廊的轉彎處。⓬縵迴　像絲帶一樣迴環。縵，絲帶。⓭簷牙　屋簷翹起如牙狀。⓮高啄　好像禽鳥仰首啄物。⓯抱　依賴；依恃。⓰鉤心鬭角　指四周建築物與宮殿的中心區緊緊鉤連，彼此的屋簷房角錯綜相對，狀如相鬬。⓱盤盤　曲折迴環的樣子。⓲囷囷　曲折盤旋的樣子。⓳蜂房　宮殿房屋密如蜂房。⓴水渦　形容宮殿房屋幽深迴旋如水的漩渦。㉑落　屋簷上的滴水裝置。㉒未雲何龍　沒有雲霧，怎會出現了長龍？作者把長橋比作長龍，故作驚疑之語。㉓複道　樓閣之間架空修築的上下兩重通道。㉔霽　雨後初晴。㉕冥迷　迷茫不清。形容宮殿黑壓壓一大片的樣子。㉖歌臺暖響　殿臺裡的歌聲給人以溫暖的感覺。㉗舞殿冷袖　宮殿裡的舞女揮動長袖，發出陣陣涼風。㉘妃嬪媵嬙　這裡泛指六國王宮裡的婦女。妃，地位僅次於王后。嬪、嬙，均為宮中女官名。媵，古代諸侯女兒出嫁時隨嫁或陪嫁的人。㉙輦　王室所用的車子。這裡用作動詞。㉚絃　琴絃。這裡用作動詞。㉛熒熒　星光閃動的樣子。㉜綠雲擾擾　一片片綠雲浮動。綠雲，比喻宮女的頭髮多而黑。擾擾，雲氣浮動的樣子。㉝梳曉鬟　早上梳理頭髮。曉，早上。鬟，髮髻。㉞膩　油膩。㉟脂水　帶有脂粉的洗臉水。㊱煙斜霧橫　煙霧繚繞。斜、橫，都是形容煙霧飄蕩的樣子。㊲椒蘭　兩種香料的名字。㊳乍驚　令人突然吃驚。乍，突然。㊴宮車　這裡專指秦始皇乘坐的車。㊵轆轆　象聲詞。形容車輪滾動的聲音。㊶杳　沒有聲音。㊷所之　所去的地方。之，到。以上數句主要是描寫宮女們聽到秦始皇路過的車聲時那種希望隨起隨滅的失望心情。㊸盡態極妍　把自己的體態容貌打扮得極度嬌美。態，體態容貌。妍，美麗。㊹縵立　久立。㊺望幸　盼望秦始皇的到來。皇帝親臨叫「幸」。㊻三十六年　秦始皇在位一共三十六年。這兩句是說，有不少宮女終身沒有見到過秦始皇。㊼經營　指經營謀取的財寶。㊽精英　珍貴的財寶。㊾摽掠其人　掠奪他們的百姓。㊿鼎鐺玉石　視寶鼎如鐵鍋，視美玉如賤石。此言秦朝統治者視貴如賤，恣意揮霍。鐺，平底鐵鍋。(51)金塊珠礫　視黃金如土塊，視珍珠如石粒。塊，土塊。礫，小石。(52)邐迤　綿延不絕的樣子。形容金玉珠鼎等財寶被丟棄得滿地都是。(53)一人之心二句　這兩句意思是說：通過自己一個人的想法，就可以推知其他千萬人的想法。秦始皇自己喜歡過奢侈的生活，就應該知道百姓們也想過幸福的生活。然而秦始皇只顧自己，不顧百姓。(54)紛奢　繁華奢侈的生活。(55)取之盡錙銖　把百姓的所有財產都搜括乾淨。之，代指百姓。錙銖，一兩的二十四分之一叫銖，六銖為錙，這裡代表極少的財物。(56)負棟　支撐棟梁。(57)南畝　泛指農田。(58)磷磷　形容釘頭明亮而密集的樣子。(59)庾　露天的穀倉。(60)周身　穿在身上。(61)帛縷　絲線。(62)直欄橫檻　縱橫的欄杆。檻，欄杆。(63)九土　中國。古人把中國分為九州，九土即九州。(64)城郭　泛指城牆。古代的重要城市多有兩道城牆，裡邊的叫城，外邊的叫郭。(65)管絃嘔啞　各種樂器發出的嘈雜聲音。管，管樂器。絃，絃樂器。嘔啞，形容嘈雜的樂聲。(66)獨夫　失去民心的暴君。這裡指秦始皇。(67)驕固　驕橫頑固。(68)戍卒叫　指陳勝起義。陳勝本是一名去漁陽戍邊的士卒，後領導九百戍卒在大澤鄉起兵反秦。(69)函谷舉　函谷關被劉邦占領。舉，占領。函谷關是秦朝要塞，函谷關被攻破以後，秦朝很快滅亡。(70)楚人一炬　項羽繼劉邦之後進入關中，他命令火燒秦朝宮殿，據說大火三月不滅，阿房宮也化為灰燼。項羽世代為楚國人，故稱「楚人一炬」。(71)可憐　可惜。(72)族　族滅；滅掉。(73)遞　依次相傳。(74)三世　秦朝統一中國以後，先後有秦始皇、秦二世、秦王子嬰在位。(75)不暇　沒有時間；來不及。(76)鑑之　以此為鑑。

【語　譯】六國滅亡，天下統一。蜀地山上的樹木被砍伐殆盡，阿房宮方纔被建造起來。整個宮殿群覆蓋了方圓三百餘里的地面，高大的建築物遮天蔽日。阿房宮從驪山的北邊開始建造，然後迴折向西伸延，直達咸陽。緩緩淌動的渭水和樊川，流入宮牆。宮牆內五步一座樓，十步一處閣。曲折的走廊猶如絲帶一樣迴環盤旋，牙狀的屋簷好像禽鳥那般昂首啄物。宮殿樓閣各因地勢而建，它們同中心區相互鉤連在一起，彼此屋角相對，又如相互爭鬭一般。這些樓閣走廊盤旋曲折，迴環往復，宮室密集如蜂房，幽深如水渦，高高矗立的屋簷滴水裝置也不知道有幾千萬個。河流上的長橋，會使人驚疑沒有雲霧，哪來的如此長龍？架在空中的複道，會使人驚疑不是初晴天氣，哪來的如此長虹？宮殿樓閣高低參差，黑壓壓的一大片，使人分不清南北東西。殿臺裡的柔美歌聲給人以溫暖的感覺，使人好像置身於融融春光之中；宮殿裡舞女的長袖揮動著陣陣涼風，使人好像置身於淒淒風雨之間。一日之內，一宮之中，氣候就有冷暖的不同。

六國的妃嬪媵嬙，王侯的子女兒孫，被迫告別故國的殿堂樓閣，乘車來到秦朝都城。她們日夜歌唱奏樂，成為秦朝的宮人。明星閃耀，那是宮女們打開了各自的梳粧鏡；綠雲浮動，那是宮女們在梳理自己的黑髮；渭河的流水漲起了一層油膩，那是宮女們倒掉的帶有脂粉的洗臉水；煙霧繚繞，那是宮女們燃起椒蘭等香料；突然傳來驚人的雷聲，那是秦始皇乘車從這裡路過，宮女們聽著那隆隆的車輪聲漸去漸遠，最後杳無聲息，不知皇上又到哪裡去了。宮女們把自己的每一處體態容貌，都打扮得極度嬌美，然後長久地佇立在那裡，眼望著遠方，盼望皇上的到來。然而有些宮女，終身都未曾見過皇上的模樣。

燕國、趙國收藏的財物，韓國、魏國搜括的財產，齊國、楚國積累的財寶，都是他們經歷了許多代許多年，掠奪各自的百姓纔得到的，這些財寶堆積如山。六國君主一旦不能保有，這些財寶全被運到秦朝宮殿。秦朝君臣視寶鼎如鐵鍋，視美玉如賤石，視黃金如土塊，視珍珠如石粒，丟棄滿地，他們對待這些金玉財寶，並不十分愛惜。唉！一個人通過自己的思想欲望，就可以推知其他千千萬萬人的思想欲望。既然秦始皇喜歡過奢侈的生活，就應該知道百姓們也都關心各自的家庭生計。怎麼能夠把百姓的所有財產搜括淨盡，而使用起來卻像泥沙一樣毫不愛惜呢？秦朝君臣使支撐棟梁的柱子，多於田地裡的農夫；使架在梁上的椽子，多於織機上的織布女子；使明亮密集的釘頭，多於倉庫中的糧食粒；使參差交錯的瓦縫，多於人們身上衣服的絲線；使縱橫的欄杆，多於全國的城郭；使各種樂器的嘈雜聲音，多於市場上人們的說話聲。他們使天下的百姓，敢怒而不敢言，獨夫民賊秦始皇的思想，一天比一天地更加驕橫，更加固執。身為戍卒的陳勝一聲號召，函谷關很快就被攻破，楚人項羽一把火，秦朝宮殿十分可惜地變作一片焦土。

滅掉六國的人，是六國君臣自己，而不是秦國人。滅掉秦朝的人，是秦朝君臣自己，而不是天下的百姓。唉！假如六國君主各自愛護自己的百姓，就完全能夠抵抗秦國的進攻。假如秦朝君主也能夠愛護六國的百姓，他們就可以依次一世、二世、三世，以至於萬世都當君主，誰又能夠滅掉他們呢？秦朝君臣已經來不及為自己悲哀了，而後人為他們悲哀；如果這些後人只知道為秦朝悲哀而不知道以秦朝為鑑的話，將會使更後一些的人再次為這些後人悲哀啊！

望(ㄨㄤˋ)故(ㄍㄨˋ)園(ㄩㄢˊ)賦(ㄈㄨˋ)

【題解】故園，故鄉。在本賦中，作者表達了兩種思想情感，一是對故鄉的思念，二是對社會險惡、個人壯志難酬的憤慨。

余固秦人❶兮故園秦地，念歸途之幾里。訴余心之未歸兮，雖繫日❷而安至❸？既操心❹之大謬❺，欲當時之奏技❻。技固薄兮豈易售❼，矧❽將來之歲幾❾。人固有尚❿，珠金印節⓫，人固有為⓬，背憎面悅，擊短扶長⓭，曲邀橫結⓮。吐片言兮千口莫窮⓯，觸一機而百關俱發⓰。嗟⓱小人之顓蒙⓲兮，尚何念於逸越⓳。余之思歸兮，走⓴杜陵㉑之西道，巖曲天深㉒，地平木老。隴㉓雲秦樹，風高霜早，周臺漢園，斜陽暮草。寂寥㉔四望，蜀峰聯嶂㉕，蔥蘢㉖氣佳，蟠聯㉗地壯。繚粉堞㉘於綺城㉙，矗未央㉚於天上。月出東山，苔扉㉛向關，長煙苒惹㉜，寒水注灣㉝。遠林雞犬兮，樵夫夕還。織有桑兮耕有土，昆兮季強㉞兮鄉黨附㉟。悵余心兮捨茲㊱而何去？憂豈無念，念至謂何㊲？憤慍悽悄㊳，顧我則多㊴。萬世在上兮百世居後，中有一生㊵兮孰為壽夭㊶？生既不足以紉佩㊷兮，顧他務之纖小㊸。賦言歸兮，余之忘世，徒為兮紛擾㊹。

【注釋】❶秦人　杜牧是長安人，長安舊屬秦地，故自稱秦人。❷繫日　拴住太陽不讓時光流失。❸安至　怎能回到故鄉？本句抒發了時光飛逝、來日不多而故鄉難歸的傷感之情。❹操心　用心。這裡指決定。❺大謬　大錯。作者說自己當初決定離開家鄉外出做官是大錯特錯，這是憤激之詞。❻奏技　貢獻自己的技能和才智。❼售　賣出。這裡引申為受人賞識而得重用。❽矧　何況。❾歲幾　時光不多了。幾，少。❿有尚　有所崇尚；有所重視。⓫印節　這裡指官位。印，官印。節，符節。古代使臣執以示信之物。⓬有為　有一些行為。⓭擊短扶長　打擊欺負弱小者，依附幫助有權勢的人。短，指弱小之人。長，指有權勢之人。⓮曲邀橫結　互相勾結，沆瀣一氣。曲、橫，都指不正當的。邀，約會。結，勾結。⓯吐片言句　自己僅僅講了隻言片語，就招來千萬張口對自己進行無窮無盡的攻擊。莫窮，沒有窮盡。⓰觸一機句　觸動了一個人的忌諱，成百上千種的陷害就會向自己撲來。機、關，設有機件而能制動的器械上的兩種部件，用來發射的叫「機」，用來關閉的叫「關」。這裡比喻人們所安排的權謀機詐。⓱嗟　感嘆詞。⓲顓蒙　愚昧。⓳逸越　指發憤而起以實現自己的政治理想。⓴走　跑；奔馳。㉑杜陵　地名。在今陝西省西安市東南。古為杜伯國。本名杜原，又叫樂遊原。漢宣帝在此築陵，改名杜陵。這裡即杜牧家鄉。㉒巖曲天深　山峰曲折，天空高遠。巖，高峻的山。深，高。㉓隴　地名。指今甘肅省一帶。本句「隴雲秦樹」應看作互文，即「隴秦之雲樹」。下文的「周臺漢園」與此同。㉔寂寥　寂靜而空闊。㉕聯嶂　聯綿不斷如屏障。嶂，似屏障的山峰。㉖葱蘢　樹木青翠茂盛的樣子。㉗蟠聯　山勢盤曲旋繞，聯綿不絕。㉘繚粉堞　白色的女牆迴環盤繞。粉，白色。堞，城上如齒狀的矮牆。又叫女牆。㉙綺城　裝飾華美的城牆。㉚未央　宮殿名。漢高祖七年營造。故址在今西安市西北長安故城內西南角。王莽末年毀於兵火。東漢、隋、唐時屢加修葺，唐末毀。㉛苔扉　長滿青苔的門。扉，門扇。㉜苒惹　裊裊昇騰的樣子。㉝注灣　在河灣中流淌。注，流入；流淌。㉞昆令季強　兄弟們品德美好，身體強壯。昆、季，兄弟中長者為昆，幼者為季。令，美好。㉟鄉黨附　鄉親們親近和睦。古代二十五家為閭，四閭為族，五族為黨，五黨為州，五州為鄉。附，親近；和睦。㊱捨茲　離開家鄉。茲，代指自己的家鄉。㊲念至謂何　對家鄉的思念產生了，可是又能怎麼辦呢？至，產生。謂何，如何。本句表示身不由己，無可奈何。㊳悽悄　悲傷憂愁。悄，憂愁。㊴顧我則多　只有我最多。顧，只是；只有。則，助詞。無義。㊵中有一生　我在其中只占有短暫的一生。㊶孰為壽夭　我的一生與千萬世相比，誰長誰短？本句抒發天地永存、人生短暫的苦惱。夭，短命。㊷紉佩　修養好自己的品德。也即古人所重視的「立德」。「紉佩」出自屈原〈離騷〉：「扈江離與辟芷兮，紉秋蘭以為佩。」用佩戴香草秋蘭比喻修養美德。紉，連綴。㊸纖小　細小瑣碎的事。㊹徒為句　白白地去追求只能再增添一些煩惱不安。徒，徒然。為，做事；追求。紛擾，煩惱不安。

【語　譯】我本是秦人啊，故鄉在秦地，心中經常盤算歸程有多少里。我心裡想到至今還沒有歸去，即使拴住太陽，時光停止，我又何時纔能回到故里？過去我做出的決定大錯特錯，錯就錯在我想向現在的時代奉獻自己的聰明才智。我的才能太小啊，怎易受人重視，更何況我未來的時光所剩無幾。人們的確有所崇尚，他們崇尚的是金銀珠寶和高官厚祿；人們的確有這樣一些行為，就是背後互相憎恨而當面互相取悅，他們打擊欺負弱者而依附幫助權貴，他們相互勾結，沆瀣一氣。每當我剛說了隻言片語時，就會有上千張口對我進行無休止的毀謗攻擊；每當我觸動一人的忌諱時，就會有上百種陷害向我撲來。我感嘆小人們的愚昧無知，還考慮什麼發憤而起去實現自己的壯志！我多麼想回到故鄉啊，想自由地奔馳在杜陵西邊的大道上。那裡有曲折的山峰和高爽的天空，還有平坦的土地和古老的樹木。家鄉的樹木茂盛，雲霧繚繞，那裡的風勢強大，落霜很早，到處是周漢時代留下的高臺園林，還有那迷人的斜陽暮草風光。向寂靜空闊的四方遠望，蜀地的山峰聯綿不斷，形成一道道屏障，樹木蔥蘢，風景秀美，山峰盤曲旋繞、聯綿起伏，地勢雄偉壯麗。白色的女牆環繞在裝飾華美的城牆之上，高大的未央宮矗立於雲天之中。月亮從東山上慢慢昇起，長滿青苔的家門面對著山關。茫茫的雲霧向上冉冉昇騰，清涼的碧水在河灣中緩緩流淌。遠處的樹林裡傳來雞鳴犬吠聲，樵夫在傍晚時分正下山回家。織布的女子有桑葉可採啊，種地的農夫有土地可耕；兄弟們品德美好身體強健啊，鄉親們彼此親近和睦相處。我心中多麼悲傷啊，離開如此可愛的故鄉又該奔向何方？滿腹憂愁怎使我不思念家鄉，思念家鄉我又能怎樣？憤懣憂愁的情緒，只有我最多。萬世在我之前啊百世在我之後，這其中我只有短暫的一生啊，我的一生與萬世相比誰長誰短？我在短暫的一生中已經無法修養好自己的美德，那就只好去做一些別的瑣小事情。我寫下這篇賦呼喚自己返回家園，我要忘掉這個社會，再去追求也是徒然啊，更增添許多煩惱與不安。

晚(ㄨㄢˇ)晴(ㄑㄧㄥˊ)賦(ㄈㄨˋ)并序

【題解】本賦主要描寫作者在一個雨後初晴的秋天傍晚，於郊外園林裡看到的秀麗風光。作者使用了許多比喻，比如把松竹比作冠劍大臣和十萬丈夫，把紅芰比作各類女子，而把白鷺比作來偷看這些女子的風流公子。這些比喻形象十分生動。在文章最後，作者描述了自己的隱士形象和隱居志趣。

秋日晚晴，樊川子❶目于郊園，見大者小者❷，有狀類❸者，故書賦云：

雨晴秋容新沐❹兮，忻❺遶園而細履❻。面❼平池❽之清空兮，紫閣青橫❾，遠來照水。如高堂❿之上，見羅幕⓫兮，垂乎鏡裏。木勢黨伍⓬兮，行者如迎，偃者⓭如醉，高者如達⓮，低者如跂⓯。松數十株，切切交風⓰，如冠劍大臣，國有急難，庭立而議。竹林外裏⓱兮，十萬丈夫⓲，甲刃摐摐⓳，密陣而環侍⓴。豈負㉑軍令之不敢囂兮，何意氣㉒之嚴毅。復引舟㉓于深灣，忽八九之紅芰㉔，姹然㉕如婦，斂然㉖如女，墮蘂黦顏㉗，似見㉘放棄。白鷺潛來㉙兮，邈風標㉚之公子，窺㉛此美人兮，如慕悅其容媚。雜花參差於岸側兮，絳㉜綠黃紫，格頑㉝色賤兮，或妾或婢。間草㉞甚多，叢者束兮，靡㉟者杳㊱兮，仰風獵日㊲，如立如笑兮，千千萬萬之狀容㊳兮，不可得而狀㊴也。若予者則為何如？倒冠落珮㊵兮，與世闊疎㊶。敖敖休休㊷兮，真徇其愚㊸而隱居者乎！

【注釋】❶樊川子　杜牧的號。樊川，河名。在今陝西省長安縣南。杜家幾代人先後在此營造別墅。故杜牧自號「樊川子」。本句中的「郊園」，當指樊川別墅。❷大者小者　泛指形體大小各異的所有景物。❸有狀類　有所類似；像某種東西。❹秋容新沐　秋天的容貌剛剛被雨水洗浴了一番。❺忻　通「欣」。喜悅。❻細履　小步走；慢慢地走。❼面　面對著。❽平池　水平滿的池塘。❾紫閣青橫　華麗的樓閣黑壓壓的一片。紫閣，這裡泛指華麗的樓閣。青，黑色，黑壓壓的。橫，橫臥一片。⑩高堂　高大的殿堂。堂，正房。⑪羅幕　用絲織品做的帷幕。⑫木勢黨伍　樹木分類而生。黨伍，同類；同伙。⑬偃者　臥倒在地的樹。⑭達　達到目的；志得意滿。⑮跂　踮起腳尖。⑯切切交風　在風中發出細微的聲音。切切，象聲詞。形容較輕的聲音。交，接觸。這裡指風吹松樹。⑰外裏　指竹林在外邊把數十株松樹環繞著。⑱丈夫　男子漢。⑲甲刃摐摐　甲衣、武器眾多。摐摐，眾多的樣子。也可理解為象聲詞，形容刀戈相撞的聲音。⑳環侍　環繞而立。㉑負　違反。㉒意氣　這裡指士氣。㉓引舟　划船。㉔紅芰　紅色的菱角花。芰，菱角。㉕姹然　豔麗的樣子。㉖斂然　含苞未放的樣子。斂，收聚在一起。㉗墮蘂黦顏　落花黯然失色。蘂，花心。這裡代指花。黦，黃黑色。顏，容顏。㉘見　被。㉙潛來　悄悄地飛來。㉚邈風標　風度飄逸。邈，高遠飄逸。風標，風度。㉛窺　偷看。㉜絳　大紅色；深紅色。㉝格頑　格調愚鈍。頑，愚妄；頑鈍。㉞間草　雜花之間的草。間，空隙。㉟靡　分散。與上句中的「叢」相對。㊱杳　遼闊無際的樣子。㊲仰風獵日　野草昂頭迎風，沐浴在陽光之中。獵日，獵取陽光。㊳狀容　狀態。㊴狀　動詞。形容；描述。㊵落珮　身上的佩戴飾品拖落在地上。珮，玉佩。這裡泛指身上佩戴的裝飾品。本句描寫作者疏狂散漫、不修邊幅的隱士形象。㊶闊踈　疏遠；遠離。㊷敖敖休休　自由自在地到處遊蕩觀賞。敖敖，遊玩的樣子。休休，安閒的樣子。㊸徇其愚　保持自己的愚昧天性。徇，順從；保持。這是激憤之詞，表示自己要保持純樸的天性，不學習世俗人的投機取巧。

【語　譯】在一個雨後初晴的秋天傍晚，我站在郊外的園林裡四處觀望，看到那些大大小小的景物，都類似別的一些什麼東西，因此我創作了這篇賦：

剛下過的雨把秋天的容貌重新洗浴了一番，我愉快地遶著園林慢慢散步。我面對著平滿的池水和清淨的天空，看到黑壓壓的一片華麗樓閣，從遠處把身影倒映在池水之中。看這池水中的樓閣倒影，就好像在高大的殿堂上，看到絲製的帷幕映照在鏡中。樹木分類而生，成行的樹木好像在列隊歡迎客人，伏臥的樹木好像倒地的醉漢，高大挺立的樹木好像已達目的而志得意滿，低矮的樹木好像正在踮起腳尖向上奮爭。數十株高大的松樹，在風中發出低沉的聲音，它們就好像一群衣冠整齊、身佩長劍的大臣一樣，在國家危難之時，站在大庭裡商議對策。竹林從外邊把松樹環繞起來，這些竹林就像十萬男子漢一樣，帶著眾多的甲衣和武器，擺開密集的陣勢，環立在大臣們四周。他們嚴守軍令不敢喧嘩，他們的士氣和意志是多麼的高昂而堅定！我又乘船來到深深的河灣，忽然看見八九朵紅色的菱角花，那些盛開的豔麗花朵如同正值盛年的婦人，那些含苞待放的花朵如同羞澀的少女，那些已經飄落的花朵黯然失色，就如同被丈夫遺棄的棄婦。一隻白鷺悄悄地飛來了，牠好像一位風流倜儻的貴公子，正偷偷注視著這群美女，那神情就好像陶醉於這群女子的美貌中一樣。還有許多雜花參差不齊地開放在岸邊，它們有的是深紅色，有的是綠色，有的是黃色，有的是紫色，它們的格調顯得愚頑，它們的色彩顯得低賤，有的像小妾，有的像婢女。雜花之間還長滿了許多野草，成叢的野草像是被綑束在一起，分散的野草向遠處伸延，顯得遼闊無際。這些野草昂頭迎風，沐浴在陽光裡，它們有的像在肅立，有的像在微笑，它們呈現出成千上萬種姿態，我無法一一予以描述。而我自己又是一種什麼模樣呢？我倒戴著帽子，拖落著佩物，遠離了塵世。我自由自在地到處遊蕩，我真是一個死守著愚昧天性不放的隱士啊！

感懷 時滄州用兵

【題　解】本詩大約作於唐文宗大和元年（西元八二七年），作者當時二十五歲。李同捷是原橫海節度使李全略之子，李全略死後，李同捷據滄州（今河北省滄縣）背叛朝廷，經三年征討戰爭，纔被討平。本詩描述了安史亂後藩鎮跋扈的情況，抒發自己建功立業的志向和報國無門的感慨。

高、文❶會隋季❷，提劍❸徇❹天意。扶持❺萬代人，步驟❻三皇地❼。聖云繼之神❽，神仍用文治。德澤酌生靈❾，沉酣❿薰骨髓⓫。旄頭騎箕尾⓬，風塵⓭薊門⓮起。胡兵⓯殺漢兵⓰，屍滿咸陽⓱市。宣皇⓲走⓳豪傑，談笑開中否⓴。蟠聯兩河間㉑，燼萌終不弭㉒。號為精兵處，齊㉓、蔡㉔、燕㉕、趙㉖、魏㉗。合環千里疆，爭為一家事㉘。逆子㉙嫁虜孫㉚，西鄰聘[31]東里[32]。急熱[33]同手足，唱和如宮徵[34]。法制自作為，禮文[35]爭僭擬[36]。壓階螭鬭角[37]，畫屋龍交尾[38]。署紙日替名[39]，分財賞稱賜[40]。刳隍劚萬尋[41]，繚垣疊千雉[42]。誓將付孱孫[43]，血絕然方已[44]。九廟[45]仗神靈，四海為輸委[46]。如何七十年，汗赩[47]含羞恥？韓、彭[48]不再生，英、衛[49]皆為鬼。凶門爪牙輩[50]，穰穰[51]如兒戲。累聖[52]但日吁[53]，閫外[54]將誰寄？屯田[55]數十萬，隄防[56]常慴惴[57]。急征赴軍須，厚賦資凶器[58]。因隳[59]畫一法[60]，且逐隨時[61]利。流品[62]極蒙尨[63]，網羅[64]漸離弛。夷狄[65]日開張[66]，黎元[67]愈憔悴。邈[68]矣遠太平，蕭然[69]盡煩費[70]。至于貞元[71]末，風流恣綺靡[72]。艱極泰循來[73]，元和聖天子[74]。元和聖天子，英明湯、武[75]上。茅茨[76]覆宮殿，封章綻帷帳[77]。伍旅拔雄兒[78]，夢卜庸真相[79]。勃雲走轟霆[80]，河南一平盪[81]。繼于長慶[82]初，燕、趙終舁襁[83]。攜妻負子來，北闕爭頓顙[84]。故老撫兒孫：「爾生今有望。」茹鯁喉尚隘[85]，負重力未壯。坐幄[86]無奇兵，吞舟漏疏網[87]。骨添薊垣沙[88]，血漲嘑沲[89]浪。祇云徒有征[90]，安能問無狀[91]。一日五諸侯[92]，奔亡如鳥往[93]。取之[94]難梯天，失之易反掌。蒼然太行路[95]，翦翦還榛莽[96]。關西賤男子[97]，誓肉虜杯羹[98]。請數[99]係虜[100]事，誰其為我聽。蕩蕩[101]乾坤大，曈曨[102]日月明。叱起[103]文、武業，可以豁洪溟[104]。安得封域內[105]，長有扈苗征[106]。七十里百里[107]，彼亦何嘗爭。往往念所至[108]，得醉愁蘇醒[109]。韜舌[110]辱壯心[111]，叫閽[112]無助聲。聊書〈感懷〉韻，焚之遺賈生[113]。

【注釋】❶高文　唐高祖李淵和唐太宗李世民父子。李淵的廟號為高祖，李世民的諡號為「文」。❷隋季　隋朝末年。❸提劍　指用武力征服天下。❹徇　順從。❺扶持　拯救。❻步驟　趕上。步，行走。驟，快跑。❼三皇地　三皇的功業。三皇，傳說中的三位上古聖君，一說指伏羲、神農、燧人，一說指伏羲、神農、祝融。❽聖云句　唐太宗繼承了唐高祖的事業。聖，指唐高祖。云，助詞，無義。神，指唐太宗。❾德澤句　唐太宗的恩澤普施於百姓。酌，斟酒。比喻給人以恩德。生靈，百姓。❿沉酣　被酒陶醉。比喻生活美好。⓫薰骨髓　酒香透入骨髓。比喻皇上恩澤深入人心。⓬旄頭句　旄頭出現在箕星、尾星之上。旄頭，星名，即二十八宿中的昴宿。古人認為旄頭星變大變亮，是爆發戰爭的預兆。箕尾，也是二十八宿的星名。古人把天上的星宿同人間的地區對應起來，叫做「分野」。某個星區發生變化，則預示相應的地區也將發生變化。箕尾二星宿與燕地相對應。代表戰爭的旄頭星出現於箕尾星區，預示燕地將發生戰爭。⓭風塵　行軍打仗所引起的塵土。代指戰爭。⓮薊門　地名。在今北京市一帶。屬燕地，當時是安祿山的根據地。⓯胡兵　指安、史叛軍。胡，對北方少數民族的統稱。安祿山和史思明都是胡人，其部下也多胡人，故稱「胡兵」。⓰漢兵　指唐軍。⓱咸陽　秦朝都城。這裡借指唐朝都城長安。⓲宣皇　唐肅宗李亨。他的諡號是「文明武德大聖大宣孝皇帝」，故稱「宣皇」。⓳走　使……為之奔走；使用；驅使。⓴開中否　扭轉局勢，開創中興大業。否，閉塞不通。指安史叛亂時的危險局面。㉑蟠聯句　安史被討平後，他們的降將仍蟠據在河南、河北兩道。兩河，指河南、河北兩道。道是古代行政區劃名，唐朝曾分全國為十道。安史叛亂被討平以後，一些降將如李寶臣、李懷仙、田承嗣等，仍被朝廷任命為河北諸鎮的節度使。他們擁有實權，成為朝廷後患。㉒燼萌句　他們如死灰復燃，最終難以消除。燼，物體燃燒後剩下的部分，比喻安史的降將。弭，消除。㉓齊　指山東淄、青等州。在今山東省境內。當時設淄青節度使。㉔蔡　指江淮間陳、蔡等州。在今河南省境內。唐朝中葉李希烈、蔡元濟等先後割據於此。㉕燕　指河北幽、薊等州。在今北京市一帶。當時為安史降將所控制。㉖趙　指定、冀等州。在今河北省境內。當時為安史降將所控制。㉗魏　指魏、博等州。在今河北、山東交界一帶。當時為安史降將所控制。㉘爭為句　他們爭相勾結，串通一氣。㉙逆子　指叛將們的女兒。㉚虜孫　指叛將們的子孫。㉛聘　婚嫁。㉜里　行政單位。古代以五家為鄰，五鄰為里。㉝急熱　打得火熱，親密無間。㉞宮徵　泛指音樂。宮徵為古代五音宮、商、角、徵、羽中的二音。㉟禮文　禮儀。㊱僭擬　臣子使用天子的禮儀叫僭擬。㊲壓階句　臺階上雕著相互爭鬪的螭。螭，無角龍。鬪角，爭鬪。一說角指額頭。㊳交尾　這裡指相互纏繞。㊴替名　不簽名。替，廢。古代皇帝在公文上只用璽，不簽名。叛將們倣照皇上不簽名，也是一種僭越行為。㊵賜　君主賞臣下纔稱「賜」。㊶刳隍句　把城壕挖得很深。刳，挖。隍，城壕。歔，欲；要。尋，古代的長度單位，八尺為尋。㊷繚垣句　把城牆修得又高又大。繚垣，盤繞的城牆。雉，古代計算城牆面積的單位，長三丈高一丈為一雉。㊸孱孫　幼弱的子孫。孱，弱。㊹血絕句　直到子孫斷絕方纔罷休。血，指有血緣關係的子孫。然，然後。㊺九廟　天子。古代帝王可立七廟以祭祀祖先，王莽時增建黃帝、帝虞二廟，後以為制度。㊻輸委　輸送財物。㊼汗赩　因羞愧而出汗臉紅。赩，紅色。㊽韓彭　指漢高祖時的名將韓信和彭越。㊾英衛　指唐太宗時的名將李勣和李靖。李勣封英國公，李靖封衛國公。㊿凶門句　指武將。凶門，古代將軍出征時，鑿一扇向北的門，由此出發，以示必死決心，此門稱凶門。爪牙，古人視武士為君主的爪牙。(51)穰穰　眾多的樣子。(52)累聖　歷代皇上。(53)但日吁　只能每天長吁短歎。但，只能。(54)閫外　指都城之外的軍事活動。閫，城門限。(55)屯田　指一邊生產一邊防守的邊防部隊。(56)隄防　堤壩。比喻邊防部隊。(57)慴惴　恐懼；擔心。(58)兇器　兵器。(59)隳　破壞。(60)畫一法　原來的公平制度。(61)隨時　暫時；眼前。(62)流品　官階；等級。(63)蒙尨　蕪雜；混亂。(64)網羅　綱紀法制。(65)夷狄　外族軍隊。古人稱東方少數民族為夷，南方少數民族為蠻，西方少數民族為戎，北方少數民族為狄。(66)開張　囂張。(67)黎元　百姓。(68)邈　遙遠。(69)蕭然　動盪不安的樣子。(70)煩費　賦稅繁重。(71)貞元　唐德宗李适的年號。西元七八五年至八〇五年。(72)風流句　社會風氣是竭力追求奢侈靡麗的生活。風流，風氣。恣，恣意；竭力。綺靡，華美奢侈。(73)艱極句　社會混亂到極點，太平日子會接著到來。即人們常說的「否極泰來」。泰，安泰。循，接著。(74)元和句　指唐憲宗李純。元和，唐憲宗的年號。(75)湯武　指商朝的開國君主商湯和周朝的開國君主周武王。他們都是著名的聖明君主。(76)茅茨　用茅草蓋的屋頂。(77)封章句　憲宗用的帷帳是用奏章的封套縫製而成的。封章，這裡指裝奏章的封套。綻，縫製。以上兩句講憲宗生活簡樸。(78)伍旅句　從士兵中選拔猛將。伍旅，五人為伍，五百人為旅。這裡泛指士兵。(79)夢卜句　能夠不拘一格地重用具有真才實學的丞相。夢卜，商朝君主武丁夜夢得聖人，便派人依夢中形象找到為人做苦工的傅說，任為相；周文王出獵前占卜，卜辭說可得王佐之才，果然在渭水邊遇到釣翁太公望，立為師。庸，用。真相，具有真才實學的丞相。(80)勃雲句　烏雲突起，雷霆轟鳴。比喻唐軍攻勢猛烈。(81)河南句　河南道的割據者被全部掃清。元和年間，朝廷先後討平吳元濟、李師道，宣武節度使韓弘歸順朝廷，黃河以南地區重新回到朝廷手中。(82)長慶　唐穆宗年號。西元八二一年至八二四年。(83)燕趙句　燕趙地區的割據者也帶著孩子來歸順朝廷。燕趙，指成德軍觀察支使王承元和盧龍節度使劉總。舁，扛；揹。襁，包小孩的被子。(84)北闕句　在宮闕前磕頭行禮。北闕，北邊的宮闕。頓顙，磕頭。前額叫顙。(85)茹鯁句　咽喉狹窄，吞不下魚骨。比喻唐穆宗能力小了一點，無法擔起平叛重任。茹，吃。鯁，魚骨。(86)坐幄　在帷幄之中。(87)吞舟句　網眼太稀疏，漏掉了吞舟大魚。比喻沒有消滅一些強大的割據者。(88)骨添句薊門一帶又添了許多戰死者的白骨。長慶元年（西元八二一年），幽州盧龍都知兵馬使朱克融叛亂，縱兵大掠。薊垣，即薊門。沙，北方多沙漠，故言。(89)嘷沲　河名。流經河北省。(90)徒有征　古人認為天子之兵，有征無戰。意謂天子討叛時，不用作戰，就能勝利。這裡是說唐朝廷只能空喊征討，而無實力作戰。徒，空；白白地。(91)問無狀　追究叛亂無禮者的責任。無狀，無禮。(92)一日句　五位節度使同日出兵。五諸侯，指魏博節度使田布、橫海節度使烏重允、昭義節度使劉從諫、河東節度使裴度、義武節度使陳楚。他們於長慶元年八月同時出兵討伐王廷湊。唐朝節度使權力極大，故稱為諸侯。(93)烏往　烏散。(94)取之　收復失地。(95)蒼然句　蒼茫的太行山路。太行，山名。(96)翦翦句　道路狹窄而且草木叢生。翦翦，狹窄的樣子。榛，草木叢雜的樣子。莽，草。(97)關西句　指詩人杜牧自己。關西，潼關以西。杜牧是長安人，故自稱關西人。(98)肉虜杯羹　把反叛者剁成肉泥，做成一杯一杯的肉湯。肉，用作動詞，把反叛者殺掉當作食用肉。虜，指反叛者。(99)數　訴說；陳述。(100)係虜　擒縛反叛者。(101)蕩蕩　廣大的樣子。(102)曈曈　光明的樣子。(103)叱起　奮起。叱，大呼，這裡有振作精神的意思。(104)豁洪溟　使動盪的社會安定下來。豁，免除。洪溟，大海。比喻動盪不安的社會。(105)封域內　整個國內。(106)扈苗征　征討叛亂者的戰爭。夏朝曾征討叛亂者有扈和三苗。(107)七十句　商湯以七十里大的國家統一天下，周文王以百里大的國家贏得天下人的擁護。意思是提醒朝廷要推行仁政，招攬民心，以統一天下。(108)所至　所要達到的目的。(109)愁蘇醒　為酒醒而發愁。詩人有志難伸，十分痛苦，所以喝醉後不願再醒來。(110)韜舌　閉口不說。韜，藏。(111)辱壯心　屈辱自己的壯志。(112)叫閽　向朝廷大聲疾呼。閽，宮門。(113)賈生　漢代的賈誼。他是著名的政論家和文學家，具有遠大的政治抱負卻終生不得志。所以杜牧把賈誼視為知音。

【語　譯】生當隋朝末年的唐高祖和唐太宗，順應天意用武力征服天下。他們拯救了萬世百姓，建立的功業可以與三皇相比。唐太宗繼承父親唐高祖的事業，繼續用文德治理天下。太宗普施恩澤於百姓，這些恩澤如美酒一般香透骨髓使人民陶醉。後來旄頭星出現在箕尾星區，薊門一帶爆發了戰爭。安祿山的叛軍攻殺唐朝廷的將士，屍首堆滿了長安城。唐肅宗指揮英雄豪傑，談笑間從容地平定了安史叛亂。安史降將盤據在河南河北兩道，如死灰復燃很難徹底撲滅。號稱兵力最強的地方，是齊、蔡、燕、趙、魏五個地區。那裡的割據者擁有方圓千里的地盤，他們相互勾結，串通一氣。他們彼此通婚，相互結為兒女親家。他們親密得如同兄弟手足，一唱一和此呼彼應。他們擅自制訂法令，爭相僭越使用天子的禮儀。他們的臺階上雕刻著彼此爭鬥的螭，房屋裡畫著相互纏繞的龍。他們在簽署公文時不再署名以示尊貴，分賞財物時稱之為「賜」。他們把城壕挖得又寬又深，把城牆修得又高又大。他們決心把權勢和地盤傳給子孫，一直到後嗣斷絕方纔罷休。天子依仗著祖先神靈的庇祐，還有天下百姓為他輸送財物。為什麼七十多年來，朝廷還要含羞忍辱而不能把叛亂掃平？現在看不到韓信和彭越那樣的名將，像李勣和李靖這樣的名將也都已去世。今天的大小將軍雖然很多，打起仗來都如同兒戲。幾代皇上每日只能長吁短歎，征討重任不知該付給誰。戍邊的軍隊有數十萬人，他們的戰鬪力和忠誠都令人十分擔心。朝廷緊急征兵徵稅是為了軍事需要，加重賦稅是為了製造武器。朝廷為此破壞了原來的合理制度，這都是為了追求眼前的利益。社會上的上下尊卑關係極度混亂，國家的法紀制度也逐漸廢弛。夷狄的軍隊日益囂張，百姓的生活更加艱難。太平日子是那樣的遙遠，到處是騷亂不安和橫徵暴斂。到了貞元末年，社會風氣是恣意追求奢靡生活。然而否極泰來，終於出現了聖明天子唐憲宗。憲宗這位聖明天子，比商湯和周武王更為英明。他用茅草修蓋宮殿，他用奏章的封套縫製成帷帳。他在士兵中選拔猛將，他不拘一格任用賢相。唐軍的攻勢迅猛如飛雲驚雷，河南道的叛亂者全部被掃平。到了唐穆宗長慶初年，燕趙地區的割據者也最終歸順。他們攜帶著妻子老小來到都城，在皇宮前爭相叩頭請降。那裡的父老撫摩著小兒孫們說：「你們這一代總算有了希望！」就像喉嚨太窄吞不下魚骨那樣，穆宗君臣能力薄弱無法徹底掃平叛亂。在帷幄中拿不出出奇制勝的方略，結果漏掉了吞舟大魚。薊門一帶又增添了許多戰死者的白骨，將士們的鮮血流滿了嘑沱河。朝廷只有征討的空名，哪有力量去追究叛亂者的罪責。五位節度使同日出兵討伐，結果被打得一敗塗地。要想收復失地難如登天，而失去它們卻易如反掌。蒼茫的太行山路，是那樣的狹窄而又草木叢生。我這個關西的微賤男子漢，誓把叛亂者剁成肉泥做成肉湯。請讓我陳述一下自己的平叛策略，可又有誰肯傾聽我的陳說。天地是那樣的闊大，日月是如此的光明。我們如能振奮起來幹一番周文王、周武王那樣的事業，就可以掃平天下統一宇內。我們怎能讓四海之內，經常發生討伐叛亂的戰爭！商湯和周文王分別以七十里和一百里的地盤取得天下，他們又何嘗在乎領地大小！每當我想到自己的遠大志向，便憂愁得只想喝醉不再醒來。我本想閉口不言卻又委屈了自己的雄心壯志，想向朝廷大聲疾呼而又沒人聲援。只好姑且寫下這首〈感懷詩〉，焚燒後獻給我的前代知音賈誼。

杜秋娘 并序

【題解】這首詩寫於唐文宗大和七年（西元八三三年）杜牧三十一歲的時候。本詩描述了杜秋娘時盛時衰、坎坷曲折的一生，同時又列舉了大量的歷史事實，以說明禍福難定、命運莫測的人生哲理。其中飽含著詩人對自己人生遭遇的無限感慨。

杜秋，金陵[1]女也。年十五，為李錡[2]妾，後錡叛滅，籍[3]之入宮，有寵於景陵[4]。穆宗[5]即位，命秋為皇子傅姆[6]，皇子壯，封漳王。鄭注[7]用事[8]，誣丞相[9]欲去異己者，指王為根[10]，王被罪廢削，秋因賜歸[11]故鄉。予過金陵，感其窮且老，為之賦詩。

京江[12]水清滑，生女白如脂[13]。其間杜秋者，不勞[14]朱粉施[15]。老濞[16]即山鑄[17]，後庭千雙眉[18]。秋持玉斝[19]醉，與唱[20]〈金縷衣〉[21]。勸君莫惜金縷衣，勸君須惜少年時。花開堪折直須折，莫待無花空折枝。李錡長唱此辭。濞既白首叛[22]，秋亦紅淚滋[23]。吳江[24]落日渡，灞岸[25]綠楊垂。聯裾[26]見天子，盼眄[27]獨依依[28]。椒壁[29]懸錦幕，鏡奩[30]蟠蛟螭[31]。低鬟[32]認新寵，窈裊[33]復融怡[34]。月上白璧門[35]，桂影涼參差。金階[36]露新重，閑捻[37]紫簫[38]吹。《晉書》：盜開涼州張駿塚，得紫玉簫。莓苔[39]夾城路[40]，南苑[41]鴈初飛。紅粉[42]羽林[43]仗，獨賜辟邪旗[44]。歸來煮豹胎[45]，饜飫[46]不能飴[47]。咸池[48]昇日慶[49]，銅雀分香[50]悲。雷音後車[51]遠，事往[52]落花時。燕禖[53]得皇子[54]，壯髮綠緌緌[55]。畫堂[56]授傅姆[57]，天人[58]親捧持。虎睛珠絡褓[59]，金盤犀鎮帷[60]。長楊[61]射熊羆[62]，武帳[63]弄啞咿[64]。漸拋竹馬劇[65]，稍[66]出舞雞奇[67]。嶄嶄[68]整冠珮[69]，侍宴坐瑤池[70]。眉宇儼圖畫[71]，神秀射朝輝[72]。一尺桐偶人，江充知自欺[73]。王幽[74]茅土[75]削，秋放故鄉歸。觚稜拂斗極[76]，迴首尚遲遲[77]。四朝三十載[78]，似夢復疑非。潼關[79]識舊吏，吏髮已如絲[80]。卻喚[81]吳江渡，舟人[82]那得知。歸來四鄰改，茂苑[83]草菲菲[84]。清血[85]灑[86]不盡，仰天知問誰。寒衣一疋素[87]，夜借鄰人機[88]。我昨金陵過，聞之為歔欷[89]。自古皆一貫[90]，變化安能推。夏姬滅兩國，逃作巫臣姬[91]。西子下姑蘇，一舸逐鴟夷[92]。織室魏豹俘，作漢太平基[93]。誤置代籍中，兩朝尊母儀[94]。光武紹高祖，本係生唐兒[95]。珊瑚破高齊，作婢舂黃糜[96]。蕭后去揚州，突厥為閼氏[97]。女子固不定，士林[98]亦難期[99]。射鉤後呼父[100]，釣翁王者師[101]。無國要孟子[102]，有人毀仲尼[103]。秦因逐客令，柄歸丞相斯[104]。安知魏齊首，見斷簀中屍[105]。給喪蹶張輩，廊廟冠峩危[106]。珥貂七葉貴，何妨戎虜支[107]。蘇武卻生返[108]，鄧通終死饑[109]。主張[110]既難測，翻覆亦其宜[111]。地盡[112]有何物，天外復何之[113]？指何為[114]而捉，足何為而馳？耳何為而聽，目何為而窺？己身不自曉，此外何思惟。因傾一樽[115]酒，題作〈杜秋詩〉。愁來獨長詠，聊可以自怡[116]。

【注釋】❶金陵　地名。即今江蘇省鎮江市。古代的金陵，一般指今天的南京市。但在唐代，鎮江市（當時稱京口）也叫金陵。❷李錡　人名。唐宗室。當時任鎮海軍節度使。唐憲宗時因反叛罪被殺。❸籍　按名冊沒收。❹景陵　唐憲宗李純的陵墓。這裡代指唐憲宗。❺穆宗　唐穆宗李恒。唐憲宗第三子。元和十五年（西元八二〇年）即位。❻傅姆　保姆。杜秋娘當唐穆宗之子李湊的保姆。❼鄭注　人名。以醫術漸至高位。陰險奸詐，與宦官王守澄關係密切。❽用事　當權。❾丞相　指宋申錫。唐文宗在位時，與丞相宋申錫計畫誅殺宦官王守澄，鄭注知道後，告訴王守澄。王、鄭先發制人，反誣宋申錫等人圖謀不軌，想擁立漳王為帝。因此漳王被貶黜為巢縣公。❿根　根本；靠山。⓫賜歸　放回；趕回。⓬京江　長江流經京口（今鎮江市）的一段，又叫京江。⓭脂　脂膏。⓮不勞　用不著。⓯朱粉施　塗脂抹粉。朱粉，胭脂和鉛粉。屬化妝品。⓰老濞　漢高祖劉邦的姪兒劉濞。這裡代指李錡。劉濞封為吳王後，開山鑄錢，煮海為鹽，十分富有。後聯合其他六個諸侯國發動叛亂，兵敗被殺。史稱「吳楚七國之亂」。李錡與劉濞身分、權勢、經歷都極為相似，故用劉濞代指李錡。⓱即山鑄　開山鑄錢。即，接近；靠近。⓲千雙眉　千位美女。一雙眉指一個美女。⓳玉斝　玉製的酒杯。斝，一種圓口三足的酒器。⓴與唱　伴唱。與，跟隨。下文自注說李錡愛唱〈金縷衣〉，這裡的「與唱」應為杜秋娘為李錡伴唱。㉑金縷衣　歌曲名。歌詞即下面自注的四句。㉒白首叛　在白髮蒼蒼的老年時叛亂。這裡仍是以劉濞事代指李錡事。㉓紅淚滋　淚流不停。紅淚，指女子的眼淚。滋，淚流汪汪的樣子。㉔吳江　長江流經京口、揚州間的這一段，又叫吳江。㉕灞岸　灞水兩岸。灞，河名。在長安城東。以上兩句是說杜秋娘離開故鄉金陵，來到長安。㉖聯裾　與大家並排站著。裾，衣襟。㉗盼眄　注視。㉘依依　依戀；喜愛。此句是說唐憲宗獨獨看中了杜秋娘。㉙椒壁　后妃的住屋。椒，一種香料。古人用椒和泥塗壁，取其溫暖芳香。㉚鏡奩　梳妝用的鏡匣。㉛蟠蛟螭　指蛟龍蟠居的圖案。有角的龍叫蛟，無角的龍叫螭。㉜低鬟　低頭。鬟，女子的一種鬟形髮髻。㉝窈裊　體態嬌美多姿。㉞融怡　心情愉快。㉟白璧門　指漢武帝用白玉做成的宮殿門。這裡泛指唐宮殿門。㊱金階　指宮殿裡的臺階。㊲捻　拿取。㊳紫簫　用紫玉做成的簫。見下文原注。㊴莓苔　青苔。㊵夾城路　兩邊修有圍牆的道路。㊶南苑　花園名。又叫芙蓉園。為皇家遊賞之處。㊷紅粉　指后妃宮女。㊸羽林　即羽林軍。皇帝的禁衛軍。㊹辟邪旗　畫有辟邪獸的旗子。屬皇帝的儀仗旗之一。辟邪獸是一種傳說中的神獸，似獅而有翼。㊺豹胎　古人視豹胎為美食。㊻饜飫　吃飽。㊼飴　味美可口。㊽咸池　神話傳說中的天池。太陽昇起前在此沐浴。㊾昇日慶　皇帝即位，萬民同慶。昇日，比喻唐穆宗即位。㊿銅雀分香　指唐憲宗之死。唐憲宗於元和十五年（西元八二〇年）被宦官所殺。銅雀，臺名。即銅雀臺。曹操所築。曹操死前，要求妃嬪在他死後要時時登上銅雀臺，以遙望自己的陵墓，並把剩餘的香料分給他的諸位夫人。這裡用曹操的死代指唐憲宗的死。(51)雷音後車　發出雷一樣聲音的皇帝車輛。後車，皇帝的副車。代指皇帝的車隊。這句是說杜秋娘從此遠離皇帝，得不到寵愛。(52)事往　歡樂的事情一去不返。(53)燕禖　求子的祭祀。傳說娀簡在燕子飛來之日祭祀高禖，吞燕卵而生契（商朝的始祖）。禖，又叫高禖，主婚姻生子之神。(54)皇子　指唐穆宗之子李湊。(55)綠緌緌　頭髮黑而下垂的樣子。綠，古人往往稱黑髮為綠髮、綠雲。緌緌，下垂的樣子。(56)畫堂　殿堂名。在漢代未央宮內。這裡泛指華麗的殿堂。(57)傅姆　指杜秋娘。(58)天人　指皇子李湊。本句的語序應為「親捧持天人」。(59)虎睛句　皇子的襁褓上綴著許多虎睛珠。虎睛珠，寶珠名。褓，嬰兒的包被。(60)金盤句　用刻有犀牛形的金盤壓著帷帳。鎮，壓。(61)長楊　漢代宮殿名。內有射熊館。這裡代指唐穆宗射獵之處。(62)羆　動物名。熊的一種。(63)武帳　置有兵器的帷帳。為帝王所用。(64)弄啞咿　逗弄小皇子讓他啞咿學語。啞咿，幼兒學語的聲音。(65)竹馬劇　把竹竿當馬騎的遊戲。劇，遊戲。(66)稍　漸漸地。(67)舞雞奇　新奇的鬥雞遊戲。奇，新奇。(68)嶄嶄　身材高大的樣子。(69)整冠珮　衣冠佩飾整潔。(70)瑤池　神話中西王母的住處。這裡指帝后飲宴的地方。(71)眉宇句　皇子的面貌如同圖畫一樣美好。眉宇，風度。儼，儼然；好像。(72)神秀句　神采俊秀，如朝陽光輝四射。(73)一尺二句　指皇子遭人誣陷。漢武帝時的大臣江充暗中派人把桐木偶人埋在太子宮中，然後誣陷太子用桐木偶人詛咒武帝，結果太子被害。這裡借指鄭注陷害皇子李湊。(74)幽　囚禁。(75)茅土　指爵位。周代天子用五色土築壇，封諸侯時，取所封國方位的泥土，用白茅墊著交給受封的人。(76)觚稜句　宮殿上的觚稜高入雲霄。觚稜，宮殿上轉角處的瓦脊。斗極，北斗星與北極星。(77)迴首句　杜秋娘離長安回金陵時，不斷回頭張望，行走十分緩慢。表現杜秋娘對長安的留戀。遲遲，行走緩慢的樣子。(78)四朝句　指杜秋娘在宮中經歷了憲宗、穆宗、敬宗、文宗四朝皇帝，共二十七年。(79)潼關　關名。在今陝西省潼關縣境內。(80)絲　白色的蠶絲。(81)卻喚　又一次呼喚。(82)舟人　船夫。(83)茂苑　園林名。一說指花木茂盛的園林。這裡泛指李錡當權時的園林。(84)菲菲　野草茂盛而雜亂的樣子。(85)清血　悲痛的眼淚；血淚。(86)灑　流淌。(87)素　沒有染色的絲綢；白絹。(88)機　織布機。(89)歔欷　歎息。(90)一貫　一樣。(91)夏姬二句　夏姬使兩個國家滅掉以後，當了巫臣的侍妾並一起逃走。夏姬是春秋時代的美女，她是鄭穆公的女兒，後嫁給陳國大夫夏御叔為妻，生子夏徵舒。御叔死後，夏姬與陳靈公君臣數人私通，徵舒憤而殺陳靈公。楚國趁機出兵殺徵舒，滅陳國（後又復國）。楚王把夏姬賜給連尹襄老，連尹襄老不久戰死，夏姬回到鄭國。楚國大夫巫臣出使時來到鄭國，帶夏姬一起逃往晉國。陳國因夏姬而一度滅亡，至於滅兩國的事，未見史書記載。(92)西子二句　西施於吳國滅後走下姑蘇臺，跟著范蠡乘船走了。西子，西施。春秋時越國美人。越王句踐被吳打敗後，獻西施給吳王夫差，夫差迷於酒色，最終被越國滅掉。關於西施的下落，一說被越王沉入江底，一說隨范蠡逃走。姑蘇，山名。在今江蘇省蘇州市西南，吳王在山上建姑蘇臺，是吳王與西施遊樂之處。舸，大船。逐，跟隨。鴟夷，即越國大夫范蠡。他幫助越王滅吳後，功成身退，乘船而去，改姓名為「鴟夷子皮」。93織室二句　魏豹的侍妾薄姬以俘虜的身分在織室做工，卻生下了為漢朝太平盛世奠定基礎的漢文帝。魏豹俘，指薄姬。薄姬原是魏王豹的侍妾，魏王被劉邦擊敗後，她成了俘虜，當了一名紡織工。後被劉邦看中，納入後宮，生漢文帝劉恒。94悞置二句　漢代竇姬被錯列入代國的名冊中，結果兩朝被尊奉為太后。竇姬原為宮女，呂后分賜宮女給諸侯王時，竇姬請求主管此事的宦官把自己分到離家鄉近一些的趙國。後來宦官忘記了，把她錯列入代國的名冊裡。到代國後，竇姬受到代王劉恒的寵幸，生子劉啟。呂氏之亂後，代王劉恒立為皇帝，即漢文帝。文帝死，劉啟即位，即漢景帝，竇姬被尊為皇太后。景帝死，武帝立，竇姬被尊為太皇太后。悞，同「誤」。籍，名冊。母儀，母親的表率，這裡指太后。95光武二句　漢光武帝劉秀繼承漢高祖劉邦的帝業，而他的這一族系是由景帝的宮女唐兒所生。劉秀是東漢開國皇帝，為漢高祖九世孫，是漢景帝之子長沙定王劉發的後裔。唐兒原是漢景帝妃程姬的侍婢，一次景帝召程姬，程姬因有月事不便侍寢，就把唐兒送去。景帝因醉不知，與唐兒同居一夜，生長沙定王劉發。紹，繼承。96珊瑚二句　馮小憐使高氏北齊亡國，而自己也當了舂米的婢女。珊瑚，人名。即馮小憐，為北齊後主高緯的寵妃。高緯淫樂，終致亡國。北周滅北齊後，馮小憐被賜給代王達，她讒毀代王妃，幾乎把代王妃害死。隋朝建立，隋文帝把馮小憐賜給代王妃的哥哥李詢。李詢母親令她穿布裙舂米，後又逼她自殺。黃糜，此處泛指米類。97蕭后二句　蕭皇后離開揚州後，又成了突厥族君主的正妻。蕭后是隋煬帝的皇后，煬帝在揚州（當時叫江都）被宇文化及所殺，蕭后流落到突厥。但蕭后為突厥君主正妻的事，未見正史記載。去，離開。突厥，北方的一個游牧民族。閼氏，漢代匈奴君主的正妻。後來泛指北方游牧民族君主的正妻。98士林　泛指有文士身分的人。也可理解為泛指男子。99期　預測。100射鉤句　射中齊桓公衣帶鉤的管仲後來卻被齊桓公呼為仲父。春秋時，管仲輔佐齊國公子糾。公子糾與公子小白爭奪君位時，管仲射小白，中衣帶鉤。後來公子糾失敗被殺，小白立為齊國君主，即齊桓公。齊桓公知道管仲賢能，赦免他射鉤之罪，並任為相，尊呼為「仲父」。101釣翁句　釣魚的老翁後來當了周文王的老師。釣翁，指姜尚。姜尚字子牙，原在渭水釣魚，後遇周文王，被尊為師。102無國句　沒有任何一個國家重用孟子。孟子，名軻，字子輿，戰國時鄒人。儒家的代表人物，被後世尊為亞聖。要，請；任用。103有人句　孔子也不免受人誹謗。毀，誹謗。仲尼，孔子名丘，字仲尼。104秦因二句

因為秦國下過逐客令，李斯當上了丞相，掌握了大權。秦王曾下令驅逐各國來秦的人，李斯也在被逐之列。為此，李斯上〈諫逐客書〉，說服秦王收回成命。後來李斯幫助秦國統一天下，並被任為丞相。柄，權柄；權力。105安知二句　誰會料到

魏國國相魏齊的腦袋，竟斷送在裹在蓆子中的「屍體」手中呢？戰國時，魏齊曾任魏國國相，他懷疑魏人范雎私通齊國，便令人痛打范雎。范雎裝死，魏齊叫人用蓆子把他裹起丟入廁所，還往他身上撒尿。後來范雎逃到秦國，當了國相。秦王為替范雎報仇，要求趙國把逃往趙國的魏齊殺掉。後魏齊自殺，趙王取其頭獻給秦國。見斷，被砍斷。簀，蓆子。屍，指裝死的范雎。(106)給喪二句　為人出喪吹簫以及當過弓弩手的人，也在朝廷當了高官。給喪，為人辦喪事。指周勃。周勃早年為辦喪事人吹簫，後輔佐漢高祖打天下，封絳侯，漢文帝時任丞相。蹶張，用腳踏開強弩。指申屠嘉。申屠嘉曾以弓弩手的身分隨漢高祖打天下，漢文帝時任丞相，封故安侯。廊廟，指朝廷。峩危，高大的樣子。指戴上高大的帽子，當了大官。(107)珥貂二句　連續七朝插貂尾、當高官的，又何妨是俘虜來的外族人後裔？指漢代金日磾。金日磾是匈奴休屠王太子，武帝時歸漢，賜姓金，曾任馬監、侍中，逐漸顯貴。金日磾及其後裔從武帝至平帝共七朝做高官。珥，插。貂，貂尾。漢代侍中官冠旁插貂尾，以為裝飾。七葉，七朝。戎，對少數民族的一種蔑稱。虜，俘虜；奴隸。支，支系；後裔。(108)蘇武句　漢武帝派蘇武出使匈奴，被扣留十九年，歷盡艱險，終於歸漢。(109)鄧通句　鄧通是漢文帝的幸臣，文帝賜以銅山，許其鑄錢，鄧通富甲天下。景帝即位，鄧通被免官抄家，最後死於窮困。以上所舉歷史人物和事件，主要說明人的命運變化莫測，不可預料。(110)主張　主意；意旨。(111)宜　應該的；不足為奇的。(112)地盡　大地盡頭之外的地方。(113)何之　何往。之，到；往。(114)何為　為何。(115)樽　酒杯。(116)自怡　使自己愉快。怡，愉快。

【語　譯】杜秋，是金陵的一位女子。在她十五歲的時候，嫁給李錡當了侍妾。後來李錡反叛朝廷被殺，杜秋也被籍沒入宮，但受到了唐憲宗的寵幸。唐穆宗即位後，讓杜秋當皇子的保姆。皇子長大以後，被封為漳王。鄭注當權時，誣陷丞相宋申錫想排斥異己，並說他的後臺是漳王，漳王因此被治罪，並被削去了王位，杜秋也因此被趕回故鄉。我路過金陵時，看到她又窮又老，我不由得感慨萬分，為她寫了這首詩歌。

京江的水清澈潤滑，這裡出生的女子膚色潔白如膏脂。其中有一位叫杜秋的姑娘，不用塗脂抹粉就異常漂亮。劉濞式的人物李錡積聚了大量財富，後庭裡搜羅了上千的美女。杜秋手持玉杯醉意朦朧，伴隨李錡吟唱〈金縷衣〉。李錡像劉濞一樣晚年叛亂被殺，杜秋也因此傷心得淚流不止。落日時分杜秋渡過吳江，來到了長滿綠楊的灞水岸旁。杜秋與其他人一起拜見天子，天子看見她對她情有獨鍾。她住進用香椒塗牆、懸掛錦繡帷帳的後宮，鏡匣上雕繪著蛟龍盤居的圖紋。她低頭思量知道自己得到新的寵愛，心情愉快更顯得嬌美動人。月亮昇起照著宮門，桂樹影參差不齊給人帶來涼意。臺階上灑滿了濃重的露水，杜秋悠閑地吹起紫玉簫。沿著長滿青苔的夾城路，大雁北歸時來到南苑。皇上帶著妃嬪宮娥和羽林軍儀仗隊來此遊玩，特地賜給杜秋一面辟邪旗。回宮後吃煮豹胎，因已吃飽感覺不到味道鮮美。穆宗登極普天同慶，憲宗去世杜秋傷悲。從此遠離皇上那行走時發出雷聲的車隊，歡樂的往事如落花一樣一去不回。皇上祈神生了皇子，下垂的健旺頭髮油亮漆黑。皇上在華麗的殿堂裡把皇子交給保姆杜秋，從此杜秋親自精心把他照料。襁褓上綴滿了顆顆虎眼珠，刻有犀牛形的金盤壓著帷帳。穆宗經常帶他去射獵，在武帳中逗弄他咿啞學語。皇子漸漸長大不再玩騎竹馬的遊戲，慢慢地學起新奇的鬥雞。皇子身材魁梧衣冠整齊，經常陪伴母后在後宮飲宴。他的相貌氣度猶如圖畫的一般美好，神采俊秀如朝陽光輝四射。沒想到皇子像漢武帝的太子那樣，受到江充式的壞人的陷害。皇子被囚禁，王位被削去，杜秋也被放歸故鄉。宮殿的觚稜高入雲霄，杜秋一步一回首依依難捨。杜秋在宮中三十年經歷四朝，回想往事都似夢非夢。經過潼關時認出了從前的關吏，關吏的頭髮已白如銀絲。再次呼喚故鄉吳江的渡船，船夫已認不出呼喚人是誰。回家後纔知道鄰居都已改變，過去的美麗花園也長滿了茂盛的野草。痛苦的眼淚流個不停，面對蒼天向誰詢問這變化的原因。做冬衣需要一匹白絹，杜秋只好夜裡到鄰居家借織機紡織。我昨天從金陵路過，聽到這些事而為她歎息不已。自古以來都是如此，人生的命運變化怎能預知！夏姬使兩個國家滅亡後，又逃走當了巫臣的侍妾。西施在吳國亡後走下姑蘇臺，同范蠡一起乘船離去。魏豹的侍妾薄姬以俘虜的身分在織室紡織，卻生下為漢代盛世奠定基礎的漢文帝。竇姬被錯列入代國的名冊裡，結果兩朝被尊為母后。漢光武帝繼承漢高祖的帝業，他的先人卻是侍婢唐兒所生。馮小憐恃寵胡為使高氏北齊滅亡，自己也成了舂米的婢女。蕭后離開揚州後，卻當了突厥君主的正妻。女子的命運固然變化不定，男子的命運也同樣難以預測。射中齊桓公帶鉤的人卻被桓公尊為「仲父」，釣魚的老翁竟然當了周文王的老師。沒有一個國家重用孟子，連孔子也受到一些人的誹謗。因為秦國下過逐客令，李斯便當上了丞相掌握了大權。誰又能料到魏齊的腦袋，卻被蓆子裹著的「屍體」給砍掉了。送喪的吹鼓手和軍中的弓弩手，都能在朝廷上戴著高冠當了大官。冠插貂尾連續七朝官居顯要的人，又何妨是俘虜來的異族人。被匈奴扣留十九年的蘇武卻能生還，富貴一時的鄧通反而死於饑寒交迫。上天的旨意很難預測，翻覆變化也不足為怪。大地之外還有什麼東西？蒼天之外還有什麼地方？手指為何能夠抓取？兩腳為何能夠奔馳？耳朵為何能夠聽見聲音？眼睛為何能夠看見物體？自身的事情尚且不能明白，身外的事情又怎能想得清楚！因此我為自己斟了一杯酒，寫下了這首〈杜秋詩〉。愁悶時獨自吟詠，姑且用這首詩為自己消愁解憂。

郡齋獨酌 黃州作

【題解】郡齋，郡守的府第。這裡具體指黃州（今湖北省黃岡市）刺史的府第。獨酌，獨自飲酒。唐武宗會昌二年（西元八四二年），杜牧被丞相李德裕排擠出朝廷，出任黃州刺史。這首詩即寫於此時，詩人當時大約四十歲。詩中說，自己既想像李侍中那樣建功立業，光宗耀祖，又想像朱處士那樣隱居山林，享受天倫之樂。詩人回憶了自己的仕宦經歷，說明自己之所以沒有隱居山林，完全是想以「平生五色線，願補舜衣裳」，想靠自己的才能，幫助君主掃平海內，開創太平盛世。當然，杜牧也知道這一志向很難實現，故也露出自嘲口氣。本詩在描寫景物、刻劃複雜思想情感方面，都很成功。

前年鬢❶生雪，今年鬚帶霜。時節序鱗次❷，古今同鴈行❸。甘英窮西海❹，四萬❺到洛
陽。東南我所見，北可計幽荒❻。中畫❼一萬國❽，角角棋布方❾。地頑❿壓不穴⓫，天迴老
不僵⓬。屈指⓭百萬世，過如霹靂忙⓮。人生落其內，何者為彭、殤⓯？促束⓰自繫縛，儒衣
寬且長。旗亭⓱雪中過，敢⓲問當壚娘⓳。我愛李侍中⓴，摽摽㉑七尺強。白羽㉒八札弓㉓，

胜壓[24]綠檀槍[25]。風前略[26]橫陣，紫髯[27]分兩傍。淮西[28]萬虎士[29]，怒目不敢當。功成賜宴麟
德殿[30]，猿超鶻掠廣毬場[31]。三千宮女側頭看，相排[32]踏碎雙明璫[33]。旌竿幖幖[34]旗㸌㸌[35]，
意氣橫鞭歸故鄉。我愛朱處士[36]，三吳[37]當中央。罷亞[38]稻名百頃稻，西風[39]吹半黃。尚可活
鄉里，豈唯滿囷[40]倉。後嶺翠撲撲[41]，前溪碧泱泱[42]。霧曉起鳧鴈，日晚下牛羊。叔舅[43]欲飲
我[44]，社甕[45]爾來嘗。伯姊[46]子欲歸，彼亦有壺漿[47]。西阡[48]下柳塢[49]，東陌[50]繞荷塘。姻親
骨肉舍[51]，煙火[52]遙相望。太守政如水[53]，長官貪似狼。征輸[54]一云[55]畢，任爾[56]自存亡。我
昔造[57]其室，羽儀[58]鸞鶴[59]翔。交橫碧流上[60]，竹映琴書牀。出語無近俗，堯、舜、禹、武、
湯[61]。問今天子少，誰人為棟梁？我曰天子聖，晉公[62]提紀綱。聯兵數十萬，附海[63]正誅
滄[64]。謂言大義小不義[65]，取易[66]卷席如探囊。犀甲[67]吳兵鬭弓弩，蛇矛[68]燕[69]騎馳鋒鋩。豈
知三載幾百戰，鉤車[70]不得望其牆。答云此山外，有事同胡羌[71]。誰將國伐叛，話與釣魚
郎[72]。溪南重迴首，一逕出脩篁[73]。爾來[74]十三歲，斯人[75]未曾忘。往往自撫[76]己，淚下神蒼
茫[77]。御史詔分洛[78]，舉趾何猖狂[79]。闕下[80]諫官業[81]，拜疏[82]無文章[83]。尋僧解幽夢[84]，乞[85]
酒緩愁腸。豈為妻子計，未去山林藏[86]。平生五色線[87]，願補舜衣裳[88]。絃歌[89]教燕趙[90]，蘭
芷[91]浴河湟[92]。腥膻[93]一掃灑，兇狠皆披攘[94]。生人[95]但[96]眠食，壽域[97]富農桑。孤吟志在
此，自亦笑荒唐。江郡[98]雨初霽[99]，刀好截秋光[100]。池邊成獨酌，擁鼻[101]菊枝香。醺酣[102]更唱

太平曲，仁聖天子⑩壽無疆。

【注釋】❶鬢　臉旁邊靠近耳朵的頭髮。❷序鱗次　像魚鱗一樣按次序排列。❸鴈行　前後排列整齊的鴈群。❹甘英句　東漢的甘英曾經走到西海的盡頭。甘英，人名。東漢班超的部屬。西海，今天的波斯灣。❺四萬　指四萬里路程。❻計幽荒　計算到幽州邊荒一帶。幽，即幽州。為古人所說的九州之一。包括今河北北部及遼寧一帶。❼畫　劃分。❽一萬國　一萬個諸侯國。國，指諸侯國。這是誇言中國疆域的廣大。❾角角句　就像方形的棋盤上角角落落都佈滿了棋子一樣。❿頑　頑強；堅固。⓫穴　洞穴。這裡指塌陷。⓬天迴句　天體旋轉不已，雖然年代久遠卻不會死亡。迴，旋轉。僵，通「殭」。不活動。引申為死亡。⓭屈指　屈指計算。⓮如霹靂忙　如迅雷閃電一樣快。霹靂，迅雷。忙，快。⓯何者句　人生無論長壽還是短命，又都算得了什麼。彭殤，長壽之人和短命之人。彭，指彭祖，傳說中的長壽之人，據說活了八百歲。殤，未成年而死。⓰促束　行為拘束。⓱旗亭　酒樓。⓲敢　豈敢；不敢。⓳當壚娘　酒臺前賣酒的女子。壚，酒店裡放置酒瓮的土臺子。⓴李侍中　指李光顏。唐憲宗時的名將，屢立戰功。唐敬宗時任司徒兼侍中。㉑摽摽　高大的樣子。㉒白羽　指有白色箭翎的箭。㉓八札弓　能穿透八層甲衣的強弓。札，鎧甲上用皮革或金屬製成的葉片。㉔䏶壓　放置在大腿上。䏶，通「髀」。大腿。㉕綠檀槍　漆成濃綠色的長槍。㉖略　進攻。㉗髯　兩頰上的鬍子。㉘淮西　指今皖北豫東淮河以北地區。當時，吳元濟在這一帶割據。李光顏在討伐吳元濟時，奮勇進攻，戰功顯赫。㉙虎士　指吳元濟手下的勇士。㉚麟德殿　殿名。在大明宮內。㉛猿超句　在大毬場上顯示了矯捷不凡的身手。猿超，像猿猴一樣快捷跳躍。超，跳。鶻掠，像鶻一樣快速搶奪。鶻，一種猛禽，善於快速襲擊。毬，中國古代的一種運動用品，圓形，中實以毛，外邊以皮革裹之。㉜相排　互相擁擠推搡。㉝雙明璫　戴在雙耳上作飾物的明珠。㉞旌竿幖幖　旗竿高高。幖幖，高的樣子。㉟爗爗　光明的樣子。㊱朱處士　姓朱的隱士。名字和生平不詳。處士，有道德學問而不做官的人。㊲三吳　泛指今江蘇省南部和浙江省北部一帶。具體有三種說法：(一)指吳興、吳郡、會稽。(二)指吳興、吳郡、丹陽。(三)指蘇州、潤州、湖州。㊳罷亞　一種稻穀名。㊴西風　秋風。㊵囷　圓形的倉庫。㊶撲撲　翠綠的樣子。㊷泱泱　又深又大的樣子。㊸叔舅　母親的弟弟。㊹飲我　讓我喝酒。我，是詩人代朱處士自稱之辭。㊺社甕　社酒。祭社神（土神）用的酒。甕，一種酒器，代指酒。㊻伯姊　大姊。㊼漿　指酒。㊽阡　南北方向的田間小路。㊾下柳塢　向南通向綠柳籠罩的村鎮。下，向南走。塢，土堡。這裡指小村鎮。㊿

陌　東西方向的田間小路。(51)姻親句　親戚和兄弟子女們的房子。姻親，因婚姻關係結成的親戚。骨肉，指兄弟和子女。(52)煙火　指炊煙。(53)政如水　政清如水。(54)征輸　繳納賦稅。征，賦稅。輸，輸送；繳納。(55)云　助詞。無義。(56)任爾　任憑這些官員。爾，你們。這裡指上述官員。本句是說朱處士不問世事政治。(57)造　到；拜訪。(58)羽儀　儀表；風範。(59)鸞鶴兩種鳥名。鸞是傳說中鳳凰一類的鳥。在古代，這兩種鳥是高潔閑雅的象徵。這裡用來比喻朱處士的風度高雅。(60)上　岸邊。(61)堯舜句　堯、舜、禹是傳說中的三位聖明君主。武，指周朝的開國君主周武王姬發。湯，指商朝的開國君主商湯。(62)晉公　指裴度。裴度當時任宰相，封晉國公。(63)附海　在沿海一帶。(64)誅滄　討伐滄州叛軍。滄，地名。在今河北省滄縣。當時李同捷在滄州一帶擁兵叛亂。(65)謂言句　原以為我們的正義之師遠勝於滄州的不義之師。謂言，說。引申為認為。小，輕視。引申為勝過。(66)取易　攻取滄州十分容易。(67)犀甲　用犀牛皮製成的甲衣。(68)蛇矛　蛇形的長矛。(69)燕　古國名。這裡泛指河北一帶。(70)鉤車　攻城的戰車。(71)有事句　發生了如同抗擊胡羌一樣的戰事。事，戰事。胡羌，兩種少數民族的名字。這裡泛指西、北地區的異族。(72)釣魚郎　朱處士自稱。(73)脩篁　高大的竹林。脩，長；高。篁，竹林。(74)爾來　從那以來。指拜訪朱處士以來。(75)斯人　這個人。指朱處士。(76)撫　這裡是回顧、回想的意思。(77)蒼茫　迷茫。(78)御史句　我擔任監察御史分司東都洛陽。御史，官名。杜牧在大和九年（西元八三五年）至開成二年（西元八三七年）間任監察御史，負責糾察。詔，皇上的命令。分洛，分司洛陽。唐代建都長安，以洛陽為東都。分設在東都的中央官員稱分司，如御史臺侍御史六人，一人分司東都臺，稱分司御史。(79)舉趾句　自己是多麼趾高氣揚。舉趾，舉止；行為。猖狂，趾高氣揚，不可一世。(80)闕下　宮闕之下。指朝廷。(81)諫官業　當了諫官之職。諫官，負責進諫的官員。指杜牧於開成四年（西元八三九年）任左補闕。(82)拜疏　上疏；給皇帝上奏章。(83)文章　文采。這裡主要指能夠治國安邦的好內容。(84)幽夢　人生如迷茫之夢的道理。佛教認為萬物皆空，人生也不過如夢如幻，虛假不實。本句是說杜牧想用人生如夢的佛理來消解自己的苦悶。(85)乞求；用。(86)藏　隱居。(87)五色線　五彩絲線。比喻自己的才能。(88)願補句　願為賢明的君主縫補衣裳。比喻希望能夠輔佐賢明君主治理天下，使國泰民安。舜，代指唐朝皇帝。(89)絃歌　指儒家所提倡的用來治國的禮樂。(90)燕趙　兩個古國名。在這裡，燕指今河北一帶，趙指今山西一帶。這些地區在唐代多次發生叛亂。(91)蘭芷　兩種香草名。這裡比喻美好的政治教化。(92)河湟　兩條河名。即黃河和湟水。此處指湟水流域及湟水流入黃河的交匯地區，在今青海省西寧市至甘肅省蘭州市一帶。當時這一地區為外族人所占領。(93)腥膻　魚的臭味叫腥，羊的臭味叫膻。膻，通「羶」。比喻異族人落後野蠻的風氣。(94)披攘　擊敗。(95)生人　生民；百姓。(96)但　只管。(97)壽域　「仁壽之域」的省略。指生活安樂的太平盛世。(98)江郡　江邊的郡城。指黃州。黃州緊靠長江。99霽　雨過天晴。100刀好句　用刀剪取錦繡似的秋景。這裡把秋天美景比作斑斕的錦緞，詩人對此極為喜愛，故想用刀截取一片。好，便於；以便。101擁鼻　摸鼻。102醺酣　喝醉。醺，醉。酣，酒喝得很暢快。103仁聖天子　指唐武宗。會昌二年，群臣給武宗上尊號「仁聖文武至神大孝皇帝」。

【語　譯】前年我的鬢髮變白了，今年我的鬍子也白了。季節排列如魚鱗依次而去，古今歲月像成行的大雁相繼而逝。漢代的甘英曾走到西海的盡頭，從那裡到洛陽共有四萬里路程。東南地區是我親眼所見，向北可算到幽州的邊荒之地。這中間可分為上萬個諸侯國，各國就像棋子佈滿了棋盤的各個角落。堅實的大地從來不會被壓塌，旋轉的蒼天年代雖久卻不會死亡。屈指一算已經過了上百萬個世代，這百萬世代一瞬而逝快得像速雷閃電。一個人生活在天地之間，無論長壽還是短命又都算得了什麼？有些人自縛手腳行為拘束，穿著又寬又長的儒生服裝。大雪天經過酒樓，想喝酒也不敢接觸賣酒的姑娘。我喜歡李侍中，他身材高大有七尺多長。他帶著白色箭翎的箭和能射穿八層甲衣的弓，深綠色的長槍橫放在大腿上。寒風中他向敵陣發起衝鋒，紫色的鬍鬚向兩邊飄揚。淮西叛軍的數萬名勇士，看到他憤怒的目光不敢抵抗。勝利後皇上在麟德殿為他設宴慶功，他還在毬場上顯示了矯捷不凡的本領。數千的宮女都轉頭觀看，相互擁擠推搡踏碎了擠掉在地上的一雙珠耳環。旌旗高高飄揚閃閃發亮，李侍中橫握馬鞭意氣風發衣錦還鄉。我喜歡朱處士，他居住在三吳地區的中心。他家種植了上百頃稻子，在秋風吹拂下稻穀的顏色已經半黃。這些稻子還可以用來救濟鄉親，豈能僅僅是為了裝滿自家的穀倉。處士屋後的山嶺蒼翠青綠，門前的溪水清澈深廣。清晨的霧氣中飛起了野鴨和大雁，傍晚的落暉裡從山上下來了歸家的牛羊。舅舅想請他喝酒，就說「我有社酒，你來嘗嘗」。大姊的兒子想回家了，他家也有美酒佳釀。西邊的小路向南通往綠柳籠罩的小村鎮，東邊的小路繞過了荷花塘。親戚、兄弟、子女的房舍相距不遠，彼此的炊煙遙遙在望。有的太守政清如水，有的官長貪狠如狼。朱處士只用繳完自己的賦稅，就不用去關心這些官員是存是亡。我過去曾到他家拜訪，看到他氣度高雅如同鸞鶴一樣。在清溪交錯的岸旁，竹影掩映，琴書滿牀。朱處士出言不俗，講的都是古代的賢君聖王。他問我：「當今天子年少，誰是朝廷的棟梁？」我回答：「當今天子聖明，晉公裴度掌管著朝廷的政綱。現在集中了數十萬大軍，正在沿海地區討伐滄州叛軍。我原以為正義之師遠勝於不義之師，朝廷軍隊將席捲滄州易如探囊取物。從吳地徵調的戰士身披犀甲手握弓弩，從燕地徵調的騎兵持蛇矛善騎射顯露鋒芒。哪知道三年來經歷了數百次戰鬥，朝廷的戰車還不能直搗滄州城。」朱處士回答說：「原來在這山外，正發生著如同抗擊胡羌一樣重大的戰事。除了您還有誰會把朝廷討伐叛軍的事情，告訴我這個不問世事的釣魚人呢？」我離開時走到溪水南岸再次回頭張望，然後沿著一條小路走過竹林。從那時到現在已經過了十三年，而我從未忘記這位朱處士。我經常回顧自己的經歷，每次都使我神情迷茫黯然淚下。在受命擔任監察御史分司東都洛陽時，我是多麼志得意滿趾高氣揚。後來到朝廷當了諫官，也沒有上過好的奏章。我尋找僧人解說人生如夢的道理，或者藉飲酒來緩解自己的滿腹憂傷。我並非因為替妻子兒女著想，纔未進山林隱居。我想在今生施展自己的才能，輔佐聖明的君主使天下太平安定。我要用禮樂來教化燕、趙一帶的百姓，我要用淳美的政風來改變河湟地區的面貌。我要徹底掃清野蠻落後的風習，我要擊敗所有的兇狠之敵。讓百姓能夠放心地吃飽睡好，從而開創一個豐衣足食的太平盛世。我一個人在這裡吟唱自己的遠大志向，連自己也感到這有點可笑荒唐。江邊的郡城雨後初晴，真想用刀截取一片錦繡般的秋景。我在池邊自斟自飲，撲面而來的是菊花的清香。醉醺醺我再唱一首太平曲，祝我們的仁聖天子萬壽無疆！

張好好 并序

【題解】張好好是一個歌妓，後來被沈述師收納為妾，兩年後流落在洛陽當壚賣酒。杜牧於大和三年（西元八二九年）在江西觀察使沈傳師幕中任職時，即同張好好相識。大和九年七月，杜牧任監察御史分司東都，與賣酒的張好好重逢。對於張好好的坎坷經歷，杜牧無限感慨，深表同情，特意寫了這首詩贈給她。

牧大和三年❶，佐❷故吏部沈公❸江西❹幕，好好年十三，始以善歌來樂籍❺中。後一歲，公移鎮宣城❻，復置好好於宣城籍中。後二歲，為沈著作述師❼以雙鬟❽納之。後二歲，於洛陽東城重覩好好，感舊傷懷，故題詩贈之。

君為豫章[9]姝[10]，十三纔有餘。翠茁鳳生尾[11]，丹葉蓮含跗[12]。高閣[13]倚[14]天半，章江[15]聯碧虛[16]。此地試君唱，特使華筵[17]鋪。主公[18]顧四座，始訝[19]來踟躕[20]。吳娃[21]起引贊[22]，低徊[23]映長裾[24]。雙鬟可高下[25]，纔過青羅襦[26]。盼盼[27]乍垂袖[28]，一聲雛鳳呼[29]。繁絃迸關紐[30]，塞管裂圓蘆[31]。眾音不能逐[32]，裊裊穿雲衢[33]。主公再三歎，謂言天下殊[34]。贈之天馬錦[35]，副[36]以水犀梳[37]。龍沙[38]看秋浪，明月遊東湖[39]。自此每[40]相見，三日已為踈[41]。玉質隨月滿[42]，豔態逐春舒[43]。絳脣[44]漸輕巧，雲步[45]轉虛徐[46]。旌旆[47]忽東下，笙歌[48]隨舳艫[49]。霜凋謝樓[50]樹，沙暖句溪[51]蒲[52]。身外任[53]塵土，罇[54]前極懽娛。飄然集仙客[55]，著作嘗任集賢校理諷賦[56]欺[57]相如[58]。聘之碧瑤珮[59]，載以紫雲車[60]。洞閉[61]水聲遠，月高蟾影孤[62]。爾來未幾歲，散盡高陽徒[63]。洛城重相見，婥婥[64]為當壚[65]。怪我苦何事，少年垂白鬚[66]？朋遊[67]今在否，落拓[68]更能無？門館慟哭[69]後，水雲[70]秋景初。斜日掛衰柳，涼風生座隅[71]。灑盡滿衿淚，短歌聊[72]一書。

【注釋】[1]大和三年　西元八二九年。大和，唐文宗李昂的年號。[2]佐　處於輔助地位；當僚屬。[3]故吏部沈公　指沈傳師。他先後擔任江南西道觀察使、宣歙觀察使、吏部侍郎等職。沈於大和九年四月去世，本詩寫於大和九年七月，所以加「故」字。[4]江西　唐代行政區劃名。地區相當於今江西省。治所在洪州（今南昌市）。[5]樂籍　官府所轄官妓的名籍。這裡指官府樂隊。❻宣城　地名。今安徽省宣州市。❼沈著作述師　人名。即沈述師。曾任著作郎等職，故稱「沈著作」。❽雙鬟　一雙梳成環形的髮髻。這裡代指體態美好。也可理解為高價賣去，意取辛延年詩：「兩鬟何窈窕，一世良所無。一鬟五百萬，兩鬟千萬餘。」❾豫章　地名。即洪州。❿姝　美女。⓫翠茁句　你的模樣就像新長出翠尾的鳳凰。茁，長出。⓬丹葉句　你的模樣還像含苞待放的紅蓮花。丹，紅色。葉，花瓣。跗，花萼的基部。⓭高閣　指滕王閣。為唐高祖兒子李元嬰所建。李元嬰被封為滕王，故名。⓮倚　靠；矗立。⓯章江　河名。發源於江西崇義縣，後與貢水匯合為贛江，流經南昌。這裡用「章江」代指贛江。⓰碧虛　碧空；天空。⓱華筵　盛美的筵席。⓲主公　是對沈傳師的尊稱。⓳訝　迎接。⓴踟躕　遲疑不前的樣子。㉑吳娃　吳地的美女。娃，東南地區對美女的稱呼。㉒引贊　引導；帶領。㉓低徊　徘徊。㉔映長裾　用長長的衣袖把自己的臉遮蔽起來。映，遮蔽。裾，衣袖。本句主要描寫年幼的張好好初次登場演唱時的羞澀情景。㉕可高下　高下適中。可，恰當。㉖青羅襦　用青色絲綢製成的短衣。襦，短衣；短襖。㉗盼盼　指大家對張好好的顧盼、注視。㉘乍垂袖　突然放下遮蔽臉的衣袖。乍，突然。本句描寫張好好知道自己必須登場演唱，便下狠心放下衣袖唱起來。㉙一聲句　張好好的歌聲就像幼鳳的叫聲一樣清脆悅耳。㉚繁絃句　伴奏的琴瑟因彈奏細碎急促的樂聲，結果琴絃在關紐處迸斷。繁絃，細碎而急促的樂聲。關紐，用來控制琴絃鬆緊的絃紐。㉛塞管句　為了伴奏高亢的歌聲，蘆管被吹裂了。塞管，從少數民族地區傳入的一種樂器名。即蘆管。㉜逐　跟隨；伴奏。以上三句是說，張好好的歌聲異常高亢清脆，所有的樂器都無法為她伴奏。㉝雲衢　雲霄。㉞殊　特出；出眾。㉟天馬錦　當時的一種絲綢名。㊱副　另外還賞賜；配贈。㊲水犀梳　用水犀的角製成的梳子。水犀，獸名。犀牛的一種。㊳龍沙　地名。在今南昌城北。㊴東湖　湖名。在今南昌城東。㊵每　經常。㊶踈　這裡指時間相隔太長。㊷玉質句　你那潔白如玉的身體隨著時光的流轉，變得越來越豐滿。玉質，指張好好的身體。月，代指時光。㊸豔態句　你那豔麗儀態隨著時光的流轉，變得越來越嬌美。春，代指時光。舒，舒展。這裡指變得更美。㊹絳脣　紅色的嘴脣。㊺雲步　猶言仙步。這是對張好好的美譽。㊻轉虛徐　變得更加輕盈從容。虛，輕盈。徐，舒緩。㊼旌旆　指觀察使沈傳師的旗幟。大和四年（西元八三〇年）九月，沈傳師由江西觀察使調任宣歙觀察使，治所在宣州，即今天的安徽省宣州市。所以下文說他乘船沿江東下。㊽笙歌　指樂隊。㊾舳艫　大船。㊿謝樓　樓名。又叫謝脁樓。在宣城城北。南齊著名詩人謝脁任宣城太守時所建。51句溪　溪名。又叫東溪。在宣城城東。52蒲　植物名。生於淺水或池沼中。以上兩句泛寫春秋佳日，張好好陪同他人到處宴遊。53任　任憑。引申為視為。54罇　酒器；酒杯。55集仙客　指沈述師。沈述師曾在集賢殿任職，集賢殿原名集仙殿。56諷賦　寫文章。諷，讀。這裡引申為寫。57欺　壓倒；勝過。58相如人名。即司馬相如。漢代的著名辭賦家。59聘之句　用青玉佩作聘禮。瑤，美玉。60紫雲車　傳說中神仙乘坐的車。這裡用來代指華美的車子。61洞閉　指張好好婚後所住的房門緊閉。洞，神話傳說中神仙居住的洞府。這裡代指張好好的住處。62蟾影孤　比喻婚後的張好好像月中蟾蜍那樣遠離朋友，十分孤獨。蟾，蟾蜍。動物名。古人認為月中有玉兔、蟾蜍等。63高陽徒　指原來的酒友。高陽，地名。在今河南省杞縣西。漢高祖劉邦兵過高陽，酈食其入見，自稱「高陽酒徒」。64婥婥　嫵媚可愛的樣子。65當壚　賣酒。詳見〈郡齋獨酌〉注。66垂白鬚　鬍子變白。當時杜牧三十三歲。67朋遊　在一起遊玩的朋友。68落拓　無拘無束，自由狂放。69門館慟哭　指為自己敬重的上司去世而痛哭。這裡指為沈傳師的去世而痛哭。70水雲　這裡泛指初秋的景色。71座隅　座邊。72聊　姑且。

【語　譯】我於大和三年，跟隨已故吏部侍郎沈傳師公在江西擔任他的幕僚。那時張好好十三歲，剛剛因為善於唱歌來到官府的樂隊。一年以後，沈公調任宣城，又把張好好安置在宣城的樂隊裡。又過了兩年，沈述師著作因張好好容貌美麗，便用重金贖出納為侍妾。此後又過了兩年，我在洛陽東城與張好好重逢。回顧往事，無限感傷，於是就寫了這首詩贈送給她。

妳那時是豫章的美女，剛剛十三歲出頭。妳那時的模樣就像纔長出翠尾的鳳凰，又像是一朵含苞待放的紅蓮花。高高的滕王閣聳入半天空中，章江的流水同遠方的碧空連成一片。就在這裡我們聽妳試唱，還特意為此設下盛大的宴會。沈公環顧一下四座來賓，然後命人去請遲疑不前的妳。一位吳地的美女起身為妳引路，妳徘徊羞澀，用長袖遮住自己的臉。妳的一雙環形髮髻高下適中，剛剛垂過妳的青羅短衣。在大家的期盼注視下，妳突然放下衣袖，一聲清唱就像幼鳳的悅耳叫聲。因伴奏急促的歌聲琴絃從關紐處迸斷，因伴奏高亢的歌聲蘆管被吹裂。所有的樂器都無法為妳伴奏，妳的歌聲清脆嘹亮直上雲霄。沈公對妳的歌聲再三讚歎，說妳的歌聲天下無雙。沈公贈給妳天馬錦，還贈給妳水犀梳。妳陪伴大家到龍沙去觀賞秋天的江景，明月夜又一起去東湖遊玩。從此以後我們經常相見，三天不見面就算相隔很久了。妳的身體隨著年月增長變得越來越豐滿，妳的美貌隨著時光流轉變得越來越漂亮。妳的紅唇越來越輕巧好看，妳的步態越來越輕盈從容。沈公突然調任宣城沿江而下，樂隊也隨船一同前往。秋天的寒霜使謝朓樓前的樹葉凋落，春天的沙灘溫暖著句溪邊的蒲草。身外世事被妳視如塵土毫不關心，只管在酒筵上盡情歡樂。飄飄然來了一位集仙殿的貴客，他的文才超過了司馬相如。他送妳青玉珮作為訂婚之禮，然後用華美的車子把妳迎娶。從此妳房門緊閉遠離喧鬧的流水聲，就像高懸的月宮中的蟾蜍一樣孤孤單單。從妳出嫁至今的不多幾年，當時的酒友們已全部離散。這次在洛陽與妳重逢，風姿綽約的妳正當壚賣酒。妳奇怪地問我：「你究竟為何事苦惱？年紀輕輕就白了鬢鬚。過去一起遊玩的朋友們都還健在嗎？你是否還像從前那樣放浪不羈？」自從我為沈公去世痛哭一場之後，不知不覺又到了秋初。望著那掛在衰柳梢上的斜陽，座邊的秋風送來了陣陣涼意。我感傷得淚水灑滿衣襟，姑且為妳寫下這首短詩。

冬至日寄小姪阿宜

【題解】本詩是杜牧寫給自己的姪子阿宜的。據詩中說，阿宜是杜牧兄長之子，但杜牧沒有親兄，只有幾位從兄和親弟杜顗，而且在留下姓名的幾位姪子中，未見「阿宜」之名。阿宜應為某個姪子的小名，詳細情況已不可知。這首詩主要是鼓勵姪子發憤攻讀，希望姪子有一個錦繡前程，同時還用生動的事例告誡姪子，要繼承先輩的奮鬥精神，但不可依賴先輩的功名富貴。因為本詩是寫給晚輩兒童的，所以語言通俗易懂，口氣溫厚親切。

小姪名阿宜，未得三尺長。頭圓筋骨緊❶，兩臉❷明且光。去年學官人，竹馬遶四廊。
指揮群兒輩，意氣何堅剛。今年始讀書，下口三五行。隨兄旦夕去，斂手❸整衣裳。去歲冬
至日，拜我立我旁。祝爾願爾貴，仍且❹壽命長。今年我江外❺，今日生一陽❻。憶❼爾不可
見，祝爾傾一觴❽。陽德比君子❾，初生甚微茫❿。排陰⓫出九地⓬，萬物隨開張⓭。一似⓮

小兒學，日就復月將⑮。勤勤不自已⑯，二十能文章。仕宦至公相，致君作堯、湯。我家公相家⑰，劍珮嘗丁當⑱。舊第⑲開朱門⑳，長安城中央。第中無一物，萬卷書滿堂。家集二百編㉑，上下馳皇王㉒。多是撫州㉓寫，今來五紀強㉔。尚可與爾讀，助爾為賢良。經書括根本㉕，史書閱興亡。高摘屈、宋豔㉖，濃薰班、馬香㉗。李、杜泛浩浩㉘，韓、柳摩蒼蒼㉙。近者四君子㉚，與古爭強梁㉛。願爾一祝後，讀書日日忙。一日讀十紙，一月讀一箱。朝庭用文治，大開官職場㉜。願爾出門去，取官如驅羊。吾兄苦㉝好古，學問不可量。晝居府中治，夜歸書滿牀。後貴有金玉，必不為汝藏㉞。崔昭生崔芸㉟，李兼生窟郎㊱。堆錢一百屋，破散何披猖㊲。今雖未即死，餓凍幾欲僵㊳。參軍㊴與縣尉㊵，塵土驚劻勷㊶。一語不中治㊷，笞箠㊸身滿瘡㊹。官罷得絲髮㊺，好買百樹桑。稅錢未輸足，得米不敢嘗。願爾聞我語，懽喜入心腸。大明㊻帝宮闕，杜曲㊼我池塘。我若自潦倒㊽，看汝爭翱翔㊾。總語諸小道㊿，此詩不可忘。

【注釋】❶緊　結實壯健。❷兩臉　即臉。鼻梁兩邊各有一個臉蛋兒，故稱「兩臉」。❸斂手　拱手；行禮。❹仍且　而且；並且。❺江外　江南。古人以中原為本位，故稱江南為「江外」。❻今日句　今天一絲陽氣開始上昇。古人認為，從冬至日開始，陽氣逐漸上昇，陰氣逐漸下藏。這首詩作於冬至日，故言。❼憶　想念。❽觴　酒杯。❾陽德句　人們常常把陽氣的品德比作君子的品德。古人認為陽為君、為男，主生；而陰為民、為女，主殺。故把「陽」比作君子。❿微茫　微小而不易察覺的樣子。⓫排陰　從陰氣之中擠出。排，擠。古人認為，冬至日是陰氣極盛之時，陽氣始生，故須排陰而出。⓬九

地　地下的最深處。⑬開張　開始生長。⑭一似　完全像；就像。⑮日就句　日有所得，月有所進。就，成就；成功。將，成長；壯大。⑯已　停止。⑰我家句　杜牧的遠祖杜預任晉朝征南大將軍，封當陽侯；祖父杜佑在唐德宗、順宗、憲宗三朝任宰相，封岐國公；堂兄杜悰在唐武宗、懿宗兩朝任宰相，封邠國公。故言。⑱丁當　象聲詞。形容身上的佩劍和其他佩飾物相互碰擊的聲音。⑲第　官僚和貴族的大住宅。⑳朱門　紅漆的門。古代王侯貴族的住宅大門漆成紅色，以示尊貴。㉑家集句　指杜佑寫的《通典》二百卷。編，篇；卷。㉒上下句　《通典》囊括了上下數千年的典章制度。皇王，指各朝帝王所制訂的各項禮樂刑政制度。㉓撫州　地名。這裡代指杜佑。杜佑曾任撫州（今江西省撫州市）刺史。㉔五紀強　六十多年。紀，十二年為一紀。強，多；多一些。㉕經書句　儒家的經書總括了治國的根本法則。㉖高摘句　多多摘抄、學習屈原和宋玉的華美辭句。屈宋，指先秦楚國著名的辭賦家屈原和宋玉。豔，豔麗華美的辭句。㉗濃薰句　多受一些《史記》和《漢書》的薰陶。班馬，指《漢書》的作者班固和《史記》的作者司馬遷。香，比喻美好的文筆文風。㉘李杜句　李白、杜甫的文才大如浩瀚的海洋。李杜，指唐代著名詩人李白和杜甫。浩浩，形容水勢浩大的樣子。㉙韓柳句　韓愈、柳宗元的文才高入青天。韓柳，指唐代著名文學家韓愈和柳宗元。摩，迫近；接近。蒼蒼，蒼天。㉚四君子　指李白、杜甫、韓愈、柳宗元四人。他們都是唐朝人，故稱之為「近者」。㉛爭強梁　爭高低。強梁，強大。㉜官職場　這裡指選拔官吏的科舉考試。㉝苦　最；特別。㉞後貴二句　你以後會依靠自己的力量獲得富貴的，因此，你的父親一定不會為你積累財物。藏，指積累金錢。㉟崔昭句　富有的崔昭生了一個敗家的兒子崔芸。崔昭父子為唐代人，具體生平情況不詳。㊱李兼句　富有的李兼生了一個敗家子窟郎。李兼父子也為唐代人，具體生平情況不詳。㊲披猖　分裂；分散。引申為家產破敗時的狼狽樣子。㊳僵死亡。㊴參軍　官職名。為軍府或王國的屬員，掌諮議、記室、錄事等職。㊵縣尉　官職名。主管一縣的治安、稅收等事。㊶塵土句　整天在塵土中奔忙，惶惶不安。劻勷，急迫不安的樣子。㊷中治　合適；恰當。㊸笞箠　用鞭、杖、竹板抽打。㊹瘡　傷口。㊺絲髮　比喻很少的一點俸祿。從「崔昭生崔芸」至下文的「得米不敢嘗」十四句，主要是用崔氏父子和李氏父子的事例來告誡姪子：父輩的地位金錢是不可依恃的，一切都要靠自己的努力。㊻大明　唐朝宮殿名。㊼杜曲　地名。在今陝西省長安縣東少陵原東南。唐時為杜氏聚居地。㊽潦倒　失意；不得志。㊾翱翔　比喻成就一番大的事業。㊿小道　小道理。這是杜牧對自己所講道理的謙稱。

【語　譯】我的小姪你名叫阿宜，身材還不到三尺高。腦袋圓圓的，筋骨十分結實，臉蛋兒是那樣的鮮嫩光亮。去年你學著當官人的模樣，把竹竿當馬騎，奔跑在四邊的走廊上。你指揮著一群小孩，意氣是何等的堅毅剛強。今年你開始讀書了，一口氣就能誦讀三五行。每當你隨哥哥離開我的時候，總是穿戴整齊地向我拱手告別。去年冬至的那一天，你叩拜我，然後站在我身旁。我向神祈禱，希望你有一個富貴前程，還希望你壽命久長。今年我到了江南，今天是陽氣開始上昇的冬至日。我非常思念你卻無法相見，只能斟上一杯酒再次為你祝福。陽氣的品德很像君子的品德，初生時都非常細小微茫。陽氣排開陰氣，從地下最深處昇起，萬物隨著陽氣開始孕育生長。小孩的學習就像陽氣的增長那樣，必須日有所得，月有所進。辛勤學習精進不已，二十歲時就能寫出好文章。在仕途上一直當到公卿宰相，輔佐君主使君主成為唐堯、商湯那樣的聖王。我們家是公相之家，我們的先輩曾佩帶著叮噹作響的長劍和其他飾物。我們家那座紅漆大門的舊府第，就坐落在長安城的正中央。府第中沒有其他什麼東西，只有萬卷圖書堆滿了大堂。我們自家寫的文集有二百篇，它囊括了上下數千年各代帝王的典章制度。這些文章大多是你曾祖所寫，從那時到今年已經過了六十多年。這些文章還是值得讓你讀一讀的，它會幫助你成為賢良之人。儒家的經書包含了治國的根本原則，閱讀史書會使人明白歷代興亡的原因。你要多多摘抄學習屈原和宋玉的華美辭章，還要多多接受《史記》和《漢書》的薰陶。李白與杜甫的詩才浩大如煙海，韓愈和柳宗元的文才高妙入青天。近代的這四位君子，完全能夠同古代賢人一爭高下。希望你在看了我的這些祝願以後，每天都忙忙碌碌地讀書。一天只讀十葉，一個月也能讀完一箱書。朝廷現在要用文教施政治民，向讀書人敞開了科舉考試的大門。希望你將來出門走向仕途時，獲取官職就如同趕羊一樣容易。我的兄長（你的父親）特別愛好史學，他的學問大得無法估量。他白天在官府處理政務，晚上回家翻閱滿牀的圖書。你將來一定能夠自取富貴，因此他一定不會為你積累金錢。有錢有勢的崔昭生了個敗家子崔芸，有錢有勢的李兼也生了個敗家子竇郎。崔昭、李兼為兒子積累了上百屋的金錢，崔芸、竇郎卻把家業搞得破敗不堪。雖然崔芸、竇郎現在還活在世上，但他們挨餓受凍離死亡已經不遠。他們當過參軍和縣尉一類的小官，整天在飛揚的塵土中奔忙不安。有時一句話講得不夠恰當，就會被上級鞭打得遍體鱗傷。罷官後他們用積累的微薄俸祿，買下了上百棵桑樹養蠶種地。常常繳不夠官府要的稅錢，收了糧食自己也不敢品嘗。希望你聽了我的這番話，要愉快地把它記在心裡。大明宮是朝廷的宮殿，不遠處的杜曲就有我們家的池塘園林。我的一生如果窮困潦倒，也希望看到你能夠展翅翱翔。我在詩中講了這許多小小的道理，希望你牢記此詩不要遺忘。

李甘

【題解】李甘，人名。字和鼎。唐朝長慶年間進士，後任侍御史。唐文宗時，權臣鄭注求為宰相，朝臣們也謠傳文宗將拜他為相。李甘對此竭力反對，表示：如果拜鄭注為宰相的詔書下來，自己將不顧身家性命，撕毀詔書。因為此事，李甘被視為輕浮狂躁之人，很快即被貶為封州（在今廣東省封川縣）司馬。最後死於貶所。本詩即記述了李甘的這一經歷，流露出杜牧對李甘的深切同情以及自己沒能及時相救的愧疚。

大和八九年❶，訓、注❷極虓虎❸。潛身九地底，轉上青天去❹。四海鏡清澄❺，千官雲片縷❻。公私各閑暇，追遊日相伍❼。豈知禍亂根，枝葉潛滋莽❽。九年夏四月，天誡若言語❾。烈風駕地震❿，獰雷⓫驅猛雨。夜於正殿階，拔去千年樹⓬。吾君不省覺，二凶⓭日威武。操持北斗柄⓮，開閉天門路⓯。森森明庭士，縮縮循牆鼠⓰。平生負⓱名節，一旦如奴虜。指名為錮黨⓲，狀跡誰告訴⓳。喜無李、杜誅⓴，敢憚髡鉗苦㉑。時當秋夜月，日直曰庚午㉒。喧喧皆傳言，明晨相登注㉓。予時與和鼎㉔，官班各持斧㉕。和鼎顧予㉖云：「我死有處所㉗。當庭裂詔書㉘，退立須鼎俎㉙。」君門曉日開，赭案橫霞布㉚。儼雅㉛千官容，勃鬱吾纍怒㉜。適屬命鄜將㉝，昨之傳者誤。明日詔書下，謫斥南荒去㉞。夜登青泥坂㉟，墜車傷左股㊱。病妻尚在牀，稚子㊲初離乳。幽蘭思楚澤㊳，恨水啼湘渚㊴。怳怳三閭魂，悠悠一千古㊵。其冬二兇敗㊶，渙汗開湯罟㊷。賢者須喪亡㊸，讒人尚堆堵㊹。予於後四年，諫官事明主㊺。常欲雪幽冤㊻，於時一裨補㊼。拜章㊽豈艱難，膽薄㊾多憂懼。如何干斗氣㊿，竟作炎荒土(51)。題此涕滋筆(52)，以代投湘賦(53)。

【注　釋】❶大和句　指西元八三四年和八三五年。大和，唐文宗年號。❷訓注　指權臣李訓和鄭注。❸虓虎　咆哮的老虎。虓，虎怒吼。❹潛身二句　李訓和鄭注原本處於社會最低層，後來卻直上青雲當了權臣。李訓出身大族，中過進士，但他因事被貶到象州（在今廣西省象縣）。鄭注出身微賤，曾以方技遊蕩於江湖之上。故言。❺四海句　天下像明鏡那樣清靜太平。四海，天下。❻千官句　所有的官員各司其職，就像雲絲那樣井井有條。縷，絲線。引申為有條理。❼相伍　三五成群；相互結伴。❽滋莽　生長茂盛。滋，生長。莽，草木叢生的樣子。❾天誡句　上天用災變提醒人們禍亂就要發生，這種提醒明白得就像親口告訴的一樣。以下四句具體描述了災變的情況。❿烈風句　在烈風中，大地發生震動。古人認為地震是由大風引起的，故用一「駕」字。駕，引起；促使。⓫獰雷　凶猛的雷。獰，凶猛。⓬拔去句　據《舊唐書・五行志》記載：大和九年四月二十六日夜颳起大風，拔起含元殿前三棵大樹，摧毀官舍、樓觀、城門數處，颳壞光化門西城牆七十七步。這年十一月，發生了著名的「甘露之變」。⓭二凶　指李訓、鄭注。⓮北斗柄　權柄。北斗，指北斗七星。古人認為北斗七星居天的中央，是帝位的象徵。因此北斗能君臨四方，主掌七政（日、月和金、木、水、火、土五星，一說指春、秋、冬、夏、天文、地理、人事）。故用「北斗柄」代指國家政權。⓯開閉句　掌握了任免官員的大權。天門路，指朝廷的大門。打開朝廷大門，意味著接納某人入朝作官；關閉朝廷大門，意味著拒絕某人入朝作官。此喻意取自屈原〈離騷〉、〈九歌〉等。⓰森森二句　那些威嚴無比的朝廷大臣，都膽小得像沿著牆根爬行的老鼠一樣。森森，威嚴的樣子。明庭，指朝廷。縮縮，畏縮的樣子。循，沿著。⓱負　自負；自以為了不起。⓲錮黨　又稱「黨錮」。被視為朋黨而禁錮終身。⓳狀跡句　但朋黨的具體表現誰又能說得清楚呢？以狀跡句　但朋黨的具體表現誰又能說得清楚呢？以上兩句是說，李訓和鄭注為排斥異己，隨便誣陷大臣是朋黨之人，而實際上這些大臣並沒有朋黨的表現。⓴李杜誅　像東漢李膺、杜密那樣被誅殺。東漢桓帝時，李膺和杜密等人因反對宦官專權而被視為黨人，或入獄，或免官，並禁錮終身。漢靈帝時，二人被起用，又與陳蕃、竇武等人謀誅宦官，失敗後，李膺被殺，杜密自殺。時並稱「李杜」。另外，東漢李固、杜喬因反對權臣梁冀而被殺，時人也稱之為「李杜」。㉑敢憚句　豈能擺脫受刑的痛苦。敢，豈敢。引申為豈能。憚，畏懼。引申為擺脫。髡，古代一種剃去頭髮的刑罰。鉗，古代一種用鐵鍊鎖頸的刑罰。㉒日直句　這一天是七月二十七日。直，遇到。引申為「是」。庚午，古人用天干地支記日。即二十七日。㉓相登注　鄭注將登上相位。注，指鄭注。㉔和鼎　即李甘。李甘，字和鼎。㉕官班句

官職都是掌管法紀，負責糾察。當時李甘任侍御史，杜牧任監察御史，都屬監察之職。班，等級；職務。持斧，手持大斧。比喻手握法紀，負責糾察。㉖顧予　回頭看著我。㉗我死句　我知道自己今生死於何事。這句是說，如果朝廷任命鄭注為相，李甘將捨命抗旨。處所，地方。這裡引申為原因。㉘詔書　指任命鄭注為宰相的詔書。㉙須鼎俎　等待接受死刑。須，等待。鼎，古代烹煮用的器物。這裡指烹刑，即用油或水把人煮死。俎，切肉用的砧板。這裡指砍頭。㉚赭案句　紅色的案桌上擺放著色彩豔麗如朝霞的詔書。赭，紅色。橫，擺放。霞布，指詔書。㉛儼雅　莊重恭敬。㉜勃鬱句　我心中滿是怒氣。杜牧看到朝案上放著詔書，誤以為是要任命鄭注為相，故滿腹怒火。勃鬱，盛大的樣子。一說是憤怒的樣子。纍，堆疊。㉝適屬句　幸好這道詔書是任命趙儋為鄜坊節度使的。適屬，剛好是；幸好是。鄜，地名。在今陝西省富縣。當時鄜州與坊州（在今陝西省黃陵縣）緊鄰，設一節度使。㉞謫斥句　把李甘貶到南方蠻荒地帶。南荒，具體指封州。㉟青泥坂　地名。在今陝西省西安市東。㊱股　大腿。㊲稚子　幼子。㊳幽蘭句　我想起屈原在楚地的大澤邊吟唱著修養美德的詩句。屈原是楚國著名的愛國詩人，被楚王流放，最終投汨羅江而死。他在詩中多用香草比喻美德。幽蘭，香草名。即蘭草。㊴恨水句　屈原在湘江邊滿懷遺憾，淚流不止。恨，遺憾。湘，指湘江。在今湖南省境內。渚，水邊。㊵怳怳二句　屈原心神不定地度完一生，從那時至今已過了悠久的一千餘年。怳怳，心神不定的樣子。三閭，官職名。指屈原。屈原曾任楚國三閭大夫一職。魂，精神；心靈。悠悠，長久的樣子。一千古，屈原死於西元前二七八年，至杜牧時，有一千多年。以上四句，杜牧用忠而被貶的屈原比況李甘。㊶其冬句　這年冬天，李訓、鄭注失敗被殺。大和九年十一月，李訓、鄭注謀誅宦官，先在左金吾大廳設伏兵，詐稱後院石榴樹上有甘露，誘使宦官往觀，即加誅殺。宦官至，窺見伏兵，驚走，事敗。宦官殺李訓、鄭注等，族誅十餘家，死者千餘人。史稱「甘露之變」。㊷渙汗句　皇上下令網開一面，不得濫殺。渙汗，比喻帝王發布號令，如汗出於身，不能收回。開湯罟，「湯」指商湯，「罟」指獸網。有一次商湯出門，看到有人四面張網，並祈禱四面八方的禽獸全進入自己的網中。商湯認為這樣做太過分，命令撤去三面網，只留一面網。甘露之變後，宦官殺人極多，後唐文宗

下詔赦免脇從人員，亡匿者不再追捕。天下稍安。杜牧用「開湯罟」比喻唐文宗的赦免令。㊸賢者句　賢良的人在甘露之變中被誤殺了。甘露之變時誤殺了許多朝臣。須，片刻；短時間內。㊹堆堵　成堆的。形容很多。㊺諫官句　在唐文宗時擔任左補闕。文宗開成三年（西元八三八年），杜牧遷官左補闕，開成四年，赴長安就職。左補闕掌諷諫之職，故自稱「諫官」。㊻幽冤　指李甘的冤案。㊼裨補　有所增益。裨，增益。㊽拜章　上奏章。㊾膽薄　膽小。㊿干斗氣　氣沖牛斗。這裡指氣沖牛斗的李甘。干，沖。斗，星宿名。泛指天空。(51)竟作句　最終化作南方炎熱荒涼地區的一撮土。指李甘最終死於貶所封州。竟，最終。(52)題此句　寫這首詩的時候，我的眼淚流到了筆上。此，指這首詩。滋，流。(53)以代句　我像賈誼作賦投入湘江憑弔屈原那樣，用這首詩來憑弔李甘。漢代賈誼到長沙任長沙王太傅，路過湘江時，寫了一篇〈弔屈原賦〉，投入湘江以憑弔屈原。

【語　譯】大和八年至九年，權勢盛極的李訓和鄭注凶猛如咆哮的老虎。他倆本來處於社會的最低層，後來卻青雲直上掌握了大權。本來天下如明鏡那樣清靜太平，官員們各司其職像雲絲那樣井然有序。官府和百姓也都閑暇無事，每日裡三五成群相互遊戲。誰料到禍根卻已經種下，其枝葉已經不知不覺地滋長茂盛。大和九年夏天的四月，上天明白如話地提醒人們災難即將到來。大風伴隨著地震，驚雷送來了猛雨。二十六日夜的正殿臺階前，千年古樹被大風連根拔出。而我們的皇上還不明白天意，兩個壞人一天比一天變得更加凶猛。他倆掌握了朝廷大權，隨意地任用和貶斥官員。那些平日威嚴無比的朝廷大臣，都戰戰兢兢如沿牆爬行的老鼠一般。這些大臣一生都自以為名節高潔，一旦到了關鍵時刻卻像奴才一般。李訓和鄭注隨意誣陷大臣們是朋黨，而朋黨的表現誰又能說得清楚。所喜的是還沒有誅殺這些所謂的朋黨，但他們豈能免除遭受各種刑罰的痛苦。當時正是一個秋天的月夜，日子是七月二十七日。朝臣們鬧騰騰四處傳言，說鄭注明日就要登上相位。那時我和李甘在一起，我們的官職都是掌管法紀負責監察。李甘回頭對我說道：「我知道自己今生將為何事而死。我要在朝堂上撕毀拜鄭注為相的詔書，然後退下來等待接受死刑。」朝堂的大門在第二天天亮時打開，紅色的朝案上擺放著色彩燦爛如朝霞的詔書。大臣們的容貌是那樣的莊重恭敬，而我卻是滿肚子怒火。幸好這道詔書是任命趙儋為鄜坊節度使的，昨天有關鄭注拜相的傳言看來有誤。第二天又下了一道詔書，李甘被貶往南方蠻荒地帶。前往貶所夜登青泥坂時，李甘不慎從車上掉下摔傷了左大腿。那時他的妻子臥病在牀，他的孩子幼小剛剛斷奶。這使我想起在楚國大澤旁吟唱修養美德詩篇的屈原，他徘徊在湘江邊，滿腹遺憾淚流不止。屈原心神不安地度過一生，從那時到今天又過了漫長的一千餘年。這年冬天李訓和鄭注失敗被殺，皇上頒佈赦免詔書網開一面。然而賢良之人在動亂中已被誤殺，奸佞之人卻依然很多。我於四年之後，在聖明的文宗朝當了諫官。我一直想洗雪李甘的冤案，也算是為社會做了一點有益的事情。為此上一封奏章並不困難，然而我膽小怕事想上奏章卻又不敢。怎想到氣沖牛斗的李甘，最終死於貶所化作南方炎熱荒涼地區的一撮黃土。我寫此詩時淚水順著筆桿流下，我要像賈誼憑弔屈原那樣用此詩憑弔李甘。

洛中送冀處士東遊

【題解】洛中，即洛陽。寫這首詩時，杜牧在洛陽任監察御史。冀處士是杜牧的一位朋友，名字、生平不詳。當冀處士離開洛陽到東邊漫遊時，杜牧寫了這首詩送給他。詩中描述了冀處士的才能、愛好和不願當官的性格，表達了杜牧對冀處士的一片敬意和依依不捨之情。

處士有儒術❶，走可挾車輈❷。壇宇❸寬帖帖❹，符彩❺高酋酋❻。不愛事耕稼，不樂干❼王侯。四十餘年中，超超❽為浪遊❾。元和❿五六歲，客于幽、魏州⓫。幽、魏多壯士，意氣相淹留⓬。劉濟願跪履⓭，田興請建籌⓮。處士拱兩手，笑之但掉頭⓯。自此南走越⓰，尋山入羅浮⓱。願學不死藥⓲，粗知其來由⓳。卻於童頂⓴上，蕭蕭玄髮抽㉑。我作八品吏㉒，洛中如繫囚㉓。忽遭㉔冀處士，豁㉕若登高樓。拂榻㉖與之坐，十日語不休。論今星璨琛㉗，考古寒颼颼㉘。治亂㉙掘根本，蔓延相牽鉤㉚。武事何駿壯㉛，文理何優柔㉜。顏回㉝捧俎豆㉞，項羽㉟橫戈矛。祥雲繞毛髮㊱，高浪㊲開咽喉。但可感鬼神，安能為獻酬㊳。好入天子夢，刻像來爾求㊴。胡為去吳會㊵，欲浮滄海舟。贈以蜀馬箠㊶，副之胡罽裘㊷。餞酒㊸載三斗㊹，東郊黃葉稠㊺。我感有淚下，君唱高歌酬㊻。嵩山㊼高萬尺，洛水㊽流千秋。往事不可問，天地空悠悠㊾。四百年炎漢㊿，三十代宗周(51)。二三里遺堵(52)，八九所高丘。人生一世內，何必多悲愁。歌闋(53)解攜(54)去，信(55)非吾輩流。

【注釋】❶儒術　儒家的思想學說。❷走可句　冀處士力大無比，可以挾起戰車的車轅就跑。走，跑。輈，車轅。春秋時，鄭國準備進攻許國。分配兵器時，公孫閼和潁考叔爭奪一輛戰車，潁考叔挾起車轅就跑，公孫閼追趕不及。以上兩句是誇獎冀處士是一位文武全才的人。❸壇宇　範圍。這裡指冀處士的知識範圍。也即今人常說的「知識面」。❹帖帖　神情安靜的樣子。❺符彩　本指玉的紋理光彩，這裡指文采。❻酋酋　高大的樣子。❼干　求取。❽超超　超然於世的樣子。❾浪遊　到處漫遊。❿元和　唐憲宗李純的年號。西元八〇六年至八二〇年。⓫幽魏州　幽州和魏州。二州都在今河北省一帶。⓬淹留　挽留；停留。淹，停留。⓭劉濟句　劉濟想拜冀處士為師。劉濟，人名。唐德宗時，盧龍節度使劉怦去世，其子劉濟接管軍權，自稱留後。跪履，跪下為人穿鞋。履，鞋。漢代張良為一老人跪下穿鞋，老人送張良一本書，後來張良多用此書中的計策，輔佐劉邦統一天下。這裡用來泛指拜師。⓮田興句　田興請冀處士為自己出謀劃策。田興，人名。曾任魏博節度使。建籌，建議籌畫。⓯掉頭　回頭走了。表示拒絕參與政治。⓰越　地名。在今浙江省一帶。⓱羅浮　山名。在今廣東省增城、博羅、河源等縣之間，長達百餘公里。相傳晉代葛洪於此山得道成仙。山上有洞，道教列為第七洞天。故下文講冀處士在這裡學習長生術。⓲不死藥　能使人長生不死的仙藥。⓳來由　情況；知識。⓴童頂　光禿的頭頂。童，禿頂。㉑蕭蕭句　頭上又長出了一些稀疏的黑髮。蕭蕭，頭髮稀短的樣子。玄，黑。抽，長出來。㉒八品吏　指監察御史一職。當時的監察御史屬正八品上。㉓洛中句　在洛陽當官，如同囚犯一樣不得自由。㉔遭　遇見。㉕豁　豁然開朗。㉖拂榻　擦乾淨坐具。榻，狹長而低的坐臥用具。㉗星璨璨　比喻冀處士的言論璨如天上的明星。㉘考古句　論證歷史時，讓人感到絲絲寒意。颼颼，寒冷的樣子。以上兩句可看作互文（即應結合在一起理解），意思是說，冀處士談古論今，分析社會光明面時，使人感到璨若明星；揭露社會陰暗面時，使人感到絲絲寒意。㉙治亂　安定和動亂。治，安定。㉚蔓延句　言社會治亂的原因相互牽扯，錯綜複雜。牽鉤，相互牽連。㉛駿壯　激昂壯烈。㉜優柔　從容不迫。㉝顏回　人名。春秋魯國人，字子淵，孔子的弟子。後世儒家尊為「復聖」。㉞俎豆　古代祭祀、宴客、朝聘用的兩種禮器。俎，放肉的几案。豆，盛乾肉一類食物的器皿。㉟項羽　人名。秦朝末年人，後起兵反秦，秦亡後，又與劉邦爭天下，失敗後，自殺於烏江邊。以上八句描寫冀處士高談闊論的內容。㊱祥雲句　吉祥的雲霧在他的頭頂繚繞。毛髮，頭髮。㊲高浪　大浪的聲音。形容冀處士談話的聲音宏亮如大浪。㊳獻酬　本指飲酒時相互酬勸。這裡引申為把學問講給別人聽以炫耀自己。㊴好入二句　你應該進入天子的夢中，好讓天子畫出你的圖像四處尋找你。爾求，求爾；尋找你。商朝高宗（武丁）在夢中得賢人，名字叫「說」。高宗便按照夢中所見，畫出說的形象，讓百官四處尋找，最後在傅巖這個地方找到了。當時說是一個服勞役的刑徒。高宗拜說為相，使商朝出現了中興局面。因為說是在傅巖找到的，故稱為傅說。這裡，杜牧把冀處士比作傅說。㊵吳會　地名。在今江蘇省及浙江省西部一帶。㊶箠　馬鞭。㊷副之句　另外配贈一件北方少數民族地區出產的毛織皮衣。副，次要的；附帶的。胡，泛指北方少數民族。罽，一種毛織品。裘，皮衣。㊸餞酒　餞行之酒；告別之酒。㊹斗　古代的一種盛酒器。㊺東郊句　秋天在洛陽東郊為冀處士送別，看到了滿樹的稠密黃葉。㊻酬　報答；回報。㊼嵩山　山名。五嶽之一的中嶽。在今河南省登封縣北。㊽洛水　河名。源出陝西省，東流入河南省，經洛陽，後入黃河。㊾空悠悠　闊大而悠久。空，廣大。一說應理解為空無。悠悠，時間悠久的樣子。㊿炎漢　即漢朝。漢自稱得五行之一的火德，故稱炎漢。西漢和東漢共四百年左右。(51)宗周　原指西周的都城鎬京（在今陝西省西安市一帶）。這裡泛指周朝。(52)遺堵　周朝、漢朝遺留下來的殘牆斷壁。堵，牆。這是描寫送行路上所看到的景物，暗含著物是人非的悽涼之情。(53)歌闋　高歌一曲之後。闋，樂曲終結。(54)解攜　分手；告別。攜，離散。(55)信　確實；的確。

【語　譯】冀處士滿腹的儒家經綸文章，而且還像能拉起戰車就跑的潁叔考那樣勇武有力。處士知識淵博，神情安祥，文采奕奕，品德高尚。他不愛從事農業生產，也不喜歡奔走於王侯門下。在四十多年中，他超然於世到處漫遊。元和五年、六年的時候，冀處士客居於幽州、魏州一帶。那裡的壯士很多，彼此意氣相投，因此他在那裡久久停留。盧龍地區的留後劉濟想拜他為師，魏博節度使田興請他出謀畫策。冀處士向他們拱拱手以示謝意，然後微笑著回頭離去。此後他南行到了越地，為遊名山他又進入了羅浮山。在山中學習煉製不死仙藥，大略掌握了不死仙藥的煉製方法。他那本來已是禿禿的頭頂上，因修煉又長出了稀疏的黑髮。我當了一個八品的低級官員，在洛陽城中如囚犯一樣不得自由。突然遇見了冀處士，我就像登上高樓那樣心胸豁然開朗。我擦乾淨坐榻與他同坐，連續交談十日仍然興致不減。冀處士談今論古，讓人時而感到璨若明星，時而感到寒氣颼颼。他深入挖掘社會治亂的根本原因，這些原因錯綜複雜相互牽連。他談起戰爭來是那樣激昂慷慨，談起文教禮儀又是那樣安定從容。他講過顏回手捧禮器執禮的情況，也講過項羽手持長矛英勇殺敵的歷史。談論時祥雲在他頭頂盤繞，他的聲音就像大浪的聲音那樣高亢宏亮。他的這些談論可以感天地、泣鬼神，但從不肯隨便發話以賣弄自己的學問。你應該像傳說那樣進入天子的夢中，好讓天子畫出圖像到處把你尋找。你為何要去吳會一帶呢？你是想乘船進入大海？臨別時我贈他一條蜀地出產的馬鞭，還贈送了一件北方異族出產的毛織皮衣。在他的車上放上三斗告別酒，看到洛陽東郊的黃葉是那樣的密稠。我無限感傷流下了眼淚，處士高歌一曲作為對我的回報。嵩山高達萬尺，洛水流淌千年。過去的歷史無法追究明白，天地依然是那樣的闊大長存。我想起延續四百年的漢朝，還想起傳位三十代的周朝。送行的幾里路邊處處是周漢留下的殘牆斷壁，還有八九座高高的山丘。人不過只有短暫的一生，又何必去自找痛苦與憂愁！冀處士高歌一曲後告辭而去，他超然瀟灑的確不同於我們這些世俗之流。

送沈處士赴蘇州李中丞招，以詩贈行

【題　解】沈處士，名字、生平不詳。李中丞，指李款。字言源。進士及第。中丞，官名。即御史中丞。為御史臺長官。負責彈劾糾察。李款因彈劾鄭注，被排擠出朝廷。鄭注死後，李款先後任諫議大夫、蘇州刺史、江西觀察使等職。李款任蘇州刺史時，招沈處士前往。本詩即杜牧為沈處士寫的送行詩。詩中讚美了沈處士的才能，表達了美好的祝願。同時也回顧了自己與李款之間的交往以及目前的鬱悶心情。

山城樹葉紅，下有碧溪水。溪橋向吳路❶，酒旗❷誇酒美。下馬此送君，高歌為君醉。念君苞❸材能，百工在城壘❹。空山三十年，鹿裘❺掛窗睡。自言隴西公❻，飄然❼我知己。舉酒屬吳門❽，今朝為君起❾。懸弓三百斤❿，囊⓫書數萬紙。戰賊即戰賊，為吏即為吏。盡我所有無⓬，惟⓭公之指使。予曰隴西公，滔滔⓮大君子。常思掄⓯群材，一為國家治。譬如匠⓰見木，礙眼⓱皆不棄。大者粗十圍⓲，小者細一指。楔橛⓳與棟梁⓴，施之㉑皆有位。忽然竪明堂㉒，一揮立能致㉓。予亦何為者？亦受公恩紀㉔。處士常有言，殘虜為犬豕㉕。常恨兩手空，不得一馬箠㉖。今依隴西公，如虎傅㉗兩翅。公非刺史材㉘，當坐巖廊地㉙。處士魁奇姿，必展㉚平生志。東吳㉛饒風光㉜，翠巘㉝多名寺。疎煙㉞疊疊㉟秋，獨酌平生思。因書㊱問故人㊲，能忘批紙尾㊳？公或㊴憶姓名，為說㊵都憔悴。

【注釋】❶向吳路　通向蘇州的道路。吳，地名。江蘇省一帶。這裡主要指蘇州。❷酒旗　酒店外面懸掛的酒帘。❸苞　包含。❹百工句　就像城堡中住著各種工匠。百工，指各種工匠。以上兩句是說，沈處士胸中具有各種才能，就好像城中居住著百工一樣。❺鹿裘　粗陋的裘衣。一說指鹿皮衣。❻隴西公　指李款。隴西，地名。在今甘肅省東南部一帶。李氏望族聚居地之一。李款當為隴西人，故稱。❼飄然　散失、分離的樣子。❽屬吳門　對蘇州說。屬，通「囑」。囑託；說。吳門，地名。即蘇州。蘇州古時又叫吳縣、吳門。❾今朝句　今天為了李款公而起身入仕。起，入仕；當官。❿三百斤　這裡指需要三百斤力量纔能拉動的弓。⓫囊　袋子。這裡用作動詞，用袋子裝。⓬盡我句　盡我一切所能。無，助詞。無義。⓭

惟 通「唯」。只；任憑。⑭滔滔 盛大、偉大的樣子。⑮掄 選擇；使用。⑯匠 木工。⑰礙眼 進入視線之內的；眼睛所看到的。⑱圍 計算圓周的量詞。一說五寸為一圍，一說一抱為一圍。說法不一。⑲捆橛 門檻和門中央所豎的短木。捆，同「梱」。門檻。橛，又叫「闑」。門中央所豎的短木。⑳棟梁 房屋的大梁。㉑施之 使用它們。施，用。㉒明堂 古代帝王宣明政教的地方。比較大的一些事情，如朝會、祭祀、慶賞、選士等，均在此進行。㉓一揮句 揮手之間，馬上就能建成。立，馬上。致，這裡指建成明堂。以上八句，杜牧用能工巧匠善於使用木材修建宮殿比喻李款善於使用人才治理國家。㉔恩紀 恩情；恩德。㉕殘虜句 擊敗叛賊，把他們變成豬狗一樣的奴隸。殘，擊敗。虜，對所有背叛朝廷的人的蔑稱。豕，豬。㉖馬箠 馬鞭。這裡比喻軍權、權力。㉗傅 插上；添上。㉘公非句 這句意思是說，朝廷任用李款當刺史是大材小用。㉙巖廊地 高峻的廊。這裡指朝廷。㉚展 施展；實現。㉛東吳 地名。這裡主要指蘇州一帶。㉜饒風光 有很多美麗的風景。饒，多。㉝翠巘 青山。巘，山峰。㉞疎煙 稀疏的雲霧。㉟亹亹 飄動的樣子。㊱因書 請你帶封書信。因，依靠；通過。㊲故人 老朋友。指李款。㊳批紙尾 在公文最後署名或簽署意見。紙，這裡指公文。杜牧與李款曾同在御史臺任職。故言。㊴或 也許。㊵為說 為我向他談談。

【語 譯】山城邊的樹葉紅了，山下有一條碧綠的溪水。走過溪水小橋就是通往蘇州的道路，路邊酒店的酒旗好像在誇耀自家的酒美。下馬在此為您送別，我要為您高歌與您同醉。我想到您滿腹經綸才能，就像城壘中住滿了各種能工巧匠一樣。您在空山中隱居了三十年，把粗陋的裘衣掛在窗邊即可安心睡眠。您自稱：「那位隴西公李款，是我離散多年的知心朋友。我要舉起酒杯告訴蘇州，現在我要為這位知己出山進入仕途。我要腰掛需要三百斤力氣纔能拉動的強弓，用口袋裝上數萬頁的圖書。該同叛賊作戰時就同叛賊作戰，該當官治理百姓時就當官治理百姓。我要盡自己的所有才能，一切聽從李款公的指揮。」我說道：那位隴西公李款，是一位偉大的君子。他經常在思考選拔任用人才的問題，這一切都是為了國家的安定考慮。他好像一位善於使用木材的能工巧匠，被看到的木材一個也不會被遺棄。大的木材粗達十圍，小的木材細如手指。或做門檻，或做門闑，或做棟梁，使用恰當各盡其材。突然需要修建明堂，他揮手之間馬上就能建成。我又怎能算得上一個什麼人才呢？然而也受到了李款公的恩惠。沈處士您經常說：「我能擊敗叛軍把他們變作豬狗般的奴隸。但使人常常深感遺憾的是自己兩手空空，沒有一點軍權來供自己施展本領。」今天您去投奔隴西公，就如同猛虎插上了雙翅。隴西公當刺史是大材小用，他應該入朝廷執掌國政。沈處士您身材魁梧風姿俊奇，這次去蘇州一定能實現自己的一生大志。蘇州的奇麗風景很多，重重的青山裡有許多著名的佛寺。在這稀疏的雲霧飄飄蕩蕩的秋天，您走後我將一人飲酒以慰平生對友人的思念。請您帶封書信去問候老朋友李公，我豈能忘記他在公文後的批文和署名？李款公或許還能記得我的姓名，請告訴他我現在心情鬱悶容貌憔悴。

長安送友人遊湖南

【題　解】友人，杜牧的朋友，姓名不詳。湖南，地名。大致相當於今天的湖南省之地。詩的前四句寫與友人分別的感傷，中四句描寫湖南景色的淒涼和生活的孤獨，後四句勸慰友人充分利用湖南的特產，吃好睡好，不要太傷感。語氣中滲透著憤激和無奈，可以推測友人是被貶謫到湖南的。

子❶性劇弘和❷，愚衷深褊狷❸。相捨囂譊❹中，吾過❺何由鮮❻。楚南❼饒❽風煙，湘岸苦縈宛❾。山密夕陽多❿，人稀芳草遠⓫。青梅繁⓬枝低，斑筍⓭新梢⓮短。莫哭葬魚人⓯，酒醒且眠飯。

【注　釋】❶子　古代對男子的尊稱。相當於今天的「您」。❷劇弘和　非常寬厚平和。劇，很；非常。弘，寬厚。❸愚衷句　我的性格非常狹隘急躁。愚，自我謙稱。衷，內心；心胸。深，很；非常。褊，狹窄。狷，心胸狹窄、急躁。❹囂譊　嘈雜喧鬧。這裡指嘈雜喧鬧的長安城。❺過　過錯；錯誤。❻鮮　少。❼楚南　楚地的南部。即湖南。今天的河南省南部、湖北省、湖南省，古稱「楚」。湖南處於楚的最南部。❽饒　多。❾縈宛　迴旋曲折。❿夕陽多　夕陽的光芒比較強烈。暗示湖南氣候炎熱。⑪芳草遠　遠離芳草。說湖南不長芳草，是誇張地渲染湖南生活環境的艱苦。也可把「芳草」理解為比喻，比喻那些德才兼備的人。⑫繁　多。⑬斑筍　斑竹的筍。斑竹，竹子的一種，又叫湘妃竹，竹皮上有斑點。傳說舜南巡時死於蒼梧之野（今湖南省寧遠縣東南），舜的兩個妃子趕到湘江邊痛哭，淚水落在竹子上，形成斑點。故斑竹又叫湘妃竹。⑭梢　筍尖。⑮葬魚人　指屈原。屈原生前表示，寧可跳江葬身於魚腹，也不願生活在污濁的社會裡。後投汨羅江自殺。這句話實際上是勸友人到湖南後，不要觸景生情，不要因想到屈原而為自己的坎坷經歷過分悲傷。

【語譯】您的性情非常寬厚平和，我的心胸卻異常狹隘急躁。我們在這喧囂的地方分手，您走後我的過錯如何能夠減少。楚地南部氣候不好，風多霧濃，湘江岸迴旋曲折，行走艱難。那裡峰巒叢聚陽光強烈，人跡稀少芳草難覓。但湖南的青梅果實累累壓彎了枝條，還有剛剛鑽出地面的短短的斑竹筍。去後不可為屈原的身世痛哭傷心，酒醒後只管吃飽吃好安心睡覺。

皇風

【題解】皇風，皇上的教化。會昌四年（西元八四四年），回鶻衰微，吐蕃內亂，朝廷計畫收復河湟四鎮十八州。杜牧為此喜而作詩。詩中歌頌了唐武宗的文治武功，表達了收復河湟失地的願望。

仁聖天子❶神且武，內興文教外披攘❷。以德化人漢文帝❸，側身❹修道周宣王❺。迒蹊❻巢穴盡窒塞❼，禮樂刑政皆弛張❽。何當提筆待巡狩❾，前驅白旆弔河湟❿。

【注釋】❶仁聖天子　指唐武宗。會昌二年，大臣們為唐武宗上尊號「仁聖文武至神大孝皇帝」。❷披攘　擊敗敵人。❸漢文帝　西漢皇帝。是劉邦的兒子，漢初的著名賢君。他與漢景帝在位時，西漢政治安定，百姓富庶，史稱「文景之治」。

❹側身　為治國而身心不安。側，反側；翻來覆去、睡臥不安的樣子。❺周宣王　是西周的一位賢君，被稱為「中興之主」。❻迒蹊　野獸踩出的小路。這裡指社會上的一切歪門邪道。迒，獸跡。蹊，小路。❼窒塞　堵塞。❽弛張　寬嚴適度。弛，把弓弦放鬆。張，把弓弦拉緊。《禮記・雜記》：「一張一弛，文武之道也。」❾何當句　何時能夠拿著筆跟隨皇上去被收復的失地視察。何當，何時將能。巡狩，天子出門視察。❿前驅句　我要走在前面舉著大旗，去慰問河湟地區的苦難人民。前驅，前導。白旆，一種有白色鑲邊的旗幟。這裡泛指旗幟。弔，慰問。河湟，指湟水流域及湟水流入黃河的地區。詳見〈郡齋獨酌〉注。這一地區長期被異族占領。

【語譯】仁聖的天子既神明又勇武，在國內大興禮樂政教，對外擊敗強敵。他既像用美德感化百姓的漢文帝，又像為推行善政而寢食不安的周宣王。他掃除一切歪門邪道，堵塞所有罪惡巢穴，推行禮樂刑政時寬嚴適度。何時能夠拿著筆跟隨皇上去視察河湟地區，那時我將高舉大旗走在前面去慰問那裡的百姓。

雪中書懷

【題解】這首詩寫於杜牧任黃州刺史期間，大約是在唐武宗會昌二年（西元八二二年）冬天。這首詩抒發了詩人對皇上的期望之情和對國家命運的關切之情。同時對自己懷才不遇的處境表示了強烈的憤慨。

臘❶雪一尺厚，雲凍❷寒頑凝❸。孤城❹大澤畔❺，人疎煙火微❻。憤悱❼欲誰語？憂慍❽不能持❾。天子號仁聖，任賢如事師❿。凡稱曰治具⓫，小大無不施。明庭⓬開廣敞，才儁⓭受羈維⓮。如日月緪昇⓯，若鸞⓰鳳葳蕤⓱。人才自朽下⓲，棄去亦其宜⓳。北虜⓴壞亭障㉑，聞屯㉒千里師。牽連㉓久不解，他盜㉔恐旁窺。臣實有長策㉕，彼可徐鞭笞㉖。如蒙㉗一召議，食肉寢其皮㉘。斯乃廟堂事，爾微非爾知㉙。向來躐等㉚語，長作陷身機㉛。行當㉜臘欲破㉝，酒齊㉞不可遲㉟。且想春候㊱暖，甕㊲間傾一卮㊳。

【注　釋】❶臘　古代一種祭祀。因臘祭一般在十二月舉行，所以「臘」又有歲末、十二月的意思。❷雲凍　雲凝固不動，似乎被凍結了一樣。❸頑癡　形容寒氣凝結不散。❹孤城　指黃州。即今湖北省黃岡市。❺畔　旁邊。❻煙火微　人煙稀少。煙火，指人煙。微，少。❼憤悱　憂鬱煩惱。❽慍　怒。❾不能持　不能忍受。持，受得了。❿事師　侍奉老師。⓫治具　治理國家的辦法。⓬明庭　這裡泛指朝廷。⓭才儁　有才能的人。⓮羈維　籠絡。這裡指重用。⓯緪昇　初昇；日以興盛。緪，上弦月。⓰鸞　鳥名。鳳凰的一種。⓱葳蕤　顏色鮮豔美麗的樣子。⓲人才句　我的才能低下。⓳宜　理所應當。這兩句是激憤之辭。⓴北虜　北方的敵人。具體指回鶻。回鶻於會昌年間，大舉南侵。㉑亭障　指邊境的防禦工事。㉒屯　集；召集。㉓牽連　指敵我雙方相互糾纏、相持不下。㉔他盜　指其他國內外心懷叵測的敵人。㉕臣實句　我的確有很好的計策。臣，杜牧自稱。長策，好計策。㉖徐鞭笞　從容地進行懲罰。徐，從容。鞭笞，鞭打。引申為懲罰。㉗蒙　受到。㉘食肉句　吃敵人的肉，把敵人的皮做成被褥。引申為徹底擊敗敵人。㉙爾微句　你的官職卑微，不應該由你來操心多嘴。這是氣話。爾，你。指杜牧自己。知，主持；掌管。㉚躐等　超越等級；越職。說或做自己職分之外的話和事，叫作「躐等」。㉛陷身機　自身倒霉的原因。機，緣由。㉜行當　即將。㉝臘欲破　即「臘破」。臘月就要過完。㉞酒齊　酒。齊，這裡指酒。古時把酒分為五等，稱為「五齊」。㉟遲　延緩；拖延。㊱春候　春天的氣候。㊲甕　裝酒的陶器。㊳卮　酒杯一類的器皿。這四句為無奈之語：在國難當頭時，自己滿腹才能而不得重用，只好操一操臘祭的心，想一想飲酒的事。

【語　譯】臘月的雪鋪了一尺來厚，烏雲凝聚不動，寒氣凝結不散。孤零零的黃州城坐落在大澤的旁邊，這裡的人煙十分稀少。我滿腹的憤懣該向誰訴說？憂愁和憤怒使我再也無法忍受。當今的天子被稱為「仁聖」，他任用賢人就像對待老師那樣尊重。所有那些被認為能夠治國的方法，無論大小無不一一施行。朝廷敞開了大門，所有的才智之士都得到進用。國家的形勢如初昇的日月蒸蒸日上，國家的前程光明豔麗如五彩繽紛的鸞鳳。我的才能低劣無用，被遺棄也在情理之中。北方的敵人衝破了我們的防線，聽說朝廷召集了千里之內的大軍進行防禦。如果敵我雙方久久相持不下，真擔心其他敵人在一旁伺機起兵。我確實有很好的制敵計策，能夠從容地懲罰那些敵人。如果能受到皇上的召見和諮詢，我將能把敵人徹底消滅乾淨。這些都是朝廷的大事，我官職卑微不該插嘴操心。從古以來越職多嘴，常常會成為自己倒霉的原因。臘月馬上就要過完了，釀酒的事再也不能拖延耽誤。我姑且想像春暖花開的時候，從酒甕裡倒一杯酒喝的味道。

雨中作

【題解】本詩是杜牧任黃州刺史時所作。杜牧對自己不受朝廷重用的處境已經感到非常苦惱，再加上陰雨連綿，天氣寒冷，心情更加鬱悶，只得借酒澆愁。本詩充滿了憤激不平的情緒。

賤子❶本幽慵❷，多為❸儁賢侮。得州❹荒僻中，更值連江雨。一褐擁秋寒❺，小窗侵竹塢❻。濁醪❼氣色嚴❽，皤腹瓶罌古❾。酣酣天地寬❿，怳怳嵇、劉伍⓫。但為⓬適性情，豈是藏鱗羽⓭。一世一萬朝⓮，朝朝醉中去。

【注釋】❶賤子　低賤的人。這是杜牧帶有憤激不平情緒的自稱。❷幽慵　愚昧懶散。幽，昏暗。引申為不聰明。慵，懶散。❸為　被。❹得州　被任命為州刺史。州，指黃州。❺一褐句　我穿著一件粗布衣服抵禦深秋季節的寒冷。褐，粗布衣服。擁，穿。❻侵竹塢　處於竹林深處。侵，侵入；處於。塢，四面如屏的竹木深處。❼濁醪　濁酒。過濾不好含有酒糟的酒呈渾濁狀，故稱濁酒。❽氣色嚴　濁酒的色澤是那樣的凝重。嚴，濃重；凝重。❾皤腹句　各種各樣的酒罈鼓著大肚子，顯得古香古色。皤腹，大肚子。瓶罌，兩種小口大腹的酒器。❿酣酣句　喝醉之後，天地顯得格外寬敞。酣酣，醉醺醺的樣子。⓫怳怳句　怳怳忽忽就好像同嵇康、劉伶在一起。嵇劉，嵇康和劉伶。均為魏晉時人，與阮籍、山濤、向秀、阮咸、王戎相遊於竹林，被時人稱為「竹林七賢」。嵇康崇尚老莊，熱愛自由，是玄學的代表人物之一。劉伶以好酒、放達聞名。伍，為伴。⓬但為　只為。⓭藏鱗羽　隱藏自己的才能以逃世避害。也即人們常說的「韜光養晦」。鱗羽，龍鱗和鳳羽。比喻美好的才能。⓮一世句　三十年來一萬日。一世，有一代、一生、一時、三十年等數種涵義，據下文中的「一萬朝」，「一世」在此處應指「三十年」。杜牧四十歲時任黃州刺史，因此「三十年」當指此生剩餘的時光。朝，日。

【語譯】我本來就是一個又愚昧又懶散的低賤之人，經常受到那些才俊之士的羞侮。被任命為荒涼的黃州刺史已夠倒霉，又遇上這個雨水江水連成一片的倒霉天氣。我穿上一件粗布衣抵禦深秋的寒冷，小小的窗戶被深深的竹林所包圍。渾濁的酒顏色是那樣的凝重，小口大肚的酒甕顯得古香古色。醉醺醺時方感到天地是那樣寬敞，恍恍忽忽就好像與嵇康、劉伶相處。我這樣做只是為了過適意生活，並非是要韜光養晦隱藏自己的才華。剩餘的幾十年也不過只有一萬來天，我要天天到醉鄉中去遊覽。

偶遊石盎僧舍 宣州作

【題解】石盎，寺廟名。石盎寺在宣州敬亭山中。僧舍，和尚的住房，即寺廟。大和四年（西元八三〇年）九月，杜牧隨宣歙觀察使沈傳師從洪州（今江西省南昌市）至宣州（今安徽省宣州市），大和七年，離開宣州。本詩即寫於這一時期。當時詩人三十歲左右，年輕氣盛，詩中雖然描述了自然風光的美麗和佛寺的幽靜，但未流露出絲毫的出世之意。相反，他表示要繼續求索，希望能在社會上幹一番事業。

敬岑❶草浮光❷，句沚❸水解脉❹。益鬱乍怡融❺，凝嚴忽頹坼❻。梅類❼暖眠酣❽，風
緒❾和無力。鳧❿浴漲汪汪⓫，雛嬌⓬村冪冪⓭。落日美樓臺，輕煙飾阡陌。瀲綠⓮古津⓯

遠，積潤⑯苔基釋⑰。孰謂漢陵人⑱，來作江汀客⑲。載筆⑳念無能，捧籌漸所畫㉑。任轡㉒偶追閑㉓，逢幽果遭適㉔。僧語淡如雲㉕，塵事繁堪織㉖。今古幾輩人，而我何能息㉗？

【注　釋】❶敬岑　指敬亭山。在宣州境內。岑，山小而高。❷浮光　指綠草色彩光澤。❸句沚　指句溪中的小洲。句，句溪。又叫東溪。從宣州城東流過。沚，水中的小洲。❹水解脉　溪水又分出一條支流。解，分。脉，水脈；水流。❺益鬱　我的心情忽好忽壞。益鬱，一作「悒鬱」。煩惱。乍，突然。怡融，愉快。❻凝嚴句　凝結在心的憂愁突然之間煙消雲散。凝嚴，凝結。頹坼，消散。頹，崩塌。坼，分開；分散。本句也可理解為：我的心情就像凝固的嚴寒突然消散了一樣。❼梅類　梅樹的花蕾。類，蠶絲上的結。這裡代指像絲結的花蕾。❽眠酣　睡得正香。❾風緒　這裡指初春的風。緒，開端；初。❿鳧　鳥名。野鴨。⓫汪汪　水深廣的樣子。⓬雛嬌　小鳥柔聲啼叫。雛，幼禽。嬌，應是「嬌語」的省略。柔聲細語。⓭冪冪　煙霧深濃的樣子。⓮瀲綠　綠水。瀲，水際；水面。⓯古津　古老的渡口。津，渡口。⓰積潤　聚積的水氣。⓱苔基釋　浸潤著長滿青苔的臺基。釋，溶解；浸漬。⓲漢陵人　杜牧自稱。漢陵，漢朝皇帝的陵墓。杜牧的家鄉有漢陵，故自稱「漢陵人」。⓳江汀客　在長江邊當一個外鄉人。汀，水邊平地。杜牧此時在距長江不遠的宣州任職，故自稱「江汀客」。⓴載筆　拿著筆。㉑捧籌句　為國出謀畫策時，因拿不出好辦法而慚愧。籌，數碼，一種計數工具。這裡比喻出謀畫策。㉒任轡　騎著馬隨意走走。轡，馬韁繩。㉓追閑　尋覓閑情逸趣。㉔逢幽句　果然走到了一個幽靜可人的地方。指到了幽靜的石盎寺。適，適當、可人的地方。㉕淡如雲　淡泊名利如浮雲。㉖塵事句　社會上的事情複雜繁多，值得我前去治理一番。繁，多。堪，能夠；值得。織，紡織。這裡引申為整理、治理。㉗息　停止不前。理解為休息也可。

【語　譯】敬亭山上的綠草光豔潤澤，句溪的水遇到小洲又分出一條支流。我的心情鬱悶卻突然又愉快起來，就像這凝固的寒氣一下子雲消霧散。梅樹的花蕾在暖和的初春睡得正香，初春的風是那樣的溫柔平和。野鴨在漲滿的春水中洗浴遊蕩，小鳥在濃霧籠罩的村邊柔聲細語。斜陽下樓臺是那樣的華美，輕輕的雲霧飄蕩在山間的小路上。遙遠的綠水邊有一個古老的渡口，聚積的水氣浸潤著長滿青苔的臺基。誰想到我這位生長在漢陵旁邊的人，現在卻成了一個生活在長江邊的流浪者。提起筆就想到自己的無能，籌畫時就為自己拿不出好主意而羞愧。我騎著馬隨意行走去尋覓閑情逸趣，果然找到了幽靜可人的石盎寺。僧人對我說要淡泊世事，名利如浮雲。我認為世事繁多複雜值得我去治理。想起從古至今的許多賢人，我怎能停止求索而從此休息呢？

赴京初入汴口曉景即事先寄兵部李郎中

【題　解】京，京師。指長安。汴口，汴水入淮河處。汴水故道在今河南省、安徽省境內，溝通黃河與淮河，隋煬帝下江都，唐宋漕運東南各省糧食入京師，皆由此道。一說汴口是指開封境內的汴隄。曉景，清晨的景色。根據詩的內容，應是秋天。即事，看到眼前的事物。兵部，朝廷六部之一，主管全國的武官選用、兵籍、軍械等事。郎中，官名。為六部中諸司之長。題目可譯為：赴京師長安途中，第一次來到汴水入淮河處，清晨看到了一些景物和事情，因而寫下這首詩先寄給兵部的李郎中。

清淮控隋漕❶，北走長安道❷。檣形櫛櫛斜❸，浪態迤迤❹好。初旭❺紅可染，明河❻
澹❼如掃。澤闊鳥來遲，村饑人語早。露蔓❽蟲絲多，風蒲❾燕鶵老。秋思高蕭蕭❿，客愁長
裊裊⓫。因懷京、洛間⓬，宦遊何戚草⓭。什伍⓮持津梁⓯，澒湧⓰爭追討。翾便⓱詎⓲可尋，
幾祕⓳安能考。小人乏馨香⓴，上下將何禱㉑？唯有君子心㉒，顯豁知幽抱㉓。

【注　釋】❶清淮句　清清的淮河是隋唐漕運的主要通道。淮，河名。即淮河。控，操縱。引申為「是主要的」。隋，隋朝。泛指隋唐。漕，水路運糧。❷北走句　從這裡向北就是通往長安的道路。❸檣形句　船的桅杆是那樣的密集，稍稍有點傾斜。檣，桅杆。櫛櫛，密集的樣子。❹浪態迤迤　水浪連綿不斷伸延到遠方。迤迤，連綿伸延的樣子。❺初旭　初昇的太

陽。❻明河　天河。❼澹　光芒淡薄。因是清晨，天河的光顯得十分的淡。❽露蔓　落滿露水的枝蔓。❾蒲　植物名。一般生長於淺水處或池沼中。❿蕭蕭　高遠的樣子。⓫裊裊　連綿不絕的樣子。⓬京洛間　京城長安和洛陽之間。洛陽當時稱東都，屬陪都的地位。因此，長安、洛陽一帶也就成了唐代的政治、文化中心。⓭戚草　即「草草」。一本即作「草草」。憂愁的樣子。⓮什伍　泛指軍隊。軍隊編制，以五人為伍，二伍為什。⓯持津梁　修築橋梁。⓰澒湧　原指水勢浩大、流速迅猛。這裡用來形容大部隊迅速進軍的氣勢。⓱翾便　行動迅速的樣子。翾，飛翔的樣子。便，快捷。⓲詎　表示反問的副詞。相當於今天的「難道」、「哪裡」。⓳幾祕　機密。⓴小人句　我缺乏美好的才能。小人，杜牧的自我謙稱。馨香，芳香。比喻美好的才能。㉑上下句　我到處追求，又能得到什麼？上下，泛指天地、神人各個方面。禱，祈神求福。這裡指追求建功立業。㉒君子心　指李郎中有高尚的君子情懷。㉓顯豁句　能夠明明白白地了解我內心深處的想法。顯豁，明明白白。幽抱，內心深處的想法。

【語　譯】清清的淮河是隋朝以來的主要漕運通道，由此向北走就是通往長安的水路。密集的桅杆稍稍傾斜，連綿的波浪十分好看。初昇的太陽紅得似乎可作染料，清晨的天河淡得好像剛剛打掃過。大澤廣大飛鳥來得很晚，村民們饑餓了很早就傳來了說話聲。落滿露水的枝蔓上還掛著許多蟲絲，風吹蒲草，春天的小蕪已顯得蒼老。望著這秋景我的思緒跑得很遠很遠，作為一個外鄉人我的憂愁連綿不斷。因為懷念長安、洛陽一帶，在外地當官使我無限煩惱。我還看見有部隊在修築河橋，大部隊奮勇爭先大概是對敵人進行追討。他們行軍迅速轉眼就無影無蹤，他們行動保密去了何處我無法知道。我缺乏美好的才能，到處求索又有何用？只有您有一個高尚的君子胸懷，能明白我內心深處的思想感情。

獨(ㄉㄨˊ)酌(ㄓㄨㄛˊ)

【題　解】獨酌，獨自飲酒。這首詩描寫了杜牧一人遊覽、自酌自飲時的所見所想，表現了一種莊子式的虛無曠達的人生觀。

長空碧杳杳❶，萬古一飛鳥。生前酒伴閑❷，愁醉閑多少❸。煙深隋家寺❹，殷葉❺暗相照。獨佩一壺遊，秋毫泰山小❻。

【注釋】❶杳杳　深遠的樣子。❷酒伴閑　悠閑地喝著酒。❸愁醉句　如果因為發愁而喝醉，又有多少閑適可言。也可以理解為：如果老擔心喝醉，那又有多少閑適之情可言。❹隋家寺　隋朝人修建的寺廟。有人認為即長安中隋文帝時所修建的大興善寺。❺殷葉　暗紅色的樹葉。殷，暗紅色。❻秋毫句　無論是秋毫還是泰山，在我眼中都變得十分渺小。秋毫，秋天鳥獸新長出的細毛。《莊子》認為，事物的大小都是相對的，因此沒有必要去區別它們的大小，從而得出萬物一齊的結論。杜牧引用《莊子》中的「毫毛泰山」，用意稍異，主要是說自己由於遊覽和飲酒，心胸變得異常寬廣，無論小事大事，自己都毫不介懷。

【語譯】寬闊的天空碧藍高遠，千年萬代就像轉眼即逝的飛鳥一般。活著時就應該悠閑地喝喝酒，怕喝醉又能得到多少清閑。雲霧深處有一座隋朝修建的寺廟，暗紅色的樹葉偷偷地把我映照。我帶著一壺酒獨自遊覽，秋毫和泰山在我眼中都一樣渺小。

惜春

【題解】惜春，為春天就要過完而惋惜。這首詩主要抒發了杜牧的惜春之情。

春半年已除❶，其餘強為有❷。即此❸醉殘花，便同嘗臘酒❹。悵望❺送春杯，殷勤❻掃花箒。誰為駐東流❼，年年長在手❽。

【注　釋】❶年已除　春節已完全過完。除，過完。❷其餘句　剩餘的一點春光勉勉強強算是有一點春色。❸即此　就在這殘春之中。即，接近；處於。❹便同句　就像在臘月裡喝酒一樣，索然無味。❺悵望　悵然地望著。悵，不高興的樣子。❻殷勤　情意懇切。❼駐東流　使時光停止流逝。東流，東流水。比喻一刻也不停留的時光。❽長在手　永遠在身邊。

【語　譯】春天已過了一半，年節也已經過完，剩餘的春光勉勉強強還算是有那麼一點。我想在這殘春之中面對殘花一醉，喝起酒來索然無味如同臘月裡喝酒一般。我悵然望著這與春天告別的酒，惜春的懇切之情全凝注於這掃花的掃箒。誰能夠為我把時光留住，讓春光永遠留在我的身邊。

題安州浮雲寺樓寄湖州張郎中

【題　解】安州，地名。在今湖北省安陸縣。浮雲寺，安州的一座寺廟名。湖州，地名。又叫吳興郡。在今浙江省湖州市。張郎中，名字、生平不詳。郎中是官職名。這首詩先回憶了詩人同張郎中的交往情況，後抒發分手以後對張郎中的思念之情。

去夏疎雨餘❶，同倚❷朱欄❸語。當時樓下水，今日到何處？恨如春草多，事❹與孤鴻❺去。楚岸柳何窮❻，別愁❼紛若絮❽。

【注　釋】❶疎雨餘　一陣小雨之後。疎雨，稀疎的雨點；小雨。餘，以後。❷倚　憑靠。❸朱欄　紅色的欄杆。❹事　這裡指二人在一起的往事。❺鴻　鳥名。即大雁。❻何窮　哪裡有個盡頭。窮，盡頭。❼別愁　分手後的思念之愁。❽紛若絮　亂紛紛的，就像那漫天飛舞的柳絮一樣。絮，柳絮。柳樹種子上面像棉絮的白色絨毛，能隨風飛散。

【語　譯】去年夏天一陣小雨過後，我和你一起靠著紅色的欄杆交談。當時樓下的流水，今日不知已流到了何處？

分手後的遺憾和這春天的青草一樣的多，我們相處的往事與孤鴻一起一去不返。楚地河岸上的柳樹無邊無際，我的思念之愁如同這漫天飛舞的柳絮那樣繁多紛亂。

過驪山作

【題　解】驪山，山名。在今陝西省臨潼縣東南。秦始皇的墳墓即在驪山北面。杜牧路過驪山時，想到秦始皇的事業旋起旋滅，感慨萬分，故而寫下了這首詩。

始皇❶東遊出周鼎❷，劉、項縱觀皆引頸❸。削平天下實辛勤，卻為道旁窮百姓❹。黔首❺不愚爾益愚❻，千里函關❼囚獨夫❽。牧童火入九泉底❾，燒作灰時猶未枯❿。

【注　釋】❶始皇　秦始皇。❷出周鼎　想把周鼎從泗水中打撈出來。秦始皇在位的第二十八年，東巡，回來時路過彭城，祭神祈禱，想把周鼎從泗水中撈出。後派千人入泗水打撈，不得。周鼎，周朝的傳國重器，共九個，是天子統治權力的象徵。據說周亡時，周鼎沉於泗水彭城下。❸劉項句　劉邦和項羽伸著脖子在一旁觀看秦始皇。劉邦在咸陽服役時，曾見過秦始皇，他嘆息說：「嗟乎！大丈夫當如此也！」秦始皇巡視會稽時，項羽與叔父項梁一起觀看，項羽見到秦始皇時說：「彼可取而代也！」秦始皇出周鼎、劉邦見到秦始皇和項羽見到秦始皇不是同一地點同一時間的事，本詩把它們放在一起寫，是一種文學剪裁手法。引頸，伸長脖子。❹卻為句　本句意思是說，秦始皇統一天下是為路邊看熱鬧的窮苦百姓——劉邦和項羽做嫁衣裳。秦始皇建立的統一王朝秦朝只存在了十五年，就滅亡了。❺黔首　百姓。秦始皇時，把老百姓改名為「黔首」。❻爾益愚　你變得更加愚蠢。爾，你。指秦始皇。益，更加。❼函關　關名。即函谷關。在今河南省靈寶縣東南。是秦國所依憑的天險。❽囚獨夫　緊緊套住了這個獨夫民賊。獨夫，指秦始皇。秦朝廷以為東有函谷關天險，可以牢牢保住關中的千里沃土，故而敢胡作非為。然而正是這一想法，緊緊地套住了自己，使自己大受其害。❾牧童句　項羽占領咸陽後，燒秦宮殿，曾挖掘秦始皇墓。後一牧童的羊順著挖墓的洞進入墓穴，牧童持火把進墓穴找羊，不小心燒燬了裡面的棺槨。九泉，指地下。這裡指墓穴。⑩燒作句　應理解為：秦始皇的屍骨還未枯乾，就被燒作灰土。本句極言秦朝滅亡之快。

【語　譯】秦始皇東遊的目的是要打撈出周鼎，劉邦和項羽伸著脖子在一旁觀看。秦始皇統一天下確實辛苦，卻被路邊看熱鬧的窮百姓坐了江山。老百姓並不愚昧，而你卻越來越愚蠢，倚恃千里沃土和函谷天險的想法反而套住了你這個獨夫。牧童手舉火把進入墓穴，你的屍骨未枯就被燒作一把灰土。

池州送孟遲先輩

【題　解】池州，地名。在今安徽省貴池市西。孟遲，人名。字遲之，會昌年間進士及第。有詩一卷。會昌四年（西元八四四年）九月，杜牧由黃州刺史調任池州刺史，會昌六年九月離開池州。本詩是杜牧在池州期間為孟遲送別時所作。本詩回顧了自己與孟遲交往的情況，設想分手後的孤獨和思念，最後哀嘆人生的短暫。

昔子①來陵陽②，時當苦炎熱。我雖在金臺③，頭角長垂折④。奉披塵意驚⑤，立語平生豁⑥。寺樓最騫軒⑦，坐送飛鳥沒。一罇中夜⑧酒，半破⑨前峰月。煙院松飄蕭⑩，風廊竹交戛⑪。時步郭⑫西南，繚徑苔圓折⑬。好鳥響丁丁⑭，小溪光汃汃⑮。籬落見娉婷⑯，機絲弄啞軋⑰。煙濕樹姿嬌，雨餘山態⑱活。仲秋往歷陽⑲，同上牛磯⑳歇。大江㉑吞天去，一練橫坤抹㉒。千帆美滿風，曉日殷鮮血。歷陽裴太守㉓，襟韻㉔苦超越㉕。鞞鼓㉖畫麒麟㉗，看君擊狂節[28]。離袖颭應勞[29]，恨粉啼還咽[30]。明年忝[31]諫官，綠樹秦川[32]闊。子提健筆來，勢若夸父渴[33]。九衢[34]林馬撾[35]，千門織車轍[36]。秦臺破心膽[37]，黥陣驚毛髮[38]。子既屈一鳴[39]，余固宜三刖[40]。慵憂長者來[41]，病怯長街喝[42]。僧爐[43]風雪夜，相對眠一褐。暖灰重擁瓶[44]，曉粥還分鉢[45]。青雲馬生角[46]，黃州使持節[47]。秦嶺[48]望樊川[49]，秖得迴頭別。商山四皓[50]祠，心與摴蒲說[51]。大澤蒹葭[52]風，孤城[53]狐兔窟。且復考《詩》、《書》[54]，無因見簪笏[55]。古訓屹[56]如山，古風冷刮骨[57]。周鼎列瓶罍[58]，荊璧[59]橫拋撥[60]。力盡不可取，忽忽[61]狂歌發。三年未為苦，兩郡[62]非不達[63]。秋浦[64]倚吳江[65]，去檝飛青鶻[66]。溪山好畫圖，洞壑深閨闥[67]。竹岡森羽林[68]，花塢團宮纈[69]。景物非不佳，獨坐如鞲紲[70]。丹鵲[71]東飛來，喃喃送君札[72]。呼兒旋供衫[73]，走門空踏襪[74]。手把一枝物，桂花香帶雪[75]。喜極至無言，笑餘[76]翻[77]不悅。人生直[78]作百歲翁，亦是萬古一瞬中。我欲東召龍伯[79]翁，上天揭取北斗柄[80]，蓬萊[81]頂上斡[82]海水，水盡到底看海空。月於何處去，日於何處來？跳丸[83]相趁[84]走不住，堯、舜、禹、湯、文、武、周[85]、孔[86]皆為灰。酌此一杯酒，與君狂且歌。離別豈足更關意[87]，衰老相隨[88]可奈何！

【注釋】❶子 您。❷陵陽 山名。在宣城境內。杜牧曾隨沈傳師在宣州任職，這句詩回憶孟遲去宣州與杜牧初次見面的情況。❸金臺 又稱黃金臺、燕臺。故址在今河北省易縣東南。相傳戰國時期，燕昭王築臺於此，置千金於臺上，以招攬天下賢士，故名。這句中的「在金臺」，意思是受到朝廷任用。❹頭角句　頭總是低垂著，角被折斷。形容自己雖在官府，但並不得意的樣子。❺奉披句　同社會、官場中的事情打交道，使人心驚不安。奉披，應酬；打交道。塵，世俗。❻立語句　您同我交談片刻，就使我一直憂愁的思想豁然開朗。立，立即；片刻。❼最騫軒　最高的軒廊。騫，高昂的樣子。軒，堂的前沿，外面圍以欄杆。即有欄杆的走廊。❽中夜　半夜。❾半破　被山峰遮住了半邊。❿飄蕭　飄動的樣子。⓫交戛　即「交戛」。戛，即「戛」。竹枝交錯撞擊發出聲音。戛，象聲詞。⓬郭　裡面的城牆叫「城」，外面的城牆叫「郭」。⓭繚徑句　繞著長滿青苔的小路曲折而行。圓折，彎轉的樣子。⓮丁丁　象聲詞。形容悅耳的鳥叫聲。⓯光汎汎　象聲詞。形容流水相激的聲音。⓰籬落句　籬笆邊有一位身姿美好的女子。籬落，籬笆。娉婷，女子身姿美好的樣子。⓱機絲句　在織布機上「啞軋」、「啞軋」地織著絲綢。弄，用手織布。啞軋，象聲詞。形容織布的聲音。⓲山態　山的姿態、景象。⓳歷陽　地名。唐代設歷陽郡。在今安徽省和縣境內。⓴牛磯　山名。又叫牛渚山。在今安徽省當塗縣西北長江邊。距歷陽城不遠。牛渚山的山腳突入長江的部分，叫采石磯，也叫牛渚沂。㉑大江　長江。㉒一練句　長江就像一條橫束在大地上的用白絹做成的大帶子。練，白絹。坤，大地。抹，大帶子。㉓裴太守　人名。名字、生平不詳。太守，官名。即刺史。㉔襟韵　指人的情懷風度。㉕苦超越　極為豪放，超越一世。苦，極為；極其。㉖鞔鼓　皮鼓。鞔，把皮革綳緊固定在鼓框的周圍做成鼓面。㉗麒麟　傳說中的仁獸名。雄曰麒，雌曰麟。形狀如麇（即獐），牛尾，狼蹄，一角。㉘狂節　猛烈而急促的鼓點節拍。㉙離袖句　分手後，我看到舞女的衣袖飄蕩就感到憂傷。袖，指舞女的衣袖。颭，飄蕩。應，應是；就會。勞，憂愁。㉚恨粉句　即使見到打扮入時的美女，也會傷心得嗚咽流淚。恨，遺憾；傷心。粉，裝飾。這裡指打扮入時的美女。這兩句是說：二人分手以後，杜牧十分傷心，即使身處歌舞場中，也高興不起來。㉛忝　有愧於。為自謙之詞。是說自己愧居諫官一職。㉜秦川　地名。大約包括今天的陝西、甘肅兩省。這裡沃野千里，為先秦秦國故地，故稱「秦川」。本句表面是寫景，描寫秦川的開闊，實際是在暗示自己初入朝廷，前程光明，故而心情開朗愉快。㉝夸父渴　夸父是傳說中的神人。據說他與太陽相追逐，當他追上太陽以後，十分乾渴，便喝黃河和渭水的水，水不夠，夸父便到北方的大澤中飲水，未至，渴死於路。杜牧用這個典故來形容孟遲想建功立業的迫切心情。㉞九衢　四通八達的道路。這裡具體指長安的道路。㉟林馬撾　多次鞭打著馬。林，盛；多。撾，鞭打。㊱千門句　很多官府、貴族門前都交織著您的車轍。這兩句描寫孟遲入長安後，為求得一官半職而多方投拜的艱難情況。㊲秦臺句　官府的態度令人心灰意冷。秦臺，代指官府。秦漢時，官府多以「臺」命名，如中臺、外臺、憲臺、蘭臺等。這裡用「秦臺」代指唐朝的官府。㊳黥陣句　官場的鬥爭更令人毛骨悚然。黥陣，黥布的軍陣。這裡比喻爭鬥激烈的官場。黥布是秦末漢初的名將，曾幫助劉邦統一天下，後反叛被殺。黥布反叛時，部隊精良，陣形如項羽軍，劉邦為此非常擔心。㊴鳴　叫屈；為不平而呼喊。㊵余固句　我推薦您這位有真才實學的人，而別人認為我是欺騙朝廷，因而我受到處罰確實是理所當然的。三刖，三次刖刑。這裡泛指處罰。刖，古代一種把腳砍掉的酷刑。先秦楚國人和氏得一玉璞（未經雕琢加工的玉），獻給楚厲王，厲王認璞為石，以為欺己，砍去和氏左足。厲王死，楚武王即位，和氏再次獻玉璞，武王又以為欺己，砍去和氏右足。楚文王即位後，才接受這塊玉璞，經過加工，成為美玉，史稱「和氏璧」。杜牧用這一典故，批評朝廷不識真才，為孟遲和自己鳴不平。㊶慵憂句　您來長安求職不順，我為此而憂愁。慵，精神不振作，無精打采。長者，年高德重者稱「長者」。這裡指孟遲。㊷喝　指官員出門時喝道開路的聲音。㊸僧爐　寺廟裡的火爐子。㊹瓶　煮飯用的瓦器。㊺鉢　僧人用的飯碗。㊻青雲句　突然出現了怪事，自己的官運好了起來。青雲，指高官厚爵。馬生角，戰國時，燕太子丹在秦國當人質，求歸，秦王不許，說：「烏鴉的頭變白了，馬頭上長出角，那時你才能回去。」太子丹聽後仰天長嘆，結果烏鴉頭變白，馬頭長角。杜牧說自己官運變好是「馬生角」一類的怪事，為激憤揶揄之詞。㊼黃州句　讓自己手持符節去黃州當了刺史。使持節，古代大臣出使，必持符節以作憑證。魏晉以後，持節定為官名，有使持節、持節、假持節之分，其權力大小也不同。唐時，諸州刺史加號「持節」，總管一切事務者加號「使持節」。然實際上無節，只給銅魚符。㊽秦嶺　山名。又叫終南山、南山。在長安南。是杜牧從長安去黃州赴任的必經之地。㊾樊川　河名。在今陝西省長安縣南。杜牧的家即在樊川附近。㊿商山四皓　漢初住在商山的四位隱士，名字是：東園公、綺里季、夏黃公、甪里先生。四人鬚髮皆白，故稱「四皓」。後來被奉為神靈。商山，山名。又叫商嶺、商坂，在今陝西省商縣東。(51)心與句　我心中默默祈禱，希望能成就一番大的事業。摴蒱，一種賭博遊戲名。慕容寶在長安時，與人摴蒱。慕容寶正襟危坐，默默祈禱說：「人們都說摴蒱有靈，這一定不是假話。如果我將來能得到富貴，就讓我連續三次擲出『盧』來！」摴蒱共五枚骰子，上黑下白，擲出的五子全黑叫「盧」，為最勝之采。慕容寶三擲皆「盧」。後果得富貴，為後燕主。杜牧用這個典故代指自己祈禱富貴。(52)蒹葭　蘆葦。蒹，蘆荻。蘆葦的一種。葭，蘆葦。(53)孤城　指黃州。這兩句描寫黃州破敗荒涼景象，表現了杜牧的極度失望。(54)詩書　指儒家奉為經典的《詩經》和《尚書》。(55)無因句　沒有辦法再回朝廷作官。簪笏，古代大臣見皇上時，執笏以記事，簪筆以備書。簪，插；插著筆。笏，古代大臣朝見皇上時拿的手板，可以用來記事，以備遺忘。這兩句是說，杜牧對黃州的情況很失望，可又無法再回到朝廷，只得在那裡研讀經書。(56)屹　高高聳立不可動搖的樣子。(57)古風句　古人的風度冷峻異常。冷刮骨，形容冷峻異常。這兩句寫讀古書的感受。(58)周鼎句　分不清英才和庸人。周鼎，周朝的傳國寶器。比喻英才。瓶罌，泛指各種陶器。比喻庸人。(59)荊璧　即和氏璧。楚國又叫荊國，據說和氏璧是出自荊山。故稱。(60)拋擲　被拋棄，受打擊。擲，打擊。(61)忽忽　精神恍忽的樣子。(62)兩郡　指黃州和池州。杜牧先後在這兩個地方任刺史。(63)達　得志。這兩句是反話。(64)秋浦　地名。故城在今安徽省貴池市境內。當時屬池州的一個屬縣。(65)吳江　指長江。長江經潤州、揚州間的這一段，又叫吳江。(66)去檝句　您乘坐的船向遠處逝去，快得就像青鶻鳥一樣。檝，船槳。這裡代指孟遲離去時乘坐的船。青鶻，一種飛翔迅速的猛鳥。(67)閨闥　內室。(68)森羽林　密密麻麻多得像羽林軍一樣。森，眾多的樣子。羽林，羽林軍。皇帝的衛軍。(69)花塢句　花圃深處就像聚集在一起的宮中特製的彩綢。塢，四面如屏的花木深處。纈，染花的絲織品。(70)韝紲　被束縛的雄鷹。韝，同「鞲」。革製臂衣，打獵時用以停留獵鷹。紲，束縛。(71)丹鵲　鳥名。喜鵲的一種。古人認為鵲鳥鳴叫是一種吉兆。(72)喃喃句　鵲鳥「喃喃」地叫著，送來了您的書信。喃喃，象聲詞。形容鵲叫的聲音。札，書信。(73)旋供衫　趕快把衣服拿來。意為穿戴整齊出門迎接書信。旋，快。(74)走門句　來不及穿鞋，只穿著襪子就跑到了門口去接信。走，跑。(75)桂花句　桂花芳香雪白。(76)笑餘　笑了以後。(77)翻　反；反而。從「溪山好畫圖」至本句，應是杜牧在送別孟遲時，對分手後生活情況的一種想像。(78)直　即使。(79)龍伯　神話傳說中的巨人國。龍伯國中的人身長數十丈，壽命長達一萬八千歲。(80)北斗柄　北斗星的柄。北斗星的形狀就像一個帶柄的勺子，故下文說要用它舀海水。(81)蓬萊　傳說中的仙山。在大海中。(82)斡　旋轉；攪動。這裡引申為舀出。(83)跳丸　指日月。日月形圓如丸，運行不停，故稱為「跳丸」。(84)相趁　相互追逐。趁，追逐。(85)周　指周公。周公名叫姬旦。周文王之子，周武王之弟，曾輔佐武王滅商。後制訂禮樂制度，平治天下，被後人奉為聖人。(86)孔　指孔子。(87)關意　留意；放在心上。(88)相隨　緊跟；即將到來。

【語　譯】從前您到陵陽山來的時候，正遇上酷熱的天氣。我當時雖然在官府任職，但一直垂頭喪氣並不得意。整天應酬世事使人心驚不安，與您交談片刻就使我平生的憂懼煙消雲散。我們坐在寺廟樓房的最高走廊上，目送著飛鳥一直到牠消失在遙遠的天邊。夜深了，我們在一起喝著酒，天上的明月被前面的山峰遮住了半邊。寺院裡煙霧繚繞松枝搖動，走廊邊風吹竹枝「戛戛」作響。有時我們去城牆的西南邊走一走，沿著長滿青苔的小路曲折而行。美麗的小鳥發出「嚶嚶」的叫聲，小溪的水「嘩嘩」地向前流淌。籬笆邊有一位美麗的姑娘，正在織機上「軋軋」地織著絲綢。霧水濕潤的樹姿十分嬌美，雨水洗浴後的山景更加鮮活。仲秋時節我們前去歷陽，一同登上牛渚山後坐下休息。那氣吞長空向遠方流去的長江，就像一條白色絲帶橫束著大地。千萬片漲滿風的船帆是那樣的優美，清晨的初昇太陽像鮮血一樣的深紅。歷陽郡的裴太守，胸懷寬廣豪氣蓋世。他拿出畫有麒麟圖案的皮鼓，欣賞您敲擊出的豪放急促的鼓點。與您分手使我無比傷心，即便觀賞美女舞蹈時也淚流滿面。第二年我進京師愧任諫官，長滿綠樹的秦川顯得寬闊無邊。您手握如椽的大筆也來到長安，求職的迫切心情就如同異常乾渴的夸父一般。您鞭打著馬在長安的道路上到處奔走，許多官府、權貴的門前都留下了您的車轍。然而官府的態度令人心灰意冷，官場上的爭鬥更讓人心驚膽戰。您受盡委屈，不平而鳴，我也被認為是薦人不當而受到處罰。我為您在長安的不幸遭遇而憂愁，生病的我特別討厭聽到大街上喝道開路的聲音。風雪夜我們在寺廟的火爐邊，面對面披著一件粗布衣入眠。清晨時我們用溫暖的火灰煨住瓦罐，煨好後我們用僧鉢分食罐裡的稀飯。突然我官運好轉，這真是一件馬頭生角一樣的怪事，朝廷讓我手持符節去黃州當了刺史。我站在秦嶺上留戀地望著故鄉樊川，最後也只得告別故鄉回頭走向黃州。我路過商山四皓的祠堂時，心中默默地為實現自己遠大志向而祈禱。黃州緊靠著淒風呼叫蘆葦無邊的大澤，這座荒涼的孤城到處是狐洞兔穴。我只得姑且在這裡研讀《詩》、《書》五經，沒辦法再回到朝廷。古人的遺訓屹立如山不可動搖，古人的風度異常峻冷。然而今天卻是周鼎與瓦罐同列，好壞不分，美好無比的和氏璧橫遭拋棄和打擊。竭盡全力也無法實現自己的壯志，我憂愁得精神恍忽口發狂歌。細細想來這三年的生活也不算太苦，先後擔任兩郡刺史也不算不得志。秋浦緊靠著長江邊，在這裡望著您乘船離去快如飛鶻一般。您去後這裡的山水依然美如圖畫，山上的洞穴深邃幽靜如內室。山岡上密集的竹林就像皇上的羽林軍，花圃深處就像宮中的彩綢聚集在一處。這些景物不算不好，然而我一人獨坐就像被束縛住的雄鷹一樣苦惱。一隻丹鵲從東南方向飛來，告訴我送來了您的書信。我呼叫兒子趕快給我衣帽，我還是等不及，穿著襪子就跑到門口。丹鵲手拿著一件東西，原來是您送我一枝芳香雪白的桂花。我高興到了極點，以至於說不出話來，歡笑之後反而又有憂愁湧上心頭。人生在世即使能夠成為百歲老翁，萬古千年不過轉眼之間，這百年又在這轉眼之中。我想召來東方的龍伯翁，讓他上天握住北斗星的柄。然後再讓他站在蓬萊仙山頂上舀海水，我要看看海水舀光後的情景。我要知道月亮究竟落到何處，我要知道太陽究竟從何處昇起。太陽和月亮相互追逐，不停運動，就連堯、舜、禹、湯、文、武、周、孔這些聖人都化作了灰土！我為您斟上一杯酒，我要和您一起狂歌。離別之事不必放在心上，衰老死亡緊緊相逼卻令我感到無可奈何！

重送

【題　解】本詩緊接上一首〈池州送孟遲先輩〉，因此，「重送」應是「重送孟遲先輩」。即分手時，送給孟遲的第二首詩。詩中表達了杜牧想建功邊疆的願望。

手撚❶金僕姑❷，腰懸玉轆轤❸。爬頭峰❹北正好去，係取可汗❺鉗作奴❻。六宮雖念相如賦❼，其那❽防邊❾重武夫。

【注　釋】❶撚　捏；拿。❷金僕姑　一種箭的名字。❸玉轆轤　一種寶劍的名字。轆轤，井上汲水的起重裝置。即絞盤。這裡指長劍首被刻作水井轆轤形，以作裝飾。❹爬頭峰　山名。在今山西省北部。當時是唐朝與異族軍隊作戰的前線。❺可汗　古代鮮卑、蠕蠕、突厥、回紇、蒙古等族的最高統治者。❻鉗作奴　用鐵鏈鎖頸當奴隸。鉗，古代一種刑名。用鐵鏈鎖頸。❼六宮句　雖然陳皇后很喜歡司馬相如的賦。六宮，皇帝的後宮。為皇后、妃嬪的住處。這裡專指陳皇后。據說，漢武帝的皇后陳氏失寵後，住在長門宮，她聽說司馬相如的文章寫得好，就送黃金百斤為禮，求相如為自己作解愁之文。司馬相如為此寫〈長門賦〉。漢武帝讀後，重新親幸陳皇后。❽其那　怎奈。那，「奈何」的合音。❾防邊　防守邊疆。後兩句是說，雖然宮中有人喜歡文人，但守邊還是要靠武將。表現了詩人投筆從戎的思想。

【語　譯】手拿著金僕姑箭，腰掛著玉轆轤劍。現在正是前往爬頭峰前線立功的好時機，捉取可汗戴上鐵鏈把他變作奴隸。雖然陳皇后喜歡相如的辭賦，怎奈防守邊疆還是要重視和依靠將士。

題池州弄水亭

【題解】弄水亭，亭名。為杜牧任池州刺史時所建，取李白詩「飲弄水中月」作為亭名。弄水亭在池州府通遠門外。這首詩主要描述了弄水亭周圍的優美風景和池州一帶的風土民情，最後抒發了個人的志向和對故鄉的思念之情。

弄水亭前溪，颭灩翠綃舞[1]。綺席草芊芊[2]，紫嵐峰伍伍[3]。螭蟠[4]得形勢，翬飛[5]如軒戶[6]。一鏡奩曲堤[7]，萬丸[8]跳猛雨。檻前燕鴈[9]棲，枕上巴帆去[10]。叢筠侍修廊[11]，密蕙媚幽圃[12]。杉樹碧為幢[13]，花駢紅作堵[14]。停樽遲[15]晚月，咽咽上幽渚[16]。客舟耿[17]孤燈，萬里[18]人夜語。漫流罥苔槎[19]，饑鳧曬雪羽[20]。玄絲[21]落鉤餌，冰鱗看吞吐[22]。斷霓[23]天帔[24]垂，狂燒漢旗怒[25]。曠朗半秋[26]曉，蕭瑟[27]好風露。光潔[28]疑可攬[29]，欲以襟懷貯[30]。幽抱[31]吟〈九歌〉[32]，羈情[33]思湘浦[34]。四時皆異狀[35]，終日為良遇[36]。小山浸石稜[37]，撐舟入幽處。孤歌倚桂巖[38]，晚酒眠松塢[39]。紆餘帶竹村[40]，蠶鄉足砧杵[41]。塍泉落環珮[42]，畦苗差纂組[43]。風俗知所尚[44]，豪強恥孤侮[45]。鄰喪不相舂[46]，公租無詬負[47]。農時貴伏臘[48]，簪瑱事禮賂[49]。鄉校[50]富華禮[51]，征行產強弩[52]。不能自勉去[53]，但愧來何暮[54]。故園漢上林[55]，信美(56)非吾土。

【注　釋】❶颭灩句　溪水蕩漾，就像一匹綠色的綢子在舞動。颭灩，水波蕩漾的樣子。翠，青綠色。綃，有花紋的薄絲綢。❷綺席句　茂盛的野草就像綠色綢緞織成的席子。綺，有文彩的絲織品。芊芊，綠草茂盛的樣子。❸紫嵐句　三五成群的山峰裡繚繞著紫色的雲霧。嵐，霧氣。伍伍，三五成群的樣子。也可理解為成行成列的樣子。❹螭蟠　弄水亭就像一條盤曲著的螭龍。螭，傳說中一種沒有角的龍。古代建築多用牠的形狀作裝飾。❺翬飛　飛翔的樣子。古人多用「翬飛」形容建築物的高峻壯麗。❻軒戶　長廊與門。這裡泛指弄水亭。本句應理解為「軒戶如翬飛」。❼一鏡句　四周彎曲的堤壩中鑲嵌著一塊明鏡般的池水。奩，古代婦女梳妝用的鏡匣。這裡用作動詞。❽萬丸　指大雨落在池水中濺起的千萬顆水珠。❾燕鴈　北方的大鴈。燕，地名。指河北一帶。這裡泛指北方。❿枕上句　從亭內望去，遠去的巴蜀船帆好像就在欄杆的橫木上面。枕，橫木。巴帆，巴地的船帆。巴，古國名。在今四川省東部。秦惠文王滅巴國後，置巴郡、漢中郡。⓫叢筠句　一叢叢的竹子緊靠著長長的走廊。筠，竹子。侍，侍奉。意思是說，一叢叢的竹子緊靠著長廊，就好像是在侍奉著長廊一樣。修，長。⓬密蕙句　密密麻麻的蕙草好像正在取悅於幽靜的花圃。蕙，一種香草的名字。媚，取悅於。⓭杉樹句　綠色杉樹就像一杆杆旗幟。杉樹，一種長青樹名。幢，古代作儀仗用的一種旗幟。⓮花駢句　連接成一片的紅花就像一道道牆壁。駢，並列；連接。堵，牆。⓯遲　等待。⓰咽咽句　聽著「咽咽」的流水聲，我登上水中的小洲。咽咽，象聲詞。形容水流曲折不暢的聲音。渚，水中的小塊陸地。⓱耿　微明的樣子。⓲萬里　指萬里長江。池州緊靠長江。⓳漫流句　漫溢出來的江水把長滿青苔的竹筏和木筏推向岸邊，擱置在那裡。漫，水漲溢。罥，掛礙；擱淺。槎，木筏、竹筏。⓴雪羽　雪白的羽毛。㉑玄絲　黑色的釣魚絲線。㉒冰鱗句　觀看魚吞吐魚鉤。冰鱗，白色的魚鱗。代指魚。㉓斷霓　中間斷開的虹霓。霓，主虹為虹，副虹為霓。㉔天帔　上天的披肩。帔，披肩。㉕狂燒句　雲霓就像漢朝的旗幟一樣火紅。漢王朝認為自己屬於火德，因此旗幟的顏色尚紅。㉖半秋　仲秋季節。㉗蕭瑟　象聲詞。形容秋風的聲音。㉘光潔　晶瑩光亮。㉙攬　採摘。㉚襟懷貯　放在自己的懷抱之中。㉛幽抱　內心深處的情感。㉜九歌　《楚辭》的篇名。共十一篇。為屈原被放逐之後的作品。㉝羈情　客居異鄉的愁苦之情。羈，客居異鄉。㉞湘浦　湘江邊。屈原被放逐以後，曾流落於沅水、湘江一帶。這兩句杜牧以屈原自況，透露出不得志的鬱鬱之情。㉟異狀　不一樣的景色。㊱良遇　看到美好的事物。㊲小山句　小山把自己山腳的石稜伸延到水中。㊳桂巖　長著桂樹的高峻山崖。㊴松塢　松林深處。指四面高中間低的松林。㊵紆餘句　曲折延伸的山水環繞著長滿竹林的村莊。紆餘，山水曲折延伸的樣子。帶，圍繞。㊶足砧杵　到處都能聽到擣衣的聲音。砧，擣衣石。杵，棒槌。古人洗衣時和洗衣後，以杵擣衣，使衣服更清潔更平整。㊷塍泉句　田埂上的泉水滴落，發出「叮咚叮咚」的聲音，就像身上佩帶的玉器相互碰撞的聲音一樣。塍，田埂。環，玉環。珮，繫在衣帶上作裝飾用的玉。㊸畦苗句　田地裡的莊稼苗參差不齊，就像長短不一的綬帶一樣。差，不齊。纂組，指赤色的綬帶。這裡泛指綬帶。㊹所尚　所崇尚的；所重視的。㊺豪強句　大戶、名人都以孤立受侮為羞恥。㊻不相舂　舂穀時不發出號子聲或歌聲。相，舂穀時的號子聲。㊼詬負　因不交租稅而受到辱罵。詬，辱罵。負，欠稅。㊽伏臘　兩個節日名。在古代，夏天的伏日，冬天的臘日，都是節日，合稱伏臘。㊾簪瑱句　人們打扮得整整齊齊，互相贈送禮物。簪，插定髮髻或冠的長針。瑱，一種玉的名字。簪瑱，這裡都用作動詞。也可理解為名詞，指所送的禮物。禮賂，禮物。㊿鄉校　鄉學。(51)華禮　美好的禮節。(52)弩　一種利用機械力量發射箭的弓。(53)自勉去　通過努力，位登朝廷，離開池州。(54)但愧句　只為沒當好池州刺史而慚愧。但，只。來何暮，來得太晚。這是百姓對廉范的讚美之詞。廉范，東漢人，字叔度，後任蜀郡太守，深得民心，百姓作歌曰：「廉叔度，來何暮?」(55)上林　苑名。秦國的舊苑。漢武帝擴建，方圓三百來里。故址在今陝西省長安縣、盩厔縣、鄠縣一帶。(56)信美　確實美好。信，確實。

【語　譯】弄水亭前有一條小溪，溪水碧波蕩漾就像一匹綠色的綢緞在飄揚。茂盛的草地好像一張綠綢編織成的蓆子，三五成群的山峰裡紫色的霧氣在飄蕩。弄水亭像一條盤曲在好地形中的螭龍，其建築形式就像鳥兒展翅飛翔。四周彎曲的堤壩中有一汪明鏡般的池水，大雨落入池水激起千萬顆水珠。欄杆前棲息著北方飛來的大鴈，在欄杆的橫木上能看見遠去的巴蜀船帆。一叢一叢的竹子侍立在長廊的兩旁，密密麻麻的蕙草就像在取悅幽靜的花圃一樣。碧綠的杉樹像一杆杆的旗幟，連成一片的鮮花好似一堵紅色的牆。停下酒杯等待晚出的月亮，我又登上幽靜的小洲聽著「咽咽」的水響。遠處的客船上閃著一點燈光，人語聲在萬里長江的夜空裡飄蕩。漫溢的江水把長滿青苔的木筏擱置在江邊，饑餓的野鴨在曬著自己雪白的羽毛。拋下帶著魚餌的黑色釣絲，觀看白色的魚兒吞吐釣鉤。中間斷開的虹霓就像上天的披肩一樣垂掛著，火紅的雲霓猶如漢家的旗幟。仲秋季節的拂曉，一切景物都是那樣的開闊爽朗，蕭瑟的秋風晶瑩的秋露都是如此的美好。這晶瑩的露珠似乎可以採摘，我真想把它們採摘起來放進自己的懷抱。我滿懷的幽思，吟唱著〈九歌〉，流落在異鄉使我想起流落在湘江的屈原。這裡的四季景象都不一樣，每天都能看到美好的風光。小山把自己山腳的石稜伸延到水中，我划著船來到幽靜的地方。我一個人唱著歌靠著長有桂樹的山崖，夜晚喝了酒就睡在松林深處。曲折伸延的山水環繞著長滿竹林的村莊，在這養蠶之鄉到處都可聽到擣衣的聲響。田埂上泉水滴下就像玉佩在碰撞，田裡的禾苗就像參差不齊的綬帶在飄揚。看看這裡的風俗就知道人們的崇尚：大戶富豪以孤立、受辱為羞恥，鄰居有喪，舂穀時就不呼號歌唱，官府收稅時也沒有人因為欠稅而受到辱罵，農家最看重伏日、臘日這些節氣，人們打扮得整整齊齊互相贈送禮物，鄉校教給人們很多文質彬彬的禮節，打仗時這裡還出產強勁的弓弩。我不能通過努力位登朝廷離開此地，只慚愧沒能像廉范那樣把刺史當好。我的故鄉在漢朝上林苑的故址旁，這裡的確美好，可惜不是我的家鄉。

題宣州開元寺

寺置於東晉時

【題　解】開元寺建於東晉，最初叫永安寺。至唐朝開元二十六年（西元七三八年），改名為開元寺。杜牧去揚州探視患病的弟弟，因超假而辭去御史職務。開成三年（西元八三八年），他應宣歙觀察使崔鄲的聘請，到宣州任團練判官。本詩即作於此年，時杜牧三十六歲。詩中主要描寫開元寺的位置、建築規模以及周圍的美好風景。

南朝❶謝朓城❷，東吳❸最深處❹。亡國❺去如鴻，遺寺❻藏煙塢❼。樓飛九十尺，廊環❽
四百柱。高高下下❾中，風繞松桂樹。青苔照❿朱閣，白鳥兩相語。溪聲入僧夢，月色暉⓫

粉堵⑫。閱景無旦夕，憑⑬欄有今古⑭。留我酒一罇，前山看春雨。

【注釋】❶南朝　指西元四二〇年至五八九年在我國南方建立的宋、齊、梁、陳四個朝代。❷謝朓城　指宣城。謝朓，人名。南朝齊人，著名詩人。曾任宣城太守。故名。❸東吳　三國時的吳國。這裡泛指江南偏東地區。❹最深處　最中部。❺亡國　滅亡的國家。具體指東晉、宋、齊、梁、陳等南方各國。❻遺寺　前朝遺留下來的寺廟。即開元寺。❼塢　四面高中間凹下的地方。❽環　環列；環立。❾高高下下　指高高低低各個地方。❿照　映襯；點綴。⓫暉　照耀。⓬粉堵　白色的牆壁。⓭憑　靠著。⓮有今古　有今古的不同。這兩句是說：開元寺的風景不分早晚都值得觀賞，但前來靠著欄杆賞景的人卻古今不同。古人一去不返，今人轉眼即逝。含有物是人非的思古之情和悲嘆人生短暫的憂傷之情。

【語　譯】這座南朝謝朓曾任過太守的城市，位於東吳地區的最中部。南朝各國像飛去的鴻雁那樣渺無蹤跡，只留下這座古寺深藏在雲霧繚繞的山坳裡。寺樓拔地而起，高達九十尺，迴廊上環立著四百根大柱子。周圍所有高高低低的地方，都長滿了在風中「颯颯」作響的松樹和桂樹。青青的苔蘚映襯著紅紅的樓閣，一雙白色的鳥兒在相對私語。小溪的流水聲進入僧人的夢中，月光照耀著寺廟的白色牆壁。不分早晚這裡都有值得觀賞的美景，然而靠著欄杆賞景的人卻有古今的不同。且為我留下一罇美酒，我要欣賞前山那迷濛的春雨。

大雨行　開成三年宣州開元寺作

【題　解】行，又叫歌行。是舊詩的一種體裁。本詩的寫作時間和地點與上一首同。本詩使用了許多生動的比喻，以刻劃大雨的磅礴氣勢。詩歌還回憶了六年前觀雨的情景，在今昔對比之中，表現出對風物不盡、人生易老的無限感慨。

東垠❶黑風駕海水，海底卷上天中央。三吳❷六月忽悽慘❸，晚後點滴❹來蒼茫❺。錚棧❻雷車❼軸轍壯，矯躩❽蛟龍爪尾長。神鞭鬼馭❾載陰帝❿，來往噴灑何顛狂。四面崩騰⓫玉京仗⓬，萬里橫牙⓭羽林槍⓮。雲纏風束⓯亂敲磕⓰，黃帝⓱未勝蚩尤⓲強。百川氣勢苦⓳豪俊，坤關⓴密鎖愁開張㉑。大和六年㉒亦如此，我時壯氣神洋洋㉓。東樓聳首㉔看不足，恨無羽翼高飛翔。盡召邑中豪健者，闊展㉕朱盤開酒場。奔觥㉖槌鼓助聲勢，眼底不顧纖腰娘㉗。今年闒茸㉘鬢已白，奇遊壯觀唯深藏。景物不盡㉙人自老，誰知前事堪㉚悲傷！

【注釋】❶東垠　東邊。垠，岸；邊。❷三吳　泛指今江蘇省南部、浙江省北部和安徽省東南部地區。詳見〈郡齋獨酌〉注。❸悽慘　這裡指天氣變得闇淡無光。❹點滴　指大雨來臨前的稀疏雨點。❺蒼茫　曠遠無邊的樣子。這裡指天空。❻錚棧　形容雷聲轟鳴。錚，形狀如銅鑼的樂器。棧，鐘。古代大鐘叫鏞，小鐘叫棧。這裡用錚、棧的聲音形容雷聲。❼雷車　雷神之車。傳說有女鬼阿香曾推著雷車去下雨。❽矯躩　勇猛地突然躍起。躩，跳躍。這一句形容閃電就像龍伸出的長長的爪子和尾巴。❾馭　駕車。❿陰帝　指神話傳說中的女媧氏。遠古時天崩地裂，女媧煉五色石補天，斷鼇足以立四極。女媧為女性神，故稱陰帝。⓫崩騰　向四面奔騰。⓬玉京仗　天都的兵器。玉京，玉皇大帝的住處。仗，刀戟等兵器的總稱。⓭橫牙　縱橫交錯的樣子。一本「橫牙」即作「縱橫」。⓮羽林槍　羽林軍的長槍。這兩句描寫雨勢凶猛，雨點就像天上向下四射的兵器，雨柱又像縱橫萬里的羽林軍長槍。⓯雲纏風束　烏雲纏著雨絲，大風裹著雨柱。⓰敲磕　敲擊；碰撞。⓱黃帝　人名。傳說中的帝王。被視為中華民族之祖。⓲蚩尤　人名。傳說中的部落酋長。蚩尤叛亂，黃帝率軍與蚩尤戰於涿鹿之野，擒殺蚩尤。本句用蚩尤的強大，來比喻雨勢凶猛，一切都亂了套。⓳苦　十分；非常。⓴坤關　大地上所有的門。坤，大地。關，門。㉑開張　打開門。㉒大和六年　西元八三二年。大和，唐文宗的年號。大和六年時，杜牧在宣州宣歙觀察使幕中，時年三十歲。㉓洋洋　得意的樣子。㉔聳首　高昂著頭。㉕闊展　大擺酒宴。闊，侈大。㉖奔觥　狂飲。奔，快速。指快速地舉杯飲酒。觥，古代的一種酒器。㉗纖腰娘　身材苗條的舞女。纖，細。㉘闒茸　指地位卑賤，身體衰弱。㉙不盡　無窮。㉚堪　能夠；值得。

【語　譯】東邊黑色的狂風駕馭著海水，把海水從海底捲上了天中央。三吳地區的六月天氣突然變得闇然無光，稍後點點滴滴的雨水從蒼茫的天空落下。接著神鬼推來了隆隆作響、軸大輪寬的雷車，閃電就像勇猛躍起的蛟龍伸出的長長的爪子和尾巴。神鬼們拿著鞭子駕著車把陰帝送來，他們來來往往噴灑雨水是何等的顛狂！雨點如同玉京裡的兵器向四面奔騰而下，雨柱就像縱橫萬里的羽林軍的長槍。風雲捲著大雨胡亂地敲擊碰撞著萬物，就好像未被黃帝打敗的蚩尤那樣強大瘋狂。所有的河流也顯示出各自的豪邁氣勢，大地上一切門窗都已緊閉無法打開。記得大和六年時也遇到如此情況，我那時志高氣盛得意洋洋。那次在東樓上我昂頭觀雨看個不夠，只遺憾自己沒長翅膀無法高飛遠翔。我把城中的豪爽之人全部請來，多多地擺設紅漆盤子大開酒宴。邊狂飲邊敲鼓以助風雨的聲勢，在座的客人都顧不得看一眼苗條的歌舞女郎。今年我位卑體弱鬢髮蒼蒼，面對奇異景象也只想隱居深藏。美景無限而人卻逐漸衰老，往事湮滅無人知曉的確使人悲傷。

自宣州赴官入京，路逢裴坦判官歸宣州，因題贈

【題　解】開成四年（西元八三九年），杜牧赴京城長安任左補闕一職，在途中遇到裴坦判官回宣州，特意寫了這首詩相贈。裴坦，字知進，進士及第。先後任左拾遺、判官、中書侍郎、同中書門下平章事。判官，官名。是地方長官的僚屬，佐理政事。這首詩描述了宣州的古跡和風景，訴說了自己先後兩次在宣州任幕僚時的不同思想情感。詩中還揭露了官場的險惡，表達了自己退隱的願望。

敬亭山❶下百頃竹，中有詩人小謝城❷。城高跨樓❸滿金碧，下聽一溪寒水❹聲。梅花落

徑香繚繞，雪白玉璫❺花下行。縈風酒旆❻挂朱閣，半醉遊人聞弄笙❼。我初到此未三十❽，頭腦釤利❾筋骨輕❿。畫堂⓫檀板⓬秋拍碎，一引⓭有時聯十觥⓮。老閑腰下丈二組⓯，塵土高懸千載名⓰。重遊⓱鬢白事皆改，唯見東流春水平。對酒不敢起⓲，逢君還眼明⓳。雲罍⓴看人捧，波臉㉑任他橫㉒。一醉六十日㉓，古來聞阮生㉔。是非離別際㉕，始見醉中情。今日送君話㉖前事，高歌引劍㉗還一傾。江湖酒伴㉘如相問，終老煙波㉙不計程㉚。

【注釋】❶敬亭山　山名。在今安徽省宣州市境內。❷小謝城　即謝朓城。指宣城（即宣州）。唐朝人習慣稱南朝的著名詩人謝靈運為大謝，謝朓為小謝。謝朓曾任宣城太守。故名。❸跨樓　登樓。❹寒水　給人以寒意的水。❺玉璫　玉製的耳飾。這裡代指戴玉璫的女子。❻縈風酒旆　酒旗在風中飄蕩。縈，旋繞。酒旆，酒旗。❼弄笙　吹奏樂器。笙，樂器名。這裡泛指樂器。❽我初句　杜牧於大和四年（西元八三〇年）隨宣歙觀察使沈傳師至宣州，時年二十八歲。❾釤利　敏銳。❿輕　輕捷；輕盈。⓫畫堂　華美的廳堂。⓬檀板　檀木拍板。演奏時敲擊拍板以增強音樂的節奏感。⓭一引　一曲。引，樂曲體裁之一。有序曲之意。這裡泛指曲子。⓮聯十觥　接連不斷地飲十杯酒。⓯老閑句　總是把高官厚祿等閑看待。老，總是。閑，等閑；看作平常。丈二組，指高官厚祿。組，古代佩官印用的絲帶。⓰塵土句　把名留千古這樣的事也看得輕如塵土。這兩句是說自己年輕時豪俠放蕩、糞土功名。⓱重遊　指開成二年杜牧應宣歙觀察使崔鄲的聘請，到宣州任團練判官等職。杜牧當時三十五歲。⓲對酒句　面對著酒喝個不停，不敢起身。杜牧用酒消愁，離酒即愁，故曰「不敢」離開酒。⓳眼明　頭腦清醒，眼睛明亮。⓴雲罍　繪有雲雷圖案的酒器。㉑波臉　淚水滿面。㉒橫　橫流。根據「一醉六十日」，這兩句意思是：任他人飲酒歡樂，任他人淚流滿面，自己要躲進醉鄉，遠離世事。這是杜牧因自己位卑力小、無法干預世事而發出的激憤之辭。㉓一醉句　司馬昭（西晉建立後被追謚為文帝）曾為自己的兒子司馬炎（晉武帝）向阮籍求婚，阮籍為了拒絕這門婚事，連醉六十日不醒，司馬昭只得作罷。㉔阮生　即阮籍。魏晉時期的著名文學家。㉕是非句　在與您分手的時候，我向您評論了往事的是與非。際，……的時候。㉖話　談論。㉗引劍　舉劍起舞。引，拿起。古人飲酒時，有許多助飲的娛樂活動。舞劍為其中一種。㉘江湖酒伴　指杜牧在宣州時結交的酒友。㉙煙波　霧靄蒼茫的水面。這裡代指隱居地。㉚不計程　字面意思是不計路程的遠近。實際上是說自己再也不計較關心人間的治亂、生死、禍福、是非等一切煩心的事。含有激憤、頹唐之意。

【語　譯】敬亭山下有上百頃的竹林，竹林中有一座謝朓當過太守的宣州城。登上高高的城樓就會看到它金碧輝煌，還能聽到城下傳來給人帶來寒意的溪流聲。梅花落在道路上香氣繚繞，白皙的戴著耳飾的少女在花下穿行。紅色樓閣上張掛的酒旗迎風飄揚，半醉的遊人能聽到陣陣的音樂聲。我第一次到宣州時還不到三十歲，那時我頭腦敏銳行動輕盈。在華麗的大堂裡聽音樂我把檀板敲碎，有時候一支曲我能連飲十大鍾。我那時根本不在意什麼高官厚祿，千古留名也被我看得像塵土一樣的輕。再次到宣州時我鬢髮蒼蒼萬事皆變，只有那平滿的東流春水依然與從前相同。酒可解愁因此我飲酒不停，遇到您我纔感到眼睛變得明亮、頭腦有點清醒。我過去冷眼旁觀別人飲酒作樂，也任憑他人滿臉的淚水縱橫。我要連醉六十日，聽說古代的阮籍就連續六十日大醉不醒。與您分手時我講了這許多是是非非，您能看出我這是醉中吐了真情。今天為您送行談起這些往事，我要高歌一曲舉劍起舞再為您斟酒一鍾。宣州的江湖酒友如果詢問我的情況，請告知我將終身隱居再也不管人間的春夏秋冬。

贈宣州元處士

【題　解】處士，有道德學問而不作官的人。元處士，名字、生平不詳。本詩主要讚美元處士品質的高潔。其中「蓬蒿三畝居，寬於一天下」含有深刻的人生哲理，它說明只要胸懷寬廣，即使身處窘境，也會進退自如。

陵陽❶北郭隱❷，身世兩忘❸者。蓬蒿❹三畝居，寬於一天下。罇酒對不酌，默與玄相話❺。人生自不足，愛嘆遭逢寡❻。

【注釋】❶陵陽　山名。在宣州境內。❷北郭隱，泛指隱士。北郭，複姓。春秋時期，有一位北郭先生很有才能，楚莊王請他出來作官，被他拒絕。後世即稱隱士為「北郭先生」。❸身世兩忘　忘卻自身的得失和社會的治亂。身，自身。世，社會。這句是說元處士萬事不關心，超然於世外。❹蓬蒿　兩種野草的名字。這裡泛指雜草。❺與玄相話　與深奧的哲理對話。即探討深奧的哲理。玄，深奧的哲理。❻遭逢寡　遇到的好機會太少。寡，少。

【語譯】您隱居在陵陽山上，是一位忘卻個人得失和社會治亂的人。您居住的長滿野草的三畝之地，實際上比整個天下還要寬闊。您面對著酒杯卻不喝酒，只是默默地探討那深奧玄妙的哲理。痛苦來自人們自身的不知滿足，卻總愛嘆息自己遇到的好機會太少。

村行

【題解】開成四年（西元八三九年）初，杜牧赴長安任左補闕，他先把弟弟杜顗送至潯陽（今江西省九江市），依堂兄江州刺史杜慥。二月，杜牧自潯陽沂長江、漢水，經南陽、武關、商山而至長安。本詩即描寫了詩人經過南陽時所看到的農村景色，表現了農村的寧靜生活和農民的質樸性格。

春半南陽❶西，柔桑過村塢。娉娉❷垂柳風，點點迴塘❸雨。蓑唱牧牛兒，籬窺❹蒨裙❺
女。半濕解征衫❻，主人饋雞黍❼。

【注釋】❶南陽　地名。即今河南省南陽市。❷娉娉　柳枝輕輕擺動的樣子。❸迴塘　曲折的池塘。❹籬窺　從籬笆內偷偷向外張望。❺蒨裙　紅色的裙子。蒨，草名。蒨草的根可以製成紅色的染料。❻征衫　指路上穿的衣服。❼饋雞黍　殺雞做飯招待客人。饋，用食物招待人。黍，小米飯。

【語　譯】仲春季節我從南陽的西邊經過，看到村莊上的桑樹都長出了柔嫩的葉子。垂柳在春風裡輕輕飄動，點點的春雨灑在曲折的池塘中。披著蓑衣的牧童正在歌唱，穿著紅裙的少女正隔著籬笆偷偷向外張望。我走進農家脫下半濕的衣衫，主人殺雞做飯對我熱情招待。

史將軍 二首

【題　解】史將軍，唐代的一位將軍。名字、生平不詳。〈史將軍〉共二首。第一首讚美史將軍的英勇無敵，悲嘆他生不逢時。第二首同樣讚美了史將軍的才能，並希望他能夠得到朝廷的重用，以抵禦外族侵略，掃清安史餘孽。

其一

長鋋周都尉❶，閑如秋嶺雲。取蝥弧❷登壘❸，以駢鄰翼軍❹。百戰百勝價❺，河南、河北❻聞。今遇太平日，老去誰憐❼君？

【注　釋】❶長鋋句　史將軍是西漢周竈一類的猛將。周都尉，指西漢周竈，為劉邦部下，任長鋋都尉，隨劉邦擊項羽，立功，封侯。漢文帝時，曾率兵擊匈奴。長鋋，本是一種兵器名。這裡應是「長鋋都尉」連用，為官職名。杜牧用周竈比史將軍。❷蝥弧　春秋時期鄭國的一種軍旗。鄭國將軍潁考叔曾舉著蝥弧旗首先登上敵人的城牆。這裡泛指唐朝軍旗。❸壘　軍壁；城牆。❹以駢句　讓騎兵兩兩相對，作為主軍的兩翼。駢，兩馬相對。駢鄰，即兩個騎兵編為一組，緊緊相鄰。這兩句是說史將軍不僅作戰勇敢，而且深通陣法。❺價　聲價；名聲。❻河南河北　唐代曾分天下為十個地區，稱「十道」。河南、河北為其中的兩道。相當於今天的黃河兩岸地區。❼憐　同情。另外，把「憐」理解為愛、重視，也可。

【語　譯】史將軍像漢代長鉦都尉周竈一樣英勇，現在卻悠閑得像秋天山嶺上的白雲。打仗時他總是手舉軍旗首先登城，還深通陣法讓騎兵兩兩相對作主軍的兩翼。他那百戰百勝的名聲，傳遍了河南、河北地區。現在正遇上太平年代，任你逐漸衰老又有誰來同情？

其二

壯氣蓋❶燕、趙❷，耽耽❸魁傑❹人。彎弧五百步❺，長戟❻八十斤。河湟❼非內地❽，安、史有遺塵❾。何日武臺❿坐，兵符⓫授虎臣⓬。

【注　釋】❶蓋　壓倒。❷燕趙　均為戰國時的諸侯國名。燕，在今河北省中、北部地區。趙，在今山西省東部、河北省南部地區。唐代中後期，燕趙地區一直動蕩不安。❸耽耽　目光威嚴的樣子。❹魁傑　身材魁梧高大。傑，高大。❺彎弧句　史將軍拉弓射箭，射程達五百步之遠。弧，弓。❻長戟　武器名。❼河湟　指黃河與湟水交匯地區和湟水流域。當時被外族人所占領。詳見前注。❽內地　指唐朝廷所管轄的區域。❾安史句　安史之亂雖已平定，但其餘孽卻未完全肅清。安史，指安祿山、史思明，天寶十四年，握有重兵的安、史叛亂，叛亂歷時九年，造成極大破壞，唐朝從此由盛轉衰。遺塵，餘孽。安史之亂被平定後，安史降將李懷仙、田承嗣等雖然名義上已歸順朝廷，實際上擁兵自重，從而留下後患。❿武臺　漢代的宮殿名。是皇帝召見武將、議論軍事的地方。這裡代指唐朝宮殿。⓫兵符　調遣軍隊的符節憑證。⓬虎臣　英勇如虎的將軍。指史將軍。

【語　譯】史將軍的英氣壓倒整個燕趙英豪，他目光威嚴有神，身材魁梧高大。他拉開強弓能把箭射出五百步之遙，使用的長戟重達八十斤。現在的河湟地區已不屬大唐所有，安史之亂留下的餘孽也沒有完全肅清。皇上何時能把史將軍召入朝廷，把指揮軍隊的兵符授給這位如虎般威猛的將軍。

卷二

華清宮三十韻

【題解】華清宮，唐朝行宮名。建於驪山腳下，旁有溫泉，故最初叫溫泉宮，後改名華清宮。天寶年間，唐玄宗和楊貴妃經常到這裡遊樂。三十韻，每兩句一韻，「三十韻」即為六十句。這首詩先描寫安史之亂前太平盛世的景象和帝王遊樂的情況，接著敘述了安史之亂時帝妃逃難的狼狽情景以及此後國家的衰微狀況。「往事人誰問，幽襟淚獨傷」兩句則明確說明詩人希望朝廷能夠以史為鑑，重振帝業。同時也表明了詩人對當時動盪政治局面的關心和擔憂。

繡嶺❶明珠殿❷，層巒❸下繚牆❹。仰窺雕檻❺影，猶想赭袍光❻。昔帝❼登封❽後，中原自古強。一千年際會❾，三萬里❿農桑。几席延堯、舜⓫，軒墀立禹、湯⓬。雷霆⓭馳號令，星斗煥文章⓮。釣築⓯乘時⓰用，芝蘭在處芳⓱。北扉⓲閑木索⓳，南面富循良⓴。至道㉑思玄圃㉒，平居厭未央㉓。鉤陳裹巖谷㉔，文陛㉕壓青蒼㉖。歌吹千秋節㉗，樓臺八月涼。神仙高縹緲㉘，環珮碎丁當㉙。泉暖涵㉚窗鏡，雲嬌惹㉛粉囊㉜。嫩嵐㉝滋翠葆㉞，清渭㉟照紅粧。帖泰生靈壽㊱，歡娛歲序㊲長。月聞仙曲調，霓作舞衣裳㊳。雨露㊴偏金穴㊵，乾坤㊶入醉鄉。玩兵師漢武㊷，迴手倒干將㊸。鯨鬣㊹掀東海，胡牙揭上陽㊺。喧呼馬嵬血㊻，零落羽林槍㊼。傾國留無路㊽，還魂怨有香㊾。蜀㊿峰橫慘澹(51)，秦樹遠微茫。鼎重山難轉(52)，天扶(53)業(54)更昌。望賢餘故老(55)，花萼(56)舊池塘。往事人誰問，幽襟淚獨傷。碧簷(57)斜送日，殷葉(58)半凋霜。迸水傾瑤砌(59)，疎風罅玉房(60)。塵埃羯鼓(61)索(62)，片段荔枝筐(63)。鳥啄摧寒木(64)，蝸涎蠹畫梁(65)。孤煙知客(66)恨，遙起泰陵(67)傍。

【注釋】❶繡嶺　宮殿名。修建在驪山。❷明珠殿　宮殿名。在驪山。杜牧用繡嶺宮和明珠殿代指華清宮的宮殿建築群。❸層巒　重重疊疊的山峰。巒，山峰。❹繚牆　圍牆。❺雕檻　雕花的欄杆。代指驪山上的宮殿。❻赭袍光　閃光的紅袍。指帝王之衣。赭，紅色。一說，「赭」應視為「赭黃」的省略。隋唐帝王穿赤黃色衣服，臣民禁用。❼帝　指唐玄宗。❽登封　登泰山祭天。封，在泰山上築土為壇祭天，報天之功。與「封」相配合的另一活動是「禪」，即在泰山下的梁父山上闢場祭地，報地之功。歷代王朝都把封禪視為國家大典。唐玄宗於開元十三年十月在泰山舉行封禪活動。❾際會　遇合；時機。這句是說，唐玄宗的開元年間是千年一遇的強盛時期。❿三萬里　泛指唐朝的整個疆土。據史書記載，唐朝疆土東西寬九千五百一十一里，南北長一萬六千九百一十八里。⓫几席句　朝堂上請來了像堯、舜那樣的禪位聖君。几席，小桌和席子。古人坐在席子上，倚靠著小几。這裡代指朝堂。唐玄宗李隆基是唐睿宗李旦的兒子，韋后謀殺唐中宗後，李隆基起兵殺韋后，奉父李旦為帝，李旦不久即讓位於李隆基。另外，李隆基是李旦的第三子，按照習慣，李旦即位後，應立長子李憲（原名李成器）為太子，但李憲認為李隆基誅亂有功，堅決把太子位讓給隆基。李憲死後，被諡為「讓皇帝」。堯、舜以禪讓帝位而聞名，所以杜牧用以比喻李旦和李憲。⓬軒墀句　宮殿前的臺階上站著大禹、商湯那樣英明的君主。指唐玄宗。

軒，有欄杆的走廊。墀，宮殿的臺階。⑬雷霆　又響又快的雷。這裡比喻朝廷的號令很有聲威。⑭星斗句　朝廷的禮樂制度燦爛多彩，就像天上的星斗一樣。煥，鮮明、光亮的樣子。文章，禮樂法度。⑮釣築　這裡代指隱士。釣，指姜尚。他在輔佐周文王和周武王之前，為一釣翁。築，指傅說。傳說是商朝的一位名相，在任相之前，以奴隸的身分在傅巖這個地方為人築牆。⑯乘時　趁機；遇到好時代。⑰芝蘭句　各種優秀人才在他們所生活的地方發揮出好的影響。芝蘭，兩種芳草的名字。比喻優秀人才。⑱北扉　應指北寺獄。是東漢的監獄名。這裡借指唐朝監獄。另，北扉的另一個涵義是指學士院，但與本句的意思不合。⑲木索　刑具。木指腳鐐手銬，索指綑人的繩索。⑳南面句　皇上面南而坐、治理天下時，他有一大批奉職守法的好官吏。南面，面向南。古代帝王在舉行各種儀式、朝會時，面向南方，以此為貴。循良，守法的良吏。㉑至道　最高的成仙道術。道，古代的哲學名詞。泛指規律、原則等。後來，道教把養生成仙的方術也稱作「道」，有「得道成仙」之說。唐代皇帝因與道教祖師老子同姓，所以視老子為自己的先祖。唐朝歷代皇帝崇道，唐玄宗也是如此。㉒玄圃　傳說中神仙的住地。在崑崙山上。㉓未央　漢代的宮殿名。這裡代指唐朝宮殿。這兩句承上啟下，言唐玄宗在國泰民安的鼎盛之時，產生了驕傲情緒，開始追求享樂生活。㉔鈎陳句　把後宮搬進了驪山的群山之中。鈎陳，星名。在紫微垣內，靠近北極。古人把它視作皇帝後宮的象徵。裹，被包圍。這句是指唐玄宗經常攜楊貴妃住在驪山華清宮。㉕文陛　指華麗的宮殿。文，華美。陛，宮殿的臺階。㉖青蒼　青翠的草木。㉗千秋節　又叫天長節。唐玄宗生於八月初五。開元十七年，大臣們奏請以這一天為千秋節。天寶二年改名天長節。元和二年停止舉行。㉘縹緲　高遠隱約、可望而不可及的樣子。㉙碎丁當　發出「叮叮噹噹」細碎的聲音。㉚涵　水氣籠罩著。㉛惹　招惹；繚繞。㉜粉囊　裝粉的袋子。粉，化妝用的粉末。囊，袋子。㉝嫩嵐　輕柔而色淡的山中霧氣。嵐，山中霧氣。㉞翠葆　綠色的車蓋。葆，車蓋。㉟清渭　清清的渭水。渭，河名。源出甘肅省，流經陝西省，最後入黃河。㊱帖泰句　國家安定太平，生靈自然長壽。帖泰，安定。㊲歲序　歲月；時間。㊳月闈二句　傳說唐玄宗在道士的幫助下，進入月宮，見仙女數百歌舞於大庭。玄宗默記其曲，回來後作〈霓裳羽衣曲〉。㊴雨露　比喻皇上的恩澤。㊵金穴　富貴人家。這裡指楊貴妃的楊氏家族。東漢時，郭皇后的弟弟郭況深受皇上寵幸，賞賜金銀無數，時人稱郭家為「金穴」。這裡用郭家比楊家。㊶乾坤　天地。代指整個國家。㊷玩兵句　效法漢武帝窮兵黷武，開拓疆土。玩兵，窮兵黷武。師，效法。武帝，漢武帝。漢武帝南誅兩越，東擊朝鮮，北逐匈奴，西伐大宛，四處用兵，結果萬民疲弊，國勢衰弱。唐玄宗後期也有類似做法。㊸迴手句　把軍權送給敵人。指把極大的軍權交給安祿山。倒干將，倒持利劍，授柄與人。干將，古代寶劍名。㊹鯨鬣　鯨魚振動著牠的脊鰭。鬣，鬐。比喻叛亂的安祿山。㊺胡牙句　叛軍的軍旗高高樹立在東都洛陽的上陽宮。胡，對異族的稱呼。安祿山為奚族人，其部將也多為異族人。故稱「胡」。牙，牙旗，以象牙作裝飾的大將之旗。揭，高舉。上陽，宮殿名。在東都洛陽。安祿山於天寶十四年十一月反叛，十二月攻取洛陽。㊻喧呼句　喧嘩不已的將士在馬嵬處死了楊國忠和楊貴妃。天寶十五年，安祿山叛軍入關，玄宗倉皇奔蜀，途經馬嵬驛時，衛兵殺楊國忠，唐玄宗被迫賜楊貴妃死。馬嵬，地名。即今陝西省興平縣馬嵬鎮。㊼零落句　皇上的衛隊羽林軍也七零八落，潰不成軍。㊽傾國句　無法挽救楊貴妃的生命。傾國，指具有傾國之貌的楊貴妃。無路，沒有辦法。㊾還魂句　想營救楊貴妃，又擔心露出痕跡，惹怒了將士。傳說古代有一種返生香，其香氣可以使死者返生。這句詩的字面意思是說想用返生香救楊貴妃，又怕香氣被外人聞到。比喻想救貴妃，又怕露出痕跡。㊿蜀　地名。今四川省一帶。(51)慘澹　淒涼。(52)鼎重句　唐朝的地位安穩如山，叛軍無法顛覆。鼎，周鼎。周鼎為國家重器，是政權的象徵。這裡代指唐朝江山。轉，搬走。(53)扶　幫助。(54)業　指唐朝帝業。(55)望賢句　望賢驛有許多忠於朝廷的百姓。望賢，地名。在今陝西省咸陽市附近。天寶十五年六月，唐玄宗奔蜀時途經望賢驛，百官走散，食物缺乏。當地的百姓獻食於玄宗。故老，父老。泛指百姓。(56)花萼　唐朝皇宮中一座樓的名字。全名叫花萼相輝之樓。(57)碧簷　指華清宮被漆成碧色的屋簷。以下八句描寫今日華清宮的衰敗、淒涼景象。(58)殷葉　紅葉。殷，黑紅色。(59)迸水句　洶湧的山水沖擊著宮殿的臺階。迸水，洶湧的水。瑤，美玉。砌，臺階。瑤砌，是對宮殿臺階的美稱。(60)疎風句　無孔不入的風從縫隙裡颳進后妃居住過的房子。疎風，無孔不入的風。罅，縫隙。玉房，玉飾的房間。這裡指后妃住過的房間。(61)羯鼓　古代羯族的一種樂器。羯，古代的少數民族名。據說唐玄宗特別喜歡聽羯鼓演奏。(62)索　盡；寂然無聲。(63)片段句　盛荔枝的筐子也碎作片段。荔枝，水果名。產於南方。楊貴妃愛吃荔枝，為了保持荔枝的新鮮，朝廷置快馬傳送。(64)鳥啄句　啄木鳥在寒氣中啄木，使山林破敗不堪。摧，摧毀。啄木鳥有益於樹木，杜牧如此講，可能是由於古人的錯誤觀察，也可能僅僅是借題發揮。(65)蝸涎句　蝸牛的黏液腐蝕著宮殿的華麗的大梁。蝸，蟲名。蝸牛。涎，黏液。蠹，腐蝕。(66)客　指包括杜牧在內的、經過驪山華清宮的人。(67)泰陵　唐玄宗的墳墓。在今陝西省蒲城縣東北金粟山。這句是說經過華清宮的人，撫今追昔，都為唐玄宗不能善始善終而深感遺憾。

【語　譯】繡嶺宮和明珠殿坐落在驪山，重重疊疊的驪山峰下有一道彎彎曲曲的圍牆。抬起頭能看見影影綽綽的華麗宮殿，到現在還能想像出玄宗身著閃閃發光的紅袍的模樣。過去玄宗登泰山封禪以後，中國成了自古以來最強大的國家。那是千年一遇的太平盛世，三萬里疆土處處是農桑豐收的景象。朝堂上請來了堯、舜一樣的禪讓聖君，宮

1 0 4

臺北市復興北路三八六號

三民書局股份有限公司收

廣告回信

台灣北區郵政管理局登記證

北台字第10380號

（免貼郵資）

姓名：　　性別：□男　□女

出生年月日：西元　　年　　月　　日

地址：

電話：（宅）　　（公）

E-mail：

知識使你更有活力・閱讀使妳更有魅力

三民書局／東大圖書讀者回函卡

感謝您購買本公司出版之書籍，請您填寫此張回函後，以傳真或郵寄回覆，本公司將不定期寄贈各項新書資訊，謝謝！

職業：＿＿＿＿＿＿＿＿ 教育程度：＿＿＿＿＿＿＿＿

購買書名：

購買地點：☐書店：＿＿＿＿＿ ☐網路書店：＿＿＿＿＿

☐郵購（劃撥、傳真） ☐其他：＿＿＿＿＿

您從何處得知本書？☐書店 ☐報章雜誌 ☐網路

☐廣播電視 ☐親友介紹 ☐其他

您對本書的評價：

	極佳	佳	普通	差	極差
封面設計	☐	☐	☐	☐	☐
版面安排	☐	☐	☐	☐	☐
文章內容	☐	☐	☐	☐	☐
印刷品質	☐	☐	☐	☐	☐
價格訂定	☐	☐	☐	☐	☐

您的閱讀喜好：☐法政外交 ☐商管財經 ☐哲學宗教

☐電腦理工 ☐文學語文 ☐社會心理

☐休閒娛樂 ☐傳播藝術 ☐史地傳記

☐其他

有話要說：＿＿＿＿＿＿＿＿＿＿＿＿＿＿＿＿

（若有缺頁、破損、裝訂錯誤，請寄回更換）

復北店：台北市復興北路386號 TEL:(02)2500-6600

重南店：台北市重慶南路一段61號 TEL:(02)2361-7511

網路書店位址：http://www.sanmin.com.tw

殿的臺階上站著禹、湯一樣英明的皇上。朝廷的號令能夠雷厲風行，各項典章制度就像天上的星斗一樣燦爛輝煌。隱士們遇上好時光都得到重用，優秀人才在各處發揮著好的影響。監獄裡沒有犯人，各種刑具閑置一旁，朝堂上有很多奉職守法的治國棟梁。此後皇上又想得道成仙登上玄圃，平時也不願居住在未央宮中。於是就把後宮遷入驪山的群山之中，華麗的宮殿遮蓋了青翠的山林。千秋節到處是一片音樂聲，此時正值八月，宮殿樓臺處處涼爽舒適。眾宮女隱隱約約就像天上的神仙，玉珮發出「叮叮噹噹」細碎的聲響。泉水溫暖水氣籠罩著窗戶和妝鏡，雲霧嬈嬈繚繞著裝粉的袋囊。柔和的山霧潤濕了綠色的車蓋，清清的渭水映照著宮女的紅妝。國泰民安生靈自然長壽，生活愉快歲月顯得閑適悠長。玄宗在月宮聽到仙家曲調，回來後便製作了〈霓裳羽衣曲〉。皇上的恩澤偏向於楊家，整個國家都暈頭轉向進入了醉鄉。後來皇上還效法漢武帝窮兵黷武，回手卻把利劍的柄倒授給敵人。安祿山像隻在東海鬧騰的大鯨，叛軍把軍旗插在東都洛陽的上陽宮。衛兵在馬嵬驛逼皇上處死了楊貴妃，羽林軍也七零八落潰不成軍。面對貴妃之死皇上無法拯救，想拯救又擔心露出痕跡惹怒了衛隊。蜀地的山峰七橫八豎景象淒涼，秦地的樹木越來越遠一片迷茫。大唐的天下安穩如山很難顛覆，上天保祐大唐的帝業再次昌盛。望賢驛還有許多忠於朝廷的百姓，花萼樓的池塘也還是原來的舊模樣。這段痛心的往事還有哪個人記得？為此我淚滿衣襟獨自心傷。已經歪斜的碧色宮簷默默地送著落日，殷紅的樹葉在霜凍中已有一半凋落。洶湧的山水沖擊著宮殿的臺階，無孔不入的風飆進了后妃住過的房間。皇上愛聽的羯鼓落滿灰塵已悄無聲息，為貴妃裝荔枝的筐了也碎作片片段段。寒風中山鳥啄木加速了山林的衰敗，蝸牛的黏液正腐蝕著華麗的宮殿大梁。孤獨的雲霧應會理解路過驪山者的心情，他們為玄宗不能善始善終而遺憾無窮。

長安雜題長句 六首

【題　解】長句，指七言詩。這是一套組詩，共六首。這六首詩集中反映了杜牧在長安城中的見聞和感受，從不同側面描寫了長安的風光和貴族們的生活情況，其中也隱約可見杜牧對自己懷才不遇的慨嘆。至於每首詩的主旨，我們在「章旨」中點明。

其一

觚稜❶金碧照山高，萬國❷珪璋❸捧赭袍❹。舐筆和鉛❺欺賈、馬❻，讚功論道❼鄙蕭、曹❽。東南樓日珠簾❾卷，西北天宛玉厄豪❿。四海一家無一事，將軍攜鏡泣霜毛⓫。

【章　旨】本詩主要描述了大唐國勢的強盛和人才的眾多，對「四海一家」的政治局面倍加讚賞。

【注　釋】❶觚稜　宮殿上轉角處的瓦脊。這裡代指宮殿。❷萬國　泛指各諸侯國及周邊少數民族國家。❸珪璋　兩種玉器名。為大臣朝拜天子時所執。❹赭袍　紅袍。為天子之服。這裡代指天子。詳見〈華清宮三十韻〉注❻。❺舐筆和鉛　舐著筆，和著墨。代指文人。舐，舔。鉛，金屬名。可用來寫字。這裡泛指墨。❻欺賈馬　文才壓倒賈誼和司馬相如。賈馬，指賈誼和司馬相如。均為西漢的著名文學家。❼讚功論道　輔佐君主的功勞和制訂的治國方法。讚，輔佐。論，研究；製訂。道，治國的辦法。❽鄙蕭曹　超過了蕭何和曹參。鄙，輕視；超過。蕭曹，指蕭何和曹參。均為西漢的開國功臣，並先後任丞相。❾珠簾　用珍珠綴飾的簾子。❿西北句　西北大宛國出產的天馬戴著玉環，顯得十分雄壯。宛，大宛。國名。西域少數民族國家之一。出產名馬。漢代稱大宛名馬為「天馬」。「天宛」即「大宛國的天馬」。玉厄，玉製的小環。杜牧自注，解「厄」為「小環」。⓫霜毛　白髮。

【語　譯】金碧輝煌的宮殿與高高的青山相映照，萬國的君臣手執珪璋向大唐天子朝貢。手拿筆墨的大唐文人才能壓倒賈誼和司馬相如，大臣的功勞和治國方略也超過蕭何與曹參。東南的高樓在陽光下捲起珠飾的門簾，西北大宛國獻的天馬身佩玉環顯得十分雄壯。現在四海一家太平無事，將軍們面對鏡子為白髮滿頭沒有戰功而傷心哭泣。

其二

晴雲似絮❶惹❷低空，紫陌❸微微弄❹袖風。韓嫣❺金丸莎❻覆綠，許公❼韉❽汗杏黏紅。

煙生窈窕❾深東第❿，輪撼流蘇⓫下北宮⓬。自笑苦無樓護⓭智，可憐鉛槧⓮竟何功。

【章　旨】本詩描述了長安權貴的生活，嘲諷趨炎附勢之人，感嘆自己的懷才不遇。

【注　釋】❶絮　絲絮；棉絮。❷惹　沾染；停留在。❸紫陌　指長安郊外的道路。❹弄　擺弄；吹動。❺韓嫣　人名。西漢武帝的幸臣。韓嫣好彈射，經常以金為彈丸，每天所失金丸十餘粒。這裡代指唐代的幸臣。❻莎　草名。多年生草本植物。莖三棱形，開黃褐色小花。❼許公　指北周貴族宇文述，曾封許國公。❽韉　馬鞍的墊子。❾窈窕　深邃曲折的樣子。❿東第　王侯貴族的住宅。⓫流蘇　裝在車馬、衣物等東西上的穗狀飾物。⓬北宮　西漢的宮殿名。這裡借指唐朝宮殿。⓭樓護　人名。西漢末人。善於結交權貴。先為權臣王氏五侯（王氏五兄弟王譚、王商、王立、王根、王逢時以帝舅的身分同日封侯）上客，後依附王莽，封息鄉侯。本句為激憤、嘲諷之語。⓮鉛槧　指讀書作文。鉛，鉛粉筆。槧，木板。都是古人用來紀錄文字的工具。

【語　譯】晴天的白雲像棉絮一樣在低空飄蕩，路上的微風輕輕地吹動著行人的衣袖。貴族少年像韓嫣那樣把金丸射進草叢，大臣們也像許公那樣騎著黏滿汗水和紅杏花的高頭大馬。王侯的住宅曲折幽深雲霧繚繞，權貴的大車搖動著流蘇走進了皇宮。我嘲笑自己太缺乏樓護那樣的諂媚之智，可憐兮兮地去舞文弄墨究竟能立下什麼功勞！

其三

雨晴九陌❶鋪江練❷，嵐嫩❸千峰疊海濤。南苑❹草芳眠錦雉❺，夾城❻雲暖下霓旄❼。

少年羈絡❽青紋玉❾，遊女花簪❿紫蔕桃⓫。江⓬碧柳深人盡醉，一瓢顏巷日空高⓭。

【章　旨】本詩描寫了長安的美麗春光和貴族的歡樂生活，以此來反襯自己窮困鬱悶的處境。

【注　釋】❶九陌　指長安的道路。史書記載長安有八街九陌。❷江練　本指長江像一匹白色的絲綢。這裡比喻長安的道路平闊如江水、如白練。❸嵐嫩　山霧柔和。❹南苑　花園名。又叫芙蓉園。在長安城東南曲江附近。為皇家遊樂之處。❺錦雉　鳥名。胸前五色如孔雀羽，尾羽可作裝飾品。❻夾城　兩邊修有圍牆的道路。❼下霓旄　皇上的儀仗隊向南走過。下，向南走。霓旄，一種儀仗旗的名字。以五彩羽毛裝飾的旗幟。❽羈絡　馬籠頭。❾青紋玉　有花紋的青色玉石。❿花簪　簪花；插花。簪，插。⓫紫蔕桃　帶有紫蔕的桃花。蔕，花與枝莖相連的部分。⓬江　指長安城東南的曲江池。池邊多柳樹。⓭一瓢句　我窮困得就像顏回一樣，因心情鬱悶，根本無心欣賞這風和日麗的大好春光。顏，指孔子的弟子顏回。顏回很窮，住在陋巷之中，食物很少很簡單。「一瓢」是「一瓢飲」的省略，極言顏回生活的窮困。這裡杜牧以顏回自比。空，白白的。春日高照，本是美景，但杜牧無心欣賞，故稱之為「空」。

【語　譯】初晴後的長安道路平坦乾淨如匹匹白練，柔和的山霧繚繞在海濤般的千峰萬嶺之間。南苑的芳草叢中躺著錦雉，暖雲籠罩的夾城路上可以看到南下的儀仗旗。少年們用青紋玉裝飾他們的馬籠頭，遊玩的女子頭上插著帶紫蔕的桃花。曲江池水碧柳深，遊人皆醉，窮困如顏回的我卻無心觀賞這大好春光。

其四

束帶謬趨文石陛❶，有章曾拜皂囊封❷。期嚴❸無奈睡留癖❹，勢窘猶為酒泥慵❺。偷釣侯家❻池上雨，醉吟隋寺❼日沉鐘❽。九原可作吾誰與❾？師友瑯琊邴曼容❿。

【章　旨】本詩說明自己生性懶散放蕩，表白自己不肯被高官厚祿所束縛的願望。

【注　釋】❶束帶句　我衣冠整齊地來到朝廷作官是一個錯誤。束帶，整飾衣冠，束緊衣帶。表示恭敬。謬，錯誤。文石陛，用帶花紋的石頭砌成的宮殿臺階。代指朝廷。❷有章句　我也曾向皇上獻上密章。章，奏章。拜，拜獻皇上。皂囊封，密封在黑色袋子裡的奏章。漢朝制度，一般奏章不密封。如事涉祕密，則用皂囊密封後呈獻皇上。皂，黑色。❸期嚴　當官後的時間限制很嚴。❹睡留癖　即「留睡癖」。有愛睡的習慣。❺勢窘句　我處境不好，更加上自己為酒所困，十分懶散。窘，窘迫；不利。泥，阻滯。慵，懶散。❻侯家　王侯之家。❼隋寺　隋朝修建的寺廟。有人認為即長安的大興善寺，為隋朝所建。❽日沉鐘　日落時的寺廟鐘聲。❾九原句　如果死去的人可以復生，那麼我將願意和他們中的哪一位生活在一起呢？九原，地名。在今山西省絳縣北。春秋時晉國大夫死後多葬於此。有一次，趙文子與叔譽遊於九原，文子看著墳墓感嘆說：「死去的這些人如能復生，我將贊同誰呢？站在誰的一邊呢？」作，復活。吾誰與，即「吾與誰」。❿師友句　我要把瑯琊人邴曼容當作自己的老師和朋友。瑯琊，地名。在今山東省諸城縣一帶。邴曼容，人名。西漢瑯琊人。作官不肯超過六百石。漢代官員的俸祿是米。每年拿六百石俸祿的官職是比較低微的。邴曼容的官職一旦超過六百石，便自求免職。

【語　譯】我衣冠整齊地來到朝廷作官本是一個錯誤，雖然這期間我也曾向皇上獻過密章。我愛睡卻又必須嚴格遵守官場的時間，處境本來不好又加上我好飲酒生性懶散。我喜歡冒著雨偷釣王侯家的池魚，還愛好在隋寺的晚鐘聲裡醉後吟詩。如果死去的人能復生，我將願意和誰在一起？我一定把西漢的瑯琊人邴曼容當作自己的師友。

其五

洪河❶清渭天池濬❷，太白、終南❸地軸橫❹。祥雲輝映漢宮❺紫，春光繡畫❻秦川❼明。草妒佳人鈿朵❽色，風迴❾公子玉銜❿聲。六飛⓫南幸⓬芙蓉苑⓭，十里飄香入夾城。

【章　旨】本詩主要描寫長安的大好春光和帝王、貴族們的春遊情況。

【注　釋】❶洪河　闊大的黃河。洪，大。河，黃河。❷天池濬　深深的天然大池子。濬，深。❸太白終南　山名。太白山即終南山。在今陝西省盩厔縣南。終南山冬夏積雪，望之皓然，故又稱「太白」。❹地軸橫　像橫貫大地的軸。古人認為，大地有八根大柱，三千六百根軸，相互牽制支撐。❺漢宮　漢朝宮殿。代指唐朝宮殿。❻春光繡畫　大好春光美如錦繡，美如圖畫。❼秦川　地名。這裡應專指長安周圍的平原。詳見〈池州送孟遲先輩〉注。一說指從長安南邊秦嶺上流下來的溪水。❽鈿朵　即花鈿。做成花朵形的首飾。❾迴　吹來；送來。❿玉銜　用玉裝飾的馬嚼子。銜，馬嚼子。⓫六飛　六匹快馬。古代帝王的車駕用六馬。⓬幸　指皇帝到某處去。⓭芙蓉苑　即南苑。花園名。在長安城東南，為皇家遊樂之處。

【語　譯】闊大的黃河和清清的渭水是天然的深池，終南山就像橫貫大地的巨軸。吉祥的雲彩輝映著紫色的宮殿，秦川上春光明媚如錦似畫。美女頭上花鈿的顏色令綠草嫉妒，公子的玉銜碰擊聲從風中傳來。皇上乘著六匹快馬駕的大車南去芙蓉園，陣陣花香飄入了十里長的夾城之間。

其六

豐貂長組金、張輩❶，駟馬文衣許、史家❷。白鹿原❸頭迴❹獵騎，紫雲樓❺下醉江花。

九重樹影連清漢❻，萬壽山光學翠華❼。誰識大君❽謙讓德，聖上不受徽號一毫名利鬬鼃蟇❾。

【章　旨】本詩描寫權貴們的奢侈生活，歌頌了皇上的謙讓美德，批判了勾心鬥角的名利之徒。

【注　釋】❶豐貂句　權貴們帽子上插著貂尾，腰間掛著長的綬帶。豐，大。貂，貂尾。漢代的侍中官帽子插貂尾作裝飾。組，佩印用的絲帶。金張，指漢代金日磾和張湯。金張兩家世代為高官，後人便把「金張」作為功臣世家的代稱。❷駟馬句　貴戚們乘坐著四匹馬拉的大車，穿著華麗的衣服。駟馬，四匹馬。這裡指四匹馬拉的車。文衣，華麗的衣服。許史，指漢宣帝時兩家外戚。許，漢宣帝許皇后家。史，漢宣帝舅家。皆顯貴。這裡代指唐代的皇親國戚。❸白鹿原　地名。又叫霸上。在陝西省藍田縣西。❹迴　盤旋；馳騁。❺紫雲樓　樓名。在曲江池附近。❻九重句　皇宮的綠樹向遠處伸延，似乎同天邊的銀河連接在一起了。九重，指宮禁。清漢，天河。❼萬壽句　萬壽山上的風光就像翠華旗一樣華美。萬壽山，山名。在長安附近。翠華，用翠羽裝飾的旗。為皇帝儀仗。❽大君　指皇上。唐文宗和唐宣宗都有辭讓尊號的事。❾鬬鼃蟇　像青蛙和蝦蟇那樣爭鬥不已。鼃，田雞類的動物。最常見的是青蛙。蟇，蝦蟇。蛙與蟾蜍的統稱。這是對名利之徒的批判。

【語　譯】大臣們插著大貂尾拖著長綬帶，貴戚們駕著四馬大車穿著華麗衣服。他們在白鹿原上騎馬奔馳射獵遊玩，還在紫雲樓下面對曲江鮮花飲酒作樂。皇宮的綠樹向遠處伸延，同天邊銀河連成一片，萬壽山上的風光像翠華旗一樣華美。誰能夠理解我們偉大君主的謙讓美德，小人們為一毫名利就像青蛙、蝦蟇那樣爭鬥不已。

河湟

【題　解】河湟，兩條河名。即黃河和湟水。這裡指湟水流域和湟水與黃河交匯地區，相當於今天青海省西寧市至甘肅省蘭州市一帶。當時這一地區被吐蕃占領。這首詩批評了朝廷的軟弱無能，表達了作者收復失地的願望。

元載相公曾借箸❶，憲宗皇帝亦留神❷。旋❸見衣冠就東市❹，忽遺弓劍❺不西巡❻。牧羊驅馬❼雖戎服❽，白髮丹心盡漢臣❾。唯有涼州❿歌舞曲，流傳天下樂閑人⓫。

【注　釋】❶元載句　宰相元載曾經提出過收復河湟地區的計畫。元載，人名。唐代宗時宰相，曾提出過收復失地的建議。相公，即宰相。漢魏以後拜相者必封公，故稱「相公」。借箸，出謀劃策。箸，筷子。有一次劉邦吃飯時同張良商議事情，張良說：「請借用一下您的筷子來指劃一下。」❷留神　留意。指留意於收復河湟失地的事。❸旋　很快。❹衣冠就東市　指元載被殺。衣冠，穿戴整齊。就，走向。東市，漢代常在長安的東市處死犯人。後人即以東市代指刑場。漢景帝的大臣鼂錯主張削奪諸侯封地，後吳、楚七國以誅鼂錯為藉口起兵反叛，朝廷便命令鼂錯穿上官服，斬於東市。這裡以鼂錯比元載。❺忽遺弓劍　憲宗皇帝也突然去世。遺弓劍，指皇帝死。傳說黃帝乘龍昇天，只把平日佩帶的弓劍留在人間。唐憲宗好神仙，常服丹藥，後被宦官所殺。❻西巡　即西征。河湟地區在長安以西。❼牧羊驅馬　指放牧的河湟百姓。❽戎服　西方少數民族的衣服。戎，古代對西方少數民族的通稱。具體指吐蕃。❾白髮句　一直到老，那裡的百姓仍然是一片忠心，始終向著祖國。漢臣，西漢大臣蘇武出使匈奴被扣，手持漢節牧羊十九年，始終不降，返回漢朝時，鬚髮盡白。這裡以蘇武忠於漢朝比喻河湟地區百姓忠於唐朝。❿涼州　是河湟地區的州名。即代指河湟地區。涼州的音樂在唐代十分有名，很受歡迎。⓫樂閑人　給那些遊手好閑的富貴人帶來歡樂。這是在批評一些人們只知聽河湟地區的音樂，不操心收復河湟失地。

【語　譯】宰相元載曾提過收復河湟的建議，憲宗皇帝對此事也十分留意。然而不久元載就被朝廷處死，憲宗也突然去世無法西征收復失地。牧羊放馬的河湟百姓雖然換上了異族服裝，但他們到老依然是忠於唐朝。現在只有涼州的歌舞曲調，依然流傳天下為那些閑人解悶取樂。

許七侍御棄官東歸，瀟灑江南，頗聞自適，高秋企望，題詩寄贈十韻

【題　解】許七，人名。即詩人許渾。因在兄弟中排行第七，因稱「許七」。許渾為潤州丹陽人。字仲晦。太和六年進士，先後任太平縣令、監察御史、睦州和郢州刺史等。後因病退居潤州城南丁卯橋丁卯莊，故其詩集名為《丁卯集》。潤州，即今江蘇省鎮江市，在長安之東，故稱他離開長安回潤州為「東歸」。瀟灑江南，瀟灑地生活在江南。自適，自求適意；生活自在。高秋，天高氣爽的秋天。企望，盼望。十韻，二十句。這首詩主要描述了許渾隱居後的瀟灑自由生活。在詩的最後，杜牧委婉地表達了自己希望歸隱、與許渾相伴的願望。

天子繡衣吏❶，東吳美退居。有園同庾信❷，避事學相如❸。蘭畹❹晴香嫩，筠溪❺翠影疎❻。江山九秋❼後，風月六朝❽餘。錦肆開詩軸❾，青囊結道書❿。霜巖⓫紅薜荔⓬，露沼白芙蕖⓭。睡雨高梧密，棋燈小閣虛⓮。凍醪元亮秫⓯，寒鱠季鷹魚⓰。塵意⓱迷今古⓲，雲情識卷舒⓳。他年雪中棹⓴，陽羨㉑訪吾廬㉒。於義興縣，近有水榭。

【注　釋】❶繡衣吏　身穿華美官服的官員。❷庾信　人名。南北朝時期的著名文學家。曾作〈小園賦〉，描寫自家花園的幽靜和優美。❸相如　人名。指西漢著名文學家司馬相如。司馬相如曾因病辭職，因此杜牧用他比喻因病退隱的許渾。❹蘭畹　種植蘭草的土地。蘭，一種芳草名。畹，古代土地面積單位。三十畝為一畹。這裡泛指土地。❺筠溪　長滿竹子的小溪。筠，竹子。❻疎　稀疎。❼九秋　秋天。秋季九十天，故稱「九秋」。一說古人把秋季的每月分為三秋，故三個月為九秋。❽六朝　指相繼建都於建康（今南京市）的吳、東晉、宋、齊、梁、陳六個朝代。❾錦肆句　您寫的詩歌美如錦繡。肆，陳列。開詩軸，打開詩卷。引申為寫詩。❿青囊句　青色的口袋裡裝著道教經典。結，裝進口袋並以繩結口。許渾好道，故讀道經。⓫霜巖　下霜的山峰。巖，高峻的山峰。⓬薜荔　植物名。又叫木蓮、木饅頭。蔓生，花小。⓭露沼句　露水落在池塘中的白蓮花上。沼，池塘。芙蕖，蓮花。⓮虛　安靜。⓯凍醪句　冬天釀造、春天飲用的酒是用陶淵明所喜歡的黏高粱做成的。凍醪，冬天釀造、春天飲用的酒。元亮，即著名詩人陶淵明。「元亮」是他的字。秫，黏高粱。可以釀酒。陶淵明愛酒，當彭澤縣令時，命令把公田全部種上秫。⓰寒鱠句　冬天吃的是張季鷹所喜歡的切細的鱸魚片。鱠，細切的魚肉。季鷹，晉人張季鷹。張在洛陽作官時，看到秋風颳起，因此想起家鄉吳地的菰菜羹和鱸魚膾，馬上辭官歸鄉。⓱塵意　指追名逐利的世俗之心。塵，指塵世中的名利。⓲今古　指古今之人。⓳雲情句　您有閑雲野鶴般的情趣，知道何時該進，何時該退。卷舒，雲彩收藏和伸展。比喻隱退和出仕。⓴雪中棹　在雪天乘著船。棹，船槳。代指船。晉人王子猷住在山陰，夜晚大雪，他突然想起住在剡的戴安道，當即便乘小船前去拜訪。㉑陽羨　地名。漢代置縣。隋唐時改名為義興縣。故城在今江蘇省宜興縣南。杜牧曾在這裡築室，並修有水榭（建築在水邊或水上的亭閣）。㉒廬　房屋。

【語譯】您本是身著華美官服的天子的官員，現在又心情舒暢地回到自己的東吳家園。家裡有一處像庾信那樣的園林，您同司馬相如一樣因病辭去一切官場事情。地裡的蘭草在晴朗的天氣裡飄著微香，小溪邊的青翠竹林灑下稀疏的身影。深秋季節您在山水中遊玩，品賞著經歷了六朝的風月美景。您寫的詩篇美如錦繡，青色口袋裡還裝滿了道教經書。山上的紅薜荔蓋著一層白霜，池中的白蓮花落上了晶瑩的晨露。睡在牀上聽著密雨敲打著高大的梧桐，在小閣裡挑燈下棋周圍是那樣的寂靜。春天喝著去冬釀造的陶淵明所喜歡的高粱酒，冬天吃著張季鷹所愛吃的切細的鱸魚肉。塵世的名利不知迷惑了古今多少人，只有您閑適如雲明白進退的道理。希望您有一天能夠在雪中乘坐小船，到我陽羨的家中一起遊玩交談。

李給事二首

【題解】李給事，指李中敏。給事，「給事中」的略稱，官名。常在皇帝左右侍從，備顧問應對等事。李中敏與杜牧、李甘是朋友。大和六年（西元八三二年），李中敏上書唐文宗，請斬鄭注。文宗不聽，李中敏請病假歸潁陽。鄭注被殺後，李中敏再次入朝為官，因反對宦官仇士良而被貶為婺州刺史。第一首詩寫李中敏與鄭注之間的鬥爭經過，第二首詩寫李中敏與仇士良之間的鬥爭經過。詩中表達了對李中敏的敬佩和對世事的失望。

其一

一章緘拜皂囊中❶，慄慄❷朝廷有古風❸。元禮❹去歸緱氏❺學，李膺退罷，歸緱氏教授生徒，給事論鄭注，告滿歸潁陽。江充來見犬臺宮❻。鄭注對於浴室紛紜白晝驚千古❼，鈇鑕朱殷❽幾一空❾。

曲突徙薪❿人不會⓫，海邊今作釣魚翁。

【注 釋】❶一章句 把一封請斬鄭注的奏章密封在黑色的袋子裡獻給皇上。緘，封口。拜，拜獻皇上。皂囊，裝密章的黑色袋子。❷慄慄 恐懼貌。一本作「懍懍」，更正確。懍懍，嚴正的樣子。❸古風 古代賢人的風範。❹元禮 人名。東漢李膺，字元禮。因反對宦官被免官，歸故鄉潁川教授生徒。❺緱氏 地名。在今河南省偃師縣東南。有人認為「緱氏」應為「綸氏」之誤。李膺為潁川人，而綸氏屬潁川郡。綸氏，地名。又叫潁陽。在今河南省許昌縣西南。本句以李膺比李中敏。❻江充句 西漢人江充陰險奸詐，曾陷害漢武帝的太子，漢武帝在犬臺宮召見了他。本句以江充比鄭注。❼紛紜句 大白天發生了驚動千古的動亂事件。紛紜，混亂的樣子。本句指「甘露之變」。鄭注和眾多大臣被宦官所殺。詳見〈李甘詩〉注。❽鈇鑕朱殷 殺人的刑具上沾滿了暗紅色的血。鈇，斬頭的斧。鑕，用來腰斬的刑具。類似鍘刀。朱殷，黑紅色。指血。❾幾一空 大臣們幾乎被殺光。❿曲突徙薪 指預先採取措施，防止發生危險。突，煙囪。徙，搬走。薪，柴草。從前有一人家的煙囪是直的，旁邊還堆著許多柴草。有人就勸告主人把煙囪改為彎曲的，並把柴草搬走，不然會發生火災。主人不聽，後果失火。杜牧把李中敏上書請斬鄭注視為「曲突徙薪」之舉。因為鄭注謀誅宦官，失敗後，不僅自己被殺，朝廷大臣也受害不淺。⓫會 明白；理解。

【語 譯】李給事向皇上獻上一封請斬鄭注的密章，他在朝廷上嚴正剛直頗有古賢人的風範。後來他像李膺那樣回到家鄉教授生徒，原因是受到江充式的奸人的誣陷。大白天一片混亂發生了驚動千古的災難，朝臣們血濺鈇鑕幾乎被宦官們殺完。李給事防患於未然的用意沒人能夠理解，到現在他依然在海邊當一位釣魚的老翁。

其二

晚髮悶還梳，憶君秋醉餘。可憐劉校尉，曾訟石中書❶。給事因忤仇軍容棄官東歸消長雖殊事，仁賢每見如❷。因看魯褒論❸，何處是吾廬❹？

【注　釋】❶可憐二句　就像劉向受宦官石顯的陷害一樣，您也受到宦官仇士良的陷害。劉校尉，指西漢人劉向，劉向曾當過中壘校尉。石中書，西漢宦官石顯，曾任中書令。漢元帝信任宦官弘恭、石顯，二人專權亂政。劉向上書皇上，請罷黜二人，後來反被石顯誣陷下獄。杜牧用劉向比李中敏，用石顯比仇士良。❷消長二句　賢臣們的行事雖有成敗之分，但仁賢之人給予他們同樣高的評價。消長，失敗和成功。殊，不同。每，經常。如，相同。本句是說李中敏雖敗猶榮。❸魯褒論　魯褒的〈錢神論〉。魯褒是晉人。當時政治腐敗，賄賂公行，魯褒作〈錢神論〉諷刺這一醜惡的社會現象。❹何處句　何處纔是自己的家鄉和歸宿？本句主要表現了杜牧想遠離令他失望的現實，但又不知該向何處去的迷茫感。

【語　譯】傍晚我心情鬱悶地梳著自己的頭髮，回想起您秋天喝醉以後的模樣。就像可憐的劉向受到石顯的誣陷一樣，您也因彈劾宦官而被貶謫。成功與失敗雖然不同，但仁賢之人都給予一樣高的評價。我讀了魯褒的〈錢神論〉，真不知何處纔是自己的歸宿。

題永崇西平王宅太尉愬院六韻

【題　解】永崇，即永崇里，是長安的一個地名。西平王宅，西平王李晟的住宅。李晟在唐德宗時討伐叛將田悅、朱泚有功，封西平郡王，賜宅長安永崇里。太尉愬院，愬，唐代名將李愬。是李晟之子。元和年間，淮西節度使吳元濟反，李愬率兵雪夜襲蔡州，生擒吳元濟。李愬死後，贈太尉一職。李愬在自建宅院之前，住在父親舊宅中的一個院子裡，故稱「西平王宅太尉愬院」。本詩主要是歌頌李愬的功德。

天下無雙將，關西❶第一雄。授符黃石老❷，學劍白猿翁❸。矯矯❹雲長❺勇，恂恂❻郤縠❼風。家呼小太尉❽，國號大梁公❾。半夜龍驤去❿，中原虎穴空⓫。隴山⓬兵十萬，嗣子⓭握琱弓⓮。

【注釋】❶關西　指函谷關以西地區。古代函谷關有二：自潼關向東二百里處，為秦函谷關，在今河南省靈寶縣南；再向東三百里處，為漢函谷關，在今河南省新安縣東北。古代有「關西出將，關東出相」之說。❷授符句　李愬像張良一樣，在兵法上受到過高人的指點。張良年輕時，有老人送他一部《太公兵法》，並自稱是谷城山下的一塊黃石，後人即稱此老人為「黃石公」。符，兵書。❸白猿翁　人名。傳說春秋時，越國一位善於劍術的女子同一位自稱名叫袁公的老人比劍，老人敏捷異常，後變為白猿。❹矯矯　勇猛強大的樣子。❺雲長　即三國名將關羽。關羽字雲長。❻恂恂　恭敬謹慎的樣子。❼郤縠　人名。春秋時晉文公的一位將軍，以謹慎、好學著名。❽小太尉　李愬之父李晟曾任太尉一職，故李愬被呼為「小太尉」。❾國號句　朝廷封他的爵位叫作大梁公。國，封地。這裡指爵位。大梁公，史書記載，李愬被封為涼國公，而不是大梁公。❿半夜句　指李愬去世。龍驤，將軍名號。西晉名將王濬拜龍驤將軍，討伐東吳時立下大功。這裡以王濬比李愬。半夜去，《莊子》說，有人雖然把東西收藏得很好，但在半夜時分，仍會被人偷走。比喻人們雖然愛護生命，但仍不免一死。⓫虎穴空　李愬死後，國家缺乏虎將。把李愬比作虎，虎去故穴空。⓬隴山　山名。六盤山南段的別稱。又叫隴坻。在今陝西省隴縣至甘肅省平涼一帶。⓭嗣子　長子。另外，自己無子而以他人之子為嗣也稱嗣子。這裡所說的嗣子當指李愬的長子李玭。⓮琱弓　雕刻有花紋的弓。

【語譯】李愬是天下無雙的名將，是關西地區的第一英雄。他向黃石公那樣的高人學過兵法，還向白猿翁那樣的劍客學過劍術。他像關羽一樣的英武勇敢，還像郤縠一樣謙虛謹慎。家裡人叫他「小太尉」，朝廷封他大梁公。後來李愬不幸去世，國家就沒有像他這樣的虎將。現在隴山一帶駐兵十萬，是他的長子在那裡手握琱弓率兵打仗。

東兵長句十韻

【題解】東兵，出兵東征。唐武宗會昌三年（西元八四三年），昭義（又稱澤潞）節度使劉從諫卒，其姪劉稹自稱留後，抗拒朝廷。此年五月，朝廷出兵討伐劉稹。會昌四年八月，昭義軍將郭誼殺劉稹以降。根據詩歌內容，本詩當作於會昌三年朝廷出兵東征劉稹時。當時杜牧四十一歲，任黃州刺史。杜牧曾上書宰相李德裕，為討伐劉稹出謀劃策，多被採納。本詩支持朝廷伐叛，歌頌唐軍將士的英勇，對伐叛勝利充滿了信心。

上黨爭為天下脊①，邯鄲四十萬秦坑②。狂童③何者欲專地④，聖主無私豈玩兵⑤。玄象森羅搖北落⑥，詩人章句⑦詠東征。雄如馬武⑧皆彈劍，少似終軍亦請纓⑨。屈指廟堂⑩無失策，垂衣堯、舜⑪待昇平。羽林東下雷霆怒，楚甲⑫南來組練明⑬。即墨龍文光照曜⑭，常山蛇陣勢縱橫⑮。落鵰都尉⑯萬人敵，黑矟將軍⑰一鳥輕。漸見長圍雲欲合⑱，可憐窮壘帶猶縈⑲。凱歌應是新年⑳唱，便逐春風浩浩聲㉑。

【注釋】①上黨句　劉稹控制的上黨地區地勢很高，好像要爭當天下的脊梁。上黨，地名。在今山西省長治一帶。當時為劉稹所控制。②邯鄲句　為了爭奪上黨，趙國四十餘萬將士被秦國活埋。戰國時，秦軍進攻韓國上黨郡，韓國不能守，上黨郡降趙。為爭奪上黨，秦又攻趙。由於趙將趙括指揮不當，趙軍被坑殺四十餘萬。本句說明上黨自古即是戰略要地。邯鄲，地名。為趙國都城。坑，坑殺；活埋。③狂童　狂妄無知的年輕人。指劉稹。④專地　割據一方。⑤玩兵　窮兵黷武。⑥玄象句　在繁星密佈的天象中，象徵戰爭的北落星搖動不定。玄象，天象。森羅，繁密地羅列。北落，星名。是戰爭的象徵。⑦章句　詩篇。⑧馬武　人名。漢代的勇將。⑨少似句　年輕人也像漢代終軍那樣請求參戰立功。終軍，人名。西漢人。纓，絲帶；繩索。漢朝廷派終軍出使南越，終軍請授以長纓，必羈南越王而致之於朝廷。終軍死時只有二十餘歲，時人稱之「終童」。後人遂稱自請從軍擊敵為「請纓」。⑩屈指廟堂　大臣們在朝堂上屈指謀劃。廟堂，宗廟與明堂。這裡泛指朝堂。⑪垂衣堯舜　皇上像堯、舜那樣無為而治。垂衣，形容無為而治的樣子。⑫楚甲　指朝廷從南方征調的軍隊。楚，泛指南方。甲，甲衣。代指軍隊。⑬組練明　軍服整齊鮮明。組練，是「組甲」和「被練」的省略。是春秋時期楚國的兩種軍服名。這裡代指唐代軍服。⑭即墨句　比喻唐軍裝備精良，英勇善戰。即墨，地名。故地在今山東省平度縣東南。龍文，龍身上的花紋。戰國時，燕攻齊，齊國僅剩莒、即墨兩城。齊國人田單以即墨城抵抗燕軍。田單得千餘頭牛，被上彩衣，繪以龍紋，又在牛角上捆上刀劍，在牛尾上束以灌了油脂的蘆葦，然後在黑夜點燃牛尾，牛向燕軍衝去，齊國五千壯士隨其後。燕軍大敗，田單收復齊國失地。⑮常山句　唐軍的陣勢縱橫擺開，能夠像常山蛇那樣首尾相應。常山，即恒山。在今山西省渾源縣東。《孫子》說，善於用兵的人，其佈陣就好像常山上的蛇，擊其首則尾來救，擊其尾則首來救，擊其腰則首尾都來救。⑯落鵰都尉　指北齊名將斛律光。斛律光能夠射下飛翔極快的大鵰，被時人稱為「落鵰都督」。這裡以斛律光比唐朝將軍。都尉，軍官名。⑰黑矟將軍　指北魏將軍于栗磾。于栗磾好用黑矟（黑色的長矛），被人稱為「黑矟公」，魏太宗就封他為「黑矟將軍」。這裡用來比唐朝將軍。⑱漸見句　看到唐軍形成的長長的包圍圈像漫天的烏雲一樣，慢慢就要合圍了。欲，將要。⑲可憐句　可憐兮兮的、走投無路的叛軍龜縮在衣帶般的城牆裡。窮，走投無路。壘，軍壁；城牆。帶，衣帶。比喻叛軍城牆低矮而不足以守持。縈，環繞。⑳新年　明年。指會昌四年。㉑浩浩聲　凱歌聲震天動地。浩浩，形容聲音大。

【語　譯】地勢很高的上黨似乎要爭當天下的脊梁，秦國為爭奪上黨曾坑殺四十餘萬趙軍。狂妄的劉稹算個什麼人也想在那裡割據，無私的聖主出師平叛絕非窮兵黷武。象徵戰爭的北落星在繁密的星空中不停地搖動，詩人們用詩篇歌頌這次東征。雄武如馬武的將士們興奮得敲著長劍，少年們也像終軍那樣主動請纓出征。大臣們在朝堂出謀劃策準確無誤，皇上像堯舜那樣無為而治，天下即將太平。羽林軍向東推進勢如雷霆，從南方調來的部隊裝備精良軍容齊整。朝廷的軍隊像田單的即墨軍那樣英勇善戰，陣勢縱橫擺開像常山蛇一樣能夠首尾照應。每位將軍都如同落鵰都尉那樣能戰勝萬人，還如同黑矟將軍那樣飛鳥般的敏捷輕盈。長長的烏雲般的唐軍包圍圈慢慢就要合攏，可憐的叛軍走投無路龜縮在衣帶般的城牆中。明年我們就能高唱凱歌，那歌聲震天動地迴旋在春風之中。

過（ㄍㄨㄛˋ）勤（ㄑㄧㄣˊ）政（ㄓㄥˋ）樓（ㄌㄡˊ）

【題　解】勤政樓，全稱叫「勤政務本之樓」，在長安興慶宮內。建於唐玄宗開元年間，後多次修繕。本詩通過今昔對比，慨嘆太平盛世一去不返。

千秋佳節❶名空在，承露絲囊❷世已無。唯有紫苔偏稱意❸，年年因雨上金鋪❹。

【注　釋】❶千秋佳節　唐玄宗的生日被稱為「千秋節」。詳見〈華清宮三十韻〉注。❷承露絲囊　可以承接露水的絲袋。漢武帝迷信神仙，曾作承露盤以接甘露，認為飲之可以長壽。於是在唐玄宗的生日時（八月初五），百官獻承露絲囊。民間也仿製，作為節日禮物相互饋贈。❸稱意　稱心如意。❹金鋪　金色的門環。代指勤政樓的大門。

【語　譯】千秋佳節已是名存實亡，承露絲袋也不見人們流傳。只有那紫色的苔蘚偏偏過得稱心如意，年年趁著雨天爬到了勤政樓的門邊。

題魏文貞

【題　解】魏文貞，指唐太宗時的名相魏徵。「文貞」是魏徵的諡號。魏徵的住宅在長安朱雀街東邊的永興坊，這首詩是杜牧路過魏徵住宅時所寫，因此又作〈過魏文貞宅〉。本詩通過對魏徵的讚美和對俗士的批判，委婉地抒發了自己不被時人理解的苦悶之情。

蟪蛄寧與雪霜期❶，賢哲難教俗士❷知。可憐❸貞觀❹太平後，天且不留封德彝❺。

【注　釋】❶蟪蛄句　短壽的蟪蛄怎能知道什麼是霜雪。蟪蛄，一種蟬名。據說壽命很短，春生夏死，夏生秋死。杜牧以蟪蛄比俗士。寧，怎能。期，約會；相遇在一起。❷俗士　鄙俗無知的讀書人。❸可憐　可惜。❹貞觀　唐太宗李世民的年號。西元六二七年至六四九年。當時國泰民安，經濟文化十分發達，是中國歷史上著名的太平盛世。史稱「貞觀之治」。❺封德彝　人名。唐太宗的大臣。太宗即位以後，魏徵認為大亂之後，國家可以很快治理好，並提出了一系列正確的政治措施。封德彝對此表示反對，認為是不切實際的書生之論。唐太宗採納了魏徵的建議，貞觀年間，國家大治。此時封德彝已死，因此唐太宗遺憾地對群臣說：「魏徵勸我推行仁政，現已大見成效，可惜的是沒有能夠讓封德彝也看到這一天。」

【語　譯】短壽的蟪蛄怎能知道什麼是霜雪，大賢大智之人也很難被俗士理解。可惜的是在貞觀盛世的時候，上天卻不讓封德彝活著看上一眼。

早春閣下寓直，蕭九舍人亦直內署，因寄書懷四韻

【題　解】閣下，對人的敬稱。所指不詳。寓直，在官府值班。蕭九，人名。生平不詳。舍人，官名。直內署，在內署值班。內署是官署名，掌管宮廷衣物。這首詩描寫了宮殿內外的景物，表現了一種超然世外的情趣。

御水❶初銷凍，宮花尚怯寒。千峰橫紫翠❷，雙闕❸凭❹欄干。玉漏❺輕風順❻，金莖❼
淡日殘。王喬❽在何處？清漢❾正驂鸞❿。

【注　釋】❶御水　宮中的水。❷紫翠　因山峰遠近不同，有的看起來呈紫色，有的呈綠色。❸雙闕　泛指宮殿。古代皇宮大門前兩邊各有一個樓式建築，稱雙闕。❹凭　倚靠。❺玉漏　古代一種玉製的滴水計時器。❻順　和順；柔和。❼金莖　銅柱。用以擎舉承露盤。❽王喬　人名。即王子喬。傳說是周靈王的太子，後隨道士浮邱公學道成仙。❾清漢　天河。泛

指天上。⑩驂鸞　乘坐著鸞鳥駕的仙車。驂，同駕一車的三匹馬。另外，駕車時位於兩旁的馬也叫「驂」。鸞，傳說中鳳凰一類的鳥。對於最後兩句，除可理解為杜牧有世外之想外，也可理解為：以清漢比朝廷，以王子喬比在朝廷值班的人。杜牧用這個比喻表達自己對對方的讚美和羨慕。

【語　譯】宮中的水剛剛解凍，宮中的花還有點懼怕寒冷。遠處或紫色或青色的千山萬峰橫亘一片，宮殿裡有人正靠著欄杆。柔和的微風輕輕地吹拂著玉漏，淡淡的落日照著宮中的銅柱。神仙王子喬現在何處？他正駕著鸞車行走在天河旁邊。

秋晚與沈十七舍人期遊樊川不至

【題　解】沈十七，人名。名字、生平不詳。舍人，官名。期，約定。樊川，河名。在長安城南。杜牧的祖父杜佑曾在此修有別墅，杜牧後來又對別墅加以修整。這首詩的題目意思是：秋天傍晚，與沈十七舍人相約到樊川遊玩，結果沈十七舍人因事未來。本詩主要描繪了樊川的綺麗風光。語言清新自然，風格淡雅飄逸。

邀侶①以官解②，泛然③成獨遊。川光初媚日④，山色正矜秋⑤。野竹疏還密⑥，巖泉咽復流⑦。杜村⑧連潏水⑨，晚步見垂鉤⑩。

【注　釋】①侶　同伴；朋友。②以官解　他解釋說因有公事不能前來。官，公事。解，解釋原因。③泛然　隨意的樣子。④川光句　樊川在落日照耀下，波光瀲灩，嫵媚動人。川，指樊川。光，波光。⑤矜秋　顯得莊重肅穆的秋景。矜，莊重肅穆。⑥疏還密　有稀疏的，也有密集的。⑦巖泉句　石間的泉水發出「咽咽」的聲音，向前流去。咽，象聲詞。形容流水不暢的聲音。⑧杜村　指樊川附近杜姓家族聚居的村莊。⑨潏水　河名。發源於秦嶺，流經長安，後入渭水。⑩垂鉤　釣魚。

【語　譯】被邀請的朋友因公事不能前來，我只好一個人隨意地前來遊玩。落日下樊川波光瀲灩，嫵媚動人，山中的秋景顯得十分肅穆莊嚴。野外的竹林有的稀疏、有的稠密，石間的泉水嘩嘩地奔流向前。杜村就坐落在潏水的旁邊，我傍晚漫步看見有人正在垂釣。

念昔遊三首

【題　解】念昔遊，回憶昔日的遊蹤。這是一套組詩，共三首。第一首回憶江南之遊，第二首回憶雲門寺之遊，第三首回憶宣州之遊。三首詩都以寫景為主，從中可以看出杜牧的飄逸豪放性格。

其一

十載飄然❶繩檢❷外，罇前自獻❸自為酬❹。秋山春雨閑吟處❺，倚❻遍江南寺寺樓。

【注　釋】❶飄然　四處遊蕩的樣子。❷繩檢　禮法制度。繩，木工用來取直的墨線。檢，法度。這裡都引申為約束行為的禮法制度。❸獻　指在古代宴會上，主人向客人敬酒。❹酬　主人向客人敬酒叫「獻」，客人回敬主人酒叫「酢」，主人再回敬客人酒叫「酬」。❺處　時節；時間。❻倚　靠。這裡引申為走、登。

【語　譯】十年來我不受任何約束地四處遊蕩，面對著酒杯常常是自斟自飲。每當春秋佳日詩情滿懷的時候，我總是遍登江南的每一座寺廟中的高樓。

其二

雲門寺❶越州外逢猛雨，林黑山高雨腳❷長。曾奉郊宮❸為近侍❹，分明㩳㩳❺羽林槍。

【注釋】❶雲門寺　寺廟名。在今浙江省紹興縣南的雲門山上。當時屬越州。❷雨腳　雨；雨絲。❸郊宮　郊外的宮殿。❹近侍　皇帝身邊的侍從之人。杜牧曾任殿中侍御史內供奉，在皇帝身邊供職。❺㩳㩳　林立的樣子。這兩句意思是，我曾在皇上身邊當過近侍，見過羽林軍那如林的長槍，而今天的雨柱就像那林立的羽林軍長槍一樣。

【語譯】我在雲門寺外遇上了凶猛的暴雨，長長的雨柱籠罩著高山樹林一片黑暗。我曾跟隨皇上到過郊外的宮殿，這雨柱分明就像羽林軍那林立的長槍一般。

其三

李白題詩水西寺❶，古木迴巖❷樓閣風。半醒半醉遊三日，紅白花開山雨中。

【注釋】❶水西寺　寺廟名。在今安徽省涇縣水西山上。李白曾遊水西寺，寫下一首〈遊水西簡鄭明府〉詩。❷迴巖　曲折迴轉的山峰。

【語譯】李白曾在水西寺題詩遊覽，這裡古木參天山峰曲折，樓閣上陣陣清風。我半醉半醒在這裡整整遊玩了三天，只見紅花白花開放在山雨之中。

今皇帝陛下一詔徵兵，不日功集，河湟諸郡，次第歸降，臣獲覩聖功，輒獻歌詠

【題　解】今皇帝，指唐宣宗。不日，不久。功集，功成。河湟，注見〈河湟〉題解。次第，依次。大中三年（西元八四九年）二月，久陷吐蕃的河湟地區的百姓乘吐蕃內亂，紛紛起義歸唐，朝廷也出兵接應，數月之間，收復了大片失地。八月，該地區百姓一千餘人來到長安，唐宣宗在延喜門樓上接見了他們。百姓們歡呼雀躍，當場脫下胡服，換上漢裝，觀看的人們都高呼「萬歲」。此年杜牧正在長安任司勳員外郎、史館修撰，他可能目睹了這一盛況，故寫下了這首詩歌。當時杜牧四十七歲。

捷書皆應睿謀期❶，十萬曾❷無一鏃遺❸。漢武慚誇朔方地❹，宣王休道太原師❺。威加塞外❻寒❼來早，恩入河源❽凍合遲❾。聽取滿城❿歌舞曲，涼州⓫聲韻喜參差⓬。

【注　釋】❶捷書句　捷報正像皇上英明計畫所預期的那樣，不斷傳來。捷書，捷報。睿，英明。❷曾　副詞。用來加強語氣。可譯為「竟然」。❸一鏃遺　損失一支箭。鏃，箭頭。遺，損失。這句詩誇張地講唐軍的損失之小。❹漢武句　如果漢武帝能夠看到唐軍的勝利，他一定自愧不如，不敢再誇耀自己擊敗匈奴、建立朔方郡的功績。漢武，漢武帝。朔方，漢代郡名。在今內蒙古自治區境內。漢武帝元朔二年（西元前一二七年），匈奴大舉入侵，武帝命將軍衛青等人率兵反擊，收復了河套之地，在那裡設朔方郡和五原郡。❺宣王句　周宣王如能看到唐軍的勝利，也不好意思再提起他在太原進攻玁狁的戰功。宣王，周宣王，被稱為西周的「中興之主」。太原，地名。在今寧夏固原、甘肅平涼一帶。玁狁是當時西北部的一個民族，即後來的匈奴。周宣王北伐玁狁，一直打到太原。❻塞外　邊關之外。塞，邊關險要之處。❼寒　雙關語。表面指寒氣，實際指唐軍的威力使異族侵略者不寒而慄。❽河源　地名。在今青海省西寧市東南。也可指黃河之源，泛指異族地區。❾凍合遲　雙關語。表面講氣候溫暖，冰凍很晚，實際是講那裡的百姓都感覺到了皇恩的溫暖。❿城　指長安城。⓫涼州　是河湟地區的一個州名。這裡代指河湟地區。⓬參差　這裡指音調高低不同。

【語　譯】捷報全都按照皇上的英明計畫頻頻傳來，而十萬大軍竟沒有損失一矢一箭。面對著此景此情，漢武帝將因誇耀朔方戰功而慚愧，周宣王也不好意思再談論自己的太原戰績。唐軍的聲威使邊塞之外的敵人不寒而慄，皇上的恩德使河源的百姓感到無比溫暖。請聽聽這滿城的歌聲吧！參差不同的涼州曲調裡都充滿了洋洋喜氣。

奉和白相公聖德和平，致茲休運，歲終功就，合詠盛明，呈上三相公長句四韻

【題　解】奉和，「奉」是敬辭，「和」是指依照別人詩詞的格律或內容寫作詩詞。白相公，指宰相白敏中。從「聖德和平」至「呈上」應為白敏中的詩歌題目，大意是：「皇上聖德美好平和，使國家有了如此好的時運，在年終之時成功地收復了河湟，我們一起寫詩歌頌皇上的聖明，並獻詩給皇上。」三相公，指另外三位宰相馬植、魏扶、崔鉉，他們在收復河湟以後，也都寫過內容相似的詩。杜牧的這首詩就是依照白敏中及其他三位宰相的題目和內容而作。主要內容是慶賀收復河湟失地。

行❶看臘破❷好年光，萬壽南山❸對未央❹。黠戛可汗脩職貢❺，文思天子❻復河湟。應須日御❼西巡狩❽，不假星弧北射狼❾。吉甫裁詩歌盛業，一篇〈江漢〉美宣王❿。

【注　釋】❶行　將要。❷臘破　臘月就要過完；年終。❸萬壽南山　萬古長存的終南山。南山，終南山。在今西安市南。❹未央　宮殿名。始建於西漢，後屢毀屢修，最終毀於唐朝末年。❺黠戛句　遠方的黠戛斯可汗也來大唐朝貢。黠戛，「黠戛斯」的省略。是一個少數民族國家的名字。在今新疆境內。可汗，古代鮮卑、突厥、回紇、蒙古等民族稱自己的最高統治者。唐武宗會昌年間，黠戛斯可汗叫阿熱，阿熱曾派使者到大唐朝貢。❻文思天子　指唐宣宗。大中二年（西元八四八

年）正月，群臣向唐宣宗獻尊號「聖敬文思和武光孝皇帝」。❼日御　為太陽駕車的羲和。❽西巡狩　向西視察河湟地區。巡狩，天子離開國都到境內視察。❾不假句　我們的天子不用大動干戈就戰勝了敵人。假，凭藉；使用。弧，星名。共有九星，形狀像弓箭，故名「弧（木弓）」。古人多以弧星象徵戰亂。狼，星名。又叫天狼星。古人多以天狼星象徵貪婪殘酷的壞人。❿吉甫二句　我們的宰相寫下了歌頌盛功偉業的詩篇，來讚美我們英明的皇上。吉甫，即尹吉甫。人名。周宣王的重臣。裁詩，寫詩。江漢，詩歌名。為尹吉甫所作。美，讚美。宣王，周宣王。周宣王中興時，曾率師北伐玁狁至太原，尹吉甫寫了〈崧高〉、〈烝民〉、〈韓奕〉、〈江漢〉等詩，以讚美周宣王。杜牧用尹吉甫比白敏中，以周宣王比唐宣宗。

【語　譯】即將到了年終，也即將過上好年景，萬古長存的終南山正面對著未央宮。黠戛可汗派使臣前來朝貢，唐宣宗收復河湟失地也大獲成功。應該讓羲和為皇上駕車去西邊的河湟視察，我們的皇上不用大動干戈就擊敗了敵兵。宰相們寫下了歌頌盛功偉業的詩篇，以讚美我們英明的皇上唐宣宗。

過華清宮絕句三首

【題　解】華清宮，唐代行宮名。建於驪山溫泉上，是唐玄宗和楊貴妃的遊樂之處。詳見〈華清宮三十韻〉的題解及注釋。安史之亂是唐朝由盛至衰的轉折點，這套組詩追述了安史之亂的禍因，批判了荒淫誤國的統治者，目的是對不顧國家安危、追求享樂生活的晚唐國君提出忠告。這三首詩內容基本相同。第一首寫太平時代楊貴妃的奢侈生活，第二首寫統治者的這種奢侈生活導致了安史之亂，第三首寫統治者醉生夢死的生活。這三首詩以第一首最為有名，它以小見大，從一件小事入手，巧妙而又深刻地揭示了唐玄宗重色好奢是安史之亂的主要根源。

其一

長安迴望❶繡成堆❷，山頂千門❸次第❹開。一騎紅塵❺妃子❻笑，無人知是荔枝來。

【注釋】❶長安迴望　由長安回頭遙望。❷繡成堆　長滿林木花卉的驪山就像一團團的錦繡一樣。驪山上有東、西繡嶺，因上面的草木花卉如錦繡，故名。❸千門　指華清宮成千上百的門戶。❹次第　按次序。❺紅塵　飛揚的塵土。這裡指送荔枝的快馬揚起的塵土。❻妃子　指楊貴妃。

【語譯】從長安回頭遙望團團錦繡般的驪山，山頂宮殿的千門萬戶依次敞開。楊貴妃看見掀起飛塵的一匹快馬就會心地笑了，誰能知道這匹快馬是專程為貴妃送荔枝而來。

其二

新豐❶綠樹起黃埃❷，數騎漁陽探使迴❸。〈霓裳〉❹一曲千峰上，舞破中原❺始下來。

【注釋】❶新豐　地名。在今陝西省臨潼縣東新豐鎮。❷黃埃　黃色的塵土。❸數騎句　那是探聽安祿山動靜的幾位使臣從漁陽回來了。漁陽，地名。在今河北省薊縣一帶。安祿山任平盧、范陽、河東三鎮節度使時，常住漁陽。在安祿山反叛前，不少大臣即斷定他必反無疑，唐玄宗就派太監輔璆琳去漁陽察看動靜。輔璆琳接受了安祿山的大量財寶，回長安後說安祿山不會反叛，於是唐玄宗不再懷疑。❹霓裳　指〈霓裳羽衣曲〉。是一首舞曲。傳說是唐玄宗遊月宮時所聽到的仙曲，實為西涼的〈婆羅門曲〉，玄宗對此曲加以潤色，並改名為〈霓裳羽衣曲〉，楊貴妃善跳「霓裳羽衣舞」。❺舞破中原　她們跳呀，跳呀，一直把中國跳得大亂。破，國土殘缺不全。指安祿山占領大片土地。中原，泛指中國。

【語譯】新豐的綠樹林裡揚起一片黃色的塵埃，那是幾位探聽安祿山動靜的使臣從漁陽回來了。驪山上奏著〈霓裳羽衣曲〉跳著舞，她們一直跳到中國大亂纔從山上下來。

其三

萬國❶笙歌醉太平，倚天樓殿❷月分明。雲中亂拍祿山舞❸，風過重巒下笑聲。

【注釋】❶萬國　這裡泛指全國各地。❷倚天樓殿　指驪山上高入雲霄的宮殿樓閣。倚，凭靠；挨著。❸雲中句　安祿山在高入雲霄的宮殿裡跳著亂了拍子的胡旋舞。雲中，宮殿高入雲霄。祿山，指安祿山。據史書記載，安祿山曾在唐玄宗面前跳胡旋舞，快捷如風。

【語譯】整個國家都陶醉在歌舞昇平之中，直聳雲霄的宮殿被月光照得通明。安祿山在宮殿裡跳著亂了拍子的胡旋舞，山風從山頂上吹下來陣陣的笑語聲。

登樂遊原

【題解】樂遊原，地名。在長安城南。這裡地勢高敞，是當時的遊覽勝地。這是一首詠史詩，藉憑弔漢代的衰亡，表現了詩人對唐王朝前途的擔憂。

長空澹澹❶孤鳥沒，萬古銷沉❷向❸此中。看取漢家❹何似業❺，五陵❻無樹❼起秋風。

【注釋】❶澹澹　廣闊的樣子。❷銷沉　銷亡；沉沒。❸向　在。❹漢家　漢朝。❺何似業　一本作「何事業」。還留下什麼樣的豐功偉業。❻五陵　指西漢五位皇帝的陵墓。即高祖的長陵、惠帝的安陵、景帝的陽陵、武帝的茂陵、昭帝的平陵。❼無樹　光禿禿的沒有一棵樹木。這樣寫主要是為了渲染皇陵的荒涼衰敗。

【語譯】一隻鳥在廣漠的天空中飛得無影無蹤，萬古的往事都消失在這茫茫的曠野之中。看看那強盛的漢代還留下一點什麼功業？只留下秋風中光禿禿的五座皇帝陵。

聞慶州趙縱使君與党項戰中箭身死長句

【題解】慶州，地名。在今甘肅省慶陽縣。趙縱，人名。生平不詳。使君，官名。即刺史。党項，少數民族名。為古代西北羌族的一支，原居青海高原，因受吐蕃威脅，請求內遷，徙居於慶州一帶，後與唐朝多次發生衝突。這首詩歌頌了趙縱英勇奮戰不怕犧牲的精神，同時也表達了自己願意為國捐軀的志向。

將軍獨乘鐵驄馬❶，榆溪❷戰中金僕姑❸。死綏❹卻是古來有，驍將❺自驚今日無。青史❻文章爭點筆❼，朱門歌舞笑捐軀❽。誰知我亦輕生者，不得君王丈二殳❾。

【注釋】❶鐵驄馬　毛色在青黑之間的馬。❷榆溪　地名。又叫榆林寨。故址在今陝西省的東北角。❸金僕姑　古代箭名。這裡泛指箭。❹死綏　因敗退而被處死。綏，退軍。古代軍法，將軍失敗退卻將處死刑。❺驍將　勇將。這兩句中的「古」、「今」應視為互文，即自古至今，因失敗退卻被殺的將軍不少，但像趙縱這樣的勇將卻不多見，令人驚嘆不已。❻青史　史書。古人以竹簡記事，故稱史書為青史。❼點筆　記載。❽朱門句　那些只知尋歡作樂的達官卻嘲笑他為國捐軀的行為。朱門，紅漆大門。古代權貴多把自家的大門漆成紅色。這裡代指權貴。❾丈二殳　一丈二尺長的殳。殳，兵器名。用竹木做成，一端有稜。本句是抱怨朝廷不給自己殺敵報國的機會。

【語譯】趙將軍獨自騎著青黑色的戰馬，在榆溪戰鬥中中箭身亡。自古至今因後退被處死的將軍不少，像他那樣令人驚嘆的勇將卻很難看到。史書將會記載下他的英雄績業，而那些只知玩樂的權貴卻嘲笑他的捐軀行為。有誰知道我也是一個看輕生命的人，可惜朝廷不給我手執武器奮勇殺敵的機會。

送容州中丞赴鎮

【題解】容州，地名。在今廣西省容縣一帶。中丞，官名。一本「中丞」前有「唐」字，「唐」應為姓。這位姓唐的中丞，名字及生平都不詳。赴鎮，赴任。這首詩描寫了容州一帶的風土人情，並希望唐中丞能夠在那裡幹一番事業。

交趾同星座❶，龍泉似斗文❷。
燒香翠羽帳❸，看舞鬱金裙❹。
鷁首❺衝瀧❻浪，犀渠拂嶺雲❼。
莫教銅柱北，空說馬將軍❽。

【注釋】❶交趾句　交趾地區屬同一個星區。交趾，一般作「交阯」。地名。指五嶺以南地區，相當於今天的廣東、廣西一帶。古人把天上的十二星辰的位置同地上的州、國相對應，就星辰說，叫分星；就地上說，叫分野。交趾屬於星紀分，星紀分指斗宿和牛宿星區。❷龍泉句　那裡出產龍泉寶劍，劍上的花紋如北斗七星狀。龍泉，寶劍名。原名龍淵，唐人為避唐高祖李淵諱，改稱龍泉。相傳春秋時楚王請歐冶子、干將二人作寶劍三把，一是龍淵，二是太阿，三是工布。楚為南方，與交趾鄰近。另外，容州西南有龍泉洞，不知是否與龍泉劍的傳說有關。❸翠羽帳　用青綠色的鳥羽裝飾的大帳。翠，青綠色。理解為翠鳥也可。❹鬱金裙　用鬱金草染成的衣裙。鬱金，香草名。用鬱金草染成的衣服既芳香又鮮明。❺鷁首　畫有鷁鳥圖案的船頭。鷁，水鳥名。形如鷺而大，羽色蒼白，善飛。古人喜畫鷁鳥於船頭。❻瀧　河名。即武溪，又叫武水。源出湖南省臨武縣，流入廣東省北江。❼犀渠句　拿著盾牌的戰士穿過五嶺的雲霧。犀渠，用犀牛皮製成的盾牌。嶺，指五嶺。山名。指大庾嶺、騎田嶺、都龐嶺、萌渚嶺、越城嶺，在今湖南、江西南部和廣西、廣東北部交界處。是從中原到兩廣的必經之路。一說指通往嶺南的五條通道，也可。這兩句是杜牧想像唐中丞率領部屬赴任途中的情景。❽莫教二句　莫讓我們這些生活在大唐的人，在談論起您時，找不到您的實際政績。馬將軍，指東漢人馬援，拜伏波將軍，他曾率軍平定交趾，並在那裡鑄造兩根銅柱，作為漢朝的國界。這裡的「銅柱北」，即泛指大唐領域。這兩句是希望唐中丞去交趾以後，能夠像馬援那樣建功立業。

【語譯】交趾地區屬於同一個星區，那裡的龍泉劍上的花紋狀如北斗七星。交趾的人們在翠羽大帳裡燃起香料，少女們穿著鬱金草染成的衣裙跳起舞蹈。您乘著畫有鷁鳥圖案的船衝開瀧水的波浪，又率領手持盾牌的將士穿過五嶺的雲層。希望您莫讓我們這些生活在大唐的人們，談起您時說不出什麼實際的政績。

夏州崔常侍自少常亞列出領麾幢十韻

【題解】夏州，地名。故城在今陝西省橫山縣西。崔常侍，名字、生平不詳。常侍，官名。少常，又叫少卿。為正卿的副職。太常寺卿掌管禮樂郊廟社稷等事，少常即為太常寺卿的副手。亞列，即副職。出領麾幢，出朝到夏州任節度使。麾，一種軍旗名。作指揮用。幢，古代作儀仗用的一種旗幟。這裡用「麾幢」代指節度使的儀仗。崔常侍原在朝廷任少常，後出任夏州節度使。杜牧在詩中讚美崔常侍是位文武全才的儒將，描寫了出征時的情況及邊塞的風光，並希望崔常侍能夠建立功業，名垂青史。

帝命詩書將❶，壇❷登禮樂卿❸。三邊❹要高枕，萬里得長城❺。對客猶褒博❻，填門已旆旌❼。腰間五綬❽貴，天下一家榮❾。野水差❿新燕，芳郊哢夏鶯⓫。別風嘶玉勒⓬，殘日望金莖⓭。榆塞⓮孤煙媚，銀川⓯綠草明。戈矛虓虎士⓰，弓箭落鵰兵⓱。魏絳⓲言堪⓳採，陳湯事偶成⓴。若須垂竹帛㉑，靜勝㉒是功名。

【注　釋】❶詩書將　懂得詩書的將軍。指崔常侍。❷壇　指拜將壇。❸禮樂卿　懂得禮樂的少卿。指崔常侍。崔常侍原為文官，懂得詩書禮樂，現在拜為節度使，負責武事，故言。❹三邊　漢代的幽州、并州、涼州地處邊疆，經常受到異族侵擾，被稱為「三邊」。後來泛指邊疆。❺萬里句　就要為國家尋到能夠保衛疆土的將軍。萬里長城，比喻能像長城那樣保衛國家的將軍。❻褒博　是「褒衣博帶」的省略。寬衣大帶。這是古代儒生的服裝。褒，衣襟寬大。博，寬大。❼填門句　而他的門前已樹滿了軍旗。旆旌，兩種旗幟名。這裡泛指軍旗。❽五綬　五種官職的印綬。綬，繫印的絲帶。唐朝後期，夏州節度使還兼任采造供軍銀川監牧使、撫平党項使等職。❾天下句　崔常侍家是天下最榮耀的一家。❿差　參差不齊。⓫芳郊句　夏天，黃鶯鳥在開滿鮮花的郊外鳴叫。芳郊，開滿鮮花的郊野。哢，鳥鳴。鶯，鳥名。又叫倉庚、黃鸝、黃鶯。這兩句是描寫長安一帶的風景。⓬別風句　在離開長安時，戰馬在風中嘶叫。別，指崔常侍告別長安去夏州赴任。玉勒，用玉石裝飾的馬嚼子。代指戰馬。⓭金莖　用來擎舉承露盤的銅柱。這裡泛指宮中銅柱，代指皇宮。本句表現了崔常侍臨別時對朝廷的留戀。⓮榆塞　指榆林塞。邊塞地名。在今陝西省東北角。⓯銀川　地名。唐代置銀川郡。又叫銀州。故城在今陝西省米脂縣西北。這兩句是描寫夏州一帶的風光。榆塞和銀川都在夏州一帶。⓰戈矛句　猛如咆哮老虎的戰士手持戈矛。虓，老虎怒吼。⓱弓箭句　能夠射落大鵰的戰士手拿著弓箭。鵰是一種飛行極快的猛禽，很難射中，只有優秀射手纔能射落大鵰。⓲魏絳　人名。春秋時晉國大夫。晉悼公時，魏絳勸告晉悼公與山戎講和，並出使與諸戎族簽訂盟約。晉國不再有異族侵擾之患，國勢日強，遂稱霸中原。⓳堪　值得。⓴陳湯句　陳湯擊殺匈奴單于不過是一次偶然的成功。陳湯，人名。西漢元帝時，陳湯以副校尉的身分出使西域，與都護甘延壽假借朝廷命令，擊殺匈奴郅支單于。杜牧的這兩句詩是勸告崔常侍守邊時，對待異族要以和為主，不可隨便挑起戰爭。㉑竹帛　指史書。竹指竹簡，帛指白絹，古代無紙時，用竹帛書寫文字。後來代指書冊、史書。㉒靜勝　以靜制動，戰勝敵人。

【語　譯】皇上任命了一位通曉詩書的將軍，懂得禮樂的崔少卿登上了拜將臺。要想使邊疆高枕無憂，就要任用能夠保護邊疆的將軍。現在崔常侍招待客人時仍寬衣大帶儒生打扮，而各種軍旗已插滿了他的門前。腰間掛著五個印綬顯貴無比，崔家成為天下最為榮耀的一家。新來的燕子在野外的水邊參差不齊的飛著，夏天裡黃鶯鳥在開滿鮮花的郊外鳴叫。離別京師時戰馬在風中嘶叫，崔常侍在殘陽裡留戀地望著皇宮。榆塞邊的孤零零的煙柱也十分好看，銀川上的綠草顏色也異常鮮明。猛如咆哮老虎的壯士手持著戈矛，能夠射落大鵰的戰士佩帶著弓箭。像魏絳那種以和為主的建議值得採納，陳湯襲殺敵首之類的事只能偶然獲得成功。如果想名垂青史，以靜制動、戰勝敵人纔是真正的大功名。

街西長句

【題解】街西，指長安城朱雀街以西地區。在唐代長安城的皇城南面，有一條南北走向的大街，叫朱雀街，把長安分為街東、街西兩大城區。這首詩主要描寫街西的風光及富貴人家的生活情況。

碧池新漲浴嬌鴉❶，分鎖❷長安富貴家。遊騎偶同人鬬酒❸，名園相倚❹杏交花。銀鞦騕褭嘶宛馬❺，繡鞅璁瓏走鈿車❻。一曲將軍何處笛❼，連雲芳樹❽日初斜。

【注釋】❶鴉 鳥名。即烏鴉。❷分鎖 或分開或連接。鎖，像鐵環那樣相互鉤連。這句是說，一汪汪的池水把富貴人家的住宅或分離開，或連接在一起。❸鬬酒 比賽喝酒。❹相倚 一個連著一個。倚，靠。❺銀鞦句 貴族男子騎著裝飾華美的嘶叫著的駿馬。銀鞦，用銀子裝飾的絡於馬股後的皮帶。這裡泛指馬身上裝飾華美。騕褭，駿馬名。據說能日行萬里。宛馬，大宛國出產的駿馬。宛，指大宛國。西域國家之一。以產良馬聞名。❻繡鞅句 貴族婦女乘坐著用錦繡、金銀裝飾的、色彩鮮亮的馬車到處遊賞。鞅，套在馬脖子上的皮帶。璁瓏，又作「璁瓏」。鮮亮的樣子。鈿車，以金銀裝飾的車子。❼一曲句 不知是哪位將軍在何處正吹奏笛子。晉朝人桓伊任右軍將軍，曾應王徽之的要求，為他吹奏笛曲。這裡泛指唐代的權貴。❽連雲芳樹 開滿鮮花的樹上雲霧繚繞。連，連接。指雲和樹連接在一起。

【語譯】嬌美的鴉鳥在剛漲了水的綠池裡洗浴，一汪汪池水或分開或連接富貴人家的住宅。騎馬遊玩的人們偶爾與別人比賽飲酒，杏花彼此交錯的名園一個挨著一個。貴族男子騎著裝飾華美的嘶叫著的駿馬，婦女們乘坐錦繡裝飾、色彩鮮亮的馬車到處遊賞。不知哪位將軍在何處吹奏笛曲，剛剛偏西的太陽照著雲霧繚繞的芳樹。

春申君

【題　解】春申君，人名。戰國時期楚國人。姓黃，名歇。楚考烈王時任相，封為春申君。春申君的門客李園先把自己的妹妹獻給春申君，有身孕後，又獻給一直沒有子女的楚考烈王，後生男，立為太子。李園的妹妹被立為王后，李園也得到重用。楚考烈王死後，李園為了滅口，殺春申君及其全家。這首詩借春申君的故事，批判了知恩不報之人。

烈士思酬國士恩❶，春申❷誰與快❸冤魂？三千賓客總珠履❹，欲使何人殺李園❺？

【注　釋】❶烈士句　壯士就應該考慮報答別人的知遇之恩。烈士，壯士。酬，報答。國士，國中才能出眾的人。春秋時晉國權臣智伯被趙襄子殺死後，智伯的門客豫讓捨命報仇，說：「智伯像國士那樣看待我，我就應該像國士那樣去報答他的知遇之恩。」❷春申　即春申君。見「題解」。❸快　愉快；使愉快。❹三千句　春申君的三千門客都穿著鑲嵌有珍珠的鞋。珠履，綴有珍珠的鞋。《史記》記載，春申君共有門客三千餘人，與趙國使者見面時，其上等門客都穿著珠履。這句是說春申君平時十分重視自己的門客。❺李園　人名。見「題解」。

【語　譯】真正的壯士就應該報答別人的知遇之恩，可又有誰願意去慰藉春申君的冤魂？春申君的三千門客平時都穿著綴珠的鞋子，可又有誰願意去殺掉李園？

奉陵宮人

【題　解】奉陵，侍奉皇帝的陵墓。唐朝制度，皇帝死後，沒有生子的宮人就要遷居到皇陵旁，像侍奉活著的皇上那樣去侍奉死去的皇上。這首詩批判了這種極不人道的制度，對失去人生歡樂的宮人寄予了深切的同情。

相如❶死後無詞客，延壽❷亡來絕❸畫工。玉顏❹不是黃金少，淚滴秋山入壽宮❺。

【注　釋】❶相如　人名。指西漢著名辭賦家司馬相如。漢武帝的陳皇后失寵後退居長門宮，她送給司馬相如黃金百斤，請為自己寫賦解愁。相如為作〈長門賦〉。漢武帝讀了這篇賦以後，很受感動，重新親幸陳皇后。這條記載見《樂府解題》，不見正史。❷延壽　人名。指西漢畫工毛延壽。漢元帝時，宮人眾多，皇上即命畫工畫出宮人的相貌，然後根據圖像召幸宮人。於是宮人便賄賂畫工，希望畫工把自己畫得美一些。毛延壽是當時的畫工之一。❸絕　沒有。❹玉顏　指容貌美麗的宮人。❺壽宮　帝王陵墓旁用來祭祀的建築物。這兩句是說，這些宮人並非因為沒錢請文人為自己作文章和請畫工為自己畫一幅美麗的圖像，以此感動皇上，而是因為朝廷的制度使她們失去了人生自由和歡樂。杜牧把批判的矛頭直接指向了最高統治者。

【語　譯】大概司馬相如死後再也沒有優秀的文人了，毛延壽死後也再沒有善於畫像的畫工了。不然這些並不缺少金錢的美貌少女，何以要流著眼淚進入秋山終生伴隨先帝陵園！

讀韓杜集

【題　解】韓杜，指韓愈和杜甫。杜牧一向推崇杜甫和韓愈的詩文，深受他們的影響。這首詩以生動形象的比喻描寫了杜牧閱讀二人詩文時的感受。

杜詩韓集❶愁來讀，似倩麻姑癢處搔❷。天外鳳凰誰得髓，無人解合續弦膠❸。

【注釋】❶杜詩韓集　泛指杜甫和韓愈的詩文。❷似倩句　就如同請來仙女麻姑為自己抓癢一樣的舒心。倩，請別人替自己做。麻姑，仙女名。麻姑的手長得像鳥爪一樣，有一次，蔡京看到了這雙手，心想：「如果脊背大癢時，用這雙手來抓癢，一定非常舒服。」❸天外二句　字面意思是：誰又能得到天外鳳凰的骨髓呢？因此也沒有人能夠煎熬出續弦膠去把斷了的弓弦續上。比喻義為：誰又能掌握韓杜二人的寫作技巧呢？因此也就沒有人能夠繼承他們的文學創作事業。解，能夠。續弦膠，據《海內十洲記》載，西海中有鳳麟洲，洲上有數萬鳳凰麒麟，把鳳喙（嘴）和麟角合煎，能煎熬出膠。這種膠能把斷了的弓弦接續在一起，故名「續弦膠」。

【語譯】愁悶的時候讀讀杜甫和韓愈的詩文，就如同請麻姑為自己抓癢一樣舒心。可惜誰又能掌握韓杜二人的寫作技巧呢？因而也沒人能夠繼承他們的創作事業。

春日言懷寄虢州李常侍十韻

【題解】言懷，抒懷。虢州，地名。在今河南省西部陝縣一帶。李常侍，名字、生平不詳。常侍，官名。這首詩描寫了虢州一帶的大好風光，勸告李常侍多關心自己的生活和健康，別考慮官場的進退得失。其中隱含著一種功名難成而又無可奈何的情緒。

岸蘚❶生紅藥❷，巖泉漲碧塘。地分蓮嶽秀❸，草接鼎原❹芳。雨派潨淙急❺，風畦芷若香❻。織篷眠舴艋❼，驚夢起鴛鴦❽。論吐開冰室❾，詩陳曝錦張❿。貂簪荊玉潤⓫，丹穴鳳毛光⑫。今日還珠守⑬，何年執戟郎⑭？且嫌遊晝短⑮，莫問積薪場⑯。無計披清裁⑰，唯持祝壽觴⑱。願公如衛武⑲，百歲尚康強⑳。

【注釋】❶薜　植物名。與青苔類似的一種植物。❷紅蘂　花名。即芍藥。❸地分句　秀麗的華山蓮花峰是虢州的地界。蓮嶽，山峰名。指陝西省華山的中峰蓮花峰。分，分界。❹鼎原　地名。又叫鑄鼎原。在今河南省靈寶縣南的荊山，相傳黃帝曾在這裡鑄造大鼎。❺雨派句　雨水在地上嘩嘩地流得很急。派，支流。這裡指雨水在地上形成的小溪流。潨漴，象聲詞。形容水聲。理解為「水流衝擊貌」也可。❻風畦句　風從田野颳過，傳來芳芷和杜若的芳香。芷，指芳芷。香草名。若，指杜若。又叫杜蘅、杜蓮。芳草名。❼織篷句　睡在織有船篷的小船裡面。織篷，用箬竹的葉子編織成的船篷。舴艋，小船。❽驚夢句　應理解為「鴛鴦起驚夢」。一對鴛鴦飛起，驚醒了睡夢。❾論吐句　聽您談論，就像大熱天打開了藏冰室一樣，令人感到涼爽舒適。冰室，藏冰之所。古人冬季藏冰，夏季使用。❿詩陳句　如果把您寫的詩陳列出來，就像張掛出了一匹匹的錦繡。陳，陳列。曝，放在太陽下面曬。⓫貂簪句　用來插貂尾的簪子是用光澤的荊山玉做成的。貂，指貂尾。唐代的常侍在帽子上插貂尾，以作裝飾。荊，山名。古代叫荊山的地方有幾處。這裡應指以出產和氏璧而聞名的楚國荊山，在今湖北省荊州市至襄樊市一帶。潤，有光澤。⓬丹穴句　您的家族人才輩出。丹穴，傳說中的山名。山上有鳳凰。此句原注：「子弟新登甲科。」唐代進士分甲乙兩科，這說明在杜牧寫此詩前不久，李常侍的子弟中有中進士者。杜牧用「丹穴」比李常侍家族，用「鳳毛」比中進士的李家子弟。⓭還珠守　比喻當清廉的地方官員。東漢時，合浦郡不產糧食，但沿海出珍珠。由於合浦太守貪穢，極力搜括，海中珍珠逐漸移往別處。後來孟嘗任合浦太守，他革除前弊，制止搜刮，珍珠又移回合浦。⓮執戟郎　指手持武器守護宮廷的侍衛官。這裡泛指回朝廷任職。⓯且嫌句　您姑且夜以繼日地遊樂吧！〈古詩十九首〉中有「晝短苦夜長，何不秉燭遊」兩句，意思是：遊樂時，苦於白天太短，夜晚太長，那麼我們何不秉燭夜遊呢！⓰積薪場　比喻官場。西漢的汲黯看到不少人的官位都逐漸超過自己，很不滿意，就對皇上說：「陛下任用群臣就像堆積柴草一樣，後來者居上。」杜牧以「積薪場」比官場，同樣含有不平之意。⓱披清裁　勸告朝廷重用您。披，有「干涉」、「插手」之義。清裁，剛正的決斷。這裡具體指朝廷任免官員的事。⓲唯持句　只能舉起酒杯祝您長壽。觴，酒杯。⓳衛武　即衛武公。東周初年衛國的國君。曾輔佐周平王東遷，在位五十五年。據說他九十五歲時，依然操心國政。⓴康強　身體健康強壯。

【語譯】岸邊長滿了苔蘚和芍藥花，山泉流進了碧綠的池塘。秀麗的蓮花峰是虢州的地界，這裡的芳草地與鑄鼎原緊緊相連。雨水在地上嘩嘩地流得很急，田野的風送來了芳芷和杜若的芳香。有時躺在小船的船篷裡睡眠，驚醒睡夢的是一對起飛的鴛鴦。您的談吐就像熱天打開冰室一樣使人清爽舒適，您寫的詩就像張掛的錦繡一樣優美漂亮。您用來插貂尾的簪子是用光澤的荊山玉製成，您的家族更是人才輩出。現在您是一位清廉的地方官員，何時纔能調回朝廷任職？您不妨姑且夜以繼日地遊樂，別去操心官場上的進退榮辱。我沒有辦法勸告朝廷重用於您，只能舉起酒杯祝您長壽。祝願您像衛武公那樣，活到百歲身體依然健康強壯。

李侍郎於陽羨里富有泉石，牧亦於陽羨粗有薄產，敘舊述懷，因獻長句四韻

【題解】李侍郎，名字、生平不詳。侍郎，官名。陽羨里，地名。又叫陽羨。故城在今江蘇省宜興縣南。泉石，指風景優美的園林。這首詩的詩題意思是：李侍郎在陽羨有大量的風景優美的山水園林，我在那裡也多少有一些微薄的產業，我與李侍郎敘說舊情，暢談懷抱，因此我寫了這首八句七言詩，奉獻給李侍郎。這首詩批評朝廷用人不當，表達了希望李侍郎與自己一同歸隱的願望。

冥鴻不下非無意❶，塞馬歸來是偶然❷。紫綬公卿❸今放曠❹，白頭郎吏❺尚留連❻。終南山❼下拋泉洞❽，陽羨溪中買釣船。欲與明公❾操履杖❿，願聞休去⓫是何年。

【注　釋】❶冥鴻句　隱士們不入朝為官並非沒有原因。言外之意是：隱士不入朝為官的原因是朝廷用人不當。冥鴻，高飛的鴻雁。比喻避世隱居的人。不下，不從天上下來。比喻不入世當官。意，想法；原因。❷塞馬句　壞事變成好事，完全是出於偶然。意思是說，目前朝廷的政治情況不好，要想讓這種不好的狀況自然而然地變成好事，幾乎是不可能的。塞馬歸來，即塞翁失馬的故事。邊塞上有位老人的馬丟了，人們都來安慰他，老人說：「怎知這件壞事不會變為一件好事呢？」過了幾個月，老人的馬帶著一匹駿馬回來了。後人多用這個故事比喻壞事轉變為好事。❸紫綬公卿　帶著紫色印綬的公卿。唐朝制度，一品官員用綠綬帶，二品三品官員用紫綬帶，四品官員用青綬帶，五品官員用黑綬帶。綬帶，指用來繫印環的絲帶。❹放曠　放蕩不拘禮法，不務政事。❺白頭郎吏　有才能的人一直到了白髮蒼蒼的老年，依然屈居下位。郎吏，泛指低級官員。❻留連　滯留。這裡指長期滯留在低級的職位上。❼終南山　山名。又叫南山。秦嶺山峰之一。在長安城南。❽拋泉洞　拋身於山水之間。即遊山玩水。拋，也可理解為「拋堉」的省略，拋堉是古代的一種拋擲磚塊的遊戲。❾明公　對李侍郎的尊稱。❿操履杖　為您提著鞋子拿著手杖，陪您在山水中遊樂。操，拿。履，鞋子。⓫休去　休官而去；辭官歸隱。

【語　譯】隱士們不入世當官並非沒有原因，塞翁失馬因禍轉福的事完全出於偶然。現在那些佩帶紫綬的公卿都放蕩不遵禮法，而賢人白髮到老也只能當個低級官員。終南山下的泉石洞壑值得遊覽，還可以在陽羨的小溪裡買隻釣魚船。我希望為您拿著鞋杖一起徜徉在山水之間，因而也希望知道您把歸隱安排在哪一年。

贈李處士長句四韻

【題　解】李處士，名字、生平不詳。處士，有才能而不出仕的人。根據詩意，李處士應是一位以成仙為目的的隱居修道的道士。這首詩即描寫了李處士的修道生活及修道效果，並預祝他早日成仙飛昇。

玉函怪牒鎖靈篆❶，紫洞❷香風吹碧桃❸。老翁四目❹牙爪利，擲火萬里❺精神高。靄靄❻祥雲隨步武❼，纍纍秋冢嘆蓬蒿❽。三山❾朝去❿應非久，姹女⓫當窗繡羽袍⓬。

【注　釋】❶玉函句　玉製的書匣子裡鎖著奇異的簡札，簡札上書寫著具有神奇作用的篆文。玉函，玉製的書套、書匣。怪，奇異。牒，簡札。即用來書寫文字的竹片或木片。篆，漢字的一種字體。這裡指具有神奇作用的道教文字。❷紫洞　傳說中神仙居住的洞府。❸碧桃　重瓣的桃花。即千葉桃。又叫碧桃花。❹老翁四目　道經《雲笈七籤》原作「四目老翁」。是指長有四目的一位仙人。❺擲火萬里　能把火擲向萬里之外。泛指神通廣大。以上兩句是讚頌李處士像四目老翁一樣，已經得道成仙。❻靄靄　雲霧密集的樣子。❼步武　足跡。武，腳印。❽纍纍句　在蕭瑟的秋天，你面對一個連著一個的、長滿野草的、世俗人的墳墓，無限感嘆。纍纍，一個連著一個的樣子。冢，墳墓。蓬蒿，兩種野草名。這裡泛指野草。❾三山　傳說中的蓬萊、方丈、瀛洲三座仙山。據說三山處於大海之中。❿朝去　去朝拜三山。三山為神仙生活的地方，能夠朝拜三山，即意味著成仙。⓫姹女　少女。這裡指年輕的仙女。⓬羽袍　道士、神仙穿的用羽毛編織的衣服。以鳥羽為衣，取其能飛翔之意。

【語　譯】玉匣子裡鎖著寫有道經的奇異簡札，洞府中的香風吹拂著碧桃花。你就像四目仙翁那樣手腳敏捷，你精神矍鑠神通廣大。濃密的祥雲跟隨著你的足下，你為秋風中長滿野草的纍纍墳墓而感嘆。大概你不久就要去朝拜三山，仙女將在窗前為你繡製羽袍。

送國棋王逢

【題　解】國棋，國家棋藝最高的人。王逢，人名。是當時著名的圍棋手。本詩主要描寫下棋的樂趣。

玉子紋楸一路饒❶，最宜簷雨竹蕭蕭❷。羸形暗去春泉長❸，拔勢橫來野火燒❹。守道還如周伏柱❺，釁兵不羨霍嫖姚❻。得年七十更萬日❼，與子期於局上銷❽。

【注　釋】❶玉子句　用玉製的棋子和楸木棋盤下棋。紋楸，帶花紋的楸木棋盤。一說「楸」指一種名叫楸玉的玉石。這種玉石紋如楸木，可製為棋盤。一路饒，下棋時，讓對方一路。饒，讓。本句是讚美王逢的棋具精美，棋藝高強。❷最宜句　下棋的最好環境是外面下著小雨，風吹竹林，發出「蕭蕭」的聲音。簷雨，屋簷滴著雨。蕭蕭，象聲詞。形容風吹竹林的聲音。❸贏形句　您有時在對方不知不覺之中轉敗為勝。贏形，本指身體衰弱。這裡比喻棋勢不利。暗去，在不知不覺之中扭轉不利的棋勢。春泉長，比喻棋勢好轉。❹拔勢句　您有時如同風捲殘雲、野火燎原般地擊敗對手。拔勢，擊敗對手的氣勢。❺守道句　您有時堅守陣營就如同老子堅守「道」那樣巋然不動。守道，堅守大道。比喻在棋盤上堅守陣營。周伏柱，指老子。他曾在周朝擔任柱下史一職。「柱下史」又被稱作「伏柱史」。老子最重視的是「道」，並終身堅守不離。❻釁兵句　您在棋盤上釁戰照樣激動人心，不必羨慕霍去病。釁兵，釁戰。霍嫖姚，指西漢名將霍去病。他曾任嫖姚校尉。❼得年句　如果我能夠活到七十歲，那麼我還有一萬天。更，還有。根據本句，這首詩應寫於杜牧四十二歲左右時，從此時至七十歲，還有約一萬日左右。❽與子句　我與您約定，同您一起在棋盤上度過這剩餘的一萬日。子，您。期，約定。局，棋盤。銷，度過。

【語　譯】用玉石棋子和楸木棋盤下棋，最宜人的環境是細雨濛濛竹聲蕭蕭。您有時不知不覺就轉敗為勝，有時又如野火燎原般地擊敗對方。您有時堅守陣營如老子守道那樣巋然不動，棋上釁戰照樣激動人心不必羨慕霍去病。如能活到七十歲我還有一萬日，與您約定：我將在棋盤上度過所有剩餘的時光。

重送絕句

【題　解】這是杜牧送給著名圍棋手王逢的第二首詩。詩中字面意思全是寫下棋之事，實際上表現了杜牧對賦閑的無奈和對建功疆場的關注。

絕藝❶如君天下少，閑人似我世間無。別後竹窗風雪夜，一燈明暗覆吳圖❷。

【注釋】❶絕藝　超人的棋藝。❷覆吳圖　指消滅敵人的陣圖。覆，顛覆；消滅。吳，指東吳。杜牧以晉朝滅東吳的故事比喻在棋盤上消滅對方。其中也可隱約看出杜牧希望建功疆場的不滅雄心。

【語譯】像您那樣身懷超人棋藝的人天下極少，像我這樣清閑無事的人世間也沒有。分別後的風雪夜我坐在竹窗的旁邊，在忽明忽暗的燈光下把制勝的棋圖仔細研究。

少年行

【題解】少年行，原為樂府詩歌中的舊題，多描寫少年輕生重義、任俠遊樂之事。六朝及唐人多用此題作詩。杜牧的這首詩也描寫了盡情遊樂的豪放少年形象。

連環羈玉聲光碎❶，綠錦蔽泥虬卷高❷。春風細雨走❸馬去，珠落璀璀白罽袍❹。

【注釋】❶連環句　馬籠頭上的連環玉閃閃發光，並發出細碎的聲音。連環，連結成串的玉環。羈，馬籠頭。❷綠錦句　高大的駿馬披著綠色錦緞做成的蔽泥。蔽泥，又叫障泥。垂於馬腹兩側，用以遮擋塵土的東西。虬卷，駿馬名。毛曲卷如虬龍的鱗甲，故名。❸走　奔馳。❹珠落句　少年身穿白色的毛織袍子，袍子上連綴著色彩鮮明的珍珠。落，同「絡」。連綴得像網絡一樣。璀璀，鮮明的樣子。罽，一種毛織品。

【語譯】馬籠頭上閃光的連環玉發出細碎的聲音，高大的駿馬披著綠色錦緞做成的蔽泥。一位少年在春風細雨中騎馬奔馳，他身穿綴滿色彩鮮明的珍珠的白罽袍。

奉和門下相公送西川相公兼領相印出鎮全蜀詩十八韻

【題解】奉和，「奉」是敬辭，「和」是指依照別人詩詞的格律或內容寫作詩詞。門下相公，指李德裕。「門下」是「門下省」的略稱，為官署名，掌管審查詔令、駁正違失等事。開成五年（西元八四〇年）九月，李德裕為門下侍郎，同中書門下平章事，即當上了宰相。西川，地名。在今四川省西部。西川相公，指崔鄲。他於開成四年（西元八三九年）任相，會昌元年（西元八四一年）十一月，以宰相的身分出任西川節度使，故題目說「西川相公兼領相印出鎮全蜀」。這首詩主要讚頌了崔鄲的美德懿行，順便回顧了自己與崔家的友好關係。

盛業冠伊唐[1]，臺階翊戴光[2]。無私天雨露[3]，有截舜衣裳[4]。蜀輟新衡鏡[5]，池留舊鳳凰[6]。同心真石友[7]，寫恨蔑河梁[8]。虎騎[9]搖風旆[10]，貂冠韻水蒼[11]。彤弓[12]隨武庫[13]，金印逐文房[14]。棧壓嘉陵咽[15]，峰橫劍閣長[16]。前驅二星[17]去，開險五丁忙[18]。迴首崢嶸盡[19]，連天草樹芳。丹心懸魏闕[20]，往事愴甘棠[21]。治化輕諸葛[22]，威聲懾夜郎[23]。君平教說卦[24]，犬子召升堂[25]。塞接西山雪[26]，橋維萬里檣[27]。奪霞紅錦爛[28]，撲地[29]酒爐香。忝逐三千客[30]，曾依數仞牆[31]。滯頑堪白屋[32]，攀附亦周行[33]。肉管伶倫曲[34]，〈簫韶〉清廟章[35]。唱高知和寡[36]，小子斐然狂[37]。

【注　釋】❶伊唐　指堯的時代。這裡代指唐代。伊，是「伊耆」的省略。據說是堯的姓。也寫作「伊祁」、「伊祈」。唐，堯在位時國號「唐」。❷臺階句　您上應閃光的三臺星，下面擁戴天子。臺階，星名。即三臺星。古代用三臺星比三公。宰相即為三公之一。故杜牧以「臺階」比崔鄲。翊戴，擁戴。擁戴天子。❸雨露　均用作動詞。降下雨露。❹有截句　您幫助天子治理好了天下。有，助詞。無義。截，整理。舜，傳說時代的聖王，繼堯之後為天子。為天子整理衣裳，比喻輔佐天子治理天下。與〈郡齋獨酌〉中的「平生五色線，願補舜衣裳」意同。❺蜀輟句　蜀人停下手頭的工作，期盼著您的到來。輟，停止。衡鏡，衡（秤杆）可以量輕重，鏡可以照美醜，比喻辨別是非善惡的尺度。這裡代指清廉公正的崔鄲。❻池留句　您依舊身為朝廷宰相。本句應理解為「留舊鳳凰池」。鳳凰池，又叫鳳池。本指禁苑中的池沼。魏晉南北朝設中書省於禁苑，掌管機要，接近皇帝，故稱中書省為鳳凰池。唐代的宰相稱「同中書門下平章事」，故詩文中多以「鳳凰池」指宰相。崔鄲以宰相的身分出任西川節度使，故言。❼石友　情誼堅如金石的朋友。❽寫恨句　我詩中所表達的與您分手的遺憾，遠遠超過了李陵〈與蘇武詩〉中的遺憾。寫恨，用詩表達遺憾。蔑，輕視。引申為「超過」。河梁，橋梁。李陵是西漢的將軍，作戰失敗後投降匈奴。蘇武出使匈奴被扣留十九年，當蘇武歸漢時，李陵作〈與蘇武詩〉，其中有「攜手上河梁，遊子暮何之?」這裡用「河梁」代指李陵的送別詩。這兩句是說自己與崔鄲是真正的朋友，分手時的傷感之情也超過了李陵對蘇武的留戀之情。❾虎騎　猛如老虎般的騎兵。❿旆　古代旗邊上下垂的裝飾品。這裡泛指旗幟。⓫貂冠句　隨從官員頭戴插著貂尾的帽子，身上佩帶的水蒼玉相互碰擊，發出悅耳的聲音。貂冠，插有貂尾的帽子。為古代顯貴官員所戴。韻，和諧悅耳的聲音。水蒼，玉石名。又叫水蒼玉。唐代制度，二品以下、五品以上的官員可以佩帶水蒼玉。⓬彤弓　朱紅色的弓。古代帝王多用它賞賜給有功的諸侯。彤，朱紅色。⓭武庫　儲藏武器的倉庫。這裡比喻深通軍事的崔鄲。⓮逐文房　跟隨著滿腹經綸的您。逐，跟隨。文房，書房。這裡比喻滿腹經綸的崔鄲。以上四句寫崔鄲入蜀時率領著文官武將，崔鄲本人也文武兼備。⓯棧壓句　險要的嘉陵江上架著棧道。棧，棧道。在險絕的地方傍山架木而成的道路。嘉陵，江名。即嘉陵江。源出今陝西省鳳縣嘉陵谷，至四川省重慶入長江。為四川省大河之一。咽，咽喉。這裡比喻嘉陵江一帶險要如咽喉。⓰峰橫句　漫長的劍閣路上到處都是縱橫的山峰。劍閣，棧道名。在今四川省劍閣縣東北大劍山和小劍山之間，相傳為諸葛亮所修築，是由陝入川的主要通道，地勢十分險要。大、小劍山相距三十里。⓱前驅二星　使者已先行入川。前驅，走在前面。二星，代指使者。《後漢書．李郃傳》載，李郃觀察天象，看到兩顆代表使者的星星到了益州分野，便知道朝廷將派使者到益州（在今四川省境內）來。⓲開險句　壯士們忙忙碌碌地在險要之處開闢道路。五丁，五個壯士。傳說秦惠王要伐蜀而不知道路，於是造了五頭石牛，把黃金放在石牛尾下，揚言石牛能屙金。蜀王負力信以為真，派五個壯士把石牛拉了回去，結果為秦惠王伐蜀開闢了道路。關於「五丁」的傳說，還很多，此不贅述。這裡用五丁泛指壯士。⑲迴首句　回頭看看，高峻的山區已經走完。崢嶸，高峻的樣子。這裡指高峻的山峰。從「棧壓嘉陵咽」到「連天草樹芳」六句描寫崔鄲路途上的情況。⑳丹心句　您一片赤心記掛著朝廷。魏闕，古代宮門外的門樓。後來成為朝廷的代稱。㉑往事句　蜀人對您過去治蜀的政績十分懷念。往事，指崔鄲曾協助西川節度使杜元穎治蜀的事。愴，傷感。引申為懷念。甘棠，樹名。傳說周武王時，召伯巡行南方，曾休息於甘棠樹下，後人懷念他，作〈甘棠〉詩。後來便把「甘棠」作為稱頌官吏政績的詞語。㉒治化句　您用來治理蜀地的辦法遠遠超過了諸葛亮。治化，治理和教化。輕，輕視。引申為超過。諸葛，即諸葛亮。㉓夜郎　國名。是漢代西南地區的一個國家。約在今貴州省西北、雲南省東北及四川省南部地區。唐時早已內附。這裡借指西南少數民族國家。㉔君平句　您去後，教會嚴君平那樣的人物占卜說卦。君平，人名。即嚴君平。漢代蜀郡人，在成都以占卜為業，認為占卜雖為賤業，但有益於人，每當人們有非分之問時，君平便借占卜對其進行勸導。㉕犬子句　把文才如司馬相如一類的人召來作為自己的得意門生。犬子，漢代著名的文學家司馬相如的小名。司馬相如為蜀人。㉖塞接句　邊疆的關塞同西邊的雪山緊緊相連。塞，邊界上的險要地方。西山，泛指蜀地西部山區。㉗檣維句　檣邊停泊著要遠航萬里的船隻。維，維繫；拴。引申為停泊。檣，船上的桅杆。這裡代指船。㉘奪霞句　蜀地的紅色錦緞鮮明燦爛，其色彩鮮豔超過了天上的紅霞。紅錦，紅色的錦緞。成都有條錦江，據說在錦江洗滌出來的絲綢，色彩特別鮮豔。㉙撲地　滿地；徧地。以上十句描寫崔鄲入蜀後將要取得的治化政績及蜀地的太平景象。㉚忝逐句　我也曾慚愧地成為崔家的門生。忝，謙詞。慚愧。逐，追隨；跟隨。三千客，三千門客。戰國時期，魏國公子信陵君有門客三千人。這裡用「三千客」代指崔郾的門生。崔郾是崔鄲之兄。杜牧二十六歲時中進士，當時的主考官是崔郾。故杜牧自稱是崔家的門生。㉛曾依句　我也曾在朝廷任過職。數仞牆，指數丈高的宮牆。代指朝廷。仞，長度單位。古代以七尺或八尺為一仞。一說「數仞牆」代指師門。也通。㉜滯頑句　我愚笨固執，只配當一個普通百姓。滯頑，愚笨固執。白屋，古代平民住房不施彩飾，故稱白屋。這裡代指平民。㉝攀附句　跟隨著王公大臣，在許多地方當過官。周行，到處行走。這裡指到各地做官。以上四句是說自己在崔家的幫助下，也進入了仕途。㉞肉管句　唱起和奏起伶倫創作的古曲。肉，指喉嚨。引申為演唱。管，管樂器。引申為演奏。伶倫，人名。傳說是黃帝時的樂官。㉟簫韶句　又演奏起用於宗廟祭祀的高雅樂曲〈簫韶〉。簫韶，相傳是舜時的樂曲名。清廟，肅穆清靜的宗廟。㊱唱高句　即「曲高和寡」的意思。㊲小子句　我是一個文采斐然、志向遠大而於事疏略的人。小子，自我謙稱。斐然，有文采的樣子。

狂，志大而遇事疏略。本句是改編孔子的話，《論語・公冶長》載：「子在陳，曰：『歸與！歸與！吾黨之小子狂簡，斐然成章，不知所以裁之。』」以上四句中，前三句以古樸高雅的音樂比喻自己高遠的政治志向，感嘆自己曲高和寡的艱難處境。最後一句借用孔子的話，表白自己是一個於事疏略但志向遠大、可堪造就的人才，委婉地表達了希望對方提攜自己的願望。

【語　譯】您建立的豐功偉業在大唐是首屈一指，您是上應三臺星的輔佐天子的堂堂宰相。您像無私的上天那樣向人間偏灑雨露，幫助天子治理好了整個國家。蜀人都在期盼著您的到來，治蜀的同時您依然擔任朝廷的宰相之職。我與您是志同道合、情誼堅如金石的朋友，詩中表達的分手遺憾遠遠超過了〈與蘇武詩〉。猛虎般的騎兵高舉著迎風招展的軍旗，隨從官員頭戴貂冠身佩清脆作響的水蒼玉。您身背彤弓精通軍事，您身佩金印滿腹經綸。棧道飛架於險要的嘉陵江上，山峰縱橫的劍閣路是那樣的漫長。先行的使者已經入蜀，開路的壯士忙忙碌碌。回頭看看已經走過的險峰高山，山上的芳草碧樹與青天相連。您一片赤心忠於朝廷，您從前治蜀的政績受到蜀人的懷念。您的政治教化方法超過了諸葛亮，您的聲威震懾了周邊的異族國家。入蜀後您教導嚴君平一類的人物占卜說卦，還把司馬相如一類的才子召為自己的門生。蜀地的邊塞同西邊的雪山相接連，橋邊停泊著遠航萬里的船。蜀地的紅色錦緞燦爛若朝霞，偏地都是美酒的芳香。我也曾慚愧地成為崔家的門生，我也曾在朝廷當過官員。我生性愚笨固執只配當個百姓，卻跟隨著王公大臣到處做官。我總愛提出一些高遠的政治主張，就好像演奏古樸高雅的伶倫曲調和〈簫韶〉樂章一樣。曲高必然和寡，我是一個需要幫助的人——文采斐然卻又愚頑疏狂。

朱（ㄓㄨ）坡（ㄆㄛ）

【題　解】朱坡，地名。在長安城南的樊川，也即杜家別墅的所在地。這首詩描寫了朱坡的美景和自己對朱坡的懷念，對自己目前仕途不利、進退兩難的處境表示了極大的不滿。

下杜❶鄉園古，泉聲繞舍啼❷。靜思長慘切❸，薄宦❹與乖暌❺。北闕千門❻外，南山❼午谷❽西。倚❾川紅葉嶺，連❿寺綠楊堤。迥野翹霜鶴⓫，澄潭⓬舞錦雞⓭。濤驚堆萬岫⓮，舸⓯急轉千溪。眉點萱牙嫩⓰，風條柳幄迷⓱。岸藤梢虺尾⓲，沙渚⓳印麑⓴蹄。火燎湘桃塢㉑，波光碧繡畦㉒。日痕絙翠巘㉓，陂影墮晴霓㉔。蝸壁斕斑蘚㉕，銀筵豆蔻泥㉖。洞雲生片段，苔徑繚㉗高低。偃蹇㉘松公㉙老，森嚴㉚竹陣㉛齊。小蓮娃欲語㉜，幽筍稚相攜㉝。漢館㉞留餘趾，周臺㉟接故蹊。蟠蛟岡隱隱㊱，斑雉草萋萋㊲。樹老蘿紆組㊳，巖深石啟閨㊴。侵窗紫桂㊵茂，拂面翠禽棲㊶。有計冠終挂㊷，無才筆謾提㊸。自塵㊹何太甚，休笑觸藩羝㊺。

【注釋】❶下杜　地名。在長安城南。❷啼　流水作聲。❸慘切　悲傷；傷感。❹薄宦　卑微的官職。❺乖暌　離開。指遠離故鄉。也可理解為「不順利」，指仕途不順利。❻北闕千門　代指皇宮。北闕，未央宮北面有玄武闕，又叫北闕。千門，指皇宮的千門萬戶。❼南山　山名。又叫終南山。在長安城南。❽午谷　地名。又叫子午谷。在長安城南終南山中，是當時一個著名的通道。這兩句說明朱坡就在皇宮附近，在終南山子午谷的西邊。❾倚　靠近。❿連　連接；緊鄰。⓫迥野句　長著白色羽毛的鶴在原野裡徘徊飛翔。翹，高高飛起。霜，這裡指白色。⓬澄潭　清澈的潭水。澄，清澈。⓭錦雞　鳥名。又叫金雞。胸前五色如孔雀羽，尾羽可作裝飾品。古人認為，色彩絢麗的鳥自愛其羽，看到清澈的水便映水自舞。⓮濤驚句　波濤翻騰，就好像千萬座山峰。驚，震動；翻騰。岫，山峰。⓯舸　大船。這裡泛指船隻。⓰眉點句　形狀如眉如點的萱草芽是那樣的柔嫩。點，漢字筆劃的一種。這裡形容萱草芽的形狀像點一樣。萱，植物名。又叫萱草、鹿葱、忘憂、宜男、金針花。嫩葉及花可食。牙，同「芽」。⓱風條句　在風中搖動枝條的柳林，就像一座進去後會使人迷路的大篷帳。

幄，篷帳。⓲岸藤句　岸邊生長著長藤，藤條的梢部就像蛇的尾巴一樣。藤，植物名。有紫藤、白藤多種。虺，蛇名。這裡泛指蛇。⓳沙渚　水中間的小沙洲。渚，水中的小塊陸地。⓴麑　幼鹿。㉑火燎句　緗桃樹林鮮花盛開，就像一片燃燒的火焰。湘桃，一般作「緗桃」。一種結淺紅色果實的桃樹。塢，這裡指四面如屏的桃花林。㉒波光句　綠色錦繡般的田野閃著碧波一樣的光芒。碧繡，形容莊稼如綠色的錦繡。畦，田園中分成的小區。這裡泛指田野。㉓日痕句　穿過雲隙下射的陽光像繃緊的大繩一樣聯繫著翠綠的山峰。日痕，從雲層中下射的陽光。絙，大繩索。巘，山峰。㉔陂影句　初晴時的虹霓映照在清清的池水之中。陂，池塘。墮，落在。霓，虹霓。㉕蝸壁句　蝸壁，留有蝸牛爬行痕跡的牆壁上長滿了色彩雜錯的苔蘚。蝸，蝸牛。蝸壁，留下蝸牛黏液痕跡的牆壁。斕斑，色彩錯雜的樣子。蘚，植物名。青苔類的植物。㉖銀筵句　以銀裝飾的坐具旁擺放著柔軟的豆蔻花。筵，鋪在地上的坐具。豆蔻，植物名。泥，柔和。㉗繚　盤繞曲折。㉘偃蹇　高高聳立的樣子。㉙松公　松樹像肅穆莊嚴的公卿一樣。㉚森嚴　整齊而肅穆。㉛竹陣　像軍陣一樣的竹林。㉜小蓮句　小蓮花就像欲言又止的漂亮女孩子。娃，美麗的少女。㉝幽筍句　在幽靜的地方，一個個竹筍就好像手拉手的兒童一樣。稚，幼兒；兒童。相攜，手拉手。㉞漢館　泛指漢代遺留下來的建築。㉟周臺　泛指周代遺留下來的建築。㊱蟠蛟句　隱約可見的山岡就像盤曲著的蛟龍。隱隱，不分明的樣子。㊲斑雉句　茂盛的綠草叢中躲藏著色彩斑駁的野雞。斑，雜色的花紋或斑點。雉，鳥名。俗稱野雞。萋萋，草生長茂盛的樣子。㊳樹老句　纏繞在古樹上的蘿藤低低地下垂著，就像一條條絲帶。蘿，通常指爬蔓的植物。種類很多。紆，下垂。組，絲帶。㊴巖深句　深深的石洞就像打開了門的閨房。巖，山中的洞穴。啟，開。閨，內室。在這裡，「閨」也可理解為門。㊵侵窗紫桂　緊靠著窗戶的紫桂樹。紫桂，樹名。桂樹的一種。㊶拂面句　翠鳥從面前掠過，棲息在紫桂樹上。拂面，從面前飛過。翠禽，即翠鳥。㊷有計句　我有最終辭官歸隱的計畫。冠終挂，即「終挂冠」。王莽時，逢萌取下自己的官帽，把它掛在東都洛陽的城門上，然後帶領全家歸隱。後來就把辭官叫作「掛冠」。㊸筆謾提　隨便地提筆寫詩作文。㊹自塵　自己屈辱自己。杜牧認為，屈身當一名低級官員，是對自己的羞辱。塵，污染；屈辱。㊺觸藩羝　我像一隻因用角抵撞籬笆而被卡住的羊，進退不得。觸，用角抵撞。藩，籬笆。羝，公羊。

【語　譯】古樸的下杜是我的家園，環繞屋舍的泉水嘩嘩流淌。靜靜地想一想使我傷心不已，官職卑微一切都不順利。我的故園在皇宮附近，在終南山子午谷的西邊。她坐落在碧綠的河水和長滿紅葉的山嶺旁邊，緊挨著寺廟和種滿綠楊的長堤。白鶴在原野裡徘徊飛翔，清水潭邊翩翩起舞的是色彩絢麗的錦雞。翻騰的河浪就像千萬座山峰一樣，船隻在千百條河水中快速行駛。柔嫩的萱草芽形狀如眉似點，風中搖擺的柳林就像一座迷宮式的大帳篷。岸邊的長藤梢部就像一條條蛇尾，沙洲上佈滿了幼鹿的蹄印。鮮花盛開的緗桃林就像一片燃燒的大火，綠色錦繡般的田野閃著碧波一樣的光芒。從雲隙中下射的陽光像繃直的繩索一樣聯繫著翠綠的山峰，初晴時的虹霓映照在清清的池水之中。留有蝸牛爬行痕跡的牆壁上長滿了色彩錯雜的苔蘚，以銀裝飾的坐具旁擺放著柔軟的豆蔻花。山洞裡的雲氣一片一片地昇起，長滿青苔的山路盤曲環繞忽高忽低。古老的松樹像公卿一樣昂首挺立，竹林就像整整齊齊列隊森嚴的軍陣一般。小蓮花如同欲言又止的美麗少女，僻靜處的竹筍好像兒童在攜手遊玩。這裡還有漢代樓館的遺址，周朝修築的高臺緊連著古老的小溪。隱隱約約的起伏山岡猶如盤曲的蛟龍，茂盛的綠草叢中躲藏著色彩斑駁的野雞。古樹上垂掛著絲帶般的蘿蔓，深深的石洞好像打開的閨房。窗邊的紫桂樹生長茂盛，從面前飛過的翠鳥棲息在紫桂樹上。我早有辭官歸隱的想法，我沒有文才卻總愛提筆胡亂塗畫。我何必如此過分地屈辱自己，請不要嘲笑我像隻被籬笆卡住的羊那樣進退兩難。

早春寄岳州李使君，李善棋愛酒，情地閑雅

【題　解】岳州，地名。在今湖南省岳陽市。李使君，名字、生平不詳。使君，對州郡長官的尊稱。情地，情趣；愛好。閑雅，閑靜高雅。這首詩描寫了岳州的風景和李使君的生活情趣，並引李使君為知己。

城高倚峭巘❶，地勝❷足❸樓臺。朔漠暖鴻去❹，瀟湘❺春水來。縈盈❻幾多思，掩抑若為裁❼。返照三聲角❽，寒香一樹梅。烏林❾芳草遠，赤壁健帆開❿。往事空遺恨⓫，東流豈不迴⓬。分符潁川政⓭，弔屈洛陽才⓮。拂匣調珠柱⓯，磨鉛勘玉杯⓰。棋翻小窟勢⓱，爐撥

凍醪醅⑱。詩云：「為此春酒，以介眉壽。」注云凍醪。此輿予非薄⑲，何時得奉陪？

【注釋】❶峭巘　高峻的山峰。巘，山峰。❷地勝　地理環境優美。勝，好；優美。❸足　多。❹朔漠句　北方氣候變暖，鴻鴈開始向北飛去。朔漠，北方沙漠地帶。這裡泛指北方。鴻，鳥名。大型鴈類的泛稱。是一種隨季節南北遷徙的候鳥。❺瀟湘　水名。即湘江。瀟，形容水又深又清的樣子。另外，「瀟」也是河流名，它源出湖南省藍山縣南九嶷山，北流入湘江。❻縈盈　形容思緒很多、縈繞不去的樣子。縈，縈繞；糾纏。盈，多。❼掩抑句　不知如何纔能排解這些令人壓抑的思緒。掩抑，低沉。若，如何。裁，處理。這裡引申為排解。❽返照句　在落日的返照中，傳來幾聲號角的聲音。三聲，泛指幾聲。角，古代軍中的一種樂器。多作軍號使用。❾烏林　地名。在今湖北省嘉魚縣西，長江的北岸，對岸為赤壁山。是著名的赤壁之戰的舊戰場。❿赤壁句　速度很快的船隻向赤壁方向駛去。赤壁，山名。在湖北省蒲沂縣，長江南岸，北岸相對的是烏林。漢朝末年，周瑜大破曹操於此處。健帆，代指善行的船隻。開，張帆。也可理解為開船，行駛。⑪往事句　赤壁之戰的往事徒然給人留下無限的遺憾。空，徒然。⑫東流句　難道不能讓東流的長江水回頭向西流嗎？本句體現了杜牧欲力挽狂瀾於既倒的英雄氣概，說明他十分關注政局，想扭轉唐朝的衰微局面。⑬分符句　您治理岳州就像漢代人黃霸治理潁川一樣，政績突出，天下第一。分符，當州郡長官。漢代制度，郡守上任時，朝廷授以銅符，符的右一半留京城，左一半給郡守。符，古代朝廷傳達命令或調兵遣將用的憑證，雙方各執一半，以驗真假。潁川，地名。漢代為郡，轄區在今河南省中部及南部地區。漢代黃霸任潁川太守時，甚得吏民之心，政績為天下第一。這裡以黃霸比李使君。⑭弔屈句　您就像憑弔過屈原的洛陽人賈誼那樣有才能。弔，憑弔；悼念死去的人。屈，指楚國著名愛國詩人屈原。後投汨羅江而死。洛陽，地名。即今河南省洛陽市。這裡指洛陽才子賈誼。賈誼很年輕就在朝廷任職，後被任命為長沙王太傅。在他去長沙途中，曾作《弔屈原賦》以憑弔屈原。⑮拂匣句　擦拭琴匣，調整用珍珠裝飾的琴柱，彈奏琴曲。拂，擦拭。調，調整。珠柱，琴上用珠玉裝飾的弦枕木。⑯磨鉛句　磨製鉛粉，校勘書籍。鉛，鉛粉。古人校勘文字時，多用丹砂和鉛粉塗改。所以校勘文字又叫「丹鉛」。玉杯，是漢代董仲舒《春秋繁露》一書中的篇名。以上兩句是描寫李使君彈琴讀書的生活。⑰棋翻句　下棋時，扭轉不利的局勢。泛指下棋。小窟，稍微不利。窟，窟窿；破綻。⑱壚撥句　撥開火爐，熱一些春酒喝。壚，通「爐」。凍醪醅，又叫春酒。冬天釀造、春天飲用的酒。醪，濁酒。醅，未過濾的酒。另外，本句也可理解為在酒店喝點春酒。壚，酒店中安放酒瓮的土臺子，代指酒店。撥，引申為斟酒。以上兩句描寫李使君的下棋飲酒生活。⑲此興句　對此我也很感興趣。興，興致。指上述的彈琴、讀書、下棋、飲酒的興致。非薄，不少；不低。

【語　譯】高高的城牆緊靠著陡峭的山峰，那裡環境優美，因而修建了很多樓臺。鴻雁飛向已經變暖的北方，春天的河水順著瀟湘流來。許多的思緒縈繞在心頭，不知如何纔能把胸中的壓抑排開。落日裡響起了幾聲號角，一樹梅花的香氣在寒風中傳來。芳草地向遙遠的烏林伸延，行速很快的船隻向赤壁駛去。往事徒然給人留下無限的遺憾，東去的長江難道不能向西流來？您像治理潁川的黃霸那樣很有政績，又像憑弔過屈原的賈誼那樣有才。您拂匣調杜彈奏琴曲，或者磨製鉛粉校勘書籍。您在棋盤上扭轉了不利的局勢，或者撥開火爐熱點春酒。對此我也很感興趣，何時纔能到那裡去陪伴著您？

送王侍御赴夏口座主幕

【題　解】王侍御，名字、生平不詳。侍御，官名。夏口，地名。在今湖北省漢口市一帶。座主，指崔鄲。古代科舉考試，同時中進士的稱「同年」，考官稱「座主」。崔鄲是杜牧考進士時的主考官，故稱之為「座主」。幕，幕府。原指將帥在外的營帳，後來也指衙署。當時崔鄲任岳鄂安黃觀察使，駐夏口。王侍御去夏口當崔鄲的幕僚，臨行前，杜牧寫了這首詩送他。

君為珠履三千客❶，我是青衿七十徒❷。禮數全優知隗始❸，討論常見念回愚❹。黃鶴樓❺前春水闊，一杯還憶故人無❻？

【注　釋】❶君為句　您現在當了崔鄲公的幕僚。珠履，以珍珠作裝飾的鞋。戰國時，楚相春申君有門客三千人，上等門客穿珠履。這裡以春申君比崔鄲，以上等門客比王侍御。❷我是句　我依然是一個貧賤的讀書人。青衿，帶有青色衣領的衣服。為周代學子的服裝。後世稱讀書人為「青衿」。七十徒，泛指儒生。據說孔子有弟子三千，其中賢者七十人。❸禮數句　我料知您這次去，一定會像郭隗受到燕昭王的尊重那樣，受到崔鄲公的尊重。禮數，禮節。隗，郭隗。人名。戰國燕人。燕昭王想招攬賢人，便去請教郭隗該怎麼做，郭隗回答說：「如果您想招攬賢人，不妨先從我開始。如果我受到了您的尊重，那些才能超過我的人，都會不遠千里來到燕國。」於是燕昭王為郭隗修築房舍，像老師一樣地侍奉他。❹討論句　我像愚笨的顏回一樣，談論的都是一些平凡的見解。常見，平凡的見解。回，顏回。人名。孔子最得意的弟子，樂道安貧。在唐代已受到朝廷的極大尊敬。杜牧以顏回自比，自謙中顯出自傲。❺黃鶴樓　樓名。故址在今湖北省武漢市蛇山的黃鵠磯，面臨長江。相傳始建於三國時期，歷代屢毀屢建。❻一杯句　當您舉杯飲酒時，不知是否還會想起我這位老朋友？憶，想起。故人，老朋友。指杜牧自己。無，否。

【語譯】您現在當了崔鄲公的幕僚，而我依然是一個貧困書生。料知您去後一定會受到極大的尊重，而我總像愚笨的顏回那樣只能發表一點常見。春天黃鶴樓前的江面是那樣的寬闊，不知您在那飲酒時是否還會想起我？

自貽

【題解】自貽，寫詩自贈。貽，贈。這首詩主要寫自己的品德操守和經歷遭遇，對現實表現了極大的不滿。

杜陵蕭次君❶，遷少去官頻❷。寂寞憐吾道❸，依稀似古人❹。飾心無彩繢❺，到骨是風塵❻。自嫌如疋素，刀尺不由身❼。

【注釋】❶杜陵句　我像杜陵的蕭次君一樣。杜陵，地名。在今陝西省西安市東南。蕭次君，人名。漢代人。原籍東海蘭陵，後隨父蕭望之遷居杜陵，遂為杜陵人。一生仕途不利。❷遷少句　昇遷的機會少，被免官的次數多。頻，多次。❸寂寞句　我在寂寞之中，依然熱愛、堅守我的為人原則。憐，愛。道，泛指正確的立身處世原則。❹依稀句　這大概有點像古代賢人的處境吧！依稀，彷彿；大概。古人，指有類似遭遇的古代賢人。❺飾心句　我不願掩飾自己的真情實感，不願美化自己的言行。飾心，掩飾真實情感。彩繢，用美好的顏色裝扮自己。即美化自己。繢，通「繪」。繪畫塗抹。❻到骨句　我徹骨地感到四處遊宦的艱辛。到骨，徹骨。形容感受之深。風塵，指四處遊宦的艱苦。❼自嫌二句　我非常不滿意這樣的處境：我就像一匹白絹，任由別人拿著刀尺來剪裁，而無法支配自己的命運。嫌，憎惡；不滿意。素，白色的絲綢。刀尺，用作動詞。剪裁。

【語　譯】我像杜陵的蕭次君那樣，很少昇遷卻經常被免官。我在寂寞之中依然堅守我的為人原則，這大概如同古代賢人的遭遇一般。我從不掩飾真情實感美化自己，徹骨地感受到四處遊宦的艱難。我不滿於自己就像一匹白色絲絹，身不由己任人裁剪。

自遣

【題　解】自遣，自我排遣。本詩作於杜牧四十歲時，作者時任黃州刺史。詩中表達了杜牧壯志難酬的憤懣和苦惱，充滿了與世俯仰的消極悲觀情緒。

四十已云❶老，況逢憂窘餘❷。且抽持板手❸，卻展小年書❹。嗜酒狂嫌阮❺，知非晚笑蘧❻。聞流寧歎吒❼，待俗不親疏❽。遇事知裁剪❾，操心識卷舒❿。還稱二千石⓫，於我意何如？

【注　釋】❶云　說；叫作。也可理解為句中語氣詞。❷憂窘餘　憂愁困窘之後。餘，以後。❸且抽句　我姑且放下手板。且，姑且。抽……手，放手。板，手板。又叫笏。以玉、象牙或木製成。古代大臣上朝時拿著手板，用以記事。放下手板，即意味著不當京官。❹卻展句　卻翻閱一些無關大雅的閑書。展，翻閱。小年，壽命短暫，見識淺薄。年，壽命。❺嗜酒句　我嫌酗酒的阮籍過分疏狂。阮，指魏晉時著名詩人阮籍，「竹林七賢」之一。魏晉之交，仕途極為險惡，阮籍便縱酒佯狂以避禍。❻知非句　我嘲笑蘧伯玉很晚纔知道今是昨非。蘧，指蘧伯玉。人名。孔子的弟子，曾在衛國當過大夫。據說在他五十歲的時候，突然意識到以前的做法是錯誤的。以上兩句是說，自己與阮籍、蘧伯玉相似，但不願像阮籍那樣狂蕩，不願像蘧伯玉那樣知過太晚。❼聞流句　現在我即使聽到流言蜚語，也不會為此而吃驚嘆息。流，流言蜚語。吒，嘆息聲；憤怒聲。❽待俗句　對待世俗的人和事無親無疏。疎，疎遠。❾裁剪　處理；應付。❿操心句　細心領會，也學會了隨機應變，能屈能伸。卷舒，卷縮與伸開。這四句說自己已經學會了心平氣和，與世推移，飽含著激憤而又無奈之情。⓫還稱句　我現在又當了黃州刺史。二千石，指兩千石糧食。漢代太守年俸二千石，故漢人常以「二千石」稱太守。唐代的州郡長官地位相當於漢代太守，故杜牧自稱「二千石」。

【語　譯】人到四十已經算老了，何況我還經歷了許多的憂愁困窘。我姑且放下手板，去翻閱一些無關大雅的閑書。我不願像阮籍那樣過分地酗酒疏狂，又覺得蘧伯玉對過去的錯誤醒悟得太晚。我現在聽到了流言蜚語也不會驚訝嘆息，對待世俗的人和事也不再有親疏之分。遇到事情知道如何應付處理，細心體會也懂得了能屈能伸。我現在又當上了黃州刺史，這對於我來說又有什麼意義？

題（ㄊㄧˊ）桐（ㄊㄨㄥˊ）葉（ㄧㄝˋ）

【題　解】題桐葉，在桐葉上題詩。本詩主要表現了杜牧對衰老的無奈和對世俗的不滿，最後流露出退隱的願望。

去年桐❶落故溪❷上，把葉❸因題〈歸燕〉詩。江樓❹今日送歸燕，正是去年題葉時。葉落燕歸真可惜，東流玄髮且無期❺。笑筵歌席反惆悵❻，朗月清風見別離。莊叟彭殤同在夢❼，陶潛身世兩相遺❽。一丸五色❾成虛語，石爛松薪❿更莫疑。哆侈不勞文似錦⓫，進趨何必利如錐⓬。錢神任爾知無敵⓭，酒聖於吾亦庶幾⓮。江畔秋光⓯蟾閣鏡⓰，檻前山翠茂陵眉⓱。鐏香輕泛數枝菊⓲，簷影斜侵半局棋。休指⓳宦遊論巧拙，秖將愚直禱神祇⓴。三吳㉑煙水㉒平生念，寧向閑人道所之㉓。

【注釋】❶桐　指桐葉。❷故溪　故鄉的小溪。❸把葉　手拿著桐葉。把，拿。❹江樓　江邊的高樓。❺東流句　要想挽留大好時光和滿頭黑髮，那是毫無希望的。東流，東流的江水。比喻時光。玄髮，黑髮。玄，黑。期，期望；希望。❻惆悵　傷心；不得意。❼莊叟句　莊子認為，無論是長壽如彭祖，還是短命如殤子，人的一生都不過是一場夢幻而已。莊叟，指莊周。戰國時代的著名道家代表人物。叟，老頭；老人。彭，指彭祖。人名。相傳他活了八百歲。殤，沒到成年就死了。❽陶潛句　陶淵明忘卻了社會，社會忘卻了陶淵明。陶潛，人名。晉代著名詩人陶淵明。相遺，相互遺忘。本句也可理解為：陶淵明忘卻了自身和社會。這是道家所追求的一種「坐忘」境界，目的是為了獲得精神上的自由。❾一丸五色　指一粒五色的不死金丹。❿石爛松薪　比喻天翻地覆的變化。松薪，長青的松樹變作乾枯的薪柴。⓫哆侈句　不必張口詠誦錦繡似的文章。哆侈，張口說話的樣子。不勞，不必。⓬進趨句　追逐名利地位時，又何必如此的積極瘋狂。進趨，向前跑。比喻追逐名利。利如錐，鋒利如錐子。比喻追逐名利時的瘋狂和積極。⓭錢神句　我知道並任憑你神通廣大的金錢所向無敵。錢神，金錢神通廣大。晉代魯褒曾作〈錢神論〉，認為錢可使鬼，所向無敵。目的是批判世人重金錢的傾向。爾，你。指金錢。⓮酒聖句　酒給我的感覺還可以。酒聖，古人稱清酒為「聖人」，濁酒為「賢人」。另外，豪飲之人也稱「酒聖」。庶幾，差不多；可以。⓯江畔秋光　江邊的秋月。畔，邊。秋光，秋天的月光。代指秋月。⓰蟾閣鏡　望蟾閣上的金鏡。蟾閣，又叫望蟾閣。神話傳說中的樓閣名，高十二丈，上有金鏡，寬四尺。⓱檻前句　門前青翠的山峰就像美女的雙眉一樣姣好。檻，門下的橫木。即門限。茂陵，地名。在今陝西省興平縣一帶。漢代著名文學家司馬相如有病免官後，退居茂陵。這裡用「茂陵」代指司馬相如的夫人卓文君。據說卓文君姣美，眉色如遠山。⑱罇香句　酒杯中芳香的美酒上還漂浮著幾朵菊花。罇，酒器。泛，漂浮。古人飲菊花酒，認為菊花酒可以使人長壽。⑲休指　不要指指點點。⑳衹將句　我只憑著自己的愚拙真誠的本性向神靈祈禱。意思是說自己守拙秉誠以處世。神衹，天神叫「神」，地神叫「衹」。㉑三吳　地名。一說指吳興、吳郡、會稽。一說指吳興、吳郡、丹陽。一說指蘇州、潤州、湖州。㉒煙水　霧靄蒼茫的水面。這裡泛指三吳的風光。㉓寧向句　我只是不肯隨便向別人說明自己的歸隱之處而已。寧，難道；豈可。閑人，無關的人。道，說。所之，所到之處。也即隱居之處。之，到；去。

【語　譯】去年桐葉落在故鄉小溪邊的時候，我拿起桐葉在上面題了一首〈歸燕〉詩。今天我站在江邊樓上目送著南歸的燕，正好又是去年我桐葉題詩的那一天。葉落燕歸實在令人惋惜，更無法挽留東去的流水和滿頭的黑髮。歌舞笑語的宴會反而使我滿腹惆悵，明月清風中常常看到人們生離死別。莊子說長壽短命都不過是一場幻夢，陶淵明也能淡忘自身的得失和惱人的社會。煉就成仙的五色金丹不過是虛言假語，石可爛松為柴的巨大變化卻無可懷疑。不必再開口誦詠錦繡文章，更不必如此瘋狂地追逐名利。任憑它神通廣大的金錢所向無敵，美酒給我的感覺還挺適意。江邊的秋月就像望蟾閣上的金鏡一樣，門前的翠綠山色如同美女的雙眉一般。杯中的香酒上漂浮著幾朵菊花，屋簷的斜影籠罩著半邊棋盤。不要指指點點論說當官方法的巧拙，只管憑著愚拙真誠去祈禱神靈。我終生記掛著三吳的山水美景，豈肯隨便向人道說我打算隱居的地方。

沈下賢

【題　解】沈下賢，人名。名亞之，字下賢。唐代吳興人。元和十年（西元八一五年）進士，曾擔任過御史內供奉、南康尉等職。他遊於韓愈門下，工詩善文，有《沈下賢集》傳世。杜牧在詩中表達了對沈下賢的敬慕之情。

斯人❶清唱❷何人和？草徑苔蕪不可尋❸。一夕小敷山❹下夢，水如環珮月如襟❺。

【注釋】❶斯人　此人。指沈下賢。❷清唱　指清麗的詩歌。本句感嘆沈下賢沒有同調，缺乏知音。❸草徑句　沈下賢的故居已是滿徑雜草，處處青苔，一片荒蕪，無法尋覓了。❹小敷山　山名。又叫福山。在今浙江省吳興縣。沈下賢曾在此居住。❺水如句　那裡的清澈流水如同他身上佩帶的玉飾，一彎明月就像他的衣領。環珮，指身上佩帶的各種玉飾。襟，衣領。杜牧用這些比喻來顯示沈下賢的高潔情懷。

【語譯】此人的清麗詩歌有誰來唱和？他的故居已是雜草滿徑青苔遍佈無法找尋。一天晚上我在夢中來到小敷山下，那裡的清澈流水如同他身上佩帶的玉飾，一彎明月就像他的衣領。

李和鼎

【題解】李和鼎，人名。即李甘。關於李和鼎的介紹，可見〈李甘詩〉題解。本詩主要表達了杜牧對李和鼎遭遇的不平和同情。

鵩鳥飛來庚子直❶，謫去日蝕辛卯年❷。由來❸枉死賢才事，消長相持勢自然❹。

【注釋】❶鵩鳥句　李和鼎被貶後的心情，就像賈誼在庚子日看到鵩鳥時一樣的沉重。鵩鳥，鳥名。又叫「鴞」。俗稱貓頭鷹。庚子直，應理解為「直庚子」。在庚子這一天。直，逢；在。庚子，指庚子日。古人用天干地支記年、記日。漢文帝六年四月的一天下午，任長沙王太傅的賈誼看到一隻鵩鳥飛入自己的室內，長沙古俗認為，鵩鳥入室是主人將死的預兆，因此賈誼十分憂傷，作〈鵩鳥賦〉以自解。這裡以賈誼比李和鼎。❷謫去句　他被貶謫的那一年是辛卯年，這一年發生了日食。據考證，李和鼎被貶的那一年不是辛卯年，因此只能把「辛卯」看作虛指。❸由來　從來；自古以來。❹消長句　賢人與惡人彼消我長相互對立，這種情況的形成是很自然的。消長，指好人與壞人不能同時得勢，若非此消彼長，即是此長彼消。相持，相互對立。這兩句表面上是在抽象說理，實際上是在揭露當時奸人當權、賢人失勢的黑暗政局。

【語　譯】李和鼎心情就像賈誼庚子日看見鵩鳥時一樣沉重，他被貶的那一年是發生日食的辛卯年。自古以來賢人經常受委屈而死，好人壞人相互對立不可調和是勢之必然。

贈沈學士張歌人

【題　解】沈學士、張歌人，名字、生平不詳。學士，又稱「翰林學士」。官名。掌起草皇帝詔命等事，無一定品秩。一說沈學士即沈述師，張歌人即張好好。可參看〈張好好〉。本詩運用一連串的比喻，把張歌人的歌聲化成具體可感的意象，表現出很高的「讀曲」能力和描摹水平。

拖袖事當年❶，郎❷教唱客前。斷時輕裂玉❸，收處遠繰煙❹。孤直緪雲定❺，光明滴水圓❻。泥情遲急管❼，流恨咽長絃❽。吳苑❾春風起，河橋酒旆懸❿。憑君⓫更一醉，家在杜陵⓬邊。

【注　釋】❶拖袖句　你正當青春年少，揮袖起舞。拖袖，指揮袖起舞。當年，正當青春年少。❷郎　主人。指沈學士。唐代人多稱主人為「郎」。❸斷時句　在歌聲稍稍停頓時，就像玉石輕輕地斷裂了。❹收處句　結束時的裊裊餘音就像慢慢飄向遠方的絲線和雲煙。收處，歌聲結束時。繰，絲線。❺孤直句　有時歌聲就像一條直拋青天、縛住行雲的長繩。緪，同「絙」。大繩。❻光明句　有時歌聲又像光亮晶瑩、圓潤清澈的水珠。❼泥情句　有時抒發纏綿情感的歌聲使急促的伴奏也隨之變得舒緩。泥，纏綿。遲，使……變得舒緩。管，伴奏的管樂器。這裡泛指伴奏的音樂。❽流恨句　抒發悲傷和遺憾的歌聲使伴奏的音樂也變得嗚嗚咽咽。流，流露；抒發。恨，悲傷；遺憾。咽，嗚咽。形容低聲哭泣的聲音。長絃，絃樂器。這裡泛指伴奏的音樂。❾吳苑　指蘇州一帶。蘇州一帶為春秋吳地，多有宮闕園林，後因以「吳苑」代指蘇州。❿河橋句　河橋邊的酒旗高懸。河橋，地名。古代叫「河橋」的地名很多。一般都是指在黃河上建橋（往往是以舟為橋）的地方。這裡代指中原地區。這兩句是說張歌人從江南的蘇州唱到了北方的黃河邊。⓫憑君　在你面前。憑，靠。引申為在……旁邊。「憑君」也可理解為「為了你」。⓬杜陵　地名。在今陝西省西安市東南不遠處。

【語　譯】青春年少的你揮袖起舞，主人又讓你為客人演唱幾曲。歌聲停頓時就像輕輕裂開了美玉，餘音裊裊如同細絲和雲煙向遠方飄去。有時歌聲如繩索直沖晴空縛住行雲，有時又像光亮晶瑩、清澈圓潤的水珠。感情纏綿的歌聲使伴奏也隨之變得舒緩，悲憤憂傷的歌聲使音樂也為之嗚嗚咽咽。你本來生活在春風蕩漾的吳苑，現在來到了酒旗高懸的河橋邊。在你面前我就再醉一次，我的家就在杜陵的旁邊。

憶遊朱坡四韻

【題　解】朱坡，地名。在長安城南的樊川。也即杜家別墅的所在地。這首詩回憶了自己在朱坡遊賞時的情況，流露出對家鄉的思念。

秋草樊川❶路，斜陽覆盎門❷。獵逢韓嫣❸騎，樹識館陶❹園。帶雨經荷沼❺，盤煙下竹村❻。如今歸不得，自戴望天盆❼。

【注　釋】❶樊川　地名。在長安城南。杜牧的祖父杜佑在此建別墅，杜牧又對別墅加以修葺。❷覆盎門　城門名。又叫杜門。為長安城南東邊第一門。❸韓嫣　人名。漢代的官員。曾率領上百名騎兵、乘坐天子副車去為皇上打獵做準備，路上被人們誤認為是皇上。這裡用韓嫣代指唐朝打獵的權貴。❹館陶　指漢代文帝的女兒館陶公主。館陶公主曾把自己長安城東的長門園獻給武帝。這裡以館陶公主代指唐代的皇親國戚。❺沼　池塘。❻盤煙句　在繚繞的煙霧之中，我走下山坡，來到長滿翠竹的村莊。盤，繚繞。以上六句都是回憶。❼自戴句　我身在外地作官，不能回到故鄉。「戴望天盆」應理解為「戴盆望天」，意為頭戴盆子無法看到天空。在這裡比喻自己身在官場，無法自由地回到家鄉。

【語譯】通往樊川的道路上長滿了秋草，偏西的太陽照耀著覆盎門。半道上看到權貴們率領騎兵去打獵，望見遠處的大樹知道那是皇親們的園林。我冒著細雨經過荷花盛開的池塘，又在繚繞的煙霧中來到了竹林村。如今無法回去再過那樣的生活，只因為我在官場事不由人。

朱坡絕句三首

【題解】朱坡，注見〈朱坡〉及〈憶遊朱坡四韻〉。本組詩應作於大中三年（西元八四九年）。前一年年底，杜牧由睦州刺史調往長安，任司勳員外郎、史館修撰。當時杜牧四十六歲。第一首寫自己長年宦遊在外而不能回到故鄉，遭遇比賈誼還苦。第二首寫自己剛到家時看到的故鄉景象。第三首寫自己雖然回到了家鄉，並在朝中作官，但依然縮手縮腳，不甚得意。

其一

故國❶池塘倚御渠❷，江城三詔換魚書❸。賈生❹辭賦恨流落❺，秪向長沙住歲餘❻。文帝歲餘思賈生

【注釋】❶故國　故鄉。❷御渠　即御溝。指流經皇城的河道。❸江城句　我多年來一直在江邊的三州當刺史。江城，

靠近江邊的城。杜牧先後在黃州、池州、睦州任刺史，黃州距長江一百二十八里，池州的秋浦縣距長江七里，睦州距浙江十里。故統稱為江城。三詔，皇上三次下詔書。換魚書，即調任。魚書，當刺史的憑證。魚，指魚符，朝廷和刺史各持一半。書，指敕牒，即書面命令。❹賈生　即漢代的賈誼。❺流落　流落在外。指在長沙任長沙王太傅。❻歲餘　一年多。這是杜牧的誤記，賈誼在長沙共生活了四年左右。這兩句用賈誼在外的時間短來反襯自己在外遊宦的時間長。

【語　譯】故鄉的池塘緊靠著從皇城流過的小河，而我多年來卻一直在江邊的三州當刺史。賈誼在辭賦中抱怨自己在外流落，其實他只在長沙生活了一年多。

其二

煙深苔巷唱樵兒❶，花落寒輕倦客❷歸。藤岸竹洲相掩映❸，滿池春雨鸊鵜❹飛。

【注　釋】❶樵兒　打柴的年輕人。❷倦客　厭倦了宦遊的人。指杜牧自己。❸掩映　相互遮掩，相互襯托。❹鸊鵜　鳥名。又叫野鳧。俗稱野鴨。

【語　譯】打柴的年輕人在煙霧深深、長滿青苔的小巷裡歌唱，我這個厭倦了宦遊的人在落花微寒的時節回到了家鄉。長滿青藤的河岸和長滿翠竹的小洲相互遮掩襯托，野鴨在春雨濛濛的池塘上飛翔。

其三

乳❶肥春洞生鵝管❷，沼避迴巖勢犬牙❸。自笑卷懷❹頭角縮❺，歸盤煙磴恰如蝸❻。

【注　釋】❶乳　指石鐘乳。古人以石鐘乳製藥，稱為乳石。❷鵝管　指中空、輕薄如鵝翎管的石鐘乳。古人認為這種石鐘乳的價值較高。❸沼避句　山峰凸出，池塘凹進，彼此像犬牙一樣交錯在一起。沼，池塘。巖，山峰。❹卷懷　收藏。指退隱藏身。❺頭角縮　像蝸牛一樣縮入頭角。蝸牛前行時則伸出頭角，受驚時則縮入頭角。這裡比喻自己厭倦世事，蝸居在家。❻歸盤句　我現在回到故鄉，盤腿坐在煙霧籠罩的石磴上，真像一隻蝸牛一樣。磴，石階。

【語　譯】春天的洞穴中生長著肥大的和名叫鵝管的石鐘乳，山勢突出，池塘凹進，其地形如犬牙交錯。我自笑回家後整天縮頭縮角，盤坐在雲霧籠罩的石磴上真像隻蝸牛。

出宮人二首

【題　解】出宮人，即放宮人出宮。唐穆宗長慶四年（西元八二四年），唐敬宗寶曆二年（西元八二六年），唐文宗大和二年（西元八二八年）和開成三年（西元八三八年）都有放宮人出宮的記載。本詩不知寫於何年。第一首寫宮人在宮中度過多年如夢如幻的生活後，又回到社會。第二首寫當初滿懷希望的宮女們最終又失望地走出了宮門。

其一

閑吹玉殿❶昭華管❷，醉折梨園❸縹蒂花❹。十年一夢歸人世❺，絳縷猶封繫臂紗❻。

【注　釋】❶玉殿　對宮殿的美稱。❷昭華管　玉笛的名字。據傳說，漢代咸陽宮有玉笛，長二尺二寸，二十六孔，吹奏此笛，就能隱約看見車馬山林。玉笛上銘刻著「昭華之管」四字。這裡代指唐代宮廷的笛子。❸梨園　地名。故址在長安城禁苑內。唐玄宗曾選樂工、宮女，教授樂曲於梨園。❹縹蒂花　一種梨花的名字。傳說漢代禁苑上林苑中有縹蒂梨樹，為遠方的貢品。❺十年句　在宮中生活多年，猶如一場幻夢，現在又回到了民間。十年，泛指多年。人世，民間。❻絳縷句　深紅色的、曾繫在手臂上的絲帶至今還被保存著。絳，深紅色。縷，絲綫。繫臂紗，晉武帝平定蜀吳以後，追求聲色，民間有姿色的女子，官吏便以紅色絲帶繫在她們的手臂上，強納入宮。

【語　譯】宮女們在宮殿裡悠閑地吹奏著玉笛，有時喝醉後在梨園裡攀折一些縹蔕梨花。多年的宮中生活猶如一夢，現在又回到了民間，至今還保存著當年繫在手臂上的紅紗。

其二

平陽拊背穿馳道❶，銅雀分香下璧門❷。幾向綴珠深殿裏❸，妬抛羞態臥黃昏❹。

【注　釋】❶平陽句　宮女們滿懷希望地從馳道進入宮中。平陽，指漢武帝的姐姐陽信長公主。後嫁於平陽侯曹壽，故時人又稱平陽公主。平陽公主家有歌女衛子夫。一次，武帝在平陽公主家飲宴，看中了衛子夫，隨後即帶回宮中。上車時，平陽公主以手撫著衛子夫的背說：「去吧，平時多吃點飯，好好侍奉皇上。將來富貴了，不要忘了我。」衛子夫後來被立為皇后，全家貴幸。拊背，即以手撫背。馳道，供皇帝行走的道路。本句以衛子夫入宮時的情景比況唐代宮女入宮時的情景。❷銅雀句　皇上去世後，宮女們又走出了宮門。銅雀分香，指皇上去世。銅雀，臺名。即曹操所築的銅雀臺。曹操臨死時，要求他的夫人們在他死後，要時常登上銅雀臺以眺望自己的墳墓，並把剩餘的香料分給他的諸位夫人。這裡以曹操的死代指唐代皇帝的死。璧門，指用玉璧裝飾的宮門。❸幾向句　這些宮女差一點就會永遠生活在掛滿珠玉的深宮大殿之中。幾，幾乎；差一點。向，在。綴，連綴；懸掛。❹妬抛句　黃昏時分，滿懷嫉妒、毫無羞態地躺在宮中。這首詩所表達的感情是複雜的，杜牧一方面為宮女沒能在宮中飛黃騰達而感到惋惜，另一方面又為宮女擺脫了寂寞無聊的深宮生活感到慶幸。

【語　譯】宮女們滿懷希望地從馳道進入宮中，皇上去世後她們又失望地走出宮門。她們差一點就會永遠留在掛滿珠玉的深宮，滿懷嫉妒毫無羞態地躺在那裡面對著黃昏。

長安秋望

【題　解】這首詩描寫了詩人在秋天所看到的長安景象，所表現出的意境清新高雅，氣勢深遠開闊。

樓倚霜樹❶外，鏡天無一毫❷。南山❸與秋色，氣勢兩相高❹。

【注　釋】❶霜樹　經過霜打的樹。一般指經霜之後葉子變紅的楓樹。❷鏡天句　藍天如鏡，沒有一片雲絲。❸南山　山名。即終南山。在長安城南。❹氣勢句　終南山和秋色好像在比賽它們的高爽。氣勢，氣象。相高，相互爭高。

【語　譯】紅色楓林的那一邊聳立著一座座高樓，明鏡般的藍天沒有一絲雲片。峻拔的終南山和滿目的秋色，各顯氣象，似乎在相互媲美相互競賽。

獨酌

【題　解】獨酌，獨自飲酒。本詩刻劃的意境十分清幽，表現了詩人對大自然的熱愛和對獨處生活的獨特感受。

窗外正風雪，擁爐❶開酒缸❷。何如❸釣船雨，篷❹底睡秋江。

【注　釋】❶擁爐　圍著火爐。❷酒缸　裝酒的缸。一說「酒缸」是酒名，又叫「缸面酒」，指初熟的酒。❸何如　同……相比又如何呢？❹篷　船篷。

【語　譯】窗外風雪交加，我圍著火爐獨自飲酒。同秋雨中躺在江面上的船篷下釣魚相比，風雪天獨飲的感受又如何呢？

醉眠

【題　解】本詩描寫詩人幽靜的生活和飲酒的樂趣。

秋醪❶雨中熟，寒齋❷落葉中。幽人❸本多睡，更酌一罇❹空。

【注　釋】❶秋醪　秋天的酒。醪，濁酒。❷寒齋　清冷的書房。齋，書房。❸幽人　隱居之人。❹罇　酒器；酒杯。

【語　譯】濁酒在綿綿的秋雨中做好了，清冷的書房處於落葉的包圍之中。我這個隱居之人本來就喜歡睡眠，不妨在睡前再乾上一杯。

不飲贈酒

【題　解】不飲贈酒，即拒絕喝別人贈送的酒。本詩的寫作背景已不可知。根據詩意，似是借題發揮。本詩闡述了莊子的萬物一齊思想，既然萬物一齊，「愁」與「不愁」也就沒有什麼兩樣了，因此也就用不著以酒銷愁了。

細算人生事，彭、殤共一籌❶。與愁爭底❷事？要爾作戈矛❸。

【注　釋】❶彭殤句　長壽和短命是一樣的。彭，指彭祖。傳說中的長壽之人，據說活了八百歲。殤，未成年就死了。一籌，一樣。籌，古代的計數用具。莊子認為，世界上的是非、美醜、長短都沒有一定的標準，都是相對的。他進而否定了事物之間的差別，提出了著名的「萬物一齊」理論。❷底　什麼。❸要爾句　何必要你們這些酒做武器去消除「愁苦」呢！爾，你們。指酒。後兩句說明杜牧要用萬物一齊、順其自然的態度來對付自己的滿懷愁苦，曠達之中顯出辛酸。

【語　譯】仔細想想人生的事，壽夭福禍都是一樣。那麼我與心中的「愁苦」還爭個什麼呢？何必要你們這些酒作武器去戰勝「愁苦」呢！

昔事文皇帝三十二韻

【題　解】文皇帝，指唐文宗。杜牧於唐武宗會昌六年（西元八四六年）至唐宣宗大中二年（西元八四八年）任睦州刺史，本詩即寫於這一時期。詩中回憶了李訓、鄭注當權時期的胡作非為情況，對受到迫害的正直人士表示了極大的同情。詩的後半部寫聖君即位，政局大有希望，對自己身為睦州刺史的境遇，半是慶幸，半是不滿，比較含蓄地表達了心中的不平之氣。

昔事文皇帝❶，叨官在諫垣❷。奏章為得地❸，齰齒❹負明恩。金虎知難動❺，毛氂亦恥言❻。撩頭雖欲吐❼，到口卻成吞。照膽常懸鏡❽，窺天自戴盆❾。周鐘既窕槬❿，黥陣亦瘢痕⓫。鳳闕觚稜影⓬，仙盤曉日暾⓭。雨晴文石滑⓮，風暖戟衣⓯翻。每慮號無告⓰，長憂駭不存⓱。隨行唯跼蹐⓲，出語但寒暄⓳。宮省咽喉任⓴，戈矛羽衛屯㉑。光塵皆影附㉒，車馬定西奔㉓。億萬持衡價㉔，錙銖挾契論㉕。堆時過北斗㉖，積處滿西園㉗。接棹隋河溢㉘，連蹄蜀棧刓㉙。漉空㉚滄海水，搜盡卓王孫㉛。鬬巧猴雕刺㉜，誇趫索掛跟㉝。狐威假白額㉞，梟嘯得黃昏㉟。馥馥芝蘭圃㊱，森森枳棘藩㊲。吠聲嗾國猘㊳，公議怯膺門㊴。竄逐諸丞相㊵，蒼茫遠帝閽㊶。一名為吉士㊷，誰免弔湘魂㊸？聞世英明主㊹，中興道德尊㊺。崑岡憐積火㊻，河漢注清源㊼。川口隄防決㊽，陰車鬼怪掀㊾。重雲開朗照，九地雪幽冤㊿。我實剛腸(51)者，形甘短褐髡(52)。曾經觸蠆尾(53)，猶得凭熊軒(54)。杜若芳洲翠(55)，嚴光釣瀨喧(56)。溪山侵越角(57)，封壤盡吳根(58)。客恨縈春細(59)，鄉愁壓思繁(60)。祝堯(61)千萬壽，再拜揖餘罇(62)。

【注釋】❶文皇帝　指唐文宗。❷叨官句　我在諫官官署裡湊數當了一名諫官。叨，謙詞。自謙才不勝任而據有其位。諫垣，指諫官官署。唐文宗時，杜牧曾擔任過殿中侍御史內供奉、左補闕等職。左補闕即為諫官。❸奏章句　向皇上進奏章是為了建功得賞。得地，得到封地。這裡泛指得賞。❹齰齒　咬著牙齒。指因害怕而閉口不言。齰，咬。這兩句具體說明自己「叨官」的表現：有時上奏章是為了求賞，有時閉口不言是因為害怕。❺金虎句　知道小人們的地位很難動搖。金虎，小人。特別指那些掌握了大權而且地位穩固的人。意思是說他們的地位堅如金，品性惡如虎。這裡具體指當時掌握了大權的李訓、鄭注。可參閱〈李甘詩〉。❻毛釐句　小人們不顧別人講自己的絲毫錯誤。釐，俗作「厘」。小數名。十毫為一釐。常用來形容極其微小的東西。杜牧的朋友李甘、李中敏都是因為指責李訓、鄭注而被貶謫、被罷官，故有「毛釐亦吐言」之說。❼撩頭句　我也想冒著危險彈劾小人。撩頭，「撩虎頭」的省略。撩撥虎頭，比喻非常危險的事。吐，吐言；說話。指彈劾小人。❽照膽句　我經常用正確的原則來要求自己，反省自己。傳說漢代咸陽宮有方鏡，能照見人的腸胃五臟。有邪心的女子去照鏡，就可看到膽張心動。杜牧以「照膽」比喻自我反省，以「鏡」比喻正確原則。❾窺天句　既想望天卻又自己在頭上戴了個盆子。比喻自己既想主持正義、效忠皇上，卻又因為害怕而不敢直言。❿周鐘句　當時的政令已不得人心。周，指周代。窕，聲音太細小。槬，聲音太洪大。周景王鑄造一口大鐘，名「無射鐘」。大臣泠州鳩反對說：「鑄鐘不可太小，也不可太大。太小了聲音滿足不了人們的需要，太大了人們也難以接受它的聲音。」本句用周鐘的大小不當，比喻李訓和鄭注的政令不當。⓫黥陣句　過去一些好的政令，現在也變得千瘡百孔。黥，指漢初名將黥布。他佈置的軍陣很類似項羽的陣形，十分嚴整。這裡用來比喻好的政令。⓬鳳闕句　晚上，高大的宮殿看起來影影綽綽。鳳闕，漢代宮闕名。後來泛指宮殿。觚稜，又作觚棱。宮闕上轉角處的瓦脊。這裡代指宮殿。⓭仙盤句　白天，溫暖的初昇太陽照耀著宮中的承露盤。仙盤，即承露盤。漢武帝迷信神仙，在神明臺上建承露盤，立銅仙人舒開手掌以接甘露，認為飲之可以延年。曉日，初昇的太陽。暾，溫暖。⑭雨晴句　雨後初晴，宮中用紋石鋪成的道路是那樣的光滑。文石，有紋理的石塊。⑮戟衣　棨戟的衣套。戟，本是一種武器名，合戈矛為一體，可以直刺和橫擊。這裡是指一種有繒衣的木戟，作儀仗用。以上四句用夜、晝、雨、晴代指杜牧在宮中作官的任何時候。⑯每慮句　我經常擔心自己會落個哭告無門的結果。每，經常。號，大聲喊叫。⑰長憂句　我經常擔憂、害怕自己因得罪權臣而無法生存下去。駭，驚駭；害怕。⑱隨行句　我只能小心翼翼地站在朝臣們的行列裡。行，行列。指大臣的行列。唯，只；只能。跼蹐，形容行動小心戒懼的樣子。跼，曲身彎腰。蹐，小步行走。⑲但寒暄　與人見面只講一些天氣冷暖一類的應酬話。但，只。暄，暖。以上寫自己雖在朝中任諫官，但一直過著擔驚受怕的生活，不敢有所作為。⑳宮省句　奸佞小人在朝廷中占居了要職。宮省，設於皇宮內的官署。如尚書、中書等。這裡泛指朝廷。咽喉任，重要的職務。㉑戈矛句　這些小人還掌握了羽林軍的指揮權。羽衛，指皇帝的衛隊羽林軍。屯，聚集；駐守。㉒光塵句　那些有聲望有才能的人都去依附這些掌權的小人。光塵，本是稱讚別人有風采有才能的敬詞，這裡代指有才能有聲望的人。影附，如影附身。比喻歸順、服從。㉓車馬句　那些貴族大臣也都奔走依附在這些掌權小人的身邊。車馬，指乘坐車馬的朝臣。定，毫不遲疑地。西，通「栖」。止息；聚集。㉔億萬句　這些掌權小人以自己的標準去衡量萬事萬物。億萬，泛指萬事萬物。億，在古代有兩種涵義，一是十萬為億，二是萬萬為億。衡，秤杆。引申為原則、標準。價，評價；衡量。㉕錙銖句　這些掌權的小人以自己的原則去品評任何一件事情。錙銖，微小；微小的事。這裡泛指所有的事情。「錙銖」是古代的重量單位，說法很多。一般認為一兩的二十四分之一為一銖，六銖為一錙。挾，持；拿。契，契約；文卷。這裡引申為原則。論，評論；品評。㉖堆時句　他們搜括的金銀堆積起來，其高度超過了北斗星。北斗，指北斗星。唐太宗曾稱讚尉遲敬德說：「送給你堆積到北斗星的金子，也無法改變你的忠誠。」「積金至斗」成為當時的一種常語。㉗積處句　他們家中的財物堆積如山。積，積財。西園，東漢時皇家園林的名字。一說即上林苑。漢代上林苑有兩處，西漢的上林苑在長安附近，東漢的上林苑在洛陽附近。東漢靈帝時，在西園造萬金堂，裡面堆滿了金錢絲帛。這裡以漢靈帝聚財比李訓、鄭注聚財。㉘接棹句　他們出行時，乘坐的船隻一隻連著一隻，使隋河的水都漫溢出來。棹，船槳。代指船。隋河，運河名。又叫通濟渠。在開封一帶，隋煬帝時開挖。㉙連蹄句　他們出行時，乘坐的車輛一輛接著一輛，連蜀地的棧道都被壓壞了。蹄，馬蹄。代指車馬。棧，棧道。在山巖上架木為路。刓，磨損。㉚漉空　舀空。漉，使乾涸。本句用舀空海水比喻當權小人搜括盡天下的財物。㉛卓王孫　人名。司馬相如之妻卓文君的父親，是西漢臨邛縣的大富豪。這裡用來代指唐代的富人。㉜鬭

巧句　他們在政治上弄權鬬巧。猴雕刺，據《韓非子》記載，衛國有一個人能夠在一根棘刺的尖上雕刻出一隻母猴。這裡用雕刻方面的「巧」比喻政治上的「巧」，批評小人們玩弄權術，華而不實。㉝誇趫句　他們為誇耀自己的政治本領去鋌而走險。趫，矯捷；壯健。索掛跟，指古代的一種驚險雜技。演員用繩子縛住腳，然後從高空倒頭落下，在快要接近地面時，身體被繩子懸掛起。索，繩子。跟，腳後跟。杜牧用驚險雜技比喻政治上的鋌而走險。主要是指李訓、鄭注謀殺宦官而導致甘露之變，使朝政大壞。關於甘露之變，可見〈李甘詩〉注。㉞狐威句　即狐假虎威。假，借。白額，指白額虎。㉟梟嘯句　他們還像黃昏時的貓頭鷹一樣狂呼亂叫。梟，鳥名。俗稱貓頭鷹。古人認為梟是一種惡鳥，其叫聲為不祥之兆。另外，由於視力問題，梟常晝伏夜出。故本句又有惡人得勢的涵義。㊱馥馥句　長滿芳香芝蘭的園圃。比喻德才兼備的賢人。馥馥，形容香氣濃厚的樣子。芝蘭，香草名。㊲森森句　周圍卻樹立著一道繁密的枳棘籬笆。比喻掌權的惡人。森森，繁密、高聳的樣子。枳，樹名。高五六尺，多刺。棘，樹名。即酸棗樹。常用來泛指多刺的草木。藩，籬笆。這裡用枳棘限制芝蘭比喻惡人限制賢人。㊳吠聲句　在當權小人的嗾使下，惡人們像瘋狗一樣朝著賢人亂叫亂咬。吠聲，《潛夫論》說：「一犬吠形，百犬吠聲。」這裡比喻小人們不分是非，只聽別人的指揮。嗾，用嘴發出聲音驅使狗。猘，瘋狗。國猘，指朝中的惡人。㊴公議句　他們害怕清廉正直人士的公議。怯，害怕。膺，指東漢人李膺，他清廉正直，被時人視作楷模，後因反對權貴，被禁錮終身。最終被殺。杜牧以李膺比唐代的正直士人。㊵竄逐句　當權小人排斥、流放了其他丞相。竄逐，流放。㊶蒼茫句

把這些丞相流放到遠方，使他們遠離朝廷。蒼茫，遙遠無邊的樣子。帝閽，宮門。代指朝廷。閽，宮門。㊷吉士　賢士；賢人。㊸誰免句　誰能夠逃脫被貶謫的命運呢？弔湘魂，賈誼被貶往長沙，心情十分苦悶，路過湘江時，作〈弔屈原賦〉，藉此抒發心中的不平。杜牧以此事比喻被流放的命運。㊹間世句　皇上是難得的英明之主。間世，隔世纔出現。㊺中興句　國家中興，正確的原則得到了重視。道德，古代泛指各方面正確的原則。唐武宗和唐宣宗時，唐朝政局一度好轉，故稱「中興」。㊻崑崗句　可惜的是在甘露之變中，玉石俱焚，死了許多無辜的朝臣。崑崗，即崑崙山。《尚書》中有「火炎崑崗，玉石俱焚」的說法。甘露之變，李訓、鄭注被殺，同時也死了許多無辜大臣，朝廷為之一空。故杜牧以此為喻。憐，可憐；可惜。㊼河漢句　我們的政局就像注入了清澈水源的銀河一樣，有了希望。河漢，銀河。比喻政局。清源，清澈的水源。比喻正面的、有益的因素。㊽川口句　禁錮人們多年的隄壩已經被沖破。決，沖破。㊾陰車句　人們奮起掀翻了鬼怪們乘坐的陰車。比喻把小人們趕下了政壇。陰車，鬼怪乘坐的車。鬼怪，比喻小人。㊿九地句　朝廷為那些死於無辜的朝臣洗雪了冤屈。九地，地下最深處。(51)剛腸　剛直的性格。(52)形甘句　我情願身著粗布短衣，受到懲處。形，指自己的身體。褐，粗布

衣服。髡，古代一種鬀去頭髮的刑罰。❺❸觸蠆尾　受到惡人的迫害。觸，接觸；冒犯。蠆尾，這裡比喻惡人。蠆，一種蠍子類的毒蟲，尾部有毒鉤。❺❹凭熊軒　指當睦州刺史。凭，靠；坐。熊軒，又叫熊車。配有熊軾的車。在漢代，只有公、列侯纔能乘坐這種車。熊軾是指車子的前橫軾作伏熊狀。❺❺杜若句　小洲上長滿了芳香的杜若，一片青翠。杜若，香草名。又叫杜衡、杜蓮、山薑。❺❻嚴光句　這裡還有嚴光釣過魚的地方，此處水流湍急，嘩嘩作響。嚴光，東漢初年人。少時與光武帝劉秀一同遊學。劉秀稱帝後，嚴光堅決不受朝廷徵召，隱居於富春山，他釣魚的地方被稱為嚴陵瀨。作此詩時，杜牧在睦州任刺史，富春山和嚴陵瀨均在睦州境內。瀨，水激石間為瀨。喧，指流水聲。❺❼溪山句　睦州的山水處於越國的北部地區。越，古國名。春秋時滅吳國而稱霸。其疆土原在今浙江省東部，後擴展到浙江省北部、江蘇全省、安徽省南部和山東省南部。侵，侵入；處於。角，本指頭角，這裡指越國的北部地區。❺❽封壤句　睦州的土地主要在吳國的南部地區。封壤，指睦州的轄區。吳，古國名。在今江蘇省南部和浙江省北部。春秋時被越國所滅。根，本指根部。這裡指吳國的南部地區。這兩句的意思是說，睦州的轄區處於古越國的北部和古吳國的南部地區。古人以北方為上，南方為下，故有「越角」、「吳根」之說。❺❾客恨句　客居異鄉的苦悶縈繞在心頭，使明媚的春光也變得黯然失色。細，小；少。❻⓪鄉愁句　思念故鄉的憂愁壓抑在胸中，使我想得很多很多。繁，多。❻❶堯　傳說中的聖君。這裡代指唐朝君主。❻❷再拜句　我雙手舉起一杯酒，朝著皇上所在的方向連拜數拜。再，二。這裡指多次。揖，拱手行禮。這裡指用雙手舉起酒杯。理解最後兩句時，應顛倒一下語序，意謂：我雙手舉起酒杯接連數拜，祝聖明的皇上長壽千年萬年。

【語　譯】我從前奉事唐文宗，在諫官官署中當了一名湊數的諫官。向皇上進奏章是為了建功求賞，有時因害怕閉口不言而深負皇恩。我知道小人們的地位很難動搖，他們不願讓別人講自己的絲毫錯誤。有時我也想冒著危險彈劾小人，可是話到嘴邊我又把它吞下。我常用正確的原則要求自己反省自己，既想主持正義卻又因害怕而不敢直言。當時的政令已不得人心，從前的一些好措施也被搞得千瘡百孔。無論是宮殿看起來影影綽綽的夜晚，還是初日照耀承露盤的白天，無論是石路光滑的初晴時候，還是暖風吹拂、戟衣飄蕩的時節，我都在擔心自己會落個哭告無門的結果，經常發愁自己因得罪權貴而無法生存。我小心翼翼地站在朝臣們的行列裡，開口只講天氣冷暖一類的應酬話。小人們在朝廷中占居了重要職務，還掌握了羽林軍的指揮大權。有聲望有才能的人都去依附他們，朝中大臣也都聚集在他們的身邊。掌權小人以自己的標準去衡量萬事萬物，任何一件事情他們都要用自己的原則去品評。他們搜括的金銀堆積起來高達北斗星，他們的家中積滿了各種財物。他們出行時乘坐的船隻使隋河水漫溢出來，乘坐的馬車把蜀地的棧道都壓壞了。他們搜括盡天下的財物，盤剝光天下的富人。他們在政治上弄權鬭巧，甚至為誇耀自己的政治本領去鋌而走險。他們狐假虎威，像黃昏時分的貓頭鷹一樣狂呼亂叫。芳草一樣的賢人志士，卻受到荊棘般的惡人們的控制。當權小人嗾使惡人像瘋狗一樣亂叫亂咬，同時他們又害怕正直人士的公議。於是他們排斥貶謫其他丞相，把這些丞相流放到遠離朝廷的偏僻地方。那些一旦出了名的賢人吉士，有哪一位能逃脫被流放的命運？現在的皇上是難得的英明之主，國家中興，真理得到尊重。可惜甘露之變時玉石俱焚，今日的政局如同注入清澈水源的河漢一樣有了希望。禁錮人們多年的隄壩已被沖破，人們奮起把當權的小人趕下政壇。一層層的濃雲被撥開，陽光普照，朝廷為無辜而死的大臣洗雪了冤屈。我確實是一個性格剛直的人，因而甘願身著粗布短衣當一個受人懲處的卑賤者。我過去也曾受到小人們的迫害，現在我依然擔任睦州刺史。這裡的河洲上長滿了青翠芳香的杜若，嚴光釣魚處的流水「嘩嘩」作響。睦州的山水處於古越國的北部，睦州的主要轄區在古吳國的南部。客居異鄉的苦悶使明媚的春光黯然失色，思念故鄉的憂愁使我想得很多很多。我雙手舉起酒杯連續數拜，敬祝聖明的皇上長壽千年萬年。

道一大尹、存之學士、庭美學士，簡于聖明，自致霄漢，皆與舍弟昔年還往。牧支離窮悴，竊於一麾。書美歌詩，兼自言志，因成長句四韻，呈上三君子

【題解】道一，人名。姓氏及生平不詳。大尹，官名。即京兆尹。負責治理京師。存之，人名。即畢誠。畢誠於大中元年、二年期間任翰林學士。學士，官名。負責起草皇帝的詔命。庭美，人名。姓氏及生平不

詳。簡，選拔。聖明，指聖明的皇上。霄漢，雲和天河。比喻朝廷。舍弟，對人自稱其弟的謙詞。指杜牧的弟弟杜顗。支離，本指身體不健全。這裡引申為才能低下。窮悴，窮困潦倒。竊於一麾，我忝居一州刺史。竊，謙詞。表示自己無才而居其位。麾，指揮用的大旗。代指刺史一職。這首詩的題目可譯為：「道一大尹、存之學士和庭美學士受到皇上的提拔重用，在朝廷擔任了要職。他們過去與我的弟弟都有交往。我才能低下，窮困潦倒，竊居過一州刺史。我寫了這首讚美他們的詩歌，同時也談談自己的心願，因此我把這首八句七言詩，敬獻給以上三位君子。」本詩大約作於大中二年至三年。此時杜牧剛從睦州刺史任上調回長安。因為京官俸祿不如刺史的俸祿豐厚，而杜牧須供養從兄杜慥和弟弟杜顗及其他親屬，故本詩在讚美三位同僚之後，希望他們幫助自己，使自己能再次出任刺史。在大中三年閏十一月，杜牧還正式上書宰相，要求出任杭州刺史。

九金神鼎重丘山❶，五玉諸侯雜珮環❷。星座通霄狼鬣暗❸，戍樓❹吹笛虎牙❺閑。斗間紫氣龍埋獄❻，天上洪爐帝鑄顏❼。若念西河舊交友❽，魚符應許出函關❾。

【注　釋】❶九金句　大唐的政權穩如大山。九金神鼎，即九鼎。九，指九州。大禹時曾把中國分為冀、豫、雍、揚、兗、徐、梁、青、荊九州。金，金屬。這裡指青銅之類的金屬。相傳大禹從九州徵收金屬，鑄造九鼎，以象徵九州。後人視九鼎為國家政權的象徵。重丘山，字面意思是講九鼎重如丘山，實際是講唐朝政權重如丘山，不可動搖。❷五玉句　各級官員佩帶著不同的玉環。五玉，古代公、侯、伯、子、男五等諸侯所佩帶的五種玉石。又稱五瑞。諸侯，這裡泛指唐代的高級官員。這兩句是說，在包括三君子在內的朝臣們的治理下，國家政權安定，官員上下有序。❸星座句　本句字面意思是：整個晚上，象徵賊兵的天狼星都暗淡無光。比喻敵軍衰弱，唐政權穩固。霄，通「宵」。夜晚。狼鬣，即指狼星。鬣，獸類頸領上的毛。古人認為狼星象徵貪殘的賊兵，主侵掠。狼星暗淡，意味著天下太平。❹戍樓　邊防駐軍的瞭望樓。❺虎牙　東漢將軍的名號。後來泛指將軍。本句是說邊境安寧，守邊將士生活安閑。❻斗間句　你們的豪氣直沖斗霄。斗，星宿名。為二十八宿之一。龍，指龍泉、太阿二劍。西晉初年，斗星和牛星之間常有紫氣，星相家雷煥認為這是寶劍精氣上達於天而形成的。後受張華的委託，雷煥在豫章郡豐城縣的獄屋下挖出兩把寶劍，一名龍泉，一名太阿。挖出寶劍後，斗牛之間的紫氣消失。最後幾經周折，二劍化為各長數丈的巨龍，沒水而去。這裡用劍氣比喻三位君子的豪氣。❼天上句　你們是上天造就的優秀人才。洪爐，大爐子。莊子曾把天地之間比作一座大爐子，萬物都是在這座爐子中鑄造出來的。帝，天帝。顏，容貌。代指才能、人才。❽若念句　如果你們還能念及我這個老朋友的話。西河，地名。在今陝西省黃河西岸韓城縣一帶。戰國時，吳起為魏國守西河，魏武侯信讒而召吳起，吳起臨行前望西河而泣下。杜牧用這個典故表示念舊之意。另外，西河地區在長安附近，也許杜牧或其弟杜顗在西河一帶的確與三位君子有過交往，故有此言。❾魚符句　應該幫助我，使我能夠身佩魚符，東出函谷關，去當一州刺史。魚符，朝廷頒發的製成魚形的符信，剖分為二，朝廷與地方官吏各執一半，以為憑信。多用銅製成。另外，唐代還有隨身魚符，以金、銀、銅製成，分賜親王及五品以上官員，用來明貴賤，應徵召。函關，即函谷關。關名。古函谷關在今河南省靈寶縣南，東自崤山，西至潼津，通稱函谷。

【語　譯】大唐的政權穩固如大山，各級官員佩帶不同的玉環次序井然。境外的敵軍都已衰敗不堪，守邊的將士生活安定悠閑。你們的壯志豪氣直沖牛斗，你們是上天造就的優秀人才。如果你們還能念及我這個老朋友的話，請讓我身佩魚符東出函關去當地方官員。

杏(ㄒㄧㄥˋ)園(ㄩㄢˊ)

【題　解】杏園，園名。故址在今陝西省西安市郊大雁塔南。唐代的杏園是新進士的遊宴之地。這裡花卉環繞，煙水明媚，也是長安人的遊樂之處。本詩前兩句寫杏園裡的遊人，後兩句寫杏園因遊人折花插戴而變得憔悴不堪，有一定的寓意。

夜來微雨洗芳塵❶，公子驊騮❷步貼勻❸。莫怪杏園顦顇❹去，滿城多少插花人。

【注釋】❶芳塵　帶有花香的塵土。一說「芳」是美稱，無義。❷驊騮　又叫棗騮。紅色的駿馬。❸貼勻　平穩。❹顦顇　同「憔悴」。本指人枯槁瘦弱。這裡指杏園裡的鮮花被遊人攀折而去，從而使杏園變得花少枝折，一片狼藉。

【語譯】夜裡的小雨洗淨了帶有花香的灰塵，公子們騎在駿馬上行走十分平穩。不要責怪杏園變得如此憔悴不堪，請看滿城有多少插戴杏園鮮花的人。

春晚題韋家亭子

【題解】韋家，是唐代與杜家並稱的望族。韋氏住在長安城南的韋曲，這裡風景優美，是樊川一帶的第一名勝。本詩即描寫了韋曲的晚春景象。

擁鼻❶侵襟❷花草香，高臺春去恨茫茫❸。蔫紅❹半落平池❺晚，曲渚飄成錦一張❻。

【注釋】❶擁鼻　撲鼻。❷侵襟　環繞著衣襟。❸茫茫　形容多的樣子。❹蔫紅　萎縮將謝的花。蔫，花葉萎縮。紅，指花。❺平池　平滿的池水。❻曲渚句　落花鋪滿了曲折的岸邊，使這裡看起來就像一匹錦緞。渚，水邊。飄，指花飄落。一張，一匹。

【語譯】到處都是撲鼻繞襟的花草芳香，站在高臺上想到春天已去使我滿腹惆悵。傍晚時分萎縮的花有一半已落在平滿的池水中，曲折的堤岸也被落花鋪就成錦繡一張。

過田家宅

【題解】田家，農家。本詩通過前後對比，說明了滄海桑田、富貴難常的道理。含有深刻的人生哲理。

安邑❶南門外，誰家板築❷高？奉誠園❸裏地，牆缺見蓬蒿❹。

【注釋】❶安邑　長安的街坊名。在長安城朱雀街東第四街的南邊。❷板築　古代的一種築牆方法。以木板夾在兩邊，中間填土，然後以杵搗實，如此層層上疊而成土牆。築，即杵。❸奉誠園　在安邑坊。原是司徒兼侍中馬燧的宅第，後來由馬燧之子馬暢獻給朝廷，叫「奉誠園」。❹蓬蒿　兩種野草的名字。這裡泛指野草。本詩的前兩句寫新貴在高築圍牆，後兩句寫馬宅的破敗荒涼。通過這一鮮明的對比，說明了築牆再高、富貴也難常保的道理。

【語譯】在安邑坊的南門外，是誰家修起了如此高的圍牆？我從它旁邊的圍牆的缺口處，看到奉誠園裡長滿了野草。

見宋拾遺題名處感而成詩

【題解】宋拾遺，名字和生平不詳。拾遺，官名。根據詩歌內容，宋拾遺受到權奸的迫害，最後死於貶所。對此，杜牧表示了極大的同情。

竄逐窮荒與死期❶，餓唯蒿藿❷病無醫。憐君更抱重泉恨❸，不見崇山謫去時❹。

【注　釋】❶竄逐句　你被流放到邊荒地區，在那裡等待死亡的到來。竄逐，流放。窮荒，極為荒僻的地方。期，約會；等待。❷蒿藿　野草和豆葉。蒿，一種野草名。這裡泛指野草、野菜。藿，豆葉。❸重泉恨　死後的遺恨。重泉，地下。❹不見句　因為你始終沒有看到迫害你的權奸受到嚴懲。崇山，山名。在今湖南省大庸縣西南。據傳說，驩兜是堯時的「四凶」之一。舜即位後，把驩兜流放到了崇山。這裡以驩兜比迫害宋拾遺的權奸。譴，譴責；貶職；流放。

【語　譯】你被流放到極為荒僻的地方等待著死亡，餓了吃野菜豆葉，病了也得不到治療。我同情你死後依然抱著滿腔的遺恨，因為你始終沒能看到權奸受到嚴懲。

雪晴訪趙嘏街西所居三韻

【題　解】趙嘏，人名。大中年間任渭南尉。有《渭南集》三卷，編年詩二卷。街西，指長安朱雀門街以西。本詩先讚頌趙嘏的詩才，後描寫訪之不遇的悵然之情。

命代風騷將❶，誰登李、杜壇❷？少陵鯨海動❸，翰苑鶴天寒❹。今日訪君還有意❺，三條冰雪❻獨來看。

【注　釋】❶命代句　你是著名於當世的詩壇領袖。命代，即命世。著名於當世。風騷，指《詩經》中的「國風」和屈原的《離騷》。後世以「風騷」代指詩文。將，將帥；領袖。❷誰登句　除你之外，誰又能和李白、杜甫相比？李，指李白。杜，指杜甫。壇，高臺；詩壇。❸少陵句　你的詩像杜甫的詩那樣驚心動魄。少陵，指杜甫。少陵，原指漢宣帝許后的陵墓，因許后陵比宣帝陵規模小，故名。在今陝西省長安縣南，此地因稱小陵、少陵或少陵原。杜甫曾在此地居住過，故自稱「少陵野老」。鯨海動，長鯨在大海中翻動。形容詩歌驚心動魄。鯨，即鯨魚。一說，「鯨海」即大海。❹翰苑句　你的詩像李白的詩那樣高遠飄逸。翰苑，即翰林。指李白。李白曾任翰林學士。鶴天寒，寒空飛鶴。比喻詩歌高遠飄逸。❺有意　有心；特意。❻三條冰雪　一作「二條冰雪」。指寒冬屋簷滴水形成的冰條。

【語　譯】你是著名於當今的詩壇領袖，除你之外誰還能同李杜相比？你的詩像杜甫詩那樣驚心動魄，還像李白詩那樣高遠飄逸。今天我特意來拜訪你而你卻不在，我只得一人觀賞你屋簷下的冰條。

將赴吳興登樂遊原一絕

【題　解】吳興，地名。即湖州。在今浙江省湖州市。樂遊原，地名。在長安城南。因西漢宣帝在這裡建樂遊苑，故名。此處地勢高敞，四面開闊，是當時的遊覽勝地。唐宣宗大中四年（西元八五〇年）秋，杜牧由吏部員外郎出任湖州刺史，離開長安前，詩人登樂遊原，寫下了這首詩。其中隱約看出杜牧對長安的留戀之情。

清時有味是無能❶，閒愛孤雲靜愛僧。欲把一麾江海去❷，樂遊原上望昭陵❸。

【注　釋】❶清時句　政治清明的時代卻去耽愛閑情逸致，這實際是一種無能的表現。味，指下句講的愛好閑、靜的趣味。本句是自嘲。❷欲把句　我將要出任湖州刺史了。欲，將要。把，手握。麾，指揮用的旗幟。這裡以「把一麾」代指出任湖州刺史。江海，指湖州。因為湖州靠近長江和大海，故言。❸昭陵　唐太宗李世民的陵墓。在今陝西省醴泉縣九嵕山。唐太宗是歷史上著名的賢君，因此「望昭陵」暗示著杜牧對皇上的期望，期望皇上能夠像唐太宗那樣任賢使能，勵精圖治，再開創一個太平盛世。

【語　譯】清平時代去耽愛閑情逸致是無能的表現，而我卻偏偏喜愛孤雲的悠閑和僧人的清靜。在即將奔赴江海一帶出任湖州刺史之際，我站在樂遊原上留戀地遙望著太宗的昭陵。

卷三

洛陽長句二首

【題　解】唐代的洛陽號稱東都，是帝王經常駕幸的地方。安史之亂以後，國勢日衰，皇帝很少光臨東都洛陽，洛陽的宮闕園林變得一片清冷。這兩首詩的內容基本相同，在描寫洛陽宮闕久被閑置的情況之後，希望皇上能重振帝業，再幸洛陽。長句，指七言古詩。

其一

草色人心相與❶閒，是非名利有無間❷。橋橫❸落照虹堪畫❹，樹鎖❺千門鳥自還。芝蓋不來雲杳杳❻，仙舟何處水潺潺❼？君王謙讓泥金事❽，蒼翠空高萬歲山❾。

【注　釋】❶相與　都；同樣。❷有無間　可有可無之間。即淡泊名利。❸橋橫　橫臥的橋。❹堪畫　值得描畫；美如圖畫。❺鎖　封閉；遮掩。❻芝蓋句　王子喬的仙駕不再歸來，只留下一片茫茫的白雲。芝蓋，傘蓋。傘蓋的形狀像靈芝，故名芝蓋。杳杳，深遠幽暗貌。王子喬是周靈王太子，在嵩山修煉十二年，常遊伊、洛之間，後於緱氏山頂乘白鶴仙去。❼仙舟句　像東漢李膺、郭泰那樣的名士，現在又在何處泛舟？李膺和郭泰是東漢的大名士，二人曾同舟而濟，眾人望之，以為神仙。王子喬、李膺、郭泰都在洛陽一帶活動過。這兩句是在感嘆洛陽盛況不再，今不如昔。❽泥金事　指封禪之事。古代帝王在一些名山（包括嵩山）祭祀天地，叫封禪。封禪時，所使用的玉牒、玉檢、玉冊等，均裝在金匱之中，纏以金繩，封以金泥。金泥，以水銀和金粉以為泥，用以封印玉牒、詔書等，多於封禪時使用。❾萬歲山　指嵩山。漢武帝登嵩山時，隨從人員聽到山中三呼萬歲。

【語　譯】無人觀賞的草色和我的心情一樣清閑，我對是非名利都不甚掛牽。長橋、落日和彩虹都美麗如畫，飛鳥回到了遮掩千門萬戶的樹林裡面。王子喬仙駕不歸，這裡只剩白雲茫茫一片，像李膺、郭泰那樣的名士現在何處乘船？皇上謙讓不肯舉行封禪大典，只好閑置了青翠高峻的萬歲山。

其二

天漢東穿白玉京❶，日華浮動翠光生❷。橋邊遊女珮環委❸，波底上陽金碧明❹。月鎖❺
名園孤鶴唳❻，川酣秋夢鑿龍聲❼。連昌繡嶺行宮在❽，玉輦❾何時父老迎？

【注　釋】❶天漢句　洛水由西向東，穿過洛陽。天漢，銀河。這裡代指橫穿洛陽的洛水。白玉京，神話傳說中的天上京城。這裡代指東都洛陽。❷日華句　綠波浮動，閃耀著太陽的光芒。日華，太陽的光芒。翠光，指綠色的水光。❸委　「委然」的省略。有光彩的樣子。❹波底句　金碧輝煌的上陽宮倒映在水中。上陽，上陽宮。洛陽的一座宮殿名。在皇城的西邊，南臨洛水。金碧明，金碧輝煌。❺鎖　籠罩。❻唳　鳴叫。❼川酣句　在秋夜伊川酣睡之際，依然可以聽到激越的流水聲，那聲音就像當年大禹開鑿龍門時的聲音一樣。川，指伊川。從洛陽南流過。酣，睡得正香。鑿，開鑿。龍，龍門。地名。又叫伊闕，在今洛陽市南。相傳大禹疏導伊川時，遇山陵擋路，大禹便在這裡開山引水。本詩以「鑿龍聲」比伊川的流水聲。❽連昌句　連昌宮和繡嶺宮這些行宮都還保存完好。連昌，宮殿名。故址在今河南省宜陽縣。繡嶺，宮殿名。故址在今河南省陝縣。行宮，供帝王在帝城之外居住的宮殿。連昌宮和繡嶺宮均在長安和洛陽之間。本句是說，如果皇上駕幸洛陽，沿途行宮保存完好，十分方便。本句為下句作鋪墊。❾玉輦　帝王乘坐的大車。

【語譯】洛水由西向東穿過東都洛陽，浮動的綠波閃耀著太陽的光芒。橋邊的遊女佩帶著光彩奪目的玉環，金碧輝煌的上陽宮倒映在水中。一隻孤鶴在月光籠罩的著名園林中鳴叫，秋夜酣睡的伊川依然發出激越的流水聲。連昌宮、繡嶺宮這些行宮都還保存完好，洛陽的父老何時纔能迎來皇上的車駕臨幸。

洛中監察病假滿，送韋楚老拾遺歸朝

【題解】洛中，即東都洛陽。監察，官名。即監察御史。韋楚老，名壽朋。生平不詳。拾遺，官名。本詩大約作於開成元年（西元八三六年），當時杜牧三十四歲。大和九年（西元八三五年），杜牧在長安任監察御史。七月，侍御史李甘因反對鄭注、李訓被貶，不久杜牧即稱病，分司東都，依舊任監察御史。開成二年離職。本詩一方面對韋楚老回長安朝廷任職表示祝賀，一方面對自己的處境表示了極大的不滿。

洛橋❶風暖細❷翻衣，春引仙官去玉墀❸。獨鶴初沖太虛日，九牛新落一毛時❹。行開教化期君是❺，臥病神祇禱我知❻。十載丈夫堪恥處❼，朱雲猶掉直言旗❽。

【注釋】❶洛橋　洛水橋。洛，洛水。河名。從洛陽流過。❷細　輕輕地。❸春引句　在大好春光的陪伴下，您回到朝廷任職。仙官，指韋楚老。玉墀，鋪砌玉石的臺階。這裡代指朝廷。唐代人看重朝官，揚州採訪使班景倩入朝任大理少卿，路過汴州，汴州刺史倪若水餞行於郊，對身邊的人說：「班公此行猶如登仙，我恨不得當他的僕從一同前去。」❹獨鶴二句　當您平步青雲之日，正是我這個微不足道的人物倍受冷落之時。獨鶴，比喻韋楚老。太虛，天空。比喻朝廷。九牛新落一毛，自己從長安朝廷調往洛陽任閑散之職，就像九牛身上落下一毛一樣，微不足道。❺行開句　朝廷將要推行教化，這一切都期待著您的指導是正。行，將要。開，推行。教化，政教風化。期，期待。是，是正；指導。❻臥病句　而我卻臥病在牀，每天只知道祈禱神靈保祐自己痊癒。神祇，天神叫「神」，地神叫「祇」。❼十載句　十年來，我一直擔任大丈夫深感羞恥的卑賤職務。十載，十年。杜牧二十六歲時舉進士入仕，寫本詩時三十四歲，在這近十年期間，杜牧一直沒有擔任過高級官職。❽朱雲句　我依然像漢代的朱雲那樣敢於直言進諫。朱雲，人名。漢代的一位直言敢諫的大臣。猶，依然。掉，搖動。掉直旗，搖動著直言進諫的大旗。意即直言敢諫。當時杜牧任監察御史，即屬諫官一類的職務。

【語譯】洛水橋邊的暖風輕輕吹動行人的衣襟，您在大好春光的陪伴下回到朝廷任職。當您開始平步青雲之日，正是我這個微不足道的人倍受冷落之時。朝廷即將推行的教化還期待著您的指導，而我卻臥病在牀只知道祈禱神靈保祐。雖然十年來我一直擔任令大丈夫羞恥的卑賤職務，但我依然像漢代朱雲那樣直言敢諫。

東都送鄭處誨校書歸上都

【題解】東都，指洛陽。鄭處誨，人名。大和八年進士，曾任校書郎一職。上都，京都。指長安。本詩前四句描寫送別時所看到的洛陽景象，後四句抒發分別時的心情，並向對方提出了「晦盛名」的忠告。

悠悠❶渠水清，雨霽❷洛陽城。槿墮初開豔❸，蟬聞第一聲。故人❹容易去，白髮等閒❺生。此別無多語，期君晦盛名❻。

【注釋】❶悠悠　水流不停的樣子。❷雨霽　雨後初晴。❸槿墮句　剛開的木槿花已開始凋落。槿，樹名。即木槿。落葉灌木，五月開花，花期很短，朝開夕落。豔，指豔麗的木槿花。❹故人　老朋友。指鄭處誨。❺等閒　隨隨便便地；不知不覺地。❻期君句　希望您隱匿一下自己的盛名。期，希望。晦，隱藏。古人認為，名聲太高，會招來麻煩，故杜牧有此忠告。但在此忠告之下，還隱含著杜牧對鄭處誨的讚美。

【語　譯】悠悠的渠水是那樣的清澈，送別時的洛陽城雨過天晴。剛開放的木槿花已經凋落，還聽到了今年的第一聲蟬鳴。老朋友就如此輕易地別我而去，使我的白髮在不知不覺中產生。這次分手我沒有太多的話要講，只希望您隱匿一下自己的盛名。

故洛陽城有感

【題　解】洛陽始建於西周初年，歷史悠久。杜牧看到了洛陽的一段舊城牆，想到了洛陽城的滄桑歷史，感慨萬分，故寫下了這首詩，委婉地表達了對大唐前途的擔憂之情。

一片宮牆❶當道危❷，行人為汝去遲遲❸。篳圭苑❹裡秋風後，平樂館❺前斜日時。錮黨
豈能留漢鼎❻，清談空解識胡兒❼。千燒萬戰坤靈死❽，慘慘❾終年鳥雀悲。

【注　釋】❶宮牆　宮殿四周的圍牆。❷危　危險。指宮牆年久失修，即將倒塌。把「危」解為「高」也可。❸行人句　行人看到這段宮牆以後，撫今追昔，思緒萬千，為此而行走緩慢。汝，你。指這段即將倒塌的宮牆。遲遲，遲緩的樣子。❹篳圭苑　園林名。為東漢靈帝所建。有東篳圭苑和西篳圭苑兩處，均在洛陽。❺平樂館　東漢的宮殿名。在洛陽城西。漢靈帝曾在此閱兵。❻錮黨句　禁錮黨人豈能挽救東漢政權。錮，禁錮。禁止封閉，不許做官。黨，黨人；同道結合之人。漢鼎，東漢政權。鼎，指九鼎，為傳國重器。這裡代指政權。東漢桓帝時，宦官勢盛，士大夫李膺、陳蕃等人反對宦官，被誣為朋黨，株連二百餘人，禁錮終身。靈帝時，李膺等人復出，謀誅宦官，事敗被殺。❼清談句　晉代的清談家們也只是白白地推測到胡人石勒將禍亂天下，而沒能挽救晉朝的覆滅命運。清談，指魏晉時期以《老》、《莊》為內容的玄談。此處指當時著名的清談家王衍。空解，白白地知道。胡兒，少數民族的年輕人。指石勒。石勒年輕時在洛陽行販，王衍見而異之，對左右說：「剛纔這個胡兒，似有奇志，將來恐怕要禍亂天下。」後石勒起兵，建立後趙。王衍為晉朝宰輔，兼為元帥，結果全

軍被石勒所破，王衍被殺。❽千燒句　洛陽城經過千萬次戰火，王氣已經竭盡。坤靈，地神；地氣。這裡指象徵帝王運數的祥瑞之氣。❾慘慘　悲慘；傷心。

【語譯】路邊的一片宮牆年久失修即將倒塌，行人看見它都步履緩慢而思緒萬千。一陣秋風從篳圭苑裡掠過，偏西的太陽斜照著平樂館。禁錮黨人豈能保著東漢的政權，清談家認出石勒的奇志也難挽救西晉的命運。經歷了千萬次戰火的洛陽王氣已盡，連鳥雀也終年為此悲哀傷心。

揚州三首

【題解】揚州，地名。即今江蘇省揚州市。大和七年（西元八三三年）四月，三十一歲的杜牧到淮南節度使牛僧孺幕下任職。這組詩是杜牧在揚州期間所作。第一首主要描寫揚州的繁華景象。第二首在描寫揚州繁華景象的同時，對淮南王劉安成仙的事表示懷疑和感嘆。第三首同樣渲染了揚州的盛況，詩末批判了隋煬帝的荒淫。

其一

煬帝雷塘土❶，迷藏有舊樓❷。誰家唱〈水調〉❸，明月滿揚州。駿馬宜閑❹出，千金好暗投❺。喧闐❻醉年少，半脫紫茸裘❼。

【注釋】❶煬帝句　這裡有隋煬帝的葬身之地雷塘。煬帝，指隋煬帝楊廣。隋朝的末代皇帝。他曾三次遊江都（揚州），最後被臣下殺死於江都。雷塘，地名。在今江蘇省揚州市西北平崗上。隋煬帝死後，原葬吳公臺下，後改葬雷塘。❷迷藏句　這裡還有隋煬帝修建的迷樓。隋煬帝在揚州修迷樓，經年始成。迷樓回環四合，上下金碧，誤入者終日不能出。煬帝高興地說：「即使神仙進入樓中，也會迷路的。」❸水調　歌曲名。隋煬帝所作。❹宜閑　適當的閑暇時光。❺暗投　不知不覺地花掉。暗，不知不覺。投，花掉。❻喧闐　喧鬧。❼茸裘　用野獸的細毛製成的皮衣。裘，皮衣。

【語　譯】這裡有隋煬帝的埋葬之地雷塘，還有隋煬帝修建的迷樓。不知誰家唱起了〈水調〉歌曲，明亮的月光灑滿了整個揚州。貴公子乘著駿馬趁閑出遊，他們不知不覺就花掉了千金。這群喝醉的年輕人大聲喧鬧著，半穿半脫著名貴的紫茸裘。

其二

秋風放螢苑❶，春草鬬雞臺❷。金絡擎鵰去❸，鸞環拾翠來❹。蜀船紅錦重❺，越橐水沉堆❻。處處皆華表，淮王奈卻迴❼。

【注　釋】❶放螢苑　園林名。又叫隋苑。在揚州城北。❷鬬雞臺　臺名。在揚州。一說即揚州的吳公臺。❸金絡句　貴族男子手擎著帶著金絲繩的鵰去打獵。金絡，用金絲製成的帶子。絡，縛繫。這裡指縛繫鵰的帶子。擎，舉。鵰，一種猛鳥。經過馴練，打獵時可幫助人追捕獵物。❹鸞環句　佩帶著鸞形玉環的女子前來拾翠鳥的羽毛。鸞，傳說中鳳凰一類的神鳥。鸞環，這裡代指佩帶鸞形玉環的女子。翠，指翠鳥的羽毛。可以作裝飾品。❺蜀船句　蜀地的船隻裝著重重的一船紅色錦緞。蜀，地名。指今四川省一帶。❻越橐句　越地出產的袋子裡裝著沉水香，堆積在一起。越，地名。泛指江浙一帶。橐，盛物的袋子。水沉，香料名。即沉香。又叫沉水香。這種香料以沉香木製成，入水能沉。故名。❼處處二句　揚州城處處都有華表柱，成仙的淮南王為什麼不回來！華表，古代立於宮殿、城垣或陵墓前的石柱。石柱上一般刻有花紋。《搜神後記》載，丁令威在靈虛山學道成仙，後變作鶴飛回故鄉遼東，落在城門外的華表柱上。淮王，指西漢淮南王劉安。劉安為劉邦之孫，封為淮南王。劉安招致賓客方術之士數千人，集體編寫《淮南子》一書。後因謀反下獄自殺。世傳他死後成仙。淮南歷代為郡、國，治所多在揚州。奈，如何；為什麼。卻迴，回來。這兩句表現了杜牧對成仙的懷疑以及對往事的感嘆。

【語　譯】秋天的放螢苑一片風聲，春天的鬬雞臺長滿了青草。貴族男子手擎帶著金絲繩的鵰去打獵，佩帶鸞形玉環的女子前來拾取翠鳥的羽毛。蜀地的船運來了重重的滿船紅色錦緞，越地出產的袋子裝著沉水香堆積成堆。揚州城處處都有華表柱，成仙的淮南王為什麼不再回來！

其三

街垂千步柳❶，霞映兩重城❷。天碧臺閣❸麗，風涼歌管❹清。纖腰間長袖❺，玉珮雜繁纓❻。柂軸誠為壯❼，豪華不可名❽。自是荒淫罪，何妨作帝京❾。

【注釋】❶街垂句　千步長街旁垂柳依依。步，古代長度單位。其制歷代不一，有八尺、六尺、五尺之別。❷兩重城　兩道城牆。古代的重要城市有內外兩道城牆，內城牆叫「城」，外城牆叫「郭」。❸臺閣　亭臺樓閣。❹歌管　歌聲和樂聲。管，管樂聲。這裡泛指伴奏的樂器聲。❺纖腰句　腰肢纖細的舞女揮動著長長的衣袖。間，指纖腰和長袖相間。❻玉珮句　遊人們帶著玉珮，騎著裝飾豪華的駿馬。繁，通「鞶」。馬腹帶。纓，馬胸帶。這裡泛指馬身上的裝飾品。❼柂軸句　這裡的地勢確實壯觀。柂軸，鮑照〈蕪城賦〉曾用「柂以漕渠，軸以崑崗」來形容廣陵（即揚州）的地形。柂，引導；溝通。軸，像車軸一樣貫穿。意思是，運糧的河道從旁邊流過，崑崗橫貫揚州城下。誠，確實。❽名　名狀；形容。❾自是二句　隋朝之所以亡國，完全是隋煬帝荒淫無道的結果，與是否遷都揚州毫無關係。自是，正是。何妨，有何妨礙；有何關係。隋朝建都長安，煬帝在揚州大建宮殿，在此流連不返，並有遷都之意。有人便把隋朝滅亡的原因歸咎於此，故杜牧有此議。

【語譯】千步長街旁垂柳依依，霞光映照著兩道城牆。亭臺樓閣在藍天的映襯下顯得更加秀麗，歌聲樂聲在陣陣清風中顯得分外清亮悠揚。腰枝纖細的舞女揮動著長長的衣袖，帶著玉珮的遊人騎著裝飾豪華的駿馬。這裡的地形依山傍水確實壯觀，這裡的建築豪華得無法形容。隋煬帝亡國完全是因為他荒淫無道，與是否遷都揚州毫無關係。

潤州二首

【題解】潤州，地名。即今江蘇省鎮江市。這組詩中的兩首內容基本一樣，都是描寫潤州景象，追述與潤州有關的史實。

其一

句吳亭❶東千里秋，放歌曾作昔年遊。青苔寺❷裡無馬跡，綠水橋邊多酒樓。大抵南朝皆曠達❸，可憐東晉最風流❹。月明更想桓伊在，一笛聞吹〈出塞〉愁❺。

【注釋】❶句吳亭　一作「向吳亭」。亭名。在潤州。❷青苔寺　長滿青苔的古寺。❸大抵句　南朝的人物大多是開朗曠達的。大抵，大略；大多。南朝，西元四二〇年至五八九年，宋、齊、梁、陳四朝先後在南方建立政權，史稱「南朝」。❹可憐句　東晉的名士們風流倜儻，十分可愛。可憐，可愛。魏晉南朝時期，文人士大夫大多崇尚老莊，酷好玄談，狂放自適，不拘禮法，因而顯得風流倜儻，自然可愛。❺月明二句　在月明之夜，我似乎感到桓伊還活著，他正在吹奏令人傷感的〈出塞〉笛曲。桓伊，人名。東晉人。曾任豫州刺史。善於吹笛子。〈出塞〉，曲名。

【語譯】句吳亭東是無邊的秋景，我從前曾在那裡高歌暢遊。我曾遊覽了人跡罕至、長滿青苔的古寺，還到過綠水橋邊的許多酒樓。南朝的人物大多開朗曠達，風流倜儻的東晉名士更是可愛無比。明月下我似乎感到桓伊依然活著，他正吹奏著令人感傷的〈出塞〉笛曲。

其二

謝朓詩中佳麗地❶，夫差傳裡水犀軍❷。城高鐵甕橫強弩❸，潤州城孫權築，號為鐵甕。柳暗朱樓多夢雲❹。畫角❺愛飄江北去，釣歌❻長向❼月中聞。揚州塵土試迴首，不惜千金借與君❽。

【注釋】❶謝朓句 謝朓在詩中稱潤州為美麗的地方。謝朓，人名。南朝的著名詩人。❷夫差句 在有關夫差的傳記裡，曾記載這裡有強大的身穿水犀甲衣的軍隊。夫差，人名。春秋時吳國君主。曾大敗越國，一度強盛。後被越王句踐擊敗，被迫自殺。傳，傳記。水犀軍，穿水犀甲衣的軍隊。水犀是犀牛的一種，多生活於水中。其皮革堅韌，可做甲衣。❸城高句 潤州的城牆很高，堅如鐵甕，上面還有強大的弓弩。鐵甕，鐵製的罈子。形容潤州城堅不可破。弩，一種利用機械力量射箭的弓。❹柳暗句 在綠柳掩映的紅樓裡，有許多風流韻事。暗，形容深綠的柳色。夢雲，指男女風流韻事。相傳楚懷王遊高唐時，夢一女子前來相會，臨別時，女子說：「我住在巫山的南邊，高山的頂上。我早上化為朝雲，晚上化為雨露。」後世即用「雲雨」一詞比喻男女幽合。❺畫角 飾以彩繪的號角。發音哀厲高亢。古時軍中多用以警昏曉，振士氣。這裡指畫角的聲音。❻釣歌 釣魚人唱的歌。❼向 在。以上六句極力渲染潤州昔日的繁華，為後兩句的議論作鋪墊。❽揚州二句 如果我們回頭看看揚州由盛到衰的歷史，就會毫不吝惜地把千金借給別人。塵土，指揚州的繁華之物已變作塵土。君，泛指別人。這兩句意思是說，物盛則衰，一切富貴榮華都難常保，因此不必吝惜個人的財富。

【語譯】謝朓在詩中稱潤州是美麗的地方，夫差傳記中說這裡駐紮過身穿水犀甲的軍隊。堅如鐵甕的高大城牆上還擺放著強大的弓弩，綠柳掩映的紅樓裡發生過許多風流韻事。畫角的聲音總愛飄到長江北岸，明月下常能聽到釣魚人的歌聲。如果我們回頭看看揚州由盛到衰的過程，就會毫不吝惜地把千金借給別人。

題揚州禪智寺

【題解】禪智寺，寺廟名。在揚州城東。本詩作於開成二年（西元八三七年），當時杜牧三十五歲。這一年，杜牧的弟弟杜顗因患眼病，寄居於禪智寺。杜牧告假，帶醫生從洛陽前去探視。因心情不佳，本詩所表現的意境是清冷孤寂的。

雨過一蟬噪，飄蕭❶松桂秋。青苔滿階砌❷，白鳥故遲留❸。暮靄❹生深樹，斜陽下小樓。誰知竹西路❺，歌吹是揚州？

【注　釋】❶飄蕭　飄動；搖動。❷階砌　臺階。❸遲留　徘徊停留。❹暮靄　黃昏時的霧氣。❺竹西路　竹林西邊的道路。由於杜牧的這首詩，後人在禪智寺前的河北岸建竹西亭，於是「竹西」就成了一個地名，成為揚州的一處名勝。

【語　譯】雨後有一隻蟬在嘶叫，秋天的松樹桂樹在風中搖擺。青苔長滿了臺階，白色的鳥兒在那裡停留徘徊。黃昏時的霧氣從樹叢中昇起，夕陽沉沒到了小樓的背後。誰能想到竹林西邊道路的那一頭，就是歌吹沸天的繁華的揚州？

西江懷古

【題　解】西江，指長江。因其由西而來，故稱「西江」。本詩描寫了長江的大致情況，追述了與長江有關的歷史典故，對范蠡一類的人物表示深切的懷念。

上吞巴、漢❶控瀟湘❷，怒似連山淨鏡光❸。魏帝縫囊真戲劇❹，苻堅投箠更荒唐❺。千秋釣舸❻歌〈明月〉❼，萬里沙鷗❽弄❾夕陽。范蠡清塵何寂寞❿，好風⓫唯屬往來商。

【注　釋】❶巴漢　兩個地名。巴，指今四川東部地區。漢，指漢中。在今陝西省南部。❷瀟湘　水名。即湖南省的湘江。❸怒似句　長江的水翻騰起來，就像連綿不斷的山丘；當它平靜時，又像閃光的鏡面。怒，形容江水翻騰時的強烈氣勢。淨，一本作「靜」。平靜。❹魏帝句　魏武帝曹操讓將士縫製口袋，欲裝沙土，填平長江，以攻伐東吳，這真如同兒戲。魏帝，應指曹操。死後被追尊為太祖武帝。囊，口袋。戲劇，玩笑；兒戲。❺苻堅句　苻堅想用馬鞭阻斷長江更是荒唐。苻堅，人名。前秦君主。晉太元五年，苻堅率大軍進攻東晉，說：「我的軍隊人多勢眾，把馬鞭投入長江，就能夠阻斷長江的流水。」箠，馬鞭。❻釣舸　釣魚船。❼明月　歌曲名。把「歌明月」理解為「在明月下唱歌」也可。❽沙鷗　水鳥名。經常飛翔於江海之上。❾弄　遊戲；飛翔。❿范蠡句　清淨高潔的范蠡去後，此處是何等的清冷寂寞。意思是說再也找不到像范蠡這樣的人物了。范蠡，春秋時人。在幫助越王句踐滅吳以後，離開越國，來到齊國。後又到陶地，稱陶朱公。經商致富，多次分財產與人。范蠡長年活動於長江下游一帶，又是功成身退的典範，故杜牧提到他。清塵，清淨高潔。⓫好風　美好的風；行船時的順風。本句感嘆當今只剩下唯利是圖的商人了。

【語　譯】長江上游氣吞巴漢，下游制約著瀟湘，江水翻騰時如連綿山峰，平靜時如鏡面閃著亮光。魏帝想用沙袋填平長江真是如同兒戲，苻堅想用馬鞭阻斷江水更是無比荒唐。千年來的釣船上總愛唱起〈明月〉曲，萬里江面上的沙鷗在夕陽下遊戲翱翔。高潔的范蠡去後，此處是何等的清冷寂寞，滿江好風都由來來往往的商人去分享。

江南懷古

【題　解】本詩作於大中二年（西元八四八年），當時杜牧四十六歲。這一年，杜牧由睦州刺史調到長安任司勳員外郎、史館修撰。當他路過金陵（今南京）時，想到梁末侯景之亂和庾信為此而創作的〈哀江南賦〉，感慨萬千，故寫下了這首詩。本詩指出：國家統一的局面不會改變，百姓和山河古今無異，然而王朝卻有興亡盛衰。表現了詩人對歷史的深刻反思和對大唐前途的憂慮。

車書混一❶業無窮，井邑❷山川今古同。戊辰年向金陵過，惆悵閒吟憶庾公❸。

【注　釋】❶車書混一　指國家統一。古人常用「車同軌，書同文」代指國家統一。混一，統一。❷井邑　指百姓。

井，相傳古制八家一井。後引申為鄉里、人口聚集地。邑，城鎮。❸戊辰二句　戊辰年我從金陵路過時，不禁惆悵地吟起詩來，因為我想起了作〈哀江南賦〉的庾信。戊辰年，即大中二年。庾公，指南北朝時著名詩人庾信。庾信是南朝梁代人，出使西魏時被扣留，先後做過西魏、北周的官。梁武帝太清二年（西元五四八年），同是戊辰年，侯景作亂，攻陷金陵，逼殺梁武帝和梁簡文帝。梁朝衰落，最後滅於西魏。庾信為此而創作了他的代表作〈哀江南賦〉。杜牧用這個典故，委婉地表示了他對當時政局的擔憂。

【語　譯】國家統一的局面永遠不會改變，古今的百姓和山河也沒有什麼不同。戊辰年我從金陵路過時，因想到庾公而惆悵地吟起詩來。

江南春絕句

【題　解】本詩描繪了江南的錦繡春光，意境開闊，色彩明麗。同時還融進了對南朝帝王佞佛求福行為的譏諷。

千里鶯啼綠映紅❶，水村山郭❷酒旗風。南朝四百八十寺❸，多少樓臺煙雨中。

【注　釋】❶綠映紅　綠葉和紅花相互映襯。❷山郭　依山的城鎮。郭，指外城。這裡代指城鎮。❸南朝句　南朝共建立了四百多座廟宇。南朝，西元四二〇年至五八九年，宋、齊、梁、陳四朝先後在南方建立政權，史稱「南朝」。四百八十寺，據史書記載，僅南朝金陵一帶，即建佛寺五百餘所。杜牧稱四百八十寺，可能是唐時所留存寺廟的約數。南朝皇帝信佛是出了名的，特別是梁武帝蕭衍，他大建佛寺，甚至還要出家。然而南朝四代都很快亡國，每朝平均只存在了四十二年。因而本詩的後兩句隱含著這樣的諷刺意味：南朝為求福而建立的數百座寺廟都還矗立在煙雨之中，而那些建立寺廟的王朝又到哪裡去了呢？

【語譯】千里江南鶯歌燕舞、紅綠相映，水邊山旁的城鄉村鎮都有酒旗在迎風飄動。南朝修建的四百多座寺廟，如今還有不少樓臺矗立在濛濛的煙雨之中。

將赴宣州留題揚州禪智寺

【題解】宣州，地名。即今安徽省宣州市。禪智寺，在揚州城東。開成二年（西元八三七年），三十五歲的杜牧從洛陽趕往揚州去看望住在禪智寺患眼病的弟弟杜顗。同年八月，應宣歙觀察使崔鄲之辟，至宣州，任團練判官等職。本詩作於即將離開揚州禪智寺時，主要表達詩人的故鄉之思。

故里溪頭松柏雙，來時盡日倚松窗❶。杜陵、隋苑已絕國❷，秋晚南遊更渡江❸。

【注釋】❶來時句　我離開故鄉前，整天依依不捨地靠在旁邊長著松樹的窗前。來時，指離開故鄉時。倚，靠。❷杜陵句　自己的故鄉杜陵與揚州已經是相離極遠。杜陵，地名。在今陝西省西安市東南。是杜牧的故鄉。隋苑，園林名。隋煬帝所建。在揚州。這裡以「隋苑」代指揚州。絕國，本指極遠的邦國。這裡指相距遙遠的地方。《舊唐書·地理志》說，揚州離長安二千七百五十里。❸秋晚句　晚秋時節，我還要再次渡過長江，再向南行走。揚州在長安的東南，長江之北，而宣州在揚州的西南，長江之南。這兩句是說，揚州離家鄉已經非常遙遠了，而我卻還要向更遠的江南行走。

【語譯】故鄉的小溪邊長滿了成雙成排的松柏，離開故鄉前我整日依戀地靠在長著松樹的窗前。揚州距離我的故鄉杜陵已經極為遙遠，而我在晚秋時節卻還要渡過長江再向南行。

題宣州開元寺水閣，閣下宛溪，夾溪居人

【題　解】宣州開元寺，見〈題宣州開元寺〉題解。水閣，水邊的樓閣。宛溪，水名。又叫東溪。源出於宣州城東南的嶧山，從城東流過，至城東北與句溪匯合。本詩描繪了開元寺水閣附近的深秋景色，反思了歷史往事，抒發了知音難覓的惆悵。本詩風格雄渾老健，含意雋永深長。

六朝文物草連空❶，天澹❷雲閑今古同。鳥去鳥來山色裡，人歌人哭❸水聲中。深秋簾幕❹千家雨，落日樓臺一笛風。惆悵無因見范蠡，參差煙樹五湖東❺。

【注　釋】❶六朝句　六朝的繁華景象消失得無影無蹤，只有廣漠的野草伸延到遙遠的天邊。六朝，指吳、東晉、宋、齊、梁、陳六個朝代。它們都建都建康（今南京市），合稱「六朝」。文物，古人指典章制度等文化方面的事情。這裡泛指繁榮景象。❷澹　通「淡」。淺淡。指天空呈淡藍色。❸人歌人哭　泛指人們生活中的喜怒哀樂。❹簾幕　指窗簾、帷幕之類的東西。❺惆悵二句　因為再也見不到像范蠡那樣高潔之人，使我滿腹惆悵，我向東遙望，那裡有范蠡當年隱居的太湖，湖邊長滿了參差不齊、煙霧籠罩的綠樹。范蠡，人名。春秋時人。在幫助越王句踐滅掉吳國後，乘船而去，曾一度隱居五湖。五湖，即太湖。一說指太湖及其附近的滆湖、洮湖、射湖、貴湖。太湖位於江蘇省、浙江省交界處，在宣州的東邊。這兩句表現了杜牧對功成身退的范蠡的無限敬仰。

【語　譯】六朝的繁華一去不返，這裡只有碧草連天，淡淡的天空和悠閑的雲朵和過去沒有什麼不同。在蒼翠的山色裡飛鳥去了又來，伴著宛溪的水聲，人們生活在各自的喜怒哀樂之中。掛著窗簾、帷幕的千家萬戶都籠罩在秋雨裡，落日時秋風從樓臺上傳來陣陣的笛聲。因無緣見到范蠡一類的人而使我滿腹惆悵，我向東遙望綠樹參差、煙霧繚繞的五湖。

宣州送裴坦判官往舒州，時牧欲赴官歸京

【題　解】裴坦，人名。字知進。及進士第。曾任宣歙觀察使幕府判官。舒州，地名。在今安徽省安慶市。本詩寫於開成四年（西元八三九年）初春時節。當時三十七歲的杜牧即將離開宣州，赴長安任左補闕。本詩描繪了初春時節的景色，對裴坦不能同自己一同回長安深感遺憾。

日暖泥融❶雪半銷，行人芳草馬聲驕❷。九華山❸路雲遮寺，青弋江❹村柳拂橋。君意如鴻高的的❺，我心懸旆❻正搖搖。同來不得同歸去，故國逢春一寂寥❼。

【注　釋】❶泥融　指凍結的泥開始融解。❷驕　形容馬的叫聲高亢有力。❸九華山　山名。在今安徽省青陽縣西南。山有九峰，狀如蓮花，故名。裴坦從宣州到舒州，將經過九華山。❹青弋江　水名。在宣州的西北。杜牧由宣州赴長安，必經青弋江。這兩句用不同地方的景物描寫，暗示二人即將分手，一赴舒州，一赴長安。❺高的的　高遠而清楚的樣子。的的，昭著；為眾人所見。❻懸旆　高高懸掛的旗幟。❼故國句　即使回到春光明媚的故鄉，我也會感到無限的寂寞。故國，指長安。杜牧故鄉在長安附近。一，完全；十分。寂寥，寂寞；冷清。

【語　譯】天氣變暖，凍泥融解，積雪也化了一半，芳草地上，行人乘坐的駿馬發出高亢的叫聲。九華路邊的雲霧籠罩著寺廟，青弋江岸的村柳拂摩著河橋。您的志向高遠就像那眾人仰視的飛鴻，我的心情猶如懸掛的旗幟一樣搖動不安。我們都是來自長安卻不能一同回去，即使到了春光明媚的故鄉我也會深感寂寞。

句溪夏日送盧霈秀才歸王屋山，將欲赴舉

【題　解】句溪，水名。在宣州城東。盧霈，人名。杜牧有〈唐故范陽盧秀才墓誌〉一文，記載了盧霈生平。秀才，唐代舉士科目之一，與明經、進士、明法、書、算並為六科。王屋山，山名。在今山西省陽城、

垣曲二縣之間。赴舉，進京考進士。本詩寫於開成三年（西元八三八年）。第二年盧霈為盜賊所害。這首詩前四句寫分別的時間和看到的景色，後四句寫自己將會長久地思念對方。

野店正紛泊❶，繭蠶❷初引絲。行人碧溪渡，繫馬綠楊枝。苒苒跡始去❸，悠悠心所期❹。秋山念君別，惆悵桂花時。

【注釋】❶紛泊　形容來往行人很多的樣子。❷繭蠶　即蠶。❸苒苒句　您漸漸遠去。苒苒，同「冉冉」。漸漸。跡，足跡。❹悠悠句　我心中將長久地思念著您。悠悠，形容長久思念的樣子。期，期待；思念。

【語譯】野外的旅店人來人往十分忙碌，現在正是春蠶吐絲的時節。行人們正在渡過碧綠的句溪，他們的馬匹拴在兩岸的綠楊樹上。您從此漸漸遠去，而我卻長久地想念著您。待到滿山秋色時，一旦想起與您分手，即使看到盛開的桂花，也會使我滿腹憂愁。

自宣城赴官上京

【題解】上京，即京城長安。開成三年（西元八三八年）冬，杜牧內昇左補闕。第二年初春，杜牧赴京上任。本詩即作於此時。本詩回憶了十多年的遊宦生涯，對自己一直身處下僚的處境深感不滿。

蕭灑江湖十過秋❶，酒杯無日不遲留❷。謝公城❸畔溪驚夢，蘇小❹門前柳拂頭。千里雲山何處好，幾人襟韻一生休❺？塵冠掛卻知閑事❻，終把蹉跎訪舊遊❼。

【注　釋】❶蕭灑句　我自由自在地在全國各地度過了十多年。蕭灑，又作「瀟灑」。超逸脫俗、自由自在的樣子。江湖，泛指各地。十過秋，過了十多年。自大和二年（西元八二八年）始，杜牧先後在洪州、宣州、揚州、長安、洛陽等地任職，至此已有十二年。故杜牧有此感喟。❷遲留　停留。這裡指沉溺於美酒之中。❸謝公城　即宣州城。謝公，指南北朝著名詩人謝朓。他曾在宣城任太守，故稱宣州城為「謝公城」。❹蘇小　人名。即蘇小小。南齊錢塘的著名歌妓。❺幾人句　有幾個人能夠一生都保持著美好高尚的情懷？襟韻，指人的情懷風度。休，美善。❻塵冠句　辭去官職，對我來說不過是一件平常之事。塵冠掛卻，即掛冠、辭官。塵冠，塵世中的官帽。王莽篡政時，大臣逢萌解冠掛東都城門，攜家而去。閑事，等閑之事；平常之事。❼終把句　我最終將會帶著一事無成的遺憾去尋訪自己的老朋友。把，拿；帶著。蹉跎，虛度光陰，一事無成。舊遊，老朋友。這兩句體現了杜牧的矛盾心理：既淡泊名利，又為自己在政治上毫無建樹而深感遺憾，同時還表明他對這次進京任職的命運擔憂。

【語　譯】我在全國各地自由自在地度過十多個春秋，幾乎每一天我都沉溺於香醴美酒。宣州城邊的溪水聲驚醒了我的夢，蘇小小故居門前的柳條輕拂著我的頭。雲籠霧繞的青山何處風景最好？有幾人能終身保持美好高尚的情操？我把掛冠辭官看作平常之事，最終會帶著一事無成的遺憾心情去尋訪老朋友。

春末題池州弄水亭

【題　解】池州，地名。在今安徽省貴池市。弄水亭，亭名。在池州南通遠門外。杜牧所建。本詩作於會昌六年（西元八四六年），當時杜牧任池州刺史，四十四歲。詩中描述了自己消沉的生活情況，情緒較為壓抑。

使君❶四十四，兩佩左銅魚❷。為吏非循吏❸，論書讀底書❹？晚花❺紅豔靜，高樹綠陰初❻。亭宇清無比❼，溪山畫不如。嘉賓能嘯詠❽，官妓❾巧粧梳。逐日愁皆碎❿，隨時醉有餘⓫。偃須求五鼎⓬，陶秪愛吾盧⓭。趣向⓮人皆異，賢豪莫笑渠⓯。

【注　釋】❶使君　對州郡長官的通稱。這裡指杜牧自己。❷兩佩句　我當了兩任刺史。左銅魚，魚指魚形的符，以銅製成，左右各一。左魚符授給刺史，右魚符藏州府庫中，左右魚符相合，以為憑信。❸循吏　奉公守法、治理有方的官吏。❹底書　什麼書。底，何；什麼。❺晚花　晚開的花。❻綠陰初　剛剛罩下一片綠陰。春天，高樹開始長出葉子，故言初有綠陰。❼亭宇句　弄水亭四周清幽無比。亭宇，指弄水亭。清，清幽。❽嘯詠　歌詠吟唱。❾官妓　官府所養的藝妓。唐宋時各州府都有官妓。❿碎　碎掉；消失。⓫醉有餘　形容沉醉的樣子。⓬偃須句　主父偃追求功名富貴。偃，指主父偃。人名。西漢人。他竭力追求富貴，曾說：「丈夫生不五鼎食，死則五鼎亨（烹）耳。」鼎，古代烹煮用的器物。五鼎食，形容諸侯、權貴飲食的排場。⓭陶秪句　陶淵明只愛恬淡的隱士生活。陶，指東晉著名詩人陶淵明，他曾在〈讀山海經〉中說：「眾鳥欣有托，吾亦愛吾廬。」秪，通「祇」。只。盧，房舍。這裡代指普通的隱士生活。⓮趣向　志趣。⓯渠　第三人稱代詞。他；他們。

【語　譯】我今年四十四歲，做過兩任刺史。但我當官時沒能當個好官，論讀書也不知讀了一些什麼書。遲開的紅艷的花兒顯得十分安靜，高樹開始罩下一片綠陰。弄水亭四周清幽無比，溪光山色比圖畫更加美麗。我的客人都是能夠吟詩詠詞的高雅之人，還有善於梳妝打扮的官府藝妓。我每天都過得無憂無慮，隨時隨地都喝得酩酊大醉。主父偃一心追求功名富貴，陶淵明只愛恬淡的隱士生活。人們的志趣各不相同，賢人豪士不要嘲笑他們。

登池州九峰樓寄張祜

【題　解】池州，見〈春末題池州弄水亭〉題解。九峰樓，又作「九華樓」。城樓名。在池州城九華門上。張祜，人名。字承吉。一生未曾當官。是當時較有名氣的詩人之一。這首詩是杜牧任池州刺史時寄給好友張祜的。詩中對張祜未受重用的處境表示不平和安慰，對他的才華和傲骨表示敬仰。

百感中來不自由❶，角聲孤起❷夕陽樓。碧山❸終日思無盡，芳草何年恨即休❹？睫❺在眼前長不見，道❻非身外更何求？誰人得似張公子❼，千首詩輕萬戶侯❽。

【注　釋】❶百感句　各種感慨不由自主地產生於心中。中，心中。不自由，不由自主。❷角聲孤起　響起一聲號角。❸碧山　指張祜居住的青山。❹芳草句　您的品德、才能如同芳草那樣高潔馨香，然而卻無人欣賞，這種遺憾何時才能消除？芳草，比喻張祜。❺睫　眼睫毛。本句批評時人賤近貴遠、輕今重古的陋習，為張祜不受重視鳴不平。❻道　古人把客觀的規律、正確的原則和個人的美德等，統稱為「道」。古代不少學派認為，「道」就在每個人的心中，認真向內探求，進行自我反省，就能獲得「道」。❼張公子　指張祜。❽萬戶侯　食邑萬戶的列侯。這裡代指榮華富貴。

【語　譯】各種感慨不由自主地湧上心頭，遠處傳來一聲號角，夕陽照著高樓。我終日都在思念住在山中的您，芳草無人賞識的遺憾何時才能消除？人們總是看不見近在眼前的睫毛，「道」在心中又何必向外尋求？有誰能像您張公子這樣清高曠達呢，您寫下千首詩篇而蔑視進爵封侯。

齊安郡晚秋

【題　解】齊安郡，地名。即黃州。在今湖北省黃岡市。會昌二年（西元八四二年），四十歲的杜牧離開朝廷，出任黃州刺史。黃州地處偏僻，十分荒涼，因此詩中流露出一種壯志難酬、倍受壓抑的不平之氣。

柳岸風來影漸疎❶，使君❷家似野人❸居。雲容水態❹還堪❺賞，嘯志歌懷亦自如❻。雨暗殘燈棋欲散❼，酒醒孤枕鴈來初。可憐赤壁爭雄渡，唯有蓑翁坐釣魚❽。

【注　釋】❶影漸疎　指柳陰逐漸稀疎。因為是晚秋季節，柳葉凋落，故柳陰逐漸稀疎。❷使君　對州郡長官的通稱。這裡指杜牧自己。❸野人　鄉野之人；農夫。❹雲容水態　泛指雲霧、山水等風景。容，樣子。態，姿態。❺堪　值得。❻嘯志句　在這裡長嘯明志，高歌抒懷，過得也還算是自由自在。嘯，撮口作聲。古人認為這是一種瀟灑的表現。自如，自由自在。❼欲散　就要結束。欲，將要。❽可憐二句　這裡的赤壁是當年曹、吳爭鋒的地方，可惜的是，現在這裡只有披著蓑衣的老翁坐著釣魚。這兩句抒發了杜牧不能奮發有為、只得嘯歌賦閑的苦悶心情。可憐，可嘆；可惜。赤壁，地名。這裡指黃州長江邊的赤鼻磯，也叫赤壁。而三國時周瑜大破曹操的赤壁則在湖北省蒲沂縣西北。杜牧視黃州赤壁為三國古戰場赤壁，可能是誤記，也可能是借題發揮。渡，渡口。引申為地方。

【語　譯】秋風從綠陰已經稀疎的楊柳岸邊吹來，我這個刺史的官舍同村野人家不相上下。這裡的雲天山水千姿百態還值得欣賞，我長嘯明志、高歌抒懷過得也還自由自在。雨夜裡，油盡、燈昏、棋也快要下完，酒醒後，獨自躺著靜聽初來大鴈的叫聲。可惜曹、吳曾經在此爭雄過的赤壁古戰場，如今卻成了蓑衣老翁坐著釣魚的地方。

九日齊山登高

【題　解】九日，指農曆九月初九。即重陽節。這一天，古人有登高飲菊花酒的習俗。據說可以消災獲福。齊山，山名。在今安徽省貴池市東南。本詩作於杜牧任池州刺史期間。全詩寫得十分曠達，但在曠達的背後，卻飽含著日暮途遠、壯志難酬的無限悲哀。

江涵秋影❶鴈初飛，與客攜壺上翠微❷。塵世難逢開口笑，菊花須插滿頭歸。但將酩酊酬佳節❸，不用登臨恨落暉❹。古往今來只如此，牛山何必獨霑衣❺。

【注　釋】❶江涵秋影　長江映照著秋天的景色。涵，包容；映照。秋影，映入江水的秋景。❷翠微　輕淡青翠的山色。這裡代指齊山。❸但將句　今天只有喝得酩酊大醉，纔對得起這個重陽佳節。但，只。酩酊，大醉的樣子。酬，報答；對得起。❹落暉　夕陽。也暗比人生的暮年。本句字面意思是說不要為天色將晚、遊興未盡而苦惱，實際上是在安慰自己不必為年歲已高、功業未就而苦惱。❺牛山句　又何必像遊賞牛山的齊景公那樣，因想起死亡而潸然淚下呢。牛山，山名。在齊國都城臨淄（今山東省臨淄縣）附近。霑衣，淚水浸濕了衣服。霑，浸濕。據史書記載，春秋時期，齊景公登上牛山，向北眺望自己的國都臨淄，感嘆說：「我們的國家真美啊！如果人不會死亡，那麼我將永遠不會離開她！」說罷即流下了淚水。

【語　譯】長江映照著秋色，大鴈開始向南飛翔，我與客人一起攜帶酒餚登上蒼翠的齊山。人世間難得有開心的日子，今天一定要滿頭插上菊花盡興而返。只有酩酊大醉纔對得起這個重陽佳節，不要在山上為日近黃昏、人到暮年而遺憾。古往今來的人們都是如此度過一生，又何必像登臨牛山的齊景公那樣淚滿衣衫！

池州春送前進士蒯希逸

【題　解】池州，見〈春末題池州弄水亭〉題解。前進士，唐人稱進士及第者為前進士。蒯希逸，人名。字大隱。會昌三年進士。本詩作於會昌五年（西元八四五年）或六年，時杜牧任池州刺史。本詩主要抒發了杜牧與蒯希逸分手時的傷感之情。詩風樸實自然，語言明白如話。這種風格在杜牧詩中並不多見。

芳草復芳草，斷腸❶還斷腸。自然堪下淚❷，何必更殘陽。楚岸❸千萬里，燕鴻❹三兩行。有家歸不得，況舉別君觴❺。

【注　釋】❶斷陽　形容極度的悲傷。❷自然句　分別這件事已經使人情不自禁地流下了眼淚。自然，情不自禁；自然而然。❸楚岸　指流經安徽、江西、湖北等地的長江的兩岸。這些地方古時屬楚國，故稱「楚岸」。❹燕鴻　指北歸的大雁。燕，本指河北省北部和遼寧省南部一帶。這裡泛指北方。鴻，即大雁。❺觴　酒杯。

【語　譯】芳草啊連著芳草，傷心啊接著傷心。分別已使人情不自禁地流下眼淚，何必再加上這黯淡無光的夕陽。楚地的江岸連綿千萬里，北歸的大雁排成三兩行。我有家難回已十分傷心，更何況現在又舉杯為您送行。

齊安郡中偶題 二首

【題　解】齊安郡，見〈齊安郡晚秋〉題解。這兩首詩通過對黃州秋景的描寫，抒發了詩人失意、思鄉的憂傷。

其一

兩竿落日❶溪橋上，半縷❷輕煙柳影中。多少綠荷相倚恨，一時迴首背西風❸。

【注　釋】❶兩竿落日　指離地面只有兩竿高的落日。❷縷　絲；片。❸多少二句　多少碧綠的荷葉互相倚偎著，似乎有著滿腹的幽怨，因為它們一時間都紛紛掉過頭來，背對著秋風。西風，秋風。這兩句屬移情手法，即把詩人的幽怨放在荷葉上寫，更顯得含蓄。「西風」也可理解為種種對詩人的不利因素，如政治排擠、年歲遲暮等等。

【語　譯】只有兩竿高的夕陽照在溪水橋上，半縷輕煙飄蕩在綠柳蔭中。多少相互依偎的碧綠荷葉似有無限的幽怨，一時間它們紛紛掉過頭來背對著秋風。

其二

秋聲❶無不攪離心❷，夢澤蒹葭楚雨深❸。自滴堦前大梧葉，干君何事動哀吟❹？

【注釋】❶秋聲　指秋風蕭瑟的聲音。❷離心　遠離故鄉的心緒。❸夢澤句　雲夢澤一帶長滿了蒼翠的蘆葦，秋雨不停地下著。夢澤，即雲夢澤。大澤名。方圓數百里。其故址大致包括今湖南省益陽縣和湘陰縣以北、湖北省江陵縣和安陸縣以南、武漢市以西地區。蒹葭，蘆葦。楚，古國名。指今湖北省、湖南省一帶。❹干君句　這與你何干而使你吟出悲哀傷心的詩篇呢？君，你。實際即指杜牧自己。

【語譯】秋風蕭瑟的聲音總是把我這個遠離故鄉的人攪得心緒不寧，雲夢澤長滿了蘆葦，秋雨下個不停。那雨滴自個敲擊在臺階前的梧桐葉上，這與你何干而使你吟出悲哀的詩篇？

齊安郡後池絕句

【題解】齊安郡，見〈齊安郡晚秋〉題解。本詩主要描寫池塘一帶的夏日景色。

菱透浮萍綠錦池❶，夏鶯千囀弄薔薇❷。盡日無人看微雨，鴛鴦相對浴紅衣❸。

【注釋】❶菱透句　菱葉從浮萍中探出頭來，整個池面一片碧綠，就像一匹綠色錦緞一樣。菱，一年生草本植物，生在池沼中，葉呈三角形，白花，果實叫菱角。萍，水草名。多浮生在水面。❷夏鶯句　夏天，鶯千百徧地啼叫著，在薔薇叢中跳動玩耍。鶯，鳥名。體小，叫聲清脆悅耳。囀，鳥宛轉地叫。薔薇，植物名。落葉灌木。莖細長，花白色或淡紅色，有芳香。❸鴛鴦句　只有一對鴛鴦在池中結伴嬉戲，洗浴著自己紅色的羽毛。鴛鴦，鳥名。像野鴨，體形較小，雄鳥有彩色羽毛。雌雄常在一起，人們常用以比夫婦。紅衣，紅色的羽毛。

【語譯】菱葉透過浮萍，池面猶如一匹綠色的錦緞，千囀萬啼的夏鶯跳躍戲耍於薔薇之間。整天都沒有人來觀賞這濛濛的雨景，只有一對鴛鴦相依相伴在洗浴自己的紅色羽毛。

題齊安城樓

【題解】齊安，見〈齊安郡晚秋〉題解。這首詩寫杜牧在黃州任刺史時對故鄉的懷念。

嗚軋❶江樓角一聲，微陽瀲瀲落寒汀❷。不用憑欄❸苦迴首，故鄉七十五長亭❹。

【注釋】❶嗚軋　象聲詞。形容號角的聲音。❷微陽句　微弱的陽光閃耀在寒冷的河灘上。瀲瀲，本是形容水光閃動的樣子。這裡用來形容陽光閃耀的樣子。汀，水邊平地。❸憑欄　靠在欄杆上。❹故鄉句　故鄉離這裡有二千二百二十五里路，路上有七十五座驛亭。長亭，秦漢時每十里置一亭，為行人休憩及餞別之處。這種亭子叫長亭。唐代每三十里為一驛，驛有驛亭。本詩中的「長亭」即指此。據《通典》記載，齊安郡距杜牧的故鄉長安為二千二百二十五里，其間約置七十五個長亭。

【語譯】江邊的城樓上響起一聲嗚嗚的號角聲，微弱的陽光閃耀在寒冷的河灘上。不用靠著欄杆回首向故鄉苦苦張望，我就知道回鄉的道路有二千二百多里長。

池州李使君歿後十一日，處州新命始到，後見歸妓，感而

成詩

【題解】池州，見〈春末題池州弄小亭〉題解。李使君，指李方玄，字景業。進士及第。曾任池州刺史。李方玄死於會昌五年（西元八四五年）四月，故知本詩寫於該年四、五月間。使君，對州郡長官的通稱。歿，去世。處州，地名。在今浙江省麗水市一帶。新命，新的任命。歸妓，回到池州的官妓。李方玄罷池州刺史後，即離開池州赴宣城，最後死於宣城。李方玄離開池州時，攜帶有官妓。李死後，官妓無處可去，便又回到池州。杜牧繼李方玄之後任池州刺史。當他看到這些回來的官妓時，感慨萬分，故寫了這首詩以悼念李方玄。關於李方玄的生平，可參見杜牧的〈唐故處州刺史李君墓誌銘〉。

縉雲新命詔初行❶，纔是孤魂壽器❷成。黃壤不知新雨露❸，粉書空換舊銘旌❹。巨卿哭
處雲空斷❺，阿鶩歸來月正明❻。多少四年遺愛事❼，鄉閭生子李為名❽。

【注釋】❶縉雲句　任命您為處州刺史的詔書剛剛送到。縉雲，地名。在今浙江省縉雲縣。當時屬處州管轄。故以「縉雲」代指處州。詔，任命詔書。初行，剛到。❷壽器　棺材。❸黃壤句　您在黃土之下，已經無法知道皇上施與您的恩德。雨露，比喻皇上的恩德。指任命李方玄為處州刺史。❹粉書句　人們用白粉改寫了銘旌上的官號，但這對於您來說，已毫無意義。空，言這些舉措對死者已毫無意義。換，改寫；換掉。銘旌，靈柩前的旗幡。又叫明旌。用絳色絲帛製成，以白粉書寫「某官某公之柩」。李方玄死時的身分為「前池州刺史」，詔書到後，其身分應為「處州刺史」。故須用白粉改寫。❺巨卿句　天空晴朗無雲，而我卻為您的死傷心痛哭。巨卿，人名。東漢人范式，字巨卿。與張劭為友。張劭死後，夢召范式。范式馳往赴喪，號哭不已。這裡以范式比杜牧，以張劭比李方玄。斷，斷絕；沒有。❻阿鶩句　官妓們回來之時，正值明月之夜。阿鶩，人名。三國時，荀攸和鍾繇為好友。荀攸先去世，子女幼小，鍾繇為他處理後事，把荀攸的侍妾阿鶩嫁給了一戶

好人家。杜牧以阿鶩比喻跟隨李方玄多年的官妓。❼多少句　您任池州刺史四年，留下了許多愛民之事。多少，許多。四年，指李方玄任池州刺史的四年。❽鄉閭句　百姓們為報答您的恩德，給自己的兒子起名叫「李」。鄉閭，即鄉里。代指百姓。周代以二十五家為閭，一萬二千五百家為鄉。東漢人任延當九真太守時，愛護百姓，幫助百姓嫁娶，百姓為報答他，生子多取名叫「任」。任延在九真當太守的時間也是四年。杜牧以任延比李方玄。

【語　譯】任命您為處州刺史的詔書送到的時候，您剛剛去世，靈柩也剛剛做成。黃土下的您已無法知道皇上給您的恩德，只不過是用白粉在銘旌上改換一下您的官職名稱。天空萬里無雲，我為您痛哭失聲，官妓從您身邊回來時正是明月當空。您在池州四年留下了許多愛民之事，百姓們生孩子都以「李」為名。

見劉秀才與池州妓別

【題　解】劉秀才，名字、生平不詳。秀才，唐代舉士科目之一。也可用於敬稱。池州，見〈春末題池州弄小亭〉題解。見前首詩題解。本詩主要描寫劉秀才與池州妓分手時的哀怨之情。

遠風南浦❶萬重波，未似❷生離恨別多。楚管能吹〈柳花怨〉❸，吳姬爭唱〈竹枝歌〉❹。金釵橫處綠雲墮❺，玉筯凝時紅粉和❻。待得枚皐相見日❼，自應粧鏡笑蹉跎❽。

【注　釋】❶南浦　泛指南面的水邊。行人乘船離去，故在水邊送行。❷未似　不如。指「萬重波」也沒有情人分手時的痛苦多。❸楚管句　楚地的簫笛吹奏起〈柳花怨〉。楚，地名。指今湖北省和湖南省一帶。管，簫笛一類的樂器。〈柳花怨〉，曲名。為情人相思之曲。❹吳姬句　吳地的歌女爭唱〈竹枝歌〉。吳，古國名。在今江蘇省南部和浙江省北部一帶。姬，歌女。〈竹枝歌〉，曲調名。多為情歌。❺金釵句　金釵橫插在頭上，綠雲般的頭髮向下垂墮著。金釵，金製的釵。釵是婦女髮髻上的一種首飾。綠雲，形容又黑又濃的頭髮。墮，垂下。❻玉筯句　兩行眼淚凝掛在臉上時，淚水中拌和著紅粉。

玉筯，指眼淚。筯，筷子。淚珠不停地流，就像兩隻玉色的筷子。故有此喻。和，攪拌在一起。這兩句描寫池州妓與情人分手時的裝扮和痛哭的樣子。❼待得句　等到劉秀才與她再相見的時候。枚皐，人名。西漢人。枚皐的父親是著名的文學家枚乘。枚乘在梁地時，娶枚皐母為小妻。枚乘離開梁地時，枚皐母不肯隨他同去。枚乘便分數千錢留給枚皐母子。杜牧用這個典故比劉秀才與池州妓的分別。❽自應句　將會面對著梳妝鏡，笑話自己長期與情人分離，虛度了光陰。自應，將會。蹉跎，指因與情人分離而虛度光陰。

【語譯】遠風吹過南面的水邊，河面湧起萬重水波，而這萬重水波也沒有他們二人分別時的痛苦多。送別宴會上有人用楚地的簫笛吹奏起〈柳花怨〉，吳地的歌女也爭唱起〈竹枝歌〉。她那插著金釵、綠雲般的頭髮微微地垂著，紅粉拌和在兩行凝掛在臉上的淚水之中。待到他們二人再次相見的時候，一定會面對著梳妝鏡嘲笑自己虛度了光陰。

池州廢林泉寺

【題解】池州，見〈春末題池州弄水亭〉題解。林泉寺，寺廟名。在池州城附近。因廟宇無人經管，破敗不堪，故稱「廢林泉寺」。廢，廢棄。本詩主要描寫林泉寺周圍的景況，後兩句涵義深永複雜：既通過廢寺說明事物興廢無常的道理，又隱含著今生志不得酬的無奈情緒。

廢寺碧溪上，頹垣❶倚亂峰。看栖❷歸樹鳥，猶想過山鐘❸。石路尋僧去，此生應❹不逢。

【注釋】❶頹垣　倒塌的牆。頹，倒塌。垣，牆。❷栖　鳥停下歇宿。❸猶想句　我依然在想像當年從林泉寺發出的、飄過山峰的鐘聲。❹應 料想；大概。

【語　譯】廢棄的林泉寺坐落在青溪旁邊，倒塌的牆壁緊挨著零亂的山峰。我望著回到樹林歇宿的飛鳥，想像著當年飄過山巒的寺廟鐘聲。沿著通向林泉寺的石路去尋訪僧人，今生大概也難得與他們相逢。

憶齊安郡

【題　解】齊安郡，見〈齊安郡晚秋〉題解。本詩回憶了自己在黃州任刺史時的情況，表示要力學修德，最終要離開官場，做一個臨流持竿的釣翁。

平生睡足處，雲夢澤南州❶。一夜風欺竹，連江雨❷送秋。格卑常汩汩❸，力學強悠悠❹。終掉塵中手❺，瀟湘釣漫流❻。

【注　釋】❶雲夢句　在雲夢澤南邊的齊安郡。雲夢澤，大澤名。見〈齊安郡中偶題二首〉注。州，指齊安郡。地處雲夢澤東南。❷連江雨　與江面連成一片的雨。❸格卑句　自己的德才不高，故心中經常為此不安。格，品格；才能。卑，低下。汩汩，動盪不安的樣子。❹力學句　於是我就經常努力地學習。悠悠，持久的樣子。❺終掉句　我最終將從世俗官場中抽出自己的雙手。指離開官場。掉，掉換；抽出。塵中，塵世中；官場中。❻瀟湘句　手持魚竿，在瀟湘的滿江流水邊垂釣。瀟湘，江名。即今湖南省的湘江。也可理解為泛指江河。漫，滿。這兩句是說自己最終要離開官場，去當隱士。

【語　譯】我一生睡覺最充足的地方，就是雲夢澤南邊的齊安郡。那裡的風整夜地敲擊著竹林，與江面連成一片的雨送走了秋天。我心中經常為自己的德才低下而不安，於是就堅持不懈地努力學習。我最終將從官場退出，手持魚竿在滿滿的湘江水邊垂釣。

池州清溪

【題解】池州，見〈春末題池州弄水亭〉題解。清溪，溪水名。杜牧於會昌四年（西元八四四年）九月至會昌六年（西元八四六年）九月任池州刺史。本詩當寫於這一時期。詩歌感嘆自己年歲漸老，讚美了大自然對自己心胸、創作的陶冶作用。

弄❶溪終日到黃昏，照數❷秋來白髮根。何物賴君千遍洗？筆頭塵土漸無痕❸。

【注釋】❶弄　戲耍；遊賞。❷照數　水清如鏡，把白髮照得清晰可數。❸何物二句　為什麼萬物都要依賴你的洗滌呢？經過你的洗滌，我筆下的世俗之氣漸漸消失了。君，指清溪。這兩句的意思是說，自己本來為年歲漸老等世俗之事搞得十分煩惱，但由於清溪這一優美的自然環境的陶冶，自己的心胸變得開朗超逸，創作的詩文也漸漸脫去了世俗之氣。

【語譯】我整天在清溪邊遊賞，一直到黃昏時分，如鏡的溪水清晰地照出我秋來新添的白髮。為什麼萬物都要依賴你的洗滌呢？經你洗滌，我筆下的世俗之氣也漸漸消失。

遊池州林泉寺金碧洞

【題解】池州林泉寺，見〈池州廢林泉寺〉題解。金碧洞，為林泉寺的一處名勝。本詩寫金碧洞周圍的深冬風景及作者極高的遊賞興致。

袖拂霜林下石稜❶，潺湲聲斷❷滿溪冰。攜茶臘月遊金碧，合有文章病茂陵❸。

【注釋】❶石稜　指石頭鋪就的山路。❷潺湲聲斷　潺潺的流水聲沒有了。這句是說，由於天氣太冷，溪水都結了冰，再也聽不到往日的潺潺水聲。❸合有句　應該像病居茂陵的司馬相如一樣，寫出好文章來。合，應該。病茂陵，指司馬相如。司馬相如是西漢著名的文學家，原在朝廷作官，後以病免，家居茂陵。茂陵，地名。在今陝西省興平縣一帶。

【語譯】我走下石路，衣袖輕拂著路邊帶霜的林木，滿溪都結了冰，聽不到潺潺的流水聲。深冬臘月攜帶香茶來金碧洞遊賞，就應該像病居茂陵的司馬相如那樣寫出好文章。

即事 黃州作

【題解】即事，眼前的事物。多用於詩題。題意是：在黃州觸物生情，故作此詩。杜牧於會昌二年（西元八四二年）任黃州刺史，會昌三年，昭義節度使劉從諫卒，其姪劉稹自稱留後，抗拒朝命。朝廷於五月出兵討伐。杜牧在黃州上書宰相李德裕，提出伐叛策略。李德裕採納了他的意見，但沒有重用他。會昌四年八月，昭義軍將郭誼殺劉稹以降。九月，杜牧遷池州刺史。本詩當作於八月左右，當時，杜牧已接到調令但還沒離開黃州，平叛還沒結束（或結束了而杜牧沒有接到消息）。本詩表現了杜牧對平叛戰事的關心和對國計民生的擔憂。後兩句則表現了詩人對不能直接參加平叛、不得不揮麾東下池州的無奈。

因思上黨三年戰❶，閑詠周公〈七月〉❷詩。竹帛未聞書死節❸，丹青空見畫靈旗❹。蕭條井邑如魚尾❺，早晚干戈識虎皮❻。莫笑一麾東下計❼，滿江秋浪碧參差❽。

【注釋】❶上黨三年戰　指發生在會昌三年的討伐劉稹之戰。上黨，地名。即今山西省長治市一帶。當時為叛軍的根據地。三年，指會昌三年。❷周公七月　周公寫的〈七月〉詩。周公，人名。即姬旦。他是周文王之子，周武王之弟。他輔佐武王滅紂，建立周王朝。武王死，成王年幼，周公攝政。後出兵東征，平息武庚等人的叛亂。周公還為周朝制訂了禮樂制度。〈七月〉，《詩經》中的一篇。相傳是在武庚等人發動叛亂時，周公為陳述周民族創業之艱難而作。❸竹帛句　在會昌三年的叛亂中，沒有出現值得載入史書的死節之事。竹帛，指史書。古時用竹簡和絲帛寫字，故稱史書為「竹帛」。死節，為國家守節義而死。❹丹青句　丹青也只能用來繪畫軍旗。丹青，指丹砂和青雘。是兩種可製顏料的礦石。這裡泛指繪畫用的顏色。靈旗，畫有招搖星（在北斗杓端）的軍旗，征戰時用。本句暗含的意思是：在這次平叛中，丹青只能用來繪畫軍旗，不能用來繪畫英雄人物，因為沒有出現值得繪畫的英雄。❺蕭條句　城鄉都如乾枯的魚尾一樣貧瘠蕭條。井邑，泛指城鄉。魚尾，用以形容貧窮蕭條的樣子。❻早晚句　朝廷或早或晚，必定能平息叛亂，恢復太平盛世。干戈，兩種武器名。指盾和戟。據《史記》載，周武王滅商後，放馬華山，散牛桃林，戰車甲衣藏於府庫，倒置干戈，包以虎皮，取朝廷之威能鎮服叛亂、不須再次用兵之意。杜牧對這次平叛將領的德才並不滿意，但仍希望朝廷能夠平叛成功，恢復太平盛世。❼莫笑句　在此平叛的緊要關頭，不要嘲笑我計畫順江東下，去池州擔任刺史。麾，指揮用的旗幟。這裡代指出任池州刺史。東下，順江東下。黃州和池州均在長江邊，黃州在上游，池州在下游，故曰「東下」。當時平叛的戰爭發生在西北的上黨地區，杜牧有意參戰立功，而現在卻還要調任到東南的池州，更加遠離戰場，故用「莫笑」二字自我解嘲。❽參差　形容長江的碧波起伏不平。暗示自己的心情激動而不平靜。

【語譯】因為想起會昌三年發生的上黨平叛之戰，我便閑吟起周公寫的〈七月〉詩。沒聽說平叛前後出現過值得載入史冊的死節之事，丹青也只能用來繪畫出征用的戰旗。目前的城鄉都如乾枯的魚尾一樣貧瘠蕭條，朝廷遲早都要平息叛亂恢復太平盛世。不要笑我順江東下去出任池州刺史，我的心情猶如滿江碧綠秋水一樣起伏參差。

贈李秀才是上公孫子

【題解】本詩題的意思是：「贈李秀才。李秀才是上公的孫子。」秀才，當時舉薦人才的科目之一。也可用於對人的尊稱。李秀才的名字、生平不詳。疑為西平郡王李晟家的子孫。李晟平叛有功，封西平郡王。其子李愬等人又因軍功封涼國公。上公，對公爵的尊稱。言公爵位在諸爵之上。本詩主要讚美了李秀才的儀表風度。

骨清❶年少眼如冰❷，鳳羽參差五色層。天上麒麟時一下❸，人間不獨有徐陵❹。

【注釋】❶骨清　形容風姿清秀俊朗。❷冰　形容眼睛像冰一樣明亮純潔。❸天上句　您是偶爾來到人間的天上「麒麟」。麒麟，傳說中的仁獸名。古人多用來比喻傑出的人才。❹徐陵　人名。南朝著名文人。他在幼年時，就被人稱讚為「天上石麒麟」。

【語譯】您這位風姿清秀的少年的眼睛像冰一樣明亮，您的才華像參差不齊、五彩繽紛、層次分明的鳳毛一樣華美。您是天上的麒麟偶爾來到人間，人間不再只有徐陵一人堪稱「天上麒麟」。

寄李起居四韻

【題解】李起居，指李郢。起居，官名。唐代門下省置起居郎，中書省置起居舍人，為皇上近臣。李郢是長安人，大中年間的進士。先後任起居、侍御史等職。本詩大約寫於大中五年初春，時杜牧四十九歲，任湖州（今浙江省湖州市）刺史。這首詩主要描寫自己不得意的處境和心情，並以男女愛情為喻，隱含著希望對方引薦之意。

楚女梅簪白雪姿❶，前溪❷碧水凍醪❸時。雲罍心凸知難捧❹，鳳管簧寒不受吹❺。南國劍眸能盼眄，侍臣香袖愛僛垂❻。自憐窮律窮途客❼，正劫❽孤燈一局棋。

【注　釋】❶楚女句　現在正是肌膚潔白的南方女子頭戴梅花的時節。楚女，宋玉〈好色賦〉說：「天下之佳人，莫若楚國。」因此，「楚女」也含有「美女」之意。這裡是杜牧自比。簪，在頭上插戴。白雪，形容女子膚色潔白如雪。❷前溪　溪水名。在今浙江省德清縣境內。唐時，前溪在湖州武康縣境內。❸凍醪　冬天釀造、春天飲用的酒。❹雲罍句　我知道自己沒有心思捧起那畫著雲霧圖案、刻有凸出的「心」字花紋的酒杯。雲罍，罍是古代的一種酒器，上面多刻繪著雲雷之形以為裝飾。故稱「雲罍」。心凸，指酒器上雕刻的、凸出的「心」字形花紋。❺鳳管句　因為天氣寒冷，笙的簧片發不出聲音，無法吹奏。鳳管，樂器名。即笙。因笙的體形像鳳凰，故稱「鳳管」。簧，指笙中有彈性的薄片，用以振動發聲。笙共有十二簧。本句的實際意思是說，自己情緒不佳，無心欣賞音樂。❻南國二句　南方女子的炯炯清眸顧盼多情，而身為楚王近臣的宋玉卻低垂著衣袖，無動於衷。南國，南方。劍眸，形容眼睛清俊有神。眸，眼中瞳仁。泛指眼睛。眄，斜視。侍臣，皇帝身邊的臣子。表面指宋玉，實際指李郢。僛垂，微微搖擺的衣袖低垂著。僛，搖擺的樣子。表示對女子的求愛無動於衷，不予接受。宋玉〈好色賦〉說：天下的美女，沒有能比得上我們楚國的；楚國的美女，沒有比得上我的家鄉的；我家鄉的美女，沒有比得上我東邊鄰居家的女孩子的。這位女子眉如翠羽，肌如白雪。她趴在牆頭上偷看了我三年，而我至今都沒答應她的求愛。在這裡，杜牧以美女自比，以宋玉比李郢，表示希望對方能夠接受自己，引薦自己。❼自憐句　我非常同情自己，因為我的處境十分艱難困阨。憐，可憐；同情。窮律，難以吹奏的聲調。窮，困阨。律，指古代音樂中的聲調。客，外地人。指杜牧自己。杜牧是長安人，現在湖州做官，故自稱「客」。❽劫　本指搶劫。這裡指下棋下到了正緊張的時候。《水經注》載，晉人阮簡為開封令，有一次正當他下棋的時候，縣吏來稟報說：「縣城邊發生了搶劫案，情況十分緊急。」阮簡回答說：「棋盤上也發生了『搶劫案』，情況也很緊急。」杜牧這句詩是說自己報國無門，只好把精力耗費在棋盤之上。

【語　譯】潔白如雪的南方女子頭上插戴著梅花，前溪的水清澈碧綠，凍醪酒也已做成。然而我無心捧起那刻有凸形雲雷、心字圖案的酒杯，也無心去欣賞那笙管演奏的樂聲。南方女子的炯炯清眸顧盼多情，身為近臣的宋玉卻低垂衣袖、無動於衷。我非常同情我這個處境艱難的人，總是把精力投入到緊張的棋局之中。

題池州貴池亭

【題　解】池州，見〈春末題池州弄水亭〉題解。貴池亭，亭名。又叫望江亭。故址在今安徽省貴池市南齊山。本詩主要寫貴池亭的高大以及登上亭子後所看到的景象和感受。

勢比凌歊宋武臺❶，分明百里遠帆開❷。蜀江❸雪浪西江❹滿，強半春寒去卻來❺。

【注　釋】❶凌歊宋武臺　臺名。即凌歊臺。南朝宋武帝劉裕所築，故又稱「宋武臺」。據說周迴五里一百步，高四十丈。故址在今安徽省當塗縣境內。❷分明句　能夠清楚地看到百里之內遠航的船帆。分明，清楚。百里遠帆，也可理解為日行百里的船掛著帆。開，張掛。❸蜀江　泛指流經蜀地的長江。一說峽州夷陵（今湖北省宜昌市一帶）有江叫蜀江。❹西江　長江。因其自西而來，故稱「西江」。這裡與「蜀江」相對，應特指長江中下游。❺強半句　已經退去的春寒大半又回到了身邊。強半，過半；大半。這句意思是說，春寒本來已經消去，但由於貴池亭地勢太高，所以登上貴池亭以後，又感覺到了寒冷。

【語　譯】貴池亭的地勢可同宋武帝建的凌歊臺相比，在這裡能夠清楚地看到百里之內遠航的船帆。蜀地的長江白浪滔天，中下游的江水十分平滿，我感到已經消退的春寒大半又回到了身邊。

蘭溪 在蘄州西

【題　解】蘭溪，溪水名。今名浠水。發源於湖北省英山縣，西南流經浠水縣至蘭溪鎮入長江。蘄州，地名。在今湖北省蘄春縣境。蘭溪由蘄州城西流過。本詩作於杜牧任黃州刺史期間。這首詩描寫蘭溪的暮春風光，想像屈原當年被流放時，即通過這裡前往湘江流域，其中寄寓著自己懷才不遇的慨嘆。

蘭溪春盡碧泱泱❶，映水蘭花❷雨發香。楚國大夫憔悴日❸，應尋此路去瀟湘❹。

【注釋】❶泱泱　形容河水深廣的樣子。❷蘭花　植物名。花清香。據說蘭溪一帶多生長蘭花。❸楚國句　當年面容憔悴的楚國大夫屈原被流放南行的時候。楚國大夫，指屈原。屈原曾任楚國三閭大夫，因受到小人們的排斥，先被放逐於江北，後被流放到江南，流浪於沅水、湘江流域，最後投汨羅江自殺。❹應尋句　大概就是沿著這條路到湘江一帶去的吧。應，表推測。大概。尋，沿著。瀟湘，即今湖南省境內的湘江。

【語譯】春末的蘭溪水碧綠深廣，水邊的蘭花在雨後散發著幽香。憔悴的楚國大夫屈原被流放南行的時候，大概就是沿著這條路前去了瀟湘。

睦州四韻

【題解】睦州，地名。轄境相當於今天浙江省桐廬、建德、淳安三縣地。這裡山青水秀，風景優美。會昌六年（西元八四六年）九月，杜牧由池州刺史調任睦州刺史，大中二年（西元八四八年）八、九月間離開睦州。本詩即描寫了睦州的秀麗山水。語言清新自然，畫面明麗可人。

州在釣臺邊❶，溪山實可憐❷。有家皆掩映❸，無處不潺湲❹。好樹鳴幽鳥❺，晴樓入野煙。殘春杜陵客❻，中酒❼落花前。

【注釋】❶州在句　睦州就在釣臺的旁邊。州，指睦州。釣臺，指著名的嚴子陵釣魚臺。嚴子陵是東漢光武帝劉秀的同學，他拒絕劉秀的徵召，退隱於富春山。嚴子陵釣魚臺在今浙江省桐廬縣西，唐時屬睦州。❷可憐　可愛。❸有家句　家家戶戶都掩映在綠蔭叢中。❹潺湲　形容水流的樣子。代指溪流。❺幽鳥　藏在樹叢裡的鳥。幽，隱藏。❻杜陵客　指杜牧自己。杜牧是長安杜陵人。客，外鄉人。❼中酒　喝醉了酒。

【語譯】睦州就在嚴子陵釣臺的旁邊，這裡的山山水水實在可愛。家家戶戶都掩映在綠蔭叢中，到處都流淌著潺湲的溪水。鳥兒藏在美麗的樹林裡鳴叫，野外的霧靄籠罩住陽光下的樓房。暮春時節，我這個從杜陵來的外鄉人，面對著落花喝得酩酊大醉。

秋晚早發新定

【題解】秋晚，晚秋季節。早，清晨。發，出發。新定，地名。在睦州。唐宣宗大中二年（西元八四八年）九月，杜牧離開睦州赴京，就任司勳員外郎、史館修撰新職。這首詩描寫了清晨從新定出發時所看到的晚秋景象，並表達了自己希望歸隱的心願。

解印書千軸❶，重陽❷酒百缸。涼風滿紅樹❸，曉月下秋江。巖壑會歸去❹，塵埃終不降❺。懸纓未敢濯，嚴瀨碧淙淙❻。

【注釋】❶解印句　我解下睦州刺史大印，帶著千卷圖書。軸，指卷軸。古代的圖書類似今天的國畫，每卷中心有一根軸。一軸即一卷。❷重陽　節日名。即農曆九月初九日的重陽節。❸紅樹　指深秋季節葉子變紅的樹。如楓樹。❹巖壑句　應理解為「會歸去巖壑」。我一定會歸隱於山林之中。巖壑，山林。壑，山溝。會，一定；必定。❺塵埃句　應理解為「終不降塵埃」。我最終要擺脫世俗社會。塵埃，指世俗社會。降，落入。❻懸纓二句　我手中拿著帽帶子而不敢洗濯，因為這裡就是碧水淙淙的嚴陵瀨呀！纓，帽帶子。濯，洗。嚴瀨，地名。即嚴陵瀨。在今浙江省桐廬縣南。相傳東漢嚴子陵隱居富春時，在此釣過魚。故稱「嚴陵瀨」。淙淙，象聲詞。形容流水的聲音。這兩句意思是說，自己現在依然在官場中奔波，因此面對著品質高潔的隱士嚴子陵活動過的地方，自慚形穢，不好意思在這裡洗濯自己的帽帶子。

【語　譯】我解下刺史印，帶上千卷書，重陽佳節將到，我還要痛飲百缸美酒。涼風吹拂著長滿紅葉的樹林，我披著秋天清晨的月色乘船駛向下游。我一定要歸隱於山林之中，最終要擺脫塵世的束縛。我拿著帽帶子不敢在這裡洗濯，因為這裡就是碧水淙淙的嚴陵瀨。

除官歸京睦州雨霽

【題　解】除官，解除舊官職，就任新官職。雨霽，雨後初晴。其他可參閱〈睦州四韻〉的題解。本詩前半部描寫赴京途中所看到的秋景，後半部訴說自己不得不在官場奔波的無奈，流露出一種隨世俯仰的消極情緒。

秋半吳天霽❶，清凝❷萬里光。水聲侵❸笑語，嵐翠❹撲衣裳。遠樹疑羅帳❺，孤雲認粉囊❻。溪山侵兩越❼，時節到重陽。顧我能甘賤❽，無由得自強❾。悞曾公觸尾❿，不敢夜循牆⓫。豈意籠飛鳥⓬，還為錦帳郎⓭。網今開傅燮⓮，書舊識黃香⓯。曾在史館四年　姹女真虛語⓰，飢兒欲一行⓱。淺深須揭厲，休更學張綱⓲。

【注　釋】❶秋半句　秋天已經過了一半，吳地的天晴了。吳，古國名。這裡泛指江浙一帶。霽，雨後初晴。❷清凝　形容陽光清亮的樣子。❸侵　伴隨。❹嵐翠　呈現出翠色的山霧。嵐，山中的霧氣。❺遠樹句　遠方的樹林看起來就好像綠色的絲綢大帳。疑，疑似；好像。❻孤雲句　一片孤雲就好像懸掛著的一隻裝粉的袋子。認，被認作；就像是。囊，袋子。❼兩越　地名。這裡主要指睦州一帶。睦州在春秋時屬吳國，後屬越國。❽顧我句　我認為自己還是能夠甘於貧賤生活當一個隱士的。顧，考慮；認為。甘賤，甘於貧賤生活。❾無由句　沒有條件和辦法使自己努力成為一個隱士。無由，沒有辦法。自強，指努力當一個隱士。這首詩寫於大中二年（西元八四八年）九月，當時杜牧經濟困難，須供養從兄杜慥、弟杜顗和李氏孀妹，故有欲當隱士而不得的慨嘆。❿悞曾句　我也曾錯誤地因公事去觸犯過當權的惡人。悞，同「誤」。錯誤。觸尾，「觸蠆尾」的省略。觸，觸犯。蠆，一種蠍子類的毒蟲，尾部有毒鉤。比喻當權的惡人。可參閱〈昔事文皇帝三十二韻〉注。這句詩為憤激、絕望之詞，表現詩人對當時政治的徹底失望，從而認為自己過去觸犯權奸的行為是一種徒勞，是一種錯誤行為。⓫不敢句　本句字面意思是說再也不敢黑夜出門、沿牆而行。實際是說，從此以後，無論做任何事情都如臨深履薄，戰戰兢兢。循牆，靠牆而行。表示恭敬謹慎。⓬豈意句　哪裡會料到我這隻籠中的飛鳥。豈，怎能。意，想到。籠飛鳥，比喻杜牧自己。杜牧視官場為樊籠，自己一直被迫奔波於官場之中，故自稱「籠飛鳥」。⓭錦帳郎　指司勳員外郎一類的官職。錦帳，漢制，尚書郎入直臺中，由官府供給錦被繡帳。⓮網今句　現在，當權之人對我網開一面。傅燮，人名。東漢人，正直敢言，權貴們多疾恨之，憚其名，不敢害，出為漢陽太守。杜牧以傅燮自比。⓯書舊句　過去的那些圖書大概也還認識我這位老朋友吧。舊，過去。黃香，人名。東漢人。曾受皇上之命，入東觀（朝廷藏書之處）讀書。據杜牧自注，杜牧在史館先後任職四年，故以黃香自比。⓰姹女句　煉丹成仙不過是虛妄之語。姹女，道士煉丹，稱水銀為姹女。這裡代指煉丹求仙活動。⓱飢兒句　受飢寒逼迫的我只好再去官場走一遭。飢兒，應指受衣食所迫的杜牧。欲，將要。⓲淺深二句　我將隨機應變，與世俯仰，再也不向剛直疾惡的張綱學習了。淺深，《詩經．匏有苦葉》說：「深則厲，淺則揭。」意思是：遇到深水處，就穿著衣裳渡過去；遇到淺水處，就提起衣裳渡過去。揭，提起衣服渡河。厲，穿著衣服渡河。杜牧的這句詩的意思是：今後不再堅持己見，隨時而變，靈活處世。張綱，人名。東漢人。剛直不阿，疾惡如仇。杜牧的這兩句詩是說自己今後做官，不再堅持正義，不再希望在政治上有所建樹，只想明哲保身，媚世求容。此為激憤之詞，表現了杜牧對政局的失望。

【語譯】秋天已過一半，吳地雨過天晴，大地上灑滿了清亮的陽光。流水聲伴隨著人們的笑語，翠色的山霧撲打著人們的衣裳。遠處的樹林看起來就像綠色的絲綢大帳，一片孤雲猶如一隻裝粉的袋囊。山山水水佈滿了兩越大地，時光又到了佳節重陽。我知道自己能夠甘於貧賤生活，只是沒條件沒辦法使自己辭官歸隱。我曾經錯誤地觸犯過當權的惡人，從此我做事便戰戰兢兢小心異常。沒想到我這隻關在籠中的飛鳥，又能回到朝廷擔任司勳員外郎。現在的執政者對我網開一面，過去的那些圖書大概還認識我這位老朋友。煉丹成仙確實是虛妄之語，飢寒交迫的我只好再次進入官場。今後我將隨機應變與世俯仰，再也不去學習那位剛直不阿的張綱。

夜泊桐廬先寄蘇臺盧郎中

【題解】泊，停船。桐廬，地名。即今浙江省桐廬縣。蘇臺，即姑蘇臺。春秋時吳王闔廬所建。在今江蘇省吳縣西南的姑蘇山上。盧郎中，郎中為官名。其名字、生平不詳。杜牧寫此詩時，盧郎中當在姑蘇臺一帶任職。本詩作於杜牧離開睦州赴京途中，具體時間應是大中二年（西元八四八年）九月。詩中先寫桐廬館附近的夜景，後寫對盧郎中的思念。

水檻桐廬館❶，歸舟❷繫石根。笛吹孤戍月❸，犬吠隔溪村。十載違清裁❹，幽懷❺未一論。蘇臺菊花節❻，何處與開罇❼？

【注釋】❶水檻句　泉水從桐廬的旅店旁湧出。檻，通「濫」。泉水湧出。桐廬，地名。見題解。館，旅店。❷歸舟　指杜牧乘坐的回長安的船。❸孤戍月　即孤月。戍，防守。月亮獨自夜出，猶如孤獨的守邊之人，故稱「孤戍月」。❹十載句　整整十年，沒有同您見過面。十載，十年。違，分離。清裁，對人的敬稱。這裡指盧郎中。❺幽懷　內心的想法和情感。

❻菊花節　即重陽節。重陽節有賞菊和飲菊花酒的習俗，故又稱「菊花節」。❼何處句　您在何處與誰一起舉杯飲酒呢？開罇，指飲酒。罇，一種酒器。

【語　譯】泉水從桐廬的旅店旁流出，我回長安乘坐的船被繫在大石根上。在孤獨的月亮下傳來了陣陣笛曲，溪水那邊的村莊裡也響起了狗叫聲。與您分手已經整整十年了，滿懷的思緒沒有向您傾訴。今年您在姑蘇臺歡度重陽節的時候，將會在何處與誰一起舉杯飲酒呢？

新轉南曹，未敘朝散。初秋暑退，出守吳興，書此篇以自見志

【題　解】轉，調任。南曹，指吏部員外郎。曹，古代分職治事的官署或部門。吏部員外郎主管的選院在曹選街之南，故稱「南曹」。朝散，官階名。即朝散大夫。從五品下。吏部員外郎可加朝散大夫這一官階，因杜牧新任此職，所以還「未敘朝散」。敘，按等級以進職。吳興，地名。即湖州。在今浙江省湖州市。見志，表達自己的志趣。見，通「現」。題目可譯為：「最近剛調任吏部員外郎，還沒有加朝散大夫這一官階。現在是初秋季節，暑氣已消退，我將出任湖州刺史，特地寫下了這首詩歌，以表達自己的志趣。」本詩作於唐宣宗大中四年（西元八五〇年）初秋，時杜牧四十八歲。這首詩表達了杜牧出任湖州刺史時的輕快喜悅心情。杜牧在〈上宰相求湖州啟〉（共三啟）中表白自己要求出任湖州刺史是由於經濟拮据，這首詩說明他要求外任還有避害遠禍的用意。

捧詔汀洲❶去，全家羽翼飛❷。喜拋新錦帳❸，榮借舊朱衣❹。且免材為累❺，何妨拙有

機❻。宋株聊自守❼，魯酒怕旁圍❽。清尚寧無素❾？光陰亦未晞❿。一盃寬幕席⓫，五字弄珠璣⓬。越浦黃甘嫩⓭，吳溪紫蟹肥⓮。平生江海志⓯，佩得左魚歸⓰。

【注釋】❶汀洲　水邊的平地和水中的小洲。這裡代指湖州。因湖州地區多水，故稱之為「汀洲」。❷羽翼飛　形容全家人赴任的迫切、喜悅心情。❸錦帳　指吏部員外郎這一職務。錦帳，漢代制度，尚書郎入值尚書臺中，由官府提供錦帳繡被。❹榮借句　我非常榮幸地借來了刺史穿的舊的紅官服。朱衣，指刺史穿的紅色官服。唐代制度，五品以上的官員纔能穿紅色官服，五品以下的官員如果被授予都督、刺史等職，可借穿紅色官服，離任後不得再穿。杜牧當時為從五品下，故要借穿。❺材為累　因有才能而帶來的拖累。古人認為，智者多慮，能者多勞，有了才能，還會招來別人的忌恨。因此，才能是人的累贅。材，才能。❻拙有機　使自己的巧詐之心變得樸實愚拙。即消除巧詐之心，恢復樸愚本性。機，機心；巧詐之心。這兩句表現了杜牧的韜光養晦、含愚守拙思想。說明他也深受道家影響。❼宋株句　我姑且守株待兔、靜待時機吧。宋，指宋國。株，露出地面的樹根。聊，姑且。《韓非子》說，宋國有一農夫，見到一隻兔子慌慌張張地跑來，一頭撞死在樹根上，於是他便不再幹活兒，整日守著這個樹根，希望能夠再拾到一隻兔子。杜牧用這個故事表示自己今後在政治上不再主動去追求什麼了。❽魯酒句　我總是擔心會有不測的橫禍飛來。戰國時，楚國召集諸侯，魯國和趙國都獻酒於楚王。魯酒薄而趙酒厚。楚國的主酒吏便向趙國另外要酒，趙國不給。主酒吏怒，便把魯酒和趙酒對調了一下。於是楚王便認為趙酒薄，發兵包圍了趙國都城邯鄲。杜牧用這個故事比喻意想不到的災禍。❾清尚句　我難道沒有素養來保持高潔的品行嗎？清尚，清白高尚。寧，難道。素，素養；平日的修養。也可理解為美好的本質。❿光陰句　現在修養自己的品性，時間還不算太晚。晞，乾。古人往往把人生比作朝露，以朝露被太陽曬乾比死亡。故「未晞」指時間還不算太晚。⓫寬幕席　以天為闊大的帳幕，以地為寬大的席子。晉代劉伶〈酒德頌〉說：「幕天席地，縱意所如。……唯酒是務，焉知其餘！」⓬五字句　寫出字字珠璣的優美詩篇。五字，指五言詩。這裡泛指詩文。珠璣，珍珠。圓的叫珠，不圓的叫璣。比喻優美的文辭。⓭越浦句　那裡還出產鮮嫩的黃柑。越浦，越地的水邊。具體指湖州。黃甘，即黃柑。一種水果。⓮吳溪句　那裡的溪水裡生長著肥大的紫蟹。吳溪，吳地的溪水。指湖州一帶的溪水。春秋時，湖州一帶先屬吳國，後屬越國。故這兩句中的「越」、「吳」均指湖州。⓯江海志　歸隱江湖的志趣。⓰佩得句　我現在帶著隱士的心態去湖州當刺史。左魚，指魚形的符，以銅製成，左右各一。左邊魚符授給刺史，右邊魚符藏州郡府庫中，左右魚符相合，以為憑信。歸，歸隱江湖。

【語　譯】我雙手捧著命我出任湖州刺史的詔書，全家人都為此感到十分歡快和幸福。我歡歡喜喜地辭去剛上任的吏部員外郎一職，非常榮幸地借穿上刺史用的紅官服。離開京城使我免除了才能給自己帶來的拖累，我何妨消除巧詐之心而把樸愚本性恢復。從此後我守株待兔靜候時機，時刻提防著意想不到的災難。我難道沒有素養以保持高潔的品行嗎？現在開始砥礪自己也還不算太晚。到那裡我以天為帳、以地為席開懷暢飲，還可以寫出字字珠璣的優美詩篇。那裡的水邊出產鮮嫩可口的黃柑，那裡的溪水裡生長有肥美的螃蟹。我一生都懷有歸隱江湖的志趣，這次我就帶著歸隱的心態去湖州出任刺史。

題白蘋洲

【題　解】白蘋洲，小洲名。在湖州城東南霅溪一帶。這裡風景優美，白居易作〈白蘋洲五亭記〉以記其盛況。本詩描寫了白蘋洲一帶的風光，表達了歸隱煙霞的志趣。

山鳥飛紅帶❶，亭薇拆紫花❷。溪光初透徹❸，秋色正清華❹。靜處知生樂，喧中見死誇❺。無多珪組累❻，終不負煙霞❼。

【注　釋】❶紅帶　鳥名。又叫帶鳥、練鵲。❷亭薇句　亭邊的紫薇開放出紫紅色的花。薇，紫薇。植物名。拆，裂開；開放。❸溪光句　溪水開始變得清澈見底。溪光，溪水。透徹，清澈見底。❹清華　清麗華美。❺靜處二句　一個人靜靜地生活纔能體會出活著的樂趣，喧鬧的官場中總是讚美那些死去的古人。喧中，指喧鬧的官場之中。死，指死去的古代聖賢。❻珪組累　官場事務的拖累。珪，古代帝王、諸侯舉行隆重儀式時所用的玉製禮器。組，佩印用的絲帶。這裡以「珪組」代指官場事務。❼終不句　我最終不會對不起這裡的煙霞美景的。意思是說要經常來觀賞優美的風光。負，對不起。

【語譯】山中的練鵲在翩翩飛翔，亭邊的紫薇綻開了紫紅色的花。溪水開始變得清澈見底，秋天的景色是那樣的清麗優美。一人靜處纔能體會出活著的樂趣，喧鬧的官場中總是讚美那些死去的古人。在湖州當刺史沒有太多的政務拖累，我要經常來這裡觀賞優美的風光。

題茶山 在宜興

【題解】茶山，種茶之山。宜興，地名。在今江蘇省宜興市。當時屬湖州所轄。湖州出產的紫筍茶非常有名，為當時的貢品。紫筍茶生長於湖州與常州交界的顧渚山中。每當採摘貢茶的時候，湖、常二州的刺史都要親臨現場督採，這成為當時的一大盛會。本詩作於唐宣宗大中五年（西元八五一年），時杜牧四十九歲，任湖州刺史。這年三月，他親自到顧渚茶山督採貢茶，看到了優美的山色和盛大的採茶場面，於是寫下了這首詩。詩末表達了對茶山的留戀，流露出樂極生悲的悽愴情緒。

山實東吳❶秀，茶稱瑞草魁❷。剖符雖俗吏❸，脩貢亦仙才❹。溪盡停蠻棹❺，旗張卓翠
苔❻。柳村穿窈窕❼，松澗渡喧豗❽。等級雲峰峻❾，寬平洞府❿開。拂天聞笑語⓫，特地⓬
見樓臺。泉嫩黃金湧⓭，山有金沙泉，脩貢出，罷貢即絕。牙香紫璧裁⓮。拜章期沃日⓯，輕騎疾奔
雷⓰。舞袖嵐侵澗⓱，歌聲谷答迴⓲。磬音藏葉鳥⓳，雪豔照潭梅⓴。好是全家到㉑，兼為奉
詔來㉒。樹陰香作帳，花徑落成堆。景物殘三月㉓，登臨愴一杯㉔。重遊難自剋㉕，俛首入塵

埃㉖。

【注　釋】❶東吳　地名。泛指江蘇省南部及浙江省北部地區。湖州即處於這一地區。❷茶稱句　茶在珍貴的草中可稱魁首。瑞草，珍貴的草。魁，魁首；第一。❸剖符句　我當湖州刺史雖然是個世俗官吏。剖符，朝廷授與官員的憑證。如〈新轉南曹，未敘朝散。初秋暑退，出守吳興，書此篇以自見志〉中講的魚符。❹脩貢句　但我在為皇上督採貢茶的時候，卻有一種飄飄欲仙的美好感覺。脩貢，指督採貢茶。❺溪盡句　溪流上停滿了前來採茶的船隻。盡，全部。蠻，古代對南方民族的稱呼。這裡引申為南方。棹，船槳。這裡代指船。❻旗張句　翠綠的青苔上插滿了飄揚的旗幟。張，張開；飄揚。卓，樹立。❼柳村句　我們穿過風景優美的柳村。柳村，村莊名。因村子多植柳樹而得名。窈窕，這裡是形容風景美好的樣子。❽松澗句　大家渡過兩岸長滿松樹、水聲嘩嘩的山澗。澗，夾在兩山之間的水溝。喧豗，形容水聲很大的樣子。❾等級句　一級級的石路通向直插雲霄的高峻山峰。等級，指一級級的石路。❿洞府　神仙居住的山洞。這裡指茶山上的洞穴。⓫拂天句　應理解為「聞笑語拂天」。聽到人們的笑語聲飄向雲天。拂，掠過；飄向。⓬特地　特別；突出。⓭泉嫩句　泉水是那樣的柔和，黃金般的沙粒隨著泉水湧出。嫩，柔弱；柔和。黃金，指黃金般的沙粒。茶山有黃沙泉，每當採貢茶的時候，泉水即湧出；貢茶採摘完畢，泉水也即乾涸。⓮牙香句　把芳香的茶樹嫩芽製成光潔如玉的紫筍茶。牙，通「芽」。指茶樹的嫩芽。紫璧，紫色的玉璧。指紫筍茶。因其光潔如玉，故比作紫璧。裁，製作。⓯拜章句　我們將選擇一個美好的日子向朝廷獻上有關貢茶事宜的奏章。拜章，獻上奏章。期，期盼；希望。沃，美好。⓰輕騎句　送奏章的輕騎比雷電的速度還要快。疾，快；比……還要快。⓱舞袖句　人們揮動著長長的衣袖，跳起舞來，山霧繚繞在山澗之中。嵐，山中的霧氣。侵，飄入；繚繞。⓲谷答迴　山谷裡傳來回音。答，指回聲。⓳磬音句　藏在樹葉深處的鳥兒發出磬樂一樣清脆的叫聲。磬，樂器名。以玉、石或金屬製成。發音清亮。這裡用來形容鳥叫聲。⓴雪豔句　山頭鮮亮的白雪映照著潭水邊的紅梅。豔，鮮亮的樣子。㉑好是句　令我高興的是我們全家都來參加了這次盛會。㉒兼為句　再加上我是奉朝廷命令來到茶山。詔，詔書。每年到茶山督採貢茶，應是朝廷制訂的制度。故杜牧有此言。㉓景物句　到了三月，美好的美景已開始衰敗。㉔登臨句　登上茶山，我懷著淒涼的心情飲起酒來。登臨，登山臨水。這裡指登上茶山。愴，淒涼。㉕自尅　自我保證。尅，能夠。㉖俛首句　我只好垂頭喪氣地再回到塵世官場之中。俛，同「俯」。俛首，低著頭。形容垂頭喪氣的樣子。塵埃，指世俗社會、宦場。最後兩句表現了杜牧對山水的熱愛和對塵世官場的憎惡。

【語　譯】東吳一帶的山水確實秀麗，茶在珍貴的草中可占第一。我當湖州刺史雖然是一個世俗的官吏，現在督採貢茶時卻也飄飄欲仙。溪水上停滿了前來採茶的南方式樣的船隻，翠綠的青苔地上插滿了飄揚的旗幟。我們走過風景優美的柳村，又渡過兩岸長滿松樹、水聲嘩嘩的山澗。一級級的石路通向直插雲霄的高峻山峰，寬平的場地旁有一個深幽的山洞。我聽到人們的笑語聲飄向雲天，還看見那遠處十分顯眼的樓臺。黃金般的小沙粒隨著柔和的泉水湧出，芳香的茶樹芽被製成光潔如玉的紫筍茶。我要選擇吉日向朝廷獻上有關貢茶的奏章，送奏章進京的輕騎速度比雷電還快。人們在雲霧繚繞的山澗中揮袖起舞，歌聲在山谷中蕩起了陣陣回響。藏在樹葉裡的鳥兒發出磬樂一樣的清脆叫聲，山頭那鮮亮的白雪映照著潭水邊的紅梅。令我高興的是全家都參加了這次盛會，更何況我是奉旨來到這裡。芳香的綠樹蔭可作帷帳，開滿鮮花的小路上已落滿了成堆的花瓣。春天的景色到了三月已開始衰敗，我登上茶山滿懷淒涼地飲起酒來。我很難保證自己能夠再次來這裡遊覽，只能垂頭喪氣地回到塵世之間。

茶山下作

【題　解】茶山，見〈題茶山〉題解。本詩描寫茶山的優美風光和自己的愉快心情。

春風最窈窕❶，日晚柳村❷西。嬌雲光占岫❸，健水鳴分溪❹。燎巖野花遠❺，戛瑟幽鳥啼❻。把❼酒坐芳草，亦有佳人❽攜。

【注　釋】❶窈窕　美好的樣子。❷柳村　村名。因村子多植柳樹而得名。❸嬌雲句　嬌美的雲霞披著陽光盤繞在山峰之上。岫，山峰。❹健水句　湍急的山泉注入不同的溪流，發出「嘩嘩」的流水聲。健水，奔流有力的水。❺燎巖句　遠遠望去，成片的紅色野花就像在山崖燃起的一片火焰。燎，燃燒。巖，高峻的山崖。❻戛瑟句　藏在樹叢中的鳥兒在「啾啾」地鳴叫。戛瑟，象聲詞。形容鳥叫的聲音。幽，藏。❼把　手拿；舉起。❽佳人　美人。應指能歌善舞的官妓。

【語　譯】美好的春風輕輕吹來，太陽落到了柳村西邊。嬌美的雲霞披著陽光盤繞在山峰上，嘩嘩的湍急山泉注入不同的溪流。遠處山崖上的野花像一片燃燒的火焰，藏在樹叢裡的鳥兒在啾啾地啼叫。我坐在芳草地上舉杯暢飲，旁邊還有能歌善舞的佳人陪伴。

入茶山下題水口草市絕句

【題　解】茶山，見〈題茶山〉題解。水口，鎮名。即水口鎮。在顧渚茶山腳下。草市，城外的市集。本詩與前兩首詩作於同時，主要描寫水口鎮草市的風景。

倚溪侵嶺❶多高樹，誇酒書旗❷有小樓。驚起鴛鴦豈無恨，一雙飛去卻迴頭。

【注　釋】❶侵嶺　緊靠著山嶺。❷書旗　寫有字的酒旗。

【語　譯】長有很多大樹的草市倚山傍溪，小酒樓上掛著誇耀美酒的酒旗。被人們驚跑的鴛鴦豈能沒有怨恨，雙雙飛走時，又回頭凝視。

春日茶山病不飲酒因呈賓客

【題　解】茶山，見〈題茶山〉題解。病不飲酒，因有病而不能飲酒。呈，恭敬地送上。這裡指獻詩。本詩與前三首詩作於同時，主要寫茶山的自然美景和個人的怡然心情。

笙歌登畫船❶，十日清明前❷。山秀白雲膩❸，溪光紅粉❹鮮。欲開未開花，半陰半晴天。誰知病太守❺，猶得作茶仙❻。

【注釋】❶笙歌句　在音樂和歌聲中，我們登上華麗的船。笙，樂器名。代指音樂。畫船，裝飾華麗的船。❷十日句　在清明節的前十天。清明，農曆二十四節氣之一。因在三月，故又叫「三月節」。這兩句點明啟程來茶山的時間。❸膩　形容白雲的顏色光澤很美的樣子。❹紅粉　指紅花。❺病太守　指杜牧自己。太守，漢代的官名。唐代的刺史相當於漢代的太守。故杜牧自稱「太守」。❻茶仙　採茶的「神仙」。自稱「茶仙」，以表示愉快得意的心情。

【語譯】我們在樂歌聲中登上華麗船隻的時候，正是清明節的前十天。秀麗的山峰上飄浮著色澤美好的白雲，碧光粼粼的溪水兩岸開滿了鮮豔的紅花。到處都是將開未開的花朵，天氣是半陰半晴的天氣。誰想到我這個生病的太守，還能夠來當採茶的「神仙」。

不飲贈官妓

【題解】不飲，因生病而不飲酒。官妓，湖州官府的歌妓。這首詩用美好的春色來反襯自己佳人難得的惆悵。

芳草正得意❶，汀洲❷日欲西。無端❸千樹柳，更拂一條谿。幾朵梅堪折❹，何人手好攜❺？誰憐佳麗地？春恨卻凄凄❻。

【注　釋】❶芳草句　現在正是芳草得意的時候。此為擬人手法。春天是芳草生長的季節，故稱其「正得意」。❷汀洲　水中的小洲。❸無端　無頭；無邊。❹堪折　值得折下觀賞。堪，值得。❺何人句　我該與何人攜手同遊呢？本詩是送給官妓的，因此本句應看作是杜牧向官妓表示愛慕之情。❻誰憐二句　誰有心愛戀如此美麗可愛的春光呢？我心中充滿了煩惱和悲傷。憐，愛。春恨，春天的煩惱。凄凄，悲傷的樣子。本句寫杜牧因佳人難得而傷心。

【語　譯】現在正是芳草得意的時節，小洲上的太陽就要偏西了。千萬棵柳樹連成無邊的綠蔭，柔和的柳條輕拂著一條溪流。幾朵梅花值得折下玩賞，我該與何人攜手同遊？誰有心愛戀如此美好可愛的春光呢？我的心中充滿了苦惱和悲傷。

早春贈軍事薛判官

【題　解】軍事，這裡指負責軍事事務的官員。唐肅宗至德年間，中原及江南地區也開始置節度使，大郡及要害地區置防禦使，負責軍事，一般由刺史兼任。肅宗上元以後，改防禦使為團練守捉使，又置副使判官。判官為刺史的僚屬，協助處理事務。本詩作於杜牧任湖州刺史期間，薛判官應是一位協助杜牧處理軍事事務的官員，名字、生平不詳。詩歌描寫了春光和宴樂，勸告對方要及時行樂。

雪後新正半❶，春來四刻長❷。晴梅朱粉豔❸，嫩水碧羅光❹。絃管開〈雙調〉❺，花
鈿❻坐兩行。唯❼君莫惜醉，認取少年場❽。

【注　釋】❶新正半　新一年的正月十五。這一天為上元節，這一天的夜晚稱元夜、元宵。正，正月。❷四刻長　白晝比過去長了四刻。刻，古代的計時單位。古人以銅漏計時，一晝夜分為一百刻。❸晴梅句　晴天的梅花像塗抹了紅粉一樣，十分的豔麗。❹嫩水句　柔和的春水在太陽下閃著綠綢般的光芒。嫩，柔和。碧羅，綠色的絲綢。❺絃管句　各種樂器演奏起〈雙調〉曲。絃管，絃樂器和管樂器。這裡泛指各種樂器。開，演奏。雙調，商調樂律名。❻花鈿　又叫花釵。是古代婦女的一種首飾。這裡代指演奏音樂的歌妓。❼唯　句首語氣詞。表示希望。❽認取句　要知道現在正是你少年行樂的好時光。認取，認清；明白。塲，這裡指時間、時光。

【語　譯】雪後初晴又到了正月十五，春季的白天比過去又長了四刻。陽光下的梅花像塗了紅粉一樣豔麗，柔和的水面閃著碧色綢緞般的光芒。各種樂器演奏起〈雙調〉曲，頭戴金釵的歌女分坐成兩行。希望你不要擔心喝醉，要知道現在正是你少年行樂的好時光。

代吳興妓春初寄薛軍事

【題　解】吳興，地名。即湖州。其餘見〈早春贈軍事薛判官〉題解。本詩與〈早春贈軍事薛判官〉應作於同時。詩中，杜牧以湖州歌妓的口氣，勸告薛判官應及時行樂，不要辜負了大好的青春年華。

霧冷侵紅粉❶，春陰撲翠鈿❷。自悲臨曉鏡❸，誰與惜流年❹？柳暗霏微雨❺，花愁黯淡天❻。金釵❼有幾隻，抽當酒家錢。

【注　釋】❶紅粉　指歌妓塗有紅粉的面孔。❷春陰句　春天的陰雨天氣籠罩著我。春陰，根據下文的「霏微雨」，應指春天的陰雨天氣。翠鈿，綠玉製成的婦女首飾。代指歌妓。❸自悲句　清晨面對鏡子，為自己的青春漸去而悲傷。曉，天亮；早上。❹誰與句　我和誰一起來共同珍惜這似水的年華？流年，像流水那樣一去不返的年華。❺柳暗句　天上下著濛濛細雨，柳林裡十分昏暗。霏，飛散；落下。❻花愁句　天空是那樣的陰沉，連花兒也為此發愁。黯淡，陰沉。❼金釵　金製的釵。釵，是婦女的一種首飾。

【語譯】冰冷的霧氣撲打著我的面孔，春天的陰雨天氣籠罩著我。清晨面對鏡子為自己的青春漸去而悲傷，我該與誰一起來珍惜這流水般的年華？柳林在濛濛細雨中顯得格外昏暗，天空陰沉得使花兒都感到發愁。我還有幾隻金釵，不妨抽出來為你作買酒的錢。

八月十二日得替後移居霅溪館，因題長句四韻

【題解】替，新舊交替。這裡具體指杜牧離開湖州刺史任時與新任刺史交割各項事宜。霅溪，水名。又叫霅川。在湖州附近。霅溪館，旅館名。因在霅溪邊而得名。唐宣宗五年（西元八五一年）秋，杜牧由湖州刺史調入長安任考功郎中、知制誥。本詩即描寫了他把湖州事務交割給新任刺史後的輕快心情，表達了他對湖州的留戀和對閑適生活的嚮往。

萬家相慶喜秋成❶，處處樓臺歌板❷聲。千歲鶴歸猶有恨❸，一年人住豈無情❹。夜涼溪館留僧話，風定蘇潭❺看月生。景物登臨閑始見❻，願為閑客此閑行❼。

【注釋】❶秋成　秋天收成好。❷板　樂器中用來打節拍的拍板。❸千歲句　離家千年的神仙化鶴而歸後，面對家鄉的變化，尚且有無限的惆悵。《洞仙傳》記載，遼東人丁令威隨師學仙，千年後化為白鶴飛回故鄉，當他看到故鄉物是人非的情景後，唱了一首傷感的歌曲。❹一年句　我在湖州生活了整整一年，豈能沒有留戀之情。杜牧於大中四年秋出任湖州刺史，大中五年秋離任，前後約一年的時間。這兩句是說，化為白鶴的神仙對闊別千年的故鄉尚有感情，更何況我作為一個

人，對剛生活過的地方豈能無情！❺蘇潭　潭水名。又叫蘇公潭。唐開元初，蘇頲任烏程縣尉，誤墜入此潭中。蘇頲後為玄宗朝宰相，繼承父爵為許國公。潭水因此得名。潭在湖州附近。❻景物句　只有在閑暇的時候，帶著閑暇的心情，纔能真正地欣賞這美好的景色。本句意思是說，過去當刺史，政務繁忙，身處美景卻無心欣賞。而現在無官一身輕，時間充分，心情閑適，這纔真正體會到了風景的美好。❼願為句　我願意永遠作這樣一個閑暇的人，進行如此閑適的遊覽。

【語　譯】千家萬戶都在慶賀今年秋天的好收成，處處樓臺中都傳出拍板的節奏聲和歌聲。化鶴的神仙回到闊別千年的故鄉時尚有滿腹惆悵，我在湖州生活了一年，豈能沒有留戀之情。在涼爽的秋夜，我在霅溪館留僧人閑談，在風平浪靜的蘇潭邊，我觀賞明月東昇。只有閑暇時登山臨水纔能真正欣賞美景，我願永作閑人進行如此閑適的旅行。

初冬夜飲

【題　解】根據詩歌內容，本詩應作於唐宣宗大中五年（西元八五一年）初冬。這年秋，杜牧由湖州回到長安任考功郎中、知制誥。到京後，修治長安城南樊川別墅，經常招親友遊賞其中。但杜牧在湖州刺史任上已患病，一直未癒。本詩即寫作者帶病夜飲時的那種嘆老嗟終的傷感之情。第二年冬，杜牧即因病去世。

淮陽❶多病偶求歡❷，客袖侵霜與燭盤❸。砌下梨花一堆雪❹，明年誰此凭❺欄干？

【注　釋】❶淮陽　地名。在今河南省淮陽縣。西漢人汲黯多病，朝廷任命他為淮陽太守，汲黯伏謝不受印綬，朝廷強予之。這裡杜牧以汲黯自比。❷求歡　追求歡樂。指夜飲這件事。❸客袖句　客人們的衣袖輕輕地拂動著夜晚的霜氣和燭盤。❹砌下句　臺階下一堆堆的白雪就像盛開的梨花一樣。砌，臺階。❺凭　靠。本句的意思是：我今年靠在欄杆上觀賞雪景，但我身染重病，恐不久於人世，不知明年的此時將會是誰在這裡凭欄賞雪了。

【語　譯】多病的我偶爾請客夜飲尋求歡樂，客人們的衣袖輕拂著霜氣和燭盤。臺階下一堆堆的白雪猶如盛開的梨花，明年的此時不知是誰在這凭欄觀賞雪景。

栽竹

【題　解】本詩描寫了竹的風姿和自己的歸隱思鄉之情。

本因遮日種，卻似為溪移❶。歷歷羽林影❷，疏疏煙露姿❸。蕭騷❹寒雨夜，敲劼❺晚風時。故國❻何年到，塵冠挂一枝❼。

【注　釋】❶為溪移　為了溪水而移栽竹子。意思是說溪水有了竹子的陪襯，顯得更加清秀美麗，所以說移栽竹子好像是為了溪水，而不是為自己。❷歷歷句　竹林的影子是那樣的清楚分明。歷歷，分明可數的樣子。羽林，本指皇上的衛隊羽林軍，這裡用來比喻竹林。❸疏疏句　竹子在煙露中顯得挺拔偉岸。疏疏，本指穿戴整齊講究的樣子，這裡用來形容竹子的挺拔高大。❹蕭騷　象聲詞。形容風吹竹林的聲音。❺敲劼　相互輕輕碰撞的樣子。❻故國　故鄉。❼塵冠句　我將棄官回家。塵冠，指塵世中的官帽。挂一枝，挂在樹枝上。王莽時，逢萌把官帽挂在東都城門，辭官退隱。後因稱辭官為挂冠。

【語　譯】移栽竹子本來是為了自己遮蔽日光，現在看來好像是為溪水增添了光彩。竹子的身影是那樣的清楚分明，在霧繞露潤下顯得更加偉岸挺拔。竹林在寒冷的雨夜發出「簌簌」的聲音，那是夜晚的風在輕輕地敲擊著竹林。何時纔能回到故鄉？我已決心挂冠歸隱。

梅

【題　解】本詩主要描寫梅花的芳姿。其第二聯及尾聯想像奇特，使本詩生色不少。

輕盈照溪水，掩斂下瑤臺❶。妒雪聊相比❷，欺春不逐來❸。偶同佳客見❹，似為凍醪❺開。若在秦樓畔，堪為弄玉媒❻。

【注　釋】❶掩斂句　梅花就像含羞矜持地走下瑤臺的仙女一樣。掩斂，形容含羞、矜持的樣子。瑤臺，神話傳說中神仙住的地方。❷妒雪句　梅花好像是嫉妒白雪，所以要在雪天開放，要與白雪爭一高低。聊，姑且。❸欺春句　又好像是瞧不起春天，所以不在春天開放。欺，瞧不起。逐來，相隨而來。❹偶同句　我偶然有機會同貴客一起觀賞梅花。見，觀賞梅花。❺凍醪　冬天釀造、春天成熟的酒。又叫春酒。這裡代指飲酒。❻若在二句　如果梅花開放在秦樓的旁邊，它完全可以作弄玉的媒人。秦樓，指秦穆公女兒弄玉住的樓。畔，旁邊。堪，能夠。《列仙傳》記載，簫史善於吹簫，娶秦穆公的女兒弄玉為妻，後夫妻二人乘鳳凰仙去。

【語　譯】輕盈的梅花倒映在溪水之中，就像一群含羞的仙女走下了瑤臺。梅花好像嫉妒白雪所以要與白雪一爭高低，又好像蔑視春天故而不在春天開放。我偶爾有機會同貴客一起前來觀賞，梅花就像是為我們飲酒助興而綻放。如果它生長在秦樓的旁邊，完全可以當弄玉的媒人。

山石榴

【題　解】本詩描寫了山石榴花，突出了花朵紅豔似火的特點。

似火山榴映小山，繁中能薄豔中閑❶。一朵佳人玉釵❷上，秪疑燒卻翠雲鬟❸。

【注　釋】❶繫中句　山石榴花在盛開之時能保持淡薄的情趣，在紅豔的外表下有一顆閑適的心態。本句表面是描寫山石榴花，實際是在寫自己的情趣。❷玉釵　一種玉製的婦女首飾。❸秪疑句　我真擔心它會燒掉美人那烏黑的頭髮。疑，懷疑。引申為擔心。燒卻，燒掉。翠雲鬟，像黑雲一樣的頭髮。鬟，古代婦女梳的環形髮結。

【語　譯】火一樣紅的山石榴花映照著小山，它們正值盛開、紅豔無比卻又顯得恬淡閑適。美女的玉釵上插戴著一朵火紅的山石榴花，我真擔心它會燒掉美人那黑雲般的頭髮。

柳長句

【題　解】本詩描寫了柳樹。詩末表露了自己長期離鄉遊宦的惆悵之情。

日落水流西復東，春光不盡柳何窮❶。巫娥❷廟裡低含雨，宋玉❸宅前斜帶風。莫將榆莢❹共爭翠，深感杏花相映紅。灞上❺、漢南❻千萬樹，幾人遊宦別離中❼？

【注　釋】❶柳何窮　柳林無邊無際。窮，盡頭；邊際。❷巫娥　傳說中的神女名。即巫山神女。相傳為天帝的小女，名瑤姬，封於巫山之陽。❸宋玉　人名。戰國時期楚國的著名辭賦家。宋玉宅故址在今湖北省江陵市北。❹榆莢　榆樹的果實。綠色。榆樹生葉前先生莢，形似錢而小，聯綴成串，故又稱榆錢。❺灞上　地名。又作「霸上」。在今陝西省長安縣東。漢、唐時期，長安人送親友東行時，多在此餞行。❻漢南　地名。泛指漢水以南。一說指今陝西省漢陰縣。❼幾人句　有多少人正在為到遠方做官的親友餞行。遊宦，到外地做官。「柳」與「留」諧音，古人送別時，有折柳相贈的習慣，以表示挽留之意。

【語　譯】落日下，河水溪流或東或西地流淌著，現在正是春光無限、綠柳無邊的時節。巫山神女廟裡的柳枝帶著雨水低垂著，宋玉故居前的柳枝在春風中輕輕搖擺。你無法將榆莢的綠色同柳條的綠色相比，紅杏花與綠柳葉相互映襯使人感嘆不已。在灞上、漢南的千萬棵綠色柳樹下，不知有多少人正在為出外做官的親友送行。

隋堤柳

【題　解】隋堤，隋煬帝時開運河，河寬四十步，全長三百餘里，兩岸為堤，堤上多植楊柳，後人稱之為「隋堤」。大中五年（西元八五一年）秋，杜牧從湖州調往長安。本詩即杜牧赴京途中經過運河時所作。

夾岸垂楊❶三百里，祇應圖畫最相宜❷。自嫌流落西歸疾❸，不見東風二月時❹。

【注　釋】❶垂楊　即垂柳。❷祇應句　兩岸柳林的風景最適合於描繪成圖畫。相宜，適宜。❸自嫌句　我自己感到自己因長年流落在外，歸鄉之心太切，走得太快。嫌，不滿意。流落，指長年在外做官。西歸，指由東向西回長安故鄉。疾，快。❹不見句　沒能等到二月看看春風吹拂時的柳林美景。東風，春風。

【語　譯】兩岸的垂柳連綿三百餘里，這風景最適合繪入圖畫之中。我感到自己因歸鄉心切行走太快，沒能觀賞到二月春風吹拂時的柳林美景。

柳絕句

【題　解】本詩寫作者因看到春風楊柳而勾起自己對故鄉的思念。

數樹新開翠影齊❶，倚風❷情態被春迷。依依故國樊川恨❸，半掩村橋半拂溪。

【注釋】❶數樹句　幾棵柳樹剛長出翠綠的枝葉，模樣十分美好。開，長出。翠影，指柳樹翠綠的枝葉。齊，齊整。原指婦人貌美，這裡形容柳樹模樣好看。❷倚風　在風中搖擺。❸依依句　我因思念故鄉樊川而滿腹惆悵。依依，依戀、思念的樣子。樊川，水名。在今陝西省長安縣南。杜牧家有別墅建於此處，風景十分優美。

【語譯】幾棵柳樹剛剛長出美好的綠色枝條，隨風搖擺的枝條的情態就好像陶醉在春風之中。我因此而滿懷惆悵地想起故鄉樊川，那裡的垂柳半掩著村橋半拂著小溪。

獨柳

【題解】本詩描寫了一棵柳樹的美好情態以及人們對它的愛惜之情。

含煙❶一株柳，拂地搖風久。佳人不忍折，悵望迴纖手❷。

【注釋】❶含煙　被霧氣所籠罩。❷纖手　指女子柔美的手。

【語譯】霧氣籠罩著這棵美好的垂柳，在風中搖擺的枝條久久地輕拂著地面。一位美麗的少女不忍心攀折它的枝條，悵然地望著它抽回了自己柔美的雙手。

早雁

【題　解】早鴈，指秋天較早向南飛翔的大鴈。本詩一方面描寫了大鴈南飛的情景，一方面通過想像，把大鴈南飛的原因歸咎於胡騎的暴虐。這首詩作於唐武宗會昌二年（西元八四二年）秋。當時回鶻南侵，大肆掠奪，百姓不得安寧。杜牧通過比興手法，把景物描寫同社會現實有機地結合起來，表現了作者對入侵中原的胡騎的憎惡，和對被迫南遷的北方人民的同情及勸慰。

金河秋半虜弦開❶，雲外❷驚飛四散哀。仙掌❸月明孤影過，長門❹燈暗數聲來。須知胡騎紛紛在❺，豈逐❻春風一一迴？莫厭瀟湘少人處❼，水多菰米❽岸莓苔❾。

【注　釋】❶金河句　現在正是秋天，金河地區的回鶻人又開始射獵活動。金河，水名。在今內蒙古自治區呼和浩特市南。當時為回鶻人生活地區。秋半，秋天剛過一半。這裡指秋天。虜，對敵人的蔑稱。弦開，拉開弓弦。本句以回鶻射獵喻回鶻南侵。❷雲外　雲層之上。代指空中。本句以大鴈驚飛喻百姓四處逃難。❸仙掌　即仙人掌。漢武帝在長安建章宮建銅鑄仙人，仙人的手掌托承露盤，以接取甘露服用，目的是為了追求長生。❹長門　宮殿名。即長門宮。漢武帝的陳皇后失寵後即幽居於此。這兩句中的「仙掌」、「長門」都是借指唐代的長安宮殿。❺須知句　要知道眾多的回鶻騎兵還在那裡橫行。紛紛，形容多的樣子。也可理解為亂紛紛的樣子。❻逐　跟隨。❼莫厭句　不要對人煙稀少、荒涼異常的瀟湘地帶感到不滿。厭，不滿。瀟湘，水名。即湘江。這裡泛指湖南。據說大鴈在秋天飛至湖南省衡陽市的回鴈峰，即在此越冬，春天再飛回北方。古代這一地區較為荒涼。❽菰米　植物名。又叫雕胡米。果實可食用。❾莓苔　植物名。種類很多。味酸甜，可作鳥類食物。這兩句是杜牧對南逃百姓的勸告和安慰。

【語　譯】金河一帶的回鶻人在秋天又開始射獵了，天空的大鴈哀鳴著四散驚飛。明月夜一隻孤鴈從長安的宮殿上飛過，幾聲悲鳴傳入燈光暗淡的宮中。要知道眾多的回鶻騎兵還在那裡橫行，你們怎能隨著春風飛回故鄉呢？不要對瀟湘一帶的人少、荒涼感到不滿，那裡水邊的菰米和莓苔完全可以充飢。

鵁鶄

【題　解】鵁鶄，水鳥名。模樣類似野鴨。高腿。本詩主要描寫鵁鶄的樣子、叫聲以及嬉戲的可愛身姿。

芝莖抽紺趾❶，清唳擲金梭❷。日翅閑張錦❸，風池去罥羅❹。靜眠依翠荇❺，暖戲折高荷。山陰豈無爾，繭字換群鵝❻？

【注　釋】❶芝莖句　鵁鶄那黑中帶紅的腿腳就像地上生長出來的芝莖。芝，菌類植物的一種。古人以為瑞草。抽，生長出來。紺，紅青；微微帶紅的黑色。❷清唳句　牠那清亮的叫聲就像投擲金梭時發出的聲音一樣。清，清亮；清脆。唳，鳥鳴。梭，梭子。牽引緯線的織具。❸日翅句　白天，牠悠閑地張開華美如錦的雙翅。錦，有彩色花紋的絲織品。❹罥羅　捕鳥用的網。❺翠荇　綠色的荇菜。荇，荇菜。一種多年生水草。❻山陰二句　山陰難道沒有你們這樣可愛的鳥嗎？不然，王羲之怎麼會在蠶繭紙上書寫《道德經》去換回一群白鵝呢？意思是說，你們如在山陰，王羲之更愛的是你們，而不是鵝。山陰，地名。即今浙江省紹興市。爾，你們。指鵁鶄。繭，指用蠶繭製成的紙。東晉時，山陰有一道士，養了一群好鵝。王羲之非常喜愛，要求買下。道士說：「為我寫《道德經》，我願把這群鵝贈送給您。」王羲之欣然寫畢，即攜鵝而歸。

【語　譯】鵁鶄那青紅色的腿腳就像芝莖一樣，叫聲猶如投擲金梭的聲音那樣清亮。白天悠閑地張開那華美似錦的翅膀，風吹池塘，鵁鶄高高飛去遠離羅網。有時靠著綠色的荇菜靜靜地睡眠，有時熱鬧地戲耍碰斷了高高的荷枝。山陰大概沒有你們這些美麗的水鳥吧，不然王羲之也不會用繭紙寫字去換一群白鵝。

鸚鵡

【題　解】鸜鵒，鳥名。羽毛色彩美麗，頭圓，嘴大而短，上嘴呈鉤狀。經訓練能效人發音。本詩借描寫因多舌而被關入籠中的鸜鵒，諷刺了多言多敗的世俗之人。

華堂❶日漸高，雕檻繫紅絛❷。故國隴山樹❸，美人金剪刀❹。避籠交翠尾❺，罅嘴靜新毛❻。不念三緘事，世途皆爾曹❼。

【注　釋】❶華堂　華麗的廳堂。❷雕檻句　鸜鵒的籠子用紅絲帶繫在雕花的欄杆上。雕檻，雕花的欄杆。絛，絲帶。❸故國句　鸜鵒的故鄉本來是在山林之中。隴山，山名。六盤山的南段。在今陝西省隴縣至甘肅省平涼市一帶。這裡泛指山區。❹美人句　現在卻被美人的金剪刀剪去了雙翅。另外，據說鸜鵒被剪短舌頭纔會說話。❺避籠句　鸜鵒在籠中躲躲閃閃，綠色的尾巴相互碰撞著。交，相接；碰撞。❻罅嘴句　有時張著嘴巴整理自己新長出的羽毛。罅，裂開；張開。靜，通「瀞」。即「淨」字。使潔淨。這裡泛指整理。❼不念二句　鸜鵒整天多嘴多舌，根本不想一想應該慎言少語這一古訓，而世俗的人們又都像鸜鵒那樣愛講話。三緘，封口三重。緘，封。相傳孔子到周太廟，有銅人，口封三重，背有銘文說：「這是古代的一位慎言之人。」世途，指世俗之人。爾曹，你們。指鸜鵒。

【語　譯】漸漸昇高的太陽照著華麗的廳堂，紅絲帶把鸜鵒籠繫在雕花的欄杆上。鸜鵒的故鄉本在深山老林之中，現在卻被美人的金剪刀剪去了翅膀。在籠中躲閃的鸜鵒相互碰撞著綠尾，有時張開嘴巴整理著自己新生的羽毛。整天嘰嘰喳喳的鸜鵒根本沒想到慎言的古訓，而多嘴多舌的世人又都像你們鸜鵒一樣。

鶴

【題　解】鶴，鳥名。又叫仙鶴、白鶴、丹頂鶴。全身潔白，頭頂紅色，頸、腿細長，翼大善飛，叫聲響亮清脆。在古代，鶴象徵著高潔飄逸。本詩除了描寫鶴的高潔模樣之外，還描寫了它的孤獨憂傷，有借弔鶴而自弔之意。

清音迎晚月，愁思立寒蒲❶。丹頂西施頰❷，霜毛四皓鬚❸。碧雲行止躁❹，白鷺性靈粗❺。終日無群伴，溪邊弔影孤❻。

【注　釋】❶蒲　植物名。又叫香蒲。多年生草本植物，生長於淺水或池沼中。葉長而尖，可以編席和扇子。根莖可食。❷丹頂句　它的頭頂像西施的面頰一樣紅潤。西施，人名。又叫先施、西子。春秋時越國的著名美女。❸霜毛句　如霜的羽毛像四皓的鬚髮一樣潔白。四皓，指漢代初年住在商山裡的四位隱士。他們的名字是東園公、綺里季、黃夏公、角里先生。四人都八十多歲，鬚眉皆白，故稱「四皓」。❹碧雲句　和悠閑的鶴相比，慢慢飄蕩的碧雲也顯得急躁。行止，行動。這裡指雲的飄蕩。❺白鷺句　同高潔的鶴相比，連白鷺的性情也顯得粗俗。白鷺，鳥名。全身羽毛雪白，嘴和腳黑色。性靈，性情。❻弔影孤　為自己形單影隻而傷心。弔，傷感。

【語　譯】白鶴用嘹亮的叫聲迎來了夜晚的月亮，寒夜中牠站在蒲草旁似乎有滿腹惆悵。牠的頭頂像西施的面頰那樣紅潤，牠那如霜的羽毛像四皓的鬚眉一樣潔白。飄蕩的碧雲同鶴相比也顯得急躁，高潔的白鷺同鶴相比也顯得粗俗。孤獨的白鶴終日沒有伴侶，站在溪水邊為自己形單影孤而憂傷。

鴉 ㄧㄚ

【題　解】鴉，鳥名。即烏鴉。本詩描寫了烏鴉的模樣及叫聲。詩末借用歷史典故，表達了自己希望返回故鄉的願望。

擾擾復翻翻❶，黃昏颺❷冷煙。毛欺皇后髮❸，聲感楚姬絃❹。蔓壘盤風下❺，霜林接翅❻眠。秪如西旅樣，頭白豈無緣❼。

【注釋】❶擾擾句　烏鴉在天上亂紛紛地飛著。擾擾，亂紛紛的樣子。翻翻，上下飛翔的樣子。❷颺　高高地飛過。❸毛欺句　烏鴉的羽毛比馬皇后的頭髮還要黑。欺，輕視；比……更強。皇后，指東漢的馬皇后。她有一頭烏黑發亮的美髮。❹聲感句　烏鴉的叫聲比歌妓們的琴聲還要感人。楚姬，楚地的歌妓。這裡泛指歌妓。絃，琴絃。代指琴。❺蔓壘句　烏鴉從爬滿蔓草的城壘上乘風盤旋而下。壘，軍營的牆壁。盤風，乘風盤旋。❻接翅　翅膀一個挨著一個。指烏鴉們相互緊靠在一起。❼秪如二句　只要我能夠像燕太子丹那樣真誠地想回到故鄉，烏鴉的頭也會為我由黑變白。西旅，客居於西方。戰國時，燕國太子丹到西邊的秦國當人質，因在那裡生活不得意，要求回燕國。秦王不答應，說：「烏鴉的頭變白、馬頭上長出角時，你纔可以回去。」太子丹聽後，仰頭嘆氣，結果烏鴉的頭變白了；低頭嘆氣，馬頭上生出角來。秦王不得已，放太子丹回到燕國。杜牧借此表達歸鄉的迫切心情。

【語譯】一群烏鴉在亂紛紛地飛翔著，黃昏時分牠們飛過帶著寒意的煙霧。牠們的羽毛比馬皇后的頭髮還要黑，牠們的叫聲比歌妓的琴聲還要感人。烏鴉從爬滿蔓草的壁壘上乘風盤旋而下，牠們在帶霜的樹林中相互緊挨著睡眠。只要我也能像太子丹那樣真誠地想回到故鄉，烏鴉的頭也會為我由黑變白。

鷺鷥

【題解】鷺鷥，水鳥名。又叫白鷺、白鳥、春鉏。羽毛潔白，腿高，頸長。常生活於水邊，善於捕魚。全詩主要描寫鷺鷥的模樣及生活情況。後一句比喻十分精當。

雪衣雪髮青玉觜❶，群捕魚兒溪影❷中。驚飛遠映碧山去，一樹梨花落晚風。

【注釋】❶觜　通「嘴」。多指鳥喙。❷溪影　溪水映著牠們的身影。

【語譯】鷺鷥長著雪白的羽毛和青玉般的嘴，溪水倒映著一群捕魚鷺鷥的身影。受驚飛起的鷺鷥與遠處的青山相互映襯，就好像一樹潔白的梨花撒落在晚風之中。

村舍燕

【題解】本詩借詠農家小燕，抒發了一種富貴難求、貧賤易安的感慨。詩歌的寓意深刻，做到了情景交融。

漢宮一百四十五❶，多下珠簾❷閉瑣窗❸。何處營巢❹夏將半，茅簷煙裡語雙雙❺。

【注釋】❶一百四十五　張衡〈西京賦〉有「郡國宮觀，百四十五」的說法。但不必把它理解為確數。本句以漢朝宮殿代指唐朝宮殿。❷珠簾　用珍珠綴飾的簾子。❸瑣窗　雕有連環形花紋的窗戶。瑣，雕刻或描繪在門窗上的連環形花紋。❹營巢　築巢；做窩。❺語雙雙　指成雙成對的燕子相對呢喃，安居樂業。

【語譯】漢朝的宮殿有一百四十五座，大都垂掛著珠簾關閉著窗戶。已是仲夏季節，燕子該到哪裡築巢呢？煙霧繚繞的茅簷下是牠們相對呢喃、棲息安身的好地方。

歸燕

【題　解】本詩借詠歸燕抒發自己落寞孤寂的心情。詩歌的前兩句寫權貴的得意生活，後兩句寫自己的冷落處境，通過這一鮮明的對比，表現了杜牧對個人際遇的不滿。

畫堂歌舞喧喧地❶，社去社來人不看❷。長是江樓使君伴❸，黃昏猶待❹倚欄干。

【注　釋】❶畫堂句　在華美的大堂上，人們唱歌跳舞，熱鬧異常。畫堂，華美的大堂。指貴族的住所。喧喧，形容混雜的聲音。❷社去句　這裡的人們對秋去春來的燕子不屑一顧。社，土地之神。古代祭社神的日子叫社日。一般分春社和秋社兩次祭祀，春社大約在春分前後，此時燕子飛回北方；秋社大約在秋分前後，燕子飛向南方。故言燕子「社去社來」。人，指生活在華堂裡的權貴。❸長是句　然而燕子一直是生活在江邊的我的最好伴侶。江樓，長江邊的樓。杜牧先後擔任過刺史的黃州、池州都處於長江邊。使君，對州郡長官的通稱。這裡指杜牧自己。❹猶待　依然在等待。指等待燕子。這兩句寫杜牧以燕子為伴，說明了詩人的孤獨。

【語　譯】華麗的大堂是載歌載舞熱鬧非凡的地方，那裡的人們對秋去春來的燕子不屑一顧。而燕子卻是我這個生活於江邊的人的最好伴侶，直到黃昏我依然靠著欄杆等待牠們的到來。

傷猿

【題　解】猿，猴子一類的動物。猿本應生活在深山老林，現在卻來到人煙稠密的南園，因而經常無端受到驚嚇。杜牧為猿的這一處境而傷心。其寓意是感嘆自己不該進入仕途，應該歸隱山林。

獨折南園一朵梅❶，重尋幽坎已生苔❷。無端晚吹❸驚高樹，似裊長枝欲下來❹。

【注釋】❶獨折句　猿獨自在南園中折下一朵梅花。南園，園林名。在東漢都城洛陽的南邊。這裡以猿折南園梅花比喻人進入官場謀求功名。❷重尋句　再尋找過去生活過的幽深山洞，發現那裡到處都長滿了青苔。幽坎，幽深的洞穴。坎，洞穴。本句比喻想辭官隱居也是困難重重。❸晚吹　即晚風。比喻官場中意想不到的風險。❹似裊句　猿差一點就從柔軟的長樹枝上掉了下來。裊，柔軟。欲，將；差一點。本句比喻官場中人隨時都會遇到災難。

【語譯】猿獨自在南園裡折取一朵梅花，牠想重回山洞，發現那裡已是徧地青苔。晚風無緣無故地搖動著高樹，猿似乎就要從那柔軟的長枝上掉落下來。

還俗老僧

【題解】唐武宗會昌五年（西元八四五年）八月，朝廷下令拆除佛寺四千六百餘所，還俗僧尼二十六萬餘人。本詩大約作於這一時期。詩歌表達了對無家可歸的還俗老僧的無限同情。

雪髮不長寸，秋寒力更微。獨尋❶一徑葉，猶挈衲殘衣❷。日暮千峰裡，不知何處歸。

【注釋】❶尋　沿著。❷猶挈句　還俗老僧依然拿著破爛不堪的僧衣。挈，提著；拿著。衲殘衣，殘破的衲衣。衲衣，即僧衣。

【語譯】還俗老僧那雪白的頭髮不到一寸長，在寒冷的秋天他顯得更加衰老無力。老人獨自沿著一條落滿黃葉的小路走著，依然攜帶著他那破爛不堪的僧衣。眼看著太陽落入千山萬峰之中，老人不知道自己該回到哪裡。

斫竹

【題　解】斫，砍伐。本詩主要寫對被伐竹林的痛惜之情。

寺廢竹色死❶，宦家寧爾留❷。霜根漸隨斧，風玉尚敲秋❸。江南苦吟客❹，何處送悠悠❺。

【注　釋】❶竹色死　竹林呈現出一種枯死的顏色。❷宦家句　官府怎會留下你們！宦家，官府。寧，怎能。爾留，即「留爾」。爾，你們。指竹林。❸風玉句　在秋風中，被伐的竹子依然相互碰擊，發出聲音。風玉，唐朝開元年間，岐王在宮中的竹林裡懸掛碎玉片，每當風起，即可聽到玉片相觸之聲，稱之為「占風鐸」。這裡代指風吹竹林而發出的聲音。❹苦吟客　苦苦吟詩的外地人。指杜牧自己。❺悠悠　形容憂愁不斷的樣子。

【語　譯】廢寺周圍的竹林呈現出枯死的顏色，官府自然不會留下你們。耐霜的竹根漸漸被斧子砍斷，秋風中依然能聽到竹林發出的聲音。我這個流落江南、苦苦吟詩的外地人，今後將到何處去打發這無盡的苦悶。

將赴湖州留題庭菊

【題　解】湖州，地名。在今浙江省湖州市。庭菊，庭院裡的菊花。一作「亭菊」。唐宣宗大中四年（西元八五〇年）秋，杜牧由長安調任湖州刺史。臨行前，寫下了這首詠物言志的小詩。

陶菊❶手自種，楚蘭心有期❷。遙知渡江日，正是擷芳❸時。

【注　釋】❶陶菊　晉代著名詩人陶淵明特別喜愛菊花，故稱「陶菊」。❷楚蘭句　我心中又嚮往著楚地的蘭草。楚，泛指江南一帶。蘭，芳草名。楚國的屈原喜歡蘭，故稱「楚蘭」。期，期盼；嚮往。這兩句表現了杜牧對屈原、陶淵明的敬慕之情。❸擷芳　採摘菊花。擷，採摘。

【語　譯】我親手種下了陶淵明所喜愛的菊花，心中又嚮往楚地那芳香的蘭草。我知道當我遠渡長江的那一天，正是菊花盛開可以採摘的時節。

折菊

【題　解】本詩借採菊事，寫自己決心以陶淵明為榜樣，使自己的品行像菊花一樣高潔。

籬東菊徑深❶，折得自孤吟。雨中衣半濕，擁鼻❷自知心。

【注　釋】❶籬東句　籬笆東邊的深幽小路旁開滿了菊花。籬東，陶淵明〈飲酒〉詩中有「採菊東籬下」句，故杜牧言「籬東」。深，指小路幽深。也可理解為菊花長得高。❷擁鼻　效法；學習。東晉謝安因有鼻疾，吟詩的聲音濁重。後來的不少名流想效法他的聲音而做不到，只得掩鼻而吟。

【語　譯】籬笆東邊的深幽小路旁開滿了菊花，我採摘了一些菊花獨自吟起詩來。天上的小雨把我的衣服淋濕了一半，我願效法陶淵明培養自己高潔的品德。

雲

【題　解】本詩借雲層滿天、晴月難見的景物描寫，表現了杜牧對小人當權、自己懷才不遇這一事實的無限感嘆。

盡日看雲首不迴，無心都大❶似無才。可憐光彩一片玉❷，萬里晴天何處❸來？

【注釋】❶都大　樣子龐大美好。都，美好的樣子。也可把「都大」理解為大都、大多。❷可憐句　可愛、明亮、白玉般的月亮。光彩，有光彩；明亮。玉，指如玉的月亮。❸何處　何時。後兩句比喻自己光明的前途，也可理解為比喻清明的政治。

【語譯】我整天頭也不回地盯著滿天的雲層，它們無所用心貌美體大卻毫無才能。可愛的白玉般的明月，何時才能出現在萬里晴空之中。

醉後題僧院

【題解】本詩主要寫杜牧用佛教的「不執著」思想來消遣自己因遠離故鄉和親友而引起的苦悶。

離心忽忽復悽悽❶，雨晦傾瓶取醉泥❷。可羨高僧共心語❸，一如攜稺往東西❹。

【注釋】❶離心句　遠離故鄉和親友使我心情悵然若失、痛苦不堪。離心，遠離故鄉親友的心情。忽忽，恍惚失意的樣子。悽悽，痛苦傷心的樣子。❷雨晦句　在這昏暗的陰雨天氣，我喝光酒罈中的酒，決心爛醉如泥。雨晦，下雨時天氣昏暗。傾瓶，全部倒出、喝光酒瓶裡的酒。❸心語　談心說性。佛教禪宗提倡「即心是佛」，認為只要做到了不執著（不把任何事情放在心上），超然於世俗萬物之上，那麼他就是一位「佛」了。❹一如句　我就像一個不懂事的小孩子，任憑別人把我帶到任何地方。一如，完全像。稺，同「穉」、「稚」。幼兒。這是從莊子到禪宗所提倡的一種消除主見、順應自然的生活態度。

【語　譯】遠離故鄉親友使我精神恍惚痛苦不堪，我在陰雨天傾瓶飲酒只求爛醉如泥。可喜的是與高僧一起談心說性，那時我像小孩一樣任人帶向東還是帶向西。

題禪院

【題　解】禪院，即寺院。本詩寫於杜牧晚年。詩中把自己年輕時和年老時的生活情況作一對比，凸現出詩人年老之後落寞淒涼的處境和心情。

觥船一棹百分空❶，十歲青春不負公❷。今日鬢絲禪榻畔❸，茶煙輕颺❹落花風。

【注　釋】❶觥船句　過去我泛舟水上，飲酒作樂，世間萬事都不放在心上。觥船，一種容量大的酒器，其形似船。這裡代指飲酒。棹，划船的一種工具。這裡代指乘船遊玩。百分空，世間萬事都不放在心上。百分，全部。一說「百分空」指喝光船上所有的酒。也通。❷不負公　沒有對不起自己。公，本是對別人的一種尊稱，這裡指杜牧自己。❸今日句　現在我頭髮雪白，靠在禪牀邊。鬢，本指臉兩邊的頭髮，這裡泛指頭髮。絲，鬢絲。形容頭髮雪白的樣子。榻，矮而小的牀。僧人多用來坐禪，故稱「禪榻」。畔，邊。❹輕颺　輕輕地飄蕩。本句通過寫景，透露出詩人那萬念俱灰的落寞心情。

【語　譯】過去我只管乘船冶遊飲酒作樂，萬事均不放在心上，十多年的青春歲月總算沒有虛度。如今我兩鬢蒼蒼斜靠在禪牀旁邊，煮茶的煙霧在吹落鮮花的風中輕輕飄颺。

哭李給事中敏

【題　解】給事，官職名。有關李中敏的生平，可參見〈李給事二首〉題解。本詩為悼念李中敏而作，表達了對李中敏的敬佩之情。

陽陵郭門外❶，坡陁丈五墳❷。九泉如結友，茲地好埋君❸。朱雲葬陽陵郭外

【注　釋】❶陽陵句　您被埋葬在陽陵縣城門外。陽陵，地名。在今陝西省咸陽縣東。陽陵本是漢景帝的陵墓，後在此置縣，稱「陽陵縣」。郭門，城門。❷坡陁句　在那裡築起了高高的墳墓。坡陁，高高的樣子。丈五，一丈五尺高。此是約數。❸九泉二句　人在九泉之下如果也能結交朋友的話，把您埋葬在這裡是非常合適的。朱雲是漢代不畏權勢、直言敢諫的著名人物，臨終前要求葬於平陵（在今陝西省咸陽縣西北）東郭外。杜牧自注「朱雲葬陽陵郭外」係誤記。這兩句意思是，把剛直不阿的李中敏埋葬在這裡，正好與志同道合的朱雲結為好友。

【語　譯】在陽陵城的城門外，有您的高高的墳墓。如果九泉之下也能交友的話，把您埋葬在這裡最適宜。

黃州竹逕

【題　解】黃州，地名。在今湖北省黃岡市。杜牧曾任黃州刺史。這首小詩寫杜牧對黃州竹岡的熱愛。

竹岡蟠❶小徑，屈折鬭蛇來❷。三年得歸去，知遶❸幾千迴？

【注　釋】❶蟠　盤繞。❷屈折句　曲折的小路就像一條條爭鬬著的蛇蜿蜒而來。❸遶　順著彎曲的小路行走。

【語　譯】長滿翠竹的山岡上盤繞著許多小路，這些小路就像爭鬬著的蛇一樣蜿蜒而來。當我在這裡生活三年後回

去時，不知在這些小路上走過幾千回。

題敬愛寺樓

【題解】敬愛寺，寺廟名。在洛陽懷仁坊。本詩描寫了高樓、雪境，抒發了無人理解自己的孤獨之情。

暮景千山雪，春寒百尺樓❶。獨登還獨下，誰會我悠悠❷？

【注釋】❶百尺樓　指敬愛寺樓。百尺，泛指高。❷誰會句　誰能夠理解我心中那綿長的憂思呢？會，理解。悠悠，憂思不斷的樣子。

【語譯】我欣賞著黃昏時的千山雪景，高高的敬愛寺樓上春寒料峭。我獨自登上又獨自下來，誰能理解我心中綿長的憂思。

送劉秀才歸江陵

【題解】劉秀才，名字、生平不詳。江陵，地名。在今湖北省江陵市。本詩讚美了劉秀才的品德和才能，並希望他能夠為時所用，幹出一番事業來。

綵服鮮華覲渚宮❶，鱸魚新熟別江東❷。劉郎浦夜侵船月❸，宋玉亭❹春弄袖風。落落❺

精神終有立，飄飄才思杳無窮❻。誰人世上為金口❼，借取明時一薦雄❽。

【注　釋】❶綵服句　劉秀才穿著華美的衣服回江陵去了。綵服，用彩色絲織品做的衣服。綵，彩色絲織品。覲，朝見；朝拜。這裡引申為回到。渚宮，春秋時楚國的別宮。故址在今湖北省江陵市。這裡用渚宮代指江陵。❷鱸魚句　在鱸魚剛上市的時節，您離開了江東。鱸魚，魚名。新熟，指剛剛上市。江東，地名。自漢至唐稱自今安徽省蕪湖以下的長江下游南岸地區為江東。❸劉郎句　劉郎浦上的夜月照耀著您的歸船。劉郎浦，地名。在今湖北省石首市境內。相傳三國時劉備在此處娶吳女。故名。侵，照在。❹宋玉亭　亭名。因楚國著名文人宋玉而得名。故址在今湖北省宜城縣南。❺落落　高超不凡的樣子。❻飄飄句　您的才能和志向無比的美妙，無比的高遠。飄飄，這裡比喻才思高遠的樣子。杳，高遠深邃的樣子。❼金口　比喻有分量的話。這裡指地位尊貴的人為引薦劉秀才而講的話。❽借取句　趁著現在政治清明的時代，來舉薦您這位像揚雄一樣的人物。借取，趁著。明時，政治清明的時代。雄，人名。指漢代著名文人揚雄。這裡用來比劉秀才。

【語　譯】您穿著華美的衣服將回到江陵，在鱸魚剛上市時您離開了江東。劉郎浦上的夜月照著您的歸船，宋玉亭前的春風吹動著您的衣衫。氣度不凡的您最終將有所成就，您的才能和志向高遠無窮。不知當今社會上有誰為您講出有分量的話，趁著這個政治清明的時代把您舉薦給朝廷。

見吳秀才與池妓別，因成絕句

【題　解】吳秀才，名字、生平不詳。池，地名。指池州。杜牧於會昌四年（西元八四四年）九月，由黃州刺史調任池州刺史。此詩當作於池州任上。詩中主要描寫了吳秀才與池妓分手時的悽怨情景。

紅燭短時羌笛怨❶，清歌咽處蜀絃高❷。萬里分飛❸兩行淚，滿江寒雨正蕭騷❹。

【注　釋】❶紅燭句　夜深之時，羌笛吹奏出哀怨的曲調。紅燭短時，紅蠟燭被燃短的時候。指夜深之時。羌笛，樂器名。因出於古羌族而得名。❷清歌句　歌妓的清亮歌聲唱到嗚咽之處，伴奏的琴聲顯得過分高亢。蜀絃，蜀地出產的絃樂器。這裡泛指琴類樂器。歌妓以歌聲向吳秀才告別，因分別傷心，故歌聲嗚咽；歌聲嗚咽即低沉，故伴奏的琴聲即顯得高亢。❸分飛　用鳥的分飛比喻人的分別。❹蕭騷　象聲詞。形容下雨的聲音。

【語　譯】夜深之時羌笛奏出哀怨的曲調，清亮的歌聲唱到嗚咽處，伴奏的琴聲顯得過分高亢。兩人想到分手後相距萬里便流下數行眼淚，江面上正灑著淅淅瀝瀝的寒雨。

湖南正初招李郢秀才

【題　解】湖南，應作「湖州」。杜牧於大中四年（西元八五〇年）出任湖州刺史。正初，正月初。李郢，人名。字楚望。大中年間中進士，官侍御史。

行樂及時時已晚，對酒當❶歌歌不成。千里暮山重疊翠❷，一溪寒水淺深清。高人❸以飲為忙事，浮世除詩盡強名❹。看著白蘋牙❺欲吐，雪舟相訪勝閑行❻。

【注　釋】❶當　此處應理解為應當。❷重疊翠　指青翠的山峰重重疊疊。翠，指青翠的山峰。❸高人　指超然於世俗之上的人。❹浮世句　在人世間，除了寫詩之外，其他一切都是虛名。浮世，人世。古人認為世間事浮沉無定，故稱。強名，虛名。這兩句是寫杜牧招請對方的目的，那就是飲酒和作詩。❺白蘋牙　白蘋的嫩芽。白蘋，植物名。生淺水中，五月間開白花。牙，通「芽」。❻雪舟句　你就冒雪乘船到我這裡來吧，這比到處閑逛要有趣得多。雪舟相訪，東晉王子猷住在山陰，夜晚下了大雪，王子猷突然想起住在剡的戴安道，便馬上乘船冒雪前去拜訪。杜牧使用這個典故，以王子猷比李郢，以戴安道比自己。

【語譯】行樂本該及時而我為時已晚，對酒本該高歌而我無心唱歌。暮色中綿亘千里的青山重重疊疊，一溪寒水或深或淺都十分清澈。超越世俗的人只把飲酒看作該忙的事，世上除了作詩，其他一切都是虛名。眼看著白蘋就要吐出嫩芽，你冒雪乘船到我這裡要勝過你隨意閑行。

贈朱道靈

【題解】朱道靈，人名。生平不詳。根據詩歌內容，應是一位隱居修道的人。本詩即描寫了朱道靈隱居修道的生活情況。

劉根丹篆三千字❶，郭璞青囊兩卷書❷。牛渚磯❸南謝山❹北，白雲深處有巖居❺。

【注釋】❶劉根句　你像劉根那樣用紅色的篆文書寫經文符籙。劉根，人名。東漢人。曾隱居嵩山修道。丹，紅色。篆，古代的一種字體。有大篆、小篆之分。三千字，泛指道教經文符籙。❷郭璞句　你像郭璞那樣總是用青色口袋裝著兩卷道書。郭璞，人名。晉代的著名文人。當時有一位精於卜筮的郭公，將青囊中的書送給郭璞，從此郭璞也精於天文、卜筮之術。❸牛渚磯　地名。在今安徽省當塗縣境內的長江邊。此處有牛渚山，其山嶺突出江中，謂之牛渚磯。❹謝山　山名。又叫謝公山。在今安徽省當塗縣東。南朝的著名文人謝朓曾在山南築室挖池，居住過一段時間。故稱謝山。❺巖居　山居；深山中的住處。

【語譯】你像劉根那樣用紅色篆字書寫經文符籙，你像郭璞那樣總是用青色口袋裝著兩卷道書。在牛渚磯的南邊、謝公山的北面，你就隱居在那裡山中的白雲深處。

屏風絕句

【題　解】屏風，室內陳設的作為擋風或遮蔽的用具。本詩主要描寫屏風上所畫女子的美麗形象。

屏風周昉畫纖腰❶，歲久丹青❷色半銷。斜倚玉窗鸞髮女❸，拂塵猶自妒嬌饒❹。

【注　釋】❶屏風句　屏風上有周昉畫的美女圖。周昉，人名。唐代畫家。長安人。字景玄，一字仲朗。官至宣州長史。善於寫真。纖腰，指身材苗條的女子。❷丹青　泛指繪畫用的顏色。❸斜倚句　斜靠在窗戶邊的黑髮女子。玉窗，對窗戶的美稱。鸞髮，黑髮。鸞，鳳凰之類的神鳥。據說鳳凰分五類，其中顏色多黑者為鸞。❹拂塵句　拂去畫面上的灰塵後，依然讓人嫉妒她的嬌美。猶自，依然。嬌饒，也作「嬌嬈」。嫵媚，美麗。

【語　譯】屏風上有周昉畫的一幅美女圖，畫上的顏色因年歲久遠已半數脫落。畫中那位斜靠著窗戶的黑髮女，拂去灰塵後依然使人嫉妒她的嬌美。

哭韓綽

【題　解】韓綽，人名。曾在揚州任判官。其他情況不詳。本詩主要寫杜牧為韓綽的死、為自己的艱難處境而悲憤交加的心情。

平明❶送葬上都❷門，紼翣交橫逐去魂❸。歸來冷笑❹悲身事，喚婦呼兒索❺酒盆。

【注　釋】❶平明　天剛亮。❷上都　指長安。❸紼翣句　縱橫交錯的紼翣跟隨著韓綽那漸漸遠去的靈魂。紼，牽引棺材的繩索。翣，一種棺飾。形狀似扇，在路以障車，入槨以障柩。逐，跟隨。去魂，指韓綽遠去的靈魂。這兩句描寫送葬時的情形。❹冷笑　譏笑。指譏笑當時的社會人情。❺索　要。本句寫作者悲憤異常，只好以酒解憂。

【語　譯】天剛亮我就到長安城門那裡為韓綽送葬，縱橫交錯的紼翣跟隨著他那遠去的靈魂。回來後我譏笑世態人情自悲身世，呼喚妻兒拿來酒盆我要以酒解愁。

新定途中

【題　解】新定，地名。即睦州。治所在今浙江省建德縣。杜牧於會昌六年（西元八四六年）由池州刺史調任睦州刺史。時作者四十四歲。本詩為杜牧赴任途中所作。詩中主要寫自己對遭受排擠、遠離故鄉的不平之情和旅途中的孤獨寂寞。

無端偶效張文紀❶，下杜鄉園別五秋❷。重過江南更千里，萬山深處一孤舟。

【注　釋】❶無端句　我毫無端由地像張文紀那樣被逐出朝廷。張文紀，人名。東漢人。任侍御史。因彈劾大將軍梁冀及其弟河南尹梁不疑，被排擠出朝廷，出為廣陵太守。❷下杜句　我離開自己的下杜故鄉已經整整五年了。下杜，地名。在長安附近的杜陵。

【語　譯】我毫無端由地像張文紀那樣被逐出朝廷，離開自己的下杜故鄉已經整整五個春秋。我這次重到江南後還要再遠行千里，兩岸的萬山叢中只有我這一葉孤舟。

題新定八松院小石

【題　解】新定，地名。見前首詩題解。八松院，院落名。本詩描寫了八松院的景色，抒發了自己的思鄉之情。

雨滴珠璣❶碎，苔生紫翠重。故關❷何日到？且看小三峰❸。

【注　釋】❶珠璣　即寶珠。圓者為珠，不圓者為璣。這裡比喻如珠似璣的雨滴。❷故關　故鄉。❸小三峰　指八松院內用小石堆成的三座小山。作者由此想到華山上的三峰，華山距長安不遠，杜牧想念華山三峰，即想念故鄉之意。

【語　譯】撞碎的雨滴如珠似璣，院內的青苔一重又一重。我不知何時纔能回到故鄉，姑且觀賞這用石頭堆成的小三峰。

卷四

往年隨故府吳興公夜泊蕪湖口，今赴官西去，再宿蕪湖，感舊傷懷，因成十六韻

【題解】故府吳興公，指沈傳師。杜牧年輕時，為沈傳師幕僚多年。故府，前府君。古代的佐吏、幕僚對所屬長官多尊稱為「府主」、「府君」。沈傳師為吳興人，故又稱為「吳興公」。蕪湖，地名。在今安徽省蕪湖市。大和四年（西元八三〇年），沈傳師由洪州江西觀察使調任宣歙觀察使，二十八歲的杜牧一同前往，曾夜泊蕪湖江邊。赴官西去，根據詩中「雙鬢雪飄然」句，應指大中五年（西元八五一年）杜牧由湖州刺史調任入京的事。時杜牧四十九歲。本詩先寫蕪湖景象，因景生情，從而回想起沈公在世時的情況及其對自己的恩德，最後寫自己對沈公的懷念和自己如今不得意的處境。詩歌撫今追昔，情意深摯，十分感人。

南指陵陽路❶，東流❷似昔年。重恩山未答❸，雙鬢雪飄然❹。數仞慚投跡❺，群公愧拍肩❻。駑駘蒙錦繡❼，塵土浴潺湲❽。郭隗黃金峻❾，虞卿白璧鮮❿。貔貅環玉帳⓫，鸚鵡破

蠻牋⑫。極浦沉碑會⑬，秋花落帽筵⑭。旌旗明迥野⑮，冠珮照神仙⑯。籌畫言何補⑰，優容道實全⑱。謳謠人撲地⑲，雞犬樹連天⑳。紫鳳超如電㉑，青襟散似煙㉒。蒼生未經濟㉓，墳草已芊綿㉔。往事唯沙月，孤燈但㉕客船。峴山雲影畔㉖，棠葉水聲前㉗。故國㉘還歸去，浮生亦可憐㉙。高歌一曲淚，明日夕陽邊㉚。

【注釋】❶南指句　這裡有向南通往陵陽山的道路。陵陽，山名。一說在今安徽省石埭縣，一說在今安徽省宣州市。❷東流　指東流的長江水。❸重恩句　吳興公對我恩重如山，而我還沒來得及報答。❹雙鬢句　雙鬢就像飄滿了雪花一樣白了。❺數仞句　我非常慚愧自己沒能知難而止，隱居起來。數仞，指數丈高的牆壁。比喻仕途上的障礙。仞，古代長度單位。七尺或八尺為一仞。投跡，止步不前。指退隱。一說「數仞」代指師門，言自己投師沈傳師，而今無所作為，因此慚愧。❻群公句　我更慚愧沒做出政績，對不起群公的培養和提攜。群公，指包括沈傳師在內的政壇前輩。拍肩，拍著肩膀。表示愛護、幫助。這兩句是說自己既沒當成隱士，又沒能在政治上做出成就，因此非常慚愧。❼駑駘句　自己才能低下，卻受到沈公傳師的重視。駑駘，劣馬。比喻自己才能低下。蒙錦繡，披著錦繡。楚莊王有所愛之馬，披以錦繡，養於華屋之內。這裡比喻優待和重視。❽塵土句　沈公傳師還以他的優秀品德影響我，使我改正了自己的缺點。塵土，比喻自己的缺點。潺湲，形容水流的樣子。代指水。比喻沈傳師的優點長處。本句的語序實為「潺湲浴塵土」。❾郭隗句　賢人們得到了沈公的賞識。郭隗，人名。戰國時燕人。燕昭王屈身下士，先敬事燕國賢人郭隗。黃金，指黃金臺。燕昭王置千金於臺上，以招攬天下賢士。此臺被稱為黃金臺。峻，高大。杜牧使用這個典故，以燕昭王比沈傳師，以郭隗比唐代賢人，說明沈傳師重視人才。❿虞卿句　才士們都得到了沈公的重用。虞卿，人名。戰國時人。虞卿曾遊說趙孝成王，趙孝成王非常高興，馬上賜給他黃金百鎰，白璧一雙。白璧，玉璧。鮮，指色澤鮮美。杜牧用趙孝成王重視人才來比喻沈公重視人才。⓫貔貅句　勇猛的將士們環繞著沈公的軍帳。貔貅，猛獸名。古人多用來比喻勇猛之士。玉帳，古代主將所居的軍帳。⓬鸚鵡句　文士們的如椽大筆力透紙背。鸚鵡，鳥名。東漢末年，黃祖之子黃射為章陵太守，大會賓客，有人獻鸚鵡，黃射請禰衡賦之。禰衡攬筆而作，文無加點，辭采華美。這裡以禰衡比沈公手下的文士。破，力透紙背。形容所寫的文章深刻有力。蠻牋，唐代蜀地造的彩色花紙和高麗紙都被稱作「蠻牋」。牋，本作「箋」。精美的紙張。⑬極浦句　有時沈公召開慶功大會。極浦，遙遠的水邊。沉碑，晉代的杜預把自己一生的功勳刻記在兩塊石碑上，一塊沉入萬山之下的水中，一塊立在峴山之上，希望能夠永傳後世。杜牧用這個典故代指沈公的慶功會。⑭秋花句　有時沈公在菊花盛開的時候舉行盛大的宴會。秋花，指菊花。落帽筵，東晉時，桓溫於九月九日在龍山宴請自己的幕僚佐吏，時有風至，把參軍孟嘉的帽子吹落，孟嘉不知，桓溫便命孫盛作文章嘲之，孟嘉也作文答之。杜牧用桓溫的盛宴比沈公的盛宴。⑮旌旗句　在遼闊的原野裡，旌旗的色澤是那樣的鮮明。⑯冠珮句　沈公的部下衣冠整潔鮮亮，望去如神仙一般。冠珮，帽子和玉珮。泛指衣冠裝飾。⑰籌畫句　根本用不上我為沈公出謀畫策。何補，沒有什麼補益。這句是說自己才能低下，為自謙之詞。⑱優容句　但沈公對我依然寬容優待，照顧得無微不至。優容，寬容；優待。道，方法；方式。這兩句是說，雖然自己才能低下，無益於沈公，但沈公待自己依然很好。也可把這兩句理解為泛指沈公對待幕僚的態度。⑲謳謠句　人們到處都在用歌謠讚美沈公。謳謠，指歌頌沈公的民歌民謠。撲地，徧地。⑳雞犬句　沈公治理的地方六畜興旺，綠樹參天，一派太平景象。㉑紫鳳句　不幸的是沈公很快就去世了。紫鳳，紫色的鳳凰。本句言沈公駕乘紫鳳，如閃電般倏然去世。㉒青襟句　我們這些讀書人便如雲煙般四散而去。青襟，也作「青衿」。青色的衣領，為周代學子的打扮。後世即稱士子為「青衿」。本詩從第七句至此，全部是在回憶沈公在世時的情況。表現了杜牧對沈公和往事的眷戀之情。㉓蒼生句　沈公還未來得及實現自己經國濟民的志願。蒼生，百姓。經濟，經國濟民。㉔芊綿　草木茂密繁盛的樣子。㉕但　只剩。㉖峴山句　人們像思念羊祜一樣思念沈公。峴山，山名。在今湖北省襄陽縣東南。晉人羊祜鎮守荊州、襄陽時，深得民心。去世後，人們在他登臨過的峴山立碑紀念。此碑被稱為墮淚碑。杜牧以羊祜比沈傳師。雲影畔，指峴山雲霧繚繞。㉗棠葉句　人們像愛戴召公那樣愛戴沈公。棠，樹名。傳說西周召公東巡行南方，曾在棠樹下聽訟斷案，後人愛戴召公，不忍伐其樹。杜牧以召公比沈傳師。㉘故國　故鄉。指長安。㉙浮生句　我的一生過得也太可憐了。浮生，指自己的一生。古人認為人生在世，虛浮無定，故稱人生為「浮生」。㉚夕陽邊　夕陽落下的地方。指距離蕪湖極遠的西邊。

【語　譯】這裡有向南通往陵陽山的道路，東流的長江水也和往年的一樣。我還沒來得及報答沈公那如山的重恩，而滿頭已是白髮蒼蒼。我慚愧沒能知難而止遁世隱居，更慚愧毫無建樹而有負於諸公培養。當年才能低下的我受到了沈公的重視，他用優秀的品德幫我改正自身的缺陷。賢人得到了他的賞識，才士受到了他的重用。勇猛的將士環衛著沈公的軍帳，文士的如椽大筆力透紙背。有時沈公召開慶功大會，或在菊花盛開之時召集幕僚們宴飲。遼闊的原野裡插滿了色澤鮮明的旗幟，眾部下衣冠楚楚珮飾鮮亮猶如神仙一般。我拿不出任何有用的計謀，卻得到了沈公的百般照顧。人們到處都在用歌謠歌頌沈公，轄區內人畜興旺綠樹參天一片太平景象。沒想到沈公很快離開人間，我們這些投靠他的讀書人便風流雲散。沈公經國濟民的大志還沒有實現，墳頭上已長滿了茂密的草木。往事已去，現在只見這夜月照著沙灘，還有我乘坐的這隻孤燈閃耀的客船。人們將像思念羊祜那樣思念沈公，人們將像愛戴召公那樣愛戴沈公。我就要回到自己的故鄉長安，回想自己的一生也實在過得可憐。我流著眼淚為沈公高歌一曲，明天我就到了遠離此地的西邊。

懷鍾陵舊遊 四首

【題解】鍾陵，地名。即今江西省南昌市。大和二年（西元八二八年）至大和四年，杜牧任江西觀察使沈傳師的幕僚。治所在洪州，即今江西省南昌市。因南昌在漢代曾一度改名為鍾陵，故題目寫作「鍾陵舊遊」。這組詩主要是回憶了當年在江西任幕僚時的生活情況以及當時洪州的繁榮景象。第一首詩還表達了作者對沈傳師的無限感激之情。

其一

一謁征南最少年❶，虞卿雙璧截肪鮮❷。歌謠千里春長暖，絲管高臺月正圓。玉帳軍籌羅俊彥❸，絳帷環珮立神仙❹。陸公餘德機、雲在❺，如我酬恩合執鞭❻。

【注釋】❶一謁句　當時在沈公傳師的幕僚中，我的年紀最小。謁，謁見。這裡指當幕僚。征南，古代的將軍稱號。即征南將軍。古代不少名將曾任此職。這裡代指沈傳師。❷虞卿句　我受到了沈公的極大重視。虞卿雙璧，見前一首詩注❿。截肪鮮，形容玉璧色澤潔白鮮亮如剛截下的脂肪一樣。肪，脂肪。特指動物腰部肥厚的油。本句以虞卿受趙孝成王的重視比杜牧受沈傳師的重視。❸玉帳句　沈公的軍帳裡站著籌畫軍事的英才。玉帳，主將所居的軍帳。軍籌，籌畫軍事。羅，羅列；站立。俊彥，指才能很高的人。❹絳帷句　紅色大帳裡站立的僚屬們衣飾鮮潔，望之如神仙。絳，深紅色。帷，大帳。環珮，指身上佩戴的玉環玉珮。泛指衣飾。❺陸公句　沈公去世後，他的兒子沈樞、沈詢繼承了父親的事業和德才。陸公，指三國時吳國大臣陸抗。陸抗有五子，其中陸機、陸雲最有名。機雲，指陸機、陸雲兄弟。吳亡後入晉，均為晉代的著名文人。杜牧以陸氏父子比沈氏父子。沈傳師死後，其子沈樞、沈詢皆登進士第。❻如我句　如果要報答沈家的恩德，我就應該為他們持鞭駕車當奴僕。酬恩，報恩。合，應該。執鞭，持鞭駕車。

【語　譯】當年我在沈公的幕僚中年紀最輕，然而卻受到沈公的極大重視。在暖融融的春天千里都是歌聲，圓月照耀的高臺上傳出優美的音樂。沈公的軍帳裡站滿了籌畫軍事的英才，紅色帷帳中站立的幕僚服飾鮮潔猶如神仙。沈公的子孫們稟承了他的德才，我要報恩就該為他們執鞭駕車。

其二

滕閣中春綺席開❶，〈柘枝〉蠻鼓殷晴雷❷。垂樓萬幕青雲合❸，破浪千帆陣馬❹來。未掘雙龍牛斗氣❺，高懸一榻棟梁材❻。連巴控越知何有❼？珠翠沉檀處處堆❽。

【注　釋】❶滕閣句　仲春時節，滕王閣裡擺開了盛大的宴會。滕閣，滕王閣。唐貞觀十三年，高祖子李元嬰受封為滕王，曾任洪州都督，滕王閣是他在洪州時所建。中春，春季的第二個月。綺席，華美的坐席。這裡代指盛大的宴會。❷柘枝句　舞女們跳起〈柘枝〉舞，響亮的鼓樂聲，就像晴天的雷聲一樣。〈柘枝〉，舞曲名。蠻鼓，異族人製造的鼓。這裡泛指鼓樂。殷，象聲詞。形容鼓聲。❸垂樓句　高樓上垂掛著無數的帷幕，看上去就像聚合在一起的青色雲層。萬幕，極言帷幕之多。❹陣馬　衝鋒陷陣的戰馬。❺未掘句　這裡物華天寶，物產豐富。西晉時，牛星和斗星之間常有紫氣照射，張華命雷煥尋覓，在豐城（今江西省豐城市，古屬洪州）牢獄的地下，挖掘到寶劍一雙，一名龍泉，一名太阿。後來，這雙寶劍沒入水中，化為雙龍。一雙寶劍本在晉代已被挖走，而本句則說沒有被挖走，意思是說洪州物產豐富，像雙龍寶劍這類的東西還很多很多。❻高懸句　這裡地靈人傑，人才濟濟。東漢時，陳蕃任豫章郡（即洪州）太守，在郡不接賓客，只有南昌人徐穉來訪，他纔接待，並為徐穉特設一榻，徐穉去後，陳蕃便把此榻高高懸起。杜牧用這個典故說明洪州自古就出人才。❼連巴句　洪州上連巴蜀，下接越地，這裡究竟出產一些什麼東西呢？巴，古代國名。在四川東部。後人因稱四川東部為「巴」。控，本指控制、駕馭。這裡引申為連接。洪州在越地上游，有居高臨下之勢，故用「控」字形容。越，古代國名。指浙江一帶。❽珠翠句　這裡處處都堆滿了珠寶、翠羽、沉香和檀香。翠，翠鳥的羽毛。可作裝飾品。沉檀，兩種香料名。即沉香和檀香。後兩句再次描述洪州的豐富物產。

【語　譯】仲春時節，滕王閣裡擺開了盛大宴會，舞女跳起〈柘枝〉舞，鼓聲響如晴天的雷。樓上垂掛的無數帷幕就像聚合的青雲一般，乘風破浪的千船萬帆猶如擺成軍陣的戰馬奔騰而來。這裡物華天寶，物產豐富，這裡地靈人傑，人才濟濟。上連巴蜀下接越地的鍾陵究竟出產什麼？這裡到處都堆滿了珠寶、翠羽、沉香和檀香。

其三

十頃平湖堤柳合❶，岸秋蘭芷綠纖纖❷。一聲〈明月〉❸採蓮女，四面朱樓卷畫簾❹。白鷺煙分光的的❺，微漣風定翠湉湉❻。斜暉更落西山影❼，千步虹橋氣象兼❽。

【注　釋】❶十頃句　十頃大的湖面是那樣的平滿，堤壩上的楊柳密密麻麻。頃，土地面積單位。百畝為一頃。本句講的「十頃平湖」在鍾陵城東，時稱東大湖。❷岸秋句　秋天，湖岸上長滿了綠色的、柔美的蘭和芷。蘭芷，蘭草和白芷。均為香草名。纖纖，柔美的樣子。❸明月　歌曲名。❹四面句　紅色的高樓四面都捲起了華麗的門簾。古代有一種樓，四面無壁。畫簾，繪有圖畫的門簾。❺白鷺句　白鷺在飄動的煙霧中飛翔，牠們的色彩是那樣的鮮亮。白鷺，水鳥名。分，分散；飄動。的的，明白、鮮亮的樣子。❻微漣句　沒有風，波紋細小的湖面綠瀅瀅的顯得十分平靜。微漣，小波紋。湉湉，字書上無「沾」字。應為「湉湉」。水靜的樣子。❼斜暉句　夕陽又落入了西山背後。斜暉，夕陽。西山，山名。在鍾陵的西邊。❽千步句　彩虹般的千步長橋更是氣象萬千。虹橋，如虹的橋。氣象兼，具備了各種各樣的美好氣象。兼，同時具備若干方面。

【語　譯】堤壩上的楊柳環繞著十頃大的平滿湖面，秋天的湖岸上長滿了碧綠柔美的蘭草和白芷。採蓮的少女們唱著〈明月〉曲，紅色的高樓四面都捲起華麗的竹簾。色彩鮮亮的白鷺在飄動的煙霧中飛翔，無風的湖面波紋很小碧綠平靜。夕陽又落入了西山的背後，彩虹般的千步長橋更顯得氣象萬千。

其四

控壓平江十萬家❶，秋來江靜鏡新磨❷。城頭晚鼓雷霆❸後，橋上遊人笑語多。日落汀痕❹千里色，月當樓午❺一聲歌。昔年行樂穠桃❻畔，醉與龍沙揀蜀羅❼。

【注　釋】❶控壓句　鍾陵管轄著贛江兩岸的十萬戶人家。控壓，控制；管轄。平江，指水流平滿的贛江。流經鍾陵。❷鏡新磨　新磨成的鏡子。比喻贛江的江面平靜光潔如鏡。❸雷霆　疾雷；響雷。❹汀痕　指落日照在汀洲上的光輝。汀，水邊平地或水中小洲。痕，日痕；日光。❺午　午夜；半夜。❻穠桃　繁盛的桃花。代指美好的景色。穠，繁盛；華美。❼醉與句　在醉醺醺之中，我與朋友一起到龍沙去選購蜀地出產的絲綢。龍沙，地名。在贛江邊。為當時的遊樂之處。揀，挑揀；選購。蜀羅，蜀地出產的綾羅綢緞。

【語　譯】鍾陵管轄著贛江兩岸的十萬戶人家，秋天的贛江江面就像新磨成的鏡面一樣。城頭上傍晚的鼓聲雷霆般地響過之後，橋上又說又笑的遊人開始多了起來。落日照耀著千里碧色的水邊汀洲，午夜的月亮照著歌聲飄蕩的高樓。當年我在大好風光中盡情遊樂，醉後便結伴到龍沙去選購蜀地出產的絲綢。

臺城曲二首

【題解】臺城，又叫苑城。本是三國時吳國的後苑。東晉、宋、齊、梁、陳時，這裡又是臺省（中央政府機構）和宮殿的所在地。故址在今南京市雞鳴山附近。這兩首詩主要譴責陳後主荒淫誤國的行徑，回顧了其亡國的大致經過。

其一

整整復斜斜，隋旗簇晚沙❶。門外韓擒虎，樓頭張麗華❷。誰憐容足地，卻羨井中蛙❸。

【注釋】❶整整二句　隋軍的旗幟或橫或豎，每到傍晚都聚集在長江邊。整整、斜斜，形容軍旗或直立或斜立的樣子。簇，聚集。沙，指長江北岸的沙灘上。隋軍渡江伐陳之前，為了迷惑陳軍，便於江防部隊換防時，大列軍旗，虛張聲勢。長江南岸的陳軍以為隋軍要渡江南下，便迅速調兵應戰。後來知道是隋軍在換防，便又撤回部隊。如此反覆多次，麻痺了陳軍。等到隋軍真的渡江伐陳時，陳軍竟未發覺。❷門外二句　韓擒虎率隋軍已到了門外，而陳後主還只想著與樓上的張麗華飲酒作樂。韓擒虎，人名。隋朝大將。伐陳時任先鋒。他率精兵攻入臺城，活捉了陳後主。張麗華，人名。是陳後主的寵妃。隋軍渡江，陳後主不作任何準備，每天與張麗華等人飲酒作樂。❸誰憐二句　誰會同情他們沒有容足之地呢？因為他們自己要當井中之蛙。容足，立足。井，指景陽井。在臺城內。韓擒虎率兵攻入臺城，陳後主與寵妃逃入井中。隋軍窺井呼喚，陳後主不作聲。軍人要向井中投石，陳後主纔於井中驚叫。軍人用繩子拉陳後主，驚其太重。及出，乃與張麗華、孔貴嬪三人同時而出。

【語　譯】隋軍的旗幟或直豎或斜立，每到傍晚都聚集在長江北岸。韓擒虎率隋軍已打到了門外，陳後主還只想著與樓上的張麗華飲酒作樂。誰會同情他們沒有立足之地呢？因為他們自己想當井中之蛙。

其二

王頒❶兵勢急，鼓下坐蠻奴❷。瀲灩倪塘水❸，叉牙出骨鬚❹。乾蘆一炬火❺，迴首是平蕪❻。

【注　釋】❶王頒　人名。隋朝將軍。伐陳時，王頒率數百人隨韓擒虎為先鋒部隊。❷鼓下句　陳朝的將軍任忠等人或投降或被殺。鼓下，軍中斬人的地方。古代中軍將最尊，安營時，立旗以為軍門，並設軍鼓，鼓下為殺人之處。蠻奴，陳朝將軍任忠的小名。後於石子岡向韓擒虎投降。❸瀲灩句　陳高祖艱苦創業建立陳朝。瀲灩，水波蕩漾的樣子。倪塘，地名。在建康（今南京市）東北。陳高祖創業期間，曾在此與北齊軍隊作戰。❹叉牙句　陳亡後卻被掘墓焚屍。叉牙，形容鬍鬚參差不齊、多頭歧出的樣子。出骨鬚，王頒的父親王僧辯為陳高祖所殺。陳滅後，王頒掘開陳高祖的墳墓，發現陳高祖的鬍鬚皆出自骨中。為報父仇，王頒焚陳高祖屍骨為灰，然後把骨灰投入水中喝下。❺乾蘆句　隋軍用乾蘆柴做成的火把燒燬了宮城的北掖門。蘆，即蘆葦。隋朝大將賀若弼率兵進攻陳朝宮城時，燒北掖門。❻迴首句　回首望去，臺城已是一片荒蕪的平地。隋滅陳後，全部毀掉臺城。

【語　譯】王頒率領的隋軍發動猛烈的攻勢，任忠等陳朝將領或死或降。陳高祖艱苦創業建立陳朝，陳朝滅亡後卻被掘墓焚屍。隋軍用乾蘆火把燒掉了北掖門，回首望去，臺城已成一片廢墟。

江上雨寄崔碣

【題　解】江上雨，江上下著雨。崔碣，人名。字東標。進士及第。先後任河南尹、懷州司馬等職。本詩描寫了江上雨景，表達了對崔碣的思念。

春半❶平江雨，圓文破蜀羅❷。聲眠篷底客❸，寒濕釣來蓑❹。暗澹❺遮山遠，空濛著柳多❻。此時懷一恨❼，相望意如何❽？

【注　釋】❶春半　即仲春時節。❷圓文句　雨滴入水形成的圓形水紋扯破了綠色蜀綢般的江面。文，通「紋」。蜀羅，形容江面猶如一匹蜀地出產的綠色絲綢。❸聲眠句　雨聲為船篷下的行客催眠。眠，使入眠。篷，船篷。❹寒濕句　也有人在這寒冷潮濕的天氣裡披著蓑衣釣魚。❺暗澹　也作「暗淡」。天氣昏暗。❻空濛句　濛濛的細雨籠罩著眾多的柳林。空濛，形容細雨迷濛的樣子。❼恨　遺憾。❽相望句　我苦苦思念你而又無可奈何。如何，又能怎麼辦。言無可奈何。

【語　譯】仲春時節，平滿的江面上落了小雨，圓圓的水紋扯破了綠色蜀綢般的江面。雨聲為船篷下的行客催眠，有人披著蓑衣在這寒濕的天氣裡釣魚。暗淡的光線遮蓋著遠處的青山，濛濛的細雨籠罩著眾多的柳林。此時的我心中有一大遺憾，苦苦地思念你而又無可奈何。

罷鍾陵幕吏十三年，來泊湓浦，感舊為詩

【題　解】鍾陵，地名。即今江西省南昌市。唐代的江西觀察使治所在此。大和二年（西元八二八年）至大和四年，杜牧任江西觀察使沈傳師幕僚。幕吏，幕僚佐吏。泊，停船靠岸。湓浦，地名。又叫湓城、湓口。故址在今江西省九江縣西長江邊。根據題目中「十三年」，可知此詩應作於會昌三年（西元八四三年）。本詩描寫了對故鄉的思念、旅途的孤獨和對往事的感慨。

青梅雨中熟❶，檣倚酒旗邊❷。故國殘春夢❸，孤舟一褐❹眠。搖搖遠堤柳，暗暗十程煙❺。南奏❻鍾陵道，無因似昔年❼。

【注釋】❶青梅句　青梅在陰雨之中長熟了。春末夏初，梅子成熟時，也正是多雨的季節。❷檣倚句　我乘坐的船靠在一家酒店的旁邊。檣，船上的桅杆。代指杜牧乘坐的船。倚，靠。酒旗，酒店的旗幟。代指酒店。❸故國句　我在春末的睡夢中，總是夢見自己的故鄉。故國，故鄉。❹褐　粗布衣服。❺暗暗句　數百里的路程上籠罩著暗淡的煙霧。暗暗，暗淡無光的樣子。十程，十天的路程。❻奏　走上；踏上。❼無因句　再也沒有辦法像當年去鍾陵時那樣快樂。無因，沒有原由；沒有辦法。昔年，指十三年前去鍾陵任幕僚的時候。

【語譯】青梅在陰雨之中慢慢長熟，我乘坐的船停靠在一家酒店旁邊。春末的夜晚我總是夢見自己的故鄉，我躺在孤舟上披著粗布衣服入眠。遠處堤壩上的柳樹在風中搖擺，數百里的路程上都籠罩著暗淡的雲煙。我向南又踏上了去鍾陵的道路，但我的心情再也沒有辦法比上當年。

商山麻澗

【題解】商山，山名。又叫商嶺、商坂。在今陝西省商縣東。麻澗，地名。在商山之中。因此處宜於種麻，故名。這首詩描寫了麻澗的優美風光和歡樂恬靜的田園生活，委婉地表達了自己對這種生活的嚮往之情。本詩作於唐文宗開成四年（西元八三九年），當時杜牧赴長安任職路過商山。

雲光嵐彩四面合❶，柔柔垂柳十餘家。雉❷飛鹿過芳草遠，牛巷雞塒❸春日斜。秀眉老父對罇酒❹，蒨袖女兒簪野花❺。征車自念塵土計❻，惆悵溪邊書細沙❼。

【注釋】❶雲光句　鮮亮的雲彩和多彩的山霧籠罩著整個麻澗。嵐，山霧。❷雉　鳥名。俗稱野雞。❸牛巷雞塒　牛回到家中，雞進入雞籠。巷，居住的宅子。塒，鑿牆而成的雞窩。❹秀眉句　長著壽眉的老人飲著酒。秀眉，年老的人常有一二眉毫特別長，古人認為這是長壽的象徵，稱為「秀眉」。罇酒，酒杯。❺蒨袖句　穿著大紅衣服的女孩子頭戴著野花。蒨，植物名。即茜草。可作紅色顏料。這裡代指紅色。袖，衣袖。代指衣服。簪，插戴。❻征車句　我坐在遠行的車子上，心裡想著世俗官場中的事情。征車，遠行的車輛。塵土，指塵世。❼書細沙　在顆粒細小的沙灘上寫下了這首詩。

【語譯】鮮亮的雲彩和多彩的山霧籠罩著整個麻澗，柔和的垂柳林中居住著十多戶人家。野雞飛翔、鹿群來往、芳草地伸向遠方，春日西斜時雞群入籠、牛群歸家。長著秀眉的老人悠閑地飲著美酒，穿著紅衣的女孩子頭上戴著野花。我坐在遠行的車子上想著塵世中的事情，看到此景便在溪邊的細沙灘上滿腹惆悵地寫下這首詩歌。

商山富水驛 驛本名與陽諫議同姓名，因此改為富水驛

【題解】商山，山名。見〈商山麻澗〉題解。富水驛，驛站名。在商山中。在今陝西省商南縣境內。陽諫議，唐代人陽城，曾隱中條山。唐德宗時，任右諫議大夫。富水驛原名陽城驛，後改名。本詩即為懷念陽城而作。詩中記述了陽城的正直和清貧，認為他可作百官榜樣。本詩的寫作時間與前一首同。

益戇猶來未覺賢❶，終須南去弔湘川❷。當時物議朱雲小❸，後代聲華白日懸❹。邪佞每思當面唾❺，清貧長欠一杯錢。驛名不合❻輕移改，留警朝天者惕然❼。

【注　釋】❶益戇句　耿直的人從來就很難討得別人的歡心。益，越發；更加。戇，耿直；剛正。猶來，從來。未覺賢，不被人認為是賢良。❷終須句　因此陽城最終被貶到了南方的湘江一帶。弔湘川，漢初的著名政論家、文學家賈誼受大臣排擠，被貶為長沙王太傅。在途中，他寫了〈弔屈原賦〉，藉弔祭屈原來抒發他懷才不遇的憤世嫉俗之情。這裡以賈誼比陽城。陽城任諫議大夫期間，得罪權奸，後被貶為道州刺史。道州即今湖南省道縣，處湘江的支流瀟水旁。湘川，即湘江。❸當時句　當時的輿論對朱雲的評價並不高。物議，眾人的議論。朱雲，人名。漢成帝時人。因反對權奸張禹而差點被處死。這裡以朱雲比陽城。小，不高大；評價不高。❹後代句　而後來他的名聲卻像高懸的太陽，永垂不朽。聲華，美好的名聲。❺邪佞句　句序應理解為「每思當面唾邪佞」。他經常想著要當面向邪佞之人吐唾沫。每，經常。唾，吐唾沫。表示鄙棄。❻不合　不該。❼留警句　應該保留陽城驛的名字，讓那些進京做官的人以此自儆。朝天者，朝見天子的人。指進京做官的人。惕然，戒懼的樣子。

【語　譯】耿直的人從來很難討得別人的歡心，所以陽城最終被貶到了湘江一帶。當時的輿論對朱雲的評價並不高，而後來他的名聲卻像高懸的太陽一樣不朽。陽城經常想著要當面向奸佞們唾吐，他清貧異常，總是沒錢買酒。陽城驛的驛名不應該隨便就被改了，應該保留下來儆戒那些進京做官的人。

丹水

【題　解】丹水，河名。發源於今陝西省商縣冢嶺山，東入河南省境，經內鄉、淅川二縣，向東注入均水。本詩寫作時間與〈商山麻澗〉同年。詩中以擬人化的手法，描寫了丹水的美麗風光。詩末流露出隱居此地的想法。

何事苦縈迴❶，離腸不自裁❷。恨聲❸隨夢去，春態逐雲來❹。沉定藍光徹❺，喧盤粉浪開❻。翠巖❼三百尺，誰作子陵臺❽？

【注釋】❶何事句　丹水究竟為了何事，在這裡苦苦地曲折旋繞，不肯離去。縈迴，旋繞曲折。本詩的前四句為擬人化手法，杜牧把丹水比作一個傷別的女子。❷離腸句　她大概是因為無法克制與情人分別的痛苦吧。離腸，與情人分離後的痛苦之情。自裁，自我克制。❸恨聲　傷心的嘆息聲。形容丹水的流水聲。❹春態句　春天的景象隨著白雲回到了丹水。春態，可理解為雙關語。表面指喜悅之貌，實際指春天之景。❺沉定句　平靜的丹水碧光閃閃，清澈異常。沉定，平靜。藍光，閃光的碧水。徹，通「澈」。清澈。❻喧盤句　有時丹水又喧鬧盤繞，激起一層白色的浪花。喧，喧鬧。指流水聲。盤，盤繞。粉浪，白色的浪花。❼翠巖　綠色的山峰。❽子陵臺　嚴子陵的釣魚臺。在今浙江省桐廬縣南。因東漢初年著名隱士嚴子陵在此釣過魚而得名。這兩句是說，丹水邊的這座數十丈高的綠色山峰秀麗異常，誰能在此隱居，使它變作第二個子陵臺呢？委婉地流露出自己想在此隱居的願望。

【語譯】丹水為了何事苦苦地在此曲折旋繞，大概因與情人分別而痛苦得無法自制。嘆息的聲音隨著夢境而消失，美好的春色隨著白雲來到了丹水邊。丹水有時平靜清澈，碧光閃閃，有時又喧鬧盤旋，激起一層白浪。丹水邊有一座數十丈高的碧綠山峰，誰能在此隱居使它變作第二個子陵臺。

題武關

【題解】武關，地名。在今陝西省商南縣西北。戰國時秦國的南關。本詩的寫作時間與〈商山麻澗〉同年。詩中回顧了幾個與武關有關的歷史典故，通過今昔對比，表明了作者對天下統一的局面的讚美和支持。

碧溪留我武關東，一笑懷王跡自窮❶。鄭袖嬌饒酣似醉❷，屈原憔悴去如蓬❸。山牆谷塹❹依然在，弱吐強吞盡已空❺。今日聖神家四海❻，戍旗長卷夕陽中❼。

【注　釋】❶一笑句　我想起了好笑的楚懷王在這裡陷入了走投無路的境地。懷王，指戰國時的楚懷王。秦昭王約楚懷王在武關見面，待懷王入武關後，秦國伏兵斷其後，扣留懷王以求割地。懷王大怒，逃往趙國，趙國不接受，懷王只好返回秦國，最終死於秦。跡自窮，使自己走投無路。❷鄭袖句　嬌美的鄭袖像醉漢一樣的愚昧。鄭袖，人名。楚懷王的寵妃，號稱南后。她曾勸告懷王放掉楚國的仇人張儀，多誤國之舉。嬌饒，嬌美。❸屈原句　憔悴的屈原離開楚國都城，像飛蓬一樣到處流浪。屈原，人名。楚國大夫，著名詩人。因遭佞臣的迫害，被流放。最後投汨羅江而死。蓬，草名。秋枯根拔，風捲而飛，所以又叫「飛蓬」。這兩句是說，楚懷王之所以走投無路，完全是因為他信任鄭袖一類的小人，疏遠屈原一類的君子。❹山牆谷塹　高峻如山的軍壁城牆，深如山谷的防禦壕溝。塹，做防禦用的壕溝。❺弱吐句　天下分裂、爭戰不已的局面已經成為過去。弱吐強吞，即「吐弱吞強」。扶持弱國，吞併強國。這裡泛指各國爭戰的混亂局面。❻今日句　現在是天子以四海為家的太平統一盛世。聖神，指天子。家四海，以四海為家。即天下統一。❼戍旗句　在夕陽下，看不到飄揚的軍旗。戍旗，軍旗。長卷，總是捲在一起。意思是說天下太平，這裡不再使用軍旗。

【語　譯】一條碧溪把我挽留在武關的東邊，我想到了可笑的楚懷王就是在這裡走投無路。他信任的妃子鄭袖雖然嬌美卻蠢如醉漢，屈原被他流放，憔悴異常，像飛蓬一樣到處流浪。這裡依然可以看到高山樣的城牆和山谷般的戰壕，但天下分裂、爭戰不已的局面已經成為過去。現在是天子以四海為家的太平統一的盛世，夕陽下已看不到這裡有飄揚的軍旗。

除官赴闕商山道中絕句

【題　解】除官，任命官職。指唐文宗開成四年（西元八三九年）杜牧赴京任左補闕、史館修撰。赴闕，入朝。闕，宮殿。代指朝廷。商山，山名。見〈商山麻澗〉題解。本詩寫自己看到商山美景後，不知是該留下隱居還是應該進京做官的矛盾心情。

水疊鳴珂樹如帳❶，長楊春殿九門珂❷。我來惆悵不自決❸，欲去欲住終如何？

【注釋】❶水疊句　這裡的碧溪水浪疊起，流水聲就像玉珂碰擊的聲音一樣清脆，這裡的樹林猶如綠色的大帳。珂，像玉一樣的美石。可做成裝飾品。❷長楊句　長安的宮殿門前也站滿了身佩玉珂的官員。長楊，宮殿名。即長楊宮。本為秦朝宮殿，漢代時又加以整修。因宮中有楊樹數畝，故名。故址在今陝西省周至縣（本作盩厔）東南。這裡代指唐代宮殿。九門，泛指眾多的宮門。珂，指佩戴玉珂的官員。這兩句分別描繪了當隱士的生活環境和當官的生活環境，為後兩句作鋪墊。❸不自決　自己無法作出決定。

【語譯】這裡的水聲如玉聲，樹林如綠帳，長安宮殿的門前站滿了佩珂的官員。我到這裡後滿腹惆悵無法作出決定，不知是應該留下隱居還是應該前往京城。

漢江

【題解】漢江，江名。源出於今陝西省寧強縣，東南流入湖北境內，至武漢市入長江。本詩與前幾首詩同作於開成四年（西元八三九年）。這年春天，杜牧離開潯陽，沿長江、漢水北上長安就職。本詩即杜牧經過漢水時所作。詩歌的前兩句寫景，白鷗與綠水在色彩上對比鮮明；後兩句抒情，表現了詩人對年老的感傷和對閑適生活的嚮往。

溶溶漾漾白鷗飛❶，綠淨春深好染衣❷。南去北來❸人自老，夕陽長送釣船歸。

【注　釋】❶溶溶句　白鷗在平滿、動盪的漢江上飛翔。溶溶，水盛大的樣子。漾漾，水動盪的樣子。白鷗，水鳥名。多為白色。生活在湖海上，以捕魚、螺為生。❷綠淨句　春天裡的漢江澄淨清澈，綠得似乎可以漂染衣服。淨，潔淨。❸南去北來　指杜牧自己為了當官，多次南來北往。

【語　譯】白鷗在平滿動盪的漢江上飛翔，春天的漢江水清澈碧綠，似乎可漂染衣裳。我在南來北往的奔波中慢慢衰老了，只有夕陽總是照著緩緩歸去的打魚船。

襄陽雪夜感懷

【題　解】襄陽，地名。即今湖北省襄陽市（與樊城隔漢水相望，合稱襄樊市）。本詩與前幾首詩作於同年。詩歌主要寫對往事的回憶和感傷。

往事起獨念，飄然自不勝❶。前灘急夜響❷，密雪映寒燈。的的三年夢，迢迢一綫絙❸。明朝楚山上，莫上最高層❹。

【注　釋】❶飄然句　我心情激動不安，無法自制。飄然，形容心情飄動不安的樣子。不勝，不能自我克制。❷前灘句　夜晚，前面的河中急流發出聲響。灘，水淺多石而水流很急的地方。❸的的二句　三年來不過是做了一場記憶清晰的夢而已，我於三年中一直在漫長的道路上奔波。的的，明白清楚的樣子。迢迢，漫長遙遠的樣子。絙，大繩。比喻道路。本詩作於開成四年，開成二年時，杜牧離開東都洛陽，與眼醫石生一同去揚州看望患眼疾的弟弟杜顗。同年八月又攜弟去宣州任職。開成三年，授左補闕、史館修撰。開成四年初春，杜牧把弟弟送往潯陽，投靠從兄江州刺史杜慥，然後自己沿長江、漢江北上長安赴任。兩年多以來，杜牧一直處於奔波之中。故有此言。❹明朝二句　明天登望楚山時，千萬不要登上最高層登高望遠，會勾起杜牧骨肉分離的傷感之情。故言。楚山，山名。即望楚山。在襄陽城南。

【語譯】我獨自回想起了往事，心情激動不安，無法平靜。前面的河中急流在夜幕中發出聲響，密集的雪花映襯著寒夜裡的孤燈。三年來不過是一場記憶清楚的夢，我一直奔波在漫長的道路之中。明天在登上望楚山的時候，我切記不可登上山的最高層。

詠歌聖德，遠懷天寶，因題關亭長句四韻

【題解】聖德，皇上的美德。具體指唐宣宗的美德。懷，想起。天寶，唐玄宗的年號。安祿山於天寶十四年（西元七五五年）起兵反叛，唐朝由盛轉衰。關亭，亭名。在今陝西省華陰縣一帶。這首詩回顧了安史之亂，提醒當今的唐宣宗要居安思危，修德用賢。只有如此，纔能國泰民安，江山永保。

聖敬文思❶業太平，海寰天下唱歌行❷。秋來氣勢洪河壯❸，霜後精神泰、華獰❹。廣德者強朝萬國❺，用賢無敵是長城。君王若悟〈治安論〉❻，安、史何人敢弄兵❼。

【注釋】❶聖敬文思　指唐宣宗。宣宗大中二年，百官上尊號「聖敬文思和武光孝皇帝」。❷海寰句　整個天下一派歌舞昇平的盛世景象。海寰，世界；天下。唱歌行，邊行邊歌。形容百姓心情愉快。❸秋來句　秋天，黃河的水很大，氣勢雄壯。洪，水大。河，指黃河。❹霜後句　下霜之後，泰山和華山看起來特別有精神，特別高峻。泰山，山名。在今山東省境內。為五嶽中的東嶽。華山，山名。在今陝西省境內。為五嶽中的西嶽。獰，凶猛。引申為高峻挺拔。❺廣德句　皇上品德高尚，國家就會強盛，其他各國都會前來朝拜。廣德，道德高尚。朝萬國，使萬國來朝。❻治安論　文章名。又叫〈治安策〉、〈陳政事疏〉。作者是漢代的賈誼。文中指出了漢代政治所存在的問題，提出了解決的辦法。❼安史句　安祿山、史思明又算得了什麼？他們又怎敢起兵反叛！安史，指安祿山和史思明。他們的叛亂使唐代朝廷和百姓都蒙受了重大損失。弄兵，玩弄兵火；起兵反叛。

【語譯】宣宗在位天下太平，整個社會都是一派歌舞昇平的景象。秋天的黃河水氣勢雄壯，霜後的泰山、華山更顯得高峻挺拔氣象不凡。盛德的天子使國力強大、萬國入朝，重用賢人纔能保衛國家，纔能無敵於天下。君王如果真正讀懂了〈治安論〉，安祿山、史思明等人又怎敢起兵叛亂。

【題解】本詩作於開成四年（西元八三九年）赴京途中。詩中描寫路過南陽時所看到的美好春景，流露出及時行樂的思想。

途中作

綠樹南陽❶道，千峰勢遠隨。碧溪風澹態❷，芳樹雨餘姿❸。野渡雲初暖，征人袖半垂❹。殘花不一醉，行樂是何時？

【注釋】❶南陽　地名。在今河南省南陽市。❷碧溪句　碧綠的溪水上輕輕地颳著春風，景色十分美好。風澹，風輕。態，姿態；樣子。這裡指景色美好。❸芳樹句　雨後的芳樹更是多姿多彩。芳樹，春天的樹。雨餘，雨後。❹征人句　行人的衣袖微微地低垂著。征人，行人。

【語譯】南陽的道路旁長滿了綠樹，遠處的萬山千峰好像與我一直緊緊相隨。風景優美的碧溪上輕輕地颳著春風，雨後的芳樹更顯得多彩多姿。天氣初暖，雲霧籠罩著野外的渡口，行人們的衣袖微微地低垂著。如不趁著這殘花季節痛飲一場，也不知到何時纔能再有行樂的機會。

重到襄陽哭亡友韋壽朋

【題　解】襄陽，地名。今湖北省襄樊市的一部分。韋壽朋，人名。雅好山水。早年隱居，後入朝為官。是杜牧的好友。本詩為悼念韋壽朋而作。全詩所營造的氣氛空寥寂寞，滲透著濃重的淒涼之情。

故人❶墳樹立秋風，伯道無兒跡更空❷。重到笙歌分散地❸，隔江吹笛月明中。

【注　釋】❶故人　老朋友。指韋壽朋。❷伯道句　韋壽朋死後無子，一切都顯得更加空寂。伯道，人名。晉代的鄧攸，字伯道。他於戰亂中攜子侄逃難，後勢難兩全，便捨棄自己的兒子而保全侄子。當時人們說：「天道無知，使鄧伯道無子！」後來即稱無子為「伯道無子」。這裡指韋壽朋無子。❸重到句　我再次來到這個笙歌鼎沸的繁華之地。笙，樂器名。泛指奏樂。分散，指樂聲、歌聲四散飄蕩。這兩句用他人的歡樂聲更反襯出韋壽朋死後的寂寞。

【語　譯】老朋友墳上的樹木豎立在秋風之中，他死後沒有兒子一切都顯得更加寂空。我再次來到這個笙歌鼎沸的繁華之地，月光中我聽到江那邊傳來的笛聲。

赤　壁

【題　解】赤壁，山名。即赤壁山。在今湖北省蒲圻縣西北長江南岸，北臨長江，與烏林隔江相對。這裡是漢末周瑜大破曹操的地方。詩歌的後兩句指出了這場戰事的意義，嘲諷了被後人視為英雄的周瑜。詩歌意出人外，用筆鋒利無比，是一首膾炙人口的名作。

折戟沉沙鐵未銷❶，自將磨洗認前朝❷。東風不與周郎便，銅雀春深鎖二喬❸。

【注　釋】❶折戟句　我看到一片沉埋在沙土裡、還沒有完全銷蝕的斷戟。戟，古代的一種兵器。銷，銷蝕朽爛。❷自將句　我親自把它洗磨乾淨，認出是周瑜破曹時代的遺物。將，拿起。認前朝，認出是前代的遺物。❸東風二句　假如不是東風為周瑜提供了便利的條件，大喬和小喬只怕要被關進春意盎然的銅雀臺中。東風，指周瑜乘著東風火燒曹操戰船的事。曹軍渡江前，為求平穩，用鐵鏈將戰船連在一起。當時曹軍居西北方，周瑜軍居東南方。周瑜趁東南風大起的時候，派部將黃蓋詐稱投降，靠近曹軍，放火燒了曹軍戰船，曹操大敗。周郎，指周瑜。當時周瑜年僅二十四歲，吳人呼為「周郎」。銅雀，臺名。即銅雀臺。曹操所建。在鄴城（今河北省臨漳縣）。臺高十丈，有房百餘間。樓頂有一丈五尺高的大銅雀，故名。當時曹操的姬妾歌妓都住在這裡。二喬，喬氏二姊妹。是東吳的著名美女。大喬嫁給了孫策，小喬嫁給了周瑜。杜牧認為，如果不是偶爾颳起了東南風，周瑜不會成功，東吳就要滅亡，二喬便會成為俘虜。杜牧如此評價周瑜，表明他對自己政治、軍事才能的無比自信。

【語　譯】我看到一片埋在沙裡還沒完全銷蝕的斷戟，就拾起來將它洗磨乾淨，認出它是前代的遺物。如果不是東風為周瑜提供了有利的條件，大喬小喬只怕要被關閉在春意盎然的銅雀臺中。

雲夢澤

【題　解】雲夢澤，大澤名。其大致範圍包括今湖南省宜陽縣、湘陰縣以北、湖北省江陵縣、安陸縣以南、武漢市以西地區。本詩是一首詠史詩。杜牧認為，居功自傲的韓信最下，功成身退的范蠡其次，終保富貴、身名俱泰的郭子儀最上。從這首詩中，可以看出杜牧的真正人生追求。

日旗龍旆想飄揚，一索功高縛楚王❶。直是超然五湖客❷，未如終始郭汾陽❸。

【注　釋】❶日旗二句　我想像著當年日旗、龍旗在雲夢澤這裡迎風飄揚，漢高祖劉邦一舉索拿了功高蓋世的楚王韓信。

日旗，古代帝王儀仗中繪有太陽圖象的旗幟。龍旗，古代帝王儀仗中繪有龍形圖案的旗幟。想，想像。索，繩索。楚王，指韓信。韓信幫助劉邦打天下，勞苦功高，被封為楚王。後有人上告韓信謀反，劉邦以陳平計，派使者徧告諸侯，言自己將遊雲夢，命諸侯會集於陳。當韓信到陳謁見劉邦時，劉邦令武士縛住韓信。幾經周折，韓信最終死於劉邦之妻呂后之手。❷直是句　即使功成身退、飄然於五湖的范蠡。直是，即使是。超然，遠離世俗社會的樣子。五湖，湖名。說法不一。一說五湖即太湖，一說五湖指太湖及附近的其他四湖。太湖在今江蘇省吳縣西南，跨江蘇、浙江二省。春秋時，范蠡輔佐越王句踐刻苦圖強，終於滅掉吳國。以句踐為人可與共患難，不能共安樂，便乘輕舟浮於五湖，隱居起來。後人推崇范蠡為功成身退的典範。❸郭汾陽　即唐代的郭子儀。他在平定安史之亂時，功第一。官至太尉、中書令，封汾陽郡王，號「尚父」。郭子儀雖然功高蓋世，但他謙卑恭敬，忠於朝廷，因此他能善始善終，始終保有富貴美名。

【語　譯】我想像當年日旗、龍旗在這裡迎風飄揚，漢高祖劉邦一舉索拿了功高蓋世的楚王。即便是功成身退、飄然於五湖的范蠡，也比不上善始善終、長保富貴的郭汾陽。

除官行至昭應聞友人出官因寄

【題　解】除官，任命官職。這裡指赴京任職。昭應，地名。故址在今陝西省臨潼縣東北。原名新豐，天寶七年改名為昭應。出官，出京城到外地去做官。本詩主要寫自己對不能與友人長久相處的遺憾。

賤子❶來千里，明公去一麾❷。可能休涕淚❸，豈獨感恩知❹。草木秋風後，山川落照❺時。如何望故國，驅馬卻遲遲❻？

【注　釋】❶賤子　自我謙稱。❷明公句　而您卻要離開京城到外地做官去了。明公，對友人的敬稱。麾，指揮用的旗幟。這裡指當地方長官。❸可能句　我不由自主地流下了眼淚。可能，一本作「不能」。更確切。休，停止。❹豈獨句　不僅僅是因為感激您對我的知遇之恩。❺落照　落日。❻如何二句　為什麼故國長安已經隱隱在望，而驅馬趕車卻依然走得這麼緩慢？故國，指京城長安。遲遲，緩慢的樣子。這兩句表現了杜牧急於見到友人的迫切心情。

【語　譯】我從千里之外趕往京城長安，而您卻要離開京城去做地方官。為此我不由自主地流下了眼淚，不僅僅是因為感激您對我的知遇之恩。秋風過後草木凋零，落日照耀著高山和大川。為什麼故國長安已經隱隱在望，而驅馬趕車卻依然走得這麼緩慢？

寄浙東韓乂評事

【題　解】浙東，地名。在今浙江省的浙江以東地區。唐代在這裡置浙江東道。韓乂，人名。曾任定遠縣令。評事，官名。掌平決刑獄。屬大理寺。本詩描述了二人近年來的生活情況，表達了作者希望能聆聽對方高見的願望。

一笑五雲溪上舟❶，跳丸日月十經秋❷。鬢衰酒減欲誰泥❸，跡辱魂慚好自尤❹。夢寐幾回迷蛺蝶❺，文章應廣〈畔牢愁〉❻。無窮塵土無聊事❼，不得清言解不休❽。

【注　釋】❶一笑句　您在五雲溪上泛舟行樂過著適意的生活。五雲溪，溪名。原名若邪溪。在今浙江省紹興縣東南的若邪山下。相傳西施曾在此浣紗，故又叫浣紗溪。❷跳丸句　日月如梭，至今已過了十年。跳丸，跳動的彈丸。比喻日月如梭，時間過得很快。❸鬢衰句　我頭髮蒼蒼，酒量大減，而又不知該求誰幫助。鬢衰，頭髮衰老變白。誰泥，即「泥誰」。求助於誰。泥，軟求；軟纏。本句是說自己已經衰老而又無可奈何。❹跡辱句　我做的事情卑下，心中慚愧，經常自我責備。跡辱，事情低賤。跡，業跡；事跡。魂慚，心中慚愧。尤，責備。❺夢寐句　我時常感到人生不過是一場夢幻而已。

寐，入睡。迷蛺蝶，先秦著名思想家莊周有一次做夢變成了一隻蝴蝶，自由自在，非常愜意，不知自己原本是莊周。他突然間醒過來，吃驚地發現自己還是莊周。這時他感到有點迷惑不解：不知是莊周做夢變成了蝴蝶呢？還是蝴蝶做夢變成了莊周呢？後人經常用這個故事說明人生如夢的道理。蛺蝶，即蝴蝶。❻文章句　應該寫出比〈畔牢愁〉更好的文章。廣，擴大；比……更好。畔牢愁，文章名。漢代揚雄所作。揚雄作〈畔牢愁〉等文，欲揚名於後世。杜牧雖然認為人生如夢，但也竭力主張以詩文傳世。❼無窮句　在這無邊的塵世之中，發生了數不清的無聊之事。塵土，指塵世。無聊，指精神無所寄託。❽不得句　聽不到您的清雅正確的高論，只見人們在那裡喋喋不休地強作解釋。清言，清雅正確的言論。

【語　譯】您在五雲溪上泛舟遊樂過著適意的生活，日月如梭，轉眼已度過了十個春秋。我兩鬢蒼蒼、酒量大減又能向誰求助，我經常責備自己行事卑下，因而十分愧疚。我總覺得人生不過是一場夢幻而已，因此更應寫下好文章以超過〈畔牢愁〉。在這無邊的塵世中有無窮的無聊事情，聽不到您的高見，只見別人在那裡強解不休。

泊秦淮

【題　解】泊，停船靠岸。秦淮，河名。即秦淮河。發源於今江蘇省溧水縣東北，西流穿過金陵城（今南京市）入長江。相傳此河為秦始皇時所開挖，鑿鍾山以通淮河，故稱「秦淮」。唐代，金陵城內的秦淮河兩岸酒家林立，是極為繁華熱鬧的地方。本詩描寫了作者夜泊秦淮時的所見所聞，對時人那種醉生夢死、紙醉金迷的生活表示了極大的不滿和擔憂。本詩是杜牧的代表作之一。

煙籠寒水月籠沙❶，夜泊秦淮近酒家。商女❷不知亡國恨，隔江猶唱〈後庭花〉❸。

【注　釋】❶煙籠句　本句應理解為「煙月籠寒水、籠沙」。煙霧和月光籠罩著清涼的河水和兩岸的沙灘。❷商女　賣唱的歌女。❸後庭花　歌曲名。是〈玉樹後庭花〉的省稱。作者是陳朝的亡國之君陳叔寶（史稱陳後主）。陳後主整天與狎客、妃嬪們飲酒作樂，不理政事，最終亡國。他所作的〈玉樹後庭花〉曲詞哀怨，被視為「亡國之音」。本詩的後兩句表面上是在責備歌女，實際上是在抨擊那些不管國家安危、只顧飲酒行樂的達官貴人。

【語　譯】煙霧和月光籠罩著清涼的河水和兩岸的沙灘，我的船停靠在秦淮河邊的酒家附近。賣唱的歌女不知道亡國後的痛苦，依舊在河的那一邊唱起了〈玉樹後庭花〉。

秋浦途中

【題　解】秋浦，地名。在今安徽省貴池市境。當時的秋浦是池州的一個屬縣，本詩即作於杜牧任池州刺史期間。詩歌主要表達了作者對故鄉的懷念。

蕭蕭山路窮秋雨❶，淅淅溪風一岸蒲❷。為問寒沙❸新到鴈，來時還下杜陵無❹？

【注　釋】❶蕭蕭句　晚秋時節，山路上下起了淅淅瀝瀝的小雨。蕭蕭，象聲詞。形容雨聲。窮秋，秋末。❷淅淅句　兩岸長滿蒲草的小溪上颳起了淅淅的風。淅淅，象聲詞。形容風聲。蒲，植物名。多年生草本植物，生於淺水或池沼中。❸寒沙　寒冷的沙灘。❹來時句　你們向南飛來時，是否在杜陵落下歇息過？杜陵，地名。即樂遊原。在今陝西省西安市東南。唐代是杜家聚居之地。無，表疑問的語氣助詞。相當於今天的「嗎」。

【語　譯】晚秋時節的山路上下起了蕭蕭的細雨，兩岸長滿蒲草的小溪上颳起了淅淅的秋風。我想問一問剛剛落在寒冷沙灘上的大鴈，你們南來時是否在我的故鄉杜陵停留過？

題桃花夫人廟 即息夫人

【題　解】桃花夫人，又稱息夫人。息夫人姓媯，春秋時息國君主的夫人。關於息夫人的記載，有兩種不同的說法。《左傳》記載：楚文王喜歡美貌的息夫人，便滅掉息國，虜息夫人而歸，生二子。息夫人因國亡夫死之痛，在楚國一直不言不語。《列女傳》記載：息國滅亡後，息君與息夫人都被虜入楚國，不久雙雙自殺。杜牧的這首詩是根據《左傳》的記載寫成的。桃花夫人廟的故址在今湖北省黃陂縣東。本詩主要是責備桃花夫人苟安偷活，不能以身殉國。

細腰宮裡露桃新❶，脈脈無言幾度春❷。至竟息亡緣底事❸？可憐金谷墮樓人❹。

【注　釋】❶細腰句　楚宮中住滿了身材苗條的宮女，而桃花夫人顯得更加美麗，猶如剛剛開放的帶露桃花一樣。細腰，指身材苗條的宮女。史書記載：「楚王好細腰，宮中多餓死。」露桃，帶露的桃花。比喻桃花夫人。❷脈脈句　桃花夫人默默無語，度過了許多個春天。脈脈，凝視的樣子。桃花夫人被虜入楚宮後，一直不說話，楚王問她，她回答說：「我作為一個女子，嫁了兩個丈夫，既不能以身殉情，又有什麼可說的呢？」❸至竟句　息國滅亡究竟是什麼緣故？至竟，到底；究竟。底事，什麼事。本句是說，息國本因美貌的桃花夫人而亡，然而桃花夫人卻不能以身殉國。❹可憐句　真正值得同情的是在金谷園跳樓自殺的綠珠。金谷，園林名。即金谷園。金谷園是西晉人石崇的私人花園，位於洛陽西北的金谷澗中。石崇有愛妾叫綠珠，十分美麗。權臣孫秀派人來要綠珠，石崇堅決不答應。孫秀惱羞成怒，便矯詔逮捕石崇。石崇被捕時正在樓上宴飲，他對身邊的綠珠說：「我是因為你而被逮捕治罪的。」綠珠便哭著說：「當效死於君前。」說完便跳樓自殺。後來石崇全家也被殺。本句用綠珠自殺的事來責備桃花夫人的不以死殉情。

【語　譯】你美麗得就像楚宮中帶露綻放的桃花一樣，在那裡你默默無語地度過了多少個春秋。想一想息國滅亡究竟是什麼緣故？真正值得同情的還是金谷園中跳樓自殺的綠珠。

初春有感寄歙州邢員外

【題解】歙州，地名。在今安徽省歙縣。邢員外，指當時的歙州刺史邢羣。邢羣曾在朝中任戶部員外郎，故稱之為「邢員外」。本詩作於杜牧任睦州（今浙江省桐廬、建德、淳安三縣地）刺史期間。詩歌描寫了初春景象，抒發了對人生的感慨，並引邢員外為知音。

雪漲前溪水❶，啼聲已繞灘。梅衰未減態❷，春嫩不禁寒❸。跡去夢一覺❹，年來事百般。聞君亦多感，何處倚❺欄干？

【注釋】❶雪漲句　融化了的雪水使前溪的水漲起了許多。前溪，溪流名。在今浙江省桐廬縣。流入天目溪。❷梅衰句　梅花雖已開始凋落，但梅樹的丰采不減。❸春嫩句　剛到的春天似乎受不了這寒冷的氣候。春嫩，指春天剛到。不禁，受不了。❹跡去句　回憶往事，如同做了一場大夢。跡，經歷；往事。覺，夢醒。❺倚　靠。

【語譯】融化的雪水使前溪的水漲了起來，溪水繞著河灘發出嗚咽般的聲音。梅花雖已開始凋謝但其丰采不減，剛到的春天似乎還受不了這寒冷的天氣。回憶往事就像做了一場大夢，一年來又增添了不少煩心的事情。我知道您對人事也是滿懷感慨，不知此時您在哪裡靠著欄杆吟詩抒懷。

書懷寄中朝往還

【題解】書懷，寫一寫自己情懷。中朝，指朝中的官員。所指不詳。往還，指互為贈答。本詩主要抒發自己仕途多舛、懷才不遇的感傷之情。

平生自許少塵埃❶，為吏塵中勢自迴❷。朱紱久慚官借與❸，白頭還嘆老將來。須知世路難輕進❹，豈是君門❺不大開。霄漢❻幾多同學伴，可憐頭角盡卿材❼。

【注　釋】❶平生句　我一直認為自己不太注重世俗官場中的事情。自許，自認為。塵埃，指世俗、官場。❷為吏句　但自從當了官以後，這種情況就發生了變化。塵中，塵世之中。勢自迴，情況發生變化。指自己不得不注重官場中的事情。❸朱紱句　我一直慚愧自己官小位卑，只當了一個借穿紅色官服的刺史。朱紱，紅色的官服。唐朝制度，五品以上的官員纔能穿紅色官服，未及五品的官員如果出任都督、刺史，可借穿紅色官服。杜牧未及五品，長期擔任刺史一職，故有此言。❹須知句　我應該明白仕宦之路是很難走的。世路，指仕宦之路。❺君門　朝廷的大門。❻霄漢　天空極高處。比喻朝廷。❼可憐句　他們才華出眾，可欽可佩，都是國家的棟梁之才。可憐，可愛；可佩。頭角，頭頂左右突出處。比喻年輕人的氣概和才華。盡，全部。卿，古代的高級官名。本句用同學的仕途得意反襯自己的不得意。

【語　譯】我一直認為自己不太注重官場的事情，但當官後這種情況有了很大的改變。我總是為自己官小位卑而慚愧不已，還為自己白髮蒼蒼即將衰老而無限感傷。我應該明白仕宦之路本來就很難走，並非因為朝廷的大門不為我打開。朝廷中有許多我的同學伙伴，他們都是可欽可佩、才華出眾的棟梁之才。

寄崔鈞

【題　解】崔鈞，人名。生平不詳。本詩表達了兩層意思，一是希望有人在仕途上引薦自己，二是抒發對崔鈞的思念之情。

緘書報子玉❶，為我謝平津❷。自愧掃門士❸，誰為乞火人❹。詞臣陪羽獵❺，戰將騁騑鄰❻。兩地差池恨，江汀醉送君❼。

【注　釋】❶緘書句　我寫信給您。緘書，書信。用作動詞，寫書信。緘，書函。子玉，人名。東漢人崔瑗，字子玉。官至北海相，懂天文、曆數、京房《易傳》。這裡用崔瑗比崔鈞。❷為我句　替我向某公多多致意。謝，告訴；致意。平津，指西漢丞相公孫弘。公孫弘任丞相後，被封為平津侯。這裡代指唐代的某個朝廷重臣。詩中雖未明說，但杜牧和崔鈞作為當事人，彼此心中都很明白。❸自愧句　我非常慚愧自己是一個清貧的讀書人。掃門士，西漢魏勃年輕時想求見齊相曹參，因家庭貧寒地位低下而不能如願，便於每天天亮前打掃齊相府門外地。後來得到了曹參的提拔。這裡以魏勃自比。❹誰為句　誰能夠為我當引薦人呢？乞火人，指引薦人。曹參任齊相時，有人對匱生說：「梁石君是一位賢者。我聽說您能同曹相國見面，希望您能作梁石君的引薦人。在我的家鄉，有一位老太太，她與一位年輕媳婦關係很好。後來年輕媳婦家丟失了肉，其婆婆懷疑是媳婦偷了，便把她趕出家門。老太太知道後，就去其婆婆那裡借火種，說：『我家的狗為爭一塊肉，互相爭鬥，齩死了。我想借火種回去煮狗肉。』婆婆一聽，認為自家的肉是被狗叼走了，便派人把媳婦請了回來。老太太的做法雖然不是十分恰當，但也解決了問題。您為什麼不作梁石君的引薦人呢？」匱生聽後回答說：「我就盡力為梁石君當一個借火的人吧！」❺詞臣句　文學之臣陪著皇上狩獵。羽獵，帝王狩獵，士卒背著羽箭隨從，故名「羽獵」。羽，箭翎。代指箭。❻戰將句　將軍們在皇上打獵時，奔馳於兩翼。騑鄰，騎兵兩兩相對為兩翼。騑，二馬相對。以上兩句寫君臣狩獵情況，委婉地表達了自己希望回到朝廷任職的願望。❼兩地二句　應理解為「江汀醉送君，兩地差池恨」。自從在江邊醉中送走您之後，我一直為我們分居兩地、不得見面而苦惱。差池，錯開；不在一起。汀，水邊平地。

【語　譯】我寫了這封書信給您，希望您替我向某公多多致意。我非常慚愧自己是一個貧寒的書生。不知誰願意為我當引薦之人？文學之臣陪著皇上狩獵，將軍們在兩邊縱馬馳騁。自從在江邊醉中送走您之後，我一直為我們不能見面而苦惱萬分。

初春雨中舟次和州橫江，裴使君見迎，李趙二秀才同來，因書四韻，兼寄江南許渾先輩

【題解】初春，指開成四年（西元八三九年）初春。次，臨時住宿。和州，地名。在今安徽省和縣。橫江，渡口名。在和州江邊。裴使君，指姓裴的和州刺史。使君，對州郡長官的通稱。見迎，來迎接我。見，放在動詞前，表示別人對自己怎麼樣。秀才，唐代的選才科目之一。也用作對才學之士的尊稱。李趙二秀才，有關二人的名字、生平不詳。許渾，人名。字用晦，一作仲晦。潤州丹陽（今江蘇省丹陽縣）人。大和六年進士。唐代著名詩人之一。曾任縣令、刺史等職。詩題可譯為「初春時節，下著小雨，我的船暫時停靠在和州的橫江渡口，裴刺史前來迎接，李、趙二位秀才一同前來，為此我寫了八句詩，並把它寄給了江南的許渾先輩」。開成三年冬，杜牧由宣州調往長安任左補闕、史館修撰。但本年未啟程赴京。開成四年初春，杜牧在赴京前，先把弟弟杜顗送至潯陽，依堂兄江州刺史杜慥。當他自宣州至潯陽路過和州時，寫下了這首詩。

芳草渡頭❶微雨時，萬株楊柳拂波垂。蒲根水暖鴈初浴，梅徑香寒蜂未知❷。辭客倚風吟暗淡❸，使君迴馬❹濕旌旗。江南仲蔚多情調❺，悵望❻春陰幾首詩。

【注釋】❶芳草渡頭　長滿芳草的渡口。指橫江渡。❷蜂未知　蜜蜂還不知道梅花已經開放。實際是說，雖然梅花開了，但因天氣寒冷，蜜蜂還未露面。❸辭客句　詩人在陰沉的天氣裡迎風吟誦。辭客，詩人。指李、趙二位秀才。倚風，迎

風。暗淡，指天氣陰沉。❹迴馬　回馬歸去。❺江南句　江南的張仲蔚富於才情。仲蔚，人名。指古代隱士張仲蔚。他善於詩文，閉門養性，淡泊名利。這裡以張仲蔚比許渾。情調，才情。❻悵望　惆悵地望著。

【語　譯】長滿芳草的渡口正下著小雨，千萬棵垂柳輕輕地拂著水波。溫暖的水中長著蒲草，大雁在水邊嬉戲，寒冷的路邊飄著梅香，蜜蜂還沒露面。詩人在陰沉的天氣裡迎風吟誦，回去時刺史的旗幟已被雨露濕。江南的張仲蔚富於才情，不知他悵望著這陰沉的春天又寫成了幾首詩。

和州絕句

【題　解】和州及本詩的創作背景可見〈初春雨中舟次和州橫江，裴使君見迎，李趙二秀才同來，因書四韻，兼寄江南許渾先輩〉題解。這首詩寫自己對官小位卑、長期漂流生活的感嘆，同時對那些不重視、不舉薦自己的權貴表示了極大的不滿。

江湖❶醉度十年春，牛渚山邊六問津❷。歷陽前事知何實，高位紛紛見陷人❸。

【注　釋】❶江湖　泛指全國各地。❷牛渚句　我來來往往已經六次路過牛渚山了。牛渚山，山名。在今安徽省當塗縣西北。其山腳突入長江部分，叫采石磯。采石磯與和州的橫江渡口隔江相對。問津，打聽渡口。津，渡口。這裡指來到、路過。❸歷陽二句　歷陽城一夜塌陷的往事不知是否真實，那時身處高地的人眼睜睜地看著歷陽人紛紛陷入地下。歷陽，地名。故址在今安徽省和縣境內。據《淮南子》記載，歷陽城曾於一夜之間下沉為湖。高位，表面指歷陽下沉時站在高處的人，實際比喻當今身處高位的權貴。陷人，表面指當時下沉的歷陽人，實際比喻自己這身處下位的人。杜牧路過和州時，想到了與和州有關的這個傳說，故借題發揮，以發洩心中的不滿。

【語　譯】我醉醺醺地在全國各地漂流了整整十年，這已經是我第六次路過牛渚山。歷陽下沉為湖的往事不知是否真實，那時身處高地的人眼睜睜地看著歷陽人紛紛陷入地下。

題烏江亭

【題解】烏江亭，地名。在今安徽省和縣東北的烏江鎮。因附近有條烏江而得名。秦朝在此設烏江亭。亭是秦漢時期的一種基層行政單位，大致十里設一亭，亭有亭長。西元前二〇三年，項羽兵敗垓下，逃至此自刎而死。本詩認為勝敗乃兵家常事，批評了項羽一蹶不振、拒絕渡江的做法。

勝敗兵家事不期❶，包羞❷忍恥是男兒。江東子弟多才俊❸，卷土重來未可知。

【注釋】❶不期　難以預料。❷包羞　含垢忍辱。❸江東句　江南的年輕人當中有很多優秀人才。江東，指江南。項羽逃至烏江後，烏江亭長勸項羽渡江南下，以割據江南。項羽笑著說：「天要滅亡我，我還渡江幹什麼！再說當年江南八千子弟同我一起渡江向西進攻秦軍，而今無一人生還，即便江南父老擁立我為王，我又有何面目去見他們！」於是自殺。這說明項羽缺乏含垢忍辱、敗而不餒的精神。子弟，年輕人。

【語譯】兵家的勝敗之事很難預料，能夠含垢忍辱纔是真正的男子漢。江南的年輕人中有很多優秀人才，項羽如果渡江依靠他們，也許能卷土重來。

題橫江館

【題解】橫江館，指橫江渡口邊的旅店。關於橫江與本詩的寫作背景，可見〈初春雨中舟次和州橫江，裴使君見迎，李趙二秀才同來，因書四韻，兼寄江南許渾先輩〉題解。這首詩闡述了盛名偉業終歸於空的道理，給人以沉重蒼涼之感。

孫家兄弟晉龍驤❶，馳騁功名業帝王❷。至竟❸江山誰是主？苔磯空屬釣魚郎❹。

【注　釋】❶孫家句　三國的孫策、孫權兄弟二人和晉朝的龍驤將軍王濬。孫策、孫權兄弟二人經過多年努力，終於建立了東吳政權。王濬，任益州刺史，封龍驤將軍。晉武帝伐吳時，王濬率戰船順江而下，燒斷吳國的橫江鐵鎖，最先抵達石頭城，接受吳主孫皓的投降，完成晉朝統一大業。孫家兄弟和王濬都在橫江一帶活動過，故詩中提起。❷馳騁句　他們建立了功名，成就了帝王之業。馳騁，奔走。這裡引申為博得、獲得。業，用作動詞。成就……之業。❸至竟　到底；究竟。❹苔磯句　只有釣魚郎坐在長滿青苔的大石上垂釣。磯，水邊的石灘或突出的大石。空，表示除釣魚郎之外，孫、王建立的一切豐功偉業都已化為烏有。

【語　譯】三國的孫氏兄弟和晉朝的龍驤將軍，他們建立了盛大的功名，成就了帝王之業。然而萬里江山的主人究竟是誰呢？現在只有釣魚郎坐在長滿青苔的大石上垂釣。

寄澧州張舍人笛

【題　解】澧州，地名。在今湖南省澧縣。張舍人，名字、生平不詳。舍人是官名，負責撰擬詔書誥令。本詩主要描寫笛子及笛聲。

髮匀肉好生春嶺❶，截玉鑽星寄使君❷。檀的染時痕半月❸，〈落梅〉❹飄處響穿雲。樓中威鳳傾冠聽❺，沙上驚鴻掠水分❻。遙想紫泥封詔罷，夜深應隔禁牆聞❼。

【注　釋】❶髮勻句　春天，長在山嶺上的竹子身姿美好。髮勻肉好，頭髮勻稱，肌體美好。這是擬人化手法，把竹子當作人來描寫。❷截玉句　我把它截開、鑽孔，製成笛子，然後寄給您。截玉，指把碧玉般的竹子截短。鑽星，指鑽笛孔。使君，對張舍人的尊稱。❸檀的句　把指甲染作紅色半月狀的歌女吹奏笛曲。檀，淺紅色。的，鮮明的樣子。一說指把笛子染作鮮明的淺紅色，上面繪有半月形圖案。❹落梅　即〈梅花落〉。笛曲名。❺樓中句　樓中那頗具威儀的鳳凰側耳傾聽。威鳳，古人認為鳳有威儀，故稱威鳳。冠，指鳳頭。相傳秦穆公時，有一位名叫簫史的人善吹簫，後與秦穆公女兒弄玉結為夫婦，穆公為他們築鳳臺。簫史每日教弄玉吹簫作鳳鳴聲，鳳凰便飛來停在他們的房子上。最後二人乘鳳凰仙去。後人也把鳳臺稱作鳳凰樓。❻沙上句　沙灘上被笛聲驚起的鴻鳥掠過水面，分散飛去。鴻，水鳥名。掠水，擦著水面飛。❼遙想二句　我在遙遠的地方可以想像到，您在深夜用紫泥封完詔書之後，人們能隔著宮牆聽到您吹笛的聲音。紫泥，古人書信用泥封，泥上蓋印；皇帝的詔書則用紫色泥封。張舍人為澧州人，現在宮中負責撰寫詔書的工作，故有此語。禁牆，皇宮的圍牆。

【語　譯】生長在春天山嶺上的竹子身姿美好，我把它截短鑽孔製成笛子寄送給您。把指甲染作紅色半月狀的歌女吹奏笛子，〈梅花落〉的曲調四處飄蕩響徹雲霄。樓中頗有威儀的鳳凰側耳傾聽，沙灘上驚起的鴻鳥擦著水面分散飛去。我遙想深夜時您用紫泥封完詔書之後，人們隔著宮牆能聽到您吹奏的笛聲。

寄揚州韓綽判官

【題　解】揚州，地名。在今江蘇省揚州市。韓綽，人名。生平不詳。判官，官名。唐代節度使、觀察使等都有判官，是地方長官的僚屬。本詩描寫了揚州美景，表現了作者對揚州和韓綽的思念、關切之情。這首詩是杜牧的代表作之一。

青山隱隱水遙遙，秋盡江南草木凋❶。二十四橋❷明月夜，玉人何處教吹簫❸？

【注釋】❶草木凋　草木開始枯萎凋謝。一本作「草未凋」。❷二十四橋　古代有兩種解釋：一說是橋名，即吳家磚橋。又叫紅藥橋。因古時有二十四位美人在此吹簫，故名。一說指唐代揚州城中的二十四座橋。❸玉人句　潔白如玉的美人在哪兒教您吹簫呢？玉人，指潔白如玉的揚州歌妓。本句詢問韓綽近日的風流韻事，含有調侃之意。

【語譯】青山隱約可見，流水悠悠遠去，秋天將盡，江南的草木也已開始凋落。不知明月照耀二十四橋的夜晚，潔白如玉的美人在哪裡教您吹簫？

送李羣玉赴舉

【題解】李羣玉，人名。字文山。澧州（今湖南省澧縣）人。唐代詩人，存詩三卷。曾任校書郎。赴舉，赴長安參加科舉考試。本詩主要讚美了李羣玉的風姿和詩才。

故人❶別來面如雪，一榻拂雲秋影中❷。玉白花紅三百首❸，五陵誰唱與春風❹？

【注釋】❶故人　老朋友。指李羣玉。❷一榻句　您的才華受到了人們的普遍重視。東漢人陳蕃任樂安太守時，郡人周璆的品德高潔，在所有任樂安太守的人中，只有陳蕃能招致他。陳蕃十分尊敬他，特為他設置一榻，待他去後，便把此榻高高懸起。榻，一種狹長而低的坐臥用具。拂雲，挨著雲。極言懸榻之高。秋影，秋色。杜牧用這個典故以說明李羣玉像周璆那樣受到了人們的重視。❸玉白句　您寫下了數百首優秀的詩歌。玉白花紅，形容詩歌寫得優美。三百首，泛指李羣玉寫了數百首詩。也可理解為以《詩經》三百首比李羣玉寫的詩。❹五陵句　長安中有哪位權貴在春風中吟唱您的詩歌呢？本句表示杜牧希望長安中的王公大臣能夠重視、舉薦李羣玉。五陵，指漢代的五座皇陵。在長安附近。漢代每立陵墓，便把富家豪族和外戚遷至陵墓附近居住。後來詩文中常用五陵代指權貴聚居之地。這裡代指長安權貴。

【語　譯】別後重逢，您的面色潔白如雪，才華高妙的您受到了人們的普遍重視。您寫下了數百首優美的詩歌，不知哪位長安權貴會在春風中吟唱它們。

送薛種遊湖南

【題　解】薛種，人名。生平不詳。湖南，地名。大約相當於今湖南省。本詩主要讚美薛種雲遊湖南的行為。

賈傅松醪酒❶，秋來美更香。憐君片雲思❷，一棹去瀟湘❸。

【注　釋】❶賈傅句　賈誼愛喝的松醪酒。賈傅，指西漢著名文人賈誼。賈誼曾任長沙王太傅，故稱「賈傅」。松醪酒，酒名。指用松膏釀的酒。❷憐君句　我愛慕敬佩您雲遊湖南的想法。憐，愛慕。君，您。指薛種。片雲思，像片雲那樣遊歷各地的想法。❸一棹句　您乘著一葉扁舟就去了瀟湘。棹，船槳。代指船。瀟湘，水名。即湘江。因湘江在湖南，也用它泛指湖南地區。

【語　譯】湖南有賈誼愛喝的松醪酒，這種酒到了秋天更美更香。我愛慕您雲遊四海的想法，乘著一葉扁舟便去了湘江。

題壽安縣甘棠館御溝

【題　解】壽安縣，地名。故城址在今河南省宜陽縣東南。甘棠館，客店名。後魏時，壽安縣叫甘棠縣，其驛站叫甘棠驛。甘棠館即甘棠驛中的館舍。故址在縣城西北。御溝，流入宮內的河道。這裡指洛水。洛水向東北流入東都洛陽的宮苑之中。本詩主要描寫皇家芳華苑的衰敗景象，表現了作者對唐朝盛世不再的憂慮。

一渠東注芳華苑❶，苑鎖池塘百歲空❷。水殿半傾蟾口澀❸，為誰流下蓼花❹中？

【注　釋】❶一渠句　洛水向東流入了芳華苑。一渠，指洛水。注，流入。芳華苑，皇家園林名。又叫芳華神都苑。周迴一百二十六里。故址在洛陽。❷苑鎖句　百年後的今天，除了幾處池塘被關在苑中外，其他都是空蕩蕩的一片荒蕪。鎖，關閉。❸水殿句　水上的宮殿已經傾斜，做成蟾蜍狀的水道也已經堵塞住了。水殿，建於水上的殿宇。蟾，動物名。即蟾蜍。這裡指做成蟾蜍狀的建築物，水從蟾蜍口中流出，以供觀賞。澀，阻礙不通。❹蓼花　蓼草的花。蓼是一種草本植物，品類很多，花淡紅色或白色。這句是說，既然芳華苑已經如此敗落，那麼洛水又何必流入苑中的蓼花叢裡呢？通過反問，表現了作者對芳華苑衰落的極度失望和感傷。

【語　譯】洛水向東流入了芳華苑，苑內有幾處池塘，處處顯得荒蕪空寂。水殿已經傾斜，蟾蜍形的水口也已堵塞，洛水你為何還繼續流入苑中的蓼花叢裡？

汴河懷古

【題　解】汴河，河名。古汴河多次改道，有些地方已經淤塞。唐宋人所說的汴河，一般指通濟河，也即隋煬帝時開鑿的大運河。本詩因汴河而想起往事，抒發了對人世興衰的無限感傷。

錦纜龍舟隋煬帝❶，平臺複道漢梁王❷。遊人閑起前朝❸念，折柳孤吟斷殺腸❹。

【注釋】❶錦纜句　隋煬帝曾在汴河上乘坐著用絲綢船纜牽拉的龍船。錦纜，用彩色絲綢製成的拉船用的粗繩。龍舟，指帝王乘坐的、製成龍形或刻有龍紋的大船。隋煬帝，隋文帝楊堅的次子楊廣，在位十四年。他對外用兵，大興土木，開運河，築長城，賦重役繁，民不堪命。在他乘龍舟沿運河去江都時，曾命宮女用錦纜拉船。大業十四年（西元六一八年）被逆臣縊殺於江都宮中。❷平臺句　西漢梁孝王修築的複道，從宮中一直通到平臺。平臺，臺名。春秋時宋國所建。故址在今河南省虞城縣西南。複道，指架在樓閣之間、有上下兩層通道的天橋。漢梁王，西漢文帝之子劉武，被封為梁王，死後謚「孝」。梁孝王大治宮室，修複道，自宮中直到平臺。這些建築物都在汴河附近，故詩中提到。❸前朝　指前兩句提到的隋朝和漢朝。❹折柳句　我獨自吟起了〈折楊柳〉歌，心中異常地痛苦。折柳，歌曲名。即〈折楊柳〉。斷殺腸，形容痛苦異常，猶如腸斷了一般。

【語譯】隋煬帝曾在汴河上乘坐著用彩綢船纜牽拉的龍舟，梁孝王修築的複道從宮中一直通到平臺。悠閑的遊人不由自主就想起前朝這些往事，我獨自吟誦著〈折楊柳〉而痛苦萬分。

汴河阻凍

【題解】汴河，河名。見〈汴河懷古〉題解。阻凍，封冰。這首詩描寫汴河封冰的情況，由冰下流水聯想到流水般的年華，發出了人生短暫、時不我予的感嘆。

千里長河初凍時，玉珂瑤珮響參差❶。浮生❷恰似冰底水，日夜東流人不知。

【注釋】❶玉珂句　冰塊相互碰擊，發出像玉佩相撞的清脆聲音。玉珂，玉製的馬勒，振動則有聲。瑤珮，美玉製成的佩飾。瑤，美玉。❷浮生　人生。古人認為人生的一切虛浮無定，故稱「浮生」。

【語　譯】千里汴河剛剛開始封凍，冰塊相碰發出玉佩相擊的清脆聲。人生的光陰就像冰下的河水，日夜不停地向東流逝而人卻不知不覺。

酬張祜處士見寄長句四韻

【題　解】酬，回報。這裡指答詩。張祜，人名。字承吉。一生沒有出仕，好遊山水。是當時著名詩人之一。處士，未做官的士人。見寄，指寄詩給自己。見，放在動詞前面，表示對自己怎麼樣。這首詩讚美了張祜的詩才，為他沒有得到朝廷重用而深感惋惜。

七子論詩誰似公❶？曹、劉須在指揮中❷。薦衡昔日知文舉❸，令狐相公曾表薦處士乞火無人作蒯通❹。北極樓臺長掛夢❺，西江波浪遠吞空❻。可憐故國三千里，虛唱歌辭滿六宮❼。處士詩曰：「故國三千里，深宮二十年。一聲〈河滿子〉，雙淚落君前。」

【注　釋】❶七子句　論起詩歌，建安七子中有誰能和您相比呢？七子，指建安七子。建安是東漢末年漢獻帝的年號，七子是指建安年間的七位著名詩人。他們是：孔融、陳琳、王粲、徐幹、阮瑀、應瑒、劉楨。公，對張祜的尊稱。❷曹劉句　即便是曹植、劉楨那樣的詩歌大家，也遠遠在您之下。曹，指曹操的次子曹植。是中國古代的傑出詩人之一。劉，指劉楨。曹丕稱他的詩歌「妙絕時人」。與曹植一起被後人並稱為「曹劉」。須在，定在。指揮中，在張祜的指揮之下。即不如張祜。曹植的詩歌成就遠在張祜之上。杜牧如此講，完全是客套話。❸薦衡句　令狐楚丞相曾經舉薦過您。衡，指東漢末年的文人禰衡。文舉，指東漢末年文人孔融。孔融字文舉。禰衡很有文才，剛強傲慢，孔融曾向朝廷舉薦過他。令狐楚曾任丞相。在他出任地方官時，深愛張祜之才，親自撰寫了舉薦奏章。杜牧以孔融比令狐楚，以禰衡比張祜。❹乞火句　可惜沒有其他人在皇上面前為您說好話。乞火，見〈寄崔鈞〉注❹。關於乞火的故事，各古書記載大致相同。而講這個故事的人，《韓詩外傳》未記姓名，《漢書》說是蒯通。蒯通是西漢初年的謀士，他講這個故事的目的是要說明自己願意舉薦人才。而張祜得到令狐楚的舉薦之後，卻受到元稹的阻撓。元稹當時是唐穆宗的寵臣，他對穆宗說：「張祜會寫詩不過是雕蟲小技，如果提拔重用他，恐怕會改變朝廷的良好風氣。」於是朝廷不再起用張祜。❺北極句　您對朝廷的事情依然十分關心。北極，北極星。古人常用它比喻朝廷。掛夢，縈繞於夢中。指關心、思念朝廷。❻西江句　然而您卻一直隱居在氣吞長空的長江一帶。西江，即長江。長江自西而來，故又稱「西江」。遠吞空，江水向遠處伸延，氣吞長空。張祜當時住在丹陽，距長江很近。❼可憐二句　可惜的是，只有您那「故國三千里」的詩句，在後宮到處傳唱著。可憐，可惜。故國，故鄉。「故國三千里」是張祜〈宮詞〉中的詩句。相傳當時有位姓孟的宮女因唱這首詩悲痛而死。虛唱，意思是說只唱他的詩歌，而不重用他本人。六宮，皇帝的後宮。后、妃的居住處。

【語　譯】建安七子中有誰的詩歌能和您相比呢?即便是曹植、劉楨的詩才也遠在您之下。令狐丞相曾向朝廷舉薦過您，可後來卻沒人再在皇上面前為您說好話。雖然您對皇上和朝廷十分掛念，卻不得不一直隱居在氣吞長空的長江一帶。可惜只有您的「故國三千里」詩句，在後宮裡被人到處傳唱。

寄宣州鄭諫議

【題　解】宣州，地名。在今安徽省宣州市。鄭諫議，名字、生平不詳。諫議，官名。即諫議大夫。掌議論。這首詩讚美了鄭諫議的品德和詩才，表示了作者對他的極大尊敬。

大夫官重醉江東❶，蕭灑名儒振古風❷。文石陛❸前辭聖主，碧雲天外作冥鴻❹。五言寧謝顏光祿❺，百歲須齊衛武公❻。再拜宜同丈人行❼，過庭交分有無同❽。

【注　釋】❶大夫句　您的地位顯貴，現在在江南過著自由的詩酒生活。大夫，指諫議大夫這一官職。江東，江南。具體指宣州。❷蕭灑句　您是一位瀟灑的著名儒者，繼承了古人的高尚風範。蕭灑，超逸脫俗。振，整頓。引申為繼承、具備。古風，古人的高尚風範。❸文石陛　指皇宮中用紋石砌成的臺階。代指朝廷。文石，有紋理的石塊。文，通「紋」。陛，臺階。❹冥鴻　高飛的鴻雁。古人多用來代指隱居者。這裡指鄭諫議成為一個遠離朝廷的自由之人。❺五言句　您寫的詩絕不亞於顏延之的詩。五言，指五言詩。這裡泛指詩歌。寧，豈；難道。謝，不如；比不上。顏光祿，指南朝宋人顏延之，曾任金紫光祿大夫。是當時著名詩人，與謝靈運齊名。❻百歲句　您一定能活到百歲，與衛武公同壽。衛武公，春秋初年衛國君主，在位五十五年，是長壽之人。❼再拜句　我應該把您當作長輩尊敬。再拜，拜了又拜。這裡表示尊敬。宜，應該。丈人行，對長輩的尊稱。丈人，老人；前輩。行，輩分。❽過庭句　您同我的情分，與父子之間的情分相似。過庭，《論語》載：有一次，孔子一個人站在庭中，他的兒子孔鯉從他身邊路過，孔子便教導孔鯉要好好學習《詩經》。後人便把父親教導兒子稱為「過庭之訓」。交分，交往的情分。有無同，相似；類似。

【語　譯】地位尊貴的您現在到江南過著詩酒生涯，您是位瀟灑的名儒，繼承了古人的高尚風範。您在宮殿裡辭別了聖明的君主以後，就成了一隻在碧雲藍天上自由飛翔的鴻雁。您的詩歌絕不比顏延之的詩歌遜色，您一定能夠像衛武公那樣長壽百年。我應該把您當作自己的長輩尊敬，我們之間的情分與父子的情分相同。

題元處士高亭

【題　解】元處士，名字、生平不詳。處士，未做官的士人。高亭，亭名。應為元處士所建。在宣州（今安徽省宣州市）。這首詩描寫了高亭周圍的優美景色，表現了作者對閑適的隱士生活的嚮往以及對異姓知音的渴求。

水接西江天外聲❶，小齋松影拂雲平❷。何人教我吹長笛，與倚春風弄月明❸。

【注　釋】❶水接句　與長江相連的溪水發出「嘩嘩」的聲音。西江，指長江。一說指宣州城西的青弋江。天外聲，指水聲。古人認為，天在地外，水在天外，天地都由水載浮著。故稱水聲為「天外聲」。❷小齋句　小書齋旁邊的松樹高入雲霄。齋，書房。松影，即松樹。❸與倚句　與我一起迎著春風，觀賞這明亮的月光。倚，靠；迎。弄，玩賞。

【語　譯】與長江相連的溪水發出「嘩嘩」的聲音，小書齋旁邊的松樹高入雲霄。不知有誰來教我吹奏長笛，我願與她一起迎著春風觀賞這明亮的月光。

鄭瓘協律

【題　解】鄭瓘，人名。生平不詳。協律，官名。即協律郎。負責音樂事宜。這首詩讚美了鄭瓘不為世用、逍遙閑散的生活態度。

廣文遺韻留樗散❶，雞犬圖書共一船。自說江湖不歸事❷，阻風中酒過年年❸。

【注　釋】❶廣文句　您有廣文先生超然世外、逍遙閑散的風韻。廣文，指唐代人鄭虔。他在詩、書、畫三個領域都有很深的造詣。唐玄宗愛其才，設廣文館，以鄭虔為博士。遺韻，遺留下來的風範。樗，樹名。即臭椿樹。因木質不好，不為人們所重視。散，指散木。指臭椿樹之類無用的樹木。莊子常用樗、散木比喻不為世用的「無用之人」，而這些人往往因遠離官場鬪爭而保全性命，這又是他們的「大用」。杜牧以鄭虔比鄭瓘，正是從這個意義上稱他們為「樗散」。❷自說句　您向人解釋自己逍遙江湖、不回到朝廷的原因。不歸，指不回到朝廷。事，事由；原因。❸阻風句　有時是因為風不順無法開船，有時是因為喝醉了酒，所以在江湖上過了一年又一年。阻風，被風所阻。中酒，喝醉了酒。

【語譯】您有廣文先生那種不為世用、逍遙閑散的風韻，常常把雞狗和圖書共載於一船。您對人解釋說自己之所以逍遙江湖、不回朝廷，是因為或風不順、或喝醉了酒，如此耽擱了一年又一年。

和野人殷潛之〈題籌筆驛〉十四韻

【題解】和，和詩。依照別人詩詞的格律或內容寫作詩詞。野人，鄉野之人、平民、未開化的人都可稱「野人」。殷潛之，人名。一作「殷潛夫」。與杜牧同時，常自稱「野人」。現存〈題籌筆驛〉詩一首。籌筆驛，驛站名。故址在今四川省綿陽縣北。相傳諸葛亮北伐時，曾在此駐紮過。本詩回顧了諸葛亮的北伐情況，歌頌了他鞠躬盡瘁的精神，委婉地表達了自己懷才不遇、報國無門的苦悶之情。

三吳裂婺女❶，九錫獄孤兒❷。霸主業未半，本朝心是誰❸？永安宮受詔❹，籌筆驛沉思❺。畫地乾坤在❻，濡毫勝負知❼。艱難同草創❽，得失計毫釐❾。寂默經千慮，分明渾一期❿。川流縈智思⓫，山聳助扶持⓬。慷慨匡時略⓭，從容問罪師⓮。褒中秋鼓角⓯，渭曲晚旌旗⓰。仗義懸無敵⓱，鳴攻固有辭⓲。若非天奪去⓳，豈復慮能支⓴。子夜星纔落，鴻毛鼎便移㉑。郵亭世自換，白日事長垂㉒。何處躬耕者，猶題殄瘁詩㉓。

【注釋】❶三吳句　東吳割據江南一帶。三吳，地名。說法多種，一說指吳興、吳郡、會稽，一說指吳郡、吳興、丹陽。均為三國時東吳的地盤。裂，割據。婺女，星宿名。二十八宿之一。它代表地上的揚州。古代揚州的轄區多在長江下游一帶，也是東吳的勢力範圍。❷九錫句　曹操在中原挾天子以令諸侯。九錫，古代帝王尊禮大臣所給的九種器物，有車馬、衣服、弓矢等。漢獻帝賜給曹操九錫。獄，這裡用作動詞。指軟禁、挾持。孤兒，指漢獻帝。獻帝繼位時纔九歲。故言。❸霸主二句　劉備創業未半就去世了，一心忠於蜀國的又是誰呢？霸主，指劉備。他割據蜀地，為一方霸主。本朝，指蜀國。誰，實際即指諸葛亮。以上四句點明了三國鼎立的政治局面，引出了本詩的主人公諸葛亮。❹永安句　諸葛亮在永安宮接受了遺詔。永安宮，劉備所建的宮殿。故址在今四川省奉節縣境內。劉備為了替關羽等人報仇，率大軍攻吳，兵敗後退至魚腹縣，並改魚腹縣為永安縣。章武三年四月，劉備病死於永安宮。在他病重期間，把諸葛亮從成都召來，囑以後事。❺籌筆句

諸葛亮曾在籌筆驛為北伐之事深入思考。❻畫地句　他在地上畫出國家的山川形勢。乾坤，天地。這裡指國家的山川形勢。❼濡毫句　他揮筆批閱文書，預測著戰爭的勝負。濡毫，以筆蘸墨。指書寫、批閱文書。❽草創　指剛剛開始創業。❾毫釐　蠶吐的絲為忽，十忽為絲，十絲為毫，十毫為釐。這裡用來比喻細小的事情。❿分明句　他統一天下的目標十分明確。分明，明確。渾一，統一。統一天下。期，期望；目標。⓫川流句　奔流的河水上似乎也處處充滿了他的智慧。此言諸葛亮的智慧之廣，猶如不盡的流水。⓬山聳句　聳立的高山似乎要幫助他治理國家。扶持，指維持、治理國家。⓭慷慨句　他意氣風發、情緒激昂地拿出挽救艱危時局的策略。匡時，挽救艱危的時局。匡，糾正；挽救。⓮從容句　他從容不迫地指揮著討伐曹魏的軍隊。問罪師，指討伐曹魏的蜀軍。⓯褒中句　秋天，他率領軍隊，敲著戰鼓，吹著號角，在褒中的道路上挺進。褒中，地名。故址在今陝西省勉縣東北。⓰渭曲句　傍晚時分，蜀軍的旗幟插滿了渭曲。渭曲，地名。在今陝西省大荔縣東南。⓱仗義句　他正義在手，所向無敵。仗義，主持正義。懸，指高懸正義。⓲鳴攻句　他討伐曹魏的理由確實充足。鳴，「鳴鐘鼓」的省略。古人以「鳴鐘鼓」代指討伐之舉。固，確實。有辭，有理。⓳天奪去　上天奪去他的生命。⓴豈復句　他如此殫精竭慮，身體又怎能支持得了！豈復，又怎能。慮，指為國思慮。㉑子夜二句　半夜時，諸葛亮剛剛去世，魏、蜀雙方形勢的優劣就發生了變化。子夜，半夜。相傳在諸葛亮去世前，有一多芒的紅色星星，自東北向西南流動，落於諸葛亮軍營中，諸葛亮不久即死。鴻毛，鴻鴈的羽毛。常比喻輕微的事物。這裡比喻劣勢。鼎，古代烹煮用的器物，多用青銅製成。常比喻重大的事物。這裡比喻優勢。諸葛亮在世時，蜀軍處於攻勢；去世後，蜀軍處於守勢。㉒郵亭二句　籌筆驛隨著世代的變化，自然也發生了變化，而諸葛亮的業績卻如天上的紅日，永垂後世。郵亭，驛館；遞送文書時投宿之處。這裡具體指籌筆驛。白日，紅日。比喻諸葛亮的績業。㉓何處二句　現在不知在何處，還會有一些躬耕田畝的人，正題寫著吟唱生活困苦的詩歌。躬耕者，指躬耕於田畝的隱士。諸葛亮曾自言「躬耕於南陽」。殄瘁，困苦。這兩句實際上是在感嘆自己懷才不遇。

【語　譯】東吳在江南一帶割據，曹操在中原一帶挾天子以令諸侯。劉備創業未半就已去世，一心忠於蜀國的是誰呢？諸葛亮在永安宮接受了遺詔以後，他曾在籌筆驛深入思考北伐之事。他在地上畫出國家的山川形勢，他批閱文書預測戰爭的勝負。一切都艱難得如同剛剛創業的時候，絲毫的得失都要進行詳細的計畫。他默默地經歷了千思萬慮，統一天下的目標是那樣的明確堅定。他的智慧如同長流不盡的河水，聳立的高山似乎也要幫助他治理國家。他慷慨激昂地拿出挽救時局的策略，從容不迫地指揮著討伐曹魏的軍隊。秋天，他率領軍隊奏起軍樂挺進在褒中的道路上，傍晚，他的軍隊的旗幟插滿了渭曲。他正義在手，所向無敵，他討伐曹魏，理由充分。即便不是上天奪去他的生命，如此為國殫精竭慮，他的身體又如何支持！半夜時諸葛亮剛剛去世，魏蜀雙方的優劣形勢就發生了變化。籌筆驛隨著時代變遷也發生了變化，而諸葛亮的業績卻如紅日一樣永垂後世。現在不知何處還有一些躬耕田畝的隱士，正題寫著有關生活困苦的詩歌。

重題絕句

【題　解】重題，指重題籌筆驛。可參閱〈和野人殷潛之題籌筆驛十四韻〉。本詩闡述了人生如寄的思想，表達了自己歸隱的願望。

郵亭寄人世❶，人世寄郵亭❷。何如自籌度❸，鴻路有冥冥❹。

【注　釋】❶郵亭句　籌筆驛不過是暫時寄放在人間而已。郵亭，指籌筆驛。寄，暫時寄存。萬物有生即有滅，籌筆驛也是如此，故用「寄」字。❷人世句　人生一世，就像在驛站裡寄住了一宿。❸籌度　計畫；決定。度，揣度；思考。❹鴻路句　像鴻鳥那樣遠走高飛，離開人間。冥冥，高遠的樣子。

【語　譯】籌筆驛只是暫時寄存在人間，人生一世也就像在驛站裡寄住了一宿。倒不如自己做出這樣的決定，像鴻鳥那樣遠走高飛離開世間。

送陸洿郎中棄官東歸

【題　解】陸洿，人名。生平不詳。郎中，官員。唐代六部皆置郎中，為正五品上。古人多以隱遁為高，陸洿忽仕忽隱，受到世人的懷疑，本詩有為他開脫之意。

少微星動照春雲❶，魏闕衡門路自分❷。倏去忽來應有意❸，世間塵土謾疑君❹。

【注　釋】❶少微句　閃動的少微星照耀著春天的雲。少微星，星宿名。又叫處士星。古人多用它象徵處士、隱士。這裡代指陸洿。動，閃動。也可理解為移動。春雲，比喻朝廷官員。陸洿本是隱士，後來到朝廷做官，故有此語。❷魏闕句　他們一在朝堂，一在陋室，本不同路。魏闕，古代宮門外的闕門，是懸布法令的地方。後來多代指朝廷。這是朝臣們活動的地方。衡門，橫木為門。指陋室。多指隱士居住的地方。❸倏去句　您很快來到朝廷，又很快離開朝廷，自有您的用意。倏，很快。❹世間句　而社會上的世俗人就毫無根據地懷疑您的高潔品德。塵土，比喻品質不高的世俗人。謾，隨意的；毫無根據的。在古代，隱士受到人們的普偏尊敬，如果隱士有一段出仕的經歷，就像女子再嫁，他們的名聲會受到一定的損害。陸洿即屬這種情況。

【語　譯】閃動的少微星照耀著春天的雲，他們或在朝廷或在陋室涇渭分明。您忽來忽去自有自己的用意，而世俗之人卻毫無根據地懷疑您。

寄珉笛與宇文舍人

【題　解】珉笛，用美石製成的笛。珉，一種似玉的美石。宇文舍人，名字、生平不詳。宇文，複姓。舍人，官名。負責撰擬詔誥。本詩描寫了珉笛，讚美宇文舍人的笛藝。

調高銀字聲還側❶，物比柯亭韻校奇❷。寄與玉人天上去❸，桓將軍見不教吹❹。

【注　釋】❶調高句　珉笛的聲調高亢，迴環往復。銀字，樂器名。屬笛管之類。管上用銀作字，標名音色高低。調高銀字，是說珉笛的聲調比銀字還高亢。也可把銀字理解為代指珉笛。還側，形容笛聲迴環往復。❷物比句　珉笛同柯亭笛相比，其韻味顯得更奇妙。物，指珉笛。柯亭，指柯亭笛。柯亭本是會稽郡（轄區在今江蘇省東南部及浙江省西部）的一個地名。相傳東漢末年，蔡邕經過柯亭時，看到當地人用來作椽子的十六根竹子，他便用這些竹子製成笛子，聲音十分美妙。後人即稱這些笛子為「柯亭笛」。校奇，更奇妙。校，相比。這裡引申為「比……更……」。❸寄與句　我把珉笛寄送給您，您把它帶入朝廷。玉人，容貌如玉的人。古代既可用來形容男子，也可用來形容女子。這裡是對宇文舍人的美稱。天上，比喻朝廷。❹桓將句　桓將軍看到了，會出於嫉妒之心而不讓您吹奏。桓將軍，指晉代人桓伊，曾進號右將軍。他善於吹笛，為江南第一。相傳他有蔡邕留下的柯亭笛，經常吹奏。本句極言珉笛之美和宇文舍人的笛藝之高。

【語　譯】珉笛能發出高亢、迴環的曲調，它比柯亭笛的韻味更加奇妙。我把它送給您帶入宮中去，桓將軍見了會嫉妒得不讓您吹奏。

寄內兄和州崔員外十二韻

【題　解】內兄，指舅舅的兒子。和州，地名。即今安徽省和縣。崔員外，即杜牧內兄。名字不詳。員外，官名。即員外郎。為尚書省六部諸司的次官。從六品上。本詩先敘寫二人之間的情誼，接著讚美對方的德才，最後表達自己對對方的思念，並祝願彼此都能共享太平。

歷陽崔太守❶，何日不含情？恩義同鍾、李❷，李膺、鍾瑤中外兄弟，少相友善。塤篪❸實弟兄。光塵能混合❹，璧畫最分明❺。臺閣仁賢譽❻，閨門孝友聲❼。西方像教毀，南海繡衣行❽。為嶺南拆寺副使。金橐寧迴顧❾，珠簟肯一棖❿。祇宜裁密詔⓫，何自取專城⓬？進退無非道⓭，徊翔必有名⓮。好風初婉軟⓯，離思苦縈盈⓰。金馬舊遊貴⓱，桐廬春水生⓲。雨侵寒牖⓳夢，梅引凍醪傾⓴。共祝中興主㉑，高歌唱太平。

【注　釋】❶歷陽句　您這位在歷陽任職的崔太守。歷陽，地名。隋、唐時，曾改稱和州。在今安徽省和縣。❷鍾李　指東漢名士李膺和鍾瑤。他倆為中外表兄弟，關係親密。❸塤篪　兩種樂器名。它們聲音相應，後人多用來比喻兄弟親睦。❹光塵句　能把光榮和塵濁同樣看待。即對外物、他人一視同仁。混合，混同；一樣。❺璧畫句　您做出的計畫是那樣的清楚正確。璧畫，籌謀；處理。❻臺閣句　王公大臣讚美您是仁賢之人。臺閣，隋唐時，尚書省六部諸司被稱為「臺閣」。這裡泛指王公大臣。❼閨門句　您在家裡也贏得了孝友的好名聲。閨門，內室之門。這裡代指家庭。孝，對父母好叫「孝」。友，對兄弟好叫「友」。❽西方二句　在唐武宗廢除佛教的時候，您曾擔任嶺南拆寺副使。西方，指天竺（今印度）。像教，立像以設教。古時稱佛教為「像教」。佛教由天竺傳入，故言「西方像教」。唐武宗會昌五年（西元八四五年），朝廷下令廢佛，拆寺廟四千六百餘所，還俗僧尼二十六萬餘人。南海，地名。在今廣州市一帶。屬嶺南道。繡衣，指穿著華美的朝廷使者。❾金橐句　您豈肯接受別人贈送的千金禮品。金橐，裝金子的口袋。橐，口袋。寧，豈能；豈肯。迴顧，回頭看。引申為接受。❿珠簟句　滿竹籃子的珍珠，您碰也不碰一下。簟，古代盛東西的圓形竹器。肯，豈肯；不肯。棖，觸動；撥弄。

這裡指接受。這兩句是說崔員外為官清廉。⓫祇宜句　您只應該身處朝廷為皇上撰擬密詔。宜，應該。裁，裁定；撰寫。⓬何自句　為什麼現在卻離開朝廷當了一郡的太守？何自，自何；為什麼。專城，指主宰一城的州牧、太守等地方長官。這兩句是說崔員外的德才應該受到皇上的信任，應該在朝廷做官，而現在卻屈居太守一職。這是在為崔員外鳴不平。⓭進退句　無論是仕是隱，您都遵循著正確的原則。進，指入仕。退，指退隱。道，正確的原則。⓮佪翔句　無論是昇是降，您都能獲得好名聲。佪翔，鳥盤旋飛行。比喻仕途的昇降遷徙。有名，有好名聲。也可理解為有理由，用如「師出有名」中的「有名」。⓯好風句　柔和的春風剛剛颳起。好風，指春風。婉軟，柔和。⓰離思句　與您分手後的思念之苦盤繞、充滿了我的胸中。縈，盤繞。盈，充滿。⓱金馬句　官場中的那些舊朋友都已飛黃騰達。金馬，指金馬門。金馬門是西漢官署門，因門邊有銅馬，故名。東方朔、主父偃、徐樂等都曾在此待詔。後人多用金馬門代指官署、官場。舊遊，舊交遊；老朋友。⓲桐廬句　桐廬這裡已漲起了春水。桐廬，地名。在今浙江省桐廬縣。杜牧自會昌六年（西元八四六年）至大中二年（西元八四八年）任睦州刺史，桐廬屬其管轄。本詩當作於這一時期。本句表面是寫景，但與上句形成對比，飽含著對自己處境不滿的情緒。這兩句是說，那些昔日的朋友都成了達官貴人，而自己卻還在遠離朝廷的睦州當一個小小的刺史。⓳牖　窗戶。⓴梅引句　盛開的梅花引得我開懷暢飲。凍醪，冬天釀造、春天飲用的酒。傾，倒酒。㉑中興主　使國家中興的君主。指唐宣宗。

【語譯】您這位歷陽的崔太守，哪一天不滿含著對我的思念之情？我倆就像李膺和鍾瑤那樣情深義重，我們關係和睦，確實像一對親弟兄。您對他人能夠一視同仁，您籌謀事情清楚分明。王公大臣稱讚您是仁賢之士，在家裡您也贏得了孝友的好名聲。朝廷廢除佛教的時候，您身穿官服擔任嶺南拆寺副使。您對滿口袋的金銀看也不看，對滿竹籃的珍珠碰也不碰。您應該在朝廷擔當重任，為什麼卻到歷陽去主管一城？無論是仕是隱您都堅持正確的原則，無論是昇是降您都能夠獲得好名聲。現在剛剛颳起柔和的春風，離別的苦惱充滿了我的胸中。官場裡的老朋友都已飛黃騰達，而我卻還在這春水流淌的桐廬城中。雨打寒窗驚擾著我的夢，盛開的梅花引得我開懷暢飲醉意朦朧。我們共同祝福使國家中興的皇上，我們一起高聲歌唱社會的安定太平。

遣興

【題解】遣興，抒發自己的興致。本詩寫於作者的晚年。詩中闡述了自己的生活態度，對前途表現出極大的自信。

鏡弄白髭鬚❶，如何作老夫。浮生長勿勿❷，兒小且嗚嗚❸。忍過事堪喜❹，泰來憂勝無❺。治平心徑熟❻，不遣有窮途❼。

【注釋】❶鏡弄句　面對著鏡子，擺弄著自己的白髭鬚。髭鬚，鬍鬚。❷浮生句　一生勤勉努力，不敢懈怠。浮生，人生。古人認為人生在世，虛浮無定，故稱「浮生」。勿勿，勤勉的樣子。一說同「匆匆」。快速、急促的樣子。❸嗚嗚　象聲詞。撫兒聲。本句是說，我現在姑且在家照看幼小的兒子。❹忍過句　能克制自己以度過一生，這是可喜之事。忍，克制。❺泰來句　安寧的日子到了，我心中毫無憂傷。勝，盡；沒有。❻治平句　我對治國平天下的事已經深思熟慮。治平，治國平天下。心徑，心路；思想。❼不遣句　不會使國家和自己落入困窘的處境。遣，使。窮途，境遇困窘。

【語譯】我面對鏡子擺弄著自己的白髭鬚，不知怎的自己一下子就成了老人！回顧一生我一直勤勉努力，現在姑且在家照看小兒。可喜的是能夠克制自我度過一生，目前生活安寧我心中毫無憂愁。我對治國的事早已深思熟慮，不會使國家和自己陷入困境。

早秋

【題　解】本詩描寫了早秋的情景，感嘆自己年歲漸老。

疏雨洗空曠❶，秋標驚意新❷。大熱去酷吏❸，清風來故人❹。罇酒酌未酌❺，曉花嚬不嚬❻。銖秤與縷雪❼，誰覺老陳陳❽？

【注　釋】❶疏雨句　小雨把空曠的原野又清洗了一遍。疏雨，稀疏的雨點；小雨。空曠，指空曠的原野。❷秋標句　我吃驚地看到秋天的樹木已改變了原貌。標，樹梢。代指樹木。秋天的樹木開始落葉，故給作者以「驚」、「新」的感覺。❸大熱句　使人難以忍受的酷吏般的炎熱天氣已經過去。酷吏，以嚴刑峻法殘害百姓的官吏。這裡用來比喻令人難以忍受的炎熱。❹清風句　涼爽的風就像讓人思念已久的老朋友那樣來到了我的身邊。故人，老朋友。❺罇酒句　面對著美酒，我該飲而還未飲。罇，一種酒器。酌，倒酒。❻曉花句　早上，我面對秋花該皺眉而未皺眉。曉，早晨。嚬，通「顰」。皺眉。秋天是容易惹人傷感的季節，而作者並未皺眉，說明他心境的平靜。❼銖秤句　我頭上的白髮越來越多。銖秤，比喻由少到多。銖，古代重量單位。二十四銖為一兩。秤，古代重量單位。十斤為「衡」，一衡半為「秤」。與，同類；好像。縷雪，如絲的白髮。縷，絲線。形容頭髮。❽陳陳　衰老的樣子。

【語　譯】小雨把空曠的原野又清洗了一遍，我吃驚地看到秋樹已改變了原貌。令人難以忍受的酷吏般的炎熱已經過去，涼爽的風猶如久違的老友那樣來到身邊。面對美酒我該暢飲而未暢飲，面對早晨的秋花我該皺眉而未皺眉。頭上如雪的白髮越來越多，不知不覺我已經到了老年。

秋思

【題　解】本詩描寫了秋天的宜人天氣，抒發了自己知足常樂的寧靜心情。

熱去解鉗釱❶，飄蕭❷秋半時。微雨池塘見，好風襟袖❸知。髮短梳未足，枕涼閑且欹❹。平生分過此❺，何事不參差❻！

【注釋】❶熱去句　酷熱已去，我就像被解除了酷刑。鉗釱，兩種金屬刑具。鎖頸的叫鉗，鎖足的叫釱。❷飄蕭　秋風飄動的樣子。❸襟袖　代指身體。❹欹　斜靠。❺分過此　應理解為「此過分」。自己所得到的這些已經超過了自己應該得到的。過分，超過其本分。此為知足之語。❻何事句　什麼樣的事情能夠是十全十美的呢！參差，不齊的樣子。引申為不合人願。本句為自慰之詞，既然天下沒有十全十美之事，自己就該知足常樂了。

【語譯】酷熱已去，我如同被解除了酷刑，秋天過了一半，處處飄動著秋風。我望著那落著小雨的池塘，感受著這吹動衣襟的好風。我不停地梳理著自己的短髮，悠閑地斜靠在涼爽的枕頭上。我平生所得已超過自己的本分，更何況世上哪有盡如人意的事情！

途中一絕

【題解】大中五年（西元八五一年）秋，杜牧由湖州刺史調入長安任考功郎中、知制誥。本詩即寫於歸京途中。這首詩主要為自己年歲已老、功成身退的願望難以實現而感嘆。

鏡中絲髮悲來慣，衣上塵痕拂漸難❶。惆悵江湖釣竿手，卻遮西日向長安❷。

【注釋】❶衣上句　我身上的塵土，也漸漸難以拂掉。實際涵義是：我大概很難擺脫官場奔波的生活了。❷惆悵二句　令我惆悵的是，我這雙應該去握釣竿的手，現在卻用來遮著西斜的日頭走向長安。在江湖上釣魚，象徵隱士生活；走向長安，代表官場生涯。這兩句是說自己本來應該去當隱士，現在卻不得不辛辛苦苦地奔波於官場之中。

【語　譯】我已經看慣了鏡中那令人傷感的白髮，要想拂去衣服上的塵土恐怕也很困難。令我惆悵的是，我這雙本該去江湖握釣竿的手，現在卻用來遮著西斜的日頭走向長安。

春盡途中

【題　解】本詩主要抒發自己遠離故園、獨自遊宦他鄉的苦惱。

田園不事來遊宦❶，故國誰教爾❷別離？獨倚關亭還把酒❸，一年春盡送春時。

【注　釋】❶田園句　不在田園裡幹農活當隱士，卻跑出來做官。事，從事；幹活。遊宦，到各地當官。❷爾　你。指杜牧自己。❸獨倚句　我獨自靠在關亭上飲酒解愁。倚，靠。關亭，亭名。在今陝西省華陰縣境內。把，握；持。

【語　譯】不在田園裡幹農活當隱士卻跑出來做官，誰教你就這樣輕易地離開自己的家園？我獨自靠在關亭上飲酒解愁，現在正是一年春盡、與春告別的時候。

題村舍

【題　解】這首詩描寫了農民的苦難生活，批判了不關心民間疾苦的豪門權貴。

三樹稚桑❶春未到，扶牀乳女❷午啼饑。潛銷暗鑠歸何處❸？萬指侯家❹自不知！

【注　釋】❶稚桑　幼小的桑樹。❷乳女　吃奶的幼女。❸潛銷句　這些越來越貧窮的農民最終將投靠何處？潛銷暗鑠，暗暗地消損。銷、鑠，都是減損的意思。本句說明杜牧非常擔心官逼民反。❹萬指侯家　擁有千萬奴僕的王侯之家。萬指，千人。古人以手指數統計奴僕數，十指為一人。「萬指」一本作「萬戶」。

【語　譯】門前三棵小桑樹光禿禿的沒有一點春意，中午時分，一個幼兒餓得扶牀哭啼。越來越貧窮的農民最終將投靠何處呢？擁有千萬奴僕的王侯們對此一無所知。

代人寄遠 六言二首

【題　解】題目的意思是：我代別人作詩，寄給遠方的情人。這兩首六言詩都是描寫一位年輕的江南女子對遠方情人的思念。

其一

河橋酒旆❶風軟，候館❷梅花雪嬌。宛陵❸樓上瞪目，我郎何處情饒❹。

【注　釋】❶酒旆　酒旗。❷候館　即候樓。可供觀望的樓。另外，接待行旅、賓客的館舍也叫候館。❸宛陵　地名。即宣城縣。在今安徽省宣州市。❹情饒　多情。饒，多。

【語　譯】柔和的風吹著河橋邊的酒旗，候館旁的梅花在雪中開得那樣豔麗。我在宛陵的樓上睜大眼睛遠望，不知我那多情的情郎現在哪裡。

其二

繡領任垂蓬鬢❶，丁香❷閑結春梢。賸肯❸新年歸否？江南綠草迢迢❹。

【注　釋】❶繡領句　我任憑蓬亂的髮鬢披散在繡花的衣領上。繡領，繡花的衣領。蓬，散亂。本句寫女子因情人不在身邊而無心打扮。❷丁香　指丁香花。丁香是一種小喬木，花紫色或白色，有香味。可供觀賞。本句是說丁香花在春枝上開放，但主人公因思念情人而無心去欣賞，故用一「閑」字。❸賸肯　盡肯；願意。賸，盡；完全。❹迢迢　漫無邊際的樣子。本句是用家鄉的美好春光來勸告情人趕快回來。

【語　譯】我任憑散亂的頭髮披在繡花的衣領上，我無心觀賞那丁香花盛開在春樹梢。不知情郎新年是否會回到故鄉，江南故鄉綠草迢迢，春光美好。

閨情

【題　解】閨情，女子的情懷。閨，內室。後特指女子的臥室。本詩前四句寫女子梳妝打扮，後四句寫女子盼望丈夫早早歸家。

娟娟卻月眉❶，新鬢學鴉飛❷。暗砌匀檀粉❸，晴窗畫夾衣❹。袖紅垂寂寞，眉黛斂依稀❺。還向長陵去❻，今宵歸不歸？

【注　釋】❶娟娟句　她的眉毛像月牙那樣明媚美好。娟娟，明媚美好的樣子。卻月，半月；月牙。❷新鬢句　她剛梳好的髮髻就像躍躍欲飛的烏鴉。新鬢，剛梳好的髮髻。學，效法；像。鴉飛，形容女子的頭髮黑如烏鴉，形如飛鳥。❸暗砌句　她在色彩暗淡的臺階上均勻地調和紅粉。暗砌，與下句的「晴窗」相對，指色彩暗淡的臺階。砌，臺階。匀，調和。檀粉，紅粉。檀，淺紅色。❹畫夾衣　在夾衣上繡花。畫，繡花。夾衣，有面有裡的雙層衣服。❺眉黛句　她的眉毛微微地皺著。眉黛，即眉。古代婦女以黛畫眉，因以「眉黛」指眉。斂，皺。依稀，仿佛；好像。引申為微微地。這兩句寫女子因丈夫不在家而感到寂寞和不滿。❻還向句　丈夫又到長陵去了。長陵，地名。長陵本為漢高祖劉邦陵墓，後在此置縣。長陵縣城故址在今陝西省咸陽市東北，漢朝廷曾徙豪族萬戶到此居住。

【語　譯】她的眉毛像月牙那樣明媚美好，她剛梳好的髮髻就像躍躍欲飛的黑烏鴉。有時她在色彩暗淡的臺階上調和紅粉，有時她在明亮的窗戶前為夾衣繡花。現在她寂寞地垂著雙手，微微地皺起了一雙眉頭。因為她想起了到長陵去的丈夫，還不知道他今夜是否回家。

舊遊

【題　解】舊遊，即回憶從前的一段與人交往的情況。詩人描寫了一位被金屋藏嬌的女子的生活，而這位女子很可能是作者的一位舊交。

閑吟芍藥詩❶，悵望久嚬眉❷。盼眄迴眸遠❸，纖衫整髻遲❹。重尋春晝夢，笑把淺花枝❺。小市長陵住❻，非郎誰得知？

【注　釋】❶閑吟句　她寂寞地吟誦著芍藥詩。閑，這裡指寂寞。芍藥詩，指《詩經》中的〈溱洧〉。該詩描寫了青年男女互贈芍藥、結伴而遊的情景，屬情詩。芍藥，植物名，花大而美。❷悵望句　她久久地皺著眉頭，惆悵地望著遠處。嚬眉，皺眉。嚬，通「顰」。皺眉頭。❸盼眄句　她的眼睛盼望著遠方的情人。盼眄，盼望。眸，眼珠；眼睛。❹纖衫句　她穿著細綢製成的衣衫，慢慢地梳理著自己的髮髻。纖，細紋絲綢。遲，慢慢地。❺笑把句　她微笑著，手裡拿著淺色花枝。把，手拿。淺花，淺色花。❻小市句　她住在長陵的小街市裡。長陵，地名。見前一首詩注。

【語　譯】她寂寞地吟誦著芍藥詩，皺著眉頭，久久地惆悵地望著遠處。她的眼睛流露出盼望遠方情人的神色，穿著細綢衣衫的她慢慢地整理著自己的髮髻。回想起春日做的美夢，手握淺色花枝的她不由得笑了起來。她住在長陵的小街市裡，除了情郎誰能知道她的住處呢？

寄遠

【題　解】寄遠，寄給遠方的情人或丈夫。本詩以一位女子的口氣抱怨自己生活的孤獨與寂寞。

隻影隨驚鴈❶，單棲鎖畫籠❷。向春羅袖薄❸，誰念舞臺風❹？

【注　釋】❶隻影句　你像孤鴈一樣獨自到了遠方。隻影，孤獨的影子。本句用孤鴈比喻隻身遠遊的情人。❷單棲句　我像失去伙伴的小鳥一樣自個兒待在家裡。畫籠，裝飾華美的鳥籠。本句用關在鳥籠中的孤鳥比喻獨自在家的女子。❸向春句　冬末時節，我穿的絲綢衣衫顯得單薄。向，接近；快要到。羅，稀疏而輕軟的絲織品。袖，代指衣服。❹誰念句　誰來關心舞臺上的風將會吹壞我的身體呢？念，顧念；關心。

【語　譯】你像孤獨的大鴈一樣獨自到了遠方，我像失去伙伴的小鳥一樣自個兒待在家裡。我穿的絲綢衣衫在冬末顯得格外單薄，可誰來關心舞臺上的風會吹壞我的身體？

簾

【題　解】本詩屬詠物詩。主要描寫了簾子的模樣和作用。

徒云❶逢剪削，豈謂見偏裝❷。鳳節❸輕雕日，鸞花❹薄飾香。問屏❺何屈曲，憐帳解周防❻。下漬金階露❼，斜分碧瓦霜❽。沉沉❾伴春夢，寂寂侍華堂❿。誰見昭陽殿⓫？真珠十二行。

【注釋】❶徒云　空說；白說。引申為不用說。徒，空；徒然。❷豈謂句　也不用說它受到了特殊的裝飾。豈謂，怎說。引申為不必說。見，被；受到。偏，特別的。裝，裝飾。❸鳳節　簾子的竹節上雕著鳳凰圖案。節，竹節。❹鸞花　指簾子上裝飾的鸞鳥、花朵圖案。鸞，傳說中鳳凰一類的神鳥。❺屏　屏風。室內陳設的作為擋風或遮蔽的用具，多曲折，有的可以折疊。❻憐帳句　可憐的帳子只知道到處設防。解，懂得；知道。周，四周。本句為擬人化描寫，言簾子知道守著門窗，只在一處設防，即可使全室安全，比處處設防的帳子要聰明一些。❼下漬句　竹簾下的臺階上流淌著露水。漬，水破堤而出。這裡泛指流淌。金階，對臺階的美稱。❽斜分句　白霜一部分落在藍色的瓦上，一部分斜落在竹簾上。❾沉沉　形容夜晚深沉的樣子。❿寂寂句　在寂靜的日子裡，簾子靜靜地守候著華麗的大堂。侍，陪伴；守候。華堂，華美的大堂。⓫昭陽殿　漢代的宮殿名。傳說殿中簾子全由白珠連綴而成。

【語譯】不用說簾子受到了削剪，也不用說簾子受到了特別的裝飾。竹節上淺淺地雕刻著鳳凰和太陽圖案，鸞鳥和鮮花圖案上還灑了一層薄薄的香粉。應該質問屏風為什麼那樣的曲折隨物，可憐的帳子也只懂得處處設防。竹簾下的臺階上流淌著晨露，白霜鋪滿了藍瓦，斜落在竹簾上。在深深的夜晚它伴著人們的春夢，在寂靜的日子裡它守候著華麗的大堂。誰見過漢朝的昭陽殿？那裡的簾子裝飾的真珠有十多行。

寄題甘露寺北軒

【題解】寄題，遙題。因作者不是把本詩直接題寫在北軒之上，故曰「寄題」。甘露寺，寺廟名。在潤州丹徒縣（故城在今江蘇省鎮江市東南）城東的土山上，下臨大江。軒，大堂的前沿，外圍以欄杆。本詩描寫了北軒的優美環境，同時表達了自己歸隱的願望。

曾上蓬萊宮❶裡行，北軒欄檻最留情❷。孤高堪弄桓伊笛❸，縹緲宜聞子晉笙❹。天接海門❺秋水色，煙籠隋苑❻暮鐘聲。他年會著荷衣去❼，不向山僧道❽姓名。

【注釋】❶蓬萊宮　仙宮。蓬萊，傳說中的仙山名。這裡用蓬萊宮代指甘露寺。❷北軒句　北邊軒廊的欄杆處最使我留戀。欄檻，欄杆。此處可以登高望遠，故作者留戀。以下四句即描寫這裡的妙處和在這裡的所見所聞。❸孤高句　在這個孤高之處，真值得吹奏一番笛子。堪，值得。弄，吹奏。桓伊，人名。晉代人。善於吹笛。❹縹緲句　在這雲霧縹緲、風景隱約可見的環境裡，最適合欣賞笙樂。縹緲，高遠隱約的樣子。宜，適宜。子晉，人名。周靈王的太子。好吹笙作鳳凰鳴。相傳在道士浮邱公的幫助下，最終昇天成仙。笙，樂器名。❺海門　地名。屬今江蘇省。在大海邊。這裡代指大海。❻隋苑　園名。隋煬帝時修建。又叫上林苑、西苑。故址在今江蘇省揚州市西北。❼他年句　將來我一定會以隱士的身分再去遊覽。會，將會；一定。著，穿。荷衣，用荷葉製成的衣服。這裡代指隱士服裝。❽道　說；告訴。本句是說自己要真正地隱居起來，連甘露寺僧人也不讓他知道自己的姓名。

【語譯】我曾到甘露寺裡遊覽，北邊軒廊的欄杆處最使我留戀。在這孤高之處很值得吹奏一番笛曲，在這風光縹緲的環境裡更適合欣賞笙樂。藍色的天空和秋天的藍色海水連成一片，傍晚，煙霧籠罩的隋苑裡傳來了鐘聲。將來我一定會以隱士的身分再去遊覽，那時連此處的僧人也不讓他知道我的姓名。

題青雲館

【題　解】青雲館，地名。又叫青雲鎮。在今陝西省商南縣境內。本詩描寫了青雲館一帶的風光地形，回顧了有關的歷史典故，對隱居生活表現出嚮往之意。

虯蟠千仞劇羊腸❶，天府由來百二強❷。四皓有芝輕漢祖❸，張儀無地與懷王❹。雲連帳影蘿陰合❺，枕遶泉聲客夢涼。深處會容高尚者❻，水苗❼三頃百株桑。

【注　釋】❶虯蟠句　羊腸小道像虯龍一樣盤繞在險要的千仞高峰之上。虯，傳說中的一種龍。蟠，盤曲地伏著。仞，古代的一種長度單位。七尺或八尺為一仞。劇，險要高峻。羊腸，形容山路如羊腸一樣盤曲環繞。❷天府句　從古以來，秦地的形勢最為險固。天府，指地形險固、物產豐富的地區。具體指秦地，即今陝西省一帶。百二，古人認為秦地險要，故秦兵二萬可敵百萬。一說「百二」指百之二倍。言秦兵雖僅百萬，但因地勢險要，可當二百萬使用。後人多用「百二」代指險固之地。❸四皓句　商山四皓因山中有靈芝可食，從而看輕漢高祖的權勢。四皓，即商山四皓。是漢初隱居於商山（青雲館即在商山地區）的四位高士。他們名叫東園公，綺里季、夏黃公、甪里先生。四人鬚眉皆白，故稱「四皓」。漢高祖劉邦曾徵召四人，四人不應。芝，一種菌類植物。又叫靈芝草。據說可以延年祛病。四皓曾作歌曰：「煜煜紫芝，可以療飢。」漢祖，即漢高祖劉邦。❹張儀句　張儀曾用這一帶的土地欺騙楚懷王。張儀，人名。戰國時期秦國的謀臣。當時，楚、齊兩國聯盟，共同對付秦國。張儀便對楚懷王說：「秦國非常痛恨齊國，如果楚國能同齊國斷交，秦國願意把商、於之地六百里送給楚國。」楚懷王聽信此話，與齊斷交。當楚國使者到秦國接收土地時，張儀只承認給六里土地。商、於在今陝西省商南縣和河南省的淅川縣、內鄉縣一帶。青雲館即屬於這一地區。❺雲連句　雲霧和蘿藤陰籠罩著睡帳。帳影，即帳子。蘿，植物名。陰，樹陰。合，籠罩。❻深處句　深山之中一定會住有品德高尚的隱士。會，一定會。容，容納；居住。高尚者，指品德高尚的隱士。❼水苗　水中的禾苗。這裡代指水田。

【語　譯】羊腸小道像虯龍一樣盤繞在險要的千仞高峰之上，秦地的形勢自古以來就險固異常。四皓在這裡因有靈芝可食而看輕漢高祖的權勢，張儀也曾用這一帶的土地欺騙過楚懷王。雲霧和蘿藤陰籠罩著睡帳，環繞枕邊的泉聲給夢中的旅客送來陣陣的清涼。在那深山之中一定會住有品德高尚的隱士，那裡有幾頃水田和百來棵桑樹。

正初奉酬

【題解】本詩題一作「正初奉酬歙州刺史邢羣」。正初，正月初。奉酬，回獻。邢羣曾寫有〈郡中有懷寄上睦州員外杜十三兄〉一詩送給杜牧，故杜牧作此詩回贈邢羣。歙州，地名。在今安徽省歙縣。邢羣，人名。這首詩作於杜牧任睦州刺史期間。詩中描寫了睦州一帶的美好風光，鼓勵邢羣建功立業，同時表達了自己的歸隱之意。

翠巖千尺倚溪斜❶，曾得嚴光作釣家❷。越嶂遠分丁字水❸，臘梅遲見二年花❹。明時刀尺君須用❺，幽處田園我有涯❻。一壑風煙陽羨里❼，解龜休去路非賒❽。

【注釋】❶翠巖句　千尺高的翠綠山峰斜靠著溪流。巖，高峻的山峰。倚，靠。❷曾得句　這裡的美好風光曾使嚴光把它當作自己釣魚的佳處。得，使。嚴光，人名。東漢初年的著名隱士，曾隱居桐廬縣（今浙江省桐廬縣）南，他釣過魚的地方被稱為嚴陵瀨。桐廬縣和嚴陵瀨均屬睦州。❸越嶂句　睦州的山峰遠遠隔開了丁字水。越，古國名。睦州古屬越國地。嶂，高聳險峻的山峰。丁字水，指東陽江。原由二水合流而成，北流入浙江，形狀如丁字，故又稱「丁字水」。❹臘梅句　臘梅的花開得很晚，花期跨越新舊二歲。臘梅，樹名。冬季開花。見，通「現」。出現。這裡指開放。二年花，臘梅花歲末開放，一直延續到新的一年，故稱為「二年花」。❺明時句　在這個政治清明的時代，您一定要施展自己的才能，建功立業。明時，政治清明的時代。刀尺，裁衣的兩種工具。這裡比喻才能。❻有涯　有限；有止境。這裡指自己的歸宿。❼一壑句　陽羨那裡的山中風景很美。壑，山溝。這裡泛指山中。風煙，這裡泛指風景。陽羨，地名。在今江蘇省宜興縣一帶。❽解龜句　我辭官到那裡去隱居，道路也不是太遠。解龜，辭官。漢代二千石以上的官員，皆用銀印青綬，印背有龜紐。因此，龜即指官印。解龜即解印、辭官。賒，長；遙遠。

【語譯】千尺高的翠綠山峰斜靠著溪流，曾使嚴光把它當作自己釣魚的家。睦州的山峰遠遠地隔開了丁字水，臘梅花很晚纔開放，這梅花從去年底一直開放到今春。您應該趁現在政治清明施展才能建功立業，我將歸隱於幽靜的田園之中。陽羨山中的風景十分優美，我辭官後去那裡隱居的道路也不是太遠。

江上偶見絕句

【題解】本詩主要描寫了長江兩岸的春天景色。

楚鄉寒食橘花時❶，野渡臨風駐綵旗。草色連雲人去住❷，水紋如縠燕差池❸。

【注釋】❶楚鄉句　寒食節正是楚地橘花盛開的時候。楚，周代諸侯國名。它的疆域在今湖北、河南南部、湖南北部及江西、安徽、江蘇等省。後人即稱這一帶為楚地、楚鄉。寒食，節氣名。在農曆清明節前一至二日。橘，果樹名。❷去住　來來往往，或停或行。❸水紋句　水波細如縐紗，燕子參差飛翔。縠，有皺紋的輕紗。差池，高低不齊的樣子。

【語譯】寒食節是楚地橘花盛開的時節，野外渡口邊的綵旗迎風飄揚。碧草連著雲天，行人來來往往，水波細如縐紗，燕子參差飛翔。

題木蘭廟

【題解】木蘭廟，在今湖北省黃岡市木蘭山。木蘭是傳說中的女英雄（一說實有其人），她曾女扮男裝，代父從軍，為國立功。後功成身退，榮歸故里。木蘭廟即為祭祀她而建。這首詩讚揚了木蘭為國獻身的崇高精神。

彎弓❶征戰作男兒，夢裏曾經與畫眉❷。幾度思歸還把酒❸，拂雲堆上祝明妃❹。

【注釋】❶彎弓　拉弓。❷夢裏句　但在夢中，她又回復了女兒本色，描眉打扮。與，參與；做。畫眉，描畫眉毛。❸幾度句　每當她思鄉的時候，就拿起酒杯。幾度，幾次；多次。把，拿。❹拂雲句　在拂雲堆上向王昭君默默祝禱。拂雲堆，地名。在今內蒙古自治區五原縣。此處有拂雲祠，突厥人每當入侵中原時，必在此祭神求福。這裡用來代指木蘭征戰時所到的邊遠之地。祝，向神靈祝告祈福。明妃，人名。即王昭君。漢朝的宮女。後來為和親而遠嫁匈奴。木蘭向王昭君祈禱，說明她崇拜王昭君的那種為國獻身精神。

【語譯】白天她像男子一樣騎馬拉弓英勇征戰，夢中她又回復女兒本色描眉打扮。每當思念故鄉時她便舉起酒杯，站在拂雲堆上默默地向王昭君祈禱。

入商山

【題解】商山，山名。又叫商嶺、商坂。在今陝西省商州市東。本詩描寫了商山景色，抒發了自己的鬱悶之情。

早入商山百里雲，藍溪❶橋下水聲分。流水舊聲人舊耳，此迴嗚咽不堪聞❷。

【注　釋】❶藍溪　溪水名。在今陝西省藍田縣東南。❷此迴句　然而這次回來時感到溪水聲好像是在低聲哭泣，使我不忍心聽下去。此迴，這次回來。嗚咽，低聲哭泣。這裡用來形容溪水聲的淒涼。不堪，不能；不忍心。

【語　譯】清晨我走進商山的百里雲霧之中，藍溪橋下的溪水嘩嘩地分流而去。流水聲和我的耳朵同過去一樣，然而這次的水聲淒涼得使我不忍心去聽。

偶題

【題　解】這首詩主要是讚美王侍讀的才能。侍讀，官名。職務是給帝王講學。關於王侍讀的名字、生平不詳。

甘羅❶昔作秦丞相，子政曾為漢輦郎❷。千載❸更逢王侍讀，當時❹還道有文章。

【注　釋】❶甘羅　人名。戰國時人。十二歲時事秦相呂不韋，後因出使有功被封為上卿。❷子政句　劉向曾當過漢朝的輦郎。子政，即漢代著名的學者劉向。劉向字子政，十二歲時任輦郎。輦郎，官名。在宮廷中負責皇上的車輦事宜。以上兩句是用古代的才士來比喻王侍讀。❸千載　千年。❹當時　指現在、現今。

【語　譯】甘羅從前當過秦國的丞相，劉向也曾當過漢朝的輦郎。千年之後又遇到了王侍讀，現今的人們都誇獎他寫得一手好文章。

送盧秀才一絕

【題解】盧秀才，姓名、生平不詳。可能即卷三〈句溪夏日送盧霈秀才歸王屋山，將欲赴舉〉中的盧霈。詩中表現了作者對盧秀才前途的擔憂和關心。

春瀨❶與煙遠，送君孤棹❷開。潺湲❸如不改，愁更釣魚來。

【注釋】❶春瀨　春天的流水。瀨，湍急的水。❷孤棹　孤船。棹，船槳。代指船。❸潺湲　水流的樣子。代指流水。

【語譯】春天的流水伴隨著雲煙伸延向遠方，我目送著您乘坐的漸漸遠去的孤舟。這裡的流水如果沒有什麼變化的話，當您發愁時可再次到這裡來垂釣。

醉題

【題解】這首詩主要寫自己的醉態。

金鑷洗霜鬢❶，銀觥敵露桃❷。醉頭扶不起，三丈日還高。

【注釋】❶金鑷句　我用金屬鑷子拔掉頭上的白髮。洗，這裡指拔除。霜鬢，白髮。❷銀觥句　美酒的味道敵得上香甜的露井桃。銀觥，銀製的酒杯。代指酒。觥，酒杯。露桃，又叫露井桃。即桃子。因古詩中有「桃生露井上」句，故稱桃為露井桃。露井，沒有覆蓋的井。

【語譯】我用金鑷拔掉白髮，我飲的美酒味如鮮桃。我醉得連頭都扶不起來，一覺睡到日出三丈多高。

題商山四皓廟一絕

【題　解】商山四皓，指秦末漢初隱居於商山（在今陝西省商州市東）的四位隱士。他們是東園公、綺里季、夏黃公和角里先生。因四人鬚髮皆白，故稱「四皓」。四皓廟的故址一在今陝西省商州市西的金雞原，一在商州市東的商洛鎮。本詩認為，商山四皓輔佐生性仁弱的太子劉盈繼承帝位，用心雖好，但實際上是有害於劉氏王朝。論點新穎，發人深省。

呂氏強梁嗣子柔❶，我於天性豈恩讎❷。南軍不袒左邊袖，四老安劉是滅劉❸。

【注　釋】❶呂氏句　呂后非常強橫，而她的兒子卻太柔弱。呂氏，指呂后。她是劉邦的妻子，為人剛毅。劉邦死後，呂氏專權，她扶持呂氏家族，危及劉氏天下。強梁，強橫。嗣子，指太子劉盈。劉盈為呂后所生，生性柔弱。他雖然登上帝位（漢惠帝），但權力卻操縱在呂后手中。❷我於句　我對別人天性並沒有什麼成見。豈，怎能有。恩讎，好惡；成見。❸南軍二句　如果南軍不願效忠劉氏的話，那麼商山四皓幫助太子繼承帝位，本意是要鞏固劉家的天下，而實際上卻會促使它滅亡。南軍，漢代京城有南、北二軍。南軍保衛皇宮，北軍保衛京城。當時南北二軍的軍權在呂氏家族呂產、呂祿手中。呂后死後，呂氏家族陰謀作亂，太尉周勃進入北軍，傳令說：「願意幫助呂氏的袒露右臂，願意幫助劉氏的袒露左臂！」結果全軍將士都袒露左臂，表示支持劉氏。後又奪南軍軍權，盡誅諸呂，迎立代王劉恒為帝，是為漢文帝。杜牧言袒露左臂的是南軍，為誤記。四老，即商山四皓。劉邦認為太子劉盈太柔弱，就想廢掉他，另立趙王如意為太子。呂后為保住劉盈的太子位，在張良的指點下，把商山四皓請來輔佐太子。當劉邦看到德高望重的四皓也站在太子一邊時，便打消了廢立的念頭。四皓扶助太子，本意是要穩定劉氏天下，但由於他們扶助的人生性柔弱，無法控制強橫的呂氏，使劉氏朝廷差一點滅亡。故杜牧說四皓「安劉是滅劉」。

【語　譯】呂氏太強橫而太子太柔弱，我對人的天性並非有什麼好惡。但如果南軍不願效忠劉氏的話，四皓對劉氏的幫助剛好會促使劉氏滅亡。

送隱者一絕

【題　解】隱者，隱士。具體所指不詳。這首詩主要表達了作者對現實社會的不滿。

無媒徑路草蕭蕭❶，自古雲林遠市朝❷。公道❸世間唯白髮，貴人頭上不曾饒❹。

【注　釋】❶無媒句　沒有人做嚮導的小路上長滿了野草。媒，引路的人。蕭蕭，野草叢生的樣子。本句可理解為雙關義，表面是講隱者獨自走在野草叢生的小路上，無人引路。實際上是講通往朝廷的道路艱險難行，無人舉薦。❷自古句　自古以來，雲霧繚繞的山林總是遠離街市和朝堂。雲林，指隱士居住的地方。市朝，指權貴生活的地方。❸公道　公平。❹饒　饒過；放過。這兩句是說，世間只有白髮最為公平，它既出現在隱士頭上，也會出現在權貴頭上。然而除了白髮之外，世間的其他一切皆不公平。

【語　譯】無人做嚮導的小路上野草叢生，自古以來山林就遠離街市和朝堂。世間只有白髮最為公平，它照樣出現在權貴們的頭上。

題張處士山莊一絕

【題　解】張處士，姓名、生平不詳。處士，沒有出仕的士人。這首詩描寫了張處士山莊的優美環境。

好鳥疑敲磬❶，風蟬認軋箏❷。脩篁與嘉樹❸，偏倚半巖生❹。

【注　釋】❶好鳥句　美麗的小鳥的叫聲就像敲擊出來的磬樂一樣好聽。好，美麗。疑，似乎；好像。磬，古代一種石製的敲擊樂器。❷風蟬句　風中的蟬聲好像是彈奏軋箏的聲音。蟬，蟲名。即知了。認，被認作；好像是。軋箏，樂器名。箏的一種。用竹片軋其弦以發音。另外，「軋」也可理解為動詞。彈奏的意思。❸脩篁句　高大的竹林和美好的樹木。脩，通「修」。長；高。篁，竹林。嘉，美好。❹偏倚句　在一邊靠著半個山峰生長。偏，一邊。倚，靠。巖，山峰。

【語　譯】美麗的小鳥叫得像敲磬一樣好聽，風中的蟬聲也好像是彈奏出的箏聲。高大的竹林和美好的樹木，靠著半邊山峰生長得鬱鬱葱葱。

有懷重送斛斯判官

【題　解】有懷，有一些想法、感受。斛斯判官，名字、生平不詳。斛斯，複姓。判官，官名。這首詩描寫了送別時的情景，表達了作者想同對方一起回到朝廷的願望。

蒼蒼❶煙月滿川亭，我有勞歌❷一為聽。將取離魂隨白騎❸，三臺星裡拜文星❹。

【注　釋】❶蒼蒼　形容迷茫潔白的月色。❷勞歌　送別之歌。勞，憂愁。為分別而憂愁。❸將取句　請您把我的靈魂同您的白馬一起帶去。將，帶著。離魂，離開肉體的靈魂。❹三臺句　到朝廷中當一個文職官員。三臺星，星名。分上臺、中臺、下臺，共六星，兩兩相對。古人用三臺星象徵朝廷中的三公。這裡代指朝廷。拜，授給官職。文星，星名。即文昌星。又叫文曲星。古人多用它比擬著名文人。這裡代指文官。

【語　譯】蒼茫的雲煙和月色籠罩著河邊的樓亭，我有一曲送別的歌想唱給您聽。希望您能把我的靈魂同您的白馬一同帶回，使我能在朝廷中當一名文職官員。

贈別二首

【題解】大和九年（西元八三五年），三十三歲的杜牧由揚州淮南節度使幕府掌書記調往長安任監察御史。離開揚州前，他寫下這兩首贈別詩，送給一位與自己相愛的妓女。第一首用二月枝頭的豆蔻花比喻少女，十分貼切，從而形成了「豆蔻年華」一詞。第二首詩借用蠟燭形象，以擬人、移情手法，非常成功地表達了情人之間難分難捨的深情。

其一

娉娉裊裊❶十三餘，豆蔻梢頭二月初❷。春風十里揚州路❸，卷上珠簾❹總不如。

【注釋】❶娉娉裊裊　形容女子姿態優美的樣子。❷豆蔻句　你就像早春二月枝頭上含苞欲放的豆蔻花。豆蔻，植物名。又叫草果。多年生常綠草本植物。二月初，豆蔻花未大開，用來形容對方年少而美麗。❸春風句　春風蕩漾的十里揚州城裡。唐代的揚州十分繁華，城區南北十五里一百一十步，東西七里三十步。❹珠簾　用珍珠裝飾的簾子。

【語譯】身姿輕盈優美的妳纔十三歲多，就像二月初枝頭上的豆蔻花一樣。春風蕩漾的十里揚州城美女如雲，捲起珠簾看看，沒有人比得上妳的漂亮。

其二

多情卻似總無情，唯覺罇❶前笑不成。蠟燭有心還惜別，替人垂淚❷到天明。

【注釋】❶罇 酒杯。這裡代指告別筵席。❷淚 指蠟燭燃燒時淌下的液體蠟，狀如流淚。

【語譯】多情的你總裝出一副無情的樣子，但我看到你在分別的筵席上沒有一絲笑容。就連蠟燭也懷著一顆依依惜別之心，為我倆的分別一直流淚到天明。

寄遠

【題解】寄遠，寄給遠方的友人。這首詩想像奇妙，意境清幽，把迷濛的夜色同思念的心情融為一體，給人以美的享受。

前山極遠碧雲合❶，清夜一聲〈白雪〉微❷。欲寄相思千里月，溪邊殘照雨霏霏❸。

【注釋】❶合 籠罩。❷清夜句 在清幽的夜晚，隱隱約約地傳來了優美動聽的歌聲。清，清靜；清幽。白雪，一支高雅的古曲名。這裡代指優美的歌曲。微，指歌聲自遠處傳來，微弱悠揚，時隱時現。❸溪邊句 當夕陽照著小溪時，天就下起了濛濛細雨。霏霏，雨點細密的樣子。

【語譯】遙遠的前山被藍色的雲霧籠罩著，清幽的夜晚傳來了細弱而優美的歌聲。我想託普照千里的明月把思念之情寄送給你，可夕陽照著小溪時就下起了濛濛細雨。

九日

【題解】九日，指九月初九。為重陽節。古人在這一天有登高、賞菊、飲酒的習俗。本詩即描寫了重陽節盛開的菊花和人們歡度佳節的情景。

金英繁亂拂欄香❶，明府❷辭官酒滿缸。還有玉樓輕薄女❸，笑他寒燕❹一雙雙。

【注釋】❶金英句　欄杆邊盛開著很多的黃色菊花，散發著撲鼻的芳香。金英，指黃色的菊花。英，花。繁亂，多而亂。拂，輕輕地挨著。❷明府　對太守、刺史的尊稱。唐代稱縣令也叫明府。這裡可能指包括自己在內的辭官賦閑的人。❸還有句　還有一些住在華美樓房上的輕薄女子。玉樓，裝飾華美的樓房。輕薄，不厚重；不沉靜。❹寒燕　深秋季節的燕子。九月九日天氣已冷，故稱此時的燕子為「寒燕」。

【語譯】欄杆邊盛開著許多芳香的黃色菊花，辭官賦閑的賞菊人帶著滿缸的美酒。還有那些住在華美高樓上的輕薄女子，正笑談著成雙成對飛翔的秋燕。

寄牛相公

【題解】牛相公，指牛僧孺。字思黯。曾任丞相一職，封奇章郡公，故稱其為「相公」。牛僧孺曾以丞相的身分出任武昌節度使。本詩即為歌頌牛僧孺在武昌時的政績而作。

漢水橫衝蜀浪分❶，危樓點的拂孤雲❷。六年仁政謳歌去❸，柳遠❹春隄處處聞。

【注釋】❶漢水句　漢水橫流，長江水浪疊起。漢水，河名。又叫漢江。源出陝西省，至武漢市入長江。蜀浪，指長江的水浪。長江由蜀地流來，故稱蜀浪。分，分開。形容大浪分列疊起的樣子。❷危樓句　高高的黃鶴樓頂就像一個小紅點一樣直插雲霄。危樓，高樓。指黃鶴樓。故址在今湖北省武漢市蛇山的黃鵠磯，面臨長江。相傳始建於三國時期，歷代屢毀屢建。危，高。點的，古代女子用紅色胭脂點於面部的裝飾。這裡是說，由於黃鶴樓太高，從下向上望去，直插雲霄的樓頂小得就像女子面部的小紅點一樣。拂，挨著。❸六年句　牛相公在武昌推行了六年仁政之後，在百姓的頌歌聲中離任而去。六年，牛僧孺於唐敬宗寶曆年間出為武昌節度使，唐文宗大和四年被調回朝廷，在武昌約五、六年時間。謳歌，歌頌。❹遠　遙遠。引申為到處。

【語　譯】武昌這裡漢水橫流，長江浪高，小紅點般的黃鶴樓頂直插雲霄。您在這裡推行了六年仁政後離任入京，長滿垂柳的春堤上處處能聽到頌揚您的歌聲。

為人題贈二首

【題　解】為人題贈，替別人寫詩贈給遠方的情人。這兩首詩以一位女子的口氣，訴說與情人分別後的孤獨、痛苦和無奈。詩歌做到了情景交融，心理描寫也非常細膩。

其一

我乏青雲稱❶，君無買笑金❷。虛傳南國貌❸，爭奈五陵心❹。桂席塵瑤珮❺，瓊鑪燼水沉❻。凝魂空薦夢❼，低珥悔聽琴❽。月落珠簾卷，春寒錦幕❾深。誰家樓上笛，何處月明砧❿？蘭徑⓫飛蝴蝶，筠籠語翠襟⓬。和簪拋鳳髻⓭，將淚入鴛衾⓮。的的⓯新添恨，迢迢絕好音⓰。文園終病渴，休詠〈白頭吟〉⓱。

【注　釋】❶青雲稱　高尚美好的名聲。❷買笑金　指狎妓所需的錢。❸南國貌　指女子的美貌。南國，南方。鮑照〈蕪城賦〉有「東都妙姬，南國麗人」句，故杜牧用「南國貌」代指女子美貌。❹爭奈句　怎奈我無法博得你的歡心。爭奈，怎奈。五陵，「五陵少年」的省略。指女主人公的情人。五陵，指漢代的五座皇陵，這裡聚居著許多豪族，所以古代詩文中常用「五陵」代指權貴豪門的聚居地。本句是對情人不歸的抱怨。❺桂席句　席子上擺放著落滿灰塵的玉珮。桂席，即蓆子。桂，樹名。這裡取其芳潔義，是對蓆子的美稱。塵，用作動詞。落滿灰塵。瑤珮，玉珮。❻瓊鑪句　玉鑪裡殘留著沉水香的灰燼。瓊，美玉。燼，物體燃燒後剩下的部分。水沉，香料名。又叫沉水、沉香。以上兩句寫情人去後，女主人公無心打扮自己和整理房間。❼凝魂句　深刻的相思使我白白地做了許多與你共寢的夢。凝魂，專一而深刻的相思。凝，專注。薦夢，即「薦枕之夢」。薦枕，侍寢。❽低珥句　我低著頭，後悔愛上了你。低珥，低頭。珥，耳朵上的飾物。聽琴，漢代著名辭賦家司馬相如在卓王孫家飲酒時，彈奏琴曲，卓王孫的女兒卓文君聽了琴曲以後，愛慕司馬相如，最後與他一起私奔。本詩用這個典故說明女主人公愛上了對方。女主人公深愛對方卻又不能與他生活在一起，因而受盡相思之苦的折磨，所以她後悔，認為自己不該愛上對方。這是無奈之辭。❾錦幕　用彩綢製成的帷帳。❿砧　搗衣石。引申為搗衣的聲音。⓫蘭徑　長滿蘭草的小路。蘭，一種香草名。⓬筠籠句　竹籠裡的鸚鵡在喃喃自語。筠，堅韌的竹皮。代指竹。翠襟，指長有綠色羽毛的鸚鵡。襟，衣襟；衣服。這裡指羽毛。⓭和簪句　連簪子都未取下，就一頭倒在牀上。和，連帶。簪，用來固定髮髻或帽子的長針。鳳髻，古代婦女的一種髮形。⓮將淚句　帶著淚水，一個人躺進繡有鴛鴦圖案的被子。將，帶著。鴛衾，繡有鴛鴦的被子。也指夫妻共寢的被子。衾，被子。⓯的的　明明白白；確確實實的。⓰迢迢句　遠方也沒有傳來什麼好消息。迢迢，道路遙遠的樣子。這裡指情人所居之處。絕，沒有。好音，好消息。⓱文園二句　你大概像身體不好的司馬相如那樣不會另娶妻妾吧，我也就用不著像卓文君那樣再寫一首白頭吟了。文園，代指司馬相如。文園本指漢文帝的墓地，司馬相如曾任文園令，負責管理文帝陵園。後人即常用「文園」代指司馬相如。渴，病名。即消渴疾。近人認為即糖尿病。白頭吟，詩歌名。相傳司馬相如後來想娶茂陵女子為妾，卓文君聽說後，便作〈白頭吟〉一詩，表示要與司馬相如斷絕關係。司馬相如為此打消納妾的念頭。最後兩句表現了女主人公對二人之間的關係的擔心。

【語　譯】我沒有高尚美好的名聲，你也沒很多的錢去千金買笑。人們都虛傳我容貌美麗，卻無法博得你的歡心。蓆子上擺放著落滿灰塵的玉佩，玉鑪中殘留著沉水香的灰燼。深刻的思念使我白白做了許多與你共寢的夢，我低著頭後悔愛上了你。月落時珠簾依然捲著，我在錦帳深處仍然感受到了春天的寒意。不知誰家樓上吹起了長笛，也不知月光中何處傳來了搗衣聲。蝴蝶在長滿蘭草的小路上飛翔，竹籠裡的鸚鵡在喃喃自語。我沒有取下簪子便一頭倒在牀上，帶著淚水獨自躺進了鴛鴦被子。我確確實實又新添了許多苦惱，遠方的你也沒有給我送來什麼好消息。你大概會像多病的相如那樣不再另尋新歡吧，我大概也不必像卓文君那樣再去寫首〈白頭吟〉。

其二

綠樹鶯鶯❶語，平江燕燕飛❷。枕前聞去鴈❸，樓上送春歸。半月緪雙臉❹，凝腰素一圍❺。西牆苔漠漠❻，南浦夢依依❼。有恨簪花懶❽，無寥鬬草稀❾。雕籠長慘澹❿，蘭畹謾芳菲⓫。鏡斂青蛾黛⓬，燈挑皓腕肌⓭。避人勻迸淚⓮，拖袖倚殘暉⓯。有貌雖桃李⓰，單棲足是非⓱。雲軿載馭去⓲，寒夜看裁衣。

【注釋】❶鶯鶯　鳥名。又叫倉庚、黃鸝、黃鶯。❷平江句　燕子在平滿的江面上飛翔。平江，平滿的江水。燕燕，即燕子。❸去鴈　遠去的大鴈。❹半月句　半個月亮昇上來，照著我的臉龐。緪，昇起。❺凝腰句　靜靜的腰肢就像一束柔軟的素絲。凝，不動。素，白色的絲綢。比喻腰肢潔白柔軟如素綢。圍，計度圓周的量詞。說法很多，一說直徑五寸為一圍，一說直徑一尺為一圍，一說一抱為一圍。❻漠漠　密布、廣布的樣子。❼南浦句　我經常夢見在南浦為你依依送行的情況。南浦，南面的水邊。浦，水邊。因《楚辭》中有「送美人兮南浦」句，後人即用它泛指送別的地方。依依，留戀的樣子。❽有恨句　應理解為「有恨懶簪花」。因為心中煩惱，也懶得去插花打扮。簪，插。❾無寥句　應理解為「無寥稀鬬草」。因為心中無聊，便很少去遊戲玩耍。無寥，即無聊。精神無所寄託。鬬草，古代五月初五有蹋百草之戲，唐人稱鬬百草。這裡泛指遊戲。❿雕籠句　我無心整理而使雕花鳥籠裡的情景一片淒涼。慘澹，同「慘淡」。景象淒涼的樣子。⓫蘭畹句　我也無心去觀賞花園中芬芳的香草鮮花。蘭畹，泛指花園。蘭，一種芳草名。畹，十二畝為一畹。一說三十畝為一畹。謾，欺騙；隱瞞。女主人公因苦惱而對滿園的花草視而不見，反而覺得好像是花園對她隱瞞了芳香的花草。菲，即「菲菲」。香味濃郁的樣子。⑫鏡斂句　我面對鏡子，發愁得緊皺著雙眉。斂，皺。青蛾黛，指婦女用青黛畫的眉。蛾，蟲名。蠶蛾的觸鬚彎曲而細長，如人的眉毛，故常用它比喻女子長而美的眉毛。黛，青黑色的顏料。古代女子多用它畫眉。⑬燈挑句　晚上我伸出潔白的手腕去挑亮燈光。皓，白。⑭勻迸淚　都流淚。勻，全；都。迸淚，流淚。⑮倚殘暉　站在夕陽之下。倚，靠；站。殘暉，夕陽。⑯有貌句　我雖然具有桃花、李花般的美麗容貌。李，樹名。落葉喬木。春天開花，花白色。⑰單棲句　一個人生活容易招來許多是非。單棲，一個人生活。足，多。⑱雲軿句　我乘坐著車輛出門而去。雲軿，繪有雲彩圖案的車。軿，婦女乘坐的四周有障蔽的車。最後兩句是說女主人公在寒夜裡百無聊賴，只好出門看人裁衣，以打發難熬的時光。

【語譯】黃鸝在綠樹叢中啼叫，燕子在平滿的江面上飛翔。我靠在枕前聽到了遠去大雁的叫聲，或站在高樓上送別歸去的春天。昇起的半個月亮照著我的雙臉，靜靜的腰肢就像一束素綢那樣柔軟。西牆邊長滿了密密麻麻的青苔，我常夢見在南面水邊為你送行的情景。滿心的苦惱使我懶得去插花打扮，生活的無聊使我很少去嬉戲遊玩。沒人整理的雕籠總是一片淒涼景象，滿園的香草鮮花也沒人前去欣賞。我對著鏡子發愁得皺起雙眉，晚上一人伸出手去挑亮燈光。一避開人我就雙眼流淚，有時一人拖著長袖面對夕陽。我雖然具有桃花、李花般的美貌，但一人生活容易招來許多是非。我只得乘車出門，為打發這漫長的寒夜去看人裁衣。

少年行

【題解】行，古代詩歌的一種體裁。本詩描寫了年輕貴族的瀟灑生活、為國建功立業的壯志和功成名就後的榮耀。其中寄寓著作者的生活態度和人生理想。

官為駿馬監❶，職帥羽林兒❷。兩綬藏不見❸，落花何處期❹？獵敲白玉鐙❺，怒袖紫金鎚❻。田、竇長留醉❼，蘇、辛曲讓歧❽。豪持出塞節❾，笑別遠山眉❿。捷報雲臺賀⓫，公卿拜壽卮⓬。

【注　釋】❶駿馬監　官名。又叫駿馬令丞。掌管車馬及畜牧之事。❷職帥句　他的另一個職務是統帥羽林軍。羽林兒，羽林軍。皇帝的衛隊。❸兩綬　指以上兩種官職的印綬。綬，用來拴印的絲帶。這句是說少年不炫耀自己的官職。❹落花句　在這落花時節，他到何處去呢？期，約會。引申為到、去。❺獵敲句　也許他會用馬鞭敲著白玉裝飾的馬鐙前去打獵。白玉鐙，用白玉裝飾的馬鐙。❻怒袖句　也許他會怒氣沖沖地把紫金鎚藏在袖子裡去尋人報仇。袖，用作動詞。藏在衣袖裡。紫金，一種精美的金子。鎚，古代的一種武器。❼田竇句　權貴們總是挽留他們飲酒，一醉方休。田竇，指漢代的田蚡和竇嬰。二人都曾當過丞相。這裡用來泛指權貴。❽蘇辛句　那些世代為官的勇武之士見了他也都退避一旁。蘇辛，指漢代的蘇建、蘇武和辛武賢、辛慶忌。他們都因父子勇武節烈而著稱。這裡用來泛指那些世代為官的勇烈之士。曲，委屈自己。讓歧，退入岔道，為他讓路。歧，岔路。這兩句寫權貴們對少年的重視和敬畏。❾豪持句　他豪邁地手握符節，出使遠方國家。出塞，走出邊塞，出使他國。節，符節。古代使臣持以示信之物。❿遠山眉　指自己的美貌妻妾。古人形容美女的眉色如望遠山，故也用它代指美女。這兩句寫少年為國忘家的高尚情懷。⓫捷報句　捷書送入朝廷，受到百官的慶賀。雲臺，漢代宮中的高臺名。漢明帝曾繪畫中興功臣三十二人於雲臺之中。這裡用來代指朝廷。⓬拜壽卮　祝壽酒。這裡泛指慶賀酒。卮，一種酒杯。代指酒。

【語　譯】這位年輕人的官職是駿馬監，他的另一個職責是統帥羽林軍。他藏起兩顆官印穿上便服，不知在這落花時節他又要到哪裡去。也許他用馬鞭敲著白玉鐙前去打獵，也許他會怒氣沖沖地袖藏紫金鎚尋人報仇。權貴們總是請他飲酒，一醉方休，勇烈之士見了他也都退避讓路。他豪邁地手握符節出使他國，笑吟吟地告別自己的美貌妻妾。到了捷報送回朝廷的時候，公卿大臣都舉起酒杯為他慶賀。

【題解】盆池，像盆子一樣的小池塘。本詩描寫了小池塘映照萬物的情景。寫得情趣盎然。

盆池

鑿破蒼苔❶地，偷他一片天❷。白雲生鏡❸裏，明月落階前❹。

【注釋】❶蒼苔　即青苔。蒼，深綠色。❷偷他句　本句是說小池塘裡映照著一片天空，這片天空好像是從天上偷來的一樣。❸鏡　指鏡子般的池水。❹階前　指臺階前的小池塘。小池塘映照了一輪明月，看上去就像是天上的月亮落入了水中。

【語譯】挖開一塊長著青苔的土地，偷來一片藍色的天空。白雲從鏡子般的池子裡生出，明月落入了臺階前的池水中。

有寄

【題解】有寄，有所寄。這是一首寄給自己的情人或友人的詩。詩中表達了未見情人的落寞惆悵之情。

雲闊煙深樹❶，江澄水浴秋。美人❷何處在？明月萬山頭。

【注釋】❶雲闊句　闊大深邃的雲煙籠罩著綠樹。❷美人　在古代一指美貌的女子，一指賢人。我們這裡可以理解為作者的情人。

【語　譯】闊大深邃的雲煙籠罩著綠樹，平靜清澈的江水洗浴著秋天。不知我思念的人兒現在何處，只見這明月照偏了千峰萬山。

卷五

罪言

【題　解】罪言，有罪之言。這篇文章大約作於大和八年（西元八三四年）。當時三十二歲的杜牧任淮南節度使牛僧孺的幕僚，位低職卑，不該隨便談論國家大事，然而這篇文章卻談了，談了就可能招來罪名，故稱本文為「罪言」。唐代安史之亂以後，太行山以東、黃河以北地區即為強藩所把持，朝廷長期對他們採取姑息態度。針對這一情況，杜牧回顧了歷史，分析了現實，指出了這一地區的重要戰略地位，向朝廷提出了削平割據勢力的上、中、下三策。因這篇文章頗具見地，《資治通鑑》將其錄入。

國家大事，牧不當言❶，言之實有罪，故作罪言。

【章　旨】本章主要解釋為什麼把這篇文章題作「罪言」。

【注　釋】❶不當言　不該談論。一本作「不當官」。沒有擔任可以談論國家大事的官職。

【語　譯】國家大事，我本不該隨便談論，一旦談論，肯定就會招來罪名，所以我把這篇文章題作「罪言」。

生人❶常病兵❷，兵祖❸於山東❹，胤❺於天下，不得❻山東，兵不可死❼。山東之地，禹畫九土❽，曰冀州野❾。舜❿以其分⓫太大，離為幽州⓬，為并州⓭，程⓮其水土，與河南⓯等，常重十一二⓰。故其人沉鷙⓱多材力⓲，重許可⓳，能⓴辛苦。自魏、晉已下㉑，胤浮羨淫㉒，工機㉓纖雜㉔，意態㉕百出，俗益蕩弊㉖，人益脆弱。唯山東敦五種㉗，本兵矢㉘，他不能蕩㉙而自若㉚也。復產健馬，下者日馳二百里，所以兵常當㉛天下。冀州，以其恃強不循理㉜，冀㉝其必破弱，雖已破，冀其復強大也。并州，力足以㉞并吞也。幽州，幽陰慘殺㉟也。故聖人因㊱其風俗，以為之名。

【章　旨】本章首先指出山東為戰爭之源，接著從地理、風俗、出產等方面分析了它之所以能夠成為戰爭之源的原因。

【注　釋】❶生人　生民；百姓。❷病兵　苦於戰爭。病，受苦於。兵，代指戰爭。❸兵祖　戰爭的根源。祖，始；源頭。❹山東　地名。不同的時期指不同的地區。本文主要指太行山以東、黃河以北地區。❺胤　接著。❻得　得到；控制。❼兵不可死　一作「兵不可去」。無法消除戰爭。死，滅絕；消除。❽禹畫句　當大禹劃分九州的時候。禹，人名。傳說中的帝王。曾經治理過洪水。九土，即九州。禹把中國的土地劃分為冀、豫、雍、揚、兗、徐、梁、青、荊九州。❾冀州野　九州之一。包括山西全省、河北省西北部、河南省北部、遼寧省西部。漢以後，歷代都設置冀州，但所轄地區逐漸縮小，一般包括河北省及河南省北部。野，分野；地區。古人把地上的州、國同天上的星辰對應起來，在天叫分星，在地叫分野。❿舜　人名。傳說中的帝王。姚姓，名重華。他與禹為君臣關係。後來他把帝位禪讓給禹。⓫分　即分野。地區；地盤。⓬幽州　地名。相當於今河北省北部和遼寧省南部地區。禹平治洪水以後，設置九州。舜認為冀州太大，便又從中劃分出幽、并二州，從青州劃分出營州，共十二州。⑬并州　地名。相當於今河北省保定、正定和山西省太原、大同等地。⑭程　衡量；秤。⑮河南　地名。泛指黃河以南地區。⑯十二　十分之一到十分之二。⑰沉鷙　深沉勇猛。鷙，凶猛。⑱材力　多才而有力。⑲重許可　重然諾；重信用。⑳能　通「耐」。受得住。㉑已下　以下；以後。㉒胤浮羨淫　十分浮誇放蕩。胤，一本作「衍」。盛；多。羨，餘；多。㉓工機　工於機巧。㉔纖雜　瑣碎繁雜。㉕意態　這裡指不好的思想和行為。㉖俗益句　人們的風俗更加放蕩敗壞。益，更加。弊，敗壞。㉗敦五種　努力從事農業生產。敦，勉勵；努力。五種，指五種穀物。一說指黍、稷、菽、麥、稻，一說指黍、稷、菽、麥、麻。這裡泛指農業生產。㉘本兵矢　重視武備。本，以……為根本。兵矢，武備。兵，兵器。矢，箭。㉙蕩　影響。㉚自若　保持原有的生活習俗。㉛當　相當；抵得上。㉜不循理　不按常理辦事。循，按照。㉝冀　希望。本句是在解釋冀州為什麼叫「冀」。即對冀州寄予某種希望。㉞足以　能夠。㉟幽陰慘殺　地處邊遠，有一種殺伐之氣。幽陰，邊遠荒涼。㊱因　按照；根據。

【語譯】百姓們經常苦於戰爭，而戰爭的根源就在山東，然後戰火蔓延到整個天下。朝廷如果不能控制山東，就無法消除戰亂。山東的那片土地，在大禹劃分九州的時候，被稱作冀州。舜認為它的地盤太大，就又從中分劃出幽州和并州。如果秤量那裡的水土的話，與河南地區同樣多的水土，而山東的水土總要重出十分之一到十分之二。所以山東地區的人性格深沉勇猛，多才多力，重信用，耐勞苦。自從魏、晉以來，天下的人浮誇放蕩，工於機巧，瑣碎繁雜，各種不好的思想和行為層出不窮，社會風俗越來越放蕩敗壞，人們也越來越脆弱。只有山東人努力耕種，重視武備，不受其他地區的影響而保持原有的生活習俗。另外，山東地區還出產強壯的馬匹，最劣的馬每天也能奔馳二百來里，所以山東的軍事力量能夠同整個天下相抗衡。給它起名叫冀州，是因為當它依恃自己的強大而不按常理辦事的時候，人們希望（冀）它破敗衰弱；當它破敗衰弱以後，人們又希望它再次強盛。并州這個名字的涵義，是說它的力量能夠并吞天下。幽州這個名字的涵義，是說它地處幽遠，有殺伐之氣。所以說聖人是根據它們這些地區的風俗習慣，而為它們起了相應的名字。

黃帝❶時，蚩尤❷為兵階❸。自後帝王，多居其地❹，豈尚❺其俗都之❻邪？自周劣齊霸❼，不一世❽，晉大❾，常傭役❿諸侯。至秦⓫萃銳⓬三晉⓭，經六世⓮乃能得韓，遂折天下脊⓯。復得趙，因拾取⓰諸國。秦末韓信⓱聯齊⓲有之，故蒯通⓳知漢、楚⓴輕重㉑在信。光武㉒始於上谷㉓，成於鄗㉔。魏武㉕舉官渡㉖，三分天下有其二。晉亂胡作㉗，至宋武㉘號為英雄，得蜀㉙得關中㉚，盡得河南地，十分天下有八，然不能使一人渡河㉛以窺胡㉜。至于高齊㉝荒蕩，宇文㉞取得，隋文㉟因以滅陳㊱，五百年間，天下乃一家。隋文非宋武敵㊲也，是宋不得山東，隋得山東，故隋為王㊳，宋為霸㊴。由此言之㊵，山東，王者不得，不可為王；霸者不得，不可為霸；猾賊㊶得之，是以㊷致天下不安。

【章旨】本章列舉了許多歷史事實，以證明山東地區的重要戰略地位。

【注釋】❶黃帝　人名。姓姬，號軒轅氏、有熊氏。傳說中的帝王。後被認定為中原各族的共同祖先。❷蚩尤　人名。傳說中的九黎族首領。他曾舉兵作亂，黃帝徵調諸侯軍隊，與蚩尤戰於涿鹿一帶，蚩尤兵敗被殺。❸兵階　戰爭的根源。❹其地　指涿鹿一帶。涿鹿故城在今河北省涿鹿縣東南。相傳是黃帝的都城。也是黃帝擊敗蚩尤之處。❺尚　崇尚。❻都之　以之為都城。都，用作動詞。建都。❼周劣齊霸　周王朝衰落，齊國稱霸。周，周朝。周武王於西元前十一世紀建立，西元前二五六年被秦所滅。劣，衰落。齊，周朝的諸侯國。在今山東省北部地區。春秋初年，齊桓公在管仲的輔助下，國富力強，成為霸主。❽不一世　不到三十年。世，三十年為一世。❾晉大　晉國強大。晉，周朝的諸侯國。在今山西省西南部。屬古冀州。晉文公緊隨齊桓公之後稱霸天下。❿傭役　役使；使喚。傭，受雇為人勞動。這裡是說諸侯國就像受雇於晉國的雇工一樣聽從晉國的使喚。這幾句的意思是說，晉國之所以能夠役使諸侯，是因為它占據了古冀州這塊有利的地勢。⓫秦　周朝的諸侯國。西元前二二一年，秦王政滅掉其他諸侯國，建立秦朝。⓬萃銳　集中精銳部隊。萃，集中。⓭三晉　指戰國時期的韓、趙、魏三個諸侯國。因為這三個國家是由原晉國分裂出來的，故稱之為「三晉」。⓮六世　六代人。指秦國的孝公、惠文王、武王、昭襄王、孝文王、莊襄王六代國君。這句是說，由於韓國占據了有利的地勢，秦國經過數代人的努力纔滅掉了它。⑮脊　脊梁。言秦國占領韓國以後，也就占領有利的地勢，這就等於打斷了其他諸侯國的脊梁骨。⑯拾取　消滅；占有。用「拾取」一詞，形容其容易。⑰韓信　人名。淮陰人。是西漢的開國功臣，先後封齊王、楚王，後貶為淮陰侯。⑱聯齊　整個齊國領土。聯，連接。引申為整個。⑲蒯通　人名。漢初范陽人。韓信占領齊地以後，蒯通勸告韓信背叛劉邦自立，使天下形成漢劉邦、楚項羽和齊韓信三足鼎立的局面。韓信不聽。⑳漢楚　指漢王劉邦和西楚霸王項羽。二人協力推翻秦王朝之後，成了爭奪天下的對手。最後劉邦擊敗項羽，建立漢朝。㉑輕重　勝負。㉒光武　東漢光武帝劉秀。東漢王朝的建立者。㉓上谷　地名。在今河北省懷來縣東南。劉秀在打天下的時候，曾得到上谷太守耿況及其部將寇恂的幫助。㉔鄗　地名。在今河北省柏鄉縣北。劉秀在這裡即皇帝位。㉕魏武　指著名的政治家、軍事家、詩人曹操。他的兒子曹丕建魏以後，追尊他為魏武帝。㉖舉官渡　在官渡戰勝以後。舉，攻克；戰勝。官渡，地名。在今河南省中牟縣東北。建安五年（西元二〇〇年），占有冀、青、幽、并四州的袁紹率兵十餘萬南下，曹操以劣勢兵力相拒於官渡。這年冬，曹操出奇制勝，打敗袁紹，掃清了統一北方的最大障礙。㉗晉亂句　晉朝發生了內亂，胡人乘機起兵占領北方。晉亂，西晉惠帝時，有八個諸侯王先後起兵，爭權奪利，戰亂連續達十六年之久，史稱「八王之亂」。胡，指北方少數民族。作，起；起兵。北方的匈奴、鮮卑、羯、氐、羌五族的首領乘西晉內亂之機，紛紛起兵，先後在北方建立政權，史稱「五胡亂華」。㉘宋武　指宋武帝劉裕。他建立了南朝的宋王朝。㉙蜀　地名。指今四川省一帶。㉚關中　地名。相當於今天的陝西省一帶。㉛河　黃河。㉜窺胡　伺機占領胡人的地盤。黃河以北即屬古冀州。窺，窺伺。尋找時機有所圖謀。㉝高齊　即北齊。因其皇帝姓高，故稱「高齊」。高洋於西元五五〇年建立北齊，據有今山東省、山西省、河南省及遼寧省西部地區。至後主高緯時，荒淫無道，遂為北周所滅。㉞宇文　指北周。北周的皇帝姓宇文。宇文覺於西元五五七年建立北周，西元五七七年，北周武帝宇文邕滅掉北齊，統一了中國北方。㉟隋文　指隋文帝楊堅。西元五八一年，楊堅以禪讓的形式取代了北周，建立了隋朝。㊱陳　指南朝的陳王朝。陳霸先於西元五五七年建立，西元五八九年為隋所滅。自此全國統一。㊲敵　匹敵。這裡指才能一樣。㊳王　這裡指統一天下的天子。先秦的天子多稱王，故杜牧用「王」代指天子。㊴霸　一方霸主。比「王」低一個等級。㊵由此句　從這裡來看；根據這些可以說。㊶猾賊　奸猾的人。㊷是以　因此；憑此。一本作「足以」。

【語譯】黃帝在位的時候，蚩尤挑起戰亂。此後的帝王，大多居住在黃帝建都的涿鹿一帶，莫非就是因為崇尚此地的風俗而建都於此嗎？從周朝衰落、齊國稱霸算起，還不到三十年，晉國開始強大，並長期地役使其他諸侯國家。後來秦國集中所有的精銳部隊進攻三晉，經過了整整六代人的努力，纔占領了韓國，這樣就等於打斷了其他諸侯國的脊梁骨。接著又攻占了趙國，隨後便輕而易舉地吞并了其他諸侯國家。秦朝末年，韓信占有了整個齊國土地，因此蒯通明白漢劉邦和楚項羽的勝敗完全取決於韓信的態度。東漢光武帝發跡於上谷，最後即帝位於鄗。魏武帝曹操在官渡取得勝利之後，占有了天下的三分之二土地。晉朝發生八王之亂，胡人乘機起兵占領了北方。宋武帝劉裕號稱英雄，他先後攻取了蜀地和關中，占領了全部的河南地區，獲取了天下的十分之八的土地，然而他卻不能派一兵一卒渡過黃河去伺機占領胡人的地盤。北齊的後主高緯荒淫放蕩，結果被北周滅掉。隋文帝在取代北周之後又滅掉陳國，動亂了五百來年，至此天下纔得以統一。隋文帝楊堅的才能比不上宋武帝劉裕，但是宋沒有占據山東，而隋卻占據了山東，所以隋文帝能夠稱王於天下，而宋武帝就只能成為一方霸主。由此可見，山東這塊地盤，想稱王的人得不到它，就不能稱王；想稱霸的人得不到它，就不能稱霸；奸賊如果占有了這塊土地，就可以憑藉它搞亂整個天下。

國家❶天寶❷末，燕盜❸徐起❹，出入成皋❺、函❻、潼❼間，若涉無人地，郭、李❽輩常以兵五十萬，不能過鄴❾。自爾❿一百餘城，天下力盡，不得尺寸，人望之若迴鶻⓫、吐蕃⓬，義⓭無有敢窺者。國家因之畦河⓮脩障戍⓯，塞其街蹊⓰，齊、魯⓱、梁⓲、蔡⓳，被其風流⓴，因亦為寇。以裡拓表㉑，以表撐裡㉒，混澒㉓迴轉，顛倒橫斜㉔，未嘗五年間不戰，生人日頓委㉕，四夷㉖日猖熾㉗，天子因之幸陝㉘、幸漢中㉙，焦焦然㉚七十餘年矣，嗚呼！運遭㉛孝武㉜，澣衣㉝一肉㉞，不畋㉟不樂，自卑冗㊱中拔取將相，凡十三年，乃能盡得河南、山西㊲地，洗削㊳更革，罔不順適㊴，唯山東不服，亦再㊵攻之，皆不利以返。豈天使生人未至於帖泰㊶耶？豈其人謀未至㊷耶？何其艱哉，何其艱哉！

【章　旨】本章回顧了唐代的歷史，指出山東地區的割據者對國家造成的危害。

【注　釋】❶國家　指唐代。可譯為「本朝」。❷天寶　唐玄宗李隆基的年號。西元七四二年至七五五年。❸燕盜　指安祿山叛軍。天寶十四年（西元七五五年）十一月，安祿山在范陽起兵反叛，次年稱帝，國號燕。❹徐起　共同起兵。徐，共同。❺成皋　地名。在今河南省滎陽縣汜水鎮西。❻函　地名。即函谷關。在今河南省靈寶縣南。❼潼　地名。即潼關。即今陝西省潼關縣。❽郭李　指當時的平叛名將郭子儀和李光弼。❾鄴　地名。故城在今河北省臨漳縣北。❿自爾　自此以北。爾，代詞。代指鄴。⓫迴鶻　古代少數民族名。又寫作「回鶻」、「回紇」。散居漠北，以游牧為生。⓬吐蕃　我國古代藏族所建立的政權。在今西藏一帶。⓭義　意思；決定。引申為肯定、絕對。⓮畦河　以黃河為界。畦，畦畛。原指田間的界道，引申為國家界限、邊界。河，指黃河。⓯障戍　用來守邊的堡寨。障，亭障；堡寨。戍，防守。⓰街蹊　道路。⓱齊魯　指平盧。平盧是唐朝的方鎮名，置平盧節度使。所轄地區在今山東省東部，多係古齊、魯二國土地，故又稱「齊魯」。⓲梁　地名。在今河南省開封市。⓳蔡　地名。指蔡州。在今河南省汝南縣一帶。⓴被其句　受到燕賊的影響。被，受到。其，指割據河北一帶的燕賊。風流，風俗習慣。這裡具體指安史叛軍的反叛行為。㉑以裡句　割據者從內向外擴展勢力。拓，擴展。表，外部。㉒以表句　在外部經營，以鞏固中心地區。撐，支撐；鞏固。㉓混澒　混亂。㉔橫斜　混亂而沒有秩序的樣子。㉕頓委　困頓疲憊。㉖四夷　四方的少數民族。夷，對少數民族的統稱。㉗猖熾　猖獗。㉘天子句　唐代宗因此而到陝州避難。天子，指唐代宗。幸，指皇帝到某處去。陝，地名。即陝州。在今河南省陝縣。廣德元年（西元七六三年）十月，吐蕃來犯，唐代宗到陝州避難。㉙幸漢中　指興元元年（西元七八四年）唐德宗因李懷光叛亂而到漢中避難。漢中，地名。即今陝西省漢中市。㉚焦焦然　被搞得焦頭爛額的樣子。㉛運遭　遇到；到了。㉜孝武　指唐憲宗。唐憲宗謚號為「聖神章武孝皇帝」。一說指唐代宗。唐代宗的謚號為「睿文孝武皇帝」。㉝澣衣　洗過的衣服；舊衣。澣，洗。㉞一肉　指吃飯時只有一樣肉食。本句是說唐憲宗生活節儉。㉟畋　打獵。㊱卑冗　地位低下的人。指普通民眾。㊲山西　指太行山以西地區。㊳洗削　清洗、削平反叛勢力。㊴罔不句　無不服從朝廷。罔不，無不。順適，服從。㊵再　兩次。㊶帖泰　安定的生活。帖，安寧。泰，太平。㊷未至　不周密；不完善。

【語　譯】本朝天寶末年，安祿山的各路叛軍同時起兵，他們出入於成皋、函谷關、潼關之間，如入無人之境。郭子儀、李光弼等人常以五十萬的兵力進攻叛軍，卻不能越過鄴城一步。自鄴城以北的一百多座城池全落入敵手，朝廷用盡全國之力，也不能奪回那裡的尺寸土地。人們看待那裡，如同看待迴鶻、吐蕃等異國一樣，竟然沒有一個人敢去伺機收復。因此，朝廷就以黃河為界，修築亭障堡寨，堵塞那裡的道路。平盧、梁、蔡等地的軍人，受其影響，也跟著作亂。這些反叛者或者從裡向外擴張，或者從外部經營以鞏固自己的中心地區，搞得天下一片混亂，一切都顛倒無序，不曾有過連續五年的太平時光，百姓們一天比一天困頓，四方的異族軍隊一天比一天猖獗，唐代宗不得不為此到陝州避難，唐德宗也不得不到漢中避難，朝廷就這樣焦頭爛額地過了七十多年，唉！到了唐憲宗時，他穿舊衣，吃飯也只有一樣肉食，不外出打獵，不聽音樂，從普通民眾中選拔將相，總共花了十三年的時間，纔完全收復了河南、山西的土地。他清除反叛勢力，改變混亂局面，各地無不服從朝廷。然而只有山東仍不歸降，朝廷也曾兩次出兵征討，都無功而返。難道是因為上天不願讓百姓過上安寧太平的日子嗎？還是因為大臣們的謀劃不夠完善呢？收復山東是多麼的艱難啊！收復山東是多麼的艱難啊！

今日天子❶聖明，超出古昔❷，志於平理❸。若欲悉❹使生人無事，其要❺在於去兵❻，不得山東，兵不可去，是兵殺人無有已❼也。今者上策莫如自治❽。何者？當貞元❾時，山東有燕❿、趙⓫、魏⓬叛，河南有齊⓭、蔡⓮叛，梁⓯、徐⓰、陳⓱、汝⓲、白馬津⓳、盟津⓴、襄㉑、鄧㉒、安㉓、黃㉔、壽春㉕皆戍厚兵㉖，凡此十餘所，纔足自護治所㉗，實不輟㉘一人以他使㉙，遂使我力解勢弛㉚，熟視不軌者㉛，無可奈何。階此㉜蜀亦叛㉝，吳亦叛㉞，其他未叛者，皆迎時上下㉟，不可保信。自元和㊱初至今二十九年間，得蜀得吳，得蔡得齊，凡收郡縣二百餘城，所未能得，唯山東百城耳。土地人戶，財物甲兵㊲，校㊳之往年，豈不綽綽㊴乎？亦足自以為治也。法令制度，品式條章㊵，果自治乎？賢才好惡，搜選置捨㊶，果自治乎？障戍鎮守，干戈㊷車馬，果自治乎？井閭阡陌㊸，倉廩㊹財賦，果自治乎？如不果自治，是助虜為虐㊺。環土㊻三千里，植根㊼七十年，復有天下陰㊽為之助，則安㊾可以取？故曰，上策莫如自治。

【章旨】本章提出了上策——自治。即當前不要急於去收復山東，而要集中精力先把朝廷的轄區治理好，待站穩腳跟之後，再去收復山東。

【注釋】❶今日天子　指唐文宗李昂。❷古昔　指唐代以前的聖君。❸平理　治理好天下。❹悉　全部。❺要　關鍵。❻去兵　消除戰爭。❼已　停止。❽自治　把朝廷的轄區先治理好。❾貞元　唐德宗的年號。西元七八五年至八〇四年。❿燕　地名。指幽州。在今河北省北部和遼寧省南部。德宗建中三年（西元七八二年），盧龍節度使（領幽、涿等九州）朱滔反，自號大冀王。⓫趙　地名。在今山西省北部、河北省西部和南部。建中三年，任恒冀都團練觀察使的王武俊在這一帶叛亂，自稱趙王。⓬魏　地名。在今河南省北部和山西省西南部。建中二年（西元七八一年），魏博節度使（領魏、博等七州）田悅反，自稱魏王。⓭齊　地名。在今山東省北部。建中二年，統轄這一帶的平盧節度使李正己死後，其子李納不聽朝廷命令，自稱留後。⓮蔡　地名。即蔡州。在今河南省汝南縣。建中三年，統轄隨、蔡等州的淮寧軍節度使李希烈在此反叛，自號天下都元帥，後又自稱楚帝。⓯梁　地名。即梁州。又叫汴州。在今河南省開封市一帶。⓰徐　地名。即徐州。治所在今江蘇省徐州市。⓱陳　地名。即陳州。在今河南省淮陽縣一帶。⓲汝　地名。即汝州。在今河南省汝州市一帶。⓳白馬津　地名。在今河南省滑縣北。⓴盟津　地名。又叫孟津。在今河南省孟縣南。㉑襄　地名。即襄州。在今湖北省襄陽縣一帶。㉒鄧　地名。即鄧州。在今河南省鄧州市一帶。㉓安　地名。即安州。在今湖北省安陸縣一帶。㉔黃　地名。即黃州。在今湖北省黃州市一帶。㉕壽春　地名。在今安徽省壽縣。㉖戍厚兵　重兵把守。戍，防守。㉗治所　地方長官的官署。這裡指官署所在的城市。㉘輟　騰出。㉙他使　使用在其他方面。這幾句是說，各處長官自顧不暇，無法派出一兵一卒來幫助朝廷。㉚力解勢弛　軍力分散，軍勢鬆弛，無法形成拳頭力量。㉛不軌者　指不走正道的反叛者。㉜階此　乘此機會。階，憑藉。㉝蜀亦叛　蜀地的劉闢也反叛了。永貞元年（西元八〇五年）八月，駐守蜀地的劍南西川節度使韋皐去世，行軍司馬劉闢自稱留後，反叛朝廷。元和元年（西元八〇六年）九月朝廷派兵攻克成都，十月劉闢伏誅。㉞吳亦叛　吳地的李錡也舉兵作亂。吳，地名。在今江蘇省南部和浙江省北部。元和二年（西元八〇七年）十月，駐守此地的浙西節度使李錡舉兵反叛，同年十一月被擒伏誅。㉟迎時上下　根據不同的政治、軍事形勢而採取不同的態度。指其他地方長官持觀望態度，如形勢對朝廷有利，就依附於朝廷；如對叛軍有利，就依附於叛軍。㊱元和　唐憲宗的年號。西元八〇六年至八二〇年。㊲甲兵　甲衣和兵器。代指軍事力量。㊳校　比較；相比。㊴綽綽　寬裕、多的樣子。㊵品式句　指具體的眾多規章條款。品，眾多。式，規章。㊶置捨　任命和免職。㊷干戈　盾牌和戈矛。代指所有的兵器。㊸井閭句　指農業生產。井，相傳古制八家一井。後引申為村落。閭，古制二十五家為一閭。後來泛指鄉里。阡陌，田間小路。南北小路為阡，東西小路為陌。這裡代指農業生產。㊹倉廩　倉庫。廩，米倉。㊺助虜為虐　幫助敵人殘害百姓。虜，俘虜。這裡是對叛軍的蔑稱。本句意思是說，叛軍發動戰爭，百姓深受其害，朝廷平叛，目的是為了讓百姓過太平日子，但如果準備不足，戰而不勝，不僅達不到目的，反而會給百姓帶來更多的災難。㊻環土　指土地周長。環，圍繞。㊼植根　紮根；培植勢力。㊽陰　暗中。㊾安　怎麼。

【語譯】今天的天子異常聖明，其聰明才智超過了古代的聖君明主，並且立志要治理好國家。如果想讓所有的百姓都過上安寧無事的生活，其關鍵在於消除戰爭，然而不能收復山東，戰爭就無法消除。這樣的話，戰爭就會無休無止地殘害百姓的生命。現在最好的策略就是先把朝廷自己的轄區治理好。為什麼呢？在貞元年間，山東有燕地、趙地、魏地的軍隊反叛，河南有齊地、蔡州的軍隊反叛，梁州、徐州、陳州、汝州、白馬津、盟津、襄州、鄧州、安州、黃州、壽春等地皆有重兵防守，所有的這十多個地方，都只能保護住自己的官署所在的城池，實際上沒有派出一兵一卒幫助朝廷到其他地方作戰，這樣就使我們的軍力分散，使我們眼睜睜地看著叛軍胡作非為而無可奈何。

乘此機會，蜀地軍隊也反叛了，吳地的軍隊也反叛了，其他沒有反叛的軍隊，都持一種隨形勢而變的觀望態度，無法保證他們不反叛朝廷。自元和初年至今天的二十九年時間裡，朝廷先後收復了蜀地和吳地，還收復了蔡州和齊地，總共收復了二百多座郡縣城池，朝廷所無法收復的，也只有山東的一百來座城池了。朝廷現在所掌握的土地、人口、財富和軍隊，如果同往年相比，不是要多得多嗎？朝廷憑藉這些人力物力，已完全可以把自己的轄區治理好。然而用現在的法令制度和各類條款，真的就能把自己的轄區治理好嗎？用現在的人才政策和選官方法，真的就能把自己的轄區治理好嗎？用現在的守邊方式和軍事裝備，真的就能把自己的轄區治理好嗎？用現在的農業生產政策和現有的財力物力，真的就能把自己的轄區治理好嗎？如果不能把自己的轄區治理好就先出兵進攻山東叛軍，這實際上是等於幫助敵人殘害百姓。山東叛軍占據了方圓三千里土地，在那裡盤踞了七十來年，再加上國家還有人暗中幫助他們，那麼我們如何能收復山東呢？所以說，最好的策略就是先把自己的轄區治理好。

中策莫如取魏。魏於山東最重，於河南亦最重。何者？魏在山東，以其能遮趙❶也，既不可越魏以取趙，固不可越趙以取燕，是燕、趙常取重❷於魏，魏常操燕、趙之性命也。故魏在山東最重。黎陽❸距白馬津三十里，新鄉❹距盟津一百五十里，陴壘❺相望，朝駕暮戰❻，是二津❼虜能潰一❽，則馳入成皋不數日間，故魏於河南間亦最重。今者願以近事明之❾。元和中，纂❿天下兵，誅蔡誅齊，頓⓫之五年，無山東憂者，以能得魏⓬也。昨日誅滄⓭，頓之三年，無山東憂者，亦以能得魏⓮也。長慶⓯初誅趙⓰，一日五諸侯兵四出潰解⓱，以失魏⓲也。昨日誅趙⓳，罷⓴如長慶時，亦以失魏㉑也。故河南、山東之輕重，常懸㉒在魏，明白可知也。非魏強大能致如此，地形使然㉓也。故曰取魏為中策。

【章　旨】本章提出了中策——攻取魏地，並闡述了理由。

【注　釋】❶遮趙　作趙地的屏障。遮，掩蔽。❷取重　依恃。❸黎陽　地名。故城在今河南省浚縣東北。當時在叛軍手中。❹新鄉　地名。在今河南省新鄉縣。當時也在叛軍手中。❺陴壘　指城牆或營壁。陴，城上的女牆，上有孔穴，可供瞭望。壘，軍營的牆壁或防守工事。❻朝駕句　敵人早上駕戰車出發，晚上就可同唐軍交戰。言雙方相距甚近。❼是二津　這兩個地方。指白馬津和孟津。當時在朝廷手中。❽潰一　攻取其中一個。潰，擊潰；占領。❾明之　證明這一點。❿纂　集中。⓫頓　停留；延續。⓬得魏　占領魏地。指駐守魏地的田弘正歸順朝廷。元和七年（西元八一二年），魏博節度使田季安死，田弘正為將士所擁立，他便率數州土地歸順朝廷，被任為魏博節度使。⓭昨日句　近年討伐橫海軍節度使李同捷。昨日，指近年。誅，討伐。滄，地名。即滄州。在今河北省滄縣東南。是橫海軍節度使的治所。大和元年（西元八二七年），李同捷反叛。大和三年，平叛勝利，李同捷伏誅。⓮得魏　指駐守魏地的史憲誠歸順朝廷。長慶二年（西元八二二年）田弘正之子田布死後，史憲誠繼任魏博節度使。在平息李同捷叛亂期間，史憲誠曾以軍餉幫助朝廷。⓯長慶　唐穆宗李恒的年號。西元八二一年至八二四年。⓰誅趙　討伐成德軍都知兵馬使王庭湊。元和十五年（西元八〇六年），朝廷任田弘正為成德軍節度使，管轄趙、恒等五州。第二年（長慶元年），王庭湊殺田弘正而反。⓱一日句　進攻王庭湊的五節度使軍隊同時潰散。五諸侯兵，指魏博、橫海、昭義、河東、義武五節度使的軍隊。王庭湊反叛後，朝廷派以上五支軍隊平叛，皆無功而返。朝廷不得已，只好任王庭湊為成德軍節度使。⓲失魏　失去了魏地。王庭湊殺田弘正而反，朝廷任田弘正之子田布為魏博節度使，率兵進攻王庭湊，時大雪糧乏，部將史憲誠煽動將士違令，田布自殺。⓳誅趙　指第二次討伐王庭湊。大和二年（西元八二八年），成德軍節度使王庭湊暗中幫助反叛的李同捷，朝廷削去王庭湊官爵，命諸路軍隊進剿。⓴罷　罷兵。㉑失魏　失去魏地。大和三年（西元八二九年），朝廷任李聽為魏博節度使，以討伐王庭湊。李聽赴任時拖延時日，待到魏州時，魏博部將朱進滔拒絕接受，並派兵襲擊駐紮於館陶的李聽，李聽大敗。㉒懸　掌握。㉓使然　使它能夠產生如此大的作用。然，代詞。代指上文所談到的魏地所產生的作用。

【語　譯】中策就是收復魏地。魏地對山東地區來說，最為重要；對河南地區來說，也最為重要。為什麼呢？魏地對山東地區重要，是因為它是趙地的屏障，我們既不可能越過魏地去收復趙地，更不可能越過趙地去收復燕地，燕地和趙地總是要依賴魏地，而魏地也就掌握了燕地和趙地生死存亡的命運。所以說魏地在山東地區最為重要。魏地的黎陽離我方的白馬津只有三十里，魏地的新鄉離我方的盟津只有一百五十里，彼此的城牆營壘都可望得見，叛軍早上出發，晚上就可進攻我方城池，這兩個地方，如果叛軍能攻克一個，那麼他們在幾天之內就可進入成皋。所以說魏地對於河南地區來說，也最為重要。我這裡還想用近年來的一些事情來證明這一點。元和年間，朝廷集中天下的兵力，討伐蔡州和齊地的叛軍，仗整整打了五年，而沒有山東這一後顧之憂的原因，就是因為朝廷控制了魏地。近年朝廷討伐滄州叛軍，仗也打了三年，同樣沒有山東這一後顧之憂，其原因也是因為朝廷控制了魏地。長慶初年，朝廷討伐趙地叛軍，前去討伐的五路大軍同時潰散，原因就是朝廷失去了魏地。近年來，朝廷再次討伐趙地叛軍，結果像長慶初年那次一樣無功而返，其原因還是因為朝廷失去了魏地。所以河南、山東的生死安危，常常取決於魏地的情況，這個道理是清清楚楚的。這並非因為魏地的軍力強大而導致了如此結果，而是因為它的地理位置使它能夠產生如此大的作用。所以說，收復魏地是中策。

最下策為浪戰❶，不計地勢，不審❷攻守是也。兵多粟多，敺❸人使戰者，便❹於守；兵少粟少，人不敺自戰者，便於戰❺。故我常失於戰❻，虜常困於守❼。山東之人，叛且❽三五世矣，今之後生❾所見，言語舉止，無非叛也，以為事理正當如此，沉酣❿入骨髓，無以為非者。指示順向⓫，詆侵⓬族臠⓭；語曰叛去，酋酋⓮起矣。至於有圍急食盡，餤尸⓯以戰，以此為俗，豈可與決一勝一負哉。自十餘年來，凡⓰三收趙，食盡且下⓱。堯山敗⓲，趙復振；下博敗⑲，趙復振；館陶敗⑳，趙復振。故曰，不計地勢，不審攻守，為浪戰，最下策也。

【章旨】本章主要闡述了最下策——浪戰。

【注釋】❶浪戰　沒有經過認真考慮和準備的輕率之戰。浪，輕率。❷不審　不認真考慮。審，慎重。❸敺　同「驅」。迫使。❹便　有利於。❺戰　這裡指主動進攻。❻故我句　所以我們在主動討伐叛軍時常常失利。朝廷的情況是「兵多粟多，敺人使戰者，便於守」，所以主動進攻叛軍就往往失利。❼虜常句　叛軍經常因防守而受困。叛軍的情況是「兵少粟少，人不敺自戰者，便於戰」，所以他們在防守時常常受困。❽且　將近。❾後生　年輕人。❿沉酣　這裡指受影響之深。⓫順向　正確的方向。指歸順朝廷。⓬詆侵　詆譭侵害。⓭族臠　群起而攻之，恨不得把你割成碎肉。族，眾人。臠，碎割。以上是說山東人對反叛之事已習以為常，如果有人勸他們歸順朝廷，反而會遭到他們的痛恨。⓮酋酋　相聚在一起的樣子。⓯餤屍　吃死屍。餤，同「啖」。吃。⓰凡　總共。⓱且下　就要被攻克。且，將要。下，攻克；占領。⓲堯山敗　指郗士美敗於柏鄉。堯山，地名。在今河北省隆堯縣。與柏鄉相距很近。元和十一年（西元八一六年），唐憲宗命昭義節度使郗士美與其他五節度使一同討伐趙地的王承宗。除昭義軍外，其他各軍均持觀望態度。元和二年，郗士美敗於柏鄉、堯山一帶，各路大軍無功而返。⓳下博敗　指唐軍杜叔良部敗於下博。下博，地名。在今河北省深縣南。長慶元年（西元八二一年），朝廷命橫海軍節度使杜叔良與叛軍王庭湊部作戰，不久，杜部即敗於下博一帶。⓴館陶敗　指唐軍李聽部敗於館陶。館陶，地名。在今河北省館陶縣。事見前一章㉑。

【語譯】最下策就是輕率地挑起戰爭。不考慮地理環境，不考慮攻守之勢就去作戰，這就叫做輕率之戰。兵多糧多，但須迫使將士作戰的，有利於取守勢；兵少糧少，但將士們願意作戰的，有利於取攻勢。所以我們在進攻叛軍的時候常常失利，而叛軍在防守時常常受困。山東地區的人，反叛朝廷已經一百來年了，現在那裡的年輕人所聽所見的一切言語行為，都是反叛朝廷的言語行為，他們認為按道理就應該如此，叛亂的影響已經深入骨髓，沒有人把叛亂看作壞事。如果有人勸告他們歸順朝廷，反而會受到謾罵侵害和眾人的攻擊殘害；如果有人提倡叛亂，他們馬上就會聚眾響應。到了被圍緊急、糧食吃光的時候，他們就靠吃死屍作戰，並習以為常。我們怎麼可以去同這樣的人決一勝負呢！十多年來，朝廷先後三次出兵收復趙地，每次都是在敵人糧盡、馬上就可攻占敵城的時候而功敗垂成。第一次是唐軍在堯山戰敗，趙地叛軍再次強盛；第二次是唐軍在下博戰敗，趙地叛軍再次強盛；第三次是唐軍在館陶戰敗，趙地叛軍再次強盛。所以說，不考慮地理環境，不考慮攻守之勢，這就叫做輕率之戰，這是最下策。

原十六衛

【題解】原，動詞。探索其本源。十六衛，唐代掌管宮禁宿衛的禁軍。即衛、驍衛、武衛、威衛、領軍、金吾、監門、千牛，各分左右，共十六衛。每衛各設大將軍一人。衛下各統領若干折衝府，府置折衝都尉及果毅都尉。四方有事，軍隊由臨時任命的將軍統領前去征討；戰爭結束，將歸於朝，兵散於府。這即史書上所說的「府兵制」。這一制度使將帥不可能擁兵自重以養成自己的勢力，有效地遏止了軍閥割據局面的出現。唐玄宗時，這一制度遭到破壞。當時由於對外用兵的需要，重兵多在邊疆，形成了外重內輕的軍力佈置格局，為少數軍隊首領反叛、割據提供了有利條件。本文回顧了府兵制產生、發展及衰亡的歷史，從而得出結論：府兵制是一個較為完善的制度，要想制止軍閥割據，要想使國家中興，必須重建府兵制。

國家❶始踵❷隋制，開十六衛，將軍總三十員❸，屬官總一百二十八員，署守分部❹，夾峙禁省❺，厥❻初歷今，未始替削❼。然自今觀之，設官言無謂❽者，其❾十六衛乎。本原❿事跡，其實天下之大命⓫也。

【章　旨】本章大致介紹了十六衛設官情況，明確指出這一制度關係到國家的興衰命運。

【注　釋】❶國家　指唐朝。❷踵　跟著；繼承。❸將軍句　總共設置三十名將軍。左右千牛衛各設將軍一人，其他十四衛各設將軍二人，共三十人。❹署守句　分部隊安排守衛任務。署，部署。❺夾峙句　守衛京師。夾峙，從左右兩邊扶植。引申為守衛。禁省，皇宮。❻厥　代詞。那；那時。❼替削　廢除。替，廢掉。到唐玄宗時，朝廷並沒有明文取消府兵制，但這一制度已是名存實亡。❽無謂　沒有意義；沒有實際內容。❾其　表推測的語氣詞。大概。❿本原　探索事情的原委。⓫大命　命脈；生死存亡的關鍵。

【語　譯】本朝在剛開始的時候，繼承了隋朝的軍事制度，設置了十六衛，將軍總共設三十人，所屬官員總共設一百二十八人，分部安排防守任務，共同保衛京城。從那時到現在，這一制度一直沒有被廢除。然而從現在的實際情況來看，在朝廷安排的官職中，最無意義、名存實亡的，大概就算是十六衛了吧！如果我們考察一下十六衛的發展歷史，就知道它實際上關係著整個國家生死存亡的命運。

始自貞觀❶中，既武❷遂文❸，內❹以十六衛畜養戎臣❺，外開折衝果毅府五百七十四以儲兵伍❻。或有不幸❼，方二三千里為寇土❽，數十百萬人為寇兵❾，蠻夷戎狄❿，踐踏四作⓫，此時戎臣當提兵⓬居外。至如天下平一⓭，暴勃⓮消削，單車一符⓯，將命四走⓰，莫不信順，此時戎臣當提兵居內。當其居內也，官為將軍，綬有朱紫⓱，章有金銀⓲，千百騎趨奉朝廟⓳。第觀⓴車馬，歌兒舞女，念功賞勞，出於曲賜㉑。所部之兵，散舍㉒諸府，上府不越㉓一千二百人，三時㉔耕稼，襏襫㉕耞㉖耒㉗；一時㉘治武，騎劍兵矢。裨衛以課㉙，父兄相言㉚，不得業他㉛。籍藏將府㉜，伍㉝散田畝，力解勢破㉞，人人自愛，雖有蚩尤㉟為師㊱，雅㊲亦不可使為亂耳。及其當居外也，緣部㊳之兵，被檄㊴乃來，受命於朝，不見妻子，斧鉞㊵在前，爵賞在後，以首爭首㊶，以力搏力，飄暴㊷交捽㊸，豈暇異略㊹？雖有蚩尤為師，雅亦無能為叛也。自貞觀至于開元㊺末，百五十年間㊻，戎臣兵伍未始逆篡㊼，此聖人所能柄統輕重㊽，制障表裏㊾，聖算聖術也。

【章　旨】本章主要論述府兵制在唐代前期所產生的積極作用。

【注　釋】❶貞觀　唐太宗李世民的年號。西元六二七年至六四九年。❷既武　戰爭結束。既，完結；結束。❸遂文　文治成功。遂，順利；成功。❹內　指朝內、京師。❺戎臣　武將。指唐朝的開國武將。❻外開句　在地方上設置折衝府五百七十四個，以儲備兵力。外，指地方。折衝果毅府，即折衝府，兵伍，兵力。唐太宗貞觀年間，朝廷在全國各地設府六百三十四個，各有名號，皆隸屬於各衛。府分三等，有兵一千二百人為上府，一千人為中府，八百人為下府。每府設折衝都尉一人，左右果毅都尉各一人。天下太平無事，府兵從事農業生產，農閒時練兵。如有戰事，府兵就隨臨時任命的將軍出征。戰爭結束，將帥歸於朝，士兵散於府。這裡講的六百三十四府與杜牧講的五百七十四府不合，或因時有增減，或因各自所記不同。❼不幸　指戰爭爆發。❽寇土　成為敵人的領土。❾寇兵　進犯的敵兵。❿蠻夷句　泛指異族。古人稱南方少數民族為蠻，東方少數民族為夷，西方少數民族為戎，北方少數民族為狄。⓫踐踏句　從四面進攻我們。踐踏，殘害；侵略。⓬提兵　率領軍隊。⓭平一　太平統一。⓮暴勃　暴亂。勃，通「悖」。叛逆。⓯單車句　指使者乘坐一輛車，手持一個兵符。符，古代朝廷傳達軍令的憑證，雙方各執一半，以驗真假。⓰將命句　帶著皇上的命令到各地去傳達。將，帶著。⓱綬有句　繫著紫色或紅色的綬帶。綬，用來繫印的絲帶。朱，紅色。唐代三品以上官員服色用紫，五品以上用朱。⓲章有句　佩帶著金印或銀印。章，印章；官印。⓳趨奉朝廟　前去朝見皇上。趨，小步快走，表示恭敬。朝廟，即朝廷。⓴第觀　住宅。第，官僚貴族的大宅子。觀，臺榭一類的建築物。㉑曲賜　恩賜；重賜。㉒舍　駐紮。㉓不越　不超過。㉔三時　指春、夏、秋三季。㉕襏襫　一種粗糙結實的衣服。㉖耞　同「枷」。一種脫粒農具。即連枷。㉗耒　古代的一種農具。供翻土用。㉘一時　指冬天一個季節。㉙裨衛句　官長進行督促。裨，裨將；副將。衛，指十六衛的有關官員。課，督促完成各自的工作。㉚相言　指父兄對子弟進行教導。㉛業他　從事其他職業。㉜籍藏句　名冊保存在將軍的官署中。籍，名冊。㉝伍　士兵。古代軍制，五人為一伍。這裡泛指士兵。㉞破　散。這句是說軍隊平時分散於各地。㉟蚩尤　傳說中九黎族的首領，十分強暴，與黃帝作戰，兵敗被殺。㊱師　官長；將帥。一本即作「帥」。㊲雅　甚；很。這裡為加強語氣，有「確實」、「肯定」義。㊳緣部　所部；所率領的。㊴被檄　接受朝廷命令。檄，徵兵文書。㊵斧鉞　古代兩種武器名。這句是說敵人拿著武器站在他們的面前，威脅著他們的生命。㊶以首句　以拼命的方式來保全自己的生命。首，首紀；頭。代指生命。㊷飄暴　形容動作迅疾的樣子。㊸交捽　交鋒；交戰。㊹豈暇句　哪裡有時間去考慮策劃反叛的事。異略，異謀。指反叛的圖謀。㊺開元　唐玄宗李隆基的年號。西元七一三年至七四一年。㊻百五句　應為一百一十五年。從貞觀元年（西元六二七年）到開元二十九年（西元七四一年），首尾共一百一十五年。㊼逆篡　反叛。㊽柄統輕重　掌握輕重。柄統，掌握。㊾制障句　統理裡外。制，治理。障，防止。表，外部。實行府兵制時，還有一個特點，就是把主要兵力放在關中一帶，也即京師地區，這樣兵力就形成內重外輕的局面，使朝廷能夠以重御輕，更好地控制四方。天寶以後，兵力集中在邊疆，內部空虛，則形成了外重內輕的局面，故朝廷無法應付像安史之亂這樣的突發事件。

【語　譯】到了貞觀年間，戰爭已經結束，文治也很成功，於是就在京城設置了十六衛，以安置那些武將；在地方上設置了五百七十四個折衝府，以儲備兵力。如果發生了意外情況，比如方圓二、三千里的土地被敵人占領，或者有數十萬、上百萬敵軍發動進攻，或者蠻夷戎狄等異族軍隊從四面入侵，這時候，武將們就應該率領部隊到外地作戰去了。如果天下太平統一，反叛者已全部被消滅，朝廷只須派使者乘坐著一輛車，帶著一個兵符，把軍令送達各地，而各地軍隊無不服從，到了這樣的時候，武將們就應該率領部隊回到京師。當武將居住在京師的時候，他們的職位是將軍，佩帶著或紅或紫的綬帶，腰掛著金印或銀印，身後跟隨著千百個騎兵作侍從，按時覲見天子。他們的住宅車馬、歌手舞女，都是皇上考慮到他們勞苦功高而賞賜給他們的。他們所率領的軍隊，都分散駐紮在地方上的各折衝府，最大的府兵力不超過一千二百人。士兵們在春、夏、秋三季，穿著粗糙而結實的衣服，手持各種農具，從事農業生產；冬天一個季節習武，學習騎馬、擊劍、舞刀、射箭。由各衛的有關官員督促他們，還有父兄教導他們，不允許他們從事其他職業。士兵們的名冊保存在將軍的官署中，而士兵本人卻散居於田地裡，這樣一來，兵力就分散開來，士兵們人人都會愛惜自己，即使有蚩尤那樣凶猛的人去當首領，也根本沒有辦法鼓動這些士兵起來反叛。當將軍率兵外出作戰時，他們所管轄的部隊，都是接受了皇上的命令纔來的，士兵們聽命於朝廷，妻子兒女也都留在後方，前面有手持武器的敵人，後面有朝廷的爵位封賞，士兵們只能以拼命的方式來保護自己的生命，以自己的力量去壓倒敵人的力量，大家都以迅猛的動作進行拼搏廝殺，哪裡還有閒暇的時間去圖謀反叛朝廷呢？這時即使有蚩尤那樣凶猛的人去當首領，也根本沒有辦法去鼓動士兵們起來反叛。自貞觀年間到開元末年，一共一百一十五年，都沒有發生過武將、士兵反叛的事件，這種兵制就是聖明君主用來掌握輕重、駕馭內外的明智的策略和明智的辦法。

至於開元末，愚儒❶奏章曰：「天下文勝❷矣，請罷府兵。」詔❸曰「可」。武夫❹奏章曰：「天下力強矣，請搏四夷❺。」詔曰「可」。於是府兵內剷❻，邊兵外作❼，戎臣兵伍，湍奔矢往❽，內無一人❾矣。起遼走蜀❿，繚絡⓫萬里，事五強寇⓬，十餘年中，亡百萬人，尾大中乾⓭，成燕偏重⓮。而天下掀然⓯，根萌燼燃⓰，七聖旰食⓱，求欲除之⓲且不能也。由此觀之，戎臣兵伍豈可一日使出落鈐鍵⓳哉！然為國者不能無也。居外則叛，居內則篡⓴，使外不叛，內不篡，兵不離伍㉑，無自焚㉒之患，將保頸領㉓，無烹狗㉔之諭，古今已還㉕，法術最長㉖，其置府立衛乎！

【章旨】本章列舉了廢除府兵制給國家帶來的災難，從反面論證了重建府兵制的必要性。

【注釋】❶愚儒　愚蠢的儒生。儒，本指以孔、孟為代表的一個學派，他們提倡仁義，主張德治。後來讀書人也都統稱儒生。這裡具體指文官。❷文勝　文治非常成功。文，文治。以文教施政治民。❸詔　皇帝所發的命令。❹武夫　武將。這裡含有貶義，指那些沒有頭腦的武將。❺摶四夷　進攻四方異族國家。❻剷　剷除；廢除。❼邊兵句　邊疆的軍隊強大起來。❽湍奔句　像急流、飛箭一般奔向邊疆。指原來在內地的將士都奔往邊疆以建功立業。❾一人　指一兵一卒。本句為誇張寫法。❿起遼句　從遼河到蜀地。遼，河名。指遼河。在今內蒙、遼寧省一帶。⓫繚絡　環繞。形容戰線曲折。⓬事五句　同時對付五個強大的敵人。五強寇，指奚、契丹、吐蕃、雲南的南詔政權和大食國（又作大石國）。其中奚、契丹在今遼河一帶，吐蕃在今西藏一帶，南詔在今雲南省一帶，大食國即伊斯蘭教的創立者穆罕默德所建立的阿拉伯帝國。⓭尾大句　尾大不掉，內地空虛。尾，比喻邊地的軍隊。邊地軍事力量太強大，朝廷控制不了。乾，空虛。⓮成燕句　形成了燕地軍事力量特別強大的局面。燕，地名。指河北省北部和遼寧省南部。駐守此地的安祿山深受唐玄宗寵信，兼任平盧、范陽、河東三鎮節度使，擁兵十五萬，在當時最為強大。天寶十四年（西元七五五年）叛亂，先後攻占洛陽、長安等地，自號雄武皇帝，國號燕。安祿山叛亂是唐朝由盛到衰的轉折點。⓯掀然　形容戰火熾盛的樣子。掀，通「焮」。火盛的樣子。⓰根萌句　被砍伐的樹根又長出萌芽，死灰也又復燃。這句是說，安祿山的叛亂雖然被平息了，但他的餘部卻死灰復燃，繼續割據一方。朝廷平叛後期，安祿山的一些部將投靠朝廷，這些部將名義上投降了，實際上仍握有重兵，朝廷對他們採取姑息態度，使他們逐漸形成割據一方的軍閥勢力。⓱七聖句　使七代天子寢食不安。七聖，指肅宗、代宗、德宗、順宗、憲宗、穆宗、敬宗七位皇帝。旰食，因忙碌而推遲吃飯。旰，晚。⓲之　代指割據勢力。⓳出落鈐鍵　放鬆控制。出落，放棄。鈐鍵，鎖鑰。引申為管束、控制。⓴簒　簒權奪位。㉑伍　軍隊的編制。五人為伍。這裡引申為部隊的管束。㉒自焚　自取滅亡。言士兵脫離部隊，反叛朝廷，將會自取滅亡。㉓保頸領　保全性命。頸領，脖子。㉔烹狗　是「狡兔死，良狗烹」的略語。比喻事成之後就拋棄有功之人。西漢初年，有人上告楚王韓信謀反，劉邦用陳平計，擒拿韓信，韓信被捉後感嘆說：「『狡兔死，良狗烹；高鳥盡，良弓藏；敵國破，謀臣亡。』天下已定，我固當烹。」㉕已還　以來。㉖法術句　最好的兵制。法術，這裡指兵制。最長，最好。

【語　譯】到了開元末年，有一些愚蠢的儒生上奏章說：「國家的文治非常成功，請廢除府兵制吧！」皇上於是就下令說：「可以。」還有一些沒頭腦的武夫也上奏章說：「我們國家的力量十分強大，請讓我們去進攻四邊的異族國家吧！」皇上於是也下令說：「可以。」於是內地廢除了府兵制，邊地的兵力開始強大起來，從將軍到士兵，都像急流、飛箭一般湧往邊疆，而內地卻無一兵一卒了。從遼河到蜀地，國家的戰線連綿萬里，同時與五大強敵作戰。在十多年的時間裡，我們損失了上百萬兵力，並形成了尾大不掉、內部空虛、燕地兵力偏大的局面。結果把整個國家都拖入戰火之中。其後的叛軍如枯根發芽、死灰復燃一般，我們的七代天子為此而寢食不安，想掃除這些叛亂者卻難以做到。從這裡來看，對於那些兵將武夫，怎能片刻放鬆管束呢！然而治理國家的人又不能沒有他們。這些武夫在外地就叛亂，在朝廷就篡權，要想使他們在外地不叛亂，在朝廷不篡權；使士兵不脫離部隊的約束，沒有自取滅亡的災難；使將軍能夠保全自己的性命，不再發出「狡兔死，良狗烹」這一類的感嘆之語，從古至今，最好的辦法，大概就是設立折衝府和十六衛的府兵制了！

近代已來，於其將也，弊復為甚❶。人囂❷曰廷詔命將❸矣，名出，視之率❹市兒輩❺，蓋多賂金玉，負倚幽陰❻，折券交貨❼所能也，絕❽不識父兄禮義之教，復無慷慨感概❾之氣。百城千里，一朝得之，其強傑❿愎勃⓫者，則撓削⓬法制，不使縛己⓭，斬族⓮忠良，不使違己；力壹⓯勢便⓰，罔不⓱為寇。其陰泥⓲巧狡者，亦能家算口斂⓳，委於邪倖⓴，由卿市公㉑，去郡得都㉒，四履所治㉓，指為別館㉔。或一夫㉕不幸而壽，則戛割㉖生人，略匝㉗天下。是以天下每每㉘兵亂湧溢㉙，齊人乾耗㉚，鄉黨㉛風俗，淫窳㉜衰薄，教化恩澤，壅抑㉝不下，召來災沴㉞，被及㉟牛馬。嗟乎！自㊱愚而知之，人其盡知之乎？

【章旨】本章進一步討論了現行兵制的弊端，重點批評了朝廷的用人不當。

【注釋】❶弊復句　弊端更為嚴重。甚，嚴重。❷囂　喧嘩；亂嚷嚷地。❸廷詔命將　朝廷下詔書任命將軍。❹率　大率；大多。❺市兒輩　商賈出身的年輕人。市，貿易的場所。代指商人。兒，年輕人。❻負倚句　依靠宦官。幽陰，指宦官。❼折券交貨　送錢財收買。折券，毀棄債券，不向對方索償。❽絕　根本；完全。❾慷慨感概　激昂豪邁的樣子。概，通「慨」。❿強傑　強悍。⓫愎勃　剛愎悖逆。勃，通「悖」。叛逆。⓬撓削　搞亂、削弱。撓，擾亂。⓭縛己　約束自己。⓮族　族滅。⓯力壹　指叛軍內部意見統一。⓰勢便　外部形勢有利。便，便利；有利。⓱罔不　無不。⓲陰泥　指性格陰險、看似軟弱而又鑽營不已。泥，軟求；軟纏。⓳家算口斂　按戶口人數進行收稅。⓴委於句　任用邪惡的親信。倖，受寵幸的人。㉑由卿句　由九卿之位逐漸爬到三公之位。卿，九卿。漢代以太常、光祿勳、衛尉、太僕、廷尉、大鴻臚、宗正、大司農、少府為九卿。歷代因之。公，三公。東漢以太尉、司徒、司空為三公，是最高長官。唐仍設此職，但無實際權力。杜牧用「公」代指朝廷中的最高官職。㉒去郡句　離開一般的郡城而進入大都市。郡，古代行政區劃名。這裡指一般城市。都，大都市。唐代以長安、洛陽、鳳翔、江陵、太原為五都。㉓四履句　在他所管轄的地區內。四履，足跡所達到的四方。指自己的權力所能管到的地方。履，腳踏。㉔指為句　都看作是自己的私人財產。別館，別墅。代指私人財產。㉕一夫　一人。指某一個割據的將軍。㉖戛割　宰割。戛，打擊。㉗略匝　掠奪整個天下。略，掠奪。匝，整個；徧。㉘每每　常常。㉙湧溢　本指洪水泛濫的樣子，這裡用來形容天下大亂的樣子。㉚齊人句　百姓一貧如洗。齊人，即齊民。平民；百姓。乾，空虛。耗，空虛。㉛鄉黨　鄉里；民間。古制二十五家為閭，四閭為族，五族為黨，五黨為州，五州為鄉。㉜淫窳　邪僻敗壞。淫，邪惡。窳，敗壞。㉝壅抑　阻礙不通。㉞災沴　災害。沴，指引起災害的不祥之氣。古代天人感應論認為，人類的活動能夠影響自然界的氣。社會安定，就可召來吉祥之氣，從而風調雨順；社會動亂，就會召來不祥之氣，從而引起各種自然災害。㉟被及　影響到。㊱自　雖然。

【語譯】近年以來，在任命將軍這方面，弊端顯得更為嚴重。人們亂嚷嚷地議論：「朝廷就要下詔書任命將軍了。」等到將軍的名單一公佈，大家一看，原來多是一些商賈出身的年輕小兒。這些人送大量的金玉給當權者，他們投靠宦官，用金錢財物收買的手段纔得到了將軍這一職位。他們根本不懂得如何善待父兄這些禮義教化，更沒有半點慷慨激昂的豪邁之氣。上百座城池，上千里土地，他們一旦掌握在手中，其中那些桀驁不馴、剛愎悖逆的人，就會破壞法制，不讓法制來約束自己；他們斬殺族滅忠良，不讓忠良之人反對自己；在內部意見一致、外部條件有利的情況下，他們無不起兵反叛。其中那些性格陰險、看似軟弱而又貪求不已的狡猾者，也知道按照百姓的戶口人數進行聚斂，他們重用邪惡的親信，一步步由九卿之位爬到三公之位，離開一般郡城而住進了大都市，他們把自己所管轄的區域，都看作自己的私有財產。如果這些人中萬一有一個不幸而長壽的話，他就會宰割百姓，掠奪天下。因此，天下就會經常發生洪水泛濫般的兵亂；百姓就會被盤剝得一貧如洗；社會上的風氣，也就會變得邪惡、敗壞、衰薄；皇上的教化和恩德，也無法傳達到百姓那裡；還會召來各種自然災害，甚至殃及牛馬。唉！這些道理雖然連愚人都能明白，但是真的每個人都能明白這一點嗎？

且武者任誅❶，如天時有秋❷；文者任治❸，如天時有春❹。是天不能倒春秋❺，是豪傑不能總文武❻。是此輩受鉞誅暴乎❼？曰於是乎在❽。某人行教乎❾？曰於是乎在。欲禍蠹❿不作⓫者，未之有⓬也。伏惟⓭文皇帝⓮十六衛之旨⓯，誰復而原？其實天下之大命也，故作〈原十六衛〉。

【章　旨】本章指出現在的節度使權力過大是引起動亂的重要原因，結尾再次點明自己寫作本文的用意。

【注　釋】❶任誅　擔任誅伐的任務。❷秋　秋天是植物落葉枯死的季節，古人把它同國家的刑殺對應起來，認為既然上天還安排了一個殺伐萬物的季節，那麼國家使用刑殺也是合情合理的。❸任治　承擔治理國家的任務。❹春　春天是萬物生長的季節，而文官治國的目的也就是生養萬民，所以古人也把二者對應起來。❺倒春秋　顛倒春秋的作用。這句是說，連上天也不能使春主殺，使秋主生。因此，文人不能主武事，武夫不能主文治。此為下文張本。❻總文武　總管文治武功之事。❼是此句　是這些武將們手握斧鉞去討伐殘暴之人嗎？此輩，指武將。❽曰於句　回答說：「是他們。」於是乎在，即「在於是」。是，代指武將。❾某人句　他們還主管文治教化的事嗎？某人，指武將。行教，推行教化。唐代的節度使權力很大，他們不僅掌管一方的軍隊，而且還掌握了那裡的政治、經濟大權。這種權力過於集中的弊端有二，一是節度使多為武夫，不能很好地推行文治教化；二是為有野心的節度使割據一方提供了便利條件。所以下文說，這種讓一人總攬文武大權的制度是動亂的根源。⑩禍蠹　禍害；災難。蠹，損害。⑪作　產生。⑫未之有　即「未有之」。沒有這樣的事。⑬伏惟　俯伏思考。是下對上的敬詞。惟，思考。⑭文皇帝　指唐太宗李世民。太宗謚號為「文」。故稱「文皇帝」。⑮旨　旨意；用意。

【語譯】再說由武將們去承擔誅伐的任務，這就好像上天安排有秋天一樣；由文臣們去承擔治民的任務，這就好像上天安排有春天一樣。上天也不能顛倒春天和秋天的作用，英雄豪傑也不能總攬文武之事。而現在如果問：「是讓這些武將們去手握斧鉞誅伐壞人呢？」回答說：「是讓他們去誅伐。」「還是讓這些武將們去推行文治教化呢？」回答說：「是讓他們去推行文治教化。」讓武將總攬文武大權卻又想國家不發生禍亂，這是不可能的。想一想太宗皇帝建立十六衛的用意，現在還有誰去探索一下呢？實際上十六衛制度關係到國家生死存亡的命運，所以我寫了這篇〈原十六衛〉。

戰論并序

【題解】本文主要是針對當時河北地區割據、四夷虎視中原、唐軍勝少敗多的不利局面，提出了治理軍隊「五敗」的主張。所謂「五敗」，即平時不重視備戰、虛報士兵人數以吃空饟、功小而賞厚、罪大而罰輕、將帥不能獨掌指揮大權。杜牧認為，要想扭轉不利局面，要想成就萬世太平的大業，就必須糾正軍隊中的這五種弊端。

兵非脆❶也，穀非殫❷也，而戰必挫北❸，是曰不循其道❹也，故作〈戰論〉焉。

【章　旨】本章是全文的序，主要說明自己寫〈戰論〉的原因。

【注　釋】❶兵非脆　兵器並非不堅固不鋒利。兵，兵器。脆，易斷易碎。❷殫　盡；沒有。❸挫北　受挫失敗。北，敗。❹道　這裡指正確的軍事原則。

【語　譯】我們的兵器並非不結實不鋒利，我們的軍糧也並非沒有，然而每次作戰總是受挫失敗，這是因為我們沒有按照正確的軍事原則辦事，為此我寫了這篇〈戰論〉。

河北①視天下猶珠璣②也，天下視河北猶四支③也。珠璣苟④無，豈不活身；四支苟去，吾不知其為人⑤。何以言之⑥？夫河北者，俗儉風渾⑦，淫巧不生，樸毅⑧堅強，果於⑨戰耕。名城堅壘，嶻嶭相貫⑩；高山大河，盤互交鎖⑪。加以土息⑫健馬，便於馳敵⑬，是以出則勝，處則饒⑭，不窺⑮天下之產，自可封殖⑯，亦猶大農之家⑰，不待珠璣然後以為富也。天下無河北則不可，河北既虜⑱，則精甲銳卒⑲利刀良弓健馬無有也。卒然⑳夷狄驚四邊，摩封疆㉑，出表裏㉒，吾何以禦㉓之？是天下一支兵去矣㉔。河東㉕、盟津㉖、滑臺㉗、大梁㉘、彭城㉙、東平㉚，盡宿厚兵，以塞虜衝㉛，是六郡之師，嚴飾護疆㉜，不可他使，是天下二支兵去矣。六郡之師，厥數三億㉝，低首仰給㉞，橫拱不為㉟，則沿淮㊱已北㊲，循河㊳之南，東盡海㊴，西叩洛㊵，經數千里，赤地盡取㊶，才能應費㊷，是天下三支財㊸去矣。咸陽㊹西北，戎夷大屯㊺，嚇呼膻腥㊻，徹于帝居㊼，周秦單師㊽，不能排闢㊾，於是盡剷吳、越、荊楚之饒㊿，以啖兵戍[51]，是天下四支財去矣。乃使吾用度不周[52]，徵徭不常[53]，無以膏齊民[54]，無以接四夷[55]。禮樂刑政，不暇[56]脩治；品式條章[57]，不能備具。是天下四支盡解，頭腹兀然[58]而已。焉有人解四支，其自以能久為安乎？

【章　旨】本章主要分析了當今不利的軍事形勢，重點指出河北地區對於國家的重要性。

【注　釋】❶河北　指黃河以北地區。與〈罪言〉中「山東」所指的地區基本相同。❷珠璣　珠寶。圓者為珠，不圓者為璣。珠璣不是生活的必需品，有了更好，沒有也可。河北一帶的割據者對天下也持這種態度，能占領天下自然好，不能占領對自己的生活也無大的影響。❸四支　四肢。支，通「肢」。❹苟　如果。❺其為人　他怎能成為一個健康完整的人。❻何以句　憑什麼要這樣說？何以，以何；憑什麼。❼俗儉句　生活儉樸，風俗厚重。渾，渾厚；厚重。❽樸毅　性格樸素剛毅。❾果於　勇於；敢於。❿巋嶭句　高峻的山嶺把名城、堅壘連貫在一起。巋嶭，形容山峰高峻的樣子。這裡代指山峰。⓫盤互句　相互盤結交錯。⓬息　生長；出產。⓭馳敵　快速進攻敵人。⓮處則句　在家安居時，則豐衣足食。饒，富足。⓯窺　窺探；覬覦。⓰封殖　栽培；種植。這裡指通過農耕，滿足自己生活需要。⓱大農之家　指大莊園主之類的人家。⓲既虜　被叛軍占領以後。虜，擄掠；占有。⓳銳卒　精兵。⓴卒然　突然。卒，通「猝」、「促」。㉑摩封句　進攻邊地。摩，摩擦。引申為進攻。封疆，邊疆。㉒出表句　由邊地攻入內地。出，出現於。表，外。指邊地。裏，指內地。㉓禦　抵抗。㉔是天句　這就等於國家少了一支軍隊。是，代詞。代指河北被叛軍占領這一事實。河北被占，不再給朝廷輸送兵源和武器，所以說等於國家少了一支軍隊。㉕河東　地名。指黃河以東地區。唐開元年間置河東節度使，治所在今山西省太原市。㉖盟津　地名。在今河南省孟縣南。㉗滑臺　地名。在今河南省滑縣東。㉘大梁　地名。在今河南省開封市一帶。㉙彭城　地名。在今江蘇省銅山縣。㉚東平　地名。在今山東省泰安市一帶。㉛虜衝　敵人的進攻。虜，俘虜。這裡是對敵人的蔑稱。㉜嚴飾句　嚴密防守，保護自己的轄區。飾，通「飭」。修整；整頓。具體指防守。㉝厥數句　其數量有三十萬人。厥，代詞。代指六郡之師。億，數詞。有二義，一指十萬，一指萬萬。這裡當指十萬。㉞低首句　他們低著頭吃的東西，全部依賴朝廷供給。仰給，依賴。㉟橫拱句　不從事任何生產勞動。橫拱，抬臂拱手。比喻輕微的勞動。橫，抬起雙臂。拱，拱手。兩手合在一起以示敬意。為，做。㊱淮　河名。指淮河。源出今河南省桐柏山，東流經安徽、江蘇二省入洪澤湖。㊲已北　以北。㊳河　河名。即黃河。㊴東盡句　向東一直到大海。㊵卬洛　一直到洛陽。卬，貼近；一直到。㊶赤地句　取盡一切財物。赤地，沒有財物的大地。指把這一地區搜括得只剩下光禿禿的一塊土地。㊷應費　應付軍費。㊸三支財　三條財源。第一條財源指河北地區，第二條財源指河東、盟津等六郡。河北地區被叛軍占領，六郡忙於作戰，而黃河以南、淮河以北、大海以西、洛陽以東這一地區的財富要全部用於軍費開支，所以說國家的三條財源都沒有了。㊹咸陽　地名。在今陝西省咸陽市。㊺大屯　屯集大量兵力。㊻嚇呼句　他們的呼叫聲和身上的羶臊味。嚇，怒斥聲。膻，通「羶」。羊肉的氣味。臊，肉類及油脂的腥臭氣。古代北方少數民族以肉為主食，故身上常帶有羶臊氣味。㊼徹于句　傳到了皇上居住的地方。徹，達到。這兩句為誇張手法，極言異族軍隊距京城之近。㊽周秦句　僅僅周秦地區的軍隊和力量。周秦，指今陝西省一帶。周，指周朝，其發祥地在今陝西省一帶。秦，指秦國。秦國的主要國土也在今陝西省一帶。故杜牧「周秦」合用，指當時的長安地區。㊾排闥　打退；擊敗。排，推開；趕走。闥，排除。㊿於是句　於是就把吳地、越地、楚地的財物全部拿來。剷，剷取。吳，地名。在今江蘇省南部和浙江省北部。越，地名。在今浙江省東部。荊楚，地名。指今湖北、湖南二省及其周邊省份的一些地區。荊，即楚。饒，富足。這裡指很多的財物。(51)以啖句　用來養活守邊的將士。啖，吃；養活。戍，防守邊疆。(52)不周　不足。(53)徵傜句　稅收和勞役沒有固定的標準。徵，徵稅。傜，勞役。不常，沒有常法，隨時都可能來徵取。(54)無以句　沒有辦法施恩德於百姓。無以，沒有辦法。膏，滋潤；施恩德。齊民，平民；百姓。(55)接四夷　應付四方異族國家。(56)不暇　沒有時間。(57)品式句　指各種具體的規章條文。品，眾多。式，規章。(58)兀然　聳立的樣子。一說指昏沉的樣子。

【語　譯】河北地區把天下視作珠璣，而天下則把河北地區視作自己的四肢。如果沒有珠璣，一個人照樣可以活下去；如果沒有四肢，我真不知道他怎麼還能算作一個人。憑什麼這樣講呢？河北地區的人，生活節儉，風俗淳厚，不會做投機取巧之事，他們樸素、剛毅、堅強，勇於作戰，努力耕種。河北地區還有許多著名的城市和堅固的營壘，高峻險要的山嶺又把這些名城堅壘連接在一起；那裡的高山大河，相互盤結交錯。加上這一地區出產駿馬，有利於快速進攻敵人，因此他們出兵就能打勝仗，安居在家也能豐衣足食，不用覬覦、掠奪天下的財物，通過農耕就可滿足自己的生活需要，他們就像大莊園主一樣，不必有珠寶就已經十分富有了。而天下離開了河北地區就不行，河北被叛軍占領以後，國家就失去了該地區的堅實的甲衣、勇敢的士卒、鋒利的刀槍、精良的弓箭和強健的戰馬。如果四邊的異族軍隊突然出兵，進攻我們的邊疆，甚至從邊疆攻入內地，我們將憑什麼去抗擊他們呢？因此國家失去河北地區就等於失去了一支強大的軍隊。河東、盟津、滑臺、大梁、彭城、東平都駐紮有重兵，以阻止叛軍的進攻，這六個地方的軍隊，嚴密防守以保護自己的轄區，無法派出軍隊到其他地方作戰，這就等於國家失去了第二支軍隊。這六個地方的部隊，其總數有三十萬人，衣食全部依賴朝廷供給，他們不從事任何生產勞動，這樣一來，淮河以北、黃河以南，向東一直到大海，向西一直到洛陽，把這一方圓數千里的地區中的財物全部拿來，也僅僅能夠應付軍費的開支，這就等於國家失去了三條財源。在咸陽的西北，屯集了大量的異族軍隊，他們的呼叫聲和身上的羶臊味，可以直接傳入皇上居住的宮中。僅靠周秦地區的部隊，無法擊退他們。於是就把吳地、越地、楚地的財物全部拿來，以養活在這裡守邊的重兵，這就等於國家失去了第四條財源。這就使我們的財用不足，賦稅傜役也沒有一個定準；使朝廷沒有辦法施恩德於百姓，也沒有辦法去應酬四方的異族國家。對於禮樂刑政，我們顧不上去整頓；對於一些具體的規章制度，我們也顧不上去制訂。這就等於國家全部失去了四肢，只剩下頭腹佇立在那裡而已。哪有一個人失去了四肢，還會自認為能夠長期地安寧地生活下去呢？

今者誠能治其五敗❶，則一戰可定，四支可生。夫天下無事之時，殿寄❷大臣，偷處榮逸❸，為家治具❹，戰士離落❺，兵甲鈍弊，車馬刓弱❻，而未嘗為之簡帖❼整飾，天下雜然盜發❽，則疾毆疾戰❾。此宿敗❿之師也，何為而不北乎！是不蒐練⓫之過者，其敗一也。夫百人荷戈⓬，仰食縣官⓭，則挾千夫之名⓮，大將小裨⓯，操其餘羸⓰，以虜壯為幸⓱，以師老為娛⓲，是執兵者⓳常少，糜食者⓴常多，築壘未乾㉑，公囊㉒已虛。此不責實科食㉓之過，其敗二也。夫戰輒㉔小勝，則張皇㉕其功，奔走獻狀㉖，以邀上賞，或一日再賜㉗，一月累封㉘，凱還未歌㉙，書品已崇㉚。爵命極㉛矣，田宮㉜廣矣，金繒溢㉝矣，子孫官矣，焉肯搜奇㉞外死㉟，勤於我㊱矣？此賞厚之過，其敗三也。夫多喪兵士，顛翻㊲大都，則跳身㊳而來，刺邦㊴而去，迴視刀鋸㊵菜色㊶甚安，一歲未更㊷，旋㊸已立於壇墀㊹之上矣。此輕罰之過，其敗四也。夫大將將兵，柄不得專㊺，恩臣詰責㊻，第來揮之㊼，至如堂然將陣㊽，殷然將鼓㊾，一則曰必為偃月㊿，一則曰必為魚麗(51)，三軍(52)萬夫，環旋翔佯(53)，愰駭(54)之間，虜騎乘之(55)，遂取吾之鼓旗。此不專任責成(56)之過，其敗五也。

【章旨】本章具體地論述了軍隊中存在的五種弊端。認為只要革除這五種弊端，就能使天下太平，國家中興。

【注釋】❶五敗　五種弊端。❷殿寄　朝廷中的。殿，宮殿；朝中。❸偷處句　竊取榮華富貴。逸，安逸的生活。❹治具　治辦家產。具，器具。泛指財產。❺離落　離散流落。❻車馬句　戰車破爛，戰馬衰弱。刓，磨損。❼簡帖　發佈命令。簡，古代用來書寫的狹長竹片。帖，寫在布帛上的叫帖。這裡都指文書、軍令。❽雜然盜發　亂糟糟的暴亂發生了。雜然，亂糟糟的樣子。盜，指叛亂的人。❾疾毆疾戰　馬上就趕著士兵去作戰。疾，快；馬上。❿宿敗　很早就已注定失敗。宿，早先。⓫蒐練　檢查訓練。蒐，檢閱；閱兵。⓬荷戈　扛著兵器打仗。荷，肩扛。⓭仰食句　依靠國家養活。仰，依賴。縣官，代指政府、國家。⓮則挾句　卻上報一千人的名單。挾，手拿。引申為上報。⓯小裨　地位低的副將。裨，副將。⓰操其句　占有多餘的軍餉。操，手拿；占有。贏，利；財物。這裡指軍餉。⓱幸　值得慶幸的事。⓲以師句　把自己的軍隊的衰弱不堪，看作是一件值得高興的事。老，衰弱。這兩句是說，將帥們並不想很快戰勝敵人結束戰爭，因為戰爭時間拖得越長，他們得到的空餉越多。⑲執兵者　手拿兵器作戰的人。⑳糜食者　吃軍糧的人。糜，通「靡」。浪費。㉑未乾　還未堅固。乾，乾燥。引申為堅固。㉒公囊　國家的倉庫。囊，口袋。這裡指倉庫。㉓責實科食　弄清實際人數，付給相應的軍糧。責，詢問；弄清。科，依法處理。㉔輒　常常；總是。㉕張皇　擴大；誇張。㉖獻狀　向上級彙報自己的戰績。㉗再賜　兩次賞賜。㉘累封　多次加封官爵。累，多次。㉙凱還句　凱旋之歌還未唱完。還，通「旋」。回。㉚書品句　官級就很高了。書品，文書上所簽署的官級。崇，高。㉛爵命極　爵位達到了極點。爵命，爵位。㉜田宮　田地和房舍。㉝金繒溢　金銀絲綢多得無處盛放。繒，絲織品的總稱。溢，本指水太滿而流出來，這裡指財富多得裝不下。㉞搜奇　思索奇計。㉟外死　置生死於度外。㊱勤於我　為我們國家操勞。勤，操勞。㊲顛翻　放棄；失守。㊳跳身　逃身；逃命。跳，通「逃」。㊴刺邦　隨便向朝廷交代一聲。刺，名片。這裡指投名片。邦，國；朝廷。㊵刀鋸　古代的兩種刑具。這裡代指軍法。㊶菜色　挨餓的面色。代指戰亂中的饑民。饑民無糧可吃，只能吃菜，故稱面黃肌瘦為「菜色」。㊷未更　未過；未到。更，換。㊸旋　隨即；很快。㊹壇墀　指官場、朝堂。壇，高臺。古代朝會、封拜、祭祀往往立壇以示鄭重。墀，宮殿上的空地、臺階。㊺柄不句　不能獨立掌握指揮大權。柄，權柄。專，獨立掌握。㊻恩臣句　受皇上寵幸的宦官對將軍進行多方責難。恩臣，指受皇上信任的宦官。唐代自玄宗始，多派宦官到部隊監軍。這些宦官不懂軍事，又愛指手劃腳，因為他們代表了皇上，將軍們不敢輕易得罪。由於這些宦官的無理干涉，使唐軍失去了不少勝利的機會。㊼第來句　只管來隨便指揮。第，只管。㊽至如句　甚至到了部隊整整齊齊地擺好了陣勢。堂然，形容部隊嚴整的樣子。㊾殷然句　馬上就要敲起鼙鼙的戰鼓發起進攻了。殷然，象聲詞。形容戰鼓的聲音。古代軍隊擊鼓則進軍，鳴金則收兵。一說「殷然」是形容軍隊眾多的樣子。㊿一則句　監軍的宦官一會兒說一定要改變為半月形的軍陣。偃月，半弦月。這裡指半月形的軍陣。古稱「偃月陣」或「偃月營」。(51)魚麗　軍陣名。古代把二十五輛戰車編為一組，叫一偏；步兵五人編為一組，叫一伍。衝鋒時，戰車居前，步兵在後，步兵處於偏與偏之間，以堵塞戰車之間留下的縫隙。此為「魚麗陣」。(52)三軍　全軍。周代諸侯大國有上、中、下三軍，故「三軍」常指全軍。另外，步、車、騎也合稱「三軍」。(53)環旋句　指部隊被監軍宦官指揮得團團轉，在原地徘徊不知所措。環旋，轉圈。翔佯，徘徊。(54)恍駭　形容軍心不定。恍，人心不定。駭，馬受驚擾。(55)虜騎句　敵人騎兵乘機進攻。乘，趁機進攻。(56)專任責成　把軍權授給將軍一人並督責他完成任務。

【語譯】現在，如果真的能夠整治軍隊中的五種弊端，就可以一戰而定天下，恢復國家的四肢。當天下太平無事的時候，那些朝中大臣，竊取榮華富貴，只管為自己置辦家產，使戰士們流離失所，使兵器粗鈍、鎧甲破爛、戰車破損、戰馬瘦弱，而他們從不下令對此進行整頓修理，一旦天下亂紛紛地發生了叛亂，他們就匆匆忙忙地驅趕著士兵前去作戰。這樣的軍隊是早已注定要失敗的軍隊，怎麼能夠不打敗仗呢？這就是平時不加強軍事訓練的過錯。此為弊端之一。只有一百個士兵肩扛兵器作戰，而且他們的衣食全部依賴國家供應，可將帥們卻要上報上千人的名單，從大將到副將，都從中竊取剩餘的軍餉。這些將帥把敵人的強大看作值得慶幸的事，把自己軍隊的衰弱看作值得高興的事，這就造成了實際手執兵器作戰的人數總是很少、而浪費軍糧的人數總是很多的現象，結果是營壘還沒有修築結實，而國庫卻已空虛。這是不檢查實際人數以發放軍餉的過錯。此為弊端之二。戰鬥一旦取得了小小的勝利，將帥們總是誇大自己的功勞，到處奔走，以炫耀自己的戰績，想獲得皇上的恩賞，有的一日之內得到兩次賞賜，一月之內多次被加官封爵，凱旋之歌還未唱完，他們的官級已經很高了。爵位達到了極點，田地房屋也多了，金銀絲綢多得無處存放，子孫也都當上了官，這些將帥豈肯再去苦思奇策、置生死於度外、為我們國家操勞效力呢？這是厚賞的過錯。此為弊端之三。有些將帥損失了很多部隊，丟掉了大城市，一個人逃了回來，向朝廷打一聲招呼就又走了，他們面對著軍法和戰爭中的飢民，竟然心安理得，不到一年時間，這些敗將就又回到朝堂之上當官了。這是懲罰太輕的過錯。此為弊端之四。大將在外帶兵打仗，卻不能獨自掌握指揮大權，擔任監軍任務的寵臣們對將帥橫加指責，只管隨意指揮軍隊。甚至在軍隊佈置好了陣營、即將擊鼓衝鋒的時候，這些寵臣卻一會兒要求必須改變為偃月陣，一會兒又要求必須改變為魚麗陣，全軍上萬名將士，被他們指揮得原地打轉、不知所措。就在將士們徘徊不定的時候，敵人的騎兵乘機發動進攻，於是就擊敗了我軍而奪取了我軍的軍鼓軍旗。這是不讓將帥獨掌指揮大權並責成他們成功的過錯。此為弊端之五。

元和❶時，天子急太平，嚴約以律下❷，常團兵數十萬以誅蔡❸，天下乾耗❹，四歲然後能取，此蓋五敗不去也。長慶❺初，盜據子孫❻，悉來走命❼，是內地無事，天子寬禁❽厚恩，與人休息⑨。未幾而燕、趙甚亂⑩，引師起將⑪，五敗益甚⑫，登壇注意之臣⑬，死竄⑭且不暇，復焉能加威於反虜哉⑮？今者誠欲調持干戈⑯，洒掃垢汙⑰，以為萬世安⑱，而乃踵前非⑲，踵前非是不可為也。

【章旨】本章用事實說明五種弊端的危害，再次提醒朝廷要改革這五種弊端。

【注釋】❶元和　唐憲宗李純的年號。西元八〇六年至八二〇年。❷嚴約句　嚴格整頓法制，從嚴要求臣下。❸常團句　曾經集中數十萬的兵力以討伐蔡州的叛軍。常，通「嘗」。曾經。團，集中。蔡，地名。即蔡州。在今河南省汝南縣。建中三年（西元七八二年）淮寧軍節度使（領蔡、隨等州）李希烈反，後幾經周折，這一帶的軍權於元和九年（西元八一四年）落入吳元濟手中。元和十二年，唐憲宗命宰相裴度督師討伐吳元濟，這年十月，吳元濟被李愬生擒，十一月伏誅。❹乾耗　空虛。乾，空虛。❺長慶　唐穆宗李恒的年號。西元八二一年至八二四年。❻盜據句　割據一方的軍閥的子孫們。❼悉來句　都來歸順朝廷以保全性命。悉，全部。走命，逃命。在淮寧等地的叛亂被平息後，割據成德鎮達三十九年的王氏繼承人王承元於元和十五年（西元八二〇年）自請歸順，長慶元年，幽州節度使劉總奏請棄官為僧。❽寬禁　寬容。❾與人句　幫助百姓休養生息。與，幫助。人，指百姓。❿甚亂　非常混亂。⓫引師句　發動部隊，起用將軍。⓬益甚　更加嚴重。⓭登壇句　指負責平叛的朝中大臣。登壇，站在朝堂之上。注意，引人注意。⓮死竄　拼命逃竄。⓯復焉句　又怎能討平那些反叛之人呢？焉能，怎能。加威，施加威力。這裡指平息。⓰調持干戈　使用武力。調，徵發；使用。持，手拿。干，盾。⓱洒掃句　清除叛軍。洒，通「洗」。垢汙，髒汙。比喻叛軍。⓲以為句　以求萬世安定的局面。⓳踵前非　沿襲從前的錯誤。踵，繼承；沿襲。非，錯誤。指五種弊端。

【語譯】元和年間，憲宗皇帝急於使天下太平，便嚴格整頓法制，從嚴要求臣下，曾經集中數十萬大軍去討伐蔡州叛軍，為此天下耗盡財物，整整花了四年時間纔收復了蔡州，這就是由於五種弊端沒有被革除的原因。長慶初年，割據一方的繼承人們，都來歸順朝廷以求保全性命，這時內地太平無事，穆宗皇帝待人寬厚，施恩於民，幫助百姓生養休息。然而沒過多久，燕地、趙地又發生了更大的叛亂，朝廷不得不發動軍隊、起用將軍前去平叛，可此時的五種弊端表現得更加嚴重，結果使那些負責平叛的大臣們，拼死逃命尚且來不及，又怎能去討平那些叛軍呢？現在如果真想使用武力，掃除叛軍，以求得萬世安寧的局面，卻還要沿襲過去的錯誤，這是萬萬不可的。

古之政有不善，士傳言❶，庶人謗❷。發是論❸者，亦且將書于謗木❹，傳于士大夫，非偶言❺而已。

【章　旨】本章是全文的結束語，作者引用古事以說明自己寫作本文的目的。

【注　釋】❶士傳句　讀書人可以在一起議論，交換意見。士，古代的男子、士兵、習武者、讀書人均可稱「士」。此處應特指讀書人。傳語，交換意見。一說是把讀書人對政事的意見間接地傳達給朝廷。❷庶人句　百姓們可以批評。庶人，平民；百姓。謗，批評。❸是論　指這篇〈戰論〉。❹謗木　用來書寫批評意見的木板。據傳說，堯曾建立謗木，政治有了失誤，百姓可以把批評意見寫在謗木之上。後來曾有不少朝代仿效之。杜牧借用這個典故，表明自己想把〈戰論〉中的意見傳達給朝廷。❺偶言　偶爾談談而已。

【語　譯】古代的時候，如果政治出現了失誤，讀書人可以對此加以議論並交換意見，百姓們也可以對此進行批評。我發表這篇〈戰論〉，是想把它書寫於謗木之上以傳達給朝廷，並非偶爾說說而已。

守論 并序

【題　解】守，指守護國家。大曆、貞元年間，唐朝廷對割據一方的叛軍持姑息遷就態度。此後的一些皇帝和大臣對這種做法予以肯定並仿效之。杜牧對此提出了尖銳批評，認為叛軍的欲望是無止境的，如此姑息養奸，將會遺患無窮。因此，杜牧要求當今的君臣要以大曆、貞元年間的守國政策為戒，盡快地平息叛亂，恢復大一統的局面。

往年兩河❶盜起，屠囚大臣，劫戮二千石❷，國家不議誅洗，束兵❸自守，反修大曆❹、貞元❺故事，而行姑息之政，是使逆輩❻益橫，終唱❼患禍，故作〈守論〉焉。

【章　旨】本章是全文的序，說明自己寫作本文的原因。

【注　釋】❶兩河　地名。唐代安史之亂後，稱河北、河南二道為兩河。相當於今山西省、河北省、河南省一帶。關於這些地區的動亂情況，可參閱〈罪言〉一文。❷二千石　指刺史、太守之類的官員。漢代的九卿、太守的俸祿都是二千石糧食，後代因稱刺史、太守等為「二千石」。❸束兵　集中兵力。❹大曆　唐代宗李豫的年號。西元七六六年至七七九年。❺貞元　唐德宗李适的年號。西元七八五年至八〇四年。❻逆輩　叛逆之人。❼唱　通「倡」。倡導；導致。

【語　譯】往年，河北、河南兩個地區的軍隊發生叛亂，他們囚禁、屠殺朝廷大臣，劫持、殺害州郡長官，朝廷不去商議如何討平叛軍，也不注意集中兵力自守，反而效法大曆、貞元年間的做法，對叛軍施行姑息遷就的政策，這就使那些叛軍變得更加驕橫，最終釀成了災難，為此我寫了這篇〈守論〉。

厥今天下何如哉？干戈朽，鈇鉞鈍❶，含引混貸❷，煦育逆孽❸，而殆❹為故常。而執事❺大人，曾不歷算周思❻，以為宿謀❼，方且嵬岸抑揚❽，自以為廣大繁昌莫己若❾也，嗚呼！其不知乎？其俟❿蹇頓⓫顛傾而後為之支計⓬乎？且天下幾里？列郡⓭幾所？而自河已北，蟠⑭城數百，金堅蔓織⑮，角奔⑯為寇，伺吾人之顦顇⑰，天時之不利，則將與其朋伍⑱，羅絡郡國⑲，將駭亂吾民於掌股⑳之上耳。今者及吾之壯，不圖擒取，而乃偷處恬逸㉑，第第相付㉒，以為後世子孫背脅疽根㉓，此復何也？

【章旨】本章批評當權大臣不積極平叛、遺患後人的做法。

【注釋】❶鈇鉞句 兵器不鋒利。鈇，殺人的刑具。鉞，一種兵器。這裡都泛指兵器。❷含引句 包容寬免。引，接受；容忍。混，混同；不加區別。貸，寬免。❸煦育句 培植、養育了那些叛賊。煦，太陽的溫暖。比喻大臣們執行的姑息遷就政策如溫暖的陽光一樣對叛賊有利。孽，罪惡；罪人。❹殆 幾乎；差不多。❺執事 掌權。❻歷算周思 詳細計畫，周密思考。歷，逐個；詳細。❼宿謀 預先計畫。宿，早；預先。❽方且句 還在那裡做出一副高明傲慢、進退有節、不慌不忙的樣子。方且，正在。嵬岸，高明、雄偉的樣子。形容大臣們自以為聰明、目中無人的神態。抑揚，高低起伏。這裡用來形容大臣們那種進退有節、慢條斯理的模樣。❾莫己若 即「莫若己」。沒有誰能比得上自己。❿俟 等待。⓫蹇頓 困頓；困窘。⓬支計 這裡指支持、應付的辦法。⓭列郡 眾郡。列，眾。⓮蟠 盤居。本句的主語是叛軍。⓯金堅句 像鐵打的一樣堅固，像藤蔓一樣相互交織在一起。金，金屬。比喻城牆的堅固。⓰角奔 猶言「角逐」。爭奪。⓱顦顇 同「憔悴」。枯槁瘦弱的樣子。⓲朋伍 同黨。⓳羅絡句 聯合其他州郡和諸侯國。國，諸侯國。⓴掌股 手掌和大腿。㉑而乃句 卻仍然苟且偷安，貪圖安逸。偷處，苟且偷安。恬逸，安逸。㉒第第句 一代一代地傳下去。第第，按次序。㉓背脅疽根 致命的禍根。背脅，脊背和兩脅。脅，從腋下至肋骨盡處。疽，一種毒瘡。背脅上長毒瘡是一種致命的病，比喻叛亂給後人帶來的災難之大。

【語　譯】現在的國家又是一種什麼情況呢？武器朽敗，兵器粗鈍，朝廷對叛軍寬容姑息，使叛賊們得以生存、壯大，而人們對此幾乎是習以為常。現在的執政大臣，竟然不對此進行詳細籌劃和周密思考，不預先制訂對策，還在那裡擺出一副高明傲慢、進退有節的樣子，自以為沒有人能夠比得上自己的疆域廣大、物產豐富。唉！是他們真的不明白面臨的危機呢？還是一定要等到國家困窘不堪、即將被顛覆的時候再去尋求對策呢？再說天下又有多大？州郡又有幾個？而自黃河以北，叛軍就占據了數百座城池，這些城池固若金湯，相互交錯，叛軍在那裡爭鬥掠奪，一旦等到我們疲憊不堪、天時也對我不利的時候，他們就與他們的同黨一起，聯絡其他州郡、諸侯，將擾亂、殘害我們的百姓於其股掌之上。現在我們還算強大，如果不趁著現在強大去討平叛軍，卻仍然苟且偷安，貪圖安逸，把這種混亂局面一代代地傳下去，這將會成為我們後世子孫的致命災難。我們又為什麼這樣做呢？

今之議者咸❶曰：「夫倔強之徒❷，吾以良將勁兵以為銜策❸，高位美爵充飽其腸❹，安而不撓❺，外而不拘❻，亦猶豢擾❼虎狼而不拂其心❽，則忿氣不萌❾。此大曆、貞元所以守邦❿也，亦何必疾戰⓫焚煎吾民，然後以為快也？」愚⓬曰：大曆、貞元之間，適⓭以此為禍也。當是之時，有城數十，千百卒夫，則朝廷待之，貸以法故⓮，於是乎闊視⓯大言，自樹一家⓰，破制削法，角為尊奢⓱。天子養威而不問⓲，有司守恬而不呵⓳。王侯通爵⓴，越錄受之㉑；覲聘㉒不來，几杖扶之㉓。逆息虜胤㉔，皇子嬪之㉕；裝緣采飾㉖，無不備之。是以地益廣，兵益強，僭擬㉗益甚，侈心益昌㉘。於是土田名器㉙，分劃殆盡㉚，而賊夫貪心，未及畔岸㉛。遂有淫名越號㉜，或帝或王，盟詛㉝自立，恬淡㉞不畏，走兵四略㉟，以飽其志㊱者也。是以趙、魏、燕、齊，卓起大倡㊲，梁、蔡、吳、蜀，躡而和之㊳。其餘混澒㊴軒囂㊵，欲相效者，往往而是㊶。運遭孝武㊷，宵旰㊸不忘，前英後傑，夕思朝議，故能大者誅鋤，小者惠來㊹，不然，周秦之郊㊺，幾為犯獵㊻哉。

【章　旨】本章用近年來的事實，以相互辯詰的形式，說明對待叛軍只能討伐、不能姑息的道理。

【注　釋】❶咸　都。❷夫倔句　那些性情倔強的割據者。夫，指代詞。那些。❸銜策　約束工具。銜，馬嚼子。策，馬鞭子。這裡比喻約束割據者的良將勁兵。❹飽其腸　餵飽他們的肚子。比喻滿足他們的欲望。❺撓　打擾。❻外而句　把他們視作外人而不加以拘禁。❼豢擾　豢養和馴服。擾，馴服。❽拂其心　違反它們的心願。拂，違背。❾萌　產生。❿守邦　守護國家。⓫疾戰　苦戰。疾，苦。⓬愚　自我謙稱。指杜牧自己。⓭適　恰好；剛好。⓮貸以句　由於在法律上寬容他們的緣故。貸，寬容。⓯闊視　遠視；眼望著高遠之處。形容傲慢的樣子。⓰自樹句　指割據一方。⓱角為句　爭奪不該有的尊位。角，爭。奢，過分的。⓲養威而不問　有權威而不去過問。問，追究。⓳有司句　有關部門保持平靜的心態而不去追究。有司，有關部門。守恬，守靜。保持平靜。呵，斥責；追究。⓴通爵　顯要的爵位。㉑越錄句　超越等級而授給官爵。越錄，超越等級而授爵。受，通「授」。㉒覲聘　朝拜天子。覲，諸侯秋季朝拜天子。聘，問候致意。這裡泛指朝見天子。㉓几杖句　朝廷就賜給几案和手杖以安撫之。几杖，几案和手杖。供老年人平時靠身和走路時扶持之用。賜几杖本為敬老之意，這裡指朝廷賜几案、手杖給割據者以慰其心。㉔逆息句　對於叛逆者的兒孫。逆、虜，指叛逆者。息、胤，指子孫。㉕皇子句　把天子的女兒嫁給他們。皇子，指皇帝之女。嬪，帝王的女兒出嫁叫嬪。㉖裝緣句　本指裝飾打扮，引申為多送嫁妝和財物。裝緣，裝飾。㉗僭擬　超越本分，自比於居上位者。㉘侈心句　放縱之心更加嚴重。侈，放縱。昌，盛；嚴重。㉙名器　表示等級的稱號和車服儀制。㉚殆盡　幾乎沒有了。殆，幾乎。㉛未及句　沒有得到滿足。畔岸，比喻欲望的止境。畔，邊。㉜淫名越號　超越本分的名號。淫，過分的。㉝盟詛　盟誓。盟，在神前誓約。詛，誓約。古人稱王稱帝，都要舉行祭祀以上告神靈。㉞恬淡　指心情平靜安閒。㉟四略　四處掠奪土地財產。略，掠奪。㊱飽其志　滿足他們的意願。㊲卓起句　起來大力倡導叛亂。卓，高出；起來。㊳躡而句　跟在後面響應他們。躡，跟隨。㊴混澒　混亂。澒，澒溶；混亂。㊵軒囂　高聲喧鬧。軒，高起；飛揚。㊶往往句　常常如此。是，代詞。代指以上所說的混亂局面。㊷孝武　指唐憲宗。詳見〈罪言〉注。㊸宵旰　「宵衣旰食」的省略。宵衣，天未亮就穿衣起牀。旰食，很晚纔進食。形容勤於政務的樣子。㊹惠來　前來歸順。「惠來」是「惠然肯來」的省略。惠然，柔順的樣子。㊺周秦句　指長安一帶。周秦，見〈戰論〉注。㊻犯獵　進犯、踐踏。獵，通「躐」。踐踏。

【語　譯】現在的議政者都說：「對於那些性情倔強的割據者，我們把良將精兵作為約束他們的工具，用高貴的官爵來滿足他們的欲望，使他們安定下來而不加以打擾，把他們視作外人而不加以拘禁，也就好像豢養、馴服虎狼那樣不去違背他們的意願，那麼他們就不會產生怨氣。這就是大曆、貞元年間朝廷用來守護國家的辦法，我們又何必挑起殘酷的戰爭去殘害我們的老百姓，然後纔感到快樂呢？」而我認為：大曆、貞元年間，剛好就是這種姑息政策釀成了災難。在那個時候，叛軍只占有數十座城池，擁有幾千、數百個士兵，然而由於朝廷在處理此事時寬容他們的緣故，他們於是就傲慢自大，口出狂言，並且割據一方，破壞法制，爭奪本不該有的尊位。天子擁有權威卻不去過問，有關部門保持平靜的態度而不去追究。像王、侯這樣的顯貴爵位，朝廷越級授給他們；他們不來朝拜天子，天子就賜給他們几案和手杖以安撫他們。對於叛逆者的子孫，皇上就把女兒嫁給他們；還送去了大批的嫁妝和財寶，可以說是無所不有。因此割據者的地盤一天比一天大了，軍隊一天比一天強了，於是他們就越發地僭越本分，放縱之心也更加嚴重。國家的土地和高貴的名號，幾乎被割據者分割完了，而叛賊們的貪心，還遠遠沒有得到滿足。接著他們又自封了僭越本分的名號，有的稱帝，有的稱王，他們對天盟誓，自立為君，竟然心安理得，毫不畏懼，並且派兵四處掠奪，以滿足自己的欲望。趙、魏、燕、齊諸地的叛軍，首先起來大力倡導叛亂，梁、蔡、吳、蜀等地的軍隊，跟在後面響應他們。其餘各地也是鬧哄哄的一片混亂，想效法這些叛軍作亂。近年來常常如此。到了憲宗皇帝時，皇上宵衣旰食，念念不忘平叛之事；前後的英雄豪傑，日夜思量商議，所以能夠誅除強大的割據者，使一些弱小的叛軍也都乖乖地歸順朝廷。不然，京師長安一帶，也將會受到叛軍的攻擊和踐踏。

大抵❶生人油然❷多欲，欲而不得則怒，怒則爭亂隨之。是以教笞❸於家，刑罰於國❹，征伐於天下，此所以裁其欲❺而塞其爭也。大曆、貞元之間，盡反此道，提區區❻之有而塞無涯❼之爭，是以首尾指支❽，幾不能相運掉❾也。今者不知非此❿，而反用以為經⓫，愚見為盜者非止於河北而已。

嗚呼！大曆、貞元守邦之術，永戒之⓬哉。

【章　旨】本章指出叛軍的欲望無窮，而朝廷的財富有限，從另一個角度說明姑息政策是行不通的。

【注　釋】❶大抵　大率；大多。❷油然　自然而然。❸教笞　用鞭子、竹板進行教育。笞，用鞭、杖、竹板抽打。❹國　這裡指諸侯國。❺裁其欲　限制人們的欲望。裁，限制。❻區區　形容少的樣子。❼無涯　無邊；無限。❽支　通「肢」。四肢。❾運掉　運動。掉，搖動。這句是說，由於割據勢力太大，朝廷已指揮不動，就像一個人無法擺動自己的身體各部位一樣。❿非此　以此為非。非，錯誤。這裡為意動用法，認為……是錯誤的。⓫經　正確的原則。⓬戒之　以之為戒。

【語　譯】人們大率都會自然而然地產生很多欲望，欲望得不到滿足就會發怒，發怒後就會發生爭鬬和動亂。因此，家庭要有用來教育子孫的鞭子、竹杖，諸侯要有用來懲罰的刑法，天子要有用來征伐的軍隊，這就是用來限制人們的欲望和阻止人們爭鬬的辦法。大曆、貞元年間，朝廷完全違背了這一原則，想拿有限的財富去滿足叛軍無限的貪爭之心，因此形成了尾大不掉的局面，朝廷幾乎指揮不動各地了。現在，人們不知道去批評當時的這些做法，反而把它視為正確的原則予以推行，我清楚地知道叛亂者的欲望絕非是僅僅占有河北地區而已。

唉！對於大曆、貞元年間執行的守國政策，我們要永遠引以為戒啊！

論相

【題　解】相，觀察人的形貌以預言命運的一種方術。本文認為，相術是可信的，它可以準確預言一個人的命運。但由於掌握相術的人思想淺薄，對事情評價有誤，往往以禍為福，所以他們所得出的結論是錯誤的。

本文有兩點值得注意，一是作者對呂后、隋文帝掌握政權是福是禍的問題，提出了全新的看法。二是闡述了作者的重生思想。

呂公❶善相人，言女呂❷後當大貴，宜以配季❸。季後為天子，呂后復稱制❹天下，王❺呂氏子弟，悉❻以大國。隋文帝❼相工❽來和❾輩數人，亦言當為帝者，後篡竊❿果得之。誠相法之不謬⓫矣。呂氏自稱制通⓬為后凡二十餘年間，隋氏自篡至滅凡三十六年間，男女族屬，殺滅殆盡⓭。當秦末，呂氏大族也，周⓮末，楊氏為八柱國⓯，公侯相襲久矣，一旦以一女⓰一男子⓱偷竊位號，不三二十年間，壯老嬰兒，皆不得其死⓲。不知一女子為呂氏之福邪，為禍邪？一男子為楊氏之禍邪，為福邪？得一時之貴，滅百世之族，彼知相法者，當曰此必為呂氏、楊氏之禍，乃可為善相人矣。今斷一指得四海，凡人⓳不欲為，況以一女子一男子易⓴一族哉。余㉑讀荀卿〈非相〉㉒，因感呂氏、楊氏，知卿為大儒㉓矣。

【注釋】❶呂公　秦朝末年單父人。是漢高祖劉邦之妻呂后的父親。當初，呂公為躲避仇人來到沛縣，在一次宴會上與劉邦見面，認為劉邦有一副貴人之相，便把女兒呂雉嫁給了他。❷呂　指呂雉。即劉邦的妻子呂后。❸季　指劉邦。劉邦字季。❹稱制　行使皇帝的權利。制，制書；皇帝的命令。❺王　用作動詞。授予王爵。❻悉　全部。❼隋文帝　隋朝的第一位皇帝楊堅。他在位二十四年，統一了全國，結束了東晉以來二百餘年的分裂戰亂局面。❽相工　為人看相的人。❾來和　人名。隋朝初年人。是一位相工。❿篡竊　篡權竊位。隋文帝楊堅本是北周的大臣，位至相國，襲封隋國公。他的女兒是周宣帝的皇后。宣帝死後，其八歲兒子宇文衍即位，是為周靜帝。楊堅時為輔政大臣。大定元年（西元五八一年），楊堅以禪讓形式廢周，自立為帝，建立隋朝。故杜牧稱之為「篡竊」。⑪謬　錯；虛假。⑫通　連同；一起。⑬殺滅句　呂氏與楊堅的親屬幾乎被殺光了。殆，幾乎。劉邦死後，其子惠帝立，朝政已落入呂后手中。惠帝死，呂后臨朝稱制，主政八年。她排斥劉邦舊臣，立呂姓人為王。呂后死後，周勃、陳平等大臣盡滅諸呂，擁立漢文帝，恢復劉漢政權。隋文帝楊堅死，其次子楊廣即位，是為隋煬帝。煬帝大興土木，四處用兵，民不堪命，各地農民相繼起義。西元六一八年，煬帝被叛軍縊殺，其家族也在戰亂中被殺戮殆盡。⑭周　指北周。⑮八柱國　八位重臣。柱國，官名。為最高武官或勛官。後來也泛指擔負重任的大臣。⑯一女　指呂后。⑰一男子　指隋文帝。⑱不得其死　不得好死。指被殺而非正常死亡。⑲凡人　一般的人。⑳易　交換。㉑余　我。㉒荀卿非相　荀卿，人名。本名荀況，學者尊稱為「荀卿」。戰國趙人。著名的儒家學者，著《荀子》三十二篇。〈非相〉，《荀子》中的一篇，認為論相不如論心，對相面術提出了批評。㉓大儒　指道德高尚、學問淵博的儒生。

【語　譯】呂公善於為人看相，他預言自己的女兒呂雉以後要大富大貴，應該把她嫁給劉邦。劉邦後來果真當了天子，皇后呂雉接著又行使皇帝的權利，她把呂氏子弟封為王爵，而且封的都是大的諸侯國。隋文帝稱帝之前，相工來和等數人，也都預言他以後能當上皇帝，後來他果然用篡奪的方式得到了帝位。相術果真不虛啊！呂雉當皇后和行使皇帝權利總共二十餘年，隋氏從篡位到滅亡總共三十六年，而他們的男女親屬，後來都幾乎被殺盡。在秦朝末年，呂氏是一個大家族；北周末年，楊氏出了八位重臣，長期地世襲公侯爵位。他們兩家因為一個女子和一個男子一下子分別竊取了帝位帝號，在不到二、三十年的時間裡，兩家的壯年人、老年人和嬰兒，都死於非命。不知道這個女子究竟是為呂家帶來了幸福呢？還是帶來了災難呢？也不知道這個男子究竟是為楊家帶來了災難呢？還是帶來了幸福呢？他們獲得了一時的富貴，卻滅掉了興旺百世的家族，那些懂得相術的人，應該說這一女一男肯定是為呂家、楊家帶來了災難，這纔能算作真正善於為人看相的人。如果斷掉一指而得天下，一般的人都不願意去幹這樣的事，更何況用一個女子和一個男子的富貴去換掉他們整個家族的生命呢！我閱讀荀卿的〈非相〉，因而有感於呂氏和楊氏的事，並且深深感到荀卿真是一位思想純正、學識淵博的大學者。

卷六

燕將錄

【題解】燕，地名。即幽州。在今河北省北部及遼寧省一帶。本文主要記錄了幽州牙將譚忠勸告幽州節度使劉濟、劉總父子在平叛戰爭中站在朝廷一邊的故事。牙將，軍官名。當時的割據者選強悍者組成精銳部隊，稱牙軍。牙軍將領稱牙將。

譚忠者，絳❶人也。祖瑤，天寶❷末令內黃❸，死燕寇❹。忠豪健喜兵，始去❺燕，燕牧❻劉濟與❼二千人，障白狼口❽。後將漁陽❾軍，留范陽❿。

元和⓫五年，中黃門⓬出禁兵伐趙⓭，魏牧⓮田季安令其徒曰：「師不跨河二十五年矣，今一旦越魏伐趙，趙誠虜⓯，魏亦虜矣，計為之奈何？」其徒有超佐伍⓰而言曰：「願借騎五千以除君憂。」季安大呼曰：「壯矣哉！兵決出，格沮⓱者斬。」忠其時為燕使魏，知其謀，乃入謂季安曰：「某⓲之謀，是引天下之兵也。何者？往年王師取蜀取吳，算不失一，是相臣[19]之謀。今王師越魏伐趙，不使耆臣[20]宿將[21]而事付中臣[22]，不輸[23]天下之甲而多出禁甲[24]，君知誰為之謀？此乃天子自為之謀，欲將誇服於臣下也。今若師未叩[25]趙，而先碎[26]於魏，是上[27]之謀反不如下[28]，且能不恥於天下乎！既恥且怒，於是任智[29]畫策，仗[30]猛將，練[31]精兵，畢力[32]再舉涉河。鑑[33]前之敗，必不越魏而伐趙；校[34]罪輕重，必不先趙而後魏。是上不上，下不下，當魏而來也。」季安曰：「然則[35]若之何？」忠曰：「王師入魏，君厚犒之。於是悉甲壓境[36]，號曰伐趙，則可陰遺[37]趙人書曰：『魏若伐趙，則河北義士謂魏賣友[38]；魏若與[39]趙，則河南忠臣謂魏反君。賣友反君之名，魏不忍受。執事[40]若能陰解陴障[41]，遺魏一城，魏得持之奏捷天子，以為符信[42]。此乃使魏北得以奉趙[43]，西得以為臣[44]。於趙為角尖之耗[45]，於魏獲不世之利[46]，執事豈能無意[47]於魏[48]乎？』趙人脫[49]不拒君，是魏霸基[50]安矣。」季安曰：「善。先生之來，是天眷[51]魏也。」遂用忠之謀，與趙陰計，得其堂陽[52]。

忠歸燕，謀欲激燕伐趙，會劉濟合諸將曰：「天子知我怨趙，今命我伐之，趙亦必大備我，伐與不伐孰利？」忠疾[53]對曰：「天子終[54]不使我伐趙，趙亦不備燕。」劉濟怒曰：「爾何不直言濟、趙叛命？」忠繫獄[55]。因使人視趙，果不備燕。後一日，詔[56]果來，曰：「燕南有趙，北有胡，胡猛趙孱[57]，不可捨胡而事[58]趙也。燕其為予[59]謹護北疆，勿使予復挂胡憂，而得專心於趙，此亦燕之功也。」劉濟乃解獄[60]召忠，曰：「信[61]如子斷矣，何以知之？」忠曰：「潞[62]牧盧從史外親燕，內實忌之；外絕趙，內實與之。此為趙畫[63]曰：『燕以趙為障[64]，雖怨趙，必不殘趙，不必為備。一旦[65]示趙不敢抗燕，二且使燕獲疑天子。』趙人既不備燕，潞人則走告于天子：『燕厚怨趙，今趙見伐[66]而不備燕，是燕反與趙也。』此所以知天子終不使君伐趙，趙亦必不備燕。」劉濟曰：「今則奈何？」忠曰：「燕孕[67]怨，天下無不知，今天子伐趙，君坐[68]全燕之甲，一人未濟易水[69]，此正使潞人將燕賣恩於趙[70]，敗忠於上，兩皆售[71]也。是燕貯忠義之心，卒染私趙之口[72]，不見德[73]於趙人，惡聲徒嘈嘈[74]於天下耳。唯[75]君孰思之。」劉濟曰：「吾知之矣。」乃下令軍中曰：「五日畢出，後者醢以徇[76]。」濟乃自將七萬人南伐趙，屠饒陽[77]、束鹿[78]，殺萬人，暴卒[79]于師。

濟子總[80]襲職，忠復用事[81]。元和十四年春，趙人獻城十二。冬，誅齊[82]，三分其地[83]。忠因說總曰：「凡天地數窮[84]，合必離，離必合。河北與天下相離，六十年矣，此亦數之窮也，必與天地[85]復合。且建中[86]時，朱泚搏天子狩畿甸[87]，李希烈僭于梁[88]，王武俊稱趙[89]，朱滔稱冀[90]，田悅稱魏[91]，李納稱齊[92]，郡國往往弄兵者，低目而視[93]。當此之時，可為危矣，然天下卒[94]於無事。自元和已來[95]，劉闢[96]守蜀，棧道[97]劍閣[98]，自以為子孫世世之地，然軍卒三萬，數月見羈[99]。李錡[100]橫大江，撫石頭[101]，全吳之兵，不得一戰，反束[102]帳下。田季安(103)守魏，盧從史守潞，皆天下之精甲(104)，駕趙為騎(105)，鼎立相視(106)，可為強矣。然從史繞塹(107)五十里，萬戟(108)自護，身如大醉，忽在轞車(109)。季安死，墳杵(110)未收，家為逐客(111)。蔡人被(112)重葉(113)之甲，圓三石之弦(114)，持九尺之刃，突(115)前跳後，卒如搏鶚(116)，一可枝百(117)者累數萬人，四歲不北(118)二三，可為堅矣，然夜半大雪，忽失其城(119)。齊人經地(120)數千里，倚渤海(121)，牆泰山(122)，塹大河(123)，精甲數億(124)，鈐劍其阬(125)，可為安矣，然兵折於潭趙(126)，首竿(127)於都市。此皆君之自見，亦非人力所能及，蓋上帝神兵下來誅之耳。今天子巨謀織計(128)，必平章(129)於大臣，鋪樂(130)張獵，未嘗戴星徘徊(131)，顛玩(132)之臣，顏澀不展(133)，縮衣節口，以賞戰士，此志豈須臾(134)忘於天下哉？今國兵駸駸(135)北來，趙人已獻城十二，助魏破齊(136)，唯燕未得一日之勞為子孫壽(137)，後世豈能帖帖(138)無事乎！吾深為君憂之。」總泣且拜，曰：「自數人來，未聞先生之言，今者幸枉(139)大教，吾心定矣。」

明年春，劉總出燕(140)，卒于趙，忠護(141)總喪來，數日亦卒。年六十四，官至御史大夫(142)。忠弟憲，前范陽安次(143)令，持兄喪歸葬于絳，常往來長安間。元年(144)孟春(145)，某遇於馮翊(146)屬縣北徼(147)中，因吐其兄之狀，某因直書(148)其事，至於褒貶之間(149)，俟學《春秋》者焉(150)。

【注　釋】❶絳　地名。在今山西省新絳縣。❷天寶　唐玄宗李隆基的年號。西元七四二年至七五五年。❸令內黃　當內黃縣的縣令。令，當縣令。內黃，地名。在今河南省內黃縣。❹死燕寇　被安祿山叛軍所殺。死，死於。燕寇，指安祿山叛軍。燕地是安祿山的老巢，故稱之為「燕寇」。❺去　離開。這裡指離開幽州鎮的治所幽州。❻牧　官名。即一州之長。當時劉濟任幽州節度使，總管此州的軍事、民政、財務諸事。❼與　交給。❽白狼口　山名。在今遼寧省凌源市境內。❾漁陽　地名。轄區相當於今北京市平谷縣、天津市薊縣等地。治所在今薊縣。❿范陽　地名。唐天寶初置范陽郡，治所也在薊縣。這裡范陽即指薊縣。⓫元和　唐憲宗李純的年號。西元八〇六年至八二〇年。⓬中黃門　指宦官。東漢的黃門令、中黃門諸官皆以宦官充任，後來便稱宦官為「黃門」、「中黃門」。這次率禁兵出征的是宦官吐突承璀。⓭趙　地名。這裡指割據趙地的成德軍節度使王承宗。⓮魏牧　魏州之長。當時田季安任魏博節度使，治所在魏州（在今河北省魏縣）。⓯虜　俘獲；占領。⓰超佐伍　走出隊列。超，越過；走出。佐伍，指將士行列。佐，僚屬。伍，行列。⓱格沮　阻止；反對。⓲某　指那個「超佐伍而言」、主張抗擊唐軍的人。⓳相臣　宰相與大臣。⓴耆臣　老臣。耆，老。㉑宿將　老將。㉒中臣　宦官。㉓輸　運送。引申為使用。㉔禁甲　指禁兵。皇帝的親兵。㉕叩　遇到；交戰。㉖碎　這裡指被擊潰。㉗上　指皇上。㉘下　指臣下。具體指上文提到的「相臣」。㉙任智　任用有智慧的人。㉚仗　依靠；任用。㉛練　選擇。㉜畢力　用盡全力。㉝鑑　引為教訓。㉞校　通「較」。比較；衡量。㉟然則　那麼。㊱悉甲壓境　帶領所有的部隊逼近趙地。悉，全部。境，指趙境。㊲陰遺　暗中送去。陰，暗中。遺，送。㊳賣友　出賣朋友。指出賣趙地的成德軍節度使王承宗。㊴與　幫助。㊵執事　辦事人員。這裡實際指王承宗。書信中常把「執事」用作對方的敬稱，表示不敢直指其人。㊶陴障　城牆和堡寨。引申為防守。陴，城牆上的女牆，上有孔穴，可以窺外。障，用來防守的堡寨。㊷符信　證明。㊸此乃句　這樣就可以使我們能夠同北邊的你們繼續友好下去。北，趙在魏的北邊。奉，敬詞。尊奉。㊹西得句　使我們還能夠成為西邊唐朝廷的臣子。唐朝都城長安在魏州的西邊，故言。㊺角尖之耗　很小的損失。角尖，形容很小。耗，損失。㊻不世之利　長期的好處。不世，非一世的。㊼無意　不考慮；不照顧。㊽魏　一本作「趙」。誤。應為「魏」。㊾脫　倘或；也許。㊿霸基　霸主的基業。(51)眷　寵愛；愛護。(52)堂陽　地名。在今河北省新河縣西。(53)疾　趕快；馬上。(54)終　最終。(55)繫獄　被關在獄中。(56)詔　皇上的詔書。(57)孱　弱小。(58)事　這裡指進攻。(59)予　唐憲宗自稱。(60)解獄　打開監獄。(61)信　確實。(62)潞　地名。即潞州。在今山西省長治縣。盧從史時在潞州一帶任昭義節度使。(63)畫　謀劃。(64)障　屏障。燕地的劉濟也是一個半割據者，燕地處於趙地之北，唐軍勢力範圍在黃河之南，故言趙是燕的屏障。(65)一旦　一則；一是。(66)見伐　被征伐。見，被。(67)孕 心懷。(68)坐 固守；擁有。(69)易水 河名。在今河北省。一般被視為燕地的南界。(70)賣恩於趙 討好於趙。(71)售 賣出。引申為達到目的。(72)卒染句 最終因趙人的胡說而染上了壞名聲。卒，最終。私，指自私的壞名聲。本句的「趙」疑為「潞」。(73)見德 受到感激。(74)嘈嘈 形容聲音雜亂的樣子。(75)唯 表希望的句首語氣詞。(76)醢以徇 殺死示眾。醢，古代的一種酷刑，把人殺死後剁成肉醬。徇，示眾。(77)饒陽 地名。在今河北省饒陽縣。(78)束鹿 地名。在今河北省束鹿縣。(79)卒 死。劉濟被其次子劉總毒殺於軍中。(80)總 人名。即劉濟次子劉總。(81)用事 當權。(82)誅齊 指收復平盧、淄青十二州。唐德宗建中二年（西元七八一年），平盧、淄青節度使李正己卒，其子李納擅領兵政，稱齊王。李納死，其子李師古繼之。李師古死，其弟李師道又繼之。到元和十四年（西元八一九年），朝廷出兵討伐，李師道伏誅。(83)三分其地 即把平盧、淄青十二州三分後併入其他州郡。(84)數窮 運行發展有一個終點。數，運行規律。窮，終點。(85)天地 即天下、全國。(86)建中 唐德宗李适的年號。西元七八〇年至七八三年。(87)朱泚句 朱泚直接與天子作戰，並占領了都城長安。狩，打獵。引申為攻占。畿甸，指長安一帶。京城所管轄的地區叫「畿」，都城外百里之內叫「郊」，郊外叫「甸」。建中四年，涇原節度使姚令興軍在長安譁變，唐德宗奔奉天，姚軍立朱泚為帝。興元元年（西元七八四年），唐將李晟收復長安，朱泚被殺。(88)李希句 李希烈在梁地自稱建興王。建中三年（西元七八二年），淮寧節度使李希烈（時還兼平盧等州節度使）在許州（今河南省許昌市）自稱天下都元帥、太尉、建興王，反叛朝廷。僭，僭越。指自稱元帥、王。梁，戰國諸侯國名。即魏國。在今河南省中北部地區及山西省西南部一帶。許州屬古梁地。(89)王武句 王武俊在趙地自稱趙王。建中三年，王武俊殺割據趙地的成德軍節度使李惟岳，舉成德鎮投降唐朝，德宗任命他為恒冀觀察使，王武俊怨朝廷不給節度使名號，起兵反叛。興元元年（西元七八四年）再次投降唐朝。(90)朱滔句 朱滔在冀州自稱大冀王。冀，指冀州。包括今河北省及河南省北部。朱滔為朱泚之弟。建中三年，任盧龍節度使的朱滔反叛，自稱大冀王。(91)田悅句 田悅在魏地自稱魏王。建中二年（西元七八一年）魏博節度使田悅反叛，自稱魏王。(92)李納句 見(82)。(93)低目句 低頭就可看到。猶言「俯拾即是」。形容多。(94)卒 最終。(95)已來 以來。(96)劉闢 人名。永貞元年（西元八〇五年），劍南西川節度使韋皐卒，行軍司馬劉闢自稱留後。不久又起兵反叛。元和元年（西元八〇六年），唐軍攻克成都，劉闢伏誅。(97)棧道 在險絕的懸崖上用竹木架成的道路。這裡是說蜀地十分險要，靠棧道纔能通行。(98)劍閣 棧道名。在今四川省劍閣縣東北大劍山和小劍山之間，是川、陝之間的主要通道，為軍事戍守要地，地形非常險要。(99)見羈 被擒獲。見，被。羈，束縛；擒獲。(100)李錡 人名。李錡先後任潤州刺史和浙西節度使。元和二年（西元八〇七年），李錡舉兵叛亂，但很快即被部下擒獲，後送朝廷，伏誅。李錡的叛亂地在今江浙一帶，古屬吳地。(101)撫石頭　占有石頭城這樣的軍事要地。撫，握有；占有。石頭，城名。故址在今南京市西石頭山後。它因山為城，因江為池，地形險要，為攻守金陵（即今南京市）的必爭之地。(102)反束　手被反綑。(103)田季安　人名。為魏博節度使。(104)精甲　精兵。(105)駕趙句　把趙地的叛軍作為自己的坐騎。即倚重趙地叛軍。(106)鼎立句　魏、潞、趙三地相互倚重，成三足鼎立之勢。鼎，古代一種烹煮器物，一般為三足。相視，相互關照；相互幫助。(107)繞壍　環繞著戰壕。壍，同「塹」。壕溝；護城河。(108)萬戟　上萬名將士。戟，武器名。這裡指執戟的將士。(109)忽在句　恍恍惚惚地被人關在囚車之中。忽，恍惚。形容神志不清。檻車，囚車。元和五年（西元八一〇年），盧從史接受朝廷命令，討伐王承宗，但他逗留不前，暗中與王承宗勾結。朝廷命吐突承璀設計擒獲盧從史，用囚車送入長安。不久貶為驩州司馬。杜牧說他「身如大醉」，是說他利令智昏。盧從史之所以信任吐突承璀，是因為吐突承璀曾送給他大量的珍寶。(110)墳杵　用來築墳的工具。杵，用來把土搗實的棒槌。(111)逐客　被趕走的人。元和六年，田季安死，田弘正（非田季安家族人）為眾所立。田弘正廢田季安之子田懷諫，次年將田懷諫送入長安。田弘正歸附朝廷。(112)被　通「披」。穿在身上。(113)重葉　兩層鐵葉。(114)圓三句　使用強弓。圓，拉圓；拉開。三石，三百六十斤。古代一百二十斤為一石。弦，弓弦。代指弓。三石之弦，指需要三百六十斤力氣纔能拉開的強弓。(115)突　快速衝擊。(116)卒如句　速度快如搏擊的鶻鳥。卒，通「猝」。快。鶻，鳥名。俗稱魚鷹。鶻屬。性凶猛，飛速快。(117)一可枝百　一個人可抵擋一百個人。枝，通「支」。抵擋。(118)北　敗。(119)然夜二句　吳元濟據蔡州反叛，元和十二年（西元八一七年），唐將李愬乘夜雪奔襲蔡州，生擒吳元濟。(120)經地　擁有土地。經，經營；治理。(121)渤海　我國的內海。在今遼東半島和山東半島之間。(122)牆泰山　以泰山為城牆。泰山，山名。五嶽中的東嶽。在今山東省。(123)壍大河　以黃河為護城河。大河，指黃河。(124)億　這裡指十萬。(125)鈐劍句　把守著險要的地帶。鈐，封鎖。劍，手執武器防守。疑「鈐劍」應為「鈐鍵」。鎖鑰。作動詞用。防守。阨，險要；險要的地方。(126)潭趙　地名。在今山東省鄆城縣西。(127)首竿　首級被掛在竹竿上示眾。指李納之子李師道被誅事。見(82)。(128)巨謀纖計　無論處理大事還是小事的計畫。纖，小。(129)平章　商量處理。(130)鋪樂　安排音樂歌舞。鋪，設置；安排。(131)戴星徘徊　指流連忘返，一直到天黑。(132)顛玩　善於說笑戲謔。顛，打諢說笑。(133)顏澀句　面有皺紋而不光滑。顏，面容。澀，不光滑。展，面容平滑潤澤。本句是說皇上一心治國，無意玩樂，故那些逗皇上取樂的弄臣們沒有得到好的供養，心情也不高興。(134)須臾　片刻。(135)駸駸　形容進軍急速的樣子。(136)助魏句　幫助魏博節度使田弘正討平李師道。田弘正率魏博鎮歸降朝廷後，又受命討伐李師道。當時參加討伐的還有宣武、義成、武寧、橫海諸路兵。割據趙地的成德軍節度使王承宗於元和十三年（西元八一八年）求哀於田弘正，獻城池給朝廷，並送二子為質。137壽 泛指福澤。138帖帖 形容太平安定的樣子。139枉 敬詞。屈就。140出燕 指離開燕地入長安朝見天子。141護 護送。142御史大夫 官名。其位僅次於丞相。主管彈劾。143安次 地名。在今河北省安次縣。144元年 指大和元年（西元八二七年）。145孟春 春天的第一個月。即正月。146馮翊 地名。在今陝西省大荔縣。唐代的馮翊（又稱同州）為郡治，故有屬縣。147北徵 地名。當時為馮翊郡的一個屬縣。148直書 如實地記錄。149褒貶之間 進行評價。150俟學句 還要等待研究過《春秋》的人來做這項工作。俟，等待。春秋，書名。相傳是孔子根據魯國史書修訂而成，其寫作目的是為了褒善貶惡。因此那些研究過《春秋》的人知道如何去評價人物、事件。

【語　譯】譚忠是絳地人。他的祖父叫譚瑤，天寶末年，譚瑤當過內黃縣縣令，死於安祿山叛軍之手。譚忠性格豪爽，愛好軍事。在他離開幽州時，幽州節度使劉濟給他二千人馬，讓他駐守白狼口。後來又讓他率領漁陽地區的軍隊，駐守范陽。

元和五年，朝廷命宦官吐突承璀率禁兵討伐割據趙地的王承宗。魏博節度使田季安同他的部下商議說：「朝廷的軍隊整整二十五年都沒有跨過黃河北伐，現在一旦越過我們魏地去進攻趙地，如果趙地真的被朝廷收復了，我們魏地也就保不住了。我們該怎麼辦？」其中有一個部下就走出隊列，說：「希望您給我五千騎兵，我願意為您解除這個擔憂！」田季安聽後大聲叫道：「你真有氣魄！我決心出兵抗拒唐軍，反對者斬首！」當時，譚忠剛好為劉濟出使魏博鎮。他知道了這個決定後，就去對田季安說：「那位部下出兵抗命的意見，將會引來整個天下部隊的討伐。為什麼呢？往年朝廷的部隊收復了蜀地和吳地，從無失策，那都是出於宰相和大臣們的計謀。現在，朝廷的部隊越過魏地去進攻趙地，皇上不派老臣宿將，卻把這個重任全部交給宦官；不徵調全國各地的軍隊，卻多用禁兵，您知道這是誰出的主意嗎？這是皇上自己出的主意，他是想用這次軍事行動在臣下面前炫耀自己的才能，從而使臣下對他心服口服。這次如果唐軍還未同趙地軍隊交鋒，就先被您給擊敗了，這樣就顯得皇上的計謀反而比不上臣下的計謀，皇上在天下人面前能不感到羞恥嗎？皇上既羞又怒，於是就會任用有智慧的人為他出謀劃策，就會依靠猛將，挑選精兵，用盡所有的力量再次渡過黃河北伐。皇上將會以上次失敗為戒，肯定不再越過魏地去進攻趙地；再說比較一下罪過，皇上也肯定認為您的罪過大於趙人。這樣一來，朝廷的軍隊既不進攻上邊的，也不進攻下邊的，整個矛頭將直衝您而來。」田季安問：「那麼我現在該怎麼辦呢？」譚忠回答說：「當朝廷軍隊進入魏地以後，您要好好地犒勞他們。然後率領全部軍隊進逼趙地，聲稱要幫助朝廷討伐趙人，同時暗中派人送一封書信給趙人，信上說：『我們如果討伐趙人，那麼黃河以北的義士就會說我們出賣朋友；我們如果幫助趙人，那麼黃河以南的忠臣就會說我們背叛君主。出賣朋友和背叛君主的壞名聲，我們都不忍心接受。您如果能夠暗中撤除防守，送給我們一座城池，我們就能夠拿這座城池向皇上報捷，並以此證明我們對朝廷的忠誠。這樣就能夠使我們北邊繼續同您保持友好關係，同時也能與西邊的朝廷繼續保持君臣關係。一座城池對您來說，不過是很小的一點損失，卻能使我們獲得長期的好處，您怎能不為我們著想一下呢？』趙人也許不會拒絕您的要求，這樣，您的霸主基業就安穩了。」田季安說：「太好啦！您這次來，是上天對我們的愛護。」於是就採用了譚忠的計謀，與趙人暗中商議，得到了趙人的堂陽。

譚忠回到幽州後，想激勵劉濟討伐趙人，剛好劉濟召集眾將，商議說：「皇上知道我痛恨趙人，現在命令我去討伐他們，趙人也肯定會嚴密地防備我，討伐趙人與不討伐趙人，哪一樣更有利？」譚忠馬上回答說：「皇上最終會改變命令不讓我們討伐趙人，趙人也不會防備我們。」劉濟發怒說：「你何不直接講我劉濟和趙人一起背叛了朝廷？」於是就把譚忠關入獄中。劉濟接著派人偵察趙人的動靜，趙人果真沒有防備自己。後來有一天，詔書也真的來了。詔書說：「幽州南邊有趙，北邊有胡人，胡人強大凶猛，而趙的力量弱小，你不可不防備胡人而來討伐趙人。你就小心地為朕守護好北邊的疆土，不要讓朕再去擔憂胡人的侵擾，使朕能夠一心一意地討伐趙人，這就是你的功勞。」劉濟馬上打開監獄，召見譚忠，問道：「情況的確像您判斷的那樣，您是如何知道的？」譚忠回答說：「潞州的昭義節度使盧從史外表上與我們親近，實際上內心裡忌恨我們；他外表上與趙人斷交，實際上內心裡想幫助他們。他為趙人謀劃說：『幽州以趙地為屏障，幽州人雖然痛恨趙人，但肯定不會進攻趙人，不必防備他們。這樣一可以表示趙人不敢對抗幽州，二可以引起朝廷對幽州人的懷疑。』趙人既然不防備我們，盧從史就可以派人跑去對皇上說：『幽州人非常痛恨趙人，現在趙人受到朝廷的討伐，卻不防備幽州人，這說明幽州人反而在幫助趙人。』我就是根據這些情況知道皇上最終不會讓您討伐趙人，趙人也肯定不會防備我們。」劉濟問道：「現在我們該怎麼辦？」譚忠回答說：「我們對趙人心懷怨恨，天下無人不知，現在皇上討伐趙人，而您擁有整個幽州的兵馬，卻沒有派一兵一卒渡過易水向南進討，這樣正好使盧從史可以拿我們向趙人討好，同時也以此破壞我們對皇上忠誠的名聲，他可以說是一箭雙雕。這樣一來，我們雖然懷著一顆忠義之心，卻由於趙人、潞人的胡說八道，最終染上了一個壞名聲，不僅趙人不會感激我們，我們的壞名聲還會白白地被人七嘴八舌地傳遍整個天下。希望您反覆考慮這件事。」劉濟說：「我知道該怎麼做了。」於是下令軍中，說：「五日之內，全軍出發討伐趙人，延誤軍期者，處以死刑示眾。」劉濟親自率領七萬人向南討伐趙人，屠滅趙人的饒陽、束鹿二城，殺死萬人左右，後來突然死於軍中。

劉濟的兒子劉總接替了幽州節度使這一職務，譚忠也再次當權。元和十四年春天，趙人向朝廷獻上了十二座城池。同年冬天，朝廷討平了割據齊地的李師道，三分其地以併入其他州郡。譚忠乘機勸說劉總：「所有的天地萬物，其運行發展都會有一個終點，統一久了，一定會分裂；分裂久了，一定會統一。河北地區與天下分離，已經六十年了，這也是到了運行發展的極點的時候了，一定會與整個天下再次統一起來。再說建中年間，朱泚直接與天子作戰，並占領了長安一帶，李希烈在梁地自稱建興王，王武俊在趙地自稱趙王，朱滔在冀州自稱大冀王，田悅在魏地自稱魏王，李納在齊地自稱齊王，各州郡的兵亂經常發生，可以說俯拾即是。在這個時候，可以說是十分危急了，然而整個天下最終卻太平無事。自元和以來，劉闢堅守蜀地，他憑著劍閣棧道這些險要的地勢，自以為子孫世世代代都可以占有這塊地盤，然而朝廷僅出兵三萬，數月之間就擒獲了他。李錡擁有橫貫東西的長江天險，占據了險要的石頭城，還擁有整個吳地的兵力，然而他還沒來得及同朝廷打上一仗，就在軍帳中被部下綑綁起來。田季安割據魏地，盧從史割據潞州，這些地方的軍隊都是天下最精銳的軍隊，他們又倚重於趙地叛軍，這樣，魏、潞、趙相互勾結，形成了三足鼎立之勢，可算是夠強大了。盧從史雖然挖了長達五十里的護城河，用上萬名武士保護自己，然而他本人卻如喝醉了一般，就那樣糊裡糊塗地被關進了囚車。田季安死後，為他修墳的工具還沒有來得及收拾起來，他的家屬就被人趕走了。蔡州的叛軍穿著有雙層鐵葉的甲衣，帶著數百斤力氣纔能拉開的強弓，手持長達九尺的刀槍，他們前後跳躍，速度快得像搏擊獵物的鶚鳥，一可擋百的勇士，他們累計就有數萬人，在抗拒朝廷討伐的四年中，他們打的敗仗不到兩三次，這可算是堅不可摧了，然而在大雪飛揚的深夜，他們的蔡州城卻輕易地落入唐軍之手。齊地的李師道管轄著方圓數千里土地，他背靠渤海，以泰山為城牆，以黃河為護城河，擁有數十萬精兵，把守住險要的地帶，可算是夠安全的啦，然而他兵敗於潭趙，自己的首級被掛在竹竿上放在都市裡示眾。這些事情都是您所親眼看到的，朝廷的這些勝利也不是靠人力所能取得的，大概是上帝派了神兵天將下來討伐這些叛軍吧！現在，皇上無論大事小事，都一定與大臣們商量；欣賞歌舞，外出打獵，皇上從未流連忘返到天黑；那些逗皇上取樂的弄臣，因得不到皇上的重視而愁眉不展；皇上節衣縮食，用來賞賜將士，皇上的心裡片刻也沒有忘記統一天下的事情。現在，朝廷的軍隊快速向北推進，趙人已經獻出了十二座城池，並幫助魏博節度使田弘正討平了割據齊地的李師道，只有我們還沒有為朝廷建立一點能使我們後代子孫獲福的功勞，我們的後代子孫怎能過上太平無事的日子呢！我為您深深地擔憂此事。」劉總聽後，流著淚向譚忠施禮，說：「我接觸過許多人，從未聽到過像您這樣的話，今天幸虧有您這一番教導，使我下定了歸順朝廷的決心。」

第二年春天，劉總離開幽州入朝，路過趙地時去世。譚忠護送劉總的靈柩來到長安，幾天之後也去世了，終年六十四歲，官至御史大夫。譚忠的弟弟叫譚憲，從前當過范陽郡安次縣縣令，他護送兄長的靈柩回到老家絳地安葬，後來經常往來於絳地和長安之間。大和元年初春，我與他在馮翊郡的屬縣北徵相遇，他便把他兄長的生前經歷告訴了我，我根據他的談話，如實記錄了譚忠的事跡。至於對其人其事如何評價，還要等待研究過《春秋》的學者來做這項工作了。

張保皐、鄭年傳

【題　解】本文雖然題為〈張保皐、鄭年傳〉，但作者的用意並非為二人作傳，而是借二人的事跡和郭子儀、李光弼之間的交往情況，讚美那些既有仁義之心又有聰明才智的人。作者認為，一個國家是興盛還是衰亡，關鍵就在於是否能夠任用這些既仁且智的賢人。本文的層次非常清楚，第一部分是敘事，第二部分是議論，敘事是為議論作鋪墊，議論纔是本文的中心所在。

新羅❶人張保臯、鄭年者，自其國來徐州❷，為軍中小將。保臯年三十，年少❸十歲，兄呼保臯。俱善鬭戰，騎而揮槍，其本國與徐州無有能敵者。年復能沒海❹履其地❺，五十里不噎❻，角❼其勇健，保臯差❽不及年。保臯以齒❾，年以藝，常齟齬❿不相下。

後保臯歸新羅，謁其王曰：「遍中國以新羅人為奴婢，願得鎮清海⓫，使賊不得掠人⓬西去。」其王與萬人，如其請，自大和⓭後，海上無鬻⓮新羅人者。保臯既貴於其國，年錯窶⓯去職，饑寒在泗⓰之漣水縣⓱。一日言於漣水戍將馮元規曰：「年欲東歸乞食於張保臯。」元規曰：「爾與保臯所挾⓲何如，奈何去取死其手⓳？」年曰：「饑寒死不如兵死⓴快，況死故鄉邪！」年遂去。至謁保臯，保臯飲之極歡。飲未卒，其國㉑使至，大臣殺其王，國亂無主。保臯遂分兵五千人與年，持年泣曰：「非子不能平禍難。」年至其國，誅反者，立王以報㉒。王遂徵保臯為相，以年代保臯。

天寶安祿山亂，朔方㉓節度使安思順㉔以祿山從弟㉕賜死，詔郭汾陽㉖代之。後旬日㉗，復詔李臨淮㉘持節㉙分朔方半兵東出趙、魏。當思順時，汾陽、臨淮俱為牙門都將㉚，將萬人，不相能㉛，雖同盤飲食，常睇㉜相視，不交一言。及汾陽代思順，臨淮欲亡去，計未決，詔至，分汾陽兵東討，臨淮入請曰：「一死固甘㉝，乞免妻子。」汾陽趨下㉞，持手上堂偶坐㉟，曰：「今國亂主遷㊱，非公不能東伐，豈懷私忿時耶！」悉召軍吏，出詔書讀之，如詔約束㊲。及別，執手泣涕，相勉以忠義。訖平劇盜㊳，實二公之力。

【章旨】本章為第一部分，主要是敘述張保皐與鄭年、郭子儀與李光弼的交往情況，為後面的議論作好了鋪墊。

【注釋】❶新羅　韓國的古國名。又叫斯羅、雞林。居朝鮮半島南部地區，首都慶州。先與高句麗、百濟並立，後統一朝鮮半島的大部。❷徐州　地名。即今江蘇省徐州市。❸少　年輕；比……小。❹沒海　潛入海中。❺履其地　在海底行走。履，踩；行走。❻噎　這裡指噎氣、窒息。❼角　鬭；比賽。❽差　略微。❾齒　歲數；年齡。❿齟齬　意見不合；相互矛盾。⓫清海　朝鮮半島古地名。為新羅國主要出海港口之一。⓬掠人　搶奪人口。⓭大和　唐文宗李昂的年號。西元八二七年至八三五年。⓮鬻　賣買。⓯錯寞　又寫作「錯莫」。雜亂；陰差陽錯。⓰泗　水名。即泗水。又叫泗河。發源於今山東省泗水縣陪尾山，後流入淮河。⓱漣水縣　地名。在今江蘇省漣水縣。⓲所挾　所保持的。這裡指所保持的關係。⓳取死其手　死於其手。⓴兵死　死於兵器。即斬首。㉑國　這裡指國都。㉒報　指向張保皐彙報。㉓朔方　唐代方鎮名。轄區相當於今陝西省靈武縣一帶及內蒙古自治區中的黃河以南地區。㉔安思順　人名。安祿山的堂弟。㉕從弟　堂弟。㉖郭汾陽　即郭子儀。郭子儀在平息安史之亂中，功勞最大，被朝廷封為汾陽郡王。故又稱「郭汾陽」。㉗旬日　十來天。十天為一旬。㉘李臨淮　即李光弼。因在平息安史之亂中建立大功，被朝廷封為臨淮郡王。故又稱「李臨淮」。㉙持節　手持符節。這裡僅為名號。古代的使臣必持節以為憑證。唐代的持節為官號，已無節，但頒發銅魚符。因此，這裡的「持節」僅為名號。㉚牙門都將　將軍名號。㉛不相能　相互不團結，有矛盾。㉜睇　斜視。表示仇恨。㉝固甘　甘心情願。固，表程度之深。㉞趨下　快步走下。㉟偶坐　相對而坐。偶，相對。㊱主遷　君主離開都城，流亡他處。安史之亂時，唐玄宗逃往蜀地。㊲約束　安排。㊳訖平句　到了討伐、平息安史之亂時。訖，通「迄」。至；到。劇盜，指安祿山叛軍。劇，厲害；殘暴。

【語　譯】新羅人張保皐、鄭年二人，從他們的國家來到了徐州，在軍隊中當下級軍官。張保皐三十歲，鄭年比他小十歲，鄭年稱張保皐為兄長。他們二人都善於作戰，騎上戰馬，揮動長槍，無論是在新羅還是在徐州，都沒有他們的對手。鄭年還能潛入海中，在海底行走五十里而不會窒息。比較一下二人的勇健程度，張保皐比鄭年略微差一點。張保皐認為自己年齡大一些，鄭年認為自己武藝高一些，因此二人經常意見不合，互不相讓。

後來，張保皐回到了新羅，他去覲見國王，對國王說：「整個中國都拿我們新羅人當奴婢，希望能讓我去鎮守清海，使那些盜賊不能把我們的人掠賣到西邊的中國去。」新羅國王給他一萬士兵，答應了他鎮守清海的請求。自大和以後，海上販賣新羅人口的現象就沒有了。張保皐在新羅當了大官以後，而鄭年在徐州卻陰差陽錯地丟了軍職，流落到泗州的漣水縣，過著饑寒交迫的生活。有一天，鄭年對漣水縣的守將馮元規說：「我想回到東邊的新羅，向張保皐討口飯吃。」馮元規說：「你與張保皐是什麼樣的關係，你怎麼能去他那裡送死呢？」鄭年說：「饑寒而死，還不如斬首來得痛快，更何況我是死在故鄉。」於是鄭年就離開了中國。在他拜見張保皐時，張保皐歡喜異常，設酒宴招待他。酒宴還未結束，國都裡派來了使者，說是大臣把國王殺了，都城裡一片混亂，也沒有新國王。張保皐於是就分出五千士兵給鄭年，然後抱著鄭年流著淚說：「除您之外，沒有人能夠平息這場禍難。」鄭年率兵到了國都，殺掉了叛亂者，立了新國王，然後向張保皐作了彙報。新國王就召張保皐到都城當了丞相，讓鄭年代替了張保皐原來的職務。

天寶年間，安祿山叛亂，朔方節度使安思順因為是安祿山的堂弟，被朝廷命令自殺，皇上下令讓郭子儀代替他的職位。後來過了十來天，皇上又命令給李光弼以「持節」的名號，分朔方節度使一半的兵力到東邊的趙地、魏地去作戰。在安思順當節度使時，郭子儀和李光弼都在他手下當牙門都將，各統領上萬名士兵，彼此結怨很深，即便是同桌吃飯，相互也是斜眼相視，不交談一句話。到了郭子儀接替安思順當了節度使以後，李光弼就想逃走，還沒下定最後決心，詔書已經來了，要分出郭子儀一半兵力向東進討。這時李光弼走進軍營，向郭子儀請求說：「我甘心情願被您殺死，但求您放過我的妻子和兒女。」郭子儀聽後，快步走了下來，拉著他的手一同走上大堂相對而坐，說：「現在國家大亂，皇上流亡在外，除了您，沒人能夠挑起東征重任，現在哪裡是我們記私仇的時候呢！」郭子儀就把所有的軍官召集起來，拿出詔書宣讀，並按照詔書的要求去部署兵力。到了分手時，二人拉著手，流著淚，用忠義之事相互勉勵。強大而殘暴的安祿山叛軍能夠被消滅，確實是依靠了二人的力量。

知其心不叛，知其材可任，然後心不疑，兵可分。平生積忿❶，知其心，難也；忿必見短❷，知其材，益❸難也，此保皐與汾陽之賢等❹耳。年投保皐，必曰：「彼貴我賤，我降下之，不宜以舊忿殺我。」保皐果不殺，此亦人之常情也。臨淮分兵詔至，請死於汾陽，此亦人之常情也❺。保皐任年，事出於己，年且寒飢，易為感動。汾陽、臨淮，平生抗立❻，臨淮之命，出於天子，搉❼於保皐，汾陽為優。此乃聖賢遲疑成敗之際❽也，彼無他❾也，仁義之心與雜情❿並植⓫，雜情勝則仁義滅，仁義勝則雜情銷，彼二人仁義之心既勝，復資之以明⓬，故卒⓭成功。

世稱周、邵⓮為百代人師，周公擁孺子⓯而邵公疑之。以周公之聖，邵公之賢，少事文王⓰，老佐武王⓱，能平天下，周公之心，邵公且不知之。苟有仁義之心，不資以明，雖邵公尚爾⓲，況其下⓳哉。語⓴曰：「國有一人㉑，其國不亡。」夫亡國非無人也，丁㉒其亡時，賢人不用，苟能用之，一人足矣。

【章 旨】本章為第二部分，主要說明國家必須重用既仁且智的賢人這一道理。

【注 釋】❶積忿 積怨。❷見短 容易看到對方的短處。❸益 更加。❹等 相等；一樣。❺臨淮三句 唐代節度使權力很大，可以處死部下。在皇上詔書未宣讀前，如果郭子儀為保護自己的軍事實力和洩私忿，是完全可以殺掉李光弼的。所以此時的李光弼也特別緊張。❻抗立 對立。❼推 推敲。引申為比較。❽際 關鍵時刻。❾彼無他 這沒有其他原因。❿雜情 私心雜念。⓫並植 並生；共存。⓬資之以明 在具有仁義之心的同時，再加上聰明才智。資，資助。之，代指仁義之心。明，智慧。⓭卒 最終。⓮周邵 指西周初年的兩位政治家周公姬旦和邵公姬奭。他們都是周文王的兒子（一說邵公出於周族支族，是周武王大臣），輔佐周武王滅商。周公被封於魯，召公被封於燕。後又一同輔佐周成王。⓯孺子 小孩子。指周成王姬誦。成王是周武王之子，武王死時，成王幼小，故由武王之弟周公攝政。⓰文王 指周文王姬昌。為周武王、周公、邵公之父。⓱武王 指周武王姬發。他滅掉商朝，建立周朝。⓲尚爾 尚且如此。爾，代詞。此。⓳其下 在邵公之下的人。指品德、才能不如邵公的人。⓴語 諺語。㉑一人 指一位既仁且智的賢人。㉒丁 當……的時候。

【語 譯】知道對方沒有叛亂之心，知道對方有可用之才，然後纔不會有懷疑之心，纔會把軍隊分給對方。由於平時對對方積怨很深，要想了解對方的思想，這是很困難的；由於積怨，一定容易看到對方的短處，這種情況下要想明白對方的才能，就更加困難了。在這一點上，張保皐和郭子儀做得同樣的好。鄭年在投靠張保皐時，心裡一定這樣想：「他現在高貴，我現在低賤，我向他低頭認輸，他應該不會因為過去的怨氣殺我。」張保皐果真沒有殺他，這也是人之常情啊。在分兵詔書到來的時候，李光弼請求郭子儀殺掉自己而放過家人，這也是人之常情啊。張保皐任用鄭年，此事出於他自己的決定，再說鄭年當時饑寒交迫，容易被張保皐的重用所感動。而郭子儀和李光弼，平生一直互不相讓，分兵給李光弼的命令，又是出於天子。在這一點上同張保皐相比，郭子儀的寬容之舉顯得更勝一籌。這種時刻往往是連聖賢也容易猶豫不決的時刻，同時也是決定成敗的關鍵時刻。這沒有其他什麼原因，主要是因為人們的仁義之心與私心雜念並存，如果私心雜念太重，仁義之心就消失了；如果仁義之心占了上風，那麼私心雜念就沒有了。張保臯、郭子儀二人的仁義之心占了上風，再加上他們的聰明才智，所以他們最終取得了成功。

世人都說周公、邵公堪為百代人的老師，然而在周公擁立、輔佐年幼的周成王時，邵公卻懷疑周公用心不善。周公是那樣的聖明，邵公是那樣的賢良，他們從小就在一起事奉文王，老年時又一起輔佐武王滅商，平定了天下，然而周公的那片忠於成王之心，連邵公尚且不能理解。如果只有仁義之心，而缺乏聰明才智的話，即便是像邵公那樣的賢人尚且會如此，更何況那些比不上邵公的人呢！諺語說：「如果國家有一位既仁且智的賢人，那麼這個國家就不會滅亡。」那些滅亡的國家並非沒有這樣的賢人，而是在它們滅亡的時候，沒有重用這些賢人，如果能夠重用他們，一個賢人就足夠了。

竇列女傳

【題解】列女，又寫作「烈女」。指那些重義輕生、有節操的婦女。本文主要記述了列女竇桂娘憑著自己的機智和勇敢謀殺叛臣以及自己最終也被殺害的經過。作者高度讚揚了竇桂娘的忠烈品質，批判了那些見利忘義、逆順不辨的鬚眉男子。

列女姓竇氏，小字❶桂娘。父良，建中❷初為汴州❸戶曹掾❹。桂娘美顏色❺，讀書甚有文。李希烈❻破汴州，使甲士至良門，取桂娘以去。將出門，顧❼其父曰：「慎無戚❽，必能滅賊，使大人❾取富貴於天子。」桂娘既以才色在希烈側，復能巧曲❿取信，凡希烈之密，雖妻子不知者，悉⓫皆得聞。希烈歸蔡州⓬，桂娘謂希烈曰：「忠而勇，一軍莫如陳先奇。其妻竇氏，先奇寵且信之，願得相往來，以姊妹敘齒[13]，因徐[14]說之，使堅先奇之心。」希烈然之[15]，桂娘因以姊事先奇妻。嘗間[16]曰：「為賊兇殘不道[17]，遲晚必敗，姊宜早圖遺種之地[18]。」先奇妻然之。

興元[19]元年四月，希烈暴死[20]，其子不發喪，欲盡誅老將校，以卑少者[21]代之。計未決，有獻含桃[22]者，桂娘白[23]希烈子：「請分遺先奇妻，且以示無事於外。」因為蠟帛書[24]，曰：「前日已死，殯[25]在後堂，欲誅大臣[26]，須自為計。」以朱[27]染帛丸[28]，如含桃。先奇發丸見之，言於薛育，育曰：「兩日希烈稱疾，但怪樂曲雜發[29]，晝夜不絕，此乃有謀未定，示暇[30]於外，事不疑矣。」明日，先奇、薛育各以所部譟[31]於牙門[32]，請見希烈，希烈子迫出拜曰：「願去偽號[33]，一如李納[34]。」先奇曰：「爾父勃逆[35]，天子有命。」因斬希烈及妻子，函[36]七首以獻，暴[37]其屍於市。後兩月，吳少誠[38]殺先奇，知桂娘謀，因亦殺之。

請試論之：希烈負[39]桂娘者，但劫[40]之耳，希烈僭而桂娘妃，復寵信之，於女子心，始終希烈可也。此誠知所去所就[41]，逆順輕重之理明也。能得希烈，權[42]也；姊先奇妻，智也；終能滅賊，不顧其私，烈也。六尺男子，有祿位者，當希烈叛，與之上下[43]者眾矣，豈才力不足邪？蓋義理苟至[44]，雖一女子可以有成。

大和元年，予客遊涔陽㊺，路出荊州㊻松滋縣㊼，攝令㊽王淇為某言桂娘事。淇年十一歲能念五經㊾，舉童子及第㊿，時年七十五，尚可日記千言(51)。當建中亂，希烈與李納、田悅、朱泚、朱滔(52)等僭詔(53)書檄(54)，爭戰勝敗，地名人名，悉能說之，聽說如一日前。言寶良出於(55)王氏，實(56)淇之堂姑子(57)也。

【注釋】❶小字　乳名；小名。❷建中　唐德宗李适的年號。西元七八〇年至七八三年。❸汴州　地名。即今河南省開封市。❹戶曹掾　官名。又叫戶曹、司戶。掌管民戶、田宅、婚姻、雜徭、道路等事。❺顏色　容貌。❻李希烈　人名。建中三年（西元七八二年），時任淮寧軍節度使的李希烈叛亂，自稱天下都元帥。第二年底攻入汴州，稱楚帝。不久為劉洽所敗，逃歸蔡州。❼顧　回頭。❽慎無句　千萬不要傷心。慎，表示告誡，相當於「千萬」。戚，傷心。❾大人　指寶桂娘的父親。❿巧曲　指巧妙、曲附的方法。⓫悉　都。⓬蔡州　地名。即今河南省汝南縣。⓭敘齒　按年齡排大小。齒，年齡。⓮徐　慢慢地。⓯然之　認為她說得對。然，認為……是對的。之，代指寶桂娘說的話。⓰間　祕密地；悄悄地。⓱不道　無道；叛逆。⓲遺種之地　使子孫後代能活下去的辦法。遺種，後代。地，退路。引申為方法。古代反叛者是要滅族的，故有此言。⓳興元　唐德宗李适的年號。只有一年，即西元七八四年。⓴希烈句　關於李希烈的死亡時間，《新唐書》和《資治通鑑》都認為是貞元二年（西元七八六年），死因是部將陳先奇下毒藥所致。㉑卑少者　地位低下的年輕人。㉒含桃　櫻桃的別名。㉓白　說。㉔因為句　找機會在絲綢上寫了一封信，然後用蠟把它包裹成丸狀。因，趁機；找機會。為，寫。帛，絲綢。書，信。㉕殯　停放靈柩。㉖大臣　指李希烈的部下。當時李希烈自稱楚帝，故稱其部下為大臣。㉗朱　紅色顏料。㉘帛丸　即上文提到的「蠟帛書」。㉙雜發　演奏各種樂曲。雜，各種各樣。發，奏樂。㉚暇　閒暇無事。㉛譟　喧嘩；叫嚷。㉜牙門　軍門；營門。牙，指牙旗。為大將所建、以象牙為飾的大旗。軍營前立牙旗以表示大將所在的營門。㉝偽號　非法的帝號。偽，非法的。㉞李納　人名。李正己之子。李正己任平盧節度使時背叛朝廷，他死後，李納歸順朝廷，但其後又再次反叛，稱齊王。興元初，李納取消王號，又一次歸順唐朝。㉟勃逆　叛亂。勃，通「悖」。叛亂。㊱函　匣子。這裡用作動詞。用匣子裝著。㊲暴　暴露。這裡指陳屍示眾。㊳吳少誠　人名。幽州人。原為李希烈部將，後殺陳先奇，在蔡州一帶割據。㊴負　對不起。㊵劫　劫持；搶奪。㊶所去所就　該幹什麼，不該幹什麼。去，離開。就，接近。㊷權　權變；靈活。㊸與之上下　與他同流合污。㊹蓋義句　如果真正徹底明白了義理。蓋，句首語氣詞。苟，如果。至，極點；徹底。㊺涔陽　地名。在今湖南省北部的澧縣境內。㊻荊州　地名。即今湖北省荊州市。㊼松滋縣　地名。即今湖北省南部的松滋縣。㊽攝令　代理縣令。攝，代理。㊾五經　指儒家奉為經典的五部書。它們是《周易》、《尚書》、《詩經》、《禮記》、《春秋》。㊿童子及第　指中童子科。唐代制度，十歲左右的兒童，如果能通五經和《孝經》、《論語》中的一種，即可予官或賜出身，稱童子科。(51)千言　上千字。(52)田悅朱泚朱滔　均見〈燕將錄〉注。(53)僭詔　非法的僭越詔書。皇帝的命令纔能稱詔書，這幾位叛軍首領擅自稱帝稱王，也非法地把自己的命令稱作「詔」。(54)書檄　軍事文件。檄，用來徵召、聲討的文書。(55)出於　生於。(56)實　確實。有加強語氣的作用。(57)堂姑子　堂姑的兒子。

【語譯】那位烈女姓竇，小名叫桂娘。桂娘的父親叫竇良，建中初年，竇良在汴州任戶曹掾。桂娘容貌美麗，讀了許多書，很有文采。李希烈攻破汴州之後，派武士到竇良的家中，把桂娘強行帶走。桂娘在走出家門之前，回頭對父親說：「您千萬不要傷心，我一定能殺掉這些叛賊，讓您從天子那裡獲得富貴。」桂娘憑著自己的才能和容貌生活在李希烈的身邊，她還能夠用巧妙、曲附的辦法取得李希烈的信任。李希烈的所有祕密，即使連他妻子兒女都不知道的，而桂娘全能獲悉。李希烈敗歸蔡州之後，桂娘對他說：「論起既忠誠又勇敢的人，全軍沒有一個能夠比得上陳先奇。他的妻子也姓竇，極受陳先奇的寵愛和信任，我希望能夠同她多多交往，按年紀大小以姊妹相稱，找機會慢慢勸說她，讓她勸陳先奇對您永遠忠誠不渝。」李希烈認為她講得有道理，於是桂娘就把陳先奇的妻子視作姊姊。有一次，桂娘悄悄地對陳先奇的妻子說：「當叛賊的人凶殘無道，早晚都會失敗的，姊姊您應該早點為後代子孫著想。」陳先奇的妻子認為她講得很對。

興元元年的四月，李希烈突然死去，他的兒子祕不發喪，計畫把難以指揮的老將校們全部殺掉，用地位較低的年輕人去替代他們。還未做出最後決定時，有人獻上了櫻桃。桂娘就對李希烈的兒子說：「請讓我分送一些櫻桃給陳先奇的妻子，這樣在外人面前，也可顯得我們家中平安無事。」於是桂娘就找機會在絲綢上寫了一封信，然後用蠟把信包裹作丸狀。信上說：「李希烈前日已死，他的靈柩在後堂，他的兒子想殺掉大臣，望您趕快想辦法。」桂娘又用紅顏料把包信的蠟丸染紅，看上去像櫻桃一樣。陳先奇打開送來的櫻桃中的蠟丸，看到了這封信，就把此事告訴了另一位將軍薛育，薛育說：「這兩天他們一直說李希烈病了，可我又奇怪他們還在演奏各種樂曲，而且整夜不停，這說明他們有陰謀但未做出最後決定，所以奏樂以表示閒暇無事。李希烈已死這件事是確實無疑的。」第二天，陳先奇、薛育就率領各自的部隊，在軍門外喧嘩喊叫，要求見到李希烈。這時，李希烈的兒子被迫出來向大家施禮，說：「我願意去掉非法的帝號，像李納那樣歸順朝廷。」陳先奇說：「你們父子背叛朝廷，天子早有討伐之命。」接著就把李希烈及其妻子、兒子斬首，把他們的七顆首級裝在匣子裡獻給了朝廷，把他們的屍體擺放在街市上示眾。兩個月以後，吳少誠又把陳先奇殺了。吳少誠知道桂娘參與了殺李希烈的計謀以後，於是把桂娘也殺害了。

請讓我試著評論一下桂娘：李希烈對不起桂娘的地方，僅僅就是劫持了她而已。李希烈非法稱帝之後，桂娘就成了妃子，而且李希烈還寵愛她，信任她。按照一般女子的想法，桂娘始終跟著李希烈也就可以了。然而桂娘是一位真正懂得該幹什麼、不該幹什麼的女子，她明白逆順、輕重的道理。她能夠取得李希烈的寵愛和信任，說明她懂得權變；她把陳先奇的妻子當姊姊看待，說明她很有智慧；她最終滅掉了叛賊，而不考慮個人的私利，說明她能夠捨生取義。堂堂六尺高的男子，享受著朝廷的俸祿和官位，但在李希烈反叛時，很多這樣的男子卻與李希烈同流合污，難道是因為他們的才能和力量不足以抗拒叛賊嗎？如果真正徹底明白了義理，即使一個弱小女子也能有所成就。

大和元年，我到涔陽遠遊，路過荊州的松滋縣，松滋縣的代理縣令王淇為我談起了桂娘的事情。王淇十一歲時就能誦讀五經，中了童子科。他任代理縣令時已經七十五歲了，每天還能夠記誦上千字的文章。在建中年間國家動亂時，李希烈與李納、田悅、朱泚、朱滔等人有許多非法的詔書和軍書，還有當時的爭戰勝敗、地名人名等等，他都能一一道來，聽他談論這些事，就如同發生在昨天一樣歷歷在目。他還說竇良的母親與自己同姓同族，竇良就是他堂姑的兒子。

書處州韓吏部孔子廟碑陰

【題解】處州，地名。在今浙江省麗水市。韓吏部，指唐代著名文學家韓愈。因韓愈擔任過吏部侍郎一職，故被稱作「韓吏部」。元和年間，處州刺史李繁提倡儒學，他修築了孔子廟，興辦了學宮，韓愈對此非常讚賞，寫了一篇〈處州孔子廟碑〉，對孔子的歷史地位和李繁的倡儒之舉給予了高度的評價。碑陰，石碑的背面。韓愈的文章為正文，刻於孔子廟碑的正面，杜牧的這篇文章則刻於碑的背面。杜牧的文章觀點與韓愈的基本一樣，對孔子的學說和歷史地位給予了充分的肯定，批評了歷史上的反儒行為及其他各家學說。

天不生夫子❶於中國，中國當何如？曰不夷狄如❷也。荀卿祖❸夫子，李斯❹事❺荀卿，一日宰❻天下，盡誘夫子之徒與書坑而焚之❼，曰：「徒能亂人，不若刑名❽獄吏❾治世之賢❿也。」彼商鞅⓫者，能耕能戰⓬，能行其法，基秦為強⓭，曰：「彼仁義虱官⓮也，可以置之⓯。」自董仲舒⓰、劉向⓱，皆言司馬遷⓲良史也，而遷以儒分之為九⓳，曰：「博而寡要⓴，勞而無功，不如道家㉑者流㉒也。」自有天地已來，人無有不死者，海上迂怪之士㉓持出㉔言曰：「黃帝鍊丹砂，為黃金以餌之㉕，晝日乘龍上天，誠得其藥，可如黃帝。」以燕昭王㉖之賢，破強齊，幾於霸㉗；秦始皇㉘、漢武帝㉙之雄材，滅六強㉚，擗四夷㉛，盡非凡主㉜也。皆甘其說㉝，耗天下㉞、捐骨肉㉟而不辭，至死而不悟。莫尊於天地，莫嚴於宗廟㊱

社稷㊲，梁武帝㊳起為㊴梁國者，以筍脯㊵麪牲㊶為薦祀㊷之禮，曰：「佛之教，牲不可殺。」以天子尊，捨身為其奴㊸，散髮布地，親命其徒踐之㊹。

有天地日月為之主㊺，陰陽㊻鬼神為之佐，夫子巍然㊼統而辯之，復引堯、舜、禹、湯、文、武、周公為之助，則其徒不為劣，其治不為僻㊽。彼四君二臣㊾，不為無知，一旦不信，背而之他㊿，仍族滅之(51)。儻(52)不生夫子，紛紜(53)冥昧(54)，百家鬪起，是己所是(55)，非己所非(56)，天下隨其時而宗之(57)，誰敢非之(58)？縱有非之者，欲何所依擬(59)而為其辭(60)？是楊(61)、墨(62)、駢(63)、慎(64)已降(65)，百家之徒，廟貌而血食(66)，十年一變法，百年一改教，橫斜高下(67)，不知止泊(68)。彼夷狄者，為夷狄之俗，一定而不易(69)，若不生夫子，是知其必不夷狄如也。

韓吏部〈夫子廟碑〉曰：「天下通祀(70)，唯社稷與夫子。社稷壇而不屋(71)，取異代為配(72)，未若夫子巍然當門(73)，用王者禮(74)，以門人(75)為配，自天子至於庶人(76)，親北面(77)而師之。」夫子以德，社稷以功，固有次第(78)。因引孟子曰：「生人已來，未有如夫子者也。」自古稱(79)夫子者多矣，稱夫子之德，莫如孟子；稱夫子之尊，莫如韓吏部。故書其碑陰云。

【注釋】❶夫子　指孔子。孔子的門徒尊稱孔子為夫子，意思相當於今天的先生、老師。❷不夷狄如　即「不如夷狄」。連落後的夷狄都不如。夷狄，泛指文化落後的異族。❸祖　效法。❹李斯　人名。戰國末年楚國上蔡人。是荀卿的學生。他協助秦始皇統一中國，當上了丞相，定郡縣制，下禁書令，背叛了儒家學說。後為趙高所誣，被腰斬於咸陽市中。❺事　事奉。這裡指從師學習。❻宰　主宰。❼盡誘句　把孔子的後學儒生全部騙來活埋掉，並焚燒了他們的書籍。坑，坑殺；活埋。秦始皇三十四年，在李斯的建議下，秦始皇下令除秦記、醫藥、卜筮、農業書外，焚燬所有的儒經及百家書。次年，方士、儒生求仙藥不得，盧生又逃走，秦始皇大怒，乃坑殺咸陽諸生四百六十餘人。史稱「焚書坑儒」。❽刑名　戰國時法家的一派。以申不害為代表，重視法律，強調循名責實，以鞏固統治政權。❾獄吏　管理監獄的官吏。這裡泛指法官。❿賢　好；合適。⓫商鞅　人名。戰國時代衛國人。姓公孫，名鞅。因封於商地，故又稱商鞅。他輔佐秦孝公變法，使秦國富強。孝公死後，有人誣他謀反，車裂死。商鞅是法家的主要代表人物之一。⓬能耕句　能發展農業生產，能指揮作戰。⓭基秦句　奠定了秦國富強的基礎。⓮蝨官　指蠹國害民的官吏，也指危害國家的學說、弊病。蝨，寄生於人畜身上吸血的昆蟲。比喻害人的人或事。⓯置之　放棄它；不用它。⓰董仲舒　人名。西漢廣川人。漢武帝時出仕。主張獨尊儒術，罷黜百家。著有《春秋繁露》等書。⓱劉向　人名。西漢人。漢高祖弟楚元王劉交的四世孫，曾校閱經傳、諸子、詩賦等書籍，並著有《別錄》等多種書籍。⓲司馬遷　人名。西漢著名的史學家，著有《史記》一書。⓳儒分之為九　指孔子死後，儒家分為九派。一般的說法是儒分為八。⓴博而寡要　內容廣博卻缺少要領。寡，少。㉑道家　先秦的主要學派之一。以老子、莊子為代表。主張清靜無為、反璞歸真等思想。㉒流　流派；學派。司馬遷的這段話出自《史記．太史公自序》，杜牧引用時有改動，如「勞而無功」，原作「勞而少功」。㉓迂怪之士　荒誕之人。迂怪，荒唐不經，遠出事理之外。㉔持出　拿出；說出。㉕黃帝二句　黃帝燒鍊丹砂成黃金，再用這種黃金做成飲食器皿。黃帝，傳說中的帝王。丹砂，硃砂。是一種礦物質。道士多用它燒鍊金丹仙藥。餌之，吃它。餌，吃。據《史記．孝武本紀》記載，黃帝是鍊丹砂為黃金，再製成器皿，用這種器皿飲食而成仙的。後世道士則把丹砂鍊成金丹直接食用。㉖燕昭王　戰國時燕國君主。名平。其父燕王噲時，燕為齊所破。燕昭王即位後，重賢納士，後任樂毅為上將軍，與其他各國合力攻齊，大破齊國。㉗幾於句　差一點就成了霸主。㉘秦始皇　姓嬴，名政。秦國國君。後滅掉六國，統一天下，建立秦朝，稱始皇帝。㉙漢武帝　西漢皇帝劉徹。他在位期間，是西漢的鼎盛時期。㉚六強　指戰國時期的齊、楚、燕、韓、趙、魏六國。㉛擗四句　打擊四方異族。擗，搥擊。本句指漢武帝。武帝在位時，對外用兵，開拓疆土。㉜凡主　平庸的君主。㉝甘其說　聽信他們的胡說。甘，認為……很好，很動聽。㉞耗天下　耗盡天下財物。㉟捐骨肉　拋棄自己的親骨肉。捐，拋棄。㊱宗廟　天子、諸侯祭祀祖先的地方。㊲社稷　土神和穀神。土和穀是立國之本，故歷代王朝非常重視對社稷的祭祀。㊳梁武帝　南朝人。姓蕭，名衍。他先後在齊朝任雍州刺史、大司馬等職，後廢齊，建立梁朝。他在位時，非常推崇佛教。(39)起為　即位後治理。起，興起。這裡指登上帝位。為，治理。(40)筍脯　以竹筍替代乾肉。脯，乾肉。(41)麪牲　用麪粉蒸做成犧牲。牲，用來祭祀的牛羊等。(42)薦祀　祭祀。薦，向神靈進獻祭品。(43)捨身句　把自己施捨給寺廟，當僧人的奴僕。梁武帝信仰佛教，多次捨身同泰寺，被大臣們用重金贖回。(44)散髮二句　把自己的頭髮散布在地上，親自下令僧人們從自己的頭髮上走過。其徒，指佛之徒。即僧人。梁武帝用這種辦法以表示自己對佛祖的皈依和尊重。(45)為之主　為人類之主。(46)陰陽　指陰陽二氣。古人認為萬物都是由陰陽二氣和合而成。(47)巍然　高大、偉大的樣子。(48)僻　邪僻；不正確。(49)四君二臣　指上文提到了燕昭王、秦始皇、漢武帝、梁武帝四位君主和商鞅、李斯兩位大臣。(50)背而句　背叛了儒學，信奉了其他學說。之，到。引申為信奉。他，其他。指其他學說。(51)族滅之　滅絕儒家的學者和書籍。(52)儻　假如；如果。(53)紛紜　亂紛紛。(54)冥昧　不明事理。(55)是己句　堅持自己所認為的正確原則。是，正確。用作意動。認為……是正確的。(56)非己句　批評自己所認為的錯誤思想。非，錯誤。用作意動。認為……是錯誤的。(57)天下句　如果沒有孔子，後人將會根據不同的社會形勢來信奉不同的學說。宗之，尊奉他們；信奉他們。宗，尊奉。之，代指諸子百家。(58)非之　批評他們。(59)依擬　依據。(60)為其辭　指發表批評的言論。(61)楊　指楊朱。戰國時魏人。字子居。又稱楊子、陽子、陽生。主張愛己，不為外物所累。孟子曾把他斥為異端。(62)墨　指墨翟。春秋、戰國之際的思想家，墨家學派的創始人。魯國人（一說宋國人）。他主張兼愛、非攻、尚賢、尚同，反對儒家的繁禮、厚葬。著有《墨子》一書。(63)駢　指田駢。戰國時代的思想家。齊國人。主張順應自然、齊同萬物，屬道家人物，也間有法家思想。(64)慎　指慎到。戰國時代的思想家。趙國人。思想主張與田駢基本相同。(65)已降　以下。指名聲、學問不及以上諸子的各派學者。(66)廟貌句　都會被供奉在神廟之中，世代接受祭祀。廟貌，指他們的形像被供奉於神廟之中。血食，指祭祀。古時殺生取血，用以祭祀，故名。(67)橫斜句　形容亂紛紛的樣子。(68)止泊　定準；一定不變的原則。(69)不易　不改變。易，改變。(70)通祀　都要祭祀的。通，普偏；共同。(71)社稷句　人們祭祀土神和穀神，只築高臺而不修建廟房。壇，古代舉行祭祀大典時用土、石等築起的高臺。(72)取異句　拿異代有功於民的賢人作為土神、穀神的陪祭者。異代，指不同朝代的賢人。(73)當門　指孔子的塑像面對正門而立。即居於神廟之正中。(74)用王者禮　用祭祀王的禮節來祭祀孔子。開元年間，唐朝廷追謚孔子為文宣王。(75)門人　弟子；學生。(76)庶人　百姓。(77)北面　面向北。古人以面向南為尊。君主一般面南而坐，臣子面北而朝。這裡說包括天子在內的所有人都要面向北師從孔子，意為孔子的尊貴程度超過了天子。(78)次第　指有高下之分。孔子因道德高尚受人祭祀，社稷因有功於民受人祭祀，因此孔子高於社稷。(79)稱　稱讚；讚美。

【語　譯】如果上天不讓孔子生於中國的話，那麼中國將會是一個什麼樣子呢？我的回答是：中國將連落後的異族都比不上。荀卿尊奉孔子，李斯師從荀卿，然而李斯一旦掌握了天下大權，就把孔子的後學們全部騙來活埋掉，並焚燒了他們的全部典籍，說：「這些人和書只能擾亂人心，不像刑名之學和司法官員們那樣更適合於治理國家。」還有那位商鞅，他能發展農業，指揮作戰，能推行自己的新法，奠定了秦國富強的基礎，然而他卻說：「那些仁義之說，是危害國家的學說，可以拋棄它們。」自董仲舒、劉向之後，人們都說司馬遷是一位優秀的史學家，而司馬遷認為儒家後來分裂為九派，並評價說：「儒家學說內容廣博卻缺乏要領，使人勞而無功，比不上道家學派。」自從有了天地以來，人沒有不死的，然而沿海地區的一些荒誕不經之人卻發表這樣的言論：「黃帝用丹砂鍊成黃金，再用這些黃金製成器皿用來飲食，結果他白日乘龍上天成了神仙。如果真的能夠得到這種不死之藥，人人都可以像黃帝那樣成仙了。」燕昭王是那樣的賢明，他擊敗強大的齊國，差一點建立了霸業；秦始皇和漢武帝都具有雄才大略，秦始皇滅掉六國統一天下，漢武帝擊敗四方異族開拓疆土，他們都不是平庸的君主。然而他們都聽信了這種荒誕之說，為求仙即使耗盡天下的資財、拋棄親生骨肉也在所不辭，而且他們都至死不悟。天地最為尊貴，宗廟、社稷最為重要。然而梁武帝即位後治理梁國時，卻把竹筍做成的乾肉、麪粉做成的犧牲當作獻給天地、宗廟、社稷的祭品，說：「按照佛祖的教誨，牲畜是不能宰殺的。」梁武帝還以天子的尊貴身分，捨身給寺院，甘當僧人的奴僕，他還把自己的頭髮鋪散在地上，親自命令那些僧人從上面走過。

天地日月是人類的主人，陰陽鬼神是人類的幫助者，偉大的孔子對這些都進行了研究和分析，還引用堯、舜、禹、商湯、周文王、周武王、周公的言行來佐證自己的學說，因此，孔子的門徒不算低劣，他的治國方法也並不差，那四位君主和兩位大臣，也不能說是無知，然而他們一旦不信奉孔子，背叛了儒學而改奉異端，就想滅掉儒家。如果天不生孔子，天下人就會亂紛紛地不明事理，各家學派就會奮起爭鬥，他們各自堅持自己認為是正確的主張，批判自己認為是錯誤的思想，國家也只能根據不同的形勢來信奉不同的學說，誰又敢批評他們呢？即使有人敢站出來批評他們，那麼他又將依據什麼來發表自己的批評意見呢？這樣的話，楊朱、墨翟、田駢、慎到以及其他等而下之的各家學者，都會被後人供奉在廟堂之中接受人們的祭祀；國家也將會十年改變一次法律制度，百年改變一次教化內容，紛紜混亂，沒有了定準。那些落後的異族國家，實行的是異族的風俗習慣，他們的風俗習慣一旦形成，是不會輕易改變的。所以我斷言：如果上天不生孔子的話，中國的狀況還比不上異族國家。

韓吏部的〈夫子廟碑〉說：「天下人普徧祭祀的，只有土神、穀神和孔子。然而人們祭祀土神、穀神時，只築高臺而不修建廟宇，而且是拿異代的有功之人作為陪祭者，不像孔子的塑像那樣巍巍然立於廟堂正中，人們用祭祀王者的禮節來祭祀他，並且讓他的弟子們作為陪祭者，上自天子，下至普通百姓，都要面向北邊拜他為師。」孔子是憑著自己的高尚道德受到後人的敬仰，土神、穀神是憑著自己的功勞受到人們的敬仰，這本來就有高下之分。因此韓吏部引用孟子的話說：「自從有人類以來，沒有一個人能夠比得上孔子。」自古以來，稱讚孔子的人很多，然而稱讚孔子品德的人，沒有一個像孟子那樣講得好；稱讚孔子尊貴的人，沒有一個像韓吏部那樣講得好。為此我在處州孔子廟碑的背面寫下了這篇文章。

三子言性辯

【題　解】三子，三位先生。指先秦的著名思想家孟子、荀子和漢代的思想家揚雄。孟子認為人生來就是善良的，荀子認為人生來就是惡的，而揚雄認為人生來就具有善惡兩種本性。杜牧從人的兩種基本情感——愛、怒入手，通過理論分析和事實舉證，認為除了個別聖人之外，絕大多數人的本性中都具有惡的源頭。因此，比較三子有關人性的理論，他認為荀子講得更正確一些。

孟子言人性善[1]，荀子言人性惡[2]，揚子言人性善惡混[3]。曰喜、曰哀、曰懼、曰惡、曰欲、曰愛、曰怒，夫七者情也，情出於性也。夫七情中，愛、怒二者，生而能自[4]。是二者性之根，惡之端❺也。乳兒見乳，必拏求❻，不得即啼，是愛與怒與兒俱生也，夫豈知其五者焉？既壯，而五者隨而生焉。或有或亡❼，或厚或薄，至於愛、怒，曾不須臾與乳兒相離，而至於壯也。君子❽之性，愛怒淡然❾，不出於道❿。中人⓫可以上下⓬者，有愛拘於禮⓭，有怒懼於法。世有禮法，其有踰⓮者，不敢恣其情⓯；世無禮法，亦隨而熾⓰焉。至於小人，雖有禮法，而不能制，愛則求之，求不得即怒，怒則亂。故曰愛、怒者，性之本，惡之端，與乳兒俱生，相隨而至於壯也。凡言性情之善者，多引舜、禹⓱；言不善者，多引丹朱⓲、商均⓳。夫舜、禹二君子，生人⓴已來，如二君子者凡有幾人？不可引以為喻㉑。丹朱、商均為堯、舜子，夫生於堯、舜之世，被其化㉒，皆為善人，況生於其室㉓，親為父子，蒸不能潤㉔，灼不能熱㉕，是其惡與堯、舜之善等耳。天止一日月耳，言光明者，豈可引以為喻。人之品類㉖，可與上下者眾，可與上下之性，愛怒居多。愛、怒者，惡之端也。荀言人之性惡，比於二子㉗，荀得多㉘矣。

【注釋】❶孟子句　孟子說人的本性是善的。孟子，人名。名軻，字子輿，戰國鄒人。在儒家中，其地位僅次於孔子。著《孟子》一書。孟子認為人生來是善良的，後來有人變壞了，那是社會污染的結果。❷荀子句　荀子說人的本性是惡的。荀子，人名。名況。戰國趙人。是著名的儒家學者，著《荀子》一書。荀子認為人生來就是惡的，後來有人變好了，那是後天教育的結果。❸揚子句　揚雄說人的本性中存在著善、惡兩種因素。揚子，人名。名雄，字子雲。西漢末年蜀郡成都人。是著名的辭賦家和思想家。著有多篇辭賦和《太玄》、《法言》等。揚雄認為人的本性中有善惡兩種因素，修其善者就成為善人，修其惡者就成為惡人。❹生而句　生來就能如此。自，自然如此。❺端　開端；源頭。❻挐求　伸手要。挐，用手拿。❼亡　通「無」。❽君子　指道德高尚的人。❾淡然　少的樣子。❿道　指正確的道德原則。⓫中人　指道德一般的人。⓬可以上下　可以變好，也可以變壞。⓭拘於禮　受禮制的約束。⓮踰　超越；違反。⓯恣其情　任意所為；為所欲為。⓰熾火旺。這裡比喻情欲太重。⓱舜禹　傳說中的兩位聖君。⓲丹朱　人名。相傳是聖君堯的兒子，因其品德不好，堯禪位於舜。⓳商均　人名。相傳是舜的兒子，也因為其品德不好，舜禪位於禹。⓴生人　這裡指人類。㉑喻　說明。㉒被其化　受到他們的教化。㉓室　這裡指家庭。㉔蒸不句　用熱氣燻蒸也不能使他們濕潤。蒸，用熱氣燻蒸。㉕灼不句　用火燒也不能使他們變熱。灼，燒。這兩句是比喻，說明丹朱、商均二人頑固不化，任何教育對他們都不起作用。㉖品類　種類。㉗二子　指孟子和揚雄。㉘得多　正確的成分要多一些。得，得當；正確。

【語　譯】孟子說人的本性是善的，荀子說人的本性是惡的，揚雄說人的本性中有善與惡兩種因素。歡喜、哀傷、恐懼、厭惡、欲望、愛好、憤怒，這是人的七種情感，而人的情感是來自人的本性。在這七種情感之中，愛好和憤怒這兩種，是人生來就有的。因此這兩種情感是人性的基本內容，是產生罪惡的源頭。吃奶的幼兒一看到人奶，就伸手去要，得不到就啼哭，這說明愛好和憤怒是與小孩子一起產生的，那時的小孩又哪裡知道其他五種情感呢？一直到了長大以後，其他五種情感纔會出現。有的人有這些情感，有的人也許還沒有這些情感；有的人這些情感濃一些，有的人這些情感淡一些，至於愛好和憤怒這兩種情感，片刻也不會離開吃奶的幼兒，直到他們長大以後也是如此。君子們的本性中，愛好和憤怒的情緒要淡薄一些，而且他們的愛怒都符合正確的道德原則。那些可以變好、也可以變壞的一般人，在他們有了愛好追求時，往往還接受禮制的約束；在他們憤怒欲鬪時，往往還知道害怕法律的懲罰。社會上有了禮和法，即使有人想去違禮犯法，也不敢放縱自己的情感去為所欲為；如果社會上沒有了禮與法，那麼一般人的情欲就會如烈火一般熾盛。至於說那些小人，即使有禮和法，也不能約束他們，他們愛好什麼就去追求什麼，追求不到就會憤怒，一憤怒就會作亂。所以我說愛好和憤怒這兩種情感，是人性的基本內容，是罪惡的源頭，是與幼兒一同產生的，而且一直伴隨他們到長大成人以後。大凡主張本性善的人，多數都拿舜、禹作證據；主張本性惡的人，多數都拿丹朱、商均作證據。舜、禹確是兩位聖人君子，但自從有人類以來，像他們二位君子的人總共又有幾個呢？因此不能拿他們二位來說明人性都是善的。丹朱是堯的兒子，商均是舜的兒子，那些生於堯、舜之世的普通人，因為受到了堯、舜的教化，都能成為善人，更何況丹朱和商均出生於堯、舜的家庭，與堯、舜是父子關係，然而丹朱和商均卻是水蒸不濕、火燒不熱、根本不接受教化的惡人，這說明丹朱、商均的惡和堯、舜的善都達到了同樣高的程度。天上只有一個太陽和一個月亮，談論光明的人，怎麼能夠拿太陽和月亮來說明萬物都會發出光明呢？在各種類型的人中，可以變好也可以變壞的一般人最多，而可以變好也可以變壞的一般人的本性中，最多的是愛好和憤怒這兩種情感。而愛好和憤怒這兩種情感，又是罪惡的源頭。荀子認為人的本性是惡的，同孟子和揚雄的看法相比，荀子的看法顯得更正確一些。

塞廢井文

【題　解】塞廢井，填塞廢棄的水井。唐代人有一個習慣，即不填塞廢棄的水井。杜牧任黃州刺史期間，按慣例春、秋兩季應在州府前舉辦宴會，而這裡卻有一口廢井礙事，於是杜牧就寫了這篇文章，認為不填塞廢井的習慣形成不僅毫無根據，而且對人有害，因此應改變這一陋習，並下令把那口礙事的廢井填塞住。

井廢輒❶不塞，於古無所據。今之州府廳事❷有井，廢不塞；居第❸在堂上有井，廢亦不塞，或匣❹而護之，或橫木土❺覆之，至有歲久木朽，陷人❻以至於死，世俗終不塞之，不知何典故而井不可塞？井雖列在五禮❼，在都邑中物之小者也。若盤庚❽五遷其都者，社稷宗廟，尚毀其舊，而獨井豈不塞邪！古者井田❾，九頃❿八家，環而居之，一夫食一頃⓫，中一頃樹蔬⓬，鑿井，而八家共汲之，所以籍齊民⓭而重泄地氣⓮。以小喻大，人身有瘡，不醫即死，木有瘡，久不封⓯即亦死。地有千萬瘡⓰，於地何如哉？古者八家共一井，今家有一井，或至大家至于四五井，十倍多於古。地氣漏泄，則所產脆薄⓱，人生於地內⓲，今之人不若古之人渾剛堅一⓳，寧⓴不由地氣洩㉑漏哉？《易》曰「改邑不改井㉒」，此取象㉓言安也，非井不可塞也。天下每州，春、秋二時，天子許抽當所上賦錫宴㉔，其刺史及州吏必廓㉕其地為大宇㉖，以張㉗其事。黃州㉘當是地㉙，有古井不塞，故為文，投實以土㉚。

【注釋】❶輒　總是。❷廳事　官府辦公的地方。一般指大堂。❸居第　私人住宅。第，官僚貴族的大宅子。這裡泛指住宅。❹匣　木匣子。這裡用作動詞。用大木匣把井口圍住。❺橫木土　在井口上放置木板，然後用土封住。❻陷人　人落入井中。❼五禮　古人以祭祀之事為吉禮，婚冠之事為嘉禮，賓客之事為賓禮，軍隊之事為軍禮，喪葬之事為凶禮。合稱五禮。這裡泛指各項禮儀制度。❽盤庚　人名。商朝君主。他在位期間，為了扭轉商朝的衰落局面，曾五次遷都。後使商王朝中興。❾井田　即井田制。古代的一種土地制度。相傳以方九百畝為一里，劃為九塊，中央一塊為公田，其他八家各佔一塊，在耕種各自的私田的同時，共同耕種公田。私田所獲歸己，公田所獲歸公。這樣劃分的土地形如「井」字，故名「井田制」。杜牧說中央一塊種蔬菜，不知所據。❿頃　量詞。百畝為一頃。⓫一夫句　一家占有一頃土地。夫，男子。古代以一個男子為一個家庭單位，故一夫即為一家。食，這裡指占有土地。⓬樹蔬　種植蔬菜。樹，種植。⓭籍齊民　登記、掌握百姓的數量。籍，登記。齊民，百姓。⓮重泄地氣　重視泄漏地氣這樣的事。古人認為地下有氣，以氣養地，如果地氣泄漏，將會影響地的質量和人的生活。而挖井深入地下，就會泄漏地氣，所以應少挖井。⓯封　封閉。⓰瘡　這裡指水井。⓱所產脆薄　所出產的東西不堅實，質量差。⓲地內　土地上。⓳渾剛堅一　指身體健壯，精神旺盛。⓴寧　難道。㉑洩　同

「泄」。㉒改邑句　改變城邑而不改變水井。這句話出自《周易》的〈井卦〉。㉓取象　根據卦象。象，指由陰陽二爻所組成的卦象。㉔天子句　皇上允許在應該上繳的賦稅中抽出一部分錢財，設宴招待有關人員。上賦，上繳的賦稅。錫，通「賜」。賞賜。㉕廓　開擴；擴大。㉖宇　房屋。㉗張　陳設；安排。㉘黃州　地名。在今湖北省黃岡市。㉙當是地　在這塊地上。當，在。是地，代指應修屋設宴的那塊地。㉚投實句　即「投土以實」。用土把廢棄的古井填實。

【語　譯】水井廢棄以後，人們總是不把它填實。考證一下古人的禮制，這樣做並沒有什麼根據。而現在州府的大堂前如果有水井，即使廢棄不用了也不填實；私人住宅的堂前如果有水井，廢棄後同樣也不填實。有的用一個大木匣子把井口罩住，有的在井口上放置木板，然後再蓋上土。有的廢井因時間長久、木板朽壞，使人落入井中摔死，然而人們最終還是不把它填實。真不知是出於什麼禮制、典故使廢井不可以被填實。有關水井的事雖然也被列入禮制，但在都市之中，它畢竟只是一件小事。像商朝君主盤庚，曾五次遷都，對於祭祀土神、穀神、祖先的舊建築，尚且還要拆除，而獨獨水井就不能填實嗎？古代實行井田制，九百畝土地，住八戶人家，大家環繞居住，每一家占有一百畝土地，中間的一百畝用來種植蔬菜，並在那裡開挖一口水井，八戶人家共同汲用這口水井。古人就是用這種辦法來掌握百姓的數量，防止地氣的泄漏。我們可以用一些小事情來說明這個大道理：如果人身上長了瘡口，不去醫治就會死亡；樹木長了瘡口，長期不去封閉這個瘡口，樹木也會死亡。如果大地上出現了成千上萬個瘡口，大地又如何承受得了呢？古代八家共同使用一口水井，現在每家都有一口水井，有的大戶人家甚至有四、五口水井，現在的水井數量十倍於古代的水井數量。地氣泄漏了，它所出產的東西就會不堅實，質量差。人生活於大地之上，現在的人不如古人那樣身體健康、精力旺盛，難道不是由於地氣泄漏的緣故嗎？《周易》說：「改變城邑而不改變水井。」這不過是根據卦象告誡人們要注重安定而已，並非說廢井就不可以填實。現在天下的每個州府，在春、秋二季，皇上都允許他們在所應上繳的賦稅中抽出一部分錢財，用來設宴招待有關人員，各州刺史和州府官吏必須整理出一塊空地，修築上大房子，在那裡舉行宴會之事。在黃州的那塊應該修房設宴的土地上，有一口沒有填塞的廢棄古井礙事，為此我寫了這篇〈塞廢井文〉，並下令用土把這口廢井填實。

題〈荀文若傳〉後

【題解】〈荀文若傳〉，指《三國志》中的〈荀彧傳〉。荀彧，人名。東漢末年潁川潁陰人。字文若。從小即有才名，先投靠袁紹，後歸依曹操，受到了曹操的重用。曹操迎漢獻帝徙都許昌後，以荀彧為侍中，守尚書令。曹操建立的功業，多得力於荀彧的計謀。後因反對曹操進爵魏公，飲藥自盡（一說憂傷而死）。杜牧在本文中認為，曹操是一代英雄，他替代腐朽的漢王朝無可厚非。而荀彧投靠曹操，為曹操出謀劃策，最終卻又反對曹操進爵魏公，想藉此邀名於漢室，這是為人不忠的表現。因此，杜牧認為荀彧的自殺是不足惜的。

荀文若為操[1]畫策取兗州[2]，比之高[3]、光[4]不棄關中[5]、河內[6]；官渡[7]不令還許[8]，比楚、漢[9]成皐[10]。凡為籌計比擬，無不以帝王許之[11]，海內付之[12]。事就功畢[13]，欲邀名[14]於漢代，委身之道[15]，可以為忠乎？世皆曰曹、馬[16]。且東漢崩裂紛披[17]，都遷[18]主播[19]，天下大亂，操起兵東都[20]，提獻帝[21]於徒步困餓之中，南征北伐，僅[22]三十年，始定三分[23]之業。司馬懿安完之代[24]，竊發肘下[25]，奪偷權柄，殘虐狡譎[26]，豈可與操比哉？若使操不殺伏后[27]，不誅孔融[28]，不囚楊彪[29]，從容於揖讓之間[30]，雖慙於三代[31]，天下非操而誰可以得之者？紂[32]殺一比干[33]，武王斷首燒屍[34]，而滅其國。桓[35]、靈[36]四十年間，殺千百比干，毒流㊲其社稷㊳，可以血食㊴乎？可以壇墠㊵父天拜郊㊶乎？假使當時無操，獻帝復能正其國乎？假使操不挾獻帝以令㊷，天下英雄能與操爭乎？若使無操，復何人為蒼生㊸請命㊹乎？教盜穴牆發櫝㊺，多得金玉，已㊻復不與同挈㊼，得不為盜乎？何況非盜也。文若之死，宜然㊽耶。

【注釋】❶操　指曹操。❷兗州　地名。東漢置兗州，轄陳留、泰山等八郡，治所在昌邑（在今山東省金鄉縣西北）。❸高　指漢高祖劉邦。❹光　指東漢光武帝劉秀。❺關中　地名。相當於今陝西省。劉邦以此為根據地，統一全國，後又建都於關中地區的長安。❻河內　地名。相當於今河南省黃河南北兩岸地區。劉秀以此為根據地，後又建都於黃河南邊的洛陽。荀彧在勸曹操進攻兗州的呂布、陳宮時，曾引劉邦保關中、劉秀據河內為例，說明兗州對曹操來說，具有同樣的重要性。❼官渡　地名。在今河南省中牟縣東北。東漢末建安五年，曹操在此大破袁紹。❽許　地名。指許昌。即今河南省許昌市。建安元年，曹操迎漢獻帝都許。建安五年，曹操以劣勢兵力在官渡抗拒強大的袁紹軍，不利，曹操欲退回許昌，荀彧勸他不能後撤，只能以奇取勝。後來曹操果然大敗袁紹。❾楚漢　指以項羽為首的楚軍和以劉邦為首的漢軍。❿成皋　地名。在今河南省滎陽縣汜水鎮西。楚漢相爭時，劉邦、項羽兩軍在此相持不下，誰也不肯後退一步。官渡之戰時，荀彧曾引用這一戰例，勸曹操不可後退。⓫無不句　無不把曹操當作帝王看待。這是說荀彧在出謀劃策時，常常拿古代帝王之事來比況曹操。許，認可；把……看作……。之，代指曹操。⓬海內句　把整個天下都交付給他。⓭事就句　事業成功以後。指曹操功成名就之後。⓮邀名　贏得好名聲。荀彧幫助曹操在事業上取得了成功，但當曹操要進爵魏公時，荀彧又表示反對。杜牧認為荀彧這樣是為了獲得忠於漢朝的好名聲，同時也是對曹操不忠誠的表現。⓯委身句　以身事人的原則。古人認為，投身於誰，就應該忠於誰。⓰曹馬　指曹操和司馬懿。司馬懿原為曹魏的大臣，後背叛曹魏，為司馬氏政權替代曹氏政權奠定了基礎。⓱紛披　混亂分裂。披，分裂。⓲都遷　即遷都。董卓專權時，凶暴淫亂，袁紹、孫堅等人起兵討之，董卓便挾持漢獻帝離開都城洛陽，遷都於長安。⓳主播　君主流亡在外。主，指漢獻帝。播，流亡。⓴東都　指東漢都城洛陽。洛陽在西漢都城長安之東，故稱東都。㉑提獻帝　救護獻帝。提，救護。獻帝，即東漢末代皇帝漢獻帝劉協。董卓死後，漢獻帝東歸洛陽，一路上饑寒交迫，備受艱辛，下文的「徒步困餓」即描述這一境況。曹操抓住這一時機，率兵護衛，後又遷獻帝於許。遷許後，獻帝生活上較以前安定，但大權卻全部落入曹操手中。㉒僅　幾乎；將近。㉓三分　指魏、蜀、吳三分天下。㉔安完之代　太平無事的時代。司馬懿篡權時，天下仍為三分局面，但同曹操時代相比，要安定一些。㉕竊發句　偷偷地發動宮廷政變。附下，身邊。比喻都城皇宮。司馬懿受到曹操、曹丕父子的重用。曹芳即位，他以太傅的身分與丞相曹爽共同輔政。嘉平元年，司馬懿發動政變，殺曹爽，自為丞相，獨攬朝政。到他的孫子司馬炎，代魏稱帝，建立晉朝。㉖狡譎　狡詐。譎，欺詐；玩弄手段。㉗伏后　漢獻帝的皇后。姓伏，名壽。伏后對曹操擅權專殺十分不滿，曾寫密信給其父伏完，訴說曹操的殘暴，要其父想法除掉曹操。伏完不敢動，於建安十四年去世。建安十九年，此事暴露，伏后及其兄弟皆被殺。㉘孔融　人名。東漢末魯人，字文舉。善文章，為建安七子之一。先後任北海相、太中大夫，因多次非議曹操，被曹操所殺。㉙楊彪　人名。漢末人。任太尉。對曹操持消極的不合作態度，曾被關入獄中，後被釋放。㉚從容句　在禪讓這件事上從容大度一些。揖讓，讓位於賢人；禪讓。這是說曹操在替代漢朝政權時應該寬容大度一些。㉛三代　指夏、商、周三代。具體指三代的開國君主，夏朝的禹，商朝的湯，周朝的周文王和周武王。㉜紂　即商紂王。商朝的最後一位君主。名受，號帝辛。他材力過人，卻又凶殘暴虐，被周武王所滅。㉝比干　人名。商紂王的叔伯父，一說是商紂王的庶兄。紂王淫亂，比干強諫，紂王大怒，剖其心而死。㉞武王句　周武王在牧野擊敗商紂王後，紂王逃入鹿臺，赴火自焚而死，武王又斬其首，懸於軍旗示眾。㉟桓　指漢桓帝劉志。㊱靈　指漢靈帝劉宏。桓、靈二帝在位時，遠君子，近小人，政治十分腐敗，從而導致了黃巾起兵和漢王朝的覆滅。㊲毒流　毒害；危害。㊳社稷　這裡指國家。㊴血食　受到後人的祭祀。古人殺牲取血以祭祀，故名。㊵壇墠　祭祀的場所。這裡用作動詞。修築壇墠。㊶父天拜郊　繼續當天子，在郊外主持祭祀天地的儀式。父天，以天為父。當天子。拜郊，在郊外拜祭天地。古代祭祀天地的活動一般在郊外舉行，由天子主持。㊷挾獻帝以令　挾制漢獻帝，用他的名義號令諸侯。㊸蒼生　百姓。㊹請命　代他人祈求保全生命。這裡指拯救百姓。㊺穴牆發櫃　挖牆洞，開箱櫃。均為偷盜行為。㊻已　以後；然後。㊼同挈　分贓。挈，提；拿。指拿偷來的金玉。從「教盜穴牆」句至「得不為盜乎」句是比喻。意思是說，荀彧開始時處處幫助曹操，好比教導盜賊如何偷竊一般，等到成功以後，又不去一起分贓。杜牧認為，即使荀彧不去分贓，也同盜賊一樣。但他最後筆鋒一轉，認為曹操並非一個盜賊。杜牧是在責怪荀彧不應該先幫助曹操，而後又反對曹操。㊽宜然　應該的；理所當然的。

【語　譯】荀文若在為曹操出謀劃策攻取兗州時，曾把這件事比作漢高祖不捨棄關中、漢光武帝不捨棄河內；在勸告曹操不要從官渡撤軍回許時，曾把這件事比作楚項羽和漢劉邦在成皋互不相讓。總之，荀彧在為曹操出謀劃策、打比喻時，無不把曹操當作帝王看待，有把整個天下都交付給曹操之意。然而在曹操功成名就、將取代漢王朝時，荀彧卻又想贏得忠於漢朝的好名聲。按照以身事人的原則，荀彧能夠算是忠於曹操嗎？後世把曹操與司馬懿相提並論。東漢末年，國家分崩離析，都城遷移，君主流亡，天下大亂，曹操於東都洛陽起兵，拯救漢獻帝於困苦艱難、饑寒交迫之中，他南征北戰，用了幾乎三十年的時間，纔奠定了三分天下的基業。司馬懿在安定無事的年代裡，暗中發動宮廷政變，竊取了政權，他殘暴狡詐，怎能同曹操相比呢？假如曹操不殺害伏后，不誅殺孔融，不囚禁楊彪，在政權禪讓這件事上從容大度一些，雖然他的品德還有愧於夏、商、周三代的開國聖君，但在當時的整個國家裡，除了曹操，誰又有資格去掌握政權呢？商紂王殺害了一位賢人比干，周武王尚且要砍掉他的腦袋，焚燒他的屍體，滅掉他的國家。漢桓帝和漢靈帝在位的四十年間，殺害了成百上千的像比干那樣的賢人，危害了國家，他們有資格接受後人的祭祀嗎？他們有資格以天子的身分在郊外築壇墠祭祀天地嗎？假如當時沒有曹操，漢獻帝還能夠使國家恢復到正常局面嗎？即使曹操不挾制漢獻帝以令諸侯，天下的英雄們又能夠同他爭奪政權嗎？當時如果沒有曹操，又有誰會去拯救百姓呢？教會盜賊挖牆洞、開箱櫃，等盜得許多金玉財寶以後，又不去和盜賊一起分贓，這樣的人能夠不被算作盜賊嗎？更何況曹操並非一個竊國大盜。荀文若後來因反對曹操進爵魏公而死，應該說是咎由自取啊！

卷七

唐故江西觀察使武陽公韋公遺愛碑

【題解】江西，唐代行政區劃名。唐開元二十一年，分天下為十五道，而長江以南分為東、西二道，江南東道的治所在蘇州，江南西道的治所在洪州。略稱為江東、江西。觀察使，官名。唐代在各道設觀察使，位次於節度使，後多以節度使兼領此職。無節度使的地方，也設觀察使，總領軍事、財賦等事，權勢極重。武陽公，對本文主人公韋丹的尊稱。韋丹的高祖韋琨在唐高宗時被封為武陽縣侯，故尊韋丹為武陽公。韋公，指韋丹。字文明，京兆萬年（在今陝西省西安市）人。很早就成孤兒，隨外祖顏真卿長大。遺愛碑，頌德碑。古代官員政績突出，在他任滿之後，由有關部門申請，經皇上批准，可建遺愛碑。本文即為一篇遺愛碑文，作於大中三年（西元八四九年），當時杜牧四十七歲，任尚書司勳員外郎、史館修撰。這篇文章記述了韋丹的一生經歷，重點讚美了他治理洪州時的政績。

皇帝❶召丞相延英❷便殿❸講議政事，及於循吏❹，且稱元和❺中興之盛，言理人者❻誰居第一？丞相墀❼言：「臣嘗守土江西，目睹觀察使韋丹有大功德被于八州❽，歿❾四十年，稚老❿歌思，如丹尚存⓫。」丞相敏中⓬、丞相植⓭皆曰：「臣知丹之為理⓮，所至人思⓯，江西之政，熟於聽聞。」乃命守臣⓰覈于眾⓱，上丹之功狀⓲，聯⓳大中⓴三年正月二十日詔書，授史臣㉑尚書㉒司勳員外郎㉓杜牧，曰：「汝為丹序㉔而銘㉕之，以美大其事。」

【章　旨】本章主要說明寫作本文的緣起。

【注　釋】❶皇帝　指唐宣宗李忱。❷延英　唐代宮殿名。❸便殿　帝王休息宴遊的別殿。❹循吏　奉職守法的官吏。韋丹即被列入《新唐書》中的〈循吏傳〉。❺元和　唐憲宗李純的年號。西元八〇六年至八二一年。當時唐憲宗積極有為，削平叛軍，唐王朝一度出現中興氣象。❻理人者　治理百姓的人。即地方官員。❼墀　人名。即周墀，字德升。他曾任江西觀察使，故言「臣嘗守土江西」。大中年間，他曾任同中書門下平章事，職位相當於丞相。❽八州　指江南西道（江西）所管轄的洪、江、信、袁、撫、饒、虔、吉八州，地區相當於今天的江西省。❾歿　去世。❿稚老　兒童和老人。泛指百姓。稚，兒童。⓫尚存　還活著。⓬敏中　人名。即白敏中。著名詩人白居易之弟。唐宣宗時，任兵部侍郎，同中書門下平章事，位同丞相。⓭植　人名。指馬植，字存之。唐宣宗時，先後任刑部侍郎、戶部侍郎，同中書門下平章事，位同丞相。⓮為理　治理；治民的政績。⓯所至句　他所當過官的地方，那裡的百姓都思念他。所至，所到之處。特指當官之處。⓰守臣　指在江西做官的人。⓱覈于眾　向眾人調查核實。覈，調查核實。⓲功狀　有關政績的紀錄。狀，行狀。記述死者生平行事的一種文體。⓳聯　連同。⓴大中　唐宣宗李忱的年號。西元八四七年至八五八年。㉑史臣　杜牧當時所任職務之一是史館修撰，掌修史事，故自稱史臣。㉒尚書　官署名。即尚書省。唐代尚書省與中書、門下二省合稱三省，長官稱尚書令，負責宰相職務，其副職為左右僕射，下統六部，分管國政。杜牧屬尚書省吏部官員。㉓司勳員外郎　官名。主管功賞事務。屬吏部。㉔序　文體名。唐代，敘述他人生平、評介文章內容、送別贈言等文章都可叫「序」。㉕銘　在石碑上刻字記功。

【語　譯】宣宗皇帝在延英殿的便殿裡召集丞相們議論政事，還談到了那些奉職守法的官員們。皇上在盛讚元和年間的中興盛況之後，詢問起當時哪位治理百姓的地方官員的政績能占第一，丞相周墀回答說：「我曾經在江西當過官，親眼看到了觀察使韋丹有大功德於江西的八州百姓。韋丹去世已經四十年了，那裡的百姓仍然在歌頌他、思念他，就好像他還活在世上一樣。」丞相白敏中和丞相馬植也都說：「我們也了解韋丹治民的情況，他在哪裡當過官，哪裡的百姓都懷念他。他在江西的政績，我們經常聽到人們談論。」於是皇上就命令江西的官員去調查核實，獻上有關韋丹政績的材料。大中三年正月二十日，朝廷把這些材料連同詔書一起交給了史臣、尚書省司勳員外郎杜牧，詔書說：「你寫一篇有關韋丹生平事蹟的文章，並把它刻製在石碑上，以此來表彰宣揚他的政績。」

臣某伏念天寶、建中艱難之餘❶，根於河北❷，枝蔓於齊、魯、梁、蔡❸。闢❹為章句書生❺，以蜀叛；錡❻為宗室老，以吳叛。其他高下其目❼，跂而欲飛❽者，往往皆是。憲宗皇帝高聽❾古議，廣諫❿益聖⓫，任賢使能，考校⓬法度，號令未出，威先雷霆⓭。十有四年，擒殄⓮兇狠，方行⓯四海，罔不率伏⓰。當是時，凡五徵兵，解而復合⓱，僅八周歲，天下晏然⓲，不告⓳勞苦，實以守土多循良吏⓴，而丹居第一。周召伯㉑治人於陝西㉒，召穆公㉓有武功於宣王㉔時，仲尼㉕採〈甘棠〉㉖、〈江漢〉㉗之詩，絃㉘而歌之，列于風、雅㉙。班固㉚敘漢宣帝㉛中興名臣，言治人者亦首述黃霸㉜、龔遂㉝，次將相下㉞。今下明詔刻丹治效，今得與元和功臣，彰㉟中興得人之盛，懸㊱於無窮，用古道㊲也。

【章　旨】本章記述了憲宗皇帝及其守土良吏的政績，讚美了宣宗皇帝為韋丹建遺愛碑的用意。

【注　釋】❶臣某句　我回想起在天寶、建中年間那段艱難的日子以後。臣某，杜牧自稱。伏念，伏在地上回憶。這是臣下對皇上陳述自己想法時用的敬詞。天寶，唐玄宗李隆基的年號。西元七四二年至七五五年。安史之亂於天寶十四年爆發。建中，唐德宗李适的年號。西元七八〇年至七八三年。建中年間，盧龍節度使朱滔、恒冀都團練觀察使王武俊、魏博節度使田悅相繼反叛，局勢十分危險。❷根於句　禍根就在河北地區。河北，黃河以北地區。當時為叛軍所控制。❸枝蔓句　叛亂之風蔓延於齊、魯、梁、蔡等地。詳細情況可參閱〈罪言〉、〈原十六衛〉及其注釋。❹闢　人名。指劉闢。永貞八年，劍南西川節度使韋皐去世，行軍司馬劉闢反叛。❺章句書生　咬文嚼字的書生。章句，分析古書的章節句讀。❻錡　人名。指李錡。元和初年，浙西節度使李錡據潤州反叛。李錡年齡較大，與唐朝皇帝同族，故下文稱他為「宗室老」。潤州古屬吳地，故下文說他「以吳叛」。❼高下其目　形容其他軍隊頭目兩眼緊盯著形勢的變化。❽跂而欲飛　踮起腳跟就要飛翔。比喻叛亂前躍躍欲試的樣子。❾高聽　效法。高，是對憲宗行為的敬詞。聽，聽從；效法。❿廣諫　廣開言路，勇於納諫。⓫益聖　增加自己的聰明才智。益，增加。聖，具有最高的智慧和道德。⓬考校　考察；研究。校，比較；研究。⓭霆　劈雷；霹靂。⓮殛　殺死。⓯方行　橫行無阻；天下無敵。⓰罔不句　無不服從。罔不，無不。率，服從。⓱解而句　遣散軍隊後再次集合。形容形勢複雜，戰事多變。⓲晏然　形容太平無事的樣子。⓳不告　不訴說；不哀嘆。⓴循良吏　奉職守法的優秀官員。㉑召伯　即召公姬奭。姬奭為西周武王的大臣（一說為文王之子）。先封於召，故稱為召伯。滅商後，封於燕。㉒陝西　地區名。泛指陝陌（在今河南省陝縣西南）以西地區。西周初年，周公和召公分陝而治，陝陌以西由召公治理，陝陌以東由周公治理。㉓召穆公　即召虎。召公奭的後代。周宣王時，召虎受命率兵沿江漢征伐反叛的淮夷（異族名）。㉔宣王　即周宣王姬靜。宣王在位時，周朝一度中興。故杜牧在這裡以宣王比唐憲宗。㉕仲尼　即孔子。孔子名丘，字仲尼。㉖甘棠　《詩經》中的篇名。相傳周武王時，召伯姬奭巡行南方，曾在甘棠樹下休息，後人思念召伯，因作〈甘棠〉。㉗江漢　《詩經》中的篇名。為歌頌召穆公平息淮夷叛亂而作。㉘絃　琴絃。用作動詞。彈琴。㉙風雅　指《詩經》中的〈國風〉和〈大雅〉、〈小雅〉。〈甘棠〉詩列入〈國風〉，〈江漢〉詩列入〈大雅〉。㉚班固　人名。東漢扶風安陵人。字孟堅。著名的史學家，《漢書》的主要作者。㉛漢宣帝　西漢皇帝劉詢。漢武帝的曾孫。在位期間，任賢用能，勵精圖治，使漢朝一度中興。杜牧在這裡以漢宣帝比唐憲宗。㉜黃霸　人名。西漢淮陽陽夏人。字次公。在他擔任潁川太守、揚州刺史時，甚得民心。㉝龔遂　人名。西漢山陽南平陽人。字少卿。宣帝時，他任渤海郡太守，開倉濟貧，勸民農桑，境內大治。㉞次將句　指班固在寫《漢書》時，把他們的傳記排列在將相之後，以示褒揚。次，排列。㉟彰　表明；顯示。㊱懸　流傳。㊲古道　對古代政治、學術、道理、方法的通稱。

【語譯】我回想起在天寶、建中年間那段艱難的日子以後，叛亂的禍根依舊在河北一帶，後來叛亂之風又逐漸蔓延到了齊、魯、梁、蔡等地。劉闢不過是一個咬文嚼字的書生，竟然也在蜀地反叛；李錡是本朝的宗室老人，可也在吳地作亂。其他各處軍隊頭目的兩隻眼睛緊盯著形勢的變化，躍躍欲試也想起兵叛亂，這種情況處處皆是。憲宗皇帝效法古人的原則，廣開言路，勇於納諫，增加自己的聰明才智，他任用賢能之人，考察研究各項法律制度，號令還未頒佈，就已顯示出雷霆般的聲威。憲宗皇帝於在位的十四年間，擒獲、誅殺了那些凶狠的叛亂者，唐軍橫掃天下，叛軍無不歸順降伏。在這段時間裡，朝廷總共五次大規模徵兵，往往是剛剛遣散部隊又不得不馬上召回重新開戰。他只用了八年時間，就使天下太平無事了，百姓們也沒有感到太多的勞苦，這實在是因為當時有許多奉職守法的優秀官吏在治理百姓，而韋丹又在眾多的優秀官吏中占居第一。周朝的召伯奭把陝西地區的百姓治理得很好，召穆公在周宣王時建立了軍功，於是孔子就把歌頌他們的〈甘棠〉、〈江漢〉收集起來，一邊彈琴一邊演唱這些詩歌，並分別把它們列入《詩經》中的〈國風〉和〈大雅〉之中。班固在記載漢宣帝的中興名臣、談到善於治民的官員時，也首先提到黃霸和龔遂，把他倆的傳記排列在將相的傳記之後。現在，宣宗皇帝頒佈明詔，要把韋丹的政績刻於石碑，使他能夠與元和年間的那些功臣們並肩齊名，同時也顯示出元和中興時期朝廷所得人才之多，讓他們的英名和績業永遠流傳下去。宣宗皇帝這樣做，效法的是古人的方法啊！

謹案❶韋氏自漢丞相賢❷已降，代有達官，孝寬❸有大功於後周❹，封鄖國公。鄖公曾孫幼平，為岐州❺參軍❻；生抱貞，為梓州❼刺史；生政，為漢州❽雒縣❾丞❿，贈右諫議大夫⓫；雒縣生武陽公。公字文明，以明五經登科⓬，授校書郎⓭、咸陽尉⓮，以監察御史⓯、殿中侍御史⓰佐張獻甫於邠寧⓱府。徵為太子舍人⓲，遷起居郎⓳，檢校吏部員外郎⓴，侍御史㉑，河陽㉒行軍司馬㉓。未行，改駕部員外郎㉔。會新羅國㉕以喪㉖來告，且稱立君，拜司封郎中[27]，兼御史中丞[28]，章服金紫[29]，弔冊其嗣[30]。新羅再以喪[31]告，不果行，改容州[32]經略使[33]。築州城環十三里，因悉城管內十三州[34]，教種茶麥，多開屯田[35]，黃賊[36]畏服，詔加太中大夫[37]。貞元[38]末，拜河南[39]少尹[40]，連拜檢校祕書監[41]，兼御史中丞、鄭滑[42]行軍司馬，皆未至。拜右諫議大夫。

憲宗即位，劉闢以蜀叛，議者[43]欲行貞元故事[44]，請釋[45]不誅。公再[46]上疏曰：「今不誅闢，則朝廷可以指臂而使[47]者，唯兩京[48]耳，此外而誰不為叛？」因拜劍南[49]東川[50]節度使，兼御史大夫[51]。時劉闢急攻梓州，公至漢中[52]，表言[53]攻急守堅，不可易帥[54]，高崇文[55]客軍[56]遠鬬，無所資[57]，若與梓州，綴[58]其士心，必能有功。遂召拜晉[59]、慈[60]、隰[61]三州觀察使。

不半歲，元和二年二月，拜洪州[62]觀察使。洪據章江[63]，上控百越[64]，為一都會。屋居以茅竹為俗，人火之餘，烈日久風，竹戛[65]自焚，小至百家，大至盪空[66]。霖必江溢[67]，燥必火作，火水夾攻，人無固志[68]，傾搖[69]懈怠，不為旬月生產計。公始至任，計口取俸[70]，除去冗事[71]，取公私錢，教人陶瓦[72]，伐山取材，堆疊億計。人能為屋，取官材瓦[73]，免其半賦，徐責其直[74]，自載酒食，以勉其勞。初若艱勤，日成月就，不二周歲，凡為瓦屋萬四千間，樓四千二百間，縣市營廄[75]，名為棟宇[76]，無不創為[77]。派[78]湖入江，節以斗門[79]，以走暴漲(80)。闢開廣衢(81)，南北七里，盪滌污壅(82)，築堤三尺，長十二里。堤成明年，江與堤平。鑿六百陂塘(83)，灌田一萬頃，益勸桑苧(84)，機織廣狹(85)，俗所未習，教勸成之(86)。凡三周年，成就生遂(87)，手為目覩，無不如志(88)。

公之為政，去害興利，機決勢去(89)，如孫、吳乘敵(90)，不可當向。輔以經術(91)，仁撫智誘(92)，慈母之心，赤子之欲(93)，求必得之，故人自盡力，所指必就(94)。子產(95)治鄭，未及三年，國人尚謗(96)。黃霸治潁川(97)，前後八年，始曰愈治(98)。考二古人行事，與公相次第(99)，不知如何(100)？元和五年薨(101)，年五十八。

【章旨】本章記述了韋丹的生平概況和他所取得的主要政績。

【注釋】❶謹案　據考查。謹，恭敬。這裡為敬詞。案，查考。❷賢　人名。指韋賢。西漢鄒人。字長孺。篤志好學，號稱大儒，後官至丞相。❸孝寬　人名。指韋叔裕。字孝寬。後周京兆杜陵人。曾任大司空、延州總管等職，進位上柱國。多次為朝廷建立軍功。❹後周　朝代名。又叫北周。西元五五七年至五八一年。鮮卑族宇文覺廢西魏自主，建號周。都長安。後為隋朝所替代。❺岐州　地名。即今陝西省鳳翔縣。❻參軍　官名。職務是參謀軍事。❼梓州　地名。即今四川省三臺縣。❽漢州　地名。即今四川省廣漢縣。❾雒縣　地名。故城在今四川省廣漢縣北。唐代的雒縣是漢州的一個屬縣。❿丞　官名。即縣丞。每縣各置丞一人，以幫助縣令處理政務。⓫贈右句　去世後追贈右諫議大夫一職。贈，給已去世的人追贈官職爵號。諫議大夫，官名。掌管議論。唐代又分為左諫議大夫和右諫議大夫。⓬以明句　因通曉儒家五經而進入仕途。明，通曉。五經，指《周易》、《尚書》、《詩經》、《禮記》、《春秋》五部儒家經典。唐代的科舉考試為六科，其中因通曉經義而取者為明經，因詩賦取者為進士。登科，唐代制度，舉子放榜得中，稱及第；吏部覆試得中，稱登科。登科後方授官職。⓭校書郎　官名。掌校讎典籍事。⓮咸陽尉　咸陽縣尉。咸陽，地名。即今陝西省咸陽縣。尉，官名。每縣各置一名縣尉，主管地方治安。⑮監察御史　官名。唐制監察御史十五名，掌監察百官、巡察州縣獄訟等事。⑯殿中侍御史　官名。行監察等職，或奉使出外執行特定任務。⑰邠寧　地名。即邠州。又作豳州。在今陝西省彬縣。張獻甫時任邠寧府刺史。⑱太子舍人　官名。為太子的屬官。⑲起居郎　官名。屬史官。負責記錄皇帝的日常言行。⑳檢校句　官名。屬散官，即皇上恩賜的加官。㉑侍御史　官名。掌監察等事。㉒河陽　地名。在今河南省孟縣。㉓行軍司馬　官名。掌軍政，權勢較大。㉔駕部員外郎　官名。掌輿輦、傳乘、驛郵等事。㉕新羅國　國名。在今韓國。㉖喪　國喪。指國君去世。㉗司封郎中　官名。主管封爵、襲蔭、褒贈等事。㉘御史中丞　官名。為御史大夫的副職。掌監察彈劾，權勢頗重。㉙章服句　穿紫色官服，佩金魚袋。章服，用各種圖案以標誌等級的官服。金，指金魚符。即用金刻為魚形的符。紫，紫色官服。唐代，三品以上的官員可以穿紫衣，佩金符。時人稱之為「章服」。㉚弔冊句　去新羅國弔唁國喪，並冊立新君。嗣，後嗣。即新君。當時新羅國是唐王朝的附庸國，故其新君由唐朝冊立。㉛喪　指新君也去世了。㉜容州　地名。在今廣西省梧州市一帶。㉝經略使　官名。唐代於邊疆州郡置經略使，負責當地的軍政事務。㉞因悉句　因此，在容州所管轄的全部十三個州縣內。悉，全部。城，指容州。㉟屯田　政府利用軍隊或農民、商人開墾土地，徵收軍餉，稱為屯田。㊱黃賊　所指不詳。唐代稱黃巢軍為「黃賊」。然而在杜牧作本文時，黃巢尚未起兵。本句可能為後人竄入。《新唐書・韋丹傳》中即刪除此句。㊲太中大夫　官名。為散官。是皇上恩賜的加官。㊳貞元　唐德宗李适的年號。西元七八五年至八〇四年。㊴河南　地名。這裡指當時的河南縣，即今河南省洛陽縣。㊵少尹　官名。是各州府的副職。㊶檢校祕書監　官名。掌圖書事。㊷鄭滑　地名。在今河南省新鄭縣、滑縣一帶。㊸議者　指商討對策的大臣們。㊹貞元故事　指貞元年間對叛軍所執行的姑息遷就政策。㊺釋　放過；赦免。㊻再　兩次。㊼指臂而使　可以指揮、控制的地區。指臂，手指和手臂。比喻指揮得動的地區。㊽兩京　指都城長安和東都洛陽一帶。㊾劍南　地名。指劍南道。包括今四川省劍閣縣以南、長江以北、甘肅省嶓冢山以南及雲南省東北地區。後分設西川節度使和東川節度使。㊿東川　地名。在今四川省東部地區。(51)御史大夫　官名。地位僅次於丞相，主管彈劾、糾察以及掌管圖書祕籍。(52)漢中　地名。即今陝西省漢中市。(53)表言　給皇上上奏章說。表，奏章。(54)易帥　改換元帥。朝廷這次派韋丹去蜀地，是要他去替代守衛梓州的李康。韋丹行至漢中，知道李康守梓州非常盡力，因而主動上奏章要求不再替換李康。(55)高崇文　人名。任神策軍使，是這次討伐劉闢的主帥。(56)客軍　外地軍隊。(57)資　憑藉。(58)綴　連綴；維繫。(59)晉　地名。即晉州。在今山西省臨汾市一帶。(60)慈　地名。即慈州。在今山西省南部。(61)隰　地名。即隰州。在今山西省隰縣。(62)洪州　地名。即今江西省南昌市。(63)章江　水名。章水是贛江的源頭，被視為贛江的正源。因此這裡的章水即指贛江。(64)百越　泛指眾多的越族居住地區。越，民族名。因分支很多，故稱百越。散居於江蘇、浙江、福建等地。(65)憂敲擊；摩擦。(66)盪空　洗劫一空；燒盡。(67)霖必句　一遇連雨，章江水就漫溢出來。霖，久下不停的雨。(68)固志　長期安居下去的想法。(69)傾搖　思想動搖不定。(70)計口句　按照自己家人的數量去取俸祿。即所取俸祿夠維持家人生活即可，多餘部分用來救濟百姓。(71)冗事　多餘的繁雜之事。(72)陶瓦　燒製磚瓦。陶，燒製。(73)材瓦　木材和磚瓦。(74)徐責句　慢慢地討要買官府木材磚瓦的錢。徐，慢慢。責，討要。直，同「值」。錢。(75)縣市句　縣鎮市場，營房廄棚。(76)棟宇　泛指房屋。屋的正梁叫棟，屋的四邊叫宇。(77)創為　創製；修建。(78)派　分流。(79)節以句　用閘門加以控制。節，節制；控制。斗門，用來宣洩洪水的閘門。(80)以走句　用來宣洩暴漲的洪水。走，使洪水流出。(81)廣衢　寬闊的大道。衢，四通八達的道路。(82)盪渫句　排除污物，清除障礙。渫，淘去污泥。壅，堵塞；障礙。(83)陂塘　池塘；水庫。(84)益勸句　更加注意鼓勵百姓種植桑樹、苧麻。益，更加。勸，鼓勵。苧，植物名。即苧麻。它的纖維可以用來織布、做繩子。(85)機織句　用織布機織成或寬或窄的布匹。(86)教勸句　進行培訓、鼓勵，使百姓學會織布。成之，使他們成功；使他們學會織布。(87)生遂　生活順利如意。(88)如志　如意。(89)機決句　發動機括，利箭飛去。形容辦事果斷迅速。機，弩機，發箭的裝置。決，開；發動。勢，指箭勢。(90)如孫句　就像孫武和吳起乘機向敵人發動進攻一樣。孫，指孫武。春秋時齊國人。著名的軍事家，著有《孫子兵法》一書。吳，指吳起。戰國時衛國人。著名的軍事家，著有《吳子》一書。乘敵，趁有利時機進攻敵人。(91)輔以句　又用儒家經書中的思想來幫助自己治理百姓。(92)仁撫句　用仁義來安撫百姓，用智慧來誘導百姓。(93)赤子句　百姓們的欲望、要求。赤子，本指嬰兒，引申為子民百姓。(94)所指句　所想做的事情，都一定能夠做成功。指，通「恉」。意旨；意向。就，成功。(95)子產　人名。春秋時鄭國人。名僑，字子產。著名的政治家。把鄭國治理得很好。(96)尚謗　還在批評他。尚，還。謗，批評。子產執政之初，採取了一些改革措施，引起人們的誤會，受到了人們的批評。後來這些措施收到了很好的成效，百姓們開始歌頌子產。(97)黃霸句　黃霸，人名。西漢陽夏人。字次公。先後任潁川太守、丞相等職。治民為天下第一。潁川，地名。當時為郡，轄區包括今河南省中部及南部地區。(98)愈治　治理好。愈，通「瘉」。病情轉好。引申為治理好。(99)次第　排次序；比較。(100)不知句　不知怎麼樣？實際是說韋丹比子產、黃霸治理得更好。(101)薨　死。古代稱侯王死叫「薨」。唐以後稱二品以上官員死也叫「薨」。

【語　譯】根據考證，韋氏家族自漢丞相韋賢以來，世代都有達官顯貴。韋孝寬在後周建立了極大的功勞，被封為鄖國公。韋孝寬的曾孫叫韋幼平，曾在岐州當過參軍；韋幼平生韋抱石，韋抱石當過梓州刺史；韋抱石生韋政，韋政當過漢州的雒縣縣丞，去世後追贈右諫議大夫；雒縣縣丞韋政生武陽公韋丹。韋丹字文明，因通曉儒家五經而進入仕途，授校書郎、咸陽縣尉等職。曾以監察御史、殿中侍御史的身分到邠寧府去幫助張獻甫料理政務。後被徵召入朝任太子舍人，遷昇為起居郎，並先後擔任檢校吏部員外郎、侍御史，又被調往河陽任行軍司馬。還未赴任，又被改任為駕部員外郎。這時剛好新羅國派使者送來國君去世的消息，並說他們就要擁立新君，於是皇上就任命韋丹為司封郎中，兼任御史中丞，讓他穿紫色官服，佩帶金魚符，前去新羅國弔唁國喪，並冊立新君。不久，新羅國再次派使者來，說新君也去世了，結果韋丹沒有出使新羅國，改任容州經略使。韋丹在容州修築了十三里長的環城城牆，並在容州所管轄的十三個州縣內，培訓百姓種茶種麥，大量地組織人力開墾土地，黃賊對他十分畏服，皇上下詔書贈官太中大夫。貞元末年，韋丹被任命為河南少尹，緊接著又被任命為檢校秘書監，兼任御史中丞和鄭滑行軍司馬，但韋丹都未到任。最後被任命為右諫議大夫。

憲宗皇帝即位以後，劉闢在蜀地叛亂。討論此事的大臣們想效法貞元年間的姑息遷就政策，請皇上赦免其罪而不加討伐。韋丹兩次上奏章說：「現在如果不去討伐劉闢，那麼朝廷可以指揮、控制的地區，就只有長安和洛陽一帶了，其他地區哪個不想反叛？」於是皇上任命韋丹為劍南道東川節度使，兼任御史大夫。當時，劉闢正在緊急進攻梓州。韋丹到了漢中後，上奏章說：「劉闢進攻得很緊急，李康正堅守梓州，不可臨時輕易改換主帥。高崇文率領著外地軍隊，遠行到蜀地作戰，無所憑藉，如果能夠把梓州這塊地盤交給他，就能夠維繫著將士們的心，他就一定能夠成功。」於是皇上就把他召回，任命為晉、慈、隰三州觀察使。

不到半年，在元和二年二月，韋丹被任命為洪州觀察使。洪州緊靠章江，控制著北邊的百越地區，是一個大都市。然而這裡的人們習慣用茅草竹子修建房屋，在人為的火災之外，由於烈日烤曬，長期颳風，竹子相互摩擦也會自然起火，小的火災也要燒掉上百家，大的火災把洪州城洗劫一空。連著下幾天雨，章江的水就會漫溢出來；如果遇上乾燥天氣，又會發生火災。在水災、火災的夾攻之下，這裡的百姓就缺乏長期安居的想法，他們的思想動搖、懈怠，連十天半月這麼短時間的生活、生產都不去計畫。韋丹一到任，在俸祿中只取夠養家餬口的部分，除去一切多餘的繁雜之事，然後拿出官府的和個人的錢，去培訓人們燒製磚瓦，到山上砍伐木材，這些磚瓦和木材堆積在一起，數以億萬計。人們如果願意修築房屋，可以購買官府的木材和磚瓦，官府暫時也只收一半賦稅，然後再慢慢收取他們的欠款。韋丹還親自用車裝著酒肉等食物，前去勉勵、慰勞他們。開始時，這項工作似乎很艱難，但是每日都建造一點，每月都修蓋一些，在不到兩年的時間內，總共修起瓦屋一萬四千間，樓房四千二百間，縣鎮集市，軍營廐棚，凡是稱得上房屋的，他都要修建。他還開挖渠道，把湖水引入章江，中間用閘門加以控制，以宣洩暴漲的洪水。他還開闢了一條寬廣的大道，南北長七里。他還消除污物障礙，修築了一條三尺高的堤壩，堤長十二里。堤壩修成的第二年，章江水漲得與堤相平。他還開挖了六百口池塘，可灌溉一萬頃土地。他更注重鼓勵百姓種植桑樹、苧麻，用織機織布，當地人還不習慣，他就培訓、鼓勵他們學會用織機織布。總共用了三年時間，大功告成，百姓生活安定舒適，他所做的事，他所看到的事，無不稱心如意。

韋丹在治理洪州時，去害民之務，興利民之事，他辦事果斷迅速，如同孫、吳乘機攻敵一樣，所向無敵。他還用儒家經書中的思想來幫助自己從事政務，以仁義安撫百姓，用智慧誘導百姓，他有一付慈母般的心腸，凡是子民百姓所想得到的，他都要滿足他們，所以百姓們人人都盡力勞作，想做的事也都能成功。子產治理鄭國將近三年，人們還在批評他；黃霸治理穎川，前後用了八年時間，才把穎川治理好。考察這兩位古人的政績，再與韋丹比較一下，他們倆怎能比得上呢？韋丹於元和五年去世，享年五十八歲。

其銘曰：

章武皇帝❶，披攘❷經營。凡十四年，五大徵兵。人不告病❸，肩於太寧❹。將相是❺矣，豈無循良❻。考第理行❼，誰高武陽？武陽所至，為人父母。於洪❽之功，洞無前古❾。洪始有居，水火是苦。二者夾攻，死無處所。曰天所然❿，不嗟不訴⓫。武陽始至，材瓦是聚。公錢不足，以俸⑫為助。能為居宇，貫貸付與⑬。日載酒餚⑭，如撫稚乳⑮。不督不程⑯，誘⑰以美語。未二周星⑱，創數萬堵⑲。幾半重樓⑳，如《詩》翬羽㉑。錮㉒以長堤，繚四千步㉓。明年水平㉔，人始歌舞。災久事鉅㉕，一日除去。灌田萬頃，益種㉖桑苧。俗所未有，罔不完具。寂寥㉗千年，誰守茲土㉘？大中聖人㉙，元和是師㉚。圖讚㉛功勞，武陽豈遺㉜？乃命史臣，刻序碑辭。寵假㉝武陽，為人慰思㉞。訓勸守吏，勉於為治。

【章　旨】本章以銘文的形式，再次歌頌了韋丹的政績。

【注　釋】❶章武句　指唐憲宗李純。他的謚號為「聖神章武孝皇帝」。❷披攘　使屈服；征服。❸告病　訴說痛苦；感到痛苦。❹肩於句　近似於太平時代。肩，負擔；緊挨。引申為相似，猶如。太寧，太平。❺是　正確；優秀。❻循良　即循良之吏。❼考第句　考察他的政績。考第，考察。理行，理民的行為；治民的政績。❽洪　地名。即洪州。❾洞無句　千古所無。洞，徹底；完全。❿曰天句　洪州百姓都說這是上天所造成的。然，代詞。這樣。指「洪始有居，……死無處所」四句所描述的情況。⓫不嗟句　所以他們也就不哀嘆不訴苦。⓬俸　指韋丹自己的俸錢。⓭貫貸句　把建房材料賒欠給他們。貫，賒欠。⓮餚　煮熟的魚肉等。⓯如撫句　愛護百姓如同愛護幼兒一樣。撫，撫慰；愛護。稚乳，幼兒。⓰不督句　不責罰，不限期。督，責罰。程，定量；限期完成多少任務。⓱誘　誘導；引導。⓲周星　星宿名。指歲星。歲星每十二年在天空循環一周，因此古人把十二年叫作周星。但杜牧這裡的「二周星」是指二周年。⓳堵　牆壁。代指房屋。⓴幾半句　樓房幾乎占了一半。重，層。㉑如詩句　這些樓房如同《詩經》中描寫的那樣高峻壯麗。《詩》，指《詩經》。《詩經》中有一篇〈斯干〉，專門歌頌貴族的宮室建築，其中有「如翬斯飛」句。翬，五彩的山雉。羽，翅膀。形容樓檐如同飛鳥的翅膀一樣。㉒錮　禁錮；自我防守。是指用長堤把洪州包圍起來以防洪水。㉓繚四句　環繞洪州的長堤長達四千步。繚，環繞。步，長度單位。歷代不一。在營造房屋、堤壩時，一般以五尺為步。㉔水平　指章江水與堤壩相平。㉕事鉅　大事。指水災、火災等大事。鉅，同「巨」。大。㉖益種　更多地種植。㉗寂寥　靜寂；空虛。引申為此地文化、生活落後。㉘誰守句誰來管理這片土地？守，管理。茲，此。這兩句是說，千年來洪州一直落後，現在終於由韋丹來管理這片土地了。㉙大中句　指唐宣宗李忱。大中是宣宗的年號，聖人是對宣宗的敬稱。㉚元和句　即「師元和」。效法元和年間的做法。元和，唐憲宗的年號。代指元和年間的做法、政策。是，助詞。無義。㉛圖讚　繪圖讚美。圖，畫。這裡指圖繪功臣之像。㉜遺　遺漏；忘記。㉝寵假　給韋丹以榮耀。寵，榮耀。假，給予。㉞為人句　對思念韋丹的人們是一個安慰。

【語　譯】銘文是：

章武皇帝憲宗，艱苦征戰經營。一十四年期間，五次大的戰爭。百姓不覺痛苦，社會幾臻太平。那時將相優秀，又有良吏治民。考察治民政績，誰能高於韋丹？韋丹所到之處，猶如百姓父母。治理洪州之功，實在高過千古。洪州始創草房，飽受水火之苦。水災火災夾攻，生命沒有保障。視為天所造成，百姓不知感傷。韋丹一到洪州，積累木材磚瓦。公錢不夠使用，拿出俸祿資助。誰能修造房屋，賒予修房材料。每天帶著酒肉，四處慰勞百姓。不責罰不限制，只以好話勸導。不到兩個年頭，建造住房數萬。其中樓房居半，華美高峻壯觀。又造長堤防洪，堤繞四千來步。次年水與堤平，人們歌舞歡慶。大的長期災害，一日全部除去。池塘灌田萬頃，多種桑樹苧麻。洪州未有之事，無不創製完備。千年落後之地，韋丹前來治理。大中宣宗皇帝，效法元和政治。繪像讚美功臣，韋丹豈被忘記？於是命令史臣，刻寫序文碑記。給韋丹以榮耀，以慰百姓之思。以此訓導官員，盡心盡力治民。

唐故太子少師、奇章郡開國公、贈太尉牛公墓誌銘并序

【題　解】本文是為唐朝丞相牛僧孺寫的一篇墓誌銘。牛僧孺，字思黯。鶉觚（在今甘肅省靈臺縣）人。曾先後任御史中丞、同平章事等職，封奇章郡公。他與李宗閔、楊嗣復等人結為朋黨，排斥異己，權震天下，時人指為牛李。太子少師，官名。太子的屬官。奇章郡開國公，即奇章公。開國，建立邦國。古人認為，功

大之臣應開國為諸侯，功小之臣應承家為卿大夫。唐宋時，凡封五等爵位（公、侯、伯、子、男）者皆有開國之稱。贈，追贈。死後封以官號。太尉，官名。秦漢時，太尉掌軍事，權力幾與丞相相等。唐代僅為加官，無實權。墓誌銘，埋在墓中的誌墓文。用正方兩石相合，一石刻誌銘，一石題死者姓氏、籍貫、官爵，平放在棺前。本文記述了牛僧孺一生的經歷，歌頌了牛僧孺的品德政績。

唐佐❶四帝❷十九年宰相牛公諱某❸，字某。八代祖弘❹，以德行儒學相隋氏❺，封奇章郡公，贈文安侯。文安後四世諱鳳及❻，仕唐為中書門下侍郎❼，脩國史，於公❽為高祖❾。文安後五世集州❿刺史、贈給事中⓫諱休充⓬，於公為曾祖。集州生太常博士⓭、贈太尉紹⓮，太尉生華州⓯鄭縣⓰尉、贈太保⓱諱幼聞⓲，太保生公，孤⓳始七歲。長安南下杜⓴樊鄉㉑東，文安有隋氏賜田數頃，書千卷尚存。公年十五，依以㉒為學，不出一室，數年業就㉓，名聲入都中㉔。故丞相韋公執誼㉕，以聰明氣勢㉖，急於褒拔㉗，如柳宗元㉘、劉禹錫㉙輩，以文學秀少㉚，皆在門下㉛。韋公亟㉜命柳、劉於樊鄉訪公，曰願一得相見。公乘驢至門，韋公曰：「是㉝矣。東京㉞李元禮㉟為後進㊱師，隋奇章公㊲仁德祿位㊳，二者包而有之㊴。」

登進士上第㊵。元和四年㊶，應賢良直諫制㊷，數㊸強臣不奉法，憂天子熾於武功㊹，詔下第一㊺，授伊闕㊻尉。以直被毀㊼，周歲凡十府奏取不下㊽。伊闕滿歲㊾，郗公士美㊿以昭義軍[51]書記[52]辟[53]，凡三上請[54]，詔除[55]河南[56]尉，拜監察御史[57]。丁母夫人憂[58]，制終[59]復拜監察御史，轉殿中侍御史[60]，遷禮部員外郎[61]、都官員外郎[62]，兼侍御史知雜事[63]。改考功員外郎[64]、集賢殿[65]學士[66]、庫部郎中[67]、知制誥[68]，賜五品命服[69]。

半歲，遷御史中丞[70]。宿州[71]刺史李直臣以贓數萬[72]敗，穆宗[73]得偏辭[74]於中，稱直臣寃，且言有才，宰相言格不用[75]。公以具獄[76]奏，上曰：「直臣有才可惜。」公曰：「彼不才者，無飽食以足妻子，安足慮[77]？本設法令，所以縛束有才者，祿山[78]、朱泚[79]，是才過人而亂天下。」上因可奏[80]，曰「善」。賜章服金紫[81]，遷戶部侍郎[82]，掌財賦事。上益親重，欲相之[83]。

會[84]中書令[85]韓弘[86]男公武[87]謀曰：「大人[88]守大梁[89]二十年，齊、蔡誅[90]後始來朝，今不以財援[91]中外[92]，設[93]有飛[94]一辭者，誰與保白[95]？」公武賫[96]弘書獻公錢千萬，公笑曰：「此何名[97]為？公亟持去。」明年，弘、公武繼卒[98]，主藏奴[99]與吏訟[100]於御史府[101]，上憐弘大臣，父子併死，稚孫[102]將[103]家事，走中使至第[104]，盡取財簿[105]自閱視。凡中外主權[106]多納[107]弘貨，獨朱勾[108]細字曰：某年月日，送戶部牛侍郎錢千萬，不納。上大喜，以指歷簿[109]，徧視旁側[110]，曰：「果然吾不謬[111]知人。」言訖[112]，殿上皆再拜[113]呼萬歲。尋以本官平章事[114]。明年，正位中書侍郎[115]，加銀青三品[116]，兼集賢[117]大學士[118]，監脩國史。

敬宗[119]即位，與武士畋宴無時[120]，公亟諫曰：「陛下不讀玄元皇帝[121]《五千言》[122]以清靜養生，彼道士皆庸人[123]，徒誇欺虛荒，豈足師法。」未一歲，請退[124]，不許，連[125]四月日間以疾辭。乃以鄂岳[126]六州建節[127]，號武昌軍[128]，命公為禮部尚書[129]、平章事，為節度使。公始至，問民尤苦[130]，皆曰：「城土疎惡[131]，歲輸篾竹[132]為苫具[133]，奸吏旁緣[134]，主為侵取[135]，費與稅等，歲久，前後政[136]欲書計策，訖無所施[137]。」公即除去冗長[138]，用公私錢陶塼[139]成城，凡五年乃就[140]。

明年，文宗[141]即位，就加吏部尚書[142]。明年，急徵拜兵部尚書[143]、平章事，重拜中書侍郎、弘文[144]大學士。鄭注[145]怨宋丞相申錫[146]，造言[147]挾漳王[148]為大逆，狀跡牢密[149]，上怒必殺。公曰：「人臣不過宰相，今申錫已宰相，假使如所謀，豈復欲過宰相有他圖乎！臣為中丞，愛申錫忠良，奏為御史，申錫之心，臣敢以死保之。」上意解[150]，由是宋不死。

大和六年[151]，西戎[152]再遣大臣贄[153]寶玉來朝，禮倍前時，盡罷東嚮[154]守兵，用明臣附[155]。李太尉德裕[156]時殿[157]劍南西川，上言：「維州[158]降，今若使生羌[159]三千人，燒十三橋[160]，擣[161]戎腹心，可洗久恥，是韋皐[162]二十年至死恨不能致[163]。」事下尚書省[164]百官聚議，皆如劍南奏。公獨曰：「西戎四面各萬里，來責曰：何事失信？養馬蔚茹川[165]，上平涼坂[166]，萬騎綴[167]回中[168]，怒氣直辭，不三日至咸陽橋[169]。西南遠數千里，雖百維州，此時安可用？棄誠信，有利無害，匹夫[170]不忍為，況天子以誠信見責[171]於夷狄，且有大患。」上曰「然」，遂罷維州議。

大和六年，檢校右僕射[172]、平章事、淮南[173]節度使。六年至開成二年[174]，連上章請休官，詔益不許。公曰：「臣惟退罷，可以行心[175]。」夏五月，以兵付監軍使[176]，拜疏訖[177]，就道[178]。除[179]檢校司空[180]留守東都[181]。明年，拜左僕射[182]。上恐公不起[183]，詔曰：「朕比[184]有疾，良已[185]，思一面敘。」公不得已，至闕下[186]一拜謝，閉門不出。明年，檢校司空、平章事、襄州[187]節度使，出都門[188]，賜黃彝樽[189]、龍杓[190]，凡六品[191]，名出《周禮》[192]，詔曰：「精金古器，用以比況[193]君子，非無意也。」襄州七年饒假[194]軍人，入賦不一，公至，據地造籍，免貧弱四千萬，均入豪強[195]，皆曰甘心[196]，不出一怨言。

明年，武宗[197]即位，就加司徒[198]。會昌元年[199]秋七月，漢水[200]溢堤入郭[201]，自漢陽王張柬之[202]一百五十歲後，水為最大。李太尉德裕挾維州事[203]，曰修利不至，罷為太子少師。未幾檢校司徒，兼太子少保[204]。明年，以檢校官兼太子太傅[205]、留守東都。劉稹[206]以上黨[207]叛誅死，時李太尉專柄五年，多逐賢士，天下恨怨，以公德全[208]畏之，言於武宗曰：「上黨軋[209]左京[210]，控山東[211]，劉從諫[212]父死擅之[213]，十年後來朝，加宰相，縱去不留之，致稹叛，竭天下力，乃能取。」此皆公與李公宗閔為宰相時事。從諫以大和六年十二月十七日拜闕下，實以其月十九日節度淮南；明年正月，從諫以宰相東還[214]。河南少尹[215]呂述[216]，公惡其為人，述與李太尉書，言稹破報[217]至，公出聲歎恨。上見述書，復聞前縱從諫去，疊二怒[218]，不一參校[219]。自十月至十二月，公凡三貶至循州[220]員外長史[221]，天下人為公挼手[222]咤罵[223]。公走萬里瘴海[224]上三年，恬泰[225]若一無事。

今天子[226]即位，移衡州[227]、汝州[228]長史，遷太子少保、少師，凡四年復位。大中二年[229]十月二十七日，薨[230]于東都城南別墅，年六十九。天子惻傷[231]，不朝兩日，冊贈[232]太尉。天下善人，執手相弔[233]哭。

【章　旨】本章記述了牛僧孺的生平經歷和主要績業。

【注　釋】❶佐　輔佐。具體指當朝中大臣。❷四帝　指憲宗、穆宗、敬宗、文宗四位皇帝。❸諱某　牛僧孺名僧孺，字思黯。作者在這裡以「諱某」代替其名，是表示尊敬。❹弘　人名。指牛弘。隋朝人。先後任祕書監、吏部尚書等職。❺相隋氏　輔佐隋王朝。相，幫助；輔佐。隋氏，隋朝。❻鳳及　人名。指牛鳳及。唐朝人。❼中書門下侍郎　官名。中書，官署名。即中書省。門下，官署名。即門下省。中書、門下與尚書合稱三省，總管天下政務。侍郎，官名。三省所屬各部的副長官。❽公　指牛僧孺。❾高祖　祖父的祖父。又叫高祖王父。❿集州　地名。在今四川省南江縣。⓫給事中　官名。常在皇帝左右侍從，備顧問、應對等事。⓬休充　人名。即牛休充。唐朝人。⓭太常博士　官名。負責禮樂、祭祀等事。⓮紹　人名。即牛紹。唐朝人。⓯華州　地名。在今陝西省華縣。⓰鄭縣　地名。在今陝西省華縣境內。⓱太保　官名。周朝為三公之一。魏晉以後多為贈官，無實職。⓲幼聞　人名。即牛幼聞。牛僧孺之父。⓳孤　成為孤兒。指父親去世。⓴下杜　地名。在今陝西省西安市東南。㉑樊鄉　地名。在今陝西省西安市東南。㉒依以　依靠；依賴。㉓業就　學業成功。㉔都中　京城之中。京城指長安。㉕韋公執誼　即韋執誼。人名。唐京兆人。進士及第，位至丞相。公，對韋執誼的尊稱。㉖氣勢氣象；風度。㉗褒拔　褒揚提拔。㉘柳宗元　人名。唐河東人。字子厚。著名的文學家。㉙劉禹錫　人名。唐彭城人。字夢得。著名的文學家。㉚秀少　年輕有為。秀，才華出眾。㉛門下　門庭之下。這裡指柳宗元和劉禹錫被韋執誼收為弟子或門客。㉜亟　趕快。㉝是　對；正確。這裡為讚美義，相當於「太好啦」、「真優秀」。㉞東京　指東漢都城洛陽。㉟李元禮　人名。東漢潁川襄城人。名膺，字元禮。為當時的大名士，太學生們稱之為「天下楷模李元禮」。因為他的主要活動地區在東京，故稱「東京李元禮」。㊱後進　泛指後學、後輩。㊲奇章公　指前文提到的牛弘。㊳祿位　指官位、地位。㊴二者句

指牛僧孺既能夠像李元禮那樣成為後輩的老師，又能像牛弘那樣具有崇高的品德、取得很高的官位。㊵登進句　以優異的成績考中了進士。進士，取士科目。在唐代，以經義考中者為明經，以詩賦考中者為進士。上第，考試中成績被列為優秀的人。㊶元和句　指西元八〇九年。㊷應賢句　參加吏部舉行的賢良直諫科考試。賢良直諫制，為吏部考試科目之一。選拔賢良方正、能直言極諫的人。士人中進士後，還要通過吏部考試，纔能授官職。㊸數　一一列舉。㊹熾於武功　熱心於建立戰功。㊺詔下句　皇上下詔，評牛僧孺的考試成績為第一。㊻伊闕　地名。在今河南省洛陽市南。㊼以直句　因為人正直而受到別人的毀謗。㊽十府奏取不下　有十個州府上奏要重用牛僧孺，但都未得到批准。下，這裡指下令批准。㊾滿歲　整整一年。㊿郗公士美　即郗士美。人名。公，對郗士美的尊稱。郗士美字和夫，兗州金鄉人。時任昭義軍節度使。(51)昭義軍　軍隊名。常駐潞州（今山西省長治縣一帶）。(52)書記　官名。節度使的屬官。掌管文字記錄事。(53)辟　授官；徵召。(54)三上請

三次上書朝廷請予批准。(55)除　任命；授官。(56)河南　地名。即今河南省洛陽縣。(57)監察御史　官名。掌監察。(58)丁母句

遇到母親去世。丁憂，遭父母之喪。(59)制終　守喪期滿。制，古時規定，父母死後的兒子或祖父母死後的長房長孫，自聞喪日起，不得任官、應考、嫁娶，要在家守孝二十七個月（不計閏月），叫做守制。(60)殿中侍御史　官名。負責監察、外出執行特定任務等。(61)禮部員外郎　官名。掌禮樂、祭祀、學校等事。(62)都官員外郎　官名。掌軍事、刑獄等事。(63)侍御史知雜事　官名。負責監察及其他各種雜務。知，執掌。(64)考功員外郎　官名。負責記功、論賞等事。(65)集賢殿　唐代宮殿名。殿內設書院，置學士、直學士，以宰相為知院事。掌刊輯經籍、搜求佚書等事。(66)學士　官名。掌編纂、著述、典禮等事。(67)庫部郎中　官名。屬兵部。掌軍器、儀仗、乘輿等事。(68)知制誥　官名。掌起草詔書、文件等事。(69)五品命服　五品官服。命服，皇上按等級賜給官員的制服。(70)御史中丞　官名。為御史大夫的副職。負責監察、彈劾等事。(71)宿州　地名。在今安徽省宿縣北。(72)數萬　指數萬錢。(73)穆宗　指唐穆宗李恒。(74)偏辭　片面之辭。(75)格不用　按法律原則不能任用。格，法律的一種。官吏處事的規則。(76)具獄　據以定罪的全部案卷。(77)安足慮　怎值得擔憂？安，怎。慮，擔憂。(78)祿山

人名。即安祿山。唐代營州柳城奚族人。天寶十四年冬在范陽起兵叛亂，後為其子安慶緒所殺。(79)朱泚　人名。唐代幽州昌平人。建中三年叛亂，自立為帝。後兵敗被殺。(80)可奏　同意他的奏請。可，同意。(81)章服金紫　穿紫色官服，佩金魚袋。詳見上一篇注。(82)戶部侍郎　官名。掌管戶口、財賦等事。(83)相之　讓他當丞相。(84)會　剛好遇上。(85)中書令　官名。為中書省長官。負責國家政務。(86)韓弘　人名。唐代滑州匡城人。曾任宣武節度使、檢校司空、同平章事、中書令等職。曾是一個半割據者，後入朝。(87)公武　人名。即韓公武。字從偃。韓弘之子。曾任宣武行營兵馬使、節度使等職。(88)大人　指韓弘。(89)大梁　地名。在今河南省開封市一帶。韓弘任節度使期間，住在大梁，處於半割據狀態。(90)齊蔡誅　指割據齊地的李師道和割據蔡州的吳元濟兵敗被殺。詳見〈罪言〉注。(91)援　求助於。(92)中外　指朝廷內外大臣。(93)設　假如。(94)飛　傳出；說出。(95)保白　證明您的清白。白，潔淨；清白。也可理解為替您說話。(96)賚　送物給人。(97)何名　這從哪裡說起？為什麼要如此？此為委婉拒絕之詞。(98)卒　死。(99)主藏奴　為韓弘家看守倉庫的家奴。藏，倉庫。(100)訟　爭訟；打官司。(101)御史府　官府名。又叫御史臺。掌監察、彈劾之事。(102)稚孫　幼小的孫子。(103)將　管理。(104)走中句　派宦官趕快到韓弘的家裡。走，快跑。使……快跑。中使，宦官。第，住宅。指韓弘的住宅。(105)財簿　記賬冊。(106)主權　有權的人。(107)納　接受。(108)朱勾　用紅筆寫。朱，紅色。勾，寫。(109)歷簿　指著賬冊。歷，手指在賬簿上劃動。(110)旁側　指站在身邊的人。(111)謬　錯；誤。(112)訖　結束。(113)再拜　連拜兩拜。再，兩次。(114)尋以句　不久，在任戶部侍郎的同時，又擔任了同平章事。尋，不久。本官，指牛僧孺原來擔任的戶部侍郎一職。平章事，官名。唐代以尚書、中書、門下三省長官為宰相，因其官位隆重，不常設，由其他官員代行其職，稱同中書門下平章事，簡稱同平章事。(115)中書侍郎　官名。為中書省所屬各部的副長官。(116)銀青三品　佩銀印青綬，位居三品。(117)集賢　宮殿名。即集賢殿。(118)大學士　官名。地位高於學士，職責略同。(119)敬宗　指唐敬宗李湛。(120)畋宴無時　打獵、宴飲沒有節制。畋，打獵。(121)玄元皇帝　老子的尊號。老子，姓李，名耳，字聃。春秋末年人。著名的思想家，道家的創始人。唐高宗乾封元年，被追封為太上玄元皇帝。(122)五千言　指老子所著的《老子》一書。《老子》共五千餘字，故又稱《五千言》。(123)庸人　平庸之人。(124)退　辭去官職。(125)連　連續。本句是說，牛僧孺在四個月期間，連續不斷地以有病為藉口，要求辭官。(126)鄂岳　地名。在今湖北省武昌縣至湖南省岳陽市一帶。(127)建節　持符節。節，符節。古代使臣執此以示徵信。這裡指牛僧孺到鄂岳任節度使。(128)武昌軍　軍隊名號。(129)禮部尚書　官名。掌管禮樂、祭祀、學校等事。(130)尤苦　最感痛苦的事。尤，特別；突出。(131)疎惡　土質疎鬆、低劣。疎，疎鬆。(132)簣竹　一種竹器。用來覆蓋物體以防雨淋。(133)苫具　用竹茅編織而成的覆蓋物。(134)旁緣　借這件事。緣，攀援；憑藉。(135)主為句　放肆地侵害、盤剝百姓。主，主要的；大量的。(136)政　主政之人；長官。(137)訖無句　至今沒有採取措施。訖，至；至今。(138)冗長　不關緊要的事。長，多餘。(139)陶摶　燒製磚頭。(140)就　成功；完成。(141)文宗　指唐文宗李昂。(142)就加句　就地任命為吏部尚書。吏部尚書，官名。負責考核、任免官員等事。(143)兵部尚書　官名。主管全國的武官選用、兵籍、軍械等事。(144)弘文　館名。即弘文館。館內置學士，掌管校正圖書、教授生徒、議定朝廷禮儀等事。(145)鄭注　人名。絳州翼城人。唐文宗時，以醫術方伎進，任太僕卿、御史大夫，後為工部尚書。曾勾結宦官王守澄誣逐宰相宋申錫。(146)宋丞相申錫　即丞相宋申錫。宋申錫，字慶臣。先後任禮部員外郎、翰林學士、中書舍人等職。(147)造言　製造謠言。(148)漳王　指唐文宗的弟弟李湊賢。封為漳王。鄭注等人誣陷宋申錫謀立漳王為帝。漳王被貶為巢縣公，宋申錫被貶為開州司馬。(149)狀跡句　指誣告者拿出的證據看起來很確鑿。牢密，確鑿。(150)解　怒氣消解。(151)大和句　指西元八三二年。(152)西戎　對西邊少數民族的統稱。這裡具體指吐蕃，即古代藏族所建立的政權，在今西藏一帶。(153)贄　送禮物。(154)東嚮　即針對東邊唐朝的軍隊。(155)用明句　以此表明歸附之意。(156)李太尉德裕　即太尉李德裕。李德裕，趙郡人。字文饒。先後任淮南節度使、丞相等職。為李黨首領，與牛僧孺、李宗閔為首的牛黨鬪爭十分激烈，史稱「牛李黨爭」。(157)殿　鎮守。(158)維州　地名。在今四川省理縣東北。(159)生羌　我國古代西部民族之一。(160)十三橋　橋名。在維州一帶。維州本為吐蕃地，後歸降唐朝。(161)擣　進攻；直擣。(162)韋皐　人名。唐代京兆萬年人。字城武。曾任劍南道西川節度使，在蜀二十一年，多次與吐蕃作戰。(163)不能致　不能實現的願望。(164)尚書省　官署名。三省之一。長官為尚書令，負責宰相職務。(165)蔚茹川　地名。在今甘肅省平涼縣一帶。(166)平涼坂　地名。在今甘肅省平涼縣一帶。(167)綴　連綴；聚集。(168)回中　地名。在今陝西省隴縣西北。(169)咸陽橋　橋名。故址在今陝西省西安市。即當時的都城長安。(170)匹夫　指普通百姓。(171)見責　受到責備。見，被。(172)檢校右僕射　官名。一般為散官，即本官之外的加官。(173)淮南　地名。唐置淮南道，轄區在淮河以南地區。治所在揚州。(174)開成二年　西元八三七年。(175)行心　按照自己的意願生活。(176)監軍使　官名。負責監察軍事。唐玄宗以後，多以宦官擔任。(177)拜疏訖　上奏章以後。拜疏，上奏章。指上辭官奏章。訖，結束；以後。(178)就道　上路。指上路回家。(179)除　任命。(180)檢校司空　官名。一般為散官。沒有實職。(181)東都　洛陽。(182)左僕射　官名。相當於宰相。(183)不起　不接受官職；不出仕。(184)比　近來。(185)良已　已經好多了。(186)闕下　宮闕之下；朝堂。(187)襄州　地名。在今湖北省襄陽市一帶。(188)都門　京城的城門。(189)黃彝樽　金製的酒器。彝，酒器的通稱。古代多用於祭祀。樽，一種酒器。(190)龍杓　一種舀東西的器具。有柄。(191)六品　六種器具。(192)周禮　書名。儒家經典之一。(193)比況　比喻；象徵。(194)饒假　優待。(195)豪強　指有勢有錢的人。(196)甘心　指心甘情願地接受均入的賦稅。(197)武宗　指唐武宗李炎。(198)

司徒　官名。主管教化。可參議政事。199會昌元年　西元八四一年。200漢水　江名。上流在陝西，流經襄州，至武昌入長江。201入郭　入城。郭，城牆外加築的一道城牆。202張柬之　人名。唐代襄州襄陽人。字孟將。武后病，張柬之首謀迫武后歸政，殺張易之兄弟等，復唐中宗帝位。因功封漢陽郡公。203挾維州事　因維州那件事而記恨在心。挾，懷恨。204太子少保　官名。為太子的屬官。205太子太傅　官名。相當於太子之師。206劉稹　人名。會昌三年，昭義節度使劉從諫死，其姪劉稹自稱留後，抗拒朝廷，次年被部將郭誼所殺。207上黨　地名。在今山西省長治市。208德全　道德高尚完美。209軋　壓在頭上。210左京　指東都洛陽。長安在西，洛陽在東，故有西京、東都之說。古人面向南，則東為左，西為右。故洛陽又稱左京。上黨在洛陽正北不遠處，所以說上黨「軋左京」。211山東　地名。指太行山以東、黃河以北地區。212劉從諫　人名。其父劉悟，因平叛有功，先後任義成節度使、檢校兵部尚書等職，也是一個割據者。父死，劉從諫接管兵權，把治所由邢州遷往上黨。213擅之　割據於上黨。擅，占有。之，代指上黨。214東還　回到上黨。上黨在長安的東北，故曰「東還」。以上四句是說，劉從諫於大和六年十二月十七日入朝，牛僧孺在這一月的十九日赴淮南任節度使，而劉從諫是在次年正月回上黨的，因此，放虎歸山的責任不應由牛僧孺承擔。這是在為牛僧孺開脫。215少尹　官名。州縣的副職。216呂述　人名。217破報　被擊敗的軍報。218疊二怒　為這兩件事生氣、發怒。219不一句　沒有詳細調查。一，逐一地；詳細地。參校，調查。220循州　地名。在今廣東省惠陽縣東北。221員外長史　官名。州刺史的屬官。從五品。222挼手　搓手。是一種表遺憾的動作。223吒罵　嘆息不已，並痛罵陷害牛僧孺的人。吒，嘆息聲。224瘴海　指嶺南充滿瘴氣的海邊。瘴，瘴氣。指我國南部和西南部地區山林間能致人疾病的氣。循州地處南方，距海不遠，故有此語。225恬泰　恬靜安然。泰，安靜。226今天子　當今皇上。指唐宣宗李忱。227衡州　地名。在今湖南省衡陽市。228汝州　地名。在今河南省汝州市。229大中二年　西元八四八年。230薨　去世。唐代稱二品以上官員死為「薨」。231恫傷　悲傷。恫，哀痛。232冊贈　下詔追贈。冊，封爵的策命。233弔　傷心。

【語　譯】輔佐四朝皇帝、任宰相達十九年之久的牛公名僧孺，字思黯。牛公的第八代祖先牛弘，憑著自己的德行和儒家學問輔佐隋朝，被封為奇章郡公，死後追贈為文安侯。文安侯牛弘的第四代孫叫牛鳳及，牛鳳及在唐朝任中書門下侍郎，參預了編修國家歷史之事，他是牛僧孺公的高祖。文安侯牛弘的第五代孫叫牛休充，牛休充曾任集州刺史，死後追贈給事中，他是牛僧孺公的曾祖父。集州刺史牛休充生牛紹，牛紹曾任太常博士，死後追贈太尉。太尉牛紹生牛幼聞，牛幼聞曾任華州鄭縣縣尉，死後追贈太保。太保牛幼聞生牛僧孺公。牛公剛剛七歲，父親就去世了。在長安南下杜樊鄉的東邊，文安侯牛弘給後人留下了幾頃隋朝廷賞賜給他的田地，還有上千卷的書籍。牛公十五歲時，就依靠這些遺產學習，整天關在屋裡讀書。幾年之後，學業大成，他的名聲傳入長安城中。前丞相韋執誼，因為牛公的聰明才智和非凡氣度，就急於褒揚、提拔他。當時像柳宗元、劉禹錫等人，憑著自己的文學才能和年輕有為，都被韋執誼收入門下。韋執誼命令柳宗元、劉禹錫趕快到樊鄉去拜訪牛公，並說希望能夠同他見上一面。牛公就騎著驢，到了韋執誼的府第。韋執誼見了他，說：「太好啦！漢代東京李元禮堪為後輩的老師，隋朝奇章公牛弘具有仁義之德，並獲得了很高的官位，而你將兼有他們二人的美德和成就。」

牛公以優秀的成績考中了進士。元和四年，牛公在參加賢良直諫制考試時，一一列舉了權臣不守法制的現象，對皇上熱心於建立戰功也表示了擔憂。皇上下詔，把牛公的考試成績評為第一，授與伊闕縣尉一職。牛公由於為人正直，受到了別人的毀謗，在一年期間，有十個州府上奏要重用他，卻都未能得到批准。在伊闕任職滿一年後，郗士美想請他出任昭義軍的書記，為此先後三次上奏皇上，皇上下令任他為河南縣尉，兼任監察御史。後來他母親去世，牛公守孝期滿後，再次擔任監察御史一職，不久改任殿中侍御史，接著被提昇為禮部員外郎、都官員外郎，兼任侍御史知雜事。又改任考功員外郎、集賢殿學士、庫部郎中、知制誥，皇上賞賜給他五品官服。

過了半年，昇為御史中丞。宿州刺史李直臣因為貪污數萬錢而被罷官，唐穆宗在宮中聽了片面之辭，於是就說李直臣被冤枉了，並稱讚他很有才能，宰相認為按照法律規定，不能再任用他。牛公便把有關李直臣的案卷上報給皇上，皇上說：「李直臣很有才能，不用太可惜了。」牛公回答說：「那些沒有才能的人，連為妻子兒女掙口飽飯的本領都沒有，怎值得我們去擔憂、防範呢？設制法令的根本目的，就是要用來制約那些有才能的人。安祿山、朱泚，就是因為才能過人纔搞亂了天下。」皇上聽了這番話，便批准了他的奏章，還誇獎說：「你講得好！」賜給他紫色官服和金魚袋，把他提昇為戶部侍郎，掌管財賦之事。皇上更加地親近他、看重他，並打算讓他當丞相。

這時，剛好中書令韓弘的兒子韓公武同父親商議說：「您在大梁駐守了二十來年，割據齊地的李師道和割據蔡州的吳元濟兵敗被殺後，您纔入朝，現在不花點錢去結交朝廷內外大臣，如果有人說我們的壞話，誰會站出來證明我們的清白呢？」於是韓公武帶著韓弘的書信，贈送一千萬錢給牛公，牛公笑著對韓公武說：「這是從何說起呢？

您還是趕快把錢帶回去吧！」第二年，韓弘和韓公武相繼去世，韓家看守倉庫的家奴同官員打官司，鬧到了御史府，皇上同情韓弘身為大臣，父子先後去世，現在由幼小的孫子管理家事，於是就命令宦官趕到韓弘府第，把韓家的賬冊全部取來，親自查閱。賬冊上顯示朝廷內外的有權大臣，大多都接受過韓弘的錢財，只有一行用紅筆勾寫的小字說：「某年某月某日，送給戶部牛侍郎一千萬錢，未被接受。」皇上看了十分高興，用手指指著賬冊，讓身邊的人都來看看，說：「我果然沒有看錯人啊！」皇上的話剛講完，殿上的大臣們都連拜兩拜，高呼「萬歲」。不久，牛公在兼任戶部侍郎的同時，擔任了同平章事。第二年，正式被任命為中書侍郎，佩銀印青綬，官居三品，兼任集賢殿大學士，負責編修國史的監察事宜。

唐敬宗即位以後，毫無節制地與武士們打獵、宴飲，徵召天下的道士，談論研究長生不老的事情，牛公馬上就進諫說：「陛下不閱讀玄元皇帝的《五千言》，不以清靜無為來保養自己的生命，而那些道士都是一些平庸之輩，只會浮誇騙人，說一些虛無荒誕之事，怎可以向他們學習。」不到一年，牛公請求辭官，皇上不同意。在接著的四個月期間，牛公連續不斷地以有病為藉口，要求辭職。皇上於是就讓牛公去管理鄂岳六州的軍政，並建立了一支名叫武昌軍的軍隊，任命牛公為禮部尚書、平章事，還擔任了節度使。牛公一到任，就詢問百姓最感苦惱的事情，百姓們都說：「這裡建城牆的土質疏鬆、低劣，每年百姓都要上繳大量的竹器去覆蓋城牆，奸詐的官吏們就藉著這件事，大肆地侵害、盤剝百姓，百姓們為此上繳的錢與上繳國家的賦稅一樣多。這件事已經很久了，先後到這裡來的長官都想採取措施解決這一問題，但至今都未能解決。」牛公馬上除去那些無關緊要的事情，拿出公家的和私人的錢燒製磚頭，用磚頭修築城牆，總共花了五年時間，完成了這項工程。

第二年，唐文宗即位，就地任命牛公為吏部尚書。次年，非常緊急地把牛公調入京城，任命為兵部尚書、平章事，再次擔任了中書侍郎、弘文館大學士。鄭注怨恨丞相宋申錫，造謠說宋申錫勾結漳王圖謀叛逆，鄭注提供的叛逆罪證似乎很確鑿，皇上十分生氣，一定要殺宋申錫。牛公對皇上說：「大臣的最高官位不過是宰相，宋申錫現在已經當上了宰相，假如他真的想反叛，難道他有其他意圖，想當比宰相更大的官職嗎？我任御史中丞時，就是因為喜歡宋申錫的忠良品德，纔上奏推薦他擔任御史一職。宋申錫是一片忠心，對此我敢拿性命擔保。」皇上聽了，怒氣有所消解。因此，宋申錫纔免去一死。

大和六年，吐蕃兩次派遣大臣帶著金玉財寶前來朝拜，禮節比以前的加倍恭敬，而且全部撤去了對付唐朝的守軍，以此表明自己真心臣附於唐朝。當時，太尉李德裕鎮守劍南道的西川，他上奏章說：「維州已經降服，現在如果派遣生羌兵三千人，燒掉十三橋，直擣吐蕃的腹地，可以洗雪多年來因吐蕃入侵而帶給我們的恥辱，這是韋皋花了二十年的時間，至死都未能實現的願望。」皇上把這件事交給尚書省，讓百官集體討論，百官們都同意李德裕的意見，只有牛公反對說：「吐蕃四面各有上萬里，他們會派使者來責問我們：為什麼失信？然後養戰馬於蔚茹川，沿平涼坂進軍，在回中一帶糾集上萬的騎兵，他們胸懷怒氣，理直氣壯，不到三日就會打到咸陽橋。西南地區距長安數千里，即使在那裡能占領一百個維州，此時又有什麼用呢？背信棄義，只看到它帶來的好處，而看不到它的害處，普通人尚不忍心做這樣的事，更何況是天子在誠信的問題上受到異族人的責備！而且這樣做了，還會引起大的災難。」皇上說：「你講得對。」於是就不再討論由維州出發襲擊吐蕃的事了。

大和六年，任命牛公為檢校右僕射、平章事、淮南節度使。從大和六年到開成二年，牛公連續上奏章請求辭官，皇上越發不同意。牛公說：「我只有辭官，纔能按照自己的意願自由生活。」夏天的五月，牛公把軍隊交給監軍使，自己上路回家了。皇上又任命他為檢校司空，留守東都洛陽。第二年，任命牛公為左僕射。皇上擔心牛公不接受官職，就給他一道詔書說：「我最近生了一場病，現在好多了，很想同你見見面，談談話。」牛公不得已，到朝廷拜見皇上一次，表示謝恩，然後閉門不出。次年，又任命牛公為檢校司空、平章事、襄州節度使。牛公出長安城門後，皇上又賜給他黃彝樽、龍杓等物，一共六件，皇上這樣做的根據是出自《周禮》，同時下詔說：「這些用精美的黃金製成的古器，可以用來象徵君子的美德，我賜給你這些器物並非沒有用意啊！」襄州七年來一直優待軍人，人們交賦稅的標準也不一樣，牛公到任以後，根據每戶所占土地數量來登記名冊，免除貧苦人家的賦稅四千萬錢，把這四千萬錢平均攤入富豪之家，而富豪之家也都心甘情願地接受了，沒有一個人口出怨言。

第二年，唐武宗即位，就地任命牛公為司空。會昌元年秋天的七月，漢江洪水漫過江堤，進入城區，這是自漢陽王張柬之以後一百五十年間最大的一次洪水。太尉李德裕為維州的事懷恨在心，就說牛公沒有把水利修好，降職為太子少師。不久，又任命為檢校司徒，兼任太子少保。次年，以檢校司徒的身分兼任太子太傅，留守東都洛陽。劉稹在上黨叛亂，兵敗被殺，當時太尉李德裕執朝政已經五年，許多賢能之人被他趕出朝廷，天下人都怨恨他，由於牛公的品德高尚完美，李德裕對牛公又恨又怕，於是就對唐武宗說：「上黨處於東都洛陽北邊不遠處，控制著整個山東地區，劉從諫在他父親死後，一直割據於此地，十年之後纔來京朝見皇上，當時還加封他為宰相，並且放虎歸山而沒有扣留他，以至於他姪子劉稹叛亂，國家竭盡全力，纔平息了這場叛亂。」李德裕講的這些事都發生於牛公與李宗閔任宰相期間。而實際上劉從諫是在大和六年十二月十七日進京朝拜皇上，牛公於這一月的十九日就已離京去淮南任節度使，在第二年的正月，劉從諫纔以宰相的身分回到上黨。河南有一位名叫呂述的少尹，牛公很討厭他的為人，呂述就給李德裕寫了一封信，信中說，當劉稹兵敗被殺的軍報送到東都洛陽時，牛公發出嘆息之聲以表示遺憾。皇上看了呂述的這封信，又聽說牛公從前放劉從諫回上黨，兩件事加在一起使皇上十分震怒，也就沒有再進行詳細的調查，於是自十月到十二月，牛公三次被貶，最後被貶到循州當了員外長史。天下人為牛公的遭遇搓手嘆息，無不痛罵奸臣。牛公在萬里之外的、充滿瘴氣的海邊生活了兩年，然而他卻恬靜安然，就像沒有發生任何事情一樣。

當今皇上即位以後，牛公先後被調任為衡州長史和汝州長史，又被提昇為太子少保、少師，前後總共四年，牛公纔官復原職。大中二年十月二十七日，牛公於東都洛陽城南的別墅裡去世，享年六十九歲。天子為此十分悲痛，兩天沒有上朝，追贈牛公為太尉。天下的善人，都為牛公的去世而執手痛哭。

公忠、厚、仁、恕❶、莊、重、敬、慎，未嘗以此八者自勉，而終身益篤❷。為宰相，急於銓品❸，凡名清官❹，不忍持一資❺以假非其人❻。以道德謨❼於天子，每指古義❽為據，有言機利克迫❾，必鉱剢❿使之摧破⓫。三大邦⓬去苛碎條約，除民大患，其輕巧吏欲賊⑬公愛惡，希嚮所為⑭，渾然⑮終不能見，故所至必大治。衣冠單窮⑯，出俸錢嫁其子女，月與食，歲與衣，資送⑰其死喪，凡數百家。李太尉志必殺公，後南謫⑱過汝州，公厚供具⑲，哀其窮⑳，為解說海上㉑與中州㉒少異㉓，以勉安之，不出一言及於前事。鎮㉔武昌時，軍容使㉕仇士良㉖為監軍使，公律以禮敬㉗。暑甚㉘，大合軍宴，拱手㉙至暮，一不搖扇。益自儉克㉚，平居非公事不出內屏㉛，周三歲，語言舉止，率有常度㉜。仇軍容㉝開成末首議立武宗，權力震天下，每言至公，必合手加額㉞曰：「清德可服人，但過慳㉟官財，與人無一毫恩分㊱耳。不肯引譽㊲，不敢怨毀，淡居其中㊳。」

公始自河南薦鄉貢士㊴，為郎官㊵，考吏部科目選㊶，三開幕府㊷，中丞、宰相外，凡取㊸六十餘人，上至將相，次布臺閣㊹，皆當時名士。每暇日讌語㊺寮吏㊻，必言古人脩身行事，旁誘㊼曲指㊽，微警㊾教之，不以己所長人所不及裁量㊿高下，以生重輕(51)。後進歸之，承望聲光(52)，得一言許可(53)，必自矜重(54)。

【章　旨】本章對牛僧孺的品德和為人進行了評價。

【注　釋】❶恕　寬恕；寬容。❷益篤　更加堅定地按照這八項美德行事。篤，堅定。❸銓品　量才授官。銓，選授官職。品，品評；評定。❹清官　政事清簡的官職。常指掌管圖籍之類的官。❺持一資　因某人有某種地位。資，地位；聲望。❻假非其人　授予不適當的人。假，借給；授給。❼謨　計謀；獻計獻策。❽古義　古代聖賢的原則。❾機利克迫　投機取利，苛刻殘酷。克，通「刻」。苛刻。⑩鉱劄　用刀子割。引申為反對、破壞。⑪摧破　破壞掉；使失敗。⑫三大邦指牛僧孺擔任過節度使的鄂岳、淮南、襄州三大地區。⑬賊　盜竊。這裡指不懷好意地去探查。⑭希嚮句　迎合他的所作所為。希，迎合。嚮，趨嚮；迎合。⑮渾然　看不清楚的樣子。⑯衣冠句　孤寒的士大夫人家。衣冠，本指士大夫的穿戴，這裡代指士大夫。單窮，孤寒貧窮。⑰資送　出錢埋葬。⑱南謫　被貶往南方。謫，流放。唐宣宗時，李德裕遭到牛黨的打擊，被貶為潮州（在今廣東省潮州市）司馬，再被貶為崖州（在今海南省崖城鎮）司戶。後死於貶所。⑲供具　擺設酒食的器具。代指宴會。⑳窮　走投無路；處境不好。㉑海上　海邊。潮州和崖州均處於海邊。㉒中州　中原地區。㉓少異　沒有太多的不同。㉔鎮　鎮守。㉕軍容使　官名。掌監察軍事。㉖仇士良　人名。循州興寧人。字匡美。宦官。多次擔任監軍使。㉗律以禮敬　尊敬他並用禮法約束他。律，要求；約束。㉘暑甚　天氣非常熱。暑，熱。㉙拱手　兩手沓合以示敬意。㉚儉克　要求；約束。儉，約束；不放縱。克，克制；約束。㉛內屏　院內的照壁。屏，照壁；對著門的小牆。㉜常度　一定的法度；常規。㉝仇軍容　指仇士良。仇士良曾擔任過觀軍容使一職，故稱「仇軍容」。㉞加顙　把手放在額頭上。這是一種表敬意的動作。顙，額頭。㉟恡　恡惜。㊱恩分　恩惠。㊲引譽　推薦、讚揚別人。㊳淡居句　如此恬淡地生活著。其中，指不引譽、不怨毀的中間態度。㊴鄉貢士　經鄉貢考試合格者。即舉人。唐代取士，自學館出身者叫生徒，由州縣選出者叫鄉貢，由朝廷自詔者叫制舉。㊵郎官　官名。唐代於各部諸司均置郎中、員外郎等職，通稱「郎官」。㊶考吏句　又參加了吏部舉行的選拔官員的有關科目考試。吏部，官府名。負責官員的選拔、任免事宜。㊷三開句　指三次擔任節度使。幕府，指節度使的衙署。㊸取　指取士、用人。㊹臺閣　尚書省被稱為臺閣。這裡泛指朝廷中的高級行政官署。㊺讌語　宴會上談論。讌，同「宴」。宴會。㊻寮吏　指僚佐官吏。寮，通「僚」。㊼旁誘　從側面誘導。㊽曲指　委婉地指導。曲，含蓄；委婉。㊾微警　含蓄地告誡。微，不顯露；含蓄。警，告誡；提醒。㊿裁量　衡量；評定。(51)重輕　重視和輕視。(52)承望句　敬仰他的名聲威望。聲光，指名聲威望。(53)許可　讚許。(54)矜重　自愛自重。矜，惜；愛。

【語　譯】牛公為人忠實、厚道、仁愛、寬容、嚴肅、莊重、恭敬、謹慎，他不曾有意地用這八種美德自我勉勵，然而終生一直忠實地按照這八種美德行事。任宰相期間，把量才授官看作當務之急，凡是被稱作清簡的官職，他從來不肯授給那些雖有地位但才學不佳的人。他為皇上出謀劃策時，總是以道德為原則，經常拿古代聖賢的思想作為自己言行的根據。如果有人提出一些投機取利、苛刻殘酷的建議，他必定起來反對、擱置這些建議。他在鄂岳、淮南、襄州三大地區主政時，除去苛碎的條約規定，為百姓們除掉大患。那些善於投機取巧的官吏，想窺探牛公的好惡，以便去迎合牛公的所作所為，結果他們都茫茫然一無所知，所以無論牛公到哪裡去，都治理得很好。對於那些孤寒貧窮的士大夫之家，牛公就拿出自己的俸錢去幫助他們的子女成家，每月都供給糧食，每年都贈送衣服，還出錢幫助埋葬他們的死者，接受過牛公資助的士大夫之家有數百家。太尉李德裕原先一心要殺掉牛公，後來，李德裕被貶往南方，當他路過汝州時，牛公設盛宴招待他，同情他的不幸處境，對他解釋說：「海邊的情況與中原沒有太大的不同。」想以此來安慰他，而對於以前的恩恩怨怨隻字不提。在牛公鎮守武昌的時候，軍容使仇士良當時任監軍使，牛公尊重他，並用禮法來約束他。在十分炎熱的天氣裡，如果是舉行大規模的軍人宴會，牛公總是兩手沓合、態度莊嚴，如此一直到天黑，從不搖動扇子。他對自己的要求更加嚴厲，平時除了公事，從不走出院內的照壁，在武昌整整三年，言談舉止，都有一定的法度。軍容使仇士良於開成末年，曾首先建議立唐武宗為帝，他的權勢震動天下，每次談到牛公，他一定會把雙手放在額頭上說：「他那清純的品德確實可以服人，但他過於愛惜公家的財物，對人沒有絲毫的恩惠。另外，他不肯引薦、讚美別人，也不敢抱怨、批評別人，如此恬淡地生活著。」

牛公自從被河南地區推薦為鄉貢士以後，當過郎官，參加過吏部舉行的有關科目的考試，除了自己三次擔任節度使、御史中丞、宰相之外，他還總共錄用了六十多人，在這些人中，職務最高的擔任了將相，次一點的也在朝廷的各官署中任職，都成了當時的名人。每當閒暇時節在宴會上與僚佐、官吏交談時，他必定要談論古代聖賢是如何修身行事的，從側面誘導大家、委婉地指導大家，同時也是含蓄地提醒、教育大家。牛公從不以自己的長處、別人的短處去衡量別人才能的高下，也不以此而產生或重視、或輕視的思想。因此後輩們都歸向他的門下，敬仰他的名聲威望，聽到他的一聲讚美之話，就一定會更加地自尊自重。

夫人辛氏，以公封張掖郡❶，贈僕射祕❷之長女，士林❸稱為「婦師❹」，凡三十年，前公八年歿。五男六女。長曰蔚，監察御史，次曰蕘，浙南府❺協律郎❻，皆以文行❼登進士第，不藉公勢❽；次曰奉倩，河南府❾洛陽尉；弟二人，皆稚齒❿。長女嫁戶部郎中⓫上黨苗愔，次女嫁河中⓬節度副使、檢校郎中⓭范陽⓮張洙，次女嫁河南府士曹⓯、集賢校理⓰常山⓱張希復，次女嫁前進士⓲鄧叔，次女未笄⓳，一人始數歲。以某年月日，葬少陵⓴南某鄉某里㉑。

【章　旨】本章簡要地介紹了牛公家庭成員的情況。

【注　釋】❶張掖郡　本為地名，在今甘肅省張掖市。這裡指張掖郡君，是封號。唐代制度，四品官的母親或妻子即可封為郡君。❷祕　人名。即辛祕。牛僧孺的岳父，死後追贈為僕射。❸士林　泛指有文人身分的人。❹婦師　女老師。❺浙南府　地名。在今浙江省南部。❻協律郎　官名。掌管音樂。❼文行　文才和德行。❽不藉句　不是憑藉其父牛公的權勢。藉，憑藉；靠。❾河南府　地名。轄區相當於今河南省、山東省的黃河以南、江蘇省、安徽省的淮河以北地區。❿稚齒　年幼。⓫戶部郎中　官名。負責財賦、戶口等事。⓬河中　地名。在今山西省永濟縣。⓭檢校郎中　官名。一般為散官，有名號而無實職。⓮范陽　地名。在今北京市一帶。⓯士曹　官名。為地方的參佐官吏。⓰集賢校理　官名。指集賢殿的校理，負責校勘和整理書籍。⓱常山　地名。在今河北省元氏縣。⓲前進士　唐代對進士及第者的稱呼。⓳及笄　成年。笄，簪子。以簪盤髮如成人。古代的「及笄」，一般指十五歲的女子。⓴少陵　地名。在今陝西省長安縣南。㉑里　古代的一個行政單位。二十五家為一里，實際居家數量不一，時有變更。

【語　譯】牛公的夫人辛氏，因為牛公的緣故被封為張掖郡君，她是被追贈為僕射的辛祕的長女，讀書人都稱她為「婦師」，他們一起生活了三十年，比牛公早去世八年。牛公共有五個兒子和六個女兒。大兒子叫牛蔚，任監察御史；二兒子叫牛蕘，任浙南府協律郎。他們都是憑著自己的文才和德行考中了進士，沒有靠牛公的權勢。三兒子叫牛奉倩，任河南府洛陽縣尉；他們還有兩個弟弟，年齡都還幼小。大女兒嫁給了戶部郎中、上黨人苗愔，二女兒嫁給了河中節度副使、檢校郎中、范陽人張洙，三女兒嫁給了河南府士曹、集賢殿校理、常山人張希復，四女兒嫁給了進士鄧叔，五女兒還不到十五歲，六女兒只有幾歲。某年某月某日，牛公被安葬於少陵南邊的某鄉某里。

銘曰：

道❶既訛衰❷，必有以扶❸。厥公❹之生，以隆其洿❺。幽以燭明❻，暵以雨濡❼。以教其徒，以佐天子。滅絕霸駮❽，如有樞梶❾。摽揭峙倚❿，巍乎二紀⓫。臣宗德老⓬，鉅傑魁壘⓭。孰為忌畏⓮？譖去南海⓯，不校不辯⓰。旋復顯大⓱，百行渾圓⓲。隣於及年⓳，以歸其全⓴。

【章　旨】本章以銘文的形式，概括了牛公的一生，讚美了牛公的德行。

【注　釋】❶道　規律；正確的原則。❷訛衰　衰敗。訛，錯誤。本句實際是在說國家衰敗，社會混亂。❸扶　扶持；輔佐。❹厥公　指牛公。厥，那個；那位。❺以隆句　把低窪之處填土墊高。比喻轉敗為勝。隆，高；使之變高。洿，低窪地。❻幽以句　用燭光驅走黑暗。幽，黑暗。❼暵以句　用雨露驅走乾旱。濡，濕潤。以上兩句比喻牛公如燭光、如雨露，救災救難。❽霸駮　指橫行霸道的割據者。駮，傳說中的猛獸名。比喻割據者。❾樞梶　指關鍵部分。樞，門上的轉軸。梶，塞於車輪下以阻止車子滑動的木塊。❿摽揭句　牛公昂首屹立。摽揭，二字都是高舉的意思。峙，聳立。倚，斜靠；站立。⓫巍乎句　形象高大的牛公在朝做官二十多年。巍乎，高大的樣子。紀，十二年為一紀。⓬臣宗句　他受到了大臣們的尊重，是一位德高望重的老人。宗，尊崇。⓭鉅傑句　牛公是一位出類拔萃的偉大的人物。鉅，同「巨」。偉大。魁壘，形容牛公的德行高出一般人。魁，小土山。壘，地勢突然高出的樣子。⓮孰為句　誰忌恨、畏懼牛公呢？孰，誰。實際指李德裕。⓯譖去句　誣陷牛公，把他貶到了南海邊。譖，講壞話誣陷別人。南海，南海邊。指循州。⓰不校句　不計較，不辯解。校，通「較」。計較。⓱旋復句　很快，牛公的名聲更顯揚，形象更高大。旋，不久。⓲百行句　他的各種行為都圓滿完美。渾，全；滿。⓳隣於句　基本算是長壽。隣，接近於。年，年齡；長壽。⓴以歸句　一生有一個好的歸宿。

【語譯】銘文是：

國家已經衰落，必須有人輔佐。牛公出生之後，多次轉敗為勝。猶如燭火驅暗，還似雨露除旱。牛公教育弟子，全力輔佐朝廷。消除割據叛亂，處處抓住關鍵。昂首挺胸屹立，在朝二十餘年。德高受人敬仰，堪為傑出偉人。哪個忌恨牛公？把他貶往南海，牛公既不計較，也不自我辯解。很快名聲更大，言行處處美善。牛公基本長壽，一生歸宿圓滿。

唐故東川節度使、檢校右僕射兼御史大夫、贈司徒周公墓誌銘

【題解】東川，地名。在今四川省東部地區。檢校右僕射，官名。右僕射的官職很高，相當於宰相。但加「檢校」二字，則為散官，即在本官之外的加官。御史大夫，官名。僅次於宰相。負責監察、彈劾。贈，死後追封。司徒，官名。三公之一。可參議朝政。周公，指周墀。周墀，字德升。汝南人。進士及第，曾任宰相，後因事與皇上意見相左，被調任東川節度使。這篇墓誌銘記述了周墀的出身家史、個人經歷以及家庭情況，對於周墀的品行和政績，也給予了較高的評價。

周平王❶次子烈封汝墳侯，秦以汝墳❷為汝南郡，侯之孫因家焉❸，遂姓周氏。自烈十八世至西漢周仁❹，繼烈封侯。其後逃西晉亂❺，南去黃崗❻。靈❼起仕梁❽為桂州❾刺史，

生炅，在陳[10]為車騎將軍[11]。炅生法明，年十二，一命為巴州[12]刺史，陳滅臣隋[13]，為趙[14]之真定[15]令。隋亂歸黃崗，起兵取蘄[16]、安[17]、沔[18]、黃[19]，武德[20]中，籍四州地請命[21]，授總管蘄、安十六州軍事、光祿大夫[22]，封國[23]於道[24]。太宗[25]命虞世南[26]銘書墓碑。相國[27]為六代孫，曾祖惲，汝州[28]梁縣[29]令；祖沛，左拾遺[30]；皇考[31]頲，右驍衛[32]兵曹參軍[33]，贈禮部侍郎[34]。

公少孤，奉養母夫人以孝聞。舉進士登第，始試祕書正字[35]、湖南[36]團練巡官[37]。母夫人亡，哭泣無時，里人[38]過公廬[39]，曰：「無驚周孝子。」後自留守府監察[40]真拜[41]御史、集賢殿學士。李公宗閔[42]以宰相鎮漢中[43]，辟[44]公為殿中侍御史、行軍司馬。

後一年，復以殿中書[45]職徵歸。時大和[46]末，注[47]、訓[48]用事[49]。夏六月，始逐丞相宗閔，立朋黨語[50]，鉤挂[51]名人，凡百日逐朝士三十三輩[52]，天下悼懾以目[53]。受意附兇者[54]，屢以公為言[55]，注、訓曰：「如去周殿中，恐人益驚。」竟[56]不敢議。注、訓取公為起居舍人[57]。文宗復二史[58]故事，公濡筆[59]立石螭[60]下，丞相退，必召語旁側，窺帝，每數十顧[61]。遷考功員外郎，帝曰：「周某不可不見，宜兼前官。」數月，以考功掌言[62]。謝日，帝曰：「就試翰林[63]。」公辭讓堅懇，帝正色[64]以手三麾之[65]，遂兼學士。遷職方郎中[66]、中書舍人[67]，政事細大[68]，必被顧問[69]，公終身不言，事故不傳。

武宗即位，以疾辭，出為工部侍郎[70]、華州[71]刺史，八禁軍[72]二十四內司[73]居華下[74]者，籍役[75]等[76]百姓，不敢妄出一辭。李太尉德裕伺公纖失[77]，四年不得[78]，知愈治[79]不可蓋抑[80]，遷公江西觀察使[81]、兼御史大夫。公既得八州[82]，施展教令，申明約束，發虔[83]守陳弁贓，坐[84]弁以法死，吏手膠拳[85]，窮鄉遠井[86]，如公在旁。縛出洞寇[87]劉大朴，大朴徒數百人，劚撥根脉[88]，無有遺失。彭蠡[89]東口，戍[90]五百人，上下千里，無一賊跡。遷禮部尚書、鄭滑[91]節度使。老將某項領[92]不如教約，公鞭背降為下卒，聲北入魏[93]，皆曰：「周尚書文儒，能治百姓，仁愛兵士，而復敢爾[94]，是豈可犯。」九歲，入拜兵部侍郎[95]、度支[96]兼戶部吏曹[97]事，積邊糧[98]穀九十萬石。

今天子[99]即位，二年[100]五月，以本官[101]平章事。後一月，正位中書侍郎、監修國史，就加刑部尚書[102]。因河湟[103]事議不合旨[104]，以檢校刑部尚書出為劍南東川節度使。明日，入謝，面加檢校右僕射。

公自舉進士第，非其人不交言，旁睨[105]後進，鐫心鏤志[106]。及為將相，近取遠挽[107]，悉置于位。李太尉德裕會昌[108]中以恩[109]換[110]元和朝[111]實錄[112]四十篇，益美[113]其父吉甫[114]為相事，公上言曰：「人君唯不改史，人臣可改乎？《元和實錄》皆當時名士目書[115]事實，今不信，而信德裕後三十年自名[116]父功，眾所不知者而書之。此若垂後[117]，誰信史？」竟廢新本[118]。

并(119)帥王宰劃(120)所部財貨，承事貴倖(121)，自請來朝，聲言：「我取平章事鎮大梁(122)。」公上言曰：「宰破太原(123)，取汴州(124)，不知天下治所(125)凡幾得如太原、汴之大者，可飽宰欲(126)？乞(127)宰還鎮自補其殘(128)。」後二日，還宰(129)詔下。駙馬都尉(130)韋讓求為京兆尹(131)，公言曰：「尹坐堂上，階下拜二赤縣令(132)，屬官將(133)百人，悉可笞辱(134)。非有德者，京兆不可為(135)，豈止取吏事(136)。」讓議竟寢(137)。自此非道(138)求進(139)者鼠遁自屏(140)。

及鎮東蜀(141)一歲，欲歸閑(142)洛師(143)，微得風恙(144)。公曰：「我今去是以疾去，疾愈去非晚(145)。」大中五年，歲在辛未(146)，二月十七日，薨于位(147)，享年五十九。訃至(148)，廢朝(149)三日，冊贈司徒，命諫議大夫盧懿(150)弔卹(151)其家。

【章旨】本章主要介紹周墀的家世及其生平經歷。

【注釋】❶周平王　西周幽王之子，名宜臼。周幽王被犬戎所殺，平王即位，為避犬戎，東遷洛邑，是為東周。❷汝墳　地名。在今河南省汝南縣一帶。❸家焉　居住在那裡。焉，指代詞。代指汝南郡。❹周仁　人名。生平不詳。❺西晉亂　西晉末年的動亂。西晉末年，先發生八王之亂，繼而五胡亂華，大批中原士族南遷。❻黃崗　地名。在今湖北省黃崗市。唐時為黃州的治所。❼靈　人名。即周靈。❽梁　朝代名。為南朝的朝代之一。蕭衍為第一代君主。❾桂州　地名。在今廣西桂林一帶。❿陳　朝代名。為南朝的朝代之一。第一代君主是陳霸先。⓫車騎將軍　將軍的名號。⓬巴州　地名。在今四川省巴中縣。⓭臣隋　當隋朝的大臣。⓮趙　地名。即趙州。在今河北省趙縣一帶。⓯真定　地名。在今河北省正定縣。當時真定是趙州的一個屬縣。⓰蘄　地名。即蘄州。在今湖北省蘄春縣。⓱安　地名。在今湖北省安陸市一帶。⓲沔　地名。即沔州。在今湖北省沔陽縣一帶。⓳黃　地名。即黃州。在今湖北省黃州市。⓴武德　唐高祖李淵的年號。西元六一八年至六二六年。㉑籍四句　獻上有關四州土地的圖冊，請求歸附朝廷。籍，簿冊；圖籍。請命，請示。引申為請求歸順。㉒光祿大夫　官名。在唐代，光祿大夫多為散官，沒有實職。㉓封國　封地。㉔道　地名。即道州。在今湖南省道縣。㉕太宗　指唐太宗李世民。㉖虞世南　人名。唐代越州餘姚人。字伯施。曾任祕書監。是著名的書法家。㉗相國　官名。即丞相。指周墀。㉘汝州　地名。在今河南省汝州市。㉙梁縣　地名。在今河南省臨汝鎮東。㉚左拾遺　官名。掌諷諫。㉛皇考　對亡父的尊稱。㉜右驍衛　禁衛軍的名號之一。㉝兵曹參軍　武官名。又叫司兵參軍。掌管烽火、驛馬傳送、門禁、儀仗等事。㉞禮部侍郎　官名。掌禮樂、祭祀等。以下所見官名，如前文已見，一般不再加注。㉟祕書正字　官名。掌校讎典籍，刊正文章。㊱湖南　地名。指洞庭湖以南地區。相當於今湖南省一帶。㊲團練巡官　官名。為團練使的屬官。負責訓練地方武裝。㊳里人　同鄉之人；鄉親。㊴廬　簡陋的小屋。這裡指周墀守孝時住的房子。㊵留守府監察　官名。負責監察。唐代以長安為都城，以洛陽為東都，設置在洛陽的中央官署稱留守府。㊶真拜　又叫「真除」。拜授實職。留守府的官職多為虛職。㊷李公宗閔　即李宗閔。人名。字損之。先後任中書舍人、兵部侍郎、吏部侍郎、同中書門下平章事等職。㊸漢中　地名。在今陝西省漢中市。㊹辟　徵召；任命。㊺殿中書　官名。應是掌文書等事。㊻大和　唐文宗李昂的年號。西元八二七年至八三五年。㊼注　人名。即鄭注。絳州翼城人。唐文宗時，以醫術方伎進，任太僕卿、御史大夫、工部尚書等職。㊽訓　人名。即李訓。字子垂。官至宰相。後與鄭注均死於甘露之變。㊾用事　當權。㊿立朋句　說李宗閔等人結成朋黨。當時，牛僧孺與李宗閔等人結為所謂的「牛黨」，與以李德裕為首的「李黨」鬬爭十分激烈。(51)鉤挂　牽連。(52)輩　一批。(53)惴慴以目　戰戰兢兢，不敢講話。惴，恐懼。慴，害怕。以目，「道路以目」的省略。形容人們慴於暴政，敢怒而不敢言。人們在道路上相遇，只用眼睛彼此看看而不敢說話。(54)受意句　依附於凶人、聽從凶人意見的人。即幫凶、同伙。凶，凶人。指鄭注、李訓。(55)屢以句　多次提出懲治周墀的建議。屢，多次。(56)竟　最終。(57)起居舍人　官名。負責記載皇上言行。屬史官。(58)二史　左史和右史。左史負責記載君臣的言論，右史負責記載君臣的行為。(59)濡筆　拿著沾滿墨汁的毛筆。濡，濕。(60)石螭　指皇宮前雕有螭形的石階。螭，傳說中的無角龍。(61)顧　回頭看；看。這幾句意思是說，周墀雖然只是一名史官，卻受到了宰相和皇上的重視。(62)以考句　以考功員外郎的身分兼任左史記言之職。(63)就試句　到翰林院去實習。就，到……去。試，試官；見習。翰林，官署名。即翰林院，下置學士，掌起草詔書、批答表疏、備顧問等職。(64)正色　表情端莊嚴肅。(65)三麾之　三次向他揮動手。表示不讓他推辭。麾，揮手。(66)職方郎中　官名。掌地圖、軍制、城隍等事。(67)中書舍人　官名。是中書省的屬官。掌文書。(68)細大　小大；大小。(69)顧問　諮詢；徵求意見。(70)工部侍郎　官名。掌管營造工程事宜。[71]華州　地名。在今陝西省華縣。[72]八禁軍　泛指禁衛軍。唐代禁軍共分衛、驍衛、武衛、威衛、領軍、金吾、監門、千牛八部，故稱八禁軍。每部又分左右，故又稱十六衛。[73]二十四內司　指尚書省所屬的二十四個部門。這裡泛指朝廷的官署。[74]華下　華山之下。華山處於華州轄區，所以「華下」也即指華州轄區之內。[75]籍役　交稅服役。這裡應理解為服從刺史指揮，為政府出力。[76]等　一樣。[77]纖失　小的過失。[78]不得　指不得遷昇。[79]愈治　治理得好。[80]蓋抑　掩蓋。[81]江西觀察使　官名。見〈唐故江西觀察使武陽公韋公遺愛碑〉題解。[82]八州　指江西所管轄的洪、江、信、袁、撫、饒、虔、吉八州。[83]虔　地名。即虔州。在今江西省贛州市。[84]坐　定罪；判處。[85]吏手句　猶言貪官污吏都有所收斂。手，貪贓之手。膠，黏住；不動。拳，通「蜷」。屈曲；縮回。[86]窮鄉句　即使在遙遠的窮鄉僻壤。井，代指鄉村。[87]洞寇　指居住在大山深洞中的盜匪。[88]剷撥句　猶言斬草除根。剷，斫；砍。撥，去掉；除去。根，根脉，根系；根部。脉，本指血管，這裡指像血管一樣的根鬚。[89]彭蠡　湖名。又叫鄱陽湖。在今江西省境內。彭蠡向東流入長江。[90]戍　駐守。[91]鄭滑　地名。在今河南省鄭州市、滑縣一帶。[92]項領　本來指肥大之頸，後來多用以比喻放縱不羈、不聽指揮。[93]魏　地名。指今河南省北部和山西省西南部一帶。當時這裡為叛軍所占領。[94]敢爾　敢做如此之事。爾，此。代指鞭打老將、並將他降為下卒之事。[95]兵部侍郎　官名。掌管武官選用、兵籍、軍械等事。[96]度支　官名。掌管全國財賦的統計和支調。[97]戶部吏曹　泛指戶部的屬官。度支即屬戶部。曹，分職治事的部門。[98]積邊糧　儲存在邊疆的糧食。古代邊疆多為荒涼之地，又是大軍屯集之處，因此，解決邊地軍糧成為歷代朝廷所重視的大問題。[99]今天子　指唐宣宗李忱。[100]二年　指大中二年。西元八四八年。[101]本官　指原來擔任的兵部侍郎等職。[102]刑部尚書　官名。主管法律、刑罰等事。[103]河湟　地區名。河，指黃河。湟，指湟水。源出今青海省，東流入今甘肅省與黃河匯合。河湟即指湟水流域及其與黃河合流地區。安史之亂時，這一地區被吐蕃占領。大中三年初，河湟地區的百姓乘吐蕃內亂發動起義，唐朝廷也出兵接應，數月之間，即收復了河湟一帶數州土地。[104]不合旨　不合皇上之意。[105]旁睨　廣泛觀察。這裡有廣泛關注、重視之意。旁，偏；廣泛。睨，斜視；觀照。[106]鐫心句　深深記在心中。鐫，刻鑿。鏤，雕刻。[107]近取句　無論近處還是遠處的人才，都加以錄用。[108]會昌　唐武宗李炎的年號。西元八四一年至八四六年。[109]以恩　憑著皇上的恩寵。以，憑著。[110]換　這裡指改寫。一本作「撰」。[111]元和朝　指唐憲宗李純在位的時候。元和，憲宗的年號。西元八〇六年至八二〇年。[112]實錄　編年史的一種體裁，專記某一皇帝在位時期的大事。這裡具體指憲宗在位時的《元和實錄》。[113]益美　即「溢美」。過分地讚美。益，通「溢」。[114]吉甫　人名。即李吉甫。唐代趙郡人。字弘憲。元和二年及六年，兩度為相，主張削平割據勢力，因功封趙國公。[115]目書　根據親眼所見而記載。[116]自名　自已講的。117垂後　留給後人。垂，留。118新本　指經過李德裕修改過的《元和實錄》。119并　地名。即并州。在今山西省太原市、大同市以及河北省的保定市一帶。當時的河東節度使王宰駐守并州一帶。120劃　全部拿出。121承事句　送給那些受皇上寵信的權貴。承事，事奉；奉迎。引申為賄賂。122大梁　地名。在今河南省開封市一帶。123破太原　把太原一帶搞得殘破不堪。太原，地名。即今山西省太原市。124汴州　地名。即大梁。125治所　指地方長官的官署所在地。126可飽句　可以滿足王宰的欲望。127乞　請。128自補其殘　自己去收拾太原的殘破局面。129還宰　使王宰回太原；命令王宰回太原。130駙馬都尉　官名。原來的職責是掌管皇上的副車之馬，後來成為帝壻的加官，無實職。131京兆尹　官名。負責管理京城長安。132二赤縣令　指長安、萬年二縣的縣令。唐代制度，以京城內的縣為赤縣。西京長安以長安縣、萬年縣為赤縣，東京洛陽以河南縣、洛陽縣為赤縣。133將　接近。134笞辱　鞭打羞辱。笞，用鞭、杖或竹板打。135不可為　無法治理好。為，治理。136止取吏事　只看是否懂得吏治之事。吏事，當官辦公之事。137竟寢　最後被擱置不提了。竟，最終。寢，息；止。138非道　不合正道；不合理。139求進　要求昇官。140鼠遁自屏　消聲匿跡。鼠遁，像老鼠一樣逃走了。遁，逃；隱去。屏，退。141東蜀　地名。即東川。在今四川省東部地區。142歸閑　回去過閒散的生活。143洛師　地名。即洛陽。144風恙　疾病。風，中醫中的「六淫」之一，被認為是引起疾病的重要原因。恙，病。145疾愈句　等疾病痊癒後再辭職不算晚。有病辭職是出於不得已，無病辭職方顯出淡泊名利，故周墀有此打算。146辛未　即辛未年。古人用天干、地支紀年。辛是天干的第八位，未是地支的第八位。該年為西元八五一年。147薨于位　去世於任上。位，指東川節度使一職。148訃至　指訃告送至京城。149廢朝　停止朝會聽政。150盧懿　人名。生平事跡不詳。151弔卹　弔唁慰問。

【語　譯】周平王的次子姬烈被封為汝墳侯，秦朝時，汝墳被改為汝南郡，汝墳侯姬烈的子孫後代因此就在汝南郡居住下來，並姓了周氏。從姬烈往下傳到第十八代人周仁，周仁是西漢人，他繼姬烈之後被封為侯爵。周仁的後代子孫為逃避西晉末年的動亂，向南遷居到了黃崗。周靈在梁朝擔任桂州刺史，他的兒子叫周炅，周炅在陳朝擔任車騎將軍。周炅生周法明，周法明在十二歲的時候，就一下子被任命為巴州刺史，陳朝滅亡以後，周法明歸附於隋朝，擔任了趙州的真定縣令。隋朝末年天下大亂，周法明又回到了黃崗，起兵占領了蘄、安、沔、黃四州土地。唐高祖武德年間，周法明獻上有關四州土地的圖冊，請求歸附朝廷，朝廷授權讓他總管蘄、安等十六州的軍事，任命他為光祿大夫，並把道州的一塊土地封給了他。在他去世後，唐太宗命令虞世南為他撰寫了墓誌銘。丞相周墀是他的第六代孫。周墀公的曾祖叫周惲，當過汝州梁縣令；周墀公的祖父叫周沛，當過左拾遺；周墀公的父親叫周頲，曾擔任過右驍衛兵曹參軍一職，去世後追贈禮部侍郎。

周墀公很小就失去了父親，他奉養自己的母親十分孝敬，並因此而有名。他考中進士以後，最初擔任祕書正字、湖南團練巡官作為見習。母親去世後，周墀公不停地痛哭，每當鄉親們路過他守孝居住的茅廬時，總是互相提醒說：「不要驚動了周孝子。」後來，周墀公自留守府監察一職正式被任命為御史、集賢殿學士。李宗閔以宰相的身分鎮守漢中，任命周墀公為殿中侍御史、行軍司馬。

後來過了一年，周墀公被召回朝廷擔任殿中書一職。當時正值大和末年，鄭注、李訓掌權。這年的夏天六月，他們開始趕丞相李宗閔下臺，說李宗閔等人結成朋黨，這件事牽連了許多有名之人，在百日之內，就驅逐了三十三批朝中官員，天下人都戰戰兢兢，敢怒而不敢言。那些依附於凶人的人，多次提出懲治周墀公的建議，鄭注、李訓說：「如果把殿中書周墀也清除掉的話，恐怕人們會更加地驚慌失措。」他們最終不敢做出驅趕周墀公的決議。鄭注、李訓任命周墀公為起居舍人。文宗皇帝恢復了左史記言、右史記事的制度，周墀公就拿著沾滿墨汁的毛筆站在宮殿前雕有螭形的石階下當史官，每次丞相從殿上下來，都一定要把周墀叫到一邊商議一番，他們暗中觀察皇帝，發現皇上也數十次地把目光投向他們。後來周墀公被提昇為考功員外郎，皇上說：「我不能見不到周墀，應該讓他繼續兼任史官。」數月之後，周墀公以考功員外郎的身分兼任了記言的左史。周墀公謝恩時，皇上說：「你到翰林院去實習一下吧！」周墀公態度堅決而誠懇地表示辭讓，皇上表情嚴肅地向他揮動了三次手，於是周墀公兼任了翰林院學士。後來又被提昇為職方郎中、中書舍人，無論大小政事，皇上都要徵求他的意見，而周墀公終身不向別人談論這些事，因此這些事情也就不為外人所知。

武宗皇帝即位後，周墀公因病辭職，後來到地方上當了工部侍郎、華州刺史，居住在華州一帶的禁衛軍和二十四內司的人員，同當地百姓一樣為官府服役出力，沒有一個人敢隨便口出怨言。太尉李德裕伺機抓住周墀公的一點小過失，使他四年不得遷昇。後來李德裕看到周墀公的政績無法掩蓋，只好提拔他為江西觀察使，兼任御史大夫。周墀公得到了治理江西道八州的權力，便推行教令，申明法律，揭發了虔州刺史陳弇貪贓枉法之事，按照法律判處陳夐死刑，這件事使那些貪官污吏都有所收斂，即使他們在遙遠的窮鄉僻壤辦公，也好像周墀公就在自己的身邊一樣不敢為非作歹。周墀公還捕獲了盤居於大山深洞中的盜匪劉大朴，劉大朴部下的匪徒有數百人，周墀公斬草除根，沒有讓他們一個漏網。在彭蠡湖向東流入長江的湖口，周墀公安排了五百名守軍，上下千里，再也沒有盜賊的蹤跡了。後來，周墀公又被提昇為禮部尚書、鄭滑節度使。老將某某放縱不羈，不聽指揮，周墀公就下令鞭打他的脊背，並把他降為下等士卒，這件事傳入魏地，盤據魏地的叛軍都說：「周尚書是一位文雅的書生，他不僅能夠治理百姓，愛護士兵，而且還敢於懲治不法將領，像這樣的人豈可侵犯。」過了九年，周墀公入朝擔任了兵部侍郎、度支，兼管戶部的一些事務，在邊疆地區屯積了九十萬石糧穀。

當今的宣宗皇帝即位後，在大中二年的五月，周墀公在兼任兵部侍郎等原職的同時，還擔任了平章事。一月以後，正式擔任了中書侍郎，負責編修國家史書的監察事宜，並兼任刑部尚書一職。因為在收復河湟地區一事上意見與皇上不合，於是便以檢校刑部尚書的身分出朝擔任劍南道東川節度使。任命後的第二天，周墀公入朝拜謝皇上，皇上當面加封為檢校右僕射。

周墀公自從考中進士之後，從不同那些不太合適的人交談，他廣泛地關注後輩，並把他們深深記在心中。到了周墀公擔任將相以後，無論是近處還是遠處的人才，他都予以錄用，把他們安排在適當的位置上。太尉李德裕在會昌年間，憑著皇上的恩寵，改寫了元和年間的實錄四十篇，過分地讚美了其父李吉甫任宰相時的政績。周墀公上奏章反對說：「做君主的尚且不能改動史書，做大臣的可以改動嗎？《元和實錄》的內容都是當時的名士根據自己親眼所見而記載下來的事實，現在不去相信當時名士們的記載，反而去相信三十年後李德裕對父親功勞的誇耀，而且他寫的那些功勞大家都沒有聽說過。如果把這樣的實錄流傳給後世，那麼誰還會相信史書呢？」朝廷最終還是廢棄了李德裕新修的《元和實錄》。

駐紮并州的河東節度使王宰拿出轄區的全部財產，去賄賂那些受皇上寵幸的權貴，要求入朝，並聲稱：「我要擔任平章事，並鎮守大梁。」周墀公上奏章說：「王宰把太原搞得殘破不堪，然後又想要汴州，不知國家總共需要多少個像太原、汴州這麼大的治所，纔能夠滿足王宰的欲望？應該讓王宰返回太原，自己去收拾太原的殘破局面。」過了兩天，朝廷就頒佈了命王宰返回太原的詔書。駙馬都尉韋讓要求當京兆尹，周墀公反對說：「京兆尹坐在大堂之上，臺階下有兩位赤縣令向他跪拜，京兆尹的屬官將近百人，他都有權力鞭打、羞辱他們，除了道德高尚的人，是無法把京城地區治理好的，豈能只看他是否懂得當官辦公之事！」有關韋讓任京兆尹的事情，最終被擱置了。從此以後，那些想靠歪門邪道昇官的人便消聲匿跡了。

周墀公鎮守東川一年之後，打算辭官回洛陽閑居，不巧患上了看似輕微的疾病。周墀公說：「我如果現在就辭官，那是因病辭官，不如等病好了再辭官不晚。」大中五年是辛未年，這一年的二月十七日，周墀公在任上去世，享年五十九歲。周墀公去世的消息傳入朝廷，皇上為此廢朝三日，追贈為司徒，並命令諫議大夫盧懿去弔唁、慰問他的家人。

公信❶於朋友，公於為官。事嫠姊❷，出告返面❸，家事不敢自專。同曾祖兄弟入門，呵答奴婢❹，衣服飲食無二等。免相位西去❺，送公還者，雖武將散秩❻，嘆惜咨嗟❼，曰：「周相公無私，我惜其去，豈有私乎！」夫人義興❽蔣氏，先公某年終。生二男一女。長曰寬饒，崇文校書❾；次曰咸喜，京兆參軍，皆孝謹❿有文學。女嫁起居舍人薛蒙。大中六年，歲次⓫壬申，二月十二日，歸葬先塋⓬河南府河南縣⓭穀陽鄉⓮立行里⓯。

【章旨】本章評價了周墀的為人，並簡單地介紹了他的親屬情況。

【注釋】❶信　誠實。❷嫠姊　寡居的姊姊。嫠，寡婦。❸出告句　出門前要向姊姊告辭，回家後要拜見姊姊。❹呵答句　可以呵斥鞭打周墀家的奴婢。本句是說周墀待同一個曾祖的兄弟們如同親兄弟一樣，因此他們到了周墀家裡就如同回到了自己家裡一樣，可以隨意呵笞周墀家的奴婢。❺西去　指到東川任節度使。東川在長安西南，故言。❻散秩　閒散而無一定職守的官職。這裡指擔任這種官職的人。❼咨嗟　感嘆；嘆息。❽義興　地名。在今江蘇省宜興縣。❾崇文句　官名。崇文，官署名。即崇文館。設學士、校書郎等職，掌管經籍圖書、教授諸生等事宜。校書，官名。即校書郎。掌管校讎典籍事。❿孝謹　孝順恭敬。⓫歲次　猶言「歲在」。⓬先塋　祖墳。塋，墳墓；墳地。⓭河南縣　地名。在今河南省洛陽縣。⓮穀陽鄉　地名。在今河南省洛陽縣境內。⓯立行里　地名。在今河南省洛陽縣境內。

【語譯】周墀公對朋友誠實，為官公正清廉。他對寡居的姊姊十分敬順，出門時一定向姊姊告辭，回來後一定要拜見姊姊，家務事從來不敢自作主張。同一個曾祖的兄弟們來到他的家裡，可以隨意呵斥鞭打他家的奴婢，他的衣服飲食與這些兄弟們沒有兩樣。後來周墀公被免去相位，到西邊的東川去當節度使，許多官員前去送行，在送行回來時，即使那些武將和身居散秩的官員們，也都為周墀公被免相的事嘆息不已，大家都說：「周相公毫無私心，我們為他離開京城而惋惜，難道會是出於私心嗎？」周墀公的夫人蔣氏是義興人，於某年先於周墀公去世。周墀公有兩個兒子，一個女兒。長子名叫周寬饒，任崇文館校書郎；次子名叫周咸喜，任京兆參軍，他們都孝敬父母，很有文才。女兒嫁給了起居舍人薛蒙。大中六年是壬申年，在這一年的二月十二日，周墀公的靈柩被運了回來，安葬在河南府河南縣穀陽鄉立行里的祖墓裡。

銘曰：

姬之支封❶，國自為姓❷。以周為氏，入唐不盛。烈後幾世，厥❸生賢孫。當唐中興❹，為唐相臣。文思天子❺，跨古❻為治。提起王道❼，以公為倚❽。近蹊隙竅❾，去者烏馭❿。誰塞誰棘⓫，勞公評指⓬。三屏大邦⓭，駿壯武事⓮。哺撫稚老⓯，父母赤子⓰。曰將曰相，公其愧幾⓱。指古為比⓲，公其無愧。以公遺⓳唐，而後公死⓴。不錫壽考㉑，誰其辯之㉒？

【章　旨】本章以銘文的形式再次簡略地敘述了周墀公的生平、功業，對他的早死表示惋惜。

【注　釋】❶姬之句　周墀公的家族是周朝姬姓天子分封出來的支系。姬，姓。周朝天子姓姬，周墀公的家族是周天子的後裔。❷國自句　把國號當作自己的姓。國，指國號「周」。❸厥　代詞。指代周氏家族。❹中興　由衰落而重新興盛。這裡指唐宣宗在位的時期。❺文思句　指唐宣宗。古人認為：經緯天地謂之文，道德純備謂之思。因此古人常用「文思」二字稱頌皇上。❻跨古　超越了古代聖君。❼提起句　推行王道。提起，引申為推行。王道，以仁義治天下叫王道。另外，先王所行之正道也叫王道。❽倚　倚靠。❾迒蹊句　泛指各種歪門斜道和漏洞。迒蹊，比喻歪門斜道。迒，獸跡。蹊，小路。隙，縫隙；漏洞。❿鳥駛　像鳥一樣都飛走了。⓫誰塞句　品德才能誰好誰壞。塞，充實；誠實。泛指品德才能美好。棘，通「瘠」。瘦瘠。比喻品德才能不好。⓬評指　評論。⓭三屏句　周墀公先後三次鎮守大郡。三大邦，指江西、鄭滑、東川三大地區。屏，守；鎮守。周墀先後任江西觀察使、鄭滑節度使和東川節度使。⓮驍壯句　在軍事方面才大志高。驍，大。武事，軍事。⓯稚老　兒童和老人。泛指百姓。⓰父母句　他就像父母愛護幼子那樣愛護百姓。赤子，幼子。比喻百姓。⓱愧幾　當之無愧。幾，細微；不明顯。⓲指古句　同古代賢人相比。⓳遺　送；贈與。⓴而後句　就應該讓周墀公去世得晚一些。㉑不錫句　然而上天卻不賜給周墀公長壽。錫，賜給。考，老；年紀大。㉒辯之　把這件事說得清楚。辯，說清。最後四句是說，上天既然把周墀公送給大唐，讓他輔佐大唐，就應該讓周墀公長壽，然而現在卻不幸早死，誰能說得清楚上天這樣做的用意呢？這是對周墀的高度讚揚，同時對他的死又深表遺憾。

【語　譯】銘文是：

周家是姬姓支系，他們以國號為姓。自從以周為姓後，至唐時家族不盛。姬烈以後若干代，纔有了賢孫周墀。正遇上大唐中興，周墀擔任了宰相。功高德美的天子，治國超過了古人。皇上要推行王道，把周墀公當作依靠。各種的歪門斜道，都被周墀排除掉。品德才能誰好誰壞，周墀都加以品評。曾三次鎮守大邦，軍事上才大志高。周墀公愛撫百姓，如父母愛撫兒女。多年來出將入相，周墀公當之無愧。即使同古人相比，周墀也毫不遜色。上天送周墀給大唐，就應該讓他長壽。如今卻不幸早死，誰能說得清天意？

現代人不可不讀的智慧經典
——古籍今注新譯叢書

集當代學者智識菁華
重現古人的文字魅力

【哲學類】

新譯尹文子　徐忠良注　黃俊郎校
新譯淮南子　熊禮匯注　侯迺慧校
新譯潛夫論　彭丙成注　陳滿銘校
新譯鄧析子　徐忠良注　劉福增校
新譯韓非子　賴炎元、傅武光注
新譯人物志　吳家駒注　黃志民校
新譯近思錄　張京華注
新譯傳習錄　李生龍注
新譯尸子讀本　水渭松注　陳滿銘校
新譯四書讀本　謝冰瑩等注
新譯申鑒讀本　林家驪等注　周鳳五校
新譯老子讀本　余培林注
新譯列子讀本　莊萬壽注
新譯孝經讀本　賴炎元、黃俊郎注

新譯易經讀本　郭建勳注　黃俊郎校
新譯荀子讀本　王忠林注
新譯莊子讀本　黃錦鋐注
新譯新書讀本　饒東原注　黃沛榮校
新譯新語讀本　王　毅注　黃俊郎校
新譯管子讀本　湯孝純注　李振興校
新譯墨子讀本　李生龍注　李振興校
新譯論衡讀本　蔡鎮楚注　周鳳五校
新譯禮記讀本　姜義華注　黃俊郎校
新譯周禮讀本　吳土法注
新譯儀禮讀本　顧寶田等注　黃俊郎校
新譯孔子家語　羊春秋注　周鳳五校
新譯公孫龍子　丁成泉注　黃志民校
新譯老子解義　吳　怡著
新譯莊子內篇解義　吳　怡著
新譯呂氏春秋　朱永嘉等注　黃志民校
新譯晏子春秋　陶梅生注　葉國良校
新譯春秋繁露　朱永嘉等注
新譯明夷待訪錄　李廣柏注　李振興校

文學類

新譯千家詩　邱燮友、劉正浩注
新譯花間集　朱恒夫注　耿湘沅校
新譯幽夢影　馮保善注　黃志民校
新譯菜根譚　吳家駒注　黃志民校
新譯搜神記　黃　鈞注　陳滿銘校
新譯古詩源　馮保善注
新譯薑齋文集　平慧善注　周鳳五校
新譯詩品讀本　成　林注　黃志民校
新譯詩經讀本　滕志賢注　葉國良校
新譯楚辭讀本　傅錫壬注
新譯漢賦讀本　簡宗梧注
新譯樂府詩選　溫洪隆注
新譯人間詞話　馬自毅注　高桂惠校
新譯文心雕龍　羅立乾注　李振興校
新譯世說新語　劉正浩等注
新譯古文觀止　謝冰瑩等注
新譯江文通文集　羅立乾注
新譯阮籍詩文集　林家驪注　簡宗梧等校

新譯明散文選　周明初注　黃志民校
新譯昭明文選　周啟成等注　劉正浩等校
新譯唐傳奇選　束　忱注　侯迺慧校
新譯曹子建集　曹海東注　蕭麗華校
新譯陶淵明集　溫洪隆注　齊益壽校
新譯陶庵夢憶　李廣柏注
新譯揚子雲集　葉幼明注　周鳳五校
新譯陸士衡集　王德華注
新譯嵇中散集　崔富章注　莊耀郎校
新譯賈長沙集　林家驪注　陳滿銘校
新譯橫渠文存　張金泉注
新譯李白全集　郁賢皓注
新譯顧亭林文集　劉九洲注　黃俊郎校
新譯元曲三百首　賴橋本、林玫儀注
新譯宋元傳奇選　姚　松注
新譯宋詞三百首　汪　中注
新譯唐人絕句選　卞孝萱等注　齊益壽校
新譯唐詩三百首　邱燮友注
新譯諸葛丞相集　盧烈紅注
新譯駱賓王文集　黃清泉注　陳全得校
新譯明傳奇小說選　陳美林等注
新譯昌黎先生文集　周啟成等注　陳滿銘等校
新譯范文正公選集　王興華等注　葉國良校
新譯王安石文集　沈松勤注　王基倫校
新譯杜牧詩文集　張松輝注　陳全得校
新譯李商隱詩集　朱恒夫注
新譯古文辭類纂　黃　鈞等注
新譯蘇軾文選　滕志賢注
新譯李清照集　姜漢椿注
新譯閱微草堂筆記　嚴文儒注

【歷史類】

新譯公羊傳　雪　克注　周鳳五校
新譯列女傳　黃清泉注　陳滿銘校
新譯越絕書　劉建國注　黃俊郎校
新譯燕丹子　曹海東注　李振興校
新譯穀梁傳　顧寶田注　葉國良校
新譯戰國策　溫洪隆注　陳滿銘校
新譯左傳讀本　郁賢皓等注　傅武光校
新譯尚書讀本　吳　璵注

新譯國語讀本	易中天注	侯迺慧校
新譯新序讀本	葉幼明注	黃沛榮校
新譯說苑讀本	左松超注	
新譯說苑讀本	羅少卿注	周鳳五校
新譯史記讀本	韓兆琦等注	
新譯西京雜記	曹海東注	李振興校
新譯吳越春秋	黃仁生注	李振興校
新譯東萊博議	李振興、簡宗梧注	
新譯春秋穀梁傳	周　何注	
新譯唐摭言	姜漢椿注	
新譯唐才子傳	戴揚本注	
新譯文史通義	陶梅生注	

【宗教類】

新譯列仙傳	張金嶺注	陳滿銘校
新譯維摩詰經	陳引馳注	
新譯抱朴子	李中華注	黃志民校
新譯妙法蓮華經	張松輝注	丁　敏校
新譯金剛經	徐興無注	侯迺慧校
新譯神仙傳	周啟成注	
新譯高僧傳	朱恒夫等注	潘栢世校
新譯碧巖錄	吳　平注	
新譯藥師經	宗舜法師注	
新譯無量壽經	邱高興注	
新譯百喻經	顧寶田注	
新譯圓覺經	張運良注	
新譯法句經	劉建國注	
新譯華嚴經入法界品	楊維中注	
新譯悟真篇	劉國樑注	
新譯景德傳燈錄	顧宏義注	
新譯大乘起信論	韓廷傑注	潘栢世校
新譯楞嚴經	賴永海等注	
新譯六祖壇經	李中華注	丁　敏校
新譯阿彌陀經	束景南注	
新譯經律異相	顏洽茂注	
新譯禪林寶訓	李中華注	潘栢世校
新譯解深蜜經	王月清注	
新譯老子想爾注	顧寶田等注	傅武光校
新譯周易參同契	劉國樑注	黃沛榮校
新譯黃帝陰符經	劉連朋注	

開卷解惑——汲取大師智慧，優游國學瀚海

國學常識

邱燮友　張文彬　張學波　馬森　田博元　李建崑　編著

搜羅研讀國學者不可或缺的基礎常識，
以新觀念、新方法加以介紹。
書末並附有「國學基本書目」及「國學常識題庫」，
助您深化學習，融會貫通。

國學常識精要

邱燮友　張學波　田博元　李建崑　編著

擷取《國學常識》之精華而成，易於記誦，
便於攜帶。

國學導讀（一）～（五）

邱燮友　田博元　周何　編著

將國學分為五大門類，分別由當前國內外著名學者，
匯集其數十年教學研究心得編著而成。
是愛好中國思想、文學者治學的寶典，
自修的津梁。